うそまことようかいひゃくものがたり

虚实妖怪
KYOGOKU NATSUHIKO
百物语

［日］京极夏彦 著

林哲逸 译

北京时代华文书局

日本的妖怪文化

文—丁丁虫

丁丁虫

日文翻译，长期致力于日本
科幻在中国大陆的推广译介
工作，译著有《穿越时空的
少女》（筒井康隆）、《看
海的人》（小林泰三）、《美
丽之星》（三岛由纪夫）、《来
自新世界》（贵志祐介）等。

近代启蒙运动以来，"妖怪"作为迷信的表现，一直受到理性主义的冲击，但直到今天，"妖怪"不但没有消失，反而与时俱进地化作灵异故事和都市传说，活跃在各种现代媒体中，还在脍炙人口的幻想故事中找到了更具影响力的存在形式。京极夏彦广受欢迎的"妖怪推理"文学，便是最好的注解。

为什么妖怪没有在今天的科技社会中消失？这是因为，相信妖怪其实是人与生俱来的精神需求。即便是物质文化极人丰富的现代社会，"妖怪"作为一种文化符号，依然是现代人不可或缺的精神寄托。

日本民俗学家很早便注意到这一现象。明治时期的哲学家井上圆了发表了《妖怪学讲义》，从学问的角度对妖怪做出系统的考察，将妖怪分为真怪（科学无法解释的妖怪）、假怪（自然现象形成的妖怪）、误怪（由恐惧等心理因素催生的妖怪）、伪怪（人为故意制造的妖怪），揭开了日本妖怪学研究的大幕。但井上圆了的妖怪学出发点在于以科学的原理解释各种被大众视为"妖怪"的现象。换言之，井上圆了是将妖怪视为一种迷信，认为应当动员科学的力量，向那些相信妖怪现象的人证明世上并不存在妖怪，进而把人们从迷信中解放出来。

比如，日本各地都有"狸囃子"的传说。据说人们在月圆之夜常常会听到笛子和太鼓声，那就是妖狸在弹奏乐曲。但在井上圆了看来，"狸囃子"

不过是远处祭典的乐声随风传来而已。再比如夜行人在路上遭遇的巨人妖怪"大入道"，也被井上圆了解释为月光照映出的大树影子引发的误判。

井上圆了之所以对妖怪持有这样的态度，根源在于明治时期盛行的科学主义。当时进步人士普遍相信，只有摆脱迷信、拥抱科学，才能过上幸福的生活。显然，如果后来的妖怪学者都延续井上圆了这条路线发展，那自然不会有今天兴盛发达的妖怪文化。而在井上圆了的批判性路线之外，真正将妖怪视为文化现象加以研究的，首推日本民俗学家柳田国男。

柳田国男不关心妖怪信仰是不是迷信，也不关心是不是应当运用科学知识扑灭妖怪。他只是提出了这样的问题：有没有可能从人们的日常生活中彻底排除滋生妖怪信仰的温床？人有没有可能完全否定妖怪的存在而继续生活？毫无疑问，柳田国男认为这些都是不可能的。他指出，妖怪在人的精神生活和社会生活中起到了非常重要的作用。例如在幕末江户大地震时，当时的江户城中出现了大量的"鲶绘"，即以鲶鱼妖怪为主题的浮世绘。城市平民普遍相信地震是由盘踞在大地深处的鲶鱼妖怪引起的，因而这样的绘画被大家视为免除地震灾害的护身符。柳田国男指出，即使否定"地震鲶鱼"这种妖怪信仰，免除地震灾害的愿望本身也是不可能否定的，它只会以别的象征物的形式重新表现出来。

柳田国男走访日本各地，采集了大量日本民间口口相传的妖怪传说，并记录在1957年出版的《妖怪谈义》中。尽管柳田国男关于妖怪的某些观点并非没有争议，比如他认为"妖怪"和"幽灵"的区别在于出现的地点是否固定，以及认为妖怪是神降格（"零落"）后的形态等，但他对于日本妖怪学研究的奠基性地位终究是不可撼动的。

而在学术性的研究路线之外，关于一般社会大众中兴起的妖怪热潮，最重要的人物之一则要属以妖怪漫画著称的水木茂，也就是在《虚实妖怪百物语》中大声疾呼"日本妖怪都不见了"的人物。

水木茂在四国地区的鸟取县长大，少年时听当地侍奉神佛的巫女老婆婆说了许多妖怪的故事，这成为日后水木妖怪漫画的原点。1959 年，水木茂开始创作《墓场鬼太郎》漫画。由于"墓场"一词不受读者的欢迎，因而在 1968 年改编成动画时，将名字改成《鬼太郎》在电视台播出。这部动画在孩子们中间引发了爆炸式的妖怪热潮，也奠定了水木茂"妖怪文化第一人"的地位，就连荒俣宏、京极夏彦等著名的妖怪作家也以水木茂的弟子自居。

至于《虚实妖怪百物语》这本书，与水木茂还有另一层渊源。20 世纪 60 年代末，正是因为看到了水木茂引领的妖怪文化热潮，大映株式会社制作了日本特摄史上著名的"妖怪三部曲"。其中第二部的名字叫《妖怪大战争》，描写了日本的本土妖怪联合起来对抗古巴比伦魔鬼的故事。2005 年，这部电影由角川映画改编上映，故事中的反派也从古巴比伦的魔鬼变成了荒俣宏《帝都物语》中的加藤保宪。水木茂、荒俣宏、京极夏彦等人都参与了该片的制作。在这部电影的制作过程中，京极夏彦萌生了创作《虚实妖怪百物语》的想法。按照京极夏彦自己的说法："《怪》杂志相关的一群笨蛋联手对抗加藤保宪的想法太好玩了，我舍不得不写。"

在《虚实妖怪百物语》连载期间，水木茂不幸辞世，据说这也对故事的结局产生了影响。但正如京极夏彦在水木茂追悼会上的致辞中说的，水木茂留下了永恒不灭的作品，也在无数人心中留下了对妖怪的热爱。

因此可以说，柳田国男与水木茂分别从学术和大众两条不同的路线出发，共同造就了今天日本的妖怪文化。顺带一提，在 2008 年，水木茂将柳田国男的民俗学名著《远野物语》改编为漫画，实现了两位巨匠跨时空的合作。

时至今日，妖怪学的相关研究早已指出，妖怪并不是某个时代、某个社会、某个民族独有的文化现象。如果说古代人相信的妖怪属于迷信，那么在科技早已渗透到日常生活各个角落的现代，人们之所以依然相信妖怪，很大程度上是出于对科学主义价值观的疑问，而这样的疑问恰恰来自于科学主义所带来的日常生活环境的均一化与同质化。正因为两点一线的单调生活持续造成心理压力，才使得妖怪文化在今天焕发出不同于以往时代的蓬勃活力。

　　无论如何，妖怪文化的兴盛绝不是坏事，它以将人类的精神暗面娱乐化的方式，给予人类更大的勇气，去面对错综复杂的现实世界。就这一点而言，京极夏彦对于《虚实妖怪百物语》的态度无疑值得我们效仿：这就是一部有着许多笨蛋人物登场的娱乐小说，轻松愉快地享受它就好了！

存在于虚实之间的『妖怪』作家

文—天蝎小猪

现实总是伪装成编造的样子，虚构总是裹挟着真实。

——京极夏彦《阴摩罗鬼之瑕》

一、妖怪：虚实之间的"民俗物"

作为在京极夏彦作品中出镜率最高的角色，妖怪是十分具有代表性且分量极重的"民俗事象"（民俗物）。所谓民俗事象，是关于生产、生活、文娱、制度、信仰等方面的民俗活动和民俗现象的总称，一般分为物质民俗事象、社会民俗事象和精神民俗事象。与原始巫术、民间信仰、口承语言关系密切的妖怪则属于精神民俗事象的范畴。

按照美国民俗学家扬·哈罗德·布鲁范德等人的观点，妖怪一般都有着"匪夷所思、似是而非、查无实据"的特点，且往往存在可以追溯到很久之前的口头传统，并且它们拥有共同的母题。而妖怪的独特之处就在于虚实之间的对立统一——妖怪不是真实存在的生物（科学维度的"非存在"），但它又往往存在于世界上大多数民族的民间口头传统之中，并在文化发展的河流中不断被赋予更多内涵，且形象越来越清晰，进而固化不变（人文维度的"存在"）。

以假定存在为前提，在与人类的关系层

天蝎小猪

书评人、推理文学推介人，世界华语悬疑协会会员。发表各类书评近百篇，其评论对象以日本大众文学、推理小说为主，在专业推理杂志《岁月推理》辟有专栏，连续三届担任华文推理大奖赛决选评委。

面，妖怪和鬼完全不同。首先，鬼在生存空间上具有排他性，正所谓"人鬼殊途"，人与鬼几乎是没有碰面机会的（接近"平行宇宙"的概念），而妖怪与人类在绝大多数情况下共有一个生存空间。其次，鬼是人死后的状态，或者说就是死后的人类❶，而妖怪则是人类以及其他生物和非生物在某种特定条件下幻化而成的。因此，妖怪比鬼更具有亲缘性，此即妖怪这种"民俗物"能够更熨帖地被引入文字书写系统而毫无违和感的根本原因，不如把它当成另一种生物。这也是为何《虚实妖怪百物语》中的叙事和对话中透出满满的日常性和轻松感，以及为何《夏目友人帐》的画风显示出"萌属性"和"暖色调"的深层原因。

另外，还有两点值得注意：一是鬼并不会改变其外貌和身形，妖怪则因幻化的缘由、条件、过程等方面不同而形状各异，比起一成不变的鬼，妖怪更具备文学再造价值；二是人与鬼之间的关系使得相关文字叙述更带有宗教劝世色彩，而妖怪的"烟火气"要重得多，这就导致述及妖怪的作品明显更多，也为妖怪学成为一门拥有不少坚定拥趸的"显学"提供了材料基础。

二、文本：虚实之间的"百物语"

正是因为具备了"存在而非存在"的独特属性，有关妖怪的文学作品往往掺杂着某种暧昧不清的"不可解"色彩，"人们可能期望找到这一谜题的答案，实际上却鲜能如愿"❷。这就与本格推理谜团的"看似不可解"建立起了某种联系，使得怪谈文学与推理文学的紧密结合成为可能，而京极夏彦、三津田信三等妖怪学研究人士则摇身一变，化作其中翘楚。除了京极夏彦独占的"妖怪推理"（主要指"百鬼夜行"系列）这种特殊形式外，很多作家

---

❶ 据《幽明录》记载，"人死为鬼，鬼死为聻"。
❷ 参见扬·哈罗德·布鲁范德《都市传说百科全书》，生活书店出版有限公司2020年版。

都曾经参与创作并多次提到的"怪谈实话"也是颇有代表性的文体（比如《虚实妖怪百物语》）。与妖怪推理相比，怪谈实话有着起源早、写实性强的特点（推理性则比较弱）。

说到怪谈，最早可以追溯到日本江户时期。德川幕府统治下的三百年太平盛世正是酝酿恐怖怪谈的温床。在这一时期，怪谈中最为盛行的便是"百物语"。"百物语"其实是一种讲鬼故事的游戏。据近代怪谈小说标志性作品《伽婢子》❸记载，漆黑的夜晚，人们拿着青色的小灯笼，穿着青色的小褂，围坐在一起，一个接一个地讲鬼故事，讲完一个故事就熄掉一盏灯，"周围渐渐地暗了下来，所有人都被笼罩在一片青色当中……最后一定会发生怪异恐怖的事件"。收集、整理"百物语"中怪谈故事的书籍，如《因果物语》《宿直草》《诸国百物语》等，在 17 世纪中叶相继出现。再之后，就是上田秋成的名著《雨月物语》了。随着幕府锁国政策逐渐被打破，怪谈小说被视作旧时代的遗毒而陷入了低潮期。所谓物极必反，在极端西洋化之后，明治末期的日本又出现了一股回归传统的思潮，在怪谈文学领域集中反映这股思潮的代表性作家就是泉镜花和柳田国男。大正时期至昭和初期的三十年间，在充分吸收了中国及西洋文化之后，日本独特的怪谈文化渐渐成型。在这样的黄金时期，涌现出了冈本绮堂、叶山嘉树等十分优秀的怪谈小说家，更出现了首次将怪谈与口述故事结合起来的作品，其中最有名且影响深远的就是牧逸马❹的《世界怪奇实话》。

"所谓怪奇实话，不言而喻，是指荒唐的事情。然而，这些事看似是故

---

❸ 日本江户时代文学史上"假名草子"（用假名写的带图小说）的代表性作品，1666年由浅井了意编著。全书共13卷，其内容大量取材于中国的《剪灯新话》《西阳杂俎》等志怪小说。

❹ 牧逸马（1900—1935），本名长谷川海太郎，在日本新潟县佐渡郡出生，曾赴美国留学，归国后以"谷让次"之名创作美国见闻录，以"林不忘"之名创作剑侠小说，以"牧逸马"之名创作犯罪实录小说。

事，实则是通过文字来表现事实。把故事跟真实事件这两种表面上截然不同的概念进行混淆，就是《世界怪奇实话》的创作思路。我曾经游历欧美，其间耳濡目染甚或亲身经历了各种各样的怪事，将其收集、整理一番之后，不禁萌生了'真实事件往往比故事更加离奇'的有趣想法……我想，可能还没有人完成过类似的工作。总之，我的设想是本书将不拘泥于犯罪事件，只要是真实的，各种奇闻轶事都不妨逐一收录进来……"

牧逸马开创的这种名为"怪奇实话"（也写作"怪谈实话""妖怪实话"）的新鲜文体，将语言文字的暧昧感发挥到了极致。一方面，口述纪事都是来自普通人或者其亲友的亲身经历，具备很高的纪实性和可信度，这与渲染怪奇惊悚气氛的怪谈明显不同；另一方面，一旦完全按照口述内容来记述且不作任何加工，则会极大地丧失未来成品的吸引力和感染力。而若将两者结合起来，就能将各自的优点予以充分展示，同时淡化各自的弱点。故事的来源看似十分可信，但其内容因为语言文字的含蓄性、多义性，加上介乎虚实之间的不确定气氛，会引导读者不由自主地补足缺失的信息，并在阅读终了感受到那种毛骨悚然又难以置信的复杂情绪。

这一"新文本"不仅在当时蔚然成风、很受欢迎，其魅力也历经半个多世纪而不衰。京极夏彦、平山梦明、东雅夫、黑史郎等人都发表过类似作品，比如您手中的这本《虚实妖怪百物语》。在本书中，妖怪作家、《怪》编辑部、《幽》杂志等大量的现代信息都是真实的，甚至编辑部的日常运作模式、作家之间的无厘头对话（或者话痨作家的设定）也几乎是真实的，只有少数妖怪的登场实在脱离常人的认知，所以不免令读者产生"这本书很可疑""这本书的作者更可疑"之类的困惑。

三、京极夏彦：虚实之间的"落语家"

跟写作客体（妖怪等民俗物）、文体（妖怪推理、怪谈实话等）一脉相承的是京极夏彦的作家身份这个写作主体，不仅呈现出"刻意经营虚实感"的兴味来，而且其显著特征是他会将自己写进小说，借角色之口阐述妖怪研究心得。

作为"妖怪推理"的代表作，在"百鬼夜行"系列中，京极夏彦（作者京极）的代言人是京极堂（角色京极），即中禅寺秋彦。其实在"妖怪＋推理"这个二元体系中，具体承担推理任务（表相）的不是京极堂，而是自称为"神一样的侦探"的榎木津礼二郎（据称是本书重要角色平太郎❺的亲戚）。京极堂不把自己的行为称作推理或侦探，而称其为"驱魔"——妖怪的形象和事件总是不可思议地混合在一起，解除事件中的相关人士被复杂的妄念束缚的状态，这就是上述体系中的妖怪任务（里相）。既然妖怪本就是介于虚实之间的事象，那么将时代设定在 20 世纪 50 年代的"百鬼夜行"系列中，就没必要像怪谈小说那样让妖怪形象直接登场了，这也是除了"驱魔"设定外，京极夏彦的"妖怪推理"区别于"怪谈推理"的最大特征。另外，需要指出的是，可能正因为二元体系的复杂性，使得该系列的创作难度始终保持着较高的基准，最终导致在 2006 年出版《邪魅之雫》之后，预告不久将问世的下一部长篇《鵼之碑》迟迟未见踪影。

抑或是作为一种创作心理调试，京极开始在"百鬼夜行"和"巷说百物语"这两大系列之外的"非主流"作品中掺杂从形式到内容各个层面的幽默（恶搞）元素，比如连作短篇集《吼》❻及其续书《南极》，不但各篇目的作

---

❺ 不知是不是作者有意为之，其名与江户川乱步的本名（平井太郎）仅一字之差。
❻ 原文为"どすこい"，是相扑调子中的一种常用感叹词，由用力时发出的"どっこい"（嘿）转变而来。这本书收入的各个篇目都跟相扑运动有关。

者名全部是"京极夏彦"的变体❼，连篇目名❽和剧情也被"恶搞"了一个遍。"文哏❾京极"于是正式上线。2010 年，作为我心目中的"日本小说界的落语家"❿，京极将"文哏"升级为"新式话痨"，发表了以大段的对话占据作品近全部篇幅的《不如去死》，堪称既展现了其语言上噩梦般的幽默天赋（表相），也将其思想上对社会阴暗面的批判主义（里相）发挥到了极致。

相比以上作品，2016 年，京极出版的这本《虚实妖怪百物语》就算是他的"游戏之作"了，不过在角色安排方面，这一次他觉得光把自己写进去还不够，于是将自己人生中最主要的乐趣——妖怪学的相关人、事、物统统拉进来。因此，本书可以被视为"文哏京极"个人的"妖怪学百科全书"（小说版），而结尾部分也一如既往地保留了其近年来愈发明显的社会批判讽喻态度。当然，这其中有多少属实、有多少虚构，就交由读者们来分辨吧！（前提是已经习惯其动辄"摆臭脸""掉书袋""扒马褂"的落语家身份。）

话说回来，京极夏彦的本体究竟是何面目（是人是妖），笔者至今也不甚明晰。如有心得，欢迎指教！

---

❼ 如"新京极夏彦""南极夏彦""N极夏彦""京塚昌彦""京极夏场所""消极的彦""京极墨西哥"（"墨西哥"的日语发音与"夏彦"的发音相似）等。

❽ 如《寄生胖子》恶搞濑名秀明的恐怖小说《寄生前夜》、《全部成为胖子》恶搞森博嗣的代表作《全部成为F》、《脂鬼》恶搞小野不由美的《尸鬼》、《理油》恶搞宫部美雪的《理由》等。

❾ 文哏是相声的一种表演风格。在相声表演艺术中，习惯把以叙述为主，有人物行动、喜剧情节的段子称为"文哏"，将以说功为主的演员赞为"擅长文哏"。

❿ 落语为日本传统表演艺术，类似于我国的单口相声。

京极夏彦的『虚实』世界

文—弃之竹

弃之竹

关西大学博士，现旅居日本。初中因接触到京极夏彦的小说而"入坑"。对各国文学作品均有兴趣，译著有《少年与犬》（驰星周）、《新推理要在晚餐后》（东川笃哉）、《良宽》（水上勉）等。

■ 京极夏彦其人

京极夏彦对日式传统文化十分热衷。从小的时候就开始对神社、寺庙、民间传说着迷，在小学时就把江户川乱步和日本著名民俗学家柳田国男的书看完了。初中时，他曾经一度想去念佛教学校，但因为错过入学考试时间而放弃。高中时，他也曾经思考过进入佛教高中就读，但后来发现日本的大部分寺庙更注重经营而非佛理研究，因此便断了成为宗教人士的念头。其实京极夏彦原本应该进入美术大学就读，但由于他本人对传统大学的教育系统有疑问和反感，所以后来选择去设计专科学校就读，毕业后直接到广告事务所实习，然后开始工作。当时的他曾想过把生活和兴趣（民俗学）分开，觉得设计这行起码可以当饭吃。不过据京极夏彦说，民俗学才是他真正喜欢的。

以小说家出道前，京极的生活相对平静，甚至在《姑获鸟之夏》出版前他都没有想过自己会成为小说家。他生活中的大部分时间几乎都用在买书和看书上。三十岁左右，京极夏彦的私人藏书就达到了一万册之多，内容涉及各行各业。正如京极夏彦假借中禅寺秋彦之口所说的那样：

虽说所谓有趣不有趣确实会受到个人标准影响，但大体说来这世上没有不有趣的书，不管什么书都有趣。所以没看过的书很有趣，若想从曾看过的书中获得同等以上的乐趣就得多花一点时间，就只是如此罢了。

除了博学外，熟悉京极夏彦的读者应该清楚，京极夏彦的作品还以"厚"著称。即便没看过他的作品，也大致知道他作品的厚度。在日本有一个词叫"レンガ本"，翻译成中文就是"砖头本"的意思。虽说并不是特指京极夏彦，但如果跟日本人提及这个词的话，大多数人会第一时间联想到京极夏彦，其作品厚度可见一斑。

而《虚实妖怪百物语》作为京极夏彦创作史上篇幅最长的作品，原版稿纸超过了 1900 页，这部看似"胡来"的作品却在京极夏彦的作品中有着非常特殊的意义。

■《虚实妖怪百物语》创作缘起

2005 年，由三池崇史导演、神木隆之介主演的电影《妖怪大战争》上映了。参演演员可谓名家云集，宫部美雪、大泽在昌、竹内顺子、水木茂、京极夏彦等日本著名作家均有客串。

起初，电影剧本是由宫部美雪、水木茂、京极夏彦等人一同执笔创作，后来京极夏彦以当时的草稿为底本，创作出了他脑海中的妖怪大战争——《虚实妖怪百物语》。

2011 年，京极开始在一本名为《怪》的杂志（一本以"妖怪"为主题的杂志，如今已经停刊）上连载《虚实妖怪百物语》，而这一连载就是六年。

在这本杂志上，只要是和妖怪有关的内容都能被刊登，题材包括漫画、随笔、研究类作品、小说……其中，京极的"巷说百物语"系列、《豆腐小僧双六道中》《虚实妖怪百物语》《今昔百鬼拾遗·河童》等作品都曾在这本杂志上连载。在这个过程中，京极夏彦不仅能与自己儿时的偶像水木茂先生一同进行创作，更与众多妖怪爱好者结下了不解之缘。

也因此，在《怪》上连载的《虚实妖怪百物语》，不只是写给读者们的热情之作，亦是献给已经逝世的水木茂先生和因《怪》杂志相识的好友们的有爱故事。书中所出现的很多与日常有关的情节，很有可能并非杜撰，而是当年真正发生过的事，只不过被京极"夹带私货"写进了小说中。除了和《怪》有关的作家外，京极还将自己其他圈子的朋友也写了进去，如绫辻行人与小野不由美这对夫妻，甚至还提到了东野圭吾、真保裕一、北方谦三等人。

■《虚实妖怪百物语》的"虚"与"实"

和京极夏彦以往小说不同的是，《虚实妖怪百物语》既是小说，又不是小说。

当读者翻开这本书的时候，会在书中看到各式各样的人物，如水木茂、志水明、恩田陆、畠中惠、村上健司、荒俣宏、多田克己……他们都是现实生活中真实存在的人，有的是作家，有的是漫画家，有的则是编辑。水木茂、恩田陆、宫部美雪这些知名度很高的作家自不必多说；村上健司是《怪》杂志的主要执笔人之一，同时也是京极夏彦小说《今昔续百鬼·云》中沼上莲次的原型；多田克己是日本著名的妖怪研究家、作家，对中国的妖怪研究有很深的造诣，曾和京极夏彦合著过多部作品，同时也是京极夏彦"百鬼夜行"系列中多多良胜五郎的原型；荒俣宏则是在日本妖怪学领域中地位不输京极夏彦的老牌作家，曾拿下"日本 SF 大奖""三得利学艺奖"等多个重要奖项。

以上人物的出现就是《虚实妖怪百物语》中"实"的部分，而将这些人物串联起来的是《怪》杂志。随着这部小说在《怪》上的不断连载，原本简单的故事开始变得复杂化，甚至开始"无厘头"化，就连京极夏彦都觉得有些故事很"蠢"。不过，嬉笑怒骂皆成文章。想来读者们通过这些故事，也能够一窥这些作家们日常的趣闻轶事！

说完"实"的部分，接下来就该讲讲《虚实妖怪百物语》中的"虚"了。

在大量的"玩梗"内容中，京极夏彦不忘"炫学"本质，在这部小说中假借他人之口，借助妖怪与人类的交流，将自己和朋友们对于妖怪的理解以独特的形式融入其中。无论是严肃的观点还是搞笑的观点，京极夏彦就如同解放自我一般，酣畅淋漓地把这些内容写了下来，没有顾虑，没有说教，只是在一本正经地"胡说八道"。

这种极为特殊的风格让人不由得想起 2018 年由大导演史蒂芬·斯皮尔伯格指导的一部著名科幻冒险电影《头号玩家》。在这部电影里，斯皮尔伯格为观众们放足了"彩蛋"。无独有偶，京极夏彦同样在《虚实妖怪百物语》中设置了相当多的"彩蛋"。读者除了能阅读到天马行空的故事外，还能通过这些故事寻找到一个又一个让人惊喜的"彩蛋"，进而更加立体和深入地了解妖怪的虚实世界。

遗憾的是，就在《虚实妖怪百物语》在《怪》杂志上连载结束的几个月前，"妖怪博士"水木茂先生与世长辞。几年之后，《怪》杂志也宣布停刊。仿佛一切都在悄然结束，属于京极夏彦及其好友们的妖怪时代也即将退出历史舞台。

然而，事实并非如此……

京极夏彦及其好友们对妖怪的热爱是无穷的。

多年间，通过京极夏彦与其他爱好者们的努力，用作品与热情吸引更多年轻人以及新力量的加入，逐渐将一个小圈子向外扩张得愈来愈广。内藤了、宇佐美真琴、雀野日名子这些作家纷纷获得机会，进入文坛。除此之外，他们还创造了一个全新的杂志平台——《怪与幽》。

在这本杂志中，京极夏彦时隔多年重新连载"巷说百物语"系列的新作《远·巷说百物语》，并于 2022 年获得第 56 届"吉川英治文学奖"。除了京极夏彦之外，有栖川有栖、小野不由美、乙一等人都会定期在这本杂志上连载最新的作品。

可以说,《虚实妖怪百物语》并没有成为京极夏彦及其好友们的故事的一个完结,只不过是曾经那段时间的一次总结。

旧有的故事化作了虚实,而新的故事正在被撰写。

或许有一天,《虚实妖怪百物语》还会出现新的连载,到时候读者们或许又能见到一段段诙谐、风趣的故事。但是在此之前,还请诸君先翻阅此卷,与京极夏彦一起畅游他所创造出来的奇异世界!

妖怪文化的火种，传到了京极夏彦手中

文｜狐童子

狐童子

读物博主，微博"京极夏彦同好会"账号主理人。自幼对充满魅力的妖怪文化和相关题材作品感兴趣，高中时开始接触京极夏彦的"百鬼夜行"和"巷说百物语"系列作品。自2012年起，与数位同好建立起非营利性的粉丝主页和读者社群"京极夏彦同好会"，并担任账号主理人至今。

2018年，史蒂文·斯皮尔伯格执导的电影《头号玩家》凭借海量的影视、动画、电子游戏中角色的跨界同框和20世纪80年代以来的流行文化元素，在全球范围引爆话题。如果有这样一部小说，堪称"妖怪世界的《头号玩家》"，将高桥留美子笔下的犬夜叉、《午夜凶铃》中的贞子、特摄电影中的大怪兽加美拉和拉顿、京极夏彦笔下的豆腐小僧，甚至H.P.洛夫克拉夫特创造的邪神克苏鲁等"妖魔鬼怪"齐聚一堂——那将是多么精彩！

■ 妖魔鬼怪齐聚一堂，妖怪文化的《头号玩家》！

2011年，京极夏彦在妖怪专题杂志《怪》上开始连载发表长篇小说《虚实妖怪百物语》。包括京极本人在内，众多活跃于妖怪文化研究与创作的真实人物在故事中陆续登场，其中就包括被京极夏彦尊为老师的著名漫画大师——水木茂。这位被称为"妖怪大翁"的老人在《虚实妖怪百物语》小说伊始即登场表示对"感觉不到妖怪"的忧虑，并在故事渐入高潮之际，向众人发出"一起来打倒鬼吧！"的豪言壮语。

这早已不是水木茂与京极夏彦在各自的作品中首次进行"跨次元"互动。在改编自"巷说百物语"系列的电视剧《京极夏彦"怪"》中，京极夏彦扮演的"京极亭"与水木茂扮演的"村山石燕"（致敬江户时代著名的妖怪画家鸟山石燕）各自登场；在改编自京极夏彦出道作品的《姑获鸟之夏》真人版电影中，京极夏彦亲自扮演"伤残军人水木茂"这一角色，化身为恩师，与自己的笔下角色——由堤真一扮演的中禅寺秋彦"破壁同框"，共同讨论妖怪文化。此外，京极夏彦还曾为改编自水木茂作品的动画《鬼太郎》中的《言灵师的陷阱》一集担纲编剧，让笔下角色"京极堂"客串恩师作品，并亲自为该角色配音。

作品的互动印证着师徒二人的亲密无间。《虚实妖怪百物语》执笔连载六年，在连载完结前夕的 2015 年 11 月 30 日，93 岁高龄的水木茂与世长辞。面对恩师的辞世，京极夏彦应该如何以最好的方式安排水木茂在《虚实妖怪百物语》中的结局，以再向恩师好好告别一次？

2016 年，《虚实妖怪百物语》结束连载并付梓；2023 年，北京时代华文书局终于引进了这部京极夏彦迄今为止篇幅最长的小说并出版简体中文版，读者得以一览京极夏彦笔下这场妖怪文化盛宴。本人在此就借《虚实妖怪百物语》聊一聊水木茂与京极夏彦所挚爱的妖怪文化在这对"师徒"间的传承。

■ 电视儿童与妖怪大翁，结缘于黑白荧幕时代！

1968 年，5 岁的京极夏彦还是一名"电视儿童"。正是在这一年，水木茂的代表作品《鬼太郎》第一次被改编为动画并搬上电视荧幕，产生了巨大的反响。年幼的京极夏彦便从这时起，与水木茂和他笔下的"鬼太郎"结下不解之缘。

1959 年，水木茂担任出租漫画杂志《妖奇传》的创作者与责任编辑，其中第一次出现了他创作生涯中最具代表性的角色——鬼太郎。之后的几年，他陆续创作出《鬼太郎夜话》《河童三平》等以妖怪为题材的出租漫画作品。这一时期的水木茂虽然靠创作能勉强养家糊口，却也穷困到曾与妻子一起买市场上的烂香蕉充饥，日子过得很清贫。1965 年，水木茂正式开始在杂志上发表连载漫画《墓场鬼太郎》，到 1968 年《鬼太郎》被制作成电视动画，并在之后几乎每十年一次被改编为电视动画，水木茂在日本重新掀起了妖怪文化的巨浪。

小学四五年级时，京极夏彦出于对妖怪和民间传说的浓厚兴趣，已经开始阅读柳田国男的民俗学著作，此时他发现，自幼常看的《鬼太郎》故事中出现的妖怪都是有传说基础的"正经妖怪故事"，于是被激起了阅读水木茂作品的更加浓厚的兴趣。少年京极夏彦把过去刊载于《少年 Magazine》的水木茂漫画重新找出来阅读，同时又开始一本不落地买下所有新出版的水木茂作品，成为水木茂的"死忠粉"。当多年后京极与水木茂本人见面，便自然而然地成为水木茂的弟子。而《鬼太郎》中的妖怪文化所影响到的，远远不止京极夏彦，小说家荒俣宏、漫画家高桥留美子、雕塑艺术家荒井良等人均受其启发，日后成为活跃在各个领域的优秀创作者。荒俣宏、京极夏彦、荒井良、演员佐野史郎等人更是成立了"关东水木会"这一爱好者组织。

■ 下一个传递"妖怪文化"火种的人是谁?

从妖怪画的集大成者鸟山石燕，到创立妖怪学的哲学家井上圆了，以及写下《远野物语》《妖怪谈义》等著作的民俗学者柳田国男，每个时代都有一位妖怪文化的研究巨匠，将这一火种传承发扬到下一个时代。自 20 世纪 60 年代起，水木茂一直担任着高举妖怪文化大旗的领军人物。而在水木茂之后，传递"妖怪文化"之火的又会是谁呢?

从 2013 年起，总结水木茂一生创作精华的《水木茂漫画大全集》的编辑出版工作启动了。而接下这一重任的总编纂人就是京极夏彦。这部全集的出版工作自水木茂生前开始，一直持续到 2019 年才得以完成。在这七年间，京极夏彦投入了不亚于本职工作的大量时间和精力，美术设计专业出身的他甚至亲自上手为恩师的旧作修图。

文学评论家东雅夫曾如此评论京极夏彦的作品："京极夏彦开创了'妖怪小说'这一类型。"自 1994 年京极夏彦以《姑获鸟之夏》出道起，其笔下"百鬼夜行"和"巷说百物语"系列等大受欢迎的作品均以妖怪为主题。妖怪小说这一类型从此日渐蓬勃，到近年日本的流行小说特别是"轻文学"中，妖怪小说的规模已蔚为可观：

以"化物语"和"戏言"系列闻名的作家西尾维新，在高中时曾彻夜阅读京极夏彦的小说《涂佛之宴》（西尾维新创作的"化物语"系列正是一部独具特色的妖怪题材轻小说）；曾创作出小说《空之境界》、电玩"命运"系列等作品的作家奈须蘑菇也曾坦言受到京极夏彦的影响；2015 年，讲谈社和角川书店联合发起京极夏彦"百鬼夜行"系列的共享世界策划——"蔷薇十字丛书"，召集了一批年轻作家创作"百鬼夜行"系列世界的新故事，直抒对京极夏彦作品的长期喜爱。

■ 虚构与现实，在时代的变迁中交错碰撞

在创作思想上，水木茂主张"过分否定灵的存在也很无趣"，抱有一定的唯心思想。而京极夏彦主张"世界上没有不可思议之事"，在作品中以理性来剖析怪奇的事件。师徒二人相异而相容的"妖怪"创作主张，背后是时代不断变迁的印记。

在遥远的过去，知识有限的人们将日常生活中遇到的无法合理解释的现象，如山林中的怪响、伤人的气旋、珍奇古怪的动物赋予名称和形象，将其塑造为某种妖怪加以解释。而从水木茂成长的 20 世纪 20 年代，到京极夏彦出生的 20 世纪 60 年代至今，世界环境与日本社会发生了翻天覆地的变化，现代化与城市化进程步履不停，电灯与网络信号覆盖了过去滋生"妖怪"的山野河川、乡间小径。在现代科学的普及下，过去用于解释"无法解释的现

象"的妖怪概念在人们的认识中褪色成昔日传说、虚幻之物。这样的变迁正体现在水木茂与京极夏彦的创作思想中。

到我们所处的时代，"妖怪"到底是什么？在创作妖怪故事时，现实中作为解释机制已经失效的"妖怪"如何立身定位？京极夏彦认为，妖怪的本质是一种传承至今的"角色"，就像水木茂创造的鬼太郎一样。"角色"无论作为戏剧概念或社会概念，都代表一种身份，拥有特有的性质和行为方式，这与"妖怪"恰恰契合，因为大多数的妖怪都有其传说故事和固定形象。角色可能有其原型，可以被创造、演绎和二次演绎，而多种多样的妖怪的确具有角色的性质。小说、影视、动漫中出现的妖怪，是不同创作者对"妖怪角色"的二次演绎创作。

那么，此时如果发生了这样的事——在认为妖怪是一种角色的京极夏彦和读者耳熟能详的创作者水木茂、平山梦明、宫部美雪等人周围真正出现了看得见、摸得着的妖怪，并引发了一系列惊天动地的混乱骚动，会是一种什么样的局面？京极夏彦等人将如何应对？即使在这样群魔乱舞的荒唐局面下，京极夏彦还能不被动摇并毅然道出那句名言——"这世上没有任何不可思议之事"吗？而在故事的最后，京极夏彦会如何向那位已前往妖怪世界的恩师再次告别？

敬请读者阅读这部精彩的小说，找到答案吧！

目 录

一名男子立于沙尘之中。

尘埃如雾般覆盖地表，亦似纱幕，即便天色尚明，仍难辨男子的形影。

服装打扮亦不明晰。

只知男子身形甚高。

是个瘦削而高大的男性。

没人知道男子的双眼凝视着什么。

战争结束迄今仍未过多少年，这个国家的政局依然不稳。

放眼望去，尽是荒芜之地，这里曾是战时无数惊慌奔逃的难民、民兵和难以计数的非法武器往来的要道。

然而，这些队列如今也已绝迹。

亦不见偶尔行经的游牧民族。

没人知道男子是跨越国境还是从何处来。

可以说是突然现身于此。因为最近几天，疑似这名男子的人物曾现身于邻近多国。

由其行踪看来，对这名男子而言，国境恐怕毫无意义，不过是地图上的标线罢了。但对现代人来说，纵使无法亲眼看见，国境恐怕是最强的结界吧，能跨越国境的只有少数特定人士。

更何况此地还是危险的纷争地带。

绝不是能够经由正规途径轻松抵达的地方。

更遑论跨越国境，自由往来。能办到这种事的这名男子绝非寻常人物。

此处的自然环境十分严苛，而男子所立足的地点也不是获得入境许可就能来观光旅游那样的区域，自然也非能徒步到达的地带。但男子身旁除了他自己以外，不见任何事物。

各种意义上，这名男子都不可能出现在此。

男子总是宛如神灵般现身，如鬼魅般消逝。

除此之外无法解释。

一阵狂风呼啸而过。

狂风卷起沙尘，陡然间，遮蔽了男子的身影。

风止。

男子的轮廓变得明晰了些。

他身穿看似披风的服装，脚穿长靴。

头上端正地佩戴着类似军帽之物。

身形虽高大，但明显是个东洋人。脸部一半被黑色皮制面罩遮住，但从显露在外的眼睛可知，男子既非阿拉伯人，亦非波斯人。他是一名东亚人——不，说得更精确一些，他是日本人。

只是，虽是日本人，打扮却显得有些搞错时代。

那是一件军服，而且样式是日本军队在第一次世界大战时期的。阶级难以确认，但从装备看来，无疑是一件军官制服。

倘若这是真品，少说有百年历史吧。

百年前的日本军人出现在遥远异国的沙漠之中。

男子昂然挺立，长时间一动也不动。

不久——

从他那令人联想到死者的凹陷眼洼中，燃起鬼火般的阴暗光芒。

男子凝视着的，并非现世的大地。他注视着这片几千年来吸收无数民众与将士的鲜血，被罪恶之火烧尽、鬼气森森的大地的遥远往昔模样。

男子一语不发，和亘古文明的亡灵进行交流。

突然——

男子右臂高举向天，高喊：

"腐朽的太古睿智，被遗忘的怨念啊——听吾号令！"

他戴的白手套的手背部分……

绘有五芒星图案。

壹

妖怪大翁深表忧虑

"这件事总觉得在哪里听过呢……"

但没人理会榎木津平太郎的发言。

总编一语不发地望着车窗外飞逝而过的调布市街景。

也许没听到吧。

要判断总编是否心情不佳并不容易。听说他以前的脾气是出了名的暴躁，现在或许年纪大了，个性变得圆滑，再不然就是终于领悟到秉持成熟风范处理事情比较轻松吧。

只不过，根据某人——小说家京极夏彦所言，他多半只是耽溺杯中物，变得凡事都嫌麻烦罢了。但也有人认为他是因为世事艰难，才会沉浸于酒精之中。

总之，总编现在不会对人破口大骂。虽然不会，但他那双细长凤眼依然给人以压迫感，而鼓起的腮帮子也透露出他的不悦，这类不用言语表达的攻击反而更难搞。

心情好坏难辨的上司是最难应付的。不过，平太郎刚才的那句话其实是在讨他欢心。

"不知道这是怎么回事呢？"

"什么？"回答的嗓音格外低沉。

"就……就是那个出现在叙利亚沙漠，疑似旧日本兵的怪异男子啊。听说那一带最近挖到了美索不达米亚文明遗迹。"

"嗯，好像是。那附近大概随便挖都会发现遗迹吧。"

"听说当地的军队在巡逻中发现可疑人影，还突然刮起一阵龙卷风，在他们进退不得之际，怪人忽然消失了。他原本所站之处被龙卷风挖出一个大洞，露出底下过去未曾发现的遗迹。怎么看都不像是一两个人就可以挖出来的，不是吗？"

这段话非常具有说明风格，但也没办法，本来就是说明。

"只是碰巧吧。"总编爱理不理。

"可是有日本兵啊。"

"现在没有日本兵了。"

"我是指打扮啦，打扮。穿在他身上的衣服。"

"那又如何？我看八成是角色扮演（cosplay）吧。"

"但那是在伊拉克呀。"

"伊拉克人说不定也会角色扮演啊。虽然不敢肯定，但他们想这么做也没问题吧？"

"可以是可以……"

"那就好啦。"话题被硬生生地结束了。

"可他是日本兵啊。"平太郎不死心地反驳。

"搞不好他是个旧日本军狂热爱好者。再不然，就是个愚蠢的日本人。"

"那里怎么可能有那种人？那套服装和中东或近东一点儿关系也没有。"

"日本人的足迹遍及全世界。"

"话倒是没错……"平太郎将视线从手上的手机移开，窥探总编郡司聪的表情。

果然难以判断心情。

听说他以前被称作"邪恶的五月人偶[一]"。会取这种似懂非懂的绰号者多半是京极吧，但待在总编身旁立刻能明白这个绰号的含义。不管是细长的凤眼还是五官比例，总编整体给人一种金太郎的印象——很可怕。

如坐针毡。

平太郎决定继续讨论这个话题。

"总编，您不觉得这个日本兵……很像加藤保宪吗？"

加藤保宪是在荒俣宏的名著《帝都物语》中登场的魔人之名。

平太郎在中学一年级时看了这本小说。印象中看的是合订本。他还记得当时一口气将六本全部读毕，结果害他期中考试的成绩惨不忍睹。毕竟公立中学不会用奇门遁甲或腹中虫当作考题。

他也看了电影版的DVD。当他发现电影第一集的导演是实相寺昭雄的时候，感到很吃惊。因为平太郎对实相寺的印象只有《赛文·奥特曼》[二]。

照理说，平成年间[三]出生的平太郎没理由迷上《赛文·奥特曼》。但他先迷上平成时代拍摄的"平成赛文·奥特曼"系列，接着看了《赛文·奥特曼X》，最后连旧作也从影视出租店租来看完了。

由于《帝都物语》的关系，平太郎看了相当多实相寺的作品。在着魔般地看过的许多作品当中，他最喜欢的还是《怪奇大作战》的《诅咒之壶》这一集。当然，除了实相寺拍摄的那几集以外，其他剧集他也全部看完了，还看了《银色假面》，就这样一股脑地栽进了昭和特摄[四]的坑里。他的青春就在这种教人搞不清楚他是哪个年代出生的光景之中度过。

[一] 日本于5月5日男儿节为祈祝孩子健壮成长而摆放的人偶。

[二] 1967年播出的电视特摄作品，属于"奥特曼"系列。

[三] 日本自1989年1月8日至2019年4月30日间使用的年号，前一年号"昭和"为1926年12月25日至1989年1月7日之间。

[四] "特摄"全称为"特殊摄影"，一般指使用特殊摄影技术手法拍摄的影视剧，通常以科幻、奇幻或恐怖题材来制作。

　　高中时期，常有人觉得他怎么长这么大了还对怪兽影片着迷。但另一方面，重度特摄迷视他为半瓶水而瞧不起他。

　　平太郎想，如果是关于昭和特摄的话，他的确只是半瓶水，但他好歹也是从小就开始迷特摄了呢。每个人一开始都是半瓶水，没必要排挤他吧？换成是他自己，能多一个同好绝对很欢迎。

　　只是，平太郎的确算不上专注于特摄的爱好者。他迷上昭和特摄的同时，也不可免俗地一头栽进以梦枕貘的《阴阳师》为开端的安倍晴明风潮。

　　不过这是他们那个年代的人都经历过的潮流，冈野玲子改编的漫画版也很受女生欢迎，所以就算迷上《阴阳师》，在同侪之间也不算突兀。

　　仔细一想，中学女生喜欢《阴阳师》反而比较奇怪吧？至少平太郎如此认为。这就是风潮的力量吧。

　　也有人质疑，阴阳师和怪兽根本不同，怎么会同时迷上这两者？

　　大部分的女生明明能接受鬼[一]或怨灵，却对怪兽毫无兴趣。虽说最近的特摄片都找帅哥来担任主角，但主打怪兽的昭和特摄只适合汗臭老爹看，所以会被人这样质疑也很正常。

　　但平太郎两者都非常喜欢。说他不挑倒也没错，对平太郎而言，这两者差距并不大。

　　回想起来，他的兴趣从《帝都物语》往昭和特摄发展很自然，从《帝都物语》朝《阴阳师》发展也超自然。不，不是 supernatural，是"超级"自然之意。总之，平太郎认为这一切都很顺其自然，没有特别不自然之处。条条大路通《帝都物语》。

　　对平太郎而言，《帝都物语》乃是一切的根源。

　　印象中，自己在还没接触《帝都物语》前，似乎都在看动画。不，他现

[一]　指日本传说中头上长角、口生獠牙、残忍凶猛的妖怪。

在也还是很爱看动画。自出生至今一直都在看动画，所以要他举出喜欢的动画，不仅掰手指头不够计算，就算用上双手双脚也还是不够，甚至得跟别人借手指才行。

事实上——尽管没有自觉，但平太郎是个不折不扣的御宅族。虽然他自己并不这么认为。他觉得所谓的御宅族，必须有明确的兴趣对象，诸如铁道宅、模型宅、动画宅、偶像宅、特摄宅……这些被称为××宅的人们，将自身的热情投注在这些××之中。

然而，平太郎却没有投注热情的对象。不是一片空白，而是模糊不明。

因为喜欢特摄，一般电影或怪兽电影很合他胃口，但丧尸片、灾难片或动作片他同样喜欢。他也喜欢动画。但若问是否只看动画，倒也不见得如此，原作漫画他也照单全收。没被改编成动画的漫画他亦照看不误。恐怖类、妖怪类、灵异类看似相仿，其实各有千秋。他不只爱看电视上的灵异特辑，怪谈实话或实话怪谈类——平太郎其实不太清楚哪个才是正确称法——的作品他也开始读了。

此外，他也喜欢并非真实故事改编的创作故事，尤其对被归类为奇幻文学的国外作品更是情有独钟。喜欢到产生阅读原文的冲动，他便开始学起法语来，但很快就半途而废。因为他的兴趣转向推理了。

关于推理小说，平太郎首先由日本作品入门，接着转移目标到翻译作品，后来果然也是想直接阅读原文。但他的英文成绩向来惨不忍睹，连教科书都看不懂的家伙自然没道理能理解复杂的诡计或不在场证明，在感到挫折之前他就先放弃了。

总结来说，平太郎是个喜欢看小说的人，因此高中的班主任建议他去考文学系。但平太郎又觉得难以割舍民俗学或文化人类学，要说理由为何，毕竟他还是很喜欢妖怪。但被班主任责备，说民俗学不是研究妖怪的学问。结果就这样拖拖拉拉，直到最后落得只能就读二流大学的社会学部经济学系。

像这样。

平太郎的兴趣是如此混沌不明，以至于无法做出左右人生的选择。对投注热情的对象举棋不定，若以御宅族自居，反而是对御宅族的侮辱。但是，若问这些兴趣的共通之处是什么，果然还是位于根源处的《帝都物语》吧。

另一点则是——这些兴趣都很孩子气。平太郎对此有自知之明。他是个很孩子气的人。因此，他的求职路并不顺利。去应征过几家大型出版社，全被刷掉了。对方根本瞧不上他。

平太郎便这样彻头彻尾地成了应届无职者。他本来已经下定决心，要一面打工一面度过无所事事的空虚日子。反正小他一两个年级的学弟学妹们是宽松世代[一]，就算能成功就职，大概率撑不了多久就会离职，自己明年以后一定还有机会。就这样，平太郎嘟囔着这些简直无异于诅咒、没有根据的呓语，到处寻找打工机会。

但是，他竟然连打工的活儿也找不到，还被人讥讽："你自己就已经是宽松世代啦。"

虽然平太郎没有自觉，但被人问到圆周率只能回答"大约等于三"，背不出小数点之后两位是事实，一旦被人点出来，他反而恼羞成怒地回嘴："宽松世代有错吗？"真的是很任性的一个人。于是他开始主张因为脑子宽松，吸收力反而更好，但没人理他。

一毛钱收入也没有。但就算如此，他不知为何并不想回老家，暗自决定要在这个大都会的静僻角落里，被内容可疑的书籍和 DVD 围绕着，作为一名连兴趣对象也模糊不明的御宅族终其一生，孤独而死。不过就在这时，一位在大学时代很照顾他的副教授跟他联络，要他如果闲着没事的话就去帮忙。

[一]　指1987年之后出生的日本人，这个世代的人在上学时期曾受"宽松教育"政策影响。

平太郎问："要帮什么忙？当研究助理还是帮忙洗衣、打扫？"一问之下才知道，原来不是大学的工作，而是去副教授朋友上班的出版社帮忙打杂。

但平太郎竟还不知好歹地回答："若是去当初把我刷下来的公司打工，有点讨厌啊。"幸好缺杂工的那家公司平太郎没去面试过。

是角川书店。而且是《怪》编辑部。

《怪》是妖怪文学杂志。虽然内容中的妖怪含量不太多，但专栏作家个个是"妖怪"。领头的作家正是那位妖怪大师——水木茂。不仅如此，连《帝都物语》作者荒俣宏在《怪》里也有专栏连载。

京极夏彦的小说又厚、又长、又重，平太郎向来敬而远之，即使在沉迷推理小说的高中时代也没读过。但是他在大学时代阅读《怪》的连载时认识了这位作家，读了不少他较为轻薄、短小的作品。

而村上健司的《妖怪事典》，他不知为何也买了两本。没有特别的理由，多半只是一时昏了头才重复购买的。这本工具书很好用，他反复读了好几遍。说好用，其实书上也只有关于妖怪的解说。此外他还买了《妖怪 Walker》和《京都妖怪纪行》，可以说是个相当捧场的读者。

多田克己的书他只听过一本。原以为只是自己不熟悉这位作家，事实上并非如此，是真的只有一本，这令他很吃惊。而这唯一的一本他也收藏了，的确是个很捧场的读者。

平太郎也曾参加过三次世界妖怪会议。

仔细确认书架，发现书架上有八本《怪》。印象中没这么少，不是弄丢了就是收到不知哪儿去了吧。至少他确定没卖给二手书店。但也可能只是他以为自己买了，其实根本没买。由于经济拮据，平太郎并未订阅《怪》。

如此想来，或许也不算太捧场的读者吧。不过……不管如何，说不定有机会能和水木茂或荒俣宏共事，对平太郎而言具有难以取代的魅力。他真心认为《鬼太郎》是一部杰作，是国民漫画。至于《帝都物语》，更是给平太郎开启了暧昧模糊、无穷无尽的兴趣入口。

就这样，平太郎二话不说答应了。

结果在板着一张脸的恐怖老爹、高瘦俊美风男子，以及粗壮且眼神凶恶、仿佛太空猿人奴仆风格的男人从头到脚仔细打量后，平太郎被《怪》编辑部雇用了。

当然，平太郎也不是没有厚脸皮地存着要趁机构筑人脉，不久后升成合同工，最后再当上正式员工的私心。但这个得意忘形的野心瞬间就被扑灭。因为角川书店过去从未有过从打工人员升格成正式员工的例子，完全没有。不是很少，而是没有。

这世间果然没那么好混。只靠人脉就能通用的软弱世界早在久远以前就灭亡了，能让人慢慢向上爬的一缕蜘蛛丝早在往昔就已断裂。

而且，更令人吃惊的是……连《怪》编辑部本身也"不存在"。

不是没有办公室的意思，而是根本没有这个部门。只有一名总编在负责整个业务，而且这名总编是其他部门的部长。他并非兼任，而是基于兴趣自己成立的组织。不，或许不该说是兴趣吧。

其他的业务则由负责水木、荒俣、京极等各作家的责任编辑心不甘情不愿地义务帮忙。话虽如此，事实上责任编辑只有一个人。各个作家的责编都是同一人。负责这些专栏作家的编辑只负责委托与回收原稿。至于页面的编辑工作则基于总编命令，委托外部的综合编辑公司进行制作。听说在编辑公司加入前，都是由有空的人有一搭没一搭地一起帮忙编辑。什么有一搭没一搭嘛，什么一起帮忙嘛，又不是在制作校内板报。听说现在《怪》旗下的漫画刊物《Comic怪》勉强成立了编辑部，但《怪》这边却没有编辑部，怎么想都觉得很疯狂。

不。据说，向来就没有编辑部。如此松散的杂志竟然能存在二十年之久，真令人啧啧称奇。

虽然绕了一大圈，总而言之就是《帝都物语》。

在平太郎的心中，出现在伊拉克的那名男子的模样，与岛田久作饰演的加藤保宪重叠为一了。

然而这只是平太郎自己的想象。

当平太郎在网络上看到这篇报道时，他想起的是电影《帝都大战》的开头，加藤直挺挺地站在电线杆上，一副凶神恶煞的模样。

然后——听说一旁板起脸孔的郡司总编原本是荒俣的责任编辑。总编和荒俣的交情极为深厚，所以知道许多愉快、奇妙且辛辣的小插曲。《帝都物语》发表在杂志《小说王》上时，平太郎尚未出生，但总编在那时就已知道荒俣宏与《帝都物语》了。

因此，为了打破这个难堪的沉默，平太郎才会提起这个话题——

"加藤穿的是风衣吧？"总编说。

"啊？"平太郎不明白对方的意思。

对平太郎而言，加藤保宪是个宪兵打扮的军人。虽然原作中换过许多种打扮，但他给人的主要印象还是军服而非风衣。

仔细思考后，平太郎发现总编指的是几年前上映的《妖怪大战争》中的加藤。

那是很久以前大映公司出品的"妖怪三部曲"[一]中的第二部《妖怪大战争》的重制版——准确而言，是同名的新作。

平太郎上小学时，"妖怪三部曲"曾于深夜时段在电视上播映过，平太郎用录像机录下来看完了。第一部是《妖怪百物语》，第三部是《东海道惊魂》。他记得当年是与昭和时代的"加美拉"系列[二]同时上映，肯定是相当

[一]　于1968年至1969年年间制作，以妖怪为主题的三部特摄电影。

[二]　大映公司制作的怪兽电影系列。

久以前的电影。毕竟有点历史了，在现代人看来，无论布偶装还是特效，都很普通。不过平太郎不认为这是缺点，反而觉得很有韵味。

这也是平太郎被当成御宅族的理由。

旧作是讲古巴比伦吸血魔戴蒙飞来日本，被日本的妖怪军团合力赶走的荒唐无稽的故事。新版电影中的敌人则是机械和妖怪融合而成的机怪，它们在大怨灵的炼火中融合形成怪物军团。全日本的妖怪误以为要办祭典，纷纷聚集而来，最后和被选为麒麟送子中的孩子忠志一起解决了邪灵军团。故事可以说更为荒唐无稽。

加藤保宪在这部新版《妖怪大战争》中客串登场。导演是三池崇史，由荒俣宏和水木茂分别改编成小说与漫画，登场妖怪则由京极夏彦挑选。以这三名《怪》的作家为中心，再加上宫部美雪，组成"怪团队"来制作，阵容极度豪华。

豪华归豪华，但也发生过被灾厄大火袭击的事件。摄影棚一度失火，试映会暨妖怪会议举办期间发生了地震——记得当时的加藤扮演者穿着类似风衣的衣服。

扮演加藤的演员是丰川悦司，平太郎觉得他的举止很帅气。

——不，不是这个。

"不，我是指以前的电影。《帝都物语》的电影版。"

"哦。"听到平太郎这么讲，总编只随便应了一声。

"没什么反应啊。"

"因为伊拉克的遗迹和我又没关系。"

"啊，是《驱魔人》吧。"

《驱魔人》日本版原声带的第一首曲名就叫《伊拉克的遗迹》。

"话说回来，《妖怪大战争》旧作好像也是巴比伦的遗迹被盗挖，吸血魔戴蒙才会苏醒……"

"有完没完啊？"总编不耐烦了，"早知道就不带你来了。"

"别这样嘛，我在《怪》编辑部工作已经三个月，却一次也没和水木老师见过面呢。"

"别说在《怪》工作，你来之后什么都没做吧？"

"没错。"

顶多就是搬运货物、发快递、在《怪》举办的"妖怪大学校"活动中陈列椅子、把可录光碟（CD-R）送到编辑公司、打扫，或者毫无意义地列席会议，顺便参加会后的聚餐。

平太郎专干体力劳动类的工作。作家群当中，他只见过京极夏彦、村上健司，以及多田克己。

他听说京极夏彦是个很恐怖的人，实际上倒也不至于。的确，京极从外表来看总是摆出一张臭脸，但意外地好相处。他不只是会一本正经地开玩笑，也会笑里藏刀地挖苦人，明明在装傻却不会说半句乐观的事，又爱吐槽，似乎能一眼看透各种人和事物，在这层意义上也许真的很恐怖吧。

多田克己则更恐怖。因为他真的让人搞不懂到底在想什么，有时连所说的话也令人一头雾水。或许是他所拥有的知识太丰富了，也可能是身为听众的平太郎脑子不灵光，总觉得他说话太跳跃，完全不知该如何回应。只能回答"嗯"或"哦"，有时甚至不得已只能忽视他的发言。不知是否因为如此，多田克己总是板着一张脸，很不亲切，看不出是否在生气。但是当他和京极或村上在一起时，又显得很愉快，不时发出咯咯的笑声——不，甚至会像个幼儿一般嘻嘻地笑着，或许不是真的很难相处吧。话又说回来，那两人竟然听得懂他在说什么，太可怕了。

对平太郎最亲切的是村上健司，他很平易近人，连平太郎这种打工人员也很照顾。

是个很会保护人的大哥。

只是，平太郎一直以为村上健司剃着光头，实际见面发现是长发时令他很惊讶。听说村上是在客串演出前述那部《妖怪大战争》时，为了扮成河童，先留长发，再将头顶剃光，变成类似战败武士或西方行剪发礼的修士的模样，演完后就将头发直接留长，直到现在。

话说回来。

——河童头啊。

虽然这些人都不是坏人，但确实都是怪人。听说多田、京极、村上三人组成了"妖怪痴"团体。准确而言还有另一名成员。这个称号来自一本叫《妖怪痴》的书，平太郎并没看过，不甚明白。当他知道有这本书并想买来看时，已经销售一空，等复刊时又错过时机，他又嫌订书麻烦，就这样拖拖拉拉之际，这本书不只店头绝迹，连网上都不见踪影。

据说——唯有一天二十四小时只想着妖怪的人才能获得"妖怪痴"这一称号。

虽然这么说，但根据平太郎在一旁观察所得的感想，这三人聚在一起时从不聊妖怪的话题，看起来只像普通的白痴。

如果把这些话说出口，肯定会被总编揍吧。但就算是这位可怕的总编，跟这群人聚在一起时，看起来也像个白痴。真受不了。

明明在公司里的地位那么高。

不，明明在工作时不是这么冷淡的人。

"算了，能和水木老师见面，任谁都会兴奋过头吧。"

总编说。

"我一开始也是这样。总之，你今天去老师那边别乱说话啊。"

平太郎被警告了。

"冈田去和荒俣老师接洽，及川也去和漫画家讨论，梅泽则是为了处理纪念馆事宜去了境港。没别的人在，迫不得已才带你来的，我真的很怕你会捅出什么篓子来。"

冈田是同时负责水木、荒俣和京极的责任编辑，及川是《Comic 怪》的编辑，梅泽则是编辑公司那边的人。

面试时，冈田就在现场，他的造型挺帅气，头发柔顺飘逸，皮肤白皙，身材细瘦，看似很受女性欢迎，但又有些像褪色的爬虫类动物。他在工作上似乎挺有一套。

及川也在面试现场，是个肤色黝黑、身材矮壮，刚硬的头发理成平头，俨然是阿富汗雇佣兵的男子。只不过为什么是阿富汗？又哪里像雇佣兵？平太郎自己也说不上来。总之及川和冈田站在一起时，一点儿也不像同一物种。

及川眼神凶恶，一笑起来却又给人有些窝囊、体力虚弱的印象，和史莱克简直长得一模一样。他若眯起眼来，则有点儿像仙台四郎[一]。当听说他的名字真的就叫史朗[二]，老家也在仙台时，平太郎不禁露出苦笑。

梅泽则是怎么看都宛如一头大象，极为壮硕、肥胖，体形仿佛相扑力士一般巨大。但他心思却很细腻，乐于助人，可惜就是说话有些下流。

以上就是参与《怪》制作的人马，这些人在工作上十分干练，工作外却个个都像傻瓜——或许真的是吧。

其他也有来自角川社内的协助者，他们就很正常，也许是主犯和共犯的差别。换句话说，目前为止，平太郎认识的《怪》杂志相关人士全是怪人。

然后——
刚刚突然接到水木制作公司的紧急召唤。

[一] 江户时代末期至明治初期实际存在于仙台市的人物，患有智能障碍，常上街信步溜达，据说会给被他光顾的店家带来财运，因此被奉为福神。
[二] 与"四郎"同音。

水木老师不久之前刚庆祝过米寿[一]，由水木老师夫人的原著所改编的连续剧《鬼太郎之妻》大受欢迎，水木老师获选为文化有功人士，接着庆祝金婚，受到国外表扬，确定出版《水木茂漫画大全集》——水木老师这几年可以说喜事不断，但今天发生的似乎并非如此可喜可贺之事。

"不知道有什么事……"

"就是不知道才担心。"

总编一副"你很蠢啊"的表情，瞪了平太郎一眼。

总编肯定也很担心吧。

围绕在水木老师身边的人都发自内心地敬爱着这位国宝级大帅，这一点毋庸置疑。

就在两人聊着这些事的空当，出租车抵达水木制作公司了。

映入眼帘的是平太郎曾在漫画中见过的一景。不是似曾相识，是真的见过。平太郎像一个昭和初年刚来到大都市的乡巴佬，形迹可疑地左顾右盼，不知为何，走进房子时还蹑手蹑脚，搭上电梯……回过神时已经来到了曾经见过的客厅。这里在漫画中曾出现过。平太郎看过照片，也看过电视上的介绍。《星际迷航》迷们在参观 USS 企业号 NCC-1701 的舰桥布景时，心情恐怕也和我现在一样吧——平太郎心中产生一般人难有共鸣的感想。

当然，他没说出口。

当他犹豫是否要喝招待的茶水时，两名人士从内部房间里现身了。

同样是曾经见过的人物。

漫画和现实交融合一。

这位女性是小悦。不是姓猿飞的那位[二]，而是经常在水木漫画中登场的

[一]　八十八岁。

[二]　出自石之森章太郎的漫画《猿飞小悦子》。

悦子——水木老师的次女、散文作家水木悦子小姐。

　　另一名则是水木老师的长女，同时也是水木制作公司社长的尚子小姐。平太郎觉得自己的心跳加快了。

　　总编起身向两位女士打招呼，平太郎有样学样地模仿起来。

　　如同古典落语《本膳》[一]一样。换言之，万一总编出错，平太郎也免不了失礼。但总比只有自己做错了来得好。

　　"爸爸最近老说一些令人担心的话。"

　　悦子小姐说。

　　平太郎默默地在总编一旁坐了下来。

　　一来由于总编也回座了。原本就是总编虽不知发生什么事，但有不祥的预感才被找来壮胆，身为打杂工的平太郎没资格插嘴。二来平太郎自己也很紧张，一面注意总编的举手投足，注意力却又被摆在桌上等处的"眼珠老爹"周边商品吸引。这些商品数量惊人，放眼望去，不是眼珠眼珠眼珠眼珠眼珠眼珠眼珠眼珠眼珠眼珠眼珠眼珠眼珠，就是老爹老爹老爹老爹老爹老爹老爹，究竟有几个人的眼珠子啊？

　　"请看这个。"

　　悦子小姐将像是一张图画纸的物品递给总编。

　　"水木老师……贴了这个吗？和平常一样？"

　　平太郎侧眼偷瞄了内容。

　　纸上用红色记号笔大大地写着下面这句话：

[一]　《本膳》讲述的是，村长家办喜事，村民合送礼物而受村长招待大餐，但村民不懂用餐礼节，只有教人习字的老师知道，于是决定由他带头，村民则有样学样，结果闹出笑话。

——鬼会杀死妖怪！

看起来应该是这个意思。

总编的表情变得像是自暴自弃的五月人偶，果然不像钟馗，而是像金太郎。京极说得一点儿也没错。

"不过老师从前就不怎么喜欢鬼。记得他在某一场妖怪会议上曾说：鬼啊，实在不……怎么有趣呢。"

最后那句话的语气微妙地有所变化。

仿佛是叨叨絮语，很独特的声调。总编在模仿水木老师。不知为何，大部分与水木老师有往来的人在引用水木语录时，总会不自觉地模仿起来。不管像不像，总之就不肯正常地说出口。仿佛约定俗成，每个人都会不约而同地模仿。就像法律规定要如此似的。

"鬼的类型已经僵化，个性又残忍，所以不合老师的胃口吧。如果让这种鬼怪太出风头，会抢了妖怪的舞台，所以他老人家才要警告大家。"

的确，妖怪玩偶琳琅满目，鬼的玩偶却不多见。

"应该是这么一回事吧。"

总编说。

"若是如此的话就好了。"

尚子端出点心招待客人。

平太郎想：吃，当然要吃。

"家母也有点担心他。"

"水木老师最近状况不太好吗？"

"与其说状况不好，不如说看着更像在生气。对吧？"

"没错没错。"

悦子也点头同意。

"经常发飙呢。"

"发飙？慢着，水木老师很少发飙吧？水木老师在工作上是很严格，但很少在人前发飙啊。当然，遇到态度不佳的编辑，他还是会生气，不过他最近已懂得转移自己的怒气了，不是吗？"

"以前倒是一天到晚在发飙呢。"尚子小姐说道。

"只是最近似乎没什么发飙的理由，忙归忙，但也不会不耐烦。"

"嗯嗯，那就好。"

总编伸手想端起茶杯时……

"不行！"

突然传来一声怒吼。

平太郎吓了一跳，转头一看。

——水木茂老师出现了。

平太郎忍不住再看一眼，又吃了一惊。岂有不吃惊的道理。是真货啊。是正版的啊。是本人啊。

——是水木茂老师本人啊。

平太郎的紧张情绪攀上了最高峰。

"你啊，现在不是悠闲的时刻了。这可是妖怪的危机啊！"

"啊？"

水木老师说完大步走向前，一把抓起桌上原本要招待平太郎的茶水，大口喝下。平太郎正打算喝呢。

"这样下去绝对不行。"

"请问是什么不行？"

总编怯怯地问。至于平太郎，则在这位将会青史留名的伟人面前彻底"宕机"了。

"有谁对您做出过失礼的行为吗？"

"感觉不到了！"

水木老师边说边在总编的正对面坐下。平太郎的紧张达到了极限，全然不敢直视水木老师。

"你最近如何？还有，荒俣呢？"

"如何是指……"

"当然是妖怪啊，妖怪。"

老师响亮地拍了一下自己的膝盖。

"老实说，我不太明白老师您的意思……"

"你不懂！就是这样才不行啊。难怪《怪》的销量那么差！如何？还是感觉不到吗？角川最近如何？"

"好像也不行。"总编苦笑地说。

"不行！岂止一句'不行'就能了事！这样下去，等于是送上断头台了。你啊，《怪》都办这么久了，感应力还是从没提升过。"

"对不起。"

总编低头致歉，平太郎也有样学样地低下头。

"水木先生九十多年来都感觉得到。从出生以来感应力都很好。托此之福才不至于饿死，并获得了幸福。是的，水木先生得到了幸福。他的感应力在战争中虽然有些低落，但是在南方的丛林里的那片黑暗之中，靠着大鼓的声音相助，感应力反而变得更敏锐了。"

"就是这里。"水木老师指着自己的额头说。

平太郎早就听说过水木老师自称为"水木先生"，今天第一次证实了这个说法，觉得有些感动。

"温度一高啊，脑子就会膨胀。"

"脑子吗？！"

"感应力也会提升，能见到肉眼不可见的事物，或许该称为妖怪力吧。

脑子一膨胀，那种感应就会增强。而且你知道吗？丛林很黑，什么灯光也没有。在南方啊，不管草、树木、岩石，还是野猪等动物，都跟鬼怪一样巨大。"

"爸爸，你岔题啦。"

悦子小姐在水木老师耳边这么说。水木老师的脸变得更臭，回答道：

"并没有！这很重要。"

"嗯嗯，很重要。"

总编也以难以言喻的态度搭腔，但不单是为了迎合老师。

他似乎也察觉到有些不对劲。

"老师是想说生活在当今的日本，我们的妖怪感应力总免不了越来越低，对吧？"

"你啊，从以前就没高过吧。"

水木老师得意地将上半身后仰，说：

"你的感应力一直很低，而且还随着时代变迁不断退步。"

"呃，的确如此。"

"所以说，电灯就是不行。"

"嗯嗯。"

"只有灯笼的亮度才恰到好处，油灯也勉勉强强。电灯绝对不行！"

老师又重复了一次，然后说："都是电灯害妖怪减少的。"

接着他拍桌怒吼：

"到处都太明亮了，才会看不见那些不明就里的东西。只能看见实际存在的事物的话，感应不存在的事物的感应力就会衰退。具有感应力的人愈来愈少，害妖怪也变得越来越少。剧烈减少！"

说到"剧烈减少"时，老师又重重拍了一下桌子。

"不过，如果是像水木先生^[一]这种被妖怪选上的人，或说被妖怪使唤的人，依然还是能感应到的。"

"嗯嗯，相信老师您的感应力还是很敏锐吧。托您的福，我们才能认识到如此丰富而多样的妖怪。若不是您感应到妖怪，将它们的身影捕捉下来，绘成图画，妖怪文化恐怕早已灭绝了。我们也是通过您的图画，才重新认识到原来日本还有这样的风景，还有这么多样化的妖怪。喂，你说对吧？"

"是……是的！"

话题突然带到平太郎身上，他不禁紧张地将嗓音拉高八度回答。

他不是只为了附和才这么说。平太郎自己也很认同总编所言。通过使用"妖怪"这一关键字，使许多不明就里的文化被人们认知的，正是水木茂本人。

"止……止因为有水……水木老师的感……感应力，我们才能……"

"问题就在这里！"

水木老师强而有力地打断平太郎的话，指着总编说：

"感觉不到！"

"啊？"

"感觉不到！"

"您说我吗？"

总编睁圆了眼，指着自己说。

"你啊，完全不行。听说战争期间老是揍水木先生出气的军官，和你的祖先是同乡吧？"

"您……您真清楚。"

总编的祖先……故乡是哪里啊？

"难怪你的感应力那——么差。而且似乎越来越低。你该不会因为贫穷，

[一] 水木茂习惯自称为"水木先生"（水木サン）。

所以越来越没耐性吧？"

"嗯，是这样……。"

"出版界人人都不行吗？这样？"

水木老师指着下方。

"呃，应该都不太行吧。"

"哼哈！"老师从鼻孔出气，然后说，"因为不景气害的？还是很无趣？"

"那是……嗯……"

连总编也欲言又止，穷于言辞。

"无趣是不行的。就是这样才卖不好。如果卖不好，心灵就难以充裕。如此一来，就愈发感觉不到了。"

"愈发？"

"就这一点来说，水木先生的年纪已过九十了。九十好几还要劳动的人恐怕不多，但水木先生已经掌握金块了，所以和年轻时不一样，心灵很充裕。即使只有一点点动静，也能感觉得到，懂吗？真的是天才。就算只有一丝幽幽的气息也能……"

啪！

"像这样逮住！"

听到"啪"的时候，平太郎吓了一跳，一瞬间屁股离座。

水木老师的妖怪选定眼光，或者说审美眼光，是超一流的。这是水木的门生们的一致见解。老师总是能一眼看出什么是以妖怪而言很棒的形状、很棒的场所，或者仿佛能看见妖怪的构图，等等。这些事物一般人从来不曾在意。应该说，就算对一般人说明就是这个或就是这里，他们恐怕也同样看不出来吧。

没错，看不出来。

平太郎也觉得自己看不出来。

不过，即使是看不出来的一般人，在看到水木老师将妖怪转化而成的图画后，也会恍然大悟地点头说：原来就是这个啊！这就是水木老师捕捉眼睛所看不见的事物的能力。

"但是你啊，知道最近如何吗？想捕捉也捕捉不了。你啊，没有的东西就是捕捉不了。就像在捕捉空气一样。从来没发生过这么可笑的事。这是危机！"

说到这里，水木老师整个上半身大幅度往前倾，接着说：

"你啊，看不见的事物从日本消失了！"

"消……消失了？老师的意思是说，您自己变得感觉不到了吗？"

"是减少了！"

"呃……所以说……"

"有感应力的人愈来愈少，从以前开始就是这样，没有办法。文明会使人变得迟钝，和土著一起生活过就知道。"

顺便一提，虽然"土著"在现代被当成一种不宜于公共场所使用的歧视用语，但对水木老师而言，那是表达敬爱之情的最高级敬称。

"所以水木先生认为，平安时代有感应力的人肯定比江户时代更多。若是绳文时代，更是充满鬼怪吧。不知道神武天皇时有怎样的鬼怪呢？一想到这些，就觉得有趣得睡不着。但现在重点不是这个！"

老师又拍了一下膝盖，接着说：

"就算人们感觉不到，那些眼睛看不见的事物还是存在的。现在却'消失不见了'。不是水木先生的感应能力下滑了，是它们根本不在了！像水木先生这样感应力很强的人类都感觉不到，就表示它们一定是消失了。"

"因……因为电灯吗？"

"不是。电灯只会钝化人们的感觉。感觉不到，便不知道它们存在。然而，即便人们不知道，该存在的还是存在。唉，应该说'曾经'存在吧。"

老师强调"曾经"两字。

"鬼怪……消失了吗?"

"我爸爸很奇怪,对吧?"悦子小姐说,"他呀,最近老是在说这些事。"

"一点儿也不奇怪!"

老师用拳头敲膝盖。

"你啊,这可是很大的问题啊!这种事连在那场愚蠢的战争中都没有发生过!听好,战争是这世上最无意义、最恶劣的事。但是在那场战争之中,那些眼睛看不见的事物还是存在的!"

水木老师用拳头重重地敲了敲桌子。

茶杯从茶托上跳起,发出清脆的声音。

总结来说,是这么回事吧。

虽然平太郎这种平凡人无法明白眼睛看不见的事物是什么,假设那是能用量来计算的事物……

老师想说的是,从太古到现在,那种事物维持着一定的数量存在于这个世间。

绝对量虽不变,但随着时代演进,能感应到的人逐渐减少。有感应力的人减少,所以量也被认为减少了,但那只是误解,总量并没有变化。像水木老师这样的人依然能感应到便是最好的证明。

然而——

现在总量却减少了……

"这样下去,你啊,日本会出问题的。一旦鬼怪们消失了,人类也——活不下去啊!"

水木老师怒吼道。

贰

女童现身于鹦鹉石

雷欧☆若叶正在奔跑。

脚步踉跄，好几次差点儿摔倒。不，实际上已摔倒了两次。

雷欧从没走过这么寸步难行、到处是树根和石块的崎岖路。在这样的道路上奔跑，不摔倒也难。

不，这压根儿算不上道路。

"等一等啊——"

明知没用，雷欧还是忍不住诉苦。如果喊一喊对方就肯停下来等他，他就不必那么辛苦了。辛苦这种东西，还是没有比较好。

雷欧是一名刚起步的作家。

刚起步不代表正在跑步。

但现在岂止刚起步，根本是跑个不停的作家。继续跑下去，若变成抛弃式打火机[一]就讨厌了。那种打火机很危险，所以被禁售了。百元打火机更讨厌。就算刚起步，酬劳当然是多多益善。

——开玩笑的。

雷欧想，就是因为自己老是在想这些无聊的冷笑话，才会接不到好工作吧。一个分神，他又摔倒了。

"好痛，好痛！摔倒啦。"

[一] 日文中"作家"和"打火机"同音。

"你很烦啊！"

村上健司站在他前方几步处，俯视着他。不，该说是蔑视着他吧。

"你到底在搞什么，真受不了。"

"我摔倒了。摔倒，现在。"

村上是雷欧很尊敬的作家前辈。不是奉承，是发自内心尊敬他，但就算雷欧说出口，也只会得到"你白痴啊"的冷漠回应。

"你白痴啊？"

居然还没说出口就被这么说了。

"我是真的很笨啊。但我又不是因为笨才摔倒的。对我更关心一些嘛。"

"你白痴啊？"

好冷漠。

"我说啊，雷欧，你为什么要跑？"

"我只是想追上你嘛。假如在这深山穷谷中迷了路，肯定会饿死的。"

"你白痴啊？"

第三次了。

"并肩走不就好了？我又没跑。"

"可是你走路很快啊。"

"这只是正常速度吧？那是你老东张西望，一下子突然停下，一下子又突然跳起舞来，才会愈落愈远吧？就算东张西望，只要正常跑步也还是追得上，结果你又老是摔跤。"

"我没有跳舞啊，这里是不舞之森。"

"明明跳了。"

"那是对信州[一]山岳表示敬意之舞，是表明'我要登顶'的意志之舞。"

[一] 即长野县。

"你白痴啊？真受不了。不是我说，我现在真后悔带你来，已经进入大后悔时代^[一]了。如果你现在肯乖乖回去，作为答谢，我愿意跟你绝交。"

"那根本也不是答谢。况且就算我想回去，也不知道该怎么走，会饿死的啊。"

"怎么这么快就肚子饿了？你中午不是才刚吃过竹篓荞麦面？我记得你整整吃了三大盘哩。"

"那也是四小时前的事了。"

"好吧，那你就继续坐在这里休息，我要先走了。真是的，只会添麻烦，对采访根本没帮助。把三脚架还我。"

"不要，背这个是我的使命。"

"明明就是我要你帮忙背行李，你才挑了那个最轻的。拿来吧，反正平时我本来就是自己背的。"

"不行，我要跟村上大哥一起走。我想成为优秀的妖怪作家。"

"没这种类型的作家啊。"

"明明就有。"

雷欧宣称自己喜欢妖怪，想靠研究妖怪闯出一片天。但听到他这么说时……

"你白痴啊？"

只得到惯例的那句话作为回应。

"单纯喜欢妖怪没办法当饭吃。能靠这个赚钱的，恐怕只有水木老师一人。水木老师算是鬼怪研究界的大头目，所以不能相提并论。就算如此，他也是靠不断努力画漫画才挣得财富。而且是非常努力，吃了非常多的苦，花了极为漫长的时间才得到这份盛名的，不是吗？"

[一] 日文中，"航海"和"后悔"同音。

"哦，我在晨间剧[一]里看过了。"

"荒俣先生也不是靠喜欢妖怪赚钱的。他做了很多工作，像上电视、写书啊之类的。而京极兄也是靠写小说为生，不是靠喜欢妖怪。但为了撑起对妖怪的兴趣，他只能拼命写小说赚钱。我也是勉勉强强干着作家这行。大家都只是单纯地喜欢着妖怪罢了。"

"那……多田先生呢？"

"多田仔的情况不太一样。"

村上说。

听说多田和村上算是多年的损友。

"他呀，不是靠喜欢妖怪，而是靠当妖怪研究家糊口。"

"这算靠妖怪吧？"

"不是靠妖怪，是靠当妖怪研究家。你耳朵聋了吗？"

"听不懂。"

雷欧说。

"听好了，虽然多田仔老是那副德性，但是他也开发了一门所谓'妖怪研究家'的生意。是的，那是他发明的。虽然他总是那副死样子，但他可是这世上，不，这宇宙中独一无二的妖怪研究家。不同于其他大学教授或策展人那样体面的人，他是为了自己原本的学术或立场才来研究妖怪这个题材。他做的是独门的生意，别人学不来的。"

"嗯，反正我也不想学。"

各种意义上都办不到。

村上一脸受不了似的说：

"所以说，光凭喜欢妖怪是没办法过活的。恰恰相反。妖怪这兴趣很费

[一]　指以水木茂之妻为主角的连续剧《鬼太郎之妻》。

钱，每个妖怪迷都在努力工作，努力生活，再想办法让工作能加入一些妖怪元素，毕竟就是喜欢啊。就连这次采访的旅费也比车马费更高了些，彻底变成赤字，加上稿费才勉强打平而已。"

"噫！"

好可怕的事实。

"但就算不为了工作，自己还是会来这种穷乡僻壤。肯定会来的，没办法，谁让自己就是喜欢呢？若是自己主动来的，纯粹为了兴趣，就得完全由自己来负担这笔费用。别说打平，整笔花费会直接变成家计的负担哩。"

"噫噫！"

"所以才得动脑筋想出各种方法，到处争取和妖怪文化相关的工作。倘若这类工作俯拾即是，我们也用不着那么辛苦了。想靠妖怪讨生活的话，就得在主业中先获得信赖才行。即使和妖怪毫无瓜葛的题材，也要交出亮眼的成绩，才能一点一滴地在工作中加入妖怪元素。这个行业就是这么一回事。"

"哎呀呀……"

雷欧真的只是刚起步的作家，除了《怪》的连载以外，只接过零星的工作。

"所以说，你有时间跟我乱跑，还不如去多多宣传自己。"村上说，"人啊，很快就会老了；会愈来愈辛苦；会全身关节疼痛得不得了，一步也走不动。我前阵子因为膝盖疼去看医生，被说是退化性关节炎哩。因此，你还是坐在那里好好想一想吧。"

"才不要。"

"那还赖着干吗？起来啊。"村上略显恼火地说。

因为雷欧一直赖坐在地上抬头看他。

雷欧才刚说出"拉我一把"，立刻被回一句"休想"。不过村上背了太多行李，想帮也帮不了。

"不是我说，你就算走不动，明明喊一声我就会停下来等你，结果你硬要摔倒，害我得走回头路。把我人生宝贵的光阴还来。"

"原来村上大哥愿意等我啊？"

"不等你的话，我早就到终点啦。"

"所以我们还没到吗？我无法想象终点是什么样子啊！从刚才就一直在爬山，放眼望去净是山，就算终点也还是山吧？"

"这里就是山上啊，当然都是山。"

"为什么要来深山里？这里没人会来吧。"

"以前这里有村庄。"

"是废村吗？那应该变成灵异地点了吧？我们迅速前往并解决这些灵异事件吧。"

"你真的很烦呢。"

村上渐行渐远。

"光是认为废村会发生灵异事件这个观念就不行。你啊，在京极兄面前这样说的话会被骂的。"

"京极先生会骂人吗？"

"我是不清楚啦，不过那个人如果生起气来一定很恐怖。"村上望着前方说。

"我没看过他生气呢。"

"所以才说'如果生起气来'。唉，你真的很烦。我采访向来是独来独往，也觉得旅行是自个儿走比较惬意、自在。在陌生土地上徘徊，碰上很有妖怪感的地方或听到未曾听闻的传说，能带来无法言喻的喜悦，所以我才一直维持着这个兴趣。但这次有雷欧你这样的家伙在，乱了我的兴致。可以的话，我还是想追求一个人的孤独之旅。"

"咦——可是你不是经常跟一群人旅行吗？你们总是排挤我，跟妖怪推进委员会的成员们租辆巴士四处乱逛，和一群痴傻之人去露营或泡温泉！"

"那是要庆功或年终聚会的时候才会去吧。那要另当别论。就像是为了慰劳在鬼怪大学的活动中努力奉献的人们之类的原因。"

"那也慰劳我一下嘛。"

"你又没在努力工作，哪来的苦劳必须抚慰？你只是随处捡几条软便题材罢了吧？"

"软便？"

"'柔软的妖怪音信'[一]啊。"村上不屑地说。

那是雷欧在《怪》里唯一负责的连载版块。说是连载版块，其实也只是用来填补页数用的策划方案，总是等到最后才决定页数。

"没想到那个版块能撑这么久。"

"承蒙总编厚爱，大概怕我饿死吧。"

"又提饿死，你真有这么饿吗？"

"没办法，我就爱上厕所啊。"雷欧说出不明所以的辩解，"一拉就出。"

"噢，拜托，可以麻烦你闭嘴吗？我们再吵下去，就算碰到目标也会错失的。"

"可是这里是山上啊。放眼望去，只有树啊、草啊、石头啊。还是说村上大哥你担心没看到地上的大便，一脚踩上去？"

"你不拉我就没机会踩到。慢着，你刚刚该不会真的偷拉了吧？听好，草就算了，别小看这些树木和岩石，它们很重要。"

"当然重要，能防止全球变暖，对吧？"

"不是在讲环保问题。"前辈作家村上说，"我又不是自命为环保人员来这里勘查的。我来是为了寻找传说地点。所谓的传说地点，就是现在看似空

[一]　"音信"在日文中是"便り"，故简称为"软便"。

无一物，但过去曾发生过传说故事的地点。"

"呃，不懂村上大哥的重点。"

"我们是来找那些'看不见的事物'。"说完，村上总算把头转向雷欧，接着说，"要寻找这些最好是去有乡土传承的土地。不同于民间故事，这类乡土传承地点一向很明确。"

"地点很明确？"

"就是明确，才能成为传说。"村上又转头继续往前走，接着说，"传说是有证据的，例如祠堂、岩石、松木……总会留下点什么痕迹。很可惜，这些曾经存在的事物，现在很多早已消亡或被忘却。但就算什么都没有，至少土地会留下来。虽说也有山地被开凿，连同村子沉入水坝的例子……"

"村上大哥是在讲亚特兰蒂斯？"

"明知故问地装傻可不怎么有趣。"

"哦……"

"证据一定存在，却不见得能发现。因为地图上并不会标示出来。"

"也没有路标吗？"

"那种东西当然没有。如果是观光地点，或许会竖立告示牌或传说导览地图吧，但大部分都没有。长野县有许多关于树木或岩石的传说，可是数量过多，早就被遗忘了。若是在村镇乡里，通常是与传说有关之物本身消失了。若是在山上，则是地点被人们忘却了。这也没办法。毕竟和生活并不那么息息相关。"

"和生活无关吗？"

"毕竟只是石头嘛。"村上说，"倘若是类似袂石[一]那种无法挪动的大型物体就算了，假如体积不大，和普通石头无甚差别的话，留在原处通常会被

[一] 传说中从历史人物的衣袖之中掉落，逐渐成长变大的石头。

嫌碍事。"

"最近连做酱菜也没人用石头压渍了呢。"

"如果是像坟墓、石碑或石像那种石头，即使迁移后还是会保留下来；如果是自然界的石头的话，顶多只是被取名的石头。"

普通的石头连名字都没有。

反过来说，石头没有名字，就毫无疑问只是一块普通石头。

村上说得没错，石头就只是石头。

"那么，那个废村里也有传说的石头吗？"

"有那个可能性。古书上有记载，但村庄不在描述的位置上，对照地图也见不到类似的村落。受到町村合并政策的影响，许多村落都改过名字，但不是消失了。既然找不到这个地址，表明若不是地址错了，就是这段记载是假的。于是，我调查之后发现……"

"废村了！"

"嗯，废村了。在明治时期就已经废村了，难怪连昭和初期的地图也没有登载。看起来并没有开发成道路，那么应该还保留在原处吧。"

"村子吗？可是不是废了吗？"

"村子早就没了，我是指石头。"

原来是石头。

"建筑物会毁坏，放着不顾便会风化。但石头只要没人动过，反而不易消失。虽说一样会风化，但短短百年，尚不至于磨损得那么厉害。"

毕竟是石头。

"那么，那是什么石头？孤独吗？还是亲子泷呢？"

"那是柘植义春[一]用的哏吧？《无能的人》。"

[一]　日本漫画家、随笔家。

"老爸，我来接你了——"雷欧说着除了柘植迷以外没人听得懂的笑话。

"不是那种石头。文献上记载，村外有一种石头叫鹦鹉[一]石。"

"欧姆？是说电阻？还是法则？难道是腐海之虫[二]？或者是水中停息法[三]？"

这次没被说"你白痴啊"。

村上索性不理他。

"鹦鹉啦，鸟类的一种。"

"哦，原来是鸟啊！所以那块石头是怎么回事？很久以前有只妖怪鹦鹉，会吃掉从它面前走过的人，后来被德高望重的和尚收服，变成了石头？会发出笑气吗？"

"才不是咧。哪来的鬼怪鹦鹉，找遍全球都没听过这种东西，虽然我没调查过。而且你跟杀生石的传说搞混了吧？就算是，石头喷发出来的也是二氧化硫，而不是笑气。"

"对啊。"雷欧笑着回答。

"你就是老是这种样子才会被讨厌的，早点认清这个事实吧，真是的。"村上说。

"话说回来，那个石头会像鹦鹉一样飞起来吗？会振翅吗？虽然是石头，也能展翅高飞，迎向世界。"

"就说不是那样，为何老是要乱编故事？别编造传说，你随便捏造，我可不饶你。创作和捏造不可混为一谈。"

"才不会呢。我只是彻彻底底地搞错了而已。我的人生为了搞错而活。"

"你不觉得自己讲话颠三倒四吗？是会鹦鹉学舌的石头啊。"

[一]　音同欧姆。

[二]　动画电影《风之谷》的王虫，发音也是欧姆。

[三]　奥姆真理教的修行方式。奥姆的日文发音也是欧姆。

“佐佐木小次郎！[一]”

“你白痴啊？”

总算说了。

雷欧没被吼这句话就静不下心来。

“不要一直打断我的话。话说回来，你刚刚说什么？不是河童，不是老鹰，而是燕子啊，白痴。虽然没立刻听出来的我也很蠢。”村上叹了口气，接着说，“话说，河童归巢又是什么鬼招式？”

“来开发嘛。”

“才不要咧，白痴。可恶，跟你在一起，一路‘白痴白痴白痴白痴’喊个不停，害我觉得自己个性变得很暴戾。我才不是那么刻薄的家伙咧。”

“哎呀呀呀，看在软便作家之名，原谅我吧。所以说，那个石头会喊‘阿竹小姐，早安’[二]吗？”

“你很内行嘛，就是如此。”

“真的吗？说中了！”

“听说废村里有块鸟形岩石，对它说山就答山，说河就答河。”

“如果我说猪它会答猪，说放屁就回答放屁吗？”

“应该会吧，我也不知道。自己试吧，要说猴子或屁股都随便你。反正那就像回声（木灵）之类的效果，要说什么请自便。”

“儿玉[三]吗？清先生吗？攻击机——会！墨田区的金田先生请作答，噗噗——答错了。请起立。”

“滚吧。”

[一] 佐佐木小次郎是日本古代的著名剑客，他的招式“燕返し（燕子归巢）”和“鹦鹉返し（鹦鹉学舌）”的词语结构相似。

[二] 日本人通常会教九官鸟或鹦鹉说的一句话。

[三] “儿玉”与有回声之意的“木灵”同音。儿玉清为日本知名主持人。

"可是儿玉……"

"只允许你喊'呀——啊——'。我的忍耐快到极限了，白痴。"

"不是写成那两个字吗？"

"上伊那的鹦鹉石又名木灵石，汉字有时也会写作'儿玉石'，所以你的说法也不能说是错的。"

"我就知道。"

"只有名字啊，剩下的大错特错。其他地方也有这种叫法，说和'攻击机会'的那位人物的名字写法相同并没有错。"

"欸——"

雷欧说完，突然打住。

"怎么了？"

"被我发现了，村上大哥，你说'其他地方'是什么意思？这么神奇的石头，不可能有很多块吧？长得像鹦鹉，还会学人说话呢。不，这太扯了。就算有，这世上应该只有一块。是举世无双的奇石。更何况正常说来，石头是不会说话的。就算真的有能说话的石头，至多只能有一块。"

"你说的那种石头一块也没有啊。能说话的石头根本不存在。我们要找的那块那么不可思议是有理由的。同样能学人说话的石头，光上伊那村就有四块，千曲市和下水内郡也有。"

"啊，真的很多。长野原来是鹦鹉石的名产地啊？"

"这种叫鹦鹉石的石头在青森、爱知及兵库都有。记得冈山也有一块。算不上什么稀奇事物。"

"什么嘛……"

在雷欧开口说出"那我们白找了"之前，被村上一句"闭嘴"打断。

"为什么？"

"我不是因为稀奇才找的。啊！"

村上突然喊了一声。

"怎么了？"

"这应该是地藏吧？"

看起来只像长满青苔的团块。

"连是不是石头都看不出来。"

"没那么夸张吧？"村上答完，从肩上取下巨大背包，把手持的行李堆在上头。除此之外，他还背着其他背包，相当辛苦。

村上蹲下，开始仔细确认长满青苔的团块。

"村上大哥，这么做很有趣吗？"

"雷欧，你真的喜欢妖怪？"

"算是啊。我喜欢的东西很多，像厕所和蚱蜢，妖怪算其中之一。"

"那你应该不懂我的心情。"村上抬起头来，失望地垂下眉梢。

"可是那块是石头，我们在找的也是石头啊。如果有涂壁或切株小僧的话，我就会跑着去找了。虽然顶多小跑步。"

"原来如此，你是那种人。"

"哪种？"

"你喜欢的是角色。"

"角色！"

"我没说错吧？"

"倒也不见得。切株小僧会端给人茶水，我现在很口渴。如果是涂壁，就可以挡住我们，不必继续前进。"

村上将视线移回青苔团块上，将它整个抓着拉起，泥土和腐叶也跟着被拉了上来。

"啊，似乎是塞神[一]。"

村上用手拍掉泥土。

"啊，有点像人脸呢。"

"本来就长这样。"村上将团块竖起，换了个方向说，"喏。"

"啊，真的呢，这是神明吗？"

"应该是道祖神之类的神明。我不是石佛狂热爱好者，所以看不出名堂。背后也刻着字，肯定是人造品吧。"

"字！"

雷欧定睛确认。

"看不懂！"

"就说看不出名堂了。"

"唔——可是这看起来不像鹦鹉那类的形状啊。"

"当然不像。你觉得这个怎么样？"

"'怎么样'是什么意思？"

"没有感觉到什么吗？"

"讨厌，我又不是变态，死相……咦？村上大哥，你怎么不吐槽我'你白痴啊'？"

一阵凉风吹过信州山中。

"不，你本来就是变态。"

"说得也是，对不起。总之偶啊……想知道村上大哥的真正意思。"

"你刚才把'我啊'说成'偶啊'了吧？你的文章有很多这类错别字，校对人员肯定看得很痛苦。分不清那是对的还是错的，或是故意要做效果的。算了，这不重要。你看到这种长青苔的石像孤独矗立在山中，难道什么感觉

[一]　又名道祖神，是为了守护村民或行人而设于村境、十字路口上的石像。

也没有吗？"

"嗯——"

雷欧仔细地端详了一会儿。

"啊，看起来好像有点儿像水木老师的画。"

"没错，在这些不经意看过的地方里。日常风景中到处都有这种事物，将它独立出来的话，就很有妖怪感。"

"哦——似乎是呢。"

"水木老师肯定一瞬间就能找出这个吧。这些日常中带有妖怪感的角度，水木老师一看就很清楚。换成是我，就总是找不到，只能像这样到处走，凭着气氛或情景，朝那种方向寻找。带着一种情怀。我想，这就是妖怪吧。毕竟妖怪并不在现实中存在。"

"真的几乎不存在呢。只能在动画或漫画中见到。"

"能见到的只有角色吧？"村上说。

"哎呀呀，的确如此。"

"但是，妖怪还是存在的。面对这片风景，难道你不会涌现某种情怀吗？觉得妖怪仿佛会现身一般。你不是喜欢妖怪吗？"村上说。

"呃——类似情绪突然涌现，或觉得心头一紧的那种感觉？"

"对，就是那样。"

村上拍拍石佛的头部后，站起身来。

"这种无用感才棒。这尊石像设置在这片深山旷野之中，对任何人恐怕都派不上用场。"

"派不上用场就像站不起来……"雷欧说，"简直像出版业界中的我，什么忙也帮不上……唉，越说自己越悲伤。"

"所以说——"

村上从多种角度拍摄了多张照片后，拿起行李。

"所谓的鬼怪，就诞生于这种无用之中。鬼怪的本质就是无用啊。我们没办法见到鬼怪本身。想见它们，但见不着。可是，仿佛会有鬼怪出现的气氛确实存在，对吧？虽然不是鬼怪'本身'。"

"就是所谓的妖怪周边呢。"

"那是《怪 Radio》的副标题吧？"

《怪 Radio ～妖怪周边～》是以前村上和京极、郡司总编辑担任主持人的广播节目名称。每个星期以甜点、面包、时代剧、老爷爷或传统牌类游戏等作为讨论主题，无意义地高谈阔论，直到最后都没提到妖怪的传说级广播节日。

"虽然我觉得那个节目的内容太偏离主题，不过京极兄说那样才好，真不知道他是认真的还是开玩笑的……或许他说得没错吧。妖怪的魅力并不在于角色之上，而是在寺庙、神社或坟墓中这些……啊，不过这些又太明确了，并不是这么直接的感觉。总之，妖怪最重要的，就是这种看似有用却又无用的感觉。就这层意义来说，《怪》也许需要雷欧你这种人吧。"

村上说完，迈出步伐。

"这算是在夸我吗？是在安慰我，还是在耍弄我呢？"

"没在夸你，也没安慰你，要弄倒是有吧。"

"欸——"

村上继续快步向前。

为了不被抛下，雷欧拼命追赶。

说真的，雷欧已经相当累了。下巴士后走了一个小时的柏油路面，进入山区后，他又走了近两个小时。

"我是无用、废物又窝囊的人吗？"

"我刚刚在讲的明明是即使无用、废物又窝囊，也是有必要的。这种内容没特定类型，也没有爱好者，但有这个版块还是不错的。"

"所以说，村上大哥也认同我喽？"

"并没有。"村上瞪了雷欧一眼，接着说，"想被人认同就多努力一些吧。这个世界很严苛的，不努力的话，我就要抢了你的页数。就算内容穷极无聊，我其实也跃跃欲试哩。"

"求求你别这样——"雷欧哭喊道，"这样我会失去饭碗的——比起厕所，我更爱吃饭。我想继续在这行混饭吃。请让我修行吧。我会去印度深山里修行，虽然这里是长野。请收我为徒吧。"

村上露出厌烦的表情说：

"笨蛋，我没伟大到能收徒弟。求求你行行好，别妨碍我调查。"

"咦？还要去哪里？石头不是已经找到了吗？"

"那不是鹦鹉石。"

"对啊。可是不能把那个当成是鹦鹉石吗？"

"喂喂，作家是不能写谎话的，一旦内容有错就完了。虽然有时会因一时差错，日后才发现所写的内容有误，但这种错误有时会作茧自缚，反过来害死自己。我向来很小心，但还是难以避免，所以我也很怕，以我名义的稿子绝不能随便乱写。"

"你好严格啊，这种事没人事后还来确认的啊。"

"不，你太乐观了。你不明白一旦信息流传给不特定的多数人时有多么可怕。就算你很无用或废物，这条原则务必严格遵守，懂了吗？不认真干的话，要再多白痴也不会有趣。"

"好的。我会谨祭在心的——在 heart 里恭谨祭拜。"

"什么跟什么嘛，你想说谨记在心吗？还有，虽然你已经累趴了，但真正的田野调查可没那么轻松。文化人类学的调查得花上好几个月，甚至几年，而且会调查得更专注、更仔细。有时还会和当地居民打成一片，收集必要信息，是非常辛苦的工作。我现在做的不过是普通的采访。顶多到现场走一趟，好好地找一回罢了。"

"可是，地点也有影响吧？"

"这里算很轻松的。作家最重要的就是体力。虽然需要体力的不仅限于作家。就算要我去人迹罕至的秘境采访，只要酬劳丰厚，我也在所不辞。这里标高不高，前半段还能坐车，很轻松好不好。总之，如果刚才的是塞神，代表那边是某种界线。我猜从刚刚那里到这边应该是村庄。"

"是山上。"

没错。

"山村本来就在山上。"村上说。

"这里似乎在町村制导入前就荒芜了，所以准确而言不应该叫废村，而是废弃聚落……啊，找到了。"

村上指向某处，但雷欧不明白那是什么。

"那是？"

"看起来有房子地基的感觉。"

"我懂我懂，我最擅长这类感觉问题了！换句话说，那里就是疑似房子的地基，对吧？"

"你很烦呢。"

村上左右张望。

"虽然被你这么一闹，我有些懒得说明了，不过这一带地势平坦，应该是村落吧。现在已经看不出田地在哪儿，不过你看，那看起来像是房子的痕迹吧？"

连废墟也"不存在"。

"我是有感觉到疑似废屋的痕迹，但没办法在这里休息啊。似乎连灵异现象也没有，也没便当可以吃。"

"本来就没有便当。不赶紧采访完毕，回程时天色会很暗。这个村庄似乎不怎么宽广，呃……"

村上快步前进。

"这里根本不像村子，完全是山上嘛。"雷欧一边跟着走，一边说，"好歹说是旧村庄或前村庄或村落遗迹吧，村上大哥。"

"干吗拘泥在这种小事上？现场只有我们两个，不重要吧？"

"可是你不是说作家要留心字词准确吗？立正，敬礼！"

"你肯定没女人缘。"

"呀啊啊啊！"

被村上看穿不受异性欢迎的事实，雷欧发出哀号。

哀号在山中回荡。

"在……在回声了呢。"

"你的语法真的有问题，回声不是动词啊。不过，回声似乎是从那边传来的。"

雷欧朝村上所指的方向前进，坡度突然变陡，视野顿时开阔。

"啊，这是什么？好像是悬崖。"

"是山谷。底下似乎有河流，但被树木遮住，看不清楚。地图上没显示这里有山谷，应该不是什么大河，也就是说，山谷应该也不大。"

的确，地形陡急向下。

对岸——或说另一边也是山，树木茂密。不过两人所在的这一侧的斜面岩层裸露，到处可见硕大的岩石。

"哦？"

村上眯起眼镜背后的双眸，努起下巴，眺望山谷。

"好壮阔的景观，简直像四国的深山。"

村上拿起相机。

"要拍照吗？我也想去学摄影，学了应该能接到更多的工作吧？"

"我们又不是摄影师。我本来就喜欢拍照，不然正常说来会找摄影师同行。"

"可是多田先生也随身携带相机呢。他总会选择最佳地点拍照，而且在绝佳的角度狂拍猛照。前阵子我看到他像个铁匠一般，用螺丝刀和铁锤修理被撞歪的遮光罩，结果反而敲坏了。"

雷欧也搞不懂那是在干吗。

"多田仔那是个人兴趣。虽然他只是在做个人记录，也真的很擅长找最佳地点，但是我顶多看他冲洗过一次照片吧。他最近好不容易换成数码相机了，以前一直都是用底片式的，他真的是在冲洗吗？"

村上边说边连续拍了好几张照片。

这个地方虽小，景色却很不错，类似小庭院的感觉反而增添了妖怪氛围。

"啊！"

村上停了下来。

"怎么了？放屁了吗？"

"我一路上早就放了一堆屁。先别管屁了，你看那个，像不像鸟？喏，就是那块突出的岩石。"

"真的吗？在这里放个响屁的话，应该能得到不错的屁回声吧。噗噗噗噗。好棒。哎呀。"

的确，看起来很像鹦鹉的形状。

村上确认地面。

"啊，有路通往下面。原来如此，行经那块岩石，拐个弯就能走到下面，以前的人应该就是这样去底下的吧。"

"咦——这是路吗？"

"看，这边是不是有条线状痕迹？很明显吧？"

村上说完，从雷欧手中抢走三脚架，把行李放在原地，开始往下走。

"要去吗？"

"不去的话，千里迢迢来这里干吗？"

看起来应该不至于有失足坠落那种程度的危险。

但是，如果在途中摔倒的话，倒是有可能一路滚落到山谷。这一侧几乎没有树木花草，如果滚落的话，肯定相当痛吧。不，甚至会受伤。

"会骨折的！"雷欧冷不防地喊出来。

"啊？"

"啊，抱歉，我省略了太多语句。我是指，如果不小心滑倒的话，会受伤，一个不幸，甚至会骨折！"

在说着这些事的时候，村上走到那块奇妙岩石附近，赞叹道："这里的景色真好！"

雷欧迫不得已，只能心惊胆战地慢慢踏出步伐。村上的巨大行李没人看管，就这样被抛在上头。反正很重，应该不会有人偷走吧。这附近一个人也没有。没有狗，也没有猫。就算有猴子，这么重，大概也拿不走。

说是道路的话，也没错，但不自我催眠的话，很难说服自己这是道路。虽不至于寸步难行，但不鼓起勇气也难以踏上这条路。正常人没人想走在这种地方吧。

"喏，从这边看起来，完全是鹦鹉的形状。"

村上说。

"咦？鹦鹉从那么久以前就传来日本了吗？我还以为它是最近才回国的日侨子女那样的感觉呢。印象中没在时代剧里看到过它。"

"不，没那么晚。我记得以前看过的书中曾提到，鹦鹉在江户时代以前就被带入日本了。江户时代也有见世物小屋展示过鹦鹉，听说将军家也养过。"

"哎呀，所以是暴坊将军。"

"什么跟什么嘛。"村上边说边在狭小的地面架设三脚架。

是岩石向外突出，类似露台状的较平坦处。

"没……没问题吧？"

"其实手持直接拍摄也没关系。岩石后方的凹穴里有祠堂。"

雷欧转过上半身，抬头确认。

比起向下俯视，这个角度看起来更像鹦鹉了。

后方有个类似肮脏鸟巢箱的物体。

"那个就是祠堂？"

这么说来，的确是有那种感觉。

"没错。我现在就在祠堂旁拍照。这个祠堂运气真好，能保留下来。上头的民宅都已经风化了，这边刚好有石头遮住，没有直接受到日晒雨淋。"

"唔——"

雷欧扭转身体，欣赏着鹦鹉石。

如同村上所言，总觉得有种难以言喻的气势。

到底是哪里好，他说不上来，但就是觉得很棒。

而且……

彻底无意义。

在人迹罕至之处，被弃置了上百年的祠堂。

如果村上不来，接下来的几年、几百年也许都不会有人发现吧。

但祠堂还是会在这里，一直在这里。

单单只是存在着。

这个事实有什么意义吗？

与无意义邂逅了。

雷欧觉得自己似乎多少能懂村上的心情了。

假如说。

在找到上面的青苔石时就折返的话，恐怕就不会和这个无意义邂逅了吧。如此一来，这个无意义甚至没有机会作为无意义而存在。等同于未曾存在。因为存在的事实无人知晓，这也没办法。即便如此，这个祠堂依然会一直在此地。这般无视人类的感觉，到底是什么？

"总觉得……超级有妖怪感呢。"

"对吧？"村上回答，接着喃喃自语，"若从这个角度，就能全部入镜，也看得出形状是鹦鹉。所以说——得从更后面一些拍摄才行……"村上走下山谷。

"危险。"

"危险。"

"干吗说两次？"

"干吗说两次？"

"别模仿我。"

"别模仿我。"

"我没模仿啊。"

"我没模仿啊。"

"是谁的声音！"

"不是我的。"

四周归于寂静。

传来潺潺溪流声。

"回……回声？"

"回……回声？"

"呀啊啊啊啊啊啊！"

"吵死了！原来如此，无法一次模仿两个人吗？慢着，到底是谁在模仿？"

村上将眼睛贴在观景窗上问。

"是我。"

"明明不是你。"

这时，雷欧望向祠堂。

一名小女孩站在那里。

疯狂与妖气交错

那时，小说家黑史郎正感到困惑。

不，与其说困惑，不如说他觉得有点儿不妙。

比起困惑，更是在担心。要说他担心什么的话，是目前正在他面前激烈主张某事的女子的未来，以及他自身的安全这两个方面。他不讨厌这样的立场，但这么激动的话反而使人困惑。

"今天也跟来了。"

又开始了。

"啊……"

只能如此回答。

碰到这种情况，黑往往会不小心笑出来。

并非瞧不起对方。

他不会做出那么失礼的事，绝不可能。光嘲笑他人就不可能。不管对方是怎样的人，黑都不可能藐视对方。

总的来说，黑喜欢人类。

因此他不会轻蔑或嘲笑他人。不论何种身份、性格或能力，他都会给予尊敬、同情或帮助，就算偶尔会看不惯某些行为，也绝不会高高在上地看扁他人。

正因如此，他和任何人都能保持良好的关系。

略显胆小的性格也有助于维持人际关系。他自认为并没伟大到能批判或责难对方。准确来说，比起摆出高高在上的态度，黑怕的就是被人误以为他自视甚高。

因此，除了在相知相惜的好友面前偶尔会故意搞笑以外，他尽量让自己别做出会被误解的行为。

但是……

若宏观地确认自己与对方的情况。

有时还是免不了觉得可笑。不，应该说经常如此。当黑觉得包括自己在内的整个情况显得很疯狂时，他总会不由自主地笑起来。

换句话说，有一半是自嘲。

现在就是这种状况。

此时是傍晚。

地点位于鹤见区的某家家庭餐厅。

餐桌上有奶油苏打水、咖啡、发票与菜单。到此为止都还好。很正常。没什么不对劲的。

黑坐在座位上。

这也没什么不对的。他不是上班族。许多作家会在餐厅思考作品内容或确认校样。身为自由职业者的他不管何时在此出现都不奇怪。

不过，黑目前只带了手持式游戏机和像是小孩用的杂记簿与圆珠笔。他喜欢圆珠笔。

接着——

问题在于坐在对面的人。

对面坐着一名表情认真的女性，她的眼睛聚焦在黑的鼻子上。她的视线毫无飘移，紧紧锁定黑的鼻头。

光这样的场景就十分可笑。

假如说，这是恋爱咨询、债务谈判或遗产继承纠纷的话，虽然不怎么有趣，倒也还算正常。

然而，女子在谈的并非这类现实问题。

女子年近三十岁，在法律事务所上班，头脑明晰，算得上是社会的中坚分子。比起黑身旁那群仿佛永远长不大的老顽童，女子正经、认真得多。

女子名叫鸭下沙季。

因缘际会下，鸭下在高中时代就对密克罗尼西亚文化产生兴趣。随着这个兴趣逐渐浓厚——或说"恶化"，她开始接触密克罗尼西亚的神话传说、环太平洋的民间信仰，以及世界各地的妖怪文化，最后竟然令人遗憾地去参加世界妖怪会议了。

毕竟只是兴趣，那也就罢了。

就视为好事吧。

世界妖怪会议是水木茂创建的世界妖怪协会举办的活动。肇始于平成八年（1996年），之后十三年间在日本各地举办过好几次。

黑也参加过不少次。说是会议，其实只是讨论者们漫无止境地聊着鬼怪类话题，议题模糊不清，永远得不出结论。但至少每年能亲眼瞻仰水木茂的尊容一次，还有幸能听他本人演讲。对于喜欢鬼怪的人们而言，这算是一年一度的盛会吧。

黑喜欢妖怪。

他也喜欢灵异、怪谈、科幻故事、变态杀人魔传记、都市传说或惊悚故事，以及《金肉人》、丧尸、空洞电影、劣质游戏或明显造假的灵异照片。上述这些都和妖怪微妙地有所关联，所以他无疑是个妖怪迷吧。应该说，只要是不怎么出色的事物他都喜欢，妖怪通常也不怎么出色，因此对黑而言，把妖怪从喜欢事物的列表中剔除是不可能的。

他和鸭下是在妖怪会议上认识的。

记得是在东京妖怪会议上认识的。不过，这个会议不只在东京办过一次，他记得办了好几次，但已不记得是在哪次会议上和她认识的。反正每次内容都相差无几，会搞混也很正常。

在妖怪会议上相识，之后继续深化交流，进而成为朋友或熟人的情况意外地多。

妖怪会议刚开始的时候，恰好是网络逐渐普及的年代。

那时通过网络和同好相识的情况还真不少。说是相识，不见得要实际碰面，在现实中进行交流。单纯是能找到分散在全国并有着类似嗜好的人变得很简单而已。

就算曾经流行过，妖怪依然只是一种毫无意义的事物。以妖怪为兴趣很丢脸，绝不值得自豪。但是，喜欢妖怪的人终究难以割舍这个兴趣，所以只能偷偷将之藏在内心深处，仿佛战争时期的和平主义者般畏畏缩缩地过日子。

就连水木茂大师也不例外。

就在这个时期，妖怪会议开始了。

基本上是在日本各地区举办，想要每场都参加很困难，但还是有人想尽办法前往赴会。随着会议一次次举办，这种倾向越来越强，换句话说，来自全日本、怀有不可告人的兴趣的人在现实中集合，举行"祭典"。

说穿了，就是大规模的网络线下聚会。

就这样，黑和为数众多的鬼怪迷相遇了。黑以小说家身份正式在商业市场出道前就在经营网站，时常在网站上发表个人创作——在妖怪会议上认识的鬼怪迷之中，也有他的忠实读者。

这对黑来说无疑是一种激励。

鸭下亦是其中之一。

鸭下喜欢一种名叫卡波·曼达拉特的非主流妖怪，她和黑就这种妖怪聊得很开心。黑是在水木茂的《妖怪图鉴》中得知这种妖怪的，鸭下则是由密克罗尼西亚的相关文献中得知。

在那之后，又过了十年。不，也许更久。

两人现在一年偶尔会通过邮件联络一两次。黑正式出道和结婚时，曾收到鸭下的贺礼。

然后——

她现在似乎碰上某种紧迫的烦恼，无论如何都想找人商量。

不过黑觉得自己就算倾听她的烦恼，也无法帮忙解决问题。

但如果她想问的是金肉人橡皮擦的种类，黑倒是能回答。

鸭下住在川崎。某天她捎来一封邮件，说两人住得很近，希望能见个面，有件事想当面商量。

从内容看，情况似乎非比寻常。

黑想，这看起来……

多半和灵异体验有关吧？

黑在怪谈杂志《幽》主办的"《幽》怪谈文学奖"中获奖，以此为契机作为小说家出道。

在《幽》的作者圈之中，有大名鼎鼎的平山梦明、福泽彻三、加门七海，以及《怪谈新耳袋》的作者木原浩胜和中山市朗等人，除此之外还有许多"那方面"的佼佼者。

若问是"哪方面"——是的，他们是撰写实话怪谈的高手。

所谓"实话"，即真的有这么一回事。既然真的有这么一回事，当然就是某人的亲身经历。至于为何会演变成那样，故事是否经得起验证，则另当别论。只要体验者深信不疑，那就是事实。

他们真心觉得如此。

不是谎言。

所谓的实话怪谈，就是把这种感受改写成故事的文体。

　　只是，人类的感受本就是暧昧不定和容易崩坏的，就算是亲身经历的故事，大多都很可疑。不是真假令人怀疑的意思，而是包括真假难辨这一点，整体给人诡谲、可疑的印象。

　　一旦可疑，就会变得恐怖。

　　令人感到恐怖的故事，便是怪谈。

　　只是，就算是自己的亲身经历，也难以完整地传达给他人。这不是能轻易让他人理解的。为了传达，必须将体验转化为语言，通过口述或书写的方式传播出去。然而，有时越是想要传达得完整，就越容易偏离本意。

　　因此，改成只传达重点是个好方法。为达此目的，调整一下内容会更有效率。不是改编事实，而是让想传达的部分变得明确的演示方式。

　　调整这种部分并不容易，和制作电视纪实节目有异曲同工之妙。

　　既然是纪实，自然不能造假。但就算不造假，至少得进行编辑吧？毕竟不可能把所拍到的全部画面直接播放出来，必须加以剪辑，调整顺序，加上音乐、旁白与字幕。即使实际画面相当呆板，靠着感人的音乐与旁白，也能使观众感动落泪。

　　这不是欺骗。顶多是为了让影片有高潮而进行的加工，但没有造假。

　　即使显示的画面很呆板，但在现实之中，也许那是令人感动且兴奋的场景。

　　不，即便不是如此，至少纪实节目的编辑者本身受到感动了。那么，这样的调整也只是用来传达感动的演出罢了。

　　这样的调整，顶多算加工，不是造假。

　　但是，假如实际在现场的人们在看过成品之后，觉得和当天感受完全不同的话——这样还是有问题吧。明明是众人悲伤痛哭的场面，却被剪辑成爆笑大集合并播出的话——即便对制作方而言那是真实的——这样还是不对吧。

　　不过，摄像机毕竟只能拍下某个方向的画面，尽管有好几台摄像机在拍摄，终究难以完整地呈现现实。没被摄像机拍摄到的部分，就算在现场的人看得很清楚，也无法传达那里发生了什么事。因此，不管再怎样想把现实中发生的事不添油加醋、不删减节略、不加上演绎地播放，影像终究不是现实，顶多只能说是实录影像，不是现场发生的事件本身。

更不用说口述或文章了。语言有诸多缺陷，且是一种暧昧、模糊的事物。尽管努力想描写事实，但在事实转化为语言后所能保留下来的事物，远不如流失的事物多。不仅如此，语言并不一定特指某一事物，所以被传达的事物很容易因听众、读者不同而有重大歧义。即便表达者很慎重，依旧难以避免接收者自行通过想象填补没被描述到的空白之处。比起影像，语言变质的危险性更高。

因此，在处理亲身经历的怪谈时，不厘清哪里可怕、体验者害怕什么的话，会变得散漫无趣，看不见重点。

什么也传达不了。

不是有鬼魂出现作祟就好。

擅长撰写实话怪谈的达人，通常也是擅长找出这些重点的高手。

不，这只是黑的猜想。

黑自己并不是撰写实话怪谈的作家。

虽然他也会受到自己的亲身经历或他人口述的灵异体验影响，但他的作品基本是以创作为主。

只不过，创作与实话之间的界线是如此模糊，黑愈深入去思考就愈不明白。他想，应该只有重心摆在哪一边的差别吧。

不过黑也是前述平山梦明监修的"FKB"系列策划的成员之一。

"FKB"系列是由平山梦明所主导，将实话怪谈的老字号"'超'恐怖故事"系列执笔者之一松村进吉、在《幽》实话怪谈竞赛中受到瞩目的黑木主，以及黑史郎这三名作家培育成为独当一面的怪谈作家的独特策划。

基本上采取实话怪谈的形式。

策划名称"FKB"来自不可思议（Fushigi）、可怕（Kowai）、毛骨悚然（Bukimi）三个词的拼音首字母，不过毕竟命名者是平山梦明，没人确定他有几分是认真的。虽然平山对作品的完成度要求很高，对命名却向来不怎么在乎。

参加这一策划后，黑开始书写不知该说是感到困扰还是碰上麻烦，总之在内心的某些部分变得扭曲的人们的故事。

是否算怪谈姑且不论，至少是实话。

黑日前完成了三部作品，但还是觉得这种题材十分棘手。不管事件多么奇特，若只是平铺直叙，终究难以令读者感受到独特性。但越是修改，独特性也会跟着变质，势必得煞费一番苦心进行调整。

于是，又回到原本的"该怎么做"的问题上，但事情并不是"反正都改那么多了，干脆直接自己创作也没问题吧"那么简单。就算是创作，也不见得能想到那么奇特的故事。现实的扭曲往往比小说更神奇，所以采访是有必要的。只要跟那些深陷实话怪谈泥淖中的人们打过交道便明白，上面提起的高手们无一不是铆足全力到处采访的。尽管每个人加工素材的手法或风格不同，但在仔细聆听他人的亲身经历这点上，是全体共通的。

黑也喜欢听别人谈这类亲身经历。因为很奇怪。虽然黑没特别进行采访，却有不少机会听到这类体验，而且每次他都会静心倾听。他喜欢奇怪的故事。

然后——

或许是因为听多了，被人认为他很擅长解决这类问题，或是产生其他的误会……

开始有人来找他咨询。

听说其他怪谈作家也常碰上这种事。

简单说，就是想说出奇特的灵异体验，需要听众；碰上难以置信的体验，需要有人帮忙判断；希望有人来告诉自己，这些事只是稀松平常；希望有人来分担闷在心中的恐惧；碰上鬼怪作祟，希望有人为自己驱魔；被诅咒了，希望有人拯救自己；不管怎样都行啦，总之救救我吧，好可怕啊……诸如此类的咨询。

碰上这类咨询要求时，某些怪谈作家会因为写作题材主动上门而喜出望外，但对黑来说，通常会感到困惑。

因为他只能当个听众，无法解决他们的烦恼。

能帮得上他们的忙的，通常是其他类型的人。倘若他们碰上的是犯罪行为，就该找警察。碰上灵异事件，就该找驱魔师。小说家这类人啊，很多连如何大扫除都不懂呢。

假如对方只是想找个听众，那倒还没问题，问题是上门求助的人大多认真想寻求帮助。

就是这一点令人困扰。

就算有人真心认为自己的疾病是被鬼魂缠身造成，来找黑咨询如何治好，黑也只能劝对方去医院。但对方最不想听到的，恐怕就是这类普通建议吧。

正因为对方非常认真，所以黑也不敢随便提出建议。

不仅如此。

其中也有状态真的很不妙的人。不是指生理状态，而是在心理方面。这种情况也很令人困扰。但会来找黑咨询的人，后者的情况意外地多。

不过。

在这层意义上，黑一开始认为鸭下的情况应该不用担心，因为她具有常识，又是法律工作者，是个聪慧而正常的社会人士。

然而，再精密的机器终究有齿轮坏掉的一天。

没人知道哪颗齿轮会在何时出错。

　　越有常识的人，在碰上常识难以解释的现象时会越脆弱。就算是司法界人士，仍旧会被作祟。作祟不受法院判决影响，诅咒也不受法律审判。说不定光是看到纪念照中拍到不明光球，就能使人精神衰弱呢。

　　但黑和鸭下毕竟也是相识多年的朋友，就算她真的心灵羸弱，黑也只能陪她一起想办法解决。就这样，黑史郎下定决心，答应了两人见面的要求。没想到对方一开口，问的问题竟是——

　　"百里婆婆^[一]会走路吗？"

　　黑差点笑了出来，但对方明显不是在开玩笑，黑便立刻收起笑容，强忍笑意。

　　黑喜欢都市传说，鸭下也知道他在收集相关故事。

　　个，黑甚至出版过《追踪百里婆婆》的单行本，的确是最恰当的咨询人选。

　　虽说如此。

　　"不知道是否也有百里爷爷……"

　　在听到接下来的这句话时，黑终于忍不住笑出声来了。

　　即使被笑，鸭下的脸颊仍然一动也不动，态度依旧认真。黑赶紧自我约束，严肃地聆听她的故事。

　　鸭下一开始以为是跟踪狂。

　　"夜晚走路时，总觉得有人在跟踪我。明明路上走路的人只有我一个，却总是能听到另一种脚步声。"

　　差点说出"那是妖怪啪哒啪哒"^[二]，黑赶紧忍住。

　　"不是我的错觉。每天都会听见。我跑它就跑，我停它就停。后来觉得

————————

[一]　都市传说中，汽车在高速公路飞驰时，会从后方以猛烈速度追赶上来的老婆婆。

[二]　奈良县等地的传说中，会跟在人背后的妖怪，只闻脚步声，不见其影。

实在很恐怖，便请同事陪我回家。只要有其他人在，脚步声便不出现，一旦我落单，脚步声就又登场了。"

黑想，如果是啪哒啪哒，只要对它说"您先请"就好。不过他还是忍住了，因为也有可能是妖怪哗嚓哗嚓[一]。

"于是，我前几天请上司从远处替我确认。就算结果只是我多心或误会都没关系。但是，这次我又听到了脚步声，于是忍着惧怕的心情，直接回家。不久，上司上门来找我，说真的有东西跟着我……只是难以看清跟踪我的是什么。"

——模样看起来像个人。

上司说。

像个人，换句话说，不是人。

"上司说无论怎么睁大双眼，就是看不清楚。看起来一团黑，只看得出动作像在走路，不像女性，不知为何就是无法判断服装或年龄等特征。"

在那之后，同事开始轮流护送她回家。

某天工作得比较晚，上司主动说开车送她回家。

在各种意义上，汽车是最安全的。鸭下放心地搭上车。

然而——

上车的瞬间，她发现上司脸色发青。

因为那个人形物体……

就跟在车后。

不管加速还是减速，它都维持相同的速度跟着走。

"我很害怕，所以不敢看，只知上司满脸铁青，试图想把它甩开，却怎么也办不到。市区有限速，汽车没办法开太快，所以即使方向不对，上司还

[一] 传说中福井县的妖怪，冬天下霰的时候，会跟在人的背后发出哗嚓哗嚓脚步声的妖怪。

是从附近的交流道开上高速公路了。"

"高速公路！"

"是的，车子加速到时速近一百公里。"

"真的冲到一百公里啊？"

"但还是跟来了。"鸭下说。

"还真的是……百里爷爷啊。"

黑只能这么回答了。

"是啊。不过，这类都市传说通常不都是老婆婆吗？没想到也有男性版。而且……"

"也会走路。"

"嗯，也会走路。"

"嗯……"

从没听过这种故事。应该不是人类吧，但也不像一般都市传说。正常猜测的话，大概是被奇特的幽灵缠上了。

"那个百里爷爷，今天是否……"

"今天也跟来了。"

"哦……"

黑忍不住发笑的老毛病又开始了。他想，在这种场所认真讨论百里爷爷的两个人，在世人眼中肯定很滑稽。

"然后，关于……水木老师画的卡波·曼达拉特……"

"啊？卡波？"

话题突然改变。

"是那种很像虾的怪物？"

"是的，就是那种全身乌黑、从水里现身的妖怪。那个造型有什么典故依据吗？"

"这我也不清楚。文章的出处我大致知道，但图画应该是水木老师原创的吧。"

"真的吗？"

鸭下低下头。

"卡波怎么了？"

"我觉得……那个怪物或许是卡波……"鸭下轻声说道。

"请等一下。"

黑有点慌了。

"虽然卡波·曼达拉特在水木先生的图里无异于怪物，但在当地传说中应该是女神吧？我记得她住在巨大的贝壳里，模样是脚和椰子树一样粗的寄居蟹，但性别是女的，而且是司掌象皮病之类怪病的神。"

像这样把卡波·曼达拉特的特征罗列出来，黑觉得她真的是很不得了的神祇，根本无法想象她会是怎样的形象。就算不同于原典，能轻易赋予她形象的水木老师果然很厉害。

"我知道。"鸭下说，"我的意思不是原典，而是水木老师的插图和那个怪物很相似。"

"那张插图真的不错。"

黑也很喜欢。但是……

"你说那种模样的怪物跟来了？我记得那种怪物身形颇为巨大。不对，图中好像没有可对比的事物，所以很难说。但那张图应该没画下半身吧？它会跑吗？"

"这个嘛……"

鸭下头压得更低了。

"跟踪我的或许不是，但在偷窥的应该是卡波。"

"偷窥？"

"是的。最近有东西一直在偷窥我。身形与个子娇小的人类相近，所以我以为跟踪我的也是它。"

"呃……"

黑开始觉得这些东西超过他能理解的范畴了。

"现在应该也在偷窥我吧。我很害怕，不敢确认。"

黑望向家庭餐厅的落地窗。

在窗户的上方。

"存在"着某种物体。

那个物体贴在玻璃窗上。

大小……难以判断，应该不怎么人。

似乎比猫狗更大一些。

不，或许更人。

大约跟矮个子的成人差不多。

但是，黑史郎从来没见过有人能像壁虎一般贴在落地窗上面，把头伸出来偷窥，所以也很难说。他完全失去了比例感。如果自己也贴在那里做出相同的动作，看起来或许就那么大吧。

黑不禁看得目瞪口呆。

鸭下的视线一动也不动，执拗地凝视着黑的脸。

"它在吗？"

她怯怯地问。

这种情况该冷静回答"真的在呢"，还是该兴奋地说"在！在！你说的是真的"，或者干脆陷入恐慌？

黑凝视了好一阵子后，佩服般地发出感叹。

对象如此"明确"存在的话，连恐惧感也难以涌现。

"应该是……那个吧？"

"嗯，我想就是。"

"那个的话……呃，虽然有点相近，不过那个不是卡波。"

"竟然不是？"

"嗯，我想应该不是。"

虽然黑内心深处觉得，在家庭餐厅一本正经地讨论这些事的自己恐怕早就疯了，但是对鸭下而言，这的确是很严重的问题。一想到这一点，黑便重新振作精神，开始用圆珠笔在杂记簿上素描"那个"。

要她直接确认一定很可怕。

不知其他客人是否也看得见。

——恐怕连看也不会看吧。

没人会去注意。就算不经意望向窗户，也不会抬头确认上方。况且，更应该担心的是街道上的行人会不会注意。

——不，行人也不会注意。

除非想确认餐厅里是否客满，否则没人会特别注意家庭餐厅的落地窗。即使注意了，也只会看向店内，不会确认窗檐底下。

——不。

说不定其他人根本看不见。

因为那种东西正常而言根本不可能存在。

可以肯定不是动物。整体很黑，有斑纹，腹部是白色的，类似蛇的……不，更像怪兽会有的蛇腹。不知该算手还是脚的上肢爪子很锐利，半开的口中长满利牙，头上也有类似落难武士的稀疏白发——或许该算鬃毛——耸立着。眼睛圆睁，脸部和水木茂笔下的卡波·曼达拉特的确有几分神似。

但是……

——卡波的手部是钳子。

黑用圆珠笔速写，将贴在窗上的怪物描绘下来。一张似曾相识的图画完成了。

理所当然。

"你看到的……就是这个？"

"嗯……似乎是。因为我很害怕，所以从没仔细确认过。"

"这种妖怪……其实叫作'精蝼蛄'。"

"精……什么？"

"这是日本产的鬼怪，与密克罗尼西亚无关。这个……算是一种妖怪吧。"

黑只能这么说。

"是日本的妖怪吗？"

"是的。鸭下小姐，你绝对看过。例如在鸟山石燕或水木老师的图里，或者其他模仿画之中。"

"这算是一种……不好的妖怪吗？"

"这个嘛……"

其实黑并不认为那是邪恶的妖怪。

精蝼蛄是和庚申信仰[一]有关的妖怪。

根据道教的说法，人的体内有三尸虫，会在庚申日将宿主犯下的坏事禀告天帝。精蝼蛄就是一种与三尸性质很类似的妖怪，也有人认为它就是三尸本身。

总而言之，精蝼蛄是一种会告状的妖怪。倘若睡着，这只告密者就会溜出去，因此不希望坏事被天帝得知的人们便在庚申日保持清醒，并呼朋引伴，提醒彼此别睡着。

这种守夜集会就是所谓的"庚申讲"。

至于这种会告状的虫后来是怎么和精蝼蛄混淆的，黑并不清楚。不，知道是知道，但他不是专家。各种说法、细节错综复杂，缺乏定论……毕竟，

[一] 道教的三尸说加上佛教及日本民间信仰或习俗糅合而成的综合信仰。

本来就没有定论。

因为每一种说法都出于想象——关于鬼怪的议论，有八成都从想象而来，毕竟本来就是针对幻想事物进行的讨论，这也没办法——因此，听到这类关于鬼怪的冷知识，没什么人会觉得兴奋，实际上也不怎么有趣。所以即使知道，黑也不想说。

话又说回来，只要是听过精蝼蛄的人，大多知道这些事，而不知道的人，对他们说明也没用，所以黑也少有机会展露这些知识。

而且，那只妖怪怎么看都不像虫。

如字面所示，那或许是一种蝼蛄。但是，把那种宛如多鲁奇魔人[一]的怪物叫成虫子，恐怕能接受的人也不多。

不……就算喜欢妖怪的朋友聚集在一起，也几乎不聊妖怪的话题。

黑有许多像村上健司、京极夏彦、多田克己这类十分沉迷妖怪文化的重度妖怪迷朋友，但他和这些人从来没有正经八百地讨论过妖怪。也许觉得讨论没什么意义，或是觉得特地提起妖怪反而有点不好意思，他们在聊到妖怪前，时间几乎都浪费在这种毫无意义的事上，一天到晚讲着幼儿园水平的下流话题或蠢话。

就算他们偶尔聊鬼怪话题聊得很起劲，也只是用鬼怪当引子去聊蠢事而已，几乎未曾认真地讨论过鬼怪本身。

因为鬼怪这种东西，本来就不是该认真面对的。

所以现在这种局面，可以说是极为异常的事态吧。

在一脸严肃的社会中坚分子面前，认真讨论起精蝼蛄，背后还有正牌的精蝼蛄在……

唉——

[一] 特摄剧《巴狼一号》中登场的敌人，造型以奇形怪状的动物为主题。

　　——那真的是正牌的妖怪吗？

　　黑这时不禁怀疑自己该不会是被耍了吧？妖怪不可能存在，这一定是整人节目。妖怪迷朋友之中有很多人爱做无聊的恶作剧，说不定等黑开始认真解说起精蝼蛄的时候，就会有戴着装上"整人大爆笑"告示牌的安全帽的家伙现身，扛着摄像机的家伙也随之登场……

　　——不可能。

　　"那个"怎么看都不是假的。

　　比一般特摄节目的道具更真实、更有生物感。妖怪迷大多是穷鬼，做不出那么精致的东西。虽然也有人明明很穷，却喜欢把钱花在无聊的事物上，但就算如此，还是不可能只为了整一次人就如此大费周章。

　　"精蝼蛄基本上不会害人，但如果它在《鬼太郎》里登场，应该会被设定为坏人。"

　　黑回答。

　　"那种妖怪在《鬼太郎》里登过场吗？"

　　"记得在杂志《Comic BomBom》中连载的最新版漫画里登过场。至于动画版第五部……我没全部看过，不敢确定。"

　　"哦……"

　　结果这段解说不仅没解释什么，反而让气氛变得更"宅"了。换成是京极，一定会详实丰富、鞭辟入里地说明那个东西，准确而言是水木制作公司作品，收录于漫画版第三集，在作品中的设定是极恶妖怪吧。但要说明这些，与其说很麻烦，不如说因为事实上正牌的精蝼蛄就在眼前，说再多创作中的设定也没有意义。

　　那只是漫画版的内容。

　　而且如果说它是极恶的妖怪，只会徒增鸭下的恐惧。

　　因为实际它就在窗外。

"只是……呃……"

真伤脑筋。

"可以肯定的是，它不会咬人，不会吃人或吞人，也不会作祟或诅咒。"

"真的吗？"

"真的，因为它是妖怪。"

说妖怪会吃人或杀人的，主要是妖怪图鉴类的书籍。

在文章最后添上一句"若不小心就会被吃掉"等毫无根据的话，是儿童取向妖怪图鉴的惯例。虽然黑觉得其实没必要不管三七二十一就把妖怪描述成会吃人，但也觉得这种可疑的描述反而别有韵味。

黑最喜欢这些可疑的东西了。

不是只有某本特定的图鉴这么写，大部分妖怪图鉴都喜欢信笔写些有的没的，回去查询原始出处的话，大多没有这些记载。

所以有些人很生气。

毕竟这些图鉴不忠于原著，会生气很正常。

但黑认为这样也不错。不只是黑，他身旁的妖怪迷朋友们也和他持相同意见。因为这不算谎言。虽然有加工的部分，但不是谎言。毕竟连原始作品也只是一种创作，实体并不存在，自然没有所谓的谎言或真实。

这一点和实话怪谈完全不同。

妖怪就是历经各种时代，基于许多人的幻想，花了漫长时间雕琢，努力塑造出来的事物。即使佐藤有文或中冈俊哉写了些荒诞的内容，也顶多让这个幻想堆砌而成的团块略为膨胀而已。过去有以鸟山石燕为首的画家，最近则是水木老师，他们赋予了这个幻想团块适合的模样，这些模样很有说服力，所以妖怪才被认为原本就是这个模样。

由于没有实体，故没有谎言与真实之分。

正因没有，只要"有说服力"，就会变成真的。

——不对。

实体是存在的。

黑再次望向窗外。

——如果那是真货，应该真的就长那副德性吧……不，这是不可能的。

黑在心中吐槽自己后，再次确认鸭下的脸。

他平常很少盯着别人的脸看，他觉得那样做很失礼。

鸭下的表情依旧很认真。

"那个……只会偷窥人而已。"

"真的？但是，总有处理方法吧？"

"这个嘛……对了，跟踪你的应该是其他的家伙。"

"是另一种幽灵？"

"不……那不是幽灵。"

毕竟实际存在。

"妖怪不是幽灵吗？"

"我觉得应该差很多。呃……或许没差那么多，算亲戚吧。就跟卡波在日本虽被当成妖怪，但在当地被视为神的情况类似……要将两者归为同类也不是不可以，但妖怪应该没办法被驱邪作法赶走。"

"驱邪没有效吗？"鸭下说出和《怪谈新耳袋》中某则故事标题相同的话。

"呃……我也不确定，但是跟踪你的那只……"

——一定是啪哒啪哒。

不知为何，黑确信如此。

如果是哔嚓哔嚓的话，应该有踏在液体上的"哔嚓哔嚓"声。如果是后送雀[一]则会有啾啾声。只有脚步声的话，应该就是啪哒啪哒。

[一]　传说中和歌山县的妖怪，会发出叫声，警告人将有妖怪狼出现。

"呃，如果是啪哒啪哒的话，只要对它说'您先请'，它就会超越你而离开了。"

"咦……"

"妖怪就只是这样的东西啊。我还是要再强调一次，妖怪不会作祟或诅咒的。大部分的妖怪啊，脑子都不太灵光。"

——啊。

总觉得精蝼蛄在瞪自己。

"啪……啪哒啪哒长这样。"

黑拿起圆珠笔，开始在精蝼蛄的素描旁边画起啪哒啪哒。

毕竟是凭着记忆画的，画得比实际更恶心，变得仿佛克苏鲁神话中的邪神，随时会伸出触手一般。

只不过。

原本说来，啪哒啪哒是一种"看不见"的妖怪。

换句话说，它没有形状，只有声音和气息。由声音和气氛感受起来，推测它长成这样。

就连水木画的啪哒啪哒，也不是只有一种。

根据京极的研究，水木画的啪哒啪哒共有四种造型。

一种是仿佛长了脚的炸鸡；一种是被拔光羽毛的鸡加上眼睛和嘴巴；一种是类似栗子饼的模样——这种模样有好几种衍生类型；最有名的则是张开一张大嘴，仿佛一颗圆球的半透明的模样。

黑最喜欢的是第二种，他所画的图便是以此为蓝本加上个人诠释。

"虽然看不见，大概像这种感觉。"

"好可怕。"鸭下说。

"在我笔下，什么东西都很可怕。如果觉得恶心，是我的画风害的。反正看不见，长什么样都无所谓。"

"我上司看到的……真的是这种妖怪吗？"

"正常而言看不见，如果看见了，就会受到见者的个人判断或解释影响……"

——慢着。

"鸭下小姐，你对日本的妖怪不是很熟，对吧？"

"是的，你也知道，我比较熟悉的是密克罗尼西亚文化——其他的，大概是凯尔特文化吧。不过那边的与其说是妖怪，不如说更像是妖精。水木老师的书，我最先接触的是《妖精综合入门》，但图鉴就没有接触过了……不过，我小时候看过《鬼太郎》，若是像一反木绵那么有名的妖怪我就知道。"

"你以前没见过这只妖怪——啪哒啪哒吗？"

"不，名字本身我听过。记得在《鬼太郎之妻》里也有登场。"

"抱歉，我完全没看过《鬼人郎之妻》。"

"电视里似乎更可爱一些啦。"

"那边才是原版啊。"黑说，"我的画风比较恐怖。不过精蝼蛄是素描，所以……"

黑再次和精蝼蛄比较，真的神似。

"嗯……真的就是长这样。对了，鸭下小姐，所以你以前没听过精蝼蛄喽？"

"是的。真是抱歉，我知识浅薄。"

"别在意，这种冷知识不知道也没关系啦。但是，你以前真的完全没听说过吗？精蝼蛄比卡波更有名呢。"

"嗯，密克罗尼西亚的精灵、神灵这类非主流的精怪我知道得很清楚。我对外国的妖怪……是这样说吗……比较有兴趣……对了，我去二手书店找过黑先生之前告诉我的那本书，叫——"

"水木老师的《东西妖怪图绘》？"

"是的。我找到那本书，看到卡波·曼达拉特真的被画成图画，感到很惊奇呢。因此，那本书上有的妖怪我都知道，例如恩浦萨[一]。"

"或者赫尔辛基[二]？"

"还有凯斯曼特尔[三]。但我对日本妖怪不怎么熟，那本书里似乎只收录了赤头[四]和石妖[五]。"

——又是一些非主流妖怪。

黑心中这么想，但没有开口。

黑告诉鸭下的《东西妖怪图绘》是本名著。

这本书于三十多年前出版，是能尽情欣赏水木茂大师绘制的日本与海外妖怪的大开本图书，目前已找不到新版本。

黑史郎最初接触的水木茂作品是小学馆出版的入门百科图书《妖怪猜谜百科事典》。当然，在这之前他就已经接触过水木绘制的妖怪角色，不过印象中最早接触到的书籍是这本。这是一本东西方各式各样的妖怪角色掺杂在一起登场，进行滑稽猜谜的有趣书籍，到现在黑还是很喜欢，只是它针对的读者年龄层较低。

另一方面，《东西妖怪图绘》不仅开本大，通常一个跨页只介绍一种或两种妖怪，说明简短，以图画为主轴，主要读者是成年人。虽然是妖怪书，但质感高雅，收录了五十种日本妖怪，五十种海外妖怪，共一百种。

只是，书中收录的日本妖怪并非只挑选主流的妖怪，或许是为了不和其他图鉴重复吧，选了一些不怎么起眼的妖怪。

但关于海外的妖怪，由于当时相关书籍不多，所以收录了许多有趣的妖

[一] 希腊神话中的食人女魔。
[二] 不列颠传说中的狩猎集团。
[三] 奥地利传说中的奶酪小矮人。
[四] 传说中鸟取县的大力妖怪。
[五] 传说中静冈县的妖怪，由石头变成的女人。

怪。黑在购买的时候，觉得妖怪的选择标准正好搔到痒处，感到很兴奋。

精蝼蛄在日本妖怪中算是介于主流和非主流之间，所以这本图鉴里并没有收录。

"真的没见过这种形状的妖怪吗？"

"应该没有……"

现存的几张精蝼蛄图当中，最有名的是收录于鸟山石燕《画图百鬼夜行》之中的图。水木版也是沿用石燕的设计，看起来跟现在贴在窗户上的那只完全相同。

——这就表示……

呃……

并非基于想象而画的？

还是说，现实中的妖怪凑巧和想象的模样完全相同？

"不可能，不可能……"

黑不小心说出声来。

"怎么了？"

"没事。我原本是想，你会不会把其他东西和精蝼蛄搞混了？但是你之前没见过精蝼蛄，所以这是不可能的。不过，既然你会觉得'那个'和卡波相似，就表示你见过'那个'，对吧，鸭下小姐？因此，那个东西确实存在。如此说来，我看到的'那个'和你感觉到的'那个'，以及江户时代的图画的对象，应该都是相同的事物……"

到底是……怎么回事？

"有什么奇怪之处吗？不对，这整件事都很奇怪。"

"不，问题是我自己正在看着呢……"

——我疯了吗？

黑揉揉眼睛。

不管确认多少次——"那个"都存在。

不可能是特大型玩偶，太栩栩如生了。假如是生物，肯定是一种珍禽异兽。黑从来不曾在动物图鉴里见过那种东西。最近常出现在超市里的怪奇生物特辑类书籍里也没有提到。如果把它拍摄下来，上传到网络的话，应该能赚得不少阅读量吧？不过应该会被底下的留言狂轰是伪造、捏造、加工或合成的吧？不，重点是，妖怪居然有实体，这太莫名其妙了。妖怪不是 UMA（全称是未确认生物体）啊。可是，既然都真实存在了，或许是一种 UMA 吧。

——能捕捉到吗？

呃……

至少应该无法用捕虫网捕捉。或许只能用抛网。从家庭餐厅的停车场，朝店家方向抛出。该找动物保护中心的人来处理吗？

"对了，这个……"

鸭下指着黑画的图。

"这种叫精蝼蛄的妖怪，能被驱走吗？"

"呃，我想想……不清楚是否有驱除精蝼蛄的咒语啊……"

黑有些心不在焉。

他记得似乎有驱走三尸虫的咒语。但三尸虫和这种模样的精蝼蛄没有关联。况且那是让三尸虫别去天上告状的咒语，不是让它别偷窥的咒语。

比起这个，民间……

并没有关于这种……不，关于"那个"的传说。

黑又观察了一次。

干脆直接走出店门，仔细确认算了。不知道能不能触摸。既然都能看得这么清楚，也许摸得到。不知道摸起来感觉如何。黑的身旁有多不胜数的妖怪迷，但没人真的摸过妖怪吧？连水木老师也没摸过。不同于幽灵，从来没有人宣称亲眼见过妖怪。水木老师宣称妖怪是看不见的事物，现在却活生生地出现在黑的眼前。真的看得见啊。

呵呵呵呵呵。

糟糕，或许因为每天和那群痴狂之人深入交流，自己似乎也跨过那道桥了。那道一旦跨过，就再也无法回归的桥。总觉得对老婆与孩子很抱歉。

黑又摇头。

自……自己到底在想什么？

——不是这样的。

"鸭下小姐。"

黑重新坐正。

不是的，不是那么一回事。

总之，先把"那个"定义为妖怪，再来考虑解决方法吧。

"请仔细听好，鸭下小姐，我想只要念咒语就能摆脱啪哒啪哒。即使坐在车中也一样。"

如果跟踪鸭下的是啪哒啪哒，只要念咒语就会超越她。

话说回来……最近的啪哒啪哒奔驰到时速一百公里追人吗？真辛苦。说不定还会因为超速被罚……啊，应该不会。

"然后关于精蝼蛄，虽然令人很不舒服，但请放心，它不会害人。它顶多和内向的变态偷窥狂一样，只敢躲在远处偷看而已。"

既然外形和插图中的一样，性质应该也类似吧。

虽然没有证据，但假如它会袭击人，应该早就袭击了。

"目前为止，你应该没有被作祟或诅咒吧？你的家人也没有生病或不舒服吧？"

"只觉得一直被人偷窥很恶心而已。"

"既然如此……麻烦你再忍耐几天。"

"忍……忍耐吗？"

"是的。那不是人类，不会偷拍你的私生活上传到网络，并借此威胁你。如我刚才所说的，它不会咬人或攻击人，不会造成实际的伤害。因此请你再稍微忍耐一下。对了，那只怪物会像现在这样，不管你到哪里都跟来吗？"

"嗯，似乎如此。"

——好。

"那么，我们改天请专家确认吧。"

"是……灵媒或高僧吗？"

"不，它不是幽灵。而且那种灵媒或高僧有很高的概率是骗子，没有用的。"

"不然是……警界人士？"

"如果那是变态，当然报警最好。但我觉得真是变态的话，应该不会穿着像蜘蛛人那样的服装紧贴在玻璃上才是。能做出这种行为的只有发明神秘道具的高科技变态。问题是，既然都费尽心血发明这个了，应该会做出更变态的行为吧。"

"嗯……"

"再者，如果我和你的脑子都出了问题，我们该去的是医院。但并非如此，是吧？我虽是个怪胎，却不是疯子。"

希望如此。

"至于鸭下小姐你，更是个正常人。"

"那么……要请谁确认呢？"

"妖怪专家。"

"民俗学者吗？"

"不，这不是民间故事，所以不找民俗学者。我说的是真正的妖怪专家。先告诉我你哪几天比较方便，由我负责联络吧。"

黑史郎说完，合上杂记簿。

肆

妖怪研究家咆哮于黄昏时刻

"去跟多田仔拿稿子啊……"

大象开口了。

"我吗？"

平太郎站着回答，心想：我正在跟大象对话呢。

"你发什么呆啊——"

"啊。"

他刚刚似乎神游世外桃源了。这个房间虽显得杂乱而狭小，却井然有序。明明连立足之地也没有，却不觉得局促、压迫，甚至能放松心情。也许反映了这里主人的特质吧。

挤满书架的书籍只有粗略分类，不仅顺序不对，书本高度也没调整，杂志和杂志书堆在一起，却不是随便乱摆。虽然常用的资料堆在外头，但用完的立刻会被收回书架。

一点儿也不散漫。

不，甚至可以说是有条有理。

哪里像《怪》总编的桌子，仿佛无间地狱的正中间，张开一张通往异次元的血盆大口，十几万上不了"天堂"的僻地居民在里面万头攒动，惨烈的景况可以说日西合璧，古今未见。那种才叫散漫。

关于僻地，请参考诸星大二郎的《生命之树》。平太郎也很喜欢被拍成电影的《奇谈》。虽然这部电影毁誉参半，但平太郎只要书中的"地狱"场景被影像化就很满足了。

不过这些和现在完全没有关系。

总之，这里的确不是"地狱"。虽然也算不上"天堂"。

这间办公室的主人虽然身躯庞大，心思却很细腻。

是个心思缜密的魔鬼。他在工作和赌博方面极为严格。据说他打起麻将的时候，会变成面带笑容的魔鬼，强悍而且残忍。

"喂喂，阿平，听到了吗？"

"啊。"

他又去了一趟世外桃源。

"振作一点儿啊。"大象——不，梅泽一孔说。

好大。

听说梅泽年轻时有培训相扑力士的相扑部屋想招募他，但他嫌练习太麻烦，便拒绝了；他胃口奇好，连续一个礼拜一天三餐都吃猪排饭也没问题；他还出席过少女团体"糖果合唱团"（Candies）解散演唱会、长岛茂雄退役比赛，以及力石彻的丧礼。由于他的身躯太庞大，连纪录影片中都能找到他的身影，不，听说连中津川民谣祭的纪录照片里也能发现他的踪迹。此外，他还做过许多事，是一位充满各种不方便说出的插曲与难以置信传说的神奇人物。

他就是角川委托制作《怪》的编辑公司"FALSTAFF"的负责人。

说是负责人，其实FALSTAFF也不是什么大公司，员工人数寥寥可数。

公司内协助《怪》编辑工作的，只有一位名叫本田的娇小女性，其他社员忙着做公司其他正常的工作。

本田外表细瘦而温顺，但据说她参加过山伏修行，即使是现在，有空时她还是会入山修行。本田在梅泽加入前就在角川以打工人员身份参加《怪》的编辑工作，貌似在《怪》是资历比梅泽更久的强者。

听说梅泽原本就很喜欢水木老师，在其他公司任职时，他便在水木相关工作中担任策划人，经常进出水木制作公司，后来被选为世界妖怪会议商品销售负责人，参加各地巡回之旅，接着他作为编辑的能力被相中，正式参与《怪》的编辑工作。

平太郎听得不仔细，细节也许有所出入，但大致上应该没错。梅泽现在和京极夏彦与村上健司等人一起被选为《水木茂漫画大全集》的编辑委员会成员，想必相当忙碌吧。但是，即使在这种严苛的状况下……

梅泽似乎并没因此而变瘦。

身躯仍旧庞大。

他本人宣称被医生禁止吃猪排饭后瘦了好几公斤，村上和京极也说他变瘦、变娇小了，但对于相识时日尚短的平太郎来说，则完全看不出来。考虑到梅泽原本的体重，正负十公斤以内都属于误差范围。

总而言之，这个人乃是《怪》团队中的主力成员。他手指虽粗，做事却很纤细；肚子虽大，却很照顾人。

但是，性格就……

"再发呆的话，我就要在你脸上放屁了——"

有些下流。

听村上或京极说，他的下流性格在被禁吃猪排饭后也收敛不少，但平太郎觉得他现在的程度就已经让人难以消受了。

"对不起。"平太郎低头致歉。

"没关系，别杵在那里，坐下来说话嘛，站着很让人静不下心啊。"

"好的，坐这里可以吗？然后，这是下一期的照片资料。"

"好，辛苦了，我确认一下。鸟井，拿去。"

"是。"

好瘦小。

接过资料的是这个编辑公司的外包人员鸟井龙一。

他以前似乎是这个公司的员工，现在独立出来当自由编辑，一样很喜欢水木茂，所以也参与全集的制作。

鸟井的年龄比平太郎大了不少，但外表完全看不出来。和梅泽相反，他的个头小小的。不是个子矮，而是整体瘦小、纤细，因此比实际身高看起来更小一些。话说这个公司里每个人都相当细瘦，应该不是因为和梅泽对比之下才显得如此。说不定是这样才能平衡吧。

宁静而拘谨的态度也让鸟井看起来更矮小。

平时严肃认真，但听说他超爱搞笑。

先前……有个女性妖怪迷说他很像日本猴里的幼猴。这番评论很失礼，但绝不是坏话，而且是当着他的面说的，所以也不是背地里说坏话，不过还是很失礼。妖怪迷大多是这类口无遮拦的人。

在那之后，每当平太郎看到鸟井，就联想到幼猴。他肤色白皙，一双大眼骨碌碌地转动着，真的越看越像。继续讨论这个话题对前辈鸟井很不尊重，但平太郎实在很想看他依偎在母猴怀抱里的模样……

"又来了。"

"啊。"

梅泽傻眼地望着平太郎。

姿势仿佛有点疲累的熊猫。

"阿平，你怎么又在发呆啊？及川也是这样。你们角川怎么总爱用一些有幻想癖的人？"

"幻……幻想癖？"

"难道不是吗？我看你就真的心不在焉。认真一点儿嘛。"

"资料能正常打开。"鸟井说。

"能打开吗？我看看。喂喂——这是什么鬼，要从这堆里来选？这太花时间了吧，好多啊。"

"呃，总编说干脆全都交给你们，由你们来选。"

"你们口中的'干脆'也太多了点。算了，也罢。"

梅泽嫌麻烦似的挪动庞大的身躯，从鸟井手中接过刚从光驱中退出的光盘，在碟面写下内容名称。

"然后，关于刚刚的……"

"还想躲啊？我已经通知郡司兄了，你就去跑这趟吧。我得去水木制作公司，本田要去大学教授那里拿原稿，鸟井也有急件要修改，总之我们都很忙。"

"哦，可是……"

"就说没什么可是了。我再说一次，你去一趟浅草，跟多田仔拿稿子。"

"浅……浅草？为什么是浅草？"

记得多田并不住在浅草。

"听说他今天带着学生们去探访浅草的妖怪景点。我是不知道那里有什么景点可看，如果有祭典的话还行，平日去那里顶多逛逛仲见世商店街，什么都不买，吃点试吃的'雷米香'点心就回家而已。"

"哦……"

"快开天窗喽。"梅泽说，"截稿日是前天，本以为他最近洗心革面，总算会遵守截稿日了，一不留神又捅出这个娄子。"

"这个娄子？"

"就是这种事啊。真是的，就算打电话去催稿也不接，说什么今早完成了，我说我要去拿，居然拒绝我。到底在玩什么把戏，我也看不懂。"

"哦……"

"于是我说，不然你送过来啊，他也说不行。就算稿子写好了，要是不肯交出来的话，跟交白卷有什么不同？于是我就激他说你其实根本还没写吧，结果他就生气了。"

"生气了吗？"

"很气啊，气呼呼呢。明明该发飙的人是我，真伤脑筋。他呀，原稿是用手写的，所以处理起来比别人更花时间，因为必须先打成计算机稿。其实一个字一个字看的话不难辨识，但密密麻麻写在稿纸上的话，就让人眼花缭乱。他的字啊，实在不知道该说是规矩还是随便。"

平太郎没看过，无从搭腔。

"于是，我就说总之给我交出来就对了，他居然回我说他要出门了，以后再说，那个妖怪大师。然后我啊，就说干脆在外头找个地方碰面吧。结果他居然说他也不知道会去哪儿，我便叫他把原稿带着出门就对了。接着，我打电话问他的学生问他的去向。"

"问学生吗？"

"学生比他可靠多了。"

梅泽这一连串啰唆抱怨的对象是妖怪研究家多田克己。多田长期在文化中心举办妖怪讲座，刚才提到的学生，指的就是这个讲座的参加者。这个讲座持续办了很多年，许多学生成了老面孔。

除了定期讲课以外，还经常举办史迹寻访类的休闲活动。

"所以才派我去？"

"不然还有谁？"

"多田先生在浅草哪里呢？"

"不知道。"梅泽直截了当地说。

"这样怎么找？"

"真的不知道，我也没办法。"

"可是浅草很大呢。"

"很小啦。"梅泽打发似的说，"总之我要去向水木老师借用图画。听说老师最近常发飙。"

"嗯……"

与其说在发飙，不如说更像是在担心。水木老师对日本的未来有深刻的担忧，所以显得有些焦虑吧。

"水木老师好像说……鬼会杀死妖怪。"

"听说了。"梅泽回答道，"郡司兄似乎挺担心的，不过我想应该没事啦。老师不过是在开玩笑，对吧？"

"这个嘛……"

像平太郎这种晚辈，难以揣测水木老师的真正想法。更何况当时是初次见面，他紧张到什么话也说不出来。

"鬼吗？不知道老师是什么意思。还能生气就代表还很硬朗。或许他老人家有什么打算吧。"

"水木老师曾说，眼睛看不见的事物的绝对数量减少了。"

"减少！呜呜……"

梅泽试着将双手盘在胸前，低声闷哼。

不过似乎有些困难，主要是会卡到肚子。

"唉，到底是怎么回事呢？不管是钱还是别的，只要减少就让人讨厌。工作减少、存款减少也很讨厌。胃里的东西减少是最讨厌的。我的猪排饭系数也减少了。只有体重减少不了。"

"真的减少不了呢。"平太郎说。

"啰唆。"梅泽没好气地回答。

"水木老师也许因为妖怪系数减少才精神不佳，但健康状态应该还好吧？"

"嗯，他还拍桌子呢。"

"这样？"梅泽说完，模仿水木老师。

虽然有些浮夸，但大致一样。

"对对对。"

"既然如此，大概还是很有精神吧，这样的话我就放心了。没拿到多田仔的原稿很伤脑筋，但水木老师那边对我更重要。"

"哦……"

"我会去看看的。"

"去浅草吗？"

"就说不是了。当然是水木老师那里啊。阿平，你都没听别人说话吗？"

"可是……"

"别可是了。我有点担心老师的状况，得去一趟。现在不走，时间就来不及了。所以多田仔那边就拜托你啦，阿平。"

"叮是，就算要我去……"

梅泽摇晃着庞大的身躯起立。

"请等一等，我……"

"放心啦，我只是去方便。"

梅泽说完，径自走向厕所。FALSTAFF 的厕所很狭窄，真的能容纳庞大的梅泽吗？平太郎一直很怀疑，现在看来似乎没问题。

话虽如此，但听说梅泽常去附近公司借用厕所，因为那边比较宽敞和舒服。平太郎以为他是擅闯别人的厕所，后来又听说他总是趁着洽商之便尽情借用。平太郎感到不解，难道他是忍到去洽商时才上吗？梅泽本人宣称他的大便收放自如，但平太郎总觉得这个答案没回答到问题的点上。

无论如何，这里的厕所还是太窄了。

看着厕所门，平太郎想：梅泽在里头一定挤得很难受吧。这时有人戳了戳他的背。

"榎木津，这个给你。"

背后的鸟井递来某个东西。

"嗯？"

"这是多田先生的手机号码。不敢保证他会接听，所以以防万一，我顺便在底下写上了同行学生的手机号码。前阵子的古典游戏研究会上你跟他打过照面，应该认识吧？"

平太郎对纸条上的名字有印象。

但长相有点模糊。

"大概认识。"

"对方还记得你的名字，我跟他提过你可能会打电话。"

"真……真的吗？太谢谢你了……"

"然后……"

鸟井翻开笔记本。

"听说他们今天是去探访安政时期^[一]撰写的《俳谐浅草名所一览》书中提到的浅草八景。"

"不是金泽八景吗？"

"哪有可能去那么远。"鸟井苦笑着回答。

"原来浅草也有八景啊？"

"是否有名我不清楚。其实我之前也没听说过。总之有这种说法。"

鸟井将类似一览表的东西递给平太郎。分别是：

首尾松夜雨

驹形归帆

浅草寺晚钟

千束落雁

[一]　日本于1854年至1860年年间的年号。

大川桥夕照

真土山秋月

日本堤暮雪

浅茅原晴岚

"啊哈哈，各是指哪里根本不清不楚。"

"真的。现在去驹形看不见帆船，也不确定千束是否还有雁飞过。"

"可是落雁不是一种和果子吗？"

"那是指鸟类的雁啦。"从厕所出来的庞然巨物说，"那个和近江八景一模一样，多半是模仿的吧。"

"模仿啊。"

"坚田落雁没听过？你好歹看过广重[一]的画吧？"

"完全没有。"平太郎很干脆地回答。

"去接触一下啦。像是三井晚钟、濑田夕照，等等。近江八景的格调较高，那边才是本家。浅草版怎么念都不顺。"

"真的吗？不过对我来说，谁学谁并不重要。所以说，多田先生可能在这八个地方，我该去哪里找才好？"

"嗯……首尾松可以剔除，那个应该早就不在了吧？"

"不确定啊。"鸟井说。

平太郎更不可能知道了。他甚至连那个指的是地名还是建筑、是实际存在的还是不存在的都不知道，根本无从发言。

"那是以前长在藏前的老松树，屹立在隅田川旁，算是搭船前往新吉

[一] 歌川广重，江户时代末期的浮世绘画家。

原[一]的一个地标吧。大批色鬼搭着小舟，划呀划呀划呀，然后某处就昂然屹立起来——"

果然很下流。

"等等，这是什么时代的事？"

"当然是江户时代。"梅泽回答。

"梅泽先生从那个时候就知道了吗？"

"什么时候啊，笨蛋，就说早就没了。"

"秋月和暮雪现在的季节也看不到。"鸟井接着说，"如果要去，应该只是去那个地点绕绕吧……真土山上有圣天宫，比较有看头。"

"所谓的'有看头'是看什么呢？话又说回来，这些景色和妖怪有关吗？"

"当然没有。"

梅泽不假思索地回答。

"原来没有啊。"

"不，要说有也算有吧。妖怪和任何事物都有关系，想找出无关的事物反而困难。连和放屁、厕所或内裤都有关系。只是，若问去了是否就能感觉到妖怪，我也只能回答人各不同。如果是跟多田仔去，他本身就很像妖怪，说不定还挺有气氛的。"

"哦……"

的确，多田克己给人感觉很像妖怪。平太郎现在还是觉得他有些恐怖。

完全无法分辨他的心情是好是坏。

"应该是在浅草寺吧。"

梅泽随口猜测。

"去浅草当然是去浅草寺吧？"

[一] 幕府认可的青楼区，原本设在日本桥，明历大火灾后移到浅草。

"去观光的话，或许是。"

"他们不会去花屋敷。多田仔去年玩遍那里所有的游乐设施，短时间内不会想再去了。"

"浅草花屋敷游乐园吗？游乐园和妖怪也有关系？"

"就说不是那儿了。不过，要说有也勉强算有吧。"

"晚钟是指夜晚的钟吗？"

幸好鸟井很认真，真令人感激。

"晚钟？米勒[一]的作品吗？"

但平太郎很不认真。虽然他自己毫无自觉。

"说米勒也没错。与其说是钟，更应该指钟声吧。现在出发的话，我看看……恰好能赶上敲钟的时间。既然如此，那他们肯定在浅草寺的钟楼附近。听完钟声后，多半会一起去吃点什么。有学生在，他们不会选太贵的东西，所以不会去吃牛肉锅，而是去居酒屋。"

"啊，去居酒屋的话，我也想参加。"

"参加个屁。"庞然大物不高兴地说，"你可别厚脸皮地留在那里啊。别忘记你去那里的目的。拿到原稿立刻折返，这是理所当然的吧。不管是暂定还是怎样都好，我想要在今天内就入稿。我回来之后会确认，所以在那之前务必送回来。"

"我留下来等。"鸟井说。

"等到你回来为止。"

"要等啊……"

"没错。"

"给我坐飞机回来哦。视情况叫出租车也行，但他们有可能去了交通不

[一]　让·弗朗索瓦·米勒，19世纪法国画家。他的知名作品《晚祷》的日文标题是《晚钟》。

方便的地方。"

"哦……"

"懂了吗？一定要带原稿回来。"

"多田先生真的带在身上吗？"

"他一定带着。"

梅泽昂然站立，看起来有点儿像在耍威风。

"多田仔一定会回应我的催促。"

"若真的如此，那他早就主动把稿子送来了……"

"不，他会回应，但是用出乎意料的方式。别小看多田仔，那家伙的行事作风向来特立独行。虽说和一般人不同也没什么不好的。"

梅泽以仿佛阿伊努民族英雄沙牟奢允般威风凛凛的架势嘿嘿大笑，说了声"那么，我先走了"，拎了个斜背包就出发了。

"鸟井先生，出租车钱用收据报销就好吗？抬头写这里？"

"梅泽先生吩咐说要你向角川请款。"

"是啊……"

这样的话……

或许领不到了。

因为总编很小气。

平太郎心不甘情不愿地离开了FALSTAFF。

太阳逐渐西斜。

神保町的街道依旧明亮。

平太郎听说他的叔公以前有栋大楼在此，现在不知怎么样了。如果卖掉的话，应该赚了不少吧。平太郎想着这些不重要的事，朝车站前进。

他不知道在哪个车站坐车最合适，总之先往最近的车站走去。

结果他坐错地铁，又搞错该下车的车站，在东绕西绕之中浪费了许多时间。一切顺利的话，恐怕早就到了。

登上楼梯，来到地上，景色业已染上红霞。

浅草他只来过两次，都是来观光的。

这里虽然成了东京名胜，成了乡巴佬或外国观光客络绎不绝参访的人气观光景点，但平太郎还是觉得这里不怎么有东京味。

若问是否有江户之感，他会觉得或许有。但相比之下，上野或神田更有江户味。若单论下町味，柴又则更强烈。

当然，这一切都是基于平太郎个人基准的感想，没什么了不得的根据。

不，也许这里才是东京原本的模样吧。只不过，平太郎刚搬来东京时住的是高圆寺，所以才有上面这种刻板印象。

后来他搬到四谷，现在则住在椎名町。

因此，浅草对平太郎而言，是既不像东京，也没有江户味的地方……虽然如此，他也承认浅草有种令人舒畅的独特魅力。

他觉得，浅草具有能让平太郎这种外地人放松的景观，有着乡下观光地的气氛。

当然，这里有雷门、浅草寺和花屋敷游乐园，还有说书场，这些都是乡下没有的，但不知为何，给人一种怀旧感。

只是，无法让人静下心来。

人潮太汹涌了。

当地民众、观光客与路过者交错混杂，难以辨别。有小孩，有年轻人，但中年老爹或老年人也多。熙来攘往的人群当中，充斥着有钱与贫穷、高雅与低俗的气质与品位。换成涩谷或新宿，即便人多，也不至于如此凌乱。

在这里，连外国人也不怎么醒目。

即使山门和大灯笼是纯和风，但不管哪国人都能融入这里的景观，不带一丝突兀。这里仿佛海纳百川，包容万物。

包容万物，但没有一项特别醒目。

接下来……

该怎么办？

参观了风神像，参观了雷神像，也看过了金龙山匾额。

他抬头看着大灯笼，从底下穿过，直接走进仲见世商店街。

简直像个一般观光客。

不，不一样。平太郎身担搜寻被认为潜伏于浅草寺境内的多田克己的任务。无须从背后迂回，直接从正面突破即可。虽然只是个打工人员，但平太郎好歹也是《怪》编辑部的成员，现在只是在执行比平时被带着到处打杂更复杂一些的任务罢了——从非正规场所回收多田老师的玉稿此一不可能的任务。

这是一场大作战。

走了一阵子后，平太郎又陷入奇妙的思绪里。

——这里不像江户。

的确，虽然也有江户时期的特征，比如扇子、法披[一]或灯笼，明显是江户人的喜好，但这里并非只有江户时代的影子。

还掺入了明治、大正与昭和时代。

大量昭和怀旧感的精华被加了进来。橱窗里摆放着模造刀，将刀与江户直接联系在一起的概念，反而给人更早期的大正时代之感。仔细看，还挂着军服，显然又不是江户。不知该说是怀旧、廉价，还是迎合特定小众族群的爱好——也许已不算小众，但重点是，只要有往昔情怀就没问题。

听到浅草，但凡是《帝都物语》爱好者，必然会想起关东大地震中倒塌的浅草十二层高楼——凌云阁吧。凌云阁无疑是象征大正时代的建筑，甚至

[一]　印有家纹的日式短袖外套。

还带着些许明治感。但不管是昭和、大正、明治或江户，只要不是现代，往往会被混为一谈。

无数往昔在此交会、融合。

就算基于地域将浅草分类为江户，恐怕也无法成立。因为这里常见的新选组来自京都，坂本龙马则来自土佐，甚至还有被贩卖的民族风商品。

江户风情早已淡薄。

平太郎不认为这样不好。即使如此也无妨。

这里是在土生土长的下町人或江户人的框架下，把具有古今东西特征的物品全部抛入，重新洗牌构成的幻想日本。

——这就是所谓的妖怪感吗？

平太郎觉得自己似乎能明白了。

所谓的妖怪感，最重要的是"有那个味道"。

明明混杂着各种风格，却不可思议地具有统一感。即使镶入红色、金色、绿色，配色上已分不清是中国风格还是印度风格，却仍能归于和风的范围内。

电影《银翼杀手》中呈现出深具未来感的东洋风味，但还是跟和风不大相同，只是笼统印象的东洋。但仲见世完全是日本味道，是不属于任何时代、很纯粹的日本。

这部分很有妖怪感。

——多田先生的确很适合这里。

平太郎心想。

或许真正笼统的是平太郎的思考吧。

想吃人形烧，想买 T 恤，他茫然思考着这些无意义的事，糊里糊涂地前进。

暮色渐浓。

夜晚将近。

从深蓝灰色到靛紫色，呈现出玄妙渐层的天空里，开始有星辰闪烁发亮。

而地上，则宛如龙宫一般闪耀。

人潮毫无减少的趋势。

——明明是平日。

有人说世间越不景气，这类场所就越热闹。或许没说错。

一名肢体动作夸大的貌似意大利人的开朗男性用拙劣的日文只言片语地跟人交谈着，满脸笑容地朝平太郎方向走来。他身旁有个怎么看都是土生土长、满脸胡须的矮壮日本人伙伴，不知为何，他的伙伴却用流畅的英语回应他。他究竟是哪国人？

疑似意大利人的男子所有反应都很浮夸，明明是意大利人，却说着美国风格的笑话，还拍膝大笑。而他的伙伴则穿着蓝、白、红三色衬衫，说不定是法国人。

这种情景若出现在其他地方，肯定会备受注目吧。但浅草连这些国籍难辨的人士也能轻松包容，真是厉害。

浅草，太厉害了。

一名推着廉价塑胶购物车代替手推车、步履蹒跚的老婆婆走了过来。老婆婆从纸袋中取出盐味煎饼，用不清楚还有没有牙齿的嘴喀哩喀哩地边走边吃，看来一点儿也不美味，似乎也不觉得愉快，但就算是这样，也一样能融入浅草。

老婆婆背后有一对依偎在一起的情侣——"情侣"这个词本身有点过时，但平太郎不知道有什么词能代替——总比叫"爱侣"好吧——总之，就是有一对年轻男女，打情骂俏地跟在老婆婆身后。

一名从事体力工作、喝酒喝得脸颊红彤彤的古铜色皮肤老爹推开那对情侣，从叼着牙签的嘴里明显飘散出酒臭味，取下夹在耳朵上的红铅笔，用铅笔搔搔斑白的电烫卷发，心情很好大步向前，超越老婆婆而去。

这样也无妨。

两名年轻人似乎对老爹没什么感觉。

老婆婆也丝毫没有改变步调。

以许多张开的色彩绚烂的油纸伞作为背景，这里已是彼岸。

灯光开始闪烁亮起，部分店家提早打烊，就像儿时期待的祭典的前夜祭，也如固定营业的夜市。

不。

——这里本来就是固定营业的夜市。

应该是吧。

路上仍有不少孩子。

被父母牵着手的应该是观光客，成群结队一起行动的多半是当地小孩。

不同于乡下小孩，他们身上的打扮从上到下都时尚有型，头发还用定型喷雾做出造型，手上拿着平太郎没有的最新型携带式游戏机，实在很嚣张。

平太郎没那个力气去排队购买，为什么这群小鬼能买到？唉，好想要。

小鬼们孩子气地咯咯笑着。

他们热烈讨论着最近刚完结的深夜动画，背后是发簪店。

不只街景，人群也混杂在一起了。

走着走着，平太郎见到左前方不远处的传法院。

来到这里，气氛逐渐产生变化。虽然构成要素没有太大差别，但寺庙附近的气氛果然就是不一样。

虽然到处是外国人、老婆婆、老爹、情侣和孩子们，但人群看起来沉稳许多。

穿过宝藏门，来到寺庙境内。

寺庙很了不起。

这样讲或许有些迷信，但结界毕竟是存在的吧，平太郎想。

不知为何，寺庙境内总能维持一种静谧的气氛。明明寺庙的庭院在构造上与公园差异不大，但气氛就是截然不同。

而这种气氛，又不同于清净、肃穆、神圣或庄严，不是神社所有的那种超凡入圣的气氛。这种差异，或许是神和佛的差别吧。某些寺庙也有这类神圣性，但不会有令人想正襟危坐的氛围。

平太郎想，嗯，不会有。

类似走进平时温和寡言、一旦生起气来会很可怕的老爷爷房间的感觉。

当然，这只是平太郎的感想。

在俨然矗立的气派本堂前方，有个总是插满线香、烟雾缭绕的巨大香炉。平太郎不知道它的正式名称是什么。

之前只在白天看过，这次入夜之后看起来的感觉又不大相同。

有种昂然而立、威风凛凛的气派感。

年龄介于大婶与老太婆之间的三个人用双手拼命收拢烟雾，扑在自己的脸上。

那是一种能让接触烟的部位变好的仪式吗？

所以说，她们是想让容貌变得姣好吗？

在那些妇人的身旁，或说下方，有个孩子孤零零地站着。

他接触不到烟雾。

踮起脚尖也办不到。

不像是妇人们带来的。

……不知为何，孩子穿着像是浴衣的衣服。不，这个季节穿浴衣也不奇怪，只是，没有祭典时，会穿浴衣的人并不多。

——不，不见得。

没这回事。

平太郎喜欢穿浴衣的女生，也听说某个游乐园有穿浴衣入园就能打折的活动。

更何况，这里毕竟是浅草。

浴衣彻底融入景色，不会格格不入。

平太郎决定不去在意，却又停下脚步。

——但是。

只有小孩穿浴衣，总觉得怪怪的。

如果是父母与小孩一家三口都穿浴衣的话，看起来会很温馨。

若是母亲和孩子，或父亲和孩子穿的话，也没什么问题。

孤零零的，只有小孩自己穿浴衣……

这幅光景，说奇怪倒也挺奇怪的。

眼前视野范围内，没有其他人穿浴衣，也没有人穿和服。

听说京极白年轻起就总是穿和服，但以这孩子的年纪而言，未免太年轻了，根本还没到会讲求穿搭品位的年龄。

——大约十岁吧。

妇人们拼命地掬烟扑脸，丝毫没注意到那名小孩。就那么想让脸蛋变漂亮吗？

——也许和家人走失了。

孩子没有哭闹。

——等等。

那似乎不是浴衣。

和浴衣或许不太一样。

而且他理了个光头。不是剪的，是完全剃掉。虽然看起来倒也还算自然，但平太郎就是看不习惯。只不过，小孩子剃光头也没什么好奇怪的。

——我懂了。

看起来很像往昔的孩子。

平太郎莫名觉得如此。

反正浅草是古代与现代兼容并蓄的神奇乐园，所以也没关系吧。

平太郎走过香炉，来到本堂前。

该参拜一下吗？

本堂闭门时间似乎快到了，要参拜的话得赶快了。身上有当作香油钱的零钱吗？

"呃……"

"嗯？"

耳旁传来声音。

"你不是？"

"啊。"

见到四五张似曾相识的面孔。

"你……你们该不会是多……多田先生的学生吧？"

"是的。你是那个……《怪》的员工？"

"对，我是前阵子一起玩花牌时惨败的角川打工人员。"

"你来这儿做什么呢？"

"我来……啊！"

想起来了。

他正在执行任务。

"多……多田先生呢？他没跟你们在一起吗？他不是带你们来看……呃，八景岛海岛乐园？"

"啊？"

"抱歉，是近江。"

"这里是浅草啊。"

"说得也是。请问多田先生现在在哪儿？"

"老师他啊……"

学生们互看一眼。

"发生什么事了吗？"

"老师他无论何时都有事啊。像是忘记带相机、搞丢车票。"

"穿错鞋子。"

"被人穿走鞋子。"

"这些事我听说过，可是他……他现在人呢？"

"应该在钱冢地藏堂后面吧。如果没离开的话。"

"怎么走？"

"从那里往侧边出去……"

多田老师的学生们非常仔细地说明位置。离这里很近。

"送亡魂时会把祭品与火把丢进那边的洞中埋起来。距离这里只有几分钟路程吧。"

"我听过送亡魂这个仪式。"

虽然也只是听过。

"就是一月举行的温座秘法陀罗尼会。在结愿之日驱赶鬼的那个仪式。"

"啊，是多田先生拿着相机一路追着鬼跑，结果每张照片都拍到多田先生身影的那个祭典吗？"

平太郎忘了是谁告诉他这件事的。

多半是梅泽吧。

"呃……我们不在现场，所以也不清楚真假，不过照老师的个性看来，的确很有可能这么做。"

学生们彼此点头。

"很有可能。"

原来是真的啊，还以为是梅泽在开玩笑。

"对了，各位怎么会和老师分头行动呢？"

"我们在找某种东西。"其中一名学生回答。

"找什么？有人的钱包掉了吗？"

"不，不是那种。"

学生们又互看一眼。

"其实……我们在找一目小僧。"有人回答。

"哈哈，一目小僧……什么一目小僧？是游戏吗？类似 AR（增强现实）游戏那种？"

平太郎想，如果有人开发出基于地理位置的手机游戏，一定会大受欢迎。虽然这么想，但应该没办法吧。即便目前规模还太小，时机也太早，无法广为流传，但总有一天一定会流行的。

但目前游戏尚未问世。[一]所以不是《一目小僧GO》。

"不是那个的话，是《威利在哪里》吗？或者是寻宝？还是找出藏在仲见世商店街里的物品？再不然是定向运动？"

"不是的。"

学生们又互看一眼。

"我懂了，是角色商品。这里的确很有可能在卖。是顺带在等待时间进行‘在有限时间内找出一目小僧商品’的游戏吧？"

"不是这样的，我们看到了。"

"看到什么？"

"一目小僧啊。"

"啊？"

"总之就是这样，我们该去寻找了，老师就在附近，详细情形请直接问

[一] 该书日文版出版前此类游戏暂未问世。2016年7月，由任天堂和宝可梦公司授权，Niantic公司开发和运营的《精灵宝可梦GO》游戏正式上市。

他吧。"

说完，学生们三三两两离去了。

本堂楼梯前只剩平太郎。

——他们没事吧？

那些人。

不，平太郎觉得自己也怪怪的。

愣了好一阵子，平太郎重新打起精神，前往那个叫什么地藏堂的地方。

反正自己的任务是来拿原稿，只要从多田克己手中夺得稿子，立刻坐出租车回 FALSTAFF 就好。

虽然可能得自费。

——什么一目小僧嘛。

老说什么妖怪痴，过度沉迷某种事物的话，真的会变成傻瓜吧。成天想着鬼怪的事，脑子都融化了。

平太郎又往前走了一小段路，发现路上的人潮明显变少。

往来行人化为一抹抹深浓的阴影。

道路幽暗，看不清擦身而过的行人面貌，难怪古人称黄昏时刻为"彼谁之刻"[一]。

同时，这也是鬼怪出没的时刻。

不凑近瞧，难以辨别是外国人、老婆婆、年轻人还是老爹。

顶多能分辨大人和小孩。

小孩……

往昔的孩子。

——咦？

[一]　日文为"彼は誰時"。

那个在香炉附近的，仿佛是来自往昔的孩子。

陡然间，不寒而栗。

为何自己那时就这么接受了？

往昔的孩子怎么可能"存在于现代"呢？

的确，浅草是将过去与现在、江户与东京混为一谈之地，是将仿佛实际存在，却又到处都找不着的幻想日本化为现实之处。

尽管如此——

往昔的人也不可能存在于现代。

——那个孩子……

只是个穿和服、剃光头的小孩。

"咦？"

平太郎回过头。

绕了一大圈，本堂背后什么也没看到。

"那个孩子……"

没看到脸。

——应该不可能吧？

不可能不可能不可能。平太郎摇头，赶走脑中的幻想。

脸部正中央有一只巨大的眼睛，再加上长长的舌头，形成非常写实的一目小僧的幻影。

——就是因为这样，才会被人说有幻想癖吧。

平太郎继续沿着本堂后面的小径走。比起商店街，这里街灯少了许多，自然有些昏暗。

觉得心里不踏实。

路上人影也渐趋稀疏。

毕竟是本堂背后。

学生们说沿着竖式旗子走，很快就到了。确实如此。

平太郎见到多田克己站在直立旗前挺胸后仰的模样。

没错，看人影就知道是他。

"多……多……多田老师！"

平太郎顾不得丢脸，大声呼唤。

平太郎自认喊得很大声，多田却没注意到。平太郎边喊边跑，就这样一路喊到他的身边。

"多……多……"

"干吗？"

被瞪了一眼。

"你是谁？"

"是我啊。《怪》的打工人员。"

"啊？"

"您不记得了吗？我是榎木津平太郎啊。"

"哦。"

反应只有这么点儿。

多田瞥了他一眼，又转头回去。

"呃，多田老师。"

"干吗？"

"那个，原……原……"

"我现在很忙。"

"啊？"

"你应该知道吧？关于一目小僧有很多种学说。例如它与制铁的关联，或是活人献祭，等等。"

"啊？抱歉，我是来……"

"中国也有单眼的妖怪，叫一眼一脚。如名所示，只有一只眼和一只脚。其实，那是针的象征。"

"啊？"

"就是那个啊，缝衣针，尖尖的。"

"尖尖的？"

"那根针啊，就是独脚的由来。"

"针是……脚吗？"

"虽然不是脚，但共同点是一根。眼也是一只。"

"咦？"

"就是眼睛啊，眼珠子。"

"针有眼睛吗？"

"就是针上面的孔啊，孔。"多田气愤地说，"喂喂……你叫什么来着？你这家伙很没想象力啊。没有想象力就什么也不懂。若是没想象力，就无法补足对妖怪的理解吧？"

"哦……"

幻想力倒是挺强的。

所以是用针眼来比喻眼睛吗？

"就是孔，一孔之见的孔。"

"呃，但那不是比喻见识浅薄的意思吗？"

"是，没错，这又不重要，抓我语病干什么？总之孔就是眼，针是腿。就跟一本踏鞴[一]是一样的。而一目小僧也隐喻阴茎。"

"根茎类？"

"不是啦。"多田又生气了，怒问，"故意的？喂，你是故意的吧？故意

[一] 和歌山县山中的一眼一脚妖怪。

讲错的，对吧？"

"什么故意的？"

"告诉你，我最讨厌像雷欧☆若叶那种爱插科打诨的家伙。虽然他和村上看起来交情不错，但一点儿也不好笑。"

"我和雷欧先生没有关系。"

"你们两个都一样。"

多田断然地说。

"只会抓别人的语病开玩笑，但那些细枝末节一点儿也不重要，理解本质的部分就够了，名词一点儿也不必在乎，完全不需要。"

"名词不重要吗？"

"那只是符号，是可置换的。自行在脑中替换就够了。挑那种琐碎部分来批评论点根本就是莫名其妙。你不觉得很可笑吗？"

"是的，很可笑。"平太郎回答。

"喂，你在耍我吗？"

"没这回事。话说回来，原……"

在说出那两字前。

"所以说，你听过针供养[一]吗？那是把针插在豆腐上，懂吗？豆腐。方形、白白的豆腐。凉拌豆腐或汤豆腐的豆腐。"

"呃……"

"豆腐和一目小僧这两种属性结合在一起就是豆腐小僧[二]。不，其实拿着豆腐就是豆腐小僧了。这个豆腐小僧啊，和种类繁多的小僧妖怪……小僧妖怪有很多种类。"

[一]　将不再使用的缝衣针送去神社祭拜，或插在豆腐等软物上，祈求裁缝技术提升的仪式。

[二]　用盘子端着豆腐、貌似童子的妖怪。

"这我知道。"

"这些小僧妖怪都有共同特征，但就是没有豆腐这种属性。豆腐跟小僧，无关！"

"无关吗？"

"过去从来没有哪个小僧和豆腐有关联性，对吧？完全没有啊。所以豆腐出现得很突然啊。"

"所以说呢？"

"就——说——了！连接小僧和豆腐的线，只有一目小僧、针、针供养和豆腐而已。这就是我的学说。"

"啊，原来如此。"

"不过和亚当·卡巴特[一]先生的学说不同，京极也不怎么赞同我的看法。"

"咦？所以这个学说不正确吗？"

"没什么对或不对的。这只是种学说，没人能证明对错。我认为豆腐小僧源自一目小僧，卡巴特先生则是二目派。"

"忘了是哪一次鬼怪大学校的定期讲座，京极先生和香川老师曾说在热潮过了之后，残留豆腐小僧其名的河童和一目小僧融合而成的变种豆腐小僧图画宛如雨后春笋般冒了出来。"

"那也只是种学说罢了。"多田皱眉，表情困惑地说，"既有他们那样的看法，也有我的看法，这有什么不行？"

"当然可以。"

"对吧？"

[一] 亚当·卡巴特（Adam kabat, 1954—　），日本文学研究者，专攻近代日本文学，尤其是日本的妖怪学研究。

"嗯。"

"啧。"

"总之，我完全同意您的看法。话说回来，多田老师，您的学生说……"

"对了！"多田大声地喊。

路上的妇人回头看他们。

平太郎不好意思地对她赔笑。但是夜色阴暗，对方大概看不见平太郎的表情。

"有个大问题。"

"什么事？"

"我见到一目小僧了。"

"哎呀。"

"问题很大，对吧？"

"嗯，如果真的存在的话。"

"我保证没看走眼，但你不信吧？"

"呃……嗯。"

"它呀，还端着托盘，请我喝茶水呢，茶水！"

"哦。"

呃，说不定不拿原稿比较好。

"我那时在附近的地藏堂参拜，一目小僧突然从背后靠近，奉上茶水。"

"您……您喝了吗？"

"谁敢喝啊，白痴。"多田愤愤地说，"陌生人突然端出茶水来，正常说来不会有人喝的。难道你会喝吗？谁知道有没有被下毒？说不定茶杯不干净，茶水也可能凉了。换成是你，会喝吗？会吗？会吗？"

"啊……"

平太郎认为自己也不会，便回答："不，我不会喝。"

"对吧，正常人都会这么判断。我还是很正常的，所以吓了一跳，望着它的脸，发现像这样……"

多田用双手比出一个圆形。

"什么？"

"它的眼。"

好大，有 CD 那么大。

"如果只是这样，我也不会被吓着。"

"刚才不是被吓着了？"

"那是因为突然有人端茶给我才被吓着的，但眼睛只是眼睛啊。"

慢着，看到巨大独眼的怪物，首先反而应该被吓着吧？——平太郎想。

"说不定只是眼罩啊，或者特殊化妆，再不然是面具。"

"那些应该都看得出来吧？"

"当然。虽然那只眼怎么看都很真实，但也不能否定是做得非常精巧的人造物的可能性。"

"没错。"

"不管看起来多么像真的，不先试着怀疑，很容易被牵着走。"

"然后呢？老师是怎么做的？拉着看看吗？"

"怎么可能。哪有人会突然摸莫名其妙的东西。当然是先观察啊。"

"所以老师在仔细观察后，认为那是真货？"

"不是。"被直接否定了。

"不是吗？"

"它把舌头像这样伸长了，跟长颈鹿一样。"

多田让手指，不，让并拢的手掌微颤、扭动，表现出舌头的模样。

约有十五厘米长。

"接着，在我想说点什么的时候，它居然对我说'闭嘴'。哎呀，是'闭嘴'。'闭嘴'啊！"

说"闭嘴"有什么问题吗？

"闭嘴！"

"知道了，所以老师真的闭嘴了吗？"

"不觉得很奇怪吗？"

"啊？"

平太郎觉得他才奇怪呢。

"这个典故出自《怪谈老之杖》啊！是平秩东作[一]的作品啊，你不知道吗？你听过吗？应该听过吧？你听过，对吧？"

"呃……"

听过。

这么说来，平太郎对这个故事的确有印象。

"应该是那个，对吧？记得故事发生在四谷某间破烂房子里……"

"没错，就是四谷的一目小僧。你果然知道，不是吗？"多田说。

"嗯嗯。然后，有个十岁左右的小孩在对挂轴画恶作剧，主角责备他别这么做的时候，对方回头说……"

"闭嘴！"多田和平太郎异口同声地喊。

这个故事经常在妖怪图鉴的说明里被提起。水木老师也曾在书中引用。

很遗憾，平太郎不是一般人，而是轻度的妖怪痴。

而且，他还是任职于妖怪杂志《怪》编辑部的打工人员。

虽然编辑部实际并不存在。

"原来如此，老师碰到的一目小僧也喊了'闭嘴'啊？"

"所以错不了，对吧？"

[一] 日本江户时代后期的剧作家、诗人。

"真的是……正牌的吗？"

十岁左右的……小孩。

"那孩子……穿着传统的日式服装吗？不是较正式的和服，而是类似浴衣……呃，类似《天才妙老爹》[一]里的那种衣服。"

"是穿了那种衣服，怎么了？"

"剃光头，光溜溜的？"

"是光头，没错。"

"服装的颜色是……"

颜色是什么？

明明直盯着看了好几眼，却记不得。

明明刚看过，明明在脑中能鲜明地浮现那个形象，但只有颜色和图案记不得。不是记忆模糊，也不是没看清楚，更不是忘了。

尽管记忆很明确，与其说是无法将之化成言语，不如说是无法重现出来。

"颜色是……"

"听说妖怪的服装花色没办法记住。"

"原……原来如此。"

"我也记不得。很可惜，我没随身带着木工的墨斗，也不懂得驱走一目小僧的咒语或仪式。真伤脑筋。"

"伤脑筋？"

"如果它想要墨斗，就更能确定了。"

"啊？"

"结果逃走了。"

"多田老师您吗？"

[一] 赤冢不二夫的搞笑漫画。

"我才不逃！"多田又怒吼道，"我干吗逃？你问这个根本莫名其妙。他又不会吃我，我也不觉得可怕，我干吗要逃，说啊？"

"所以是一目小僧逃了吗？"

干吗吓走妖怪！

"有学生看见在逃的它，所以我派学生们去追。"

"想抓住它吗？"

"你想想，如果那是真正的一目小僧的话，不管是我的假说还是别人的假说，或者民俗学公认的理论，全部会被推翻啊，都没用了，失去意义了。"

嗯，确实如此。

"其实我这次写的就是关于一目小僧的文章。"

多田从放在地上的背包中拿出微微沾湿的牛皮纸袋，用指尖拎着摇了摇。

"啊，那是……"

是原稿，把原稿拿来。

"请把那个……"

"我拼命地写完了。今天早上完成的。我还没睡呢。"

"您辛苦了，那么……"

只要能拿到原稿。

多田眉头一皱，在偏长的额头挤出眉间纹来。

"明明那么努力。"

"咦？"

"如果一目小僧真的存在，不就非得重写不可了吗！"

"什么？"

"造成了很大困扰啊，困扰！"

妖怪研究家对着夜空咆哮。

"不，多田老师，这两者完全无关吧？我不在今天之内把原稿交给梅泽先生的话，事态似乎会变得很严重。"

"咦？"

咦什么咦啊。

"你在说什么蠢话？这篇稿子有可能通篇错误啊！若不知道也罢，因为我是真的不知道。或者已经交稿的话，我也会放弃修改。可是，明明知道可能有错却不改，这说不过去吧？当然要改吧？"

"嗯……"

"校样发现有错不也会订正吗？有错就该改。就算进入二校或印前确认阶段，发现有错也会修改。如果是没发现就算了，不知道有错当然没得改。人人都有可能犯下粗心大意的过错。然而，明知有错却不改，甚至还让它出版的话，分明是大有问题。"

这番话很有道理。

"所以我没办法把《怪》的连载结集成书。因为一直都有新发现。不断更新，不断更新，永远改不完，一直有新想法。"

"难道不能先出版吗？"

"出版不了啊。编辑的过程中就一直想改啊。总之，我现在得先逮住那个一目小僧确认才行。"

"确认吗……可是确认后，也有可能不用更改吧？"

"如果那个一目小僧是假的就不用改。"多田说。

"既然如此，请把稿子交给我。为防万一，先让编辑公司那边开始作业嘛。"

"我要先确认再说。"多田凶巴巴地说。

也不是真的很凶，但就是给人这种印象。

"不，现在先交给编辑部作业的话，一旦确认是假的，就来得及印校样了。"

"问题是，假如他是真货，这些努力都将失去意义。"

"不，应该不至于……无意义吧？"

"完全无意义啊，一切努力都会白费。"

"真的吗……"

伤脑筋。

也许该打电话给郡司总编或梅泽先生，请求指示。

那样比较聪明，也比较合乎社会常识。不过总觉得这个问题不是在社会或者常识这些上头。

"多田先生……"

"干吗？好烦啊。"

"没有啊，我只是在想，假如真的逮到一目小僧，而且是真货的话，您打算怎么办？"

"什么怎么办？"

"就是，假如他真的是妖怪的话。"

"什么也不做吧。不然还能怎么办？抓来做成妖怪热狗吗？不可能吧？我又不是蛭族。"

那是《鬼太郎》里的妖怪天敌。很少有人听过。

"为……为什么非做成料理不可呢？"

"如果是真货，当然是妖怪，我能对他做什么？顶多修改原稿而已。"

"所以捉了就放吗？不会吧？"

"废话。"

"嘻嘻嘻——"一阵高亢的笑声响起。

是多田的笑声。表示他现在并非在生气，也不是心情不好。

"至少拍张照片嘛。"

"照片当然要拍。"

"啊。"

对了，这个……不就是……

——所谓的独家新闻吗？

"如……如果拍到照片，我们放在《怪》上面好不好？也可以卖给《东京体育报》，顺便上电视。"

"咦？"

"就这么做嘛。这可是超级头条呢。"

"你真的很失礼啊，你叫什么？榎……榎本？"

"我是榎木津。为什么说我失礼？"

"它可是妖怪啊，不能做这种事的。"

"可是……"

"只要能确认我的看法哪里有错就够了，只要能修正原稿就好。毕竟，它可是妖怪啊！"

多田再次咆哮。

伍

猎奇侵蚀日常

那时，及川史朗正感到紧张。

现场没几个他认识的人。不，并非没有熟人，但大多交情没好到能聊天。现场气氛融洽，轻松而自然，完全不像工作场合，及川却难以融入。

这并不奇怪。

坐在排列在现场的折叠椅上的人们都是常客，只有及川是第一次参加。

说参加，不如说是来参观的。

及川个性怕生，又爱装酷。他明白自己外表粗犷，所以总是打扮成仿佛庙会摊贩老板的样子，但其实这是一种防卫本能。只要让自己显得凶猛，并保持沉默寡言，就没人敢对他吐槽。

他其实是个胆小鬼。

而且还有一颗玻璃心。

及川是《Comic 怪》的编辑部成员。

《Comic 怪》是源自妖怪杂志《怪》的漫画杂志。《怪》既不是文艺志也不是学术志。只要合乎水木老师或荒俣老师的眼光，不管是论文、随笔、漫画还是小说，什么文章都能登。

总编的方针唯独一条——别赔钱即可。

当然，能畅销更好，但不是只求畅销，其他什么都不管；或者只重视内容，即使销售惨淡也没关系。大前提当然是要做妖怪迷喜欢的内容，但说是妖怪迷，其实范围广阔，不可能做到所有妖怪迷都喜欢，而且太限制内容，使得创作者们处处受限的话，做起来也没有意思，这部分的平衡性必须拿捏得恰到好处才行。只不过，公司当然不允许赔钱，只要能严守这一点……

算了，其实及川也不懂。

至少他觉得维持不赔钱的方针很厉害。

事实上，《怪》的确不怎么赚钱，跟这个策划有关的所有人都是苦撑过来的。但就是因为没有赔钱，所以才能持续二十年。

毕竟这本杂志的构想是由水木老师提出的。

因此尽可能地持续下去，就是对水木老师的报答。

京极或村上这些作家班底也很清楚这一点，即便或多或少得自掏腰包，也二话不说默默协助。虽然听说自费金额也已超出"或多或少"的范围。

在这种情况下，《Comic 怪》的创刊无疑替《怪》打了一剂强心针。

及川当时是《怪》编辑部唯一的正式成员。他一面要处理《怪》的业务，一面要独立编辑《Comic 怪》，同时还要负责活动的准备或调度。此外，他也担任其他文艺类图书的编辑。

因此，他崩溃了。

及川的承受力远比他所以为的更低。

在那之前，《怪》是由相关作家的责任编辑聚在一起制作的，《怪》的专职编辑并不存在——虽然现在也没有了——结果在及川成为《怪》正式成员后，其他人认为他也该负责相关作家的编辑作业才对。

总觉得有些本末倒置。

及川原本是漫画编辑。

由于他长期就近观察《怪》和世界妖怪协会的活动，对于成为《怪》的一分子有着强烈憧憬，最后他自告奋勇，把自己变成送上门的奴仆。

所以他从不抱怨，不管碰上何种困难，都试着努力完成。但是，就像把澡盆的水倒进茶壶一般，工作量经常超出他的承受力，满溢而出。

他制定了打死也不可能完成的行程表，因此总是忘记联络，或者因为过于急躁导致失败，给很多人添了很多麻烦。他甚至还曾将截稿日定在委托日的两天前。最终，及川这份四次元行程表不仅遗臭万年，也令他非常尊敬的郡司总编傻眼，他本人更是被村上白眼，他本人更是被京极劝诫，被荒俣老师痛骂一顿。

灰心丧气的他瘦了十公斤。

就算瘦了，也没人发现。

就这样，及川转任为《Comic 怪》的专职编辑。

后来，《Comic 怪》以漫画杂志之姿独立创刊，并成立正式的编辑部。虽然总觉得《怪》没有编辑部，旗下的漫画杂志又很奇怪，但还是令人感激。

或者说，正因如此，往后及川在面对文艺编辑时，总会有种疏离感。倒也不是自卑，或者有上下之分。但及川对他们总有一种难以用言语形容的敬畏之情。

坐在现场的有一半以上是文艺编辑。

有几名来自讲谈社和集英社，也有竹书房的人。

他亦见到几张来自编辑公司的熟面孔。

和讲谈社的河北在鬼怪大学校的销售区已经打过照面。集英社《小说昴》的岩田也经常来参加妖怪活动。不是以相关人士的身份，而是纯粹作为一名参加者购票入场，真了不起。和作家门贺美央子则常有机会在古典游戏研究会中碰面，及川在她从事作家这行以前就跟她见过面了。

由此可见，现场并非全为陌生人。

但他总觉得很局促。或许是因为一个角川书店的人都没有吧。

因此，他嘟起下唇，默默坐在角落。纵使看似心情不好，但并不是在耍坏，这只是及川的常态。

录音室十分宽敞。

收音区有几名工作人员，似乎在调整着什么。离参观席略远的桌子上设置了四个麦克风。

这里是 TOKYO FM 的录音室。

接下来要收录的是作家平山梦明担任主持人的广播节目《东京 Garbage Collection》。

及川会来这里，是因为他有事要找在本节目中担任固定来宾的京极夏彦，便来此等候。

就在他由于难以参与话题而感到烦闷之时，沉重的隔音门被打开，一张松垮的熟悉脸庞探了进来。

他立刻松了一口气。

来者是 Media Factory 出版社的似田贝大介。

似田贝是《达文西》杂志（*DA VINCI*）的编辑，也兼任怪谈杂志《幽》的编辑部成员。

及川只是个小职员，不懂领导们的想法或盘算，不过听说 Media Factory 出版社不久之后也会加入角川集团，所以是自己人。而且《幽》虽然是文艺杂志，但《达文西》是出版信息杂志，似田贝不算纯粹文艺部门的编辑。不，更重要的是，似田贝本来就是全日本妖怪推进委员会成员，及川与他在工作以外也常有交流。

换言之——

他也是笨蛋伙伴之一。说直白一点，全日本妖怪推进委员会完全是笨蛋的集合体。这么讲或许会被骂，但无论是担任评议员的京极，还是担任干事的村上，都会亲口声称他们是一群笨蛋，所以没有问题。

"啊，这不是及川兄吗？"

似田贝用迷糊的语气问：

"你怎么会来这儿？"

"不，就……"

"来参观吗？唔哈。"似田贝边说边在及川身旁坐下。

"真难得啊。"

"对了，角川公司的人向来都没来过这里吗？"

"啊，仔细一想，似乎没有呢。京极老师不喜欢叫自己的责编来参加。他宣称绝不会让自己的人脉影响这个节目。应该只有河北先生是因为京极老师而被派来的吧？"

"是这样吗？"

"其他的几乎都是平山老师的责编。不过也有人同时负责京极老师和平山老师，像岩田先生就是，《小说现代》的栗城先生也是。"

"哦。"

"POPLAR 出版公司的人偶尔也会来，如果作家来宾刚好是他们负责的话。我们 Media Factory 出版社只有我会来。"

"这样啊。"

"对了，你来这里做什么？"似田贝嘻嘻笑着问。

"笑什么笑。"

"我平常都这样啊。"

"今天早上，我收到邮件，说先前委托京极老师设计的读者赠礼已经完成，所以我来和京极老师接洽。"

"啊！你们又抓京极老师做白工了？"

"别胡扯，当然要付酬劳啦，虽然不多。罗塔，你这么说太过分了，让京极老师做白工的人是你们吧？"

"罗塔"是似田贝在妖怪推进委员会中使用的代号。及川不清楚由来为何，总之跟着这样称呼他。

"只是，很慢呢。"

"什么？"

"京极先生啊。他每次在节目开始前三十分钟就到了，有时提前一个小时就到。啊，大冢先生也不在。"

大冢是京极所属经纪事务所的员工，类似于京极的经纪人。

"我刚刚看到大冢先生站在停车场前。"

"啊，那应该还没到吧。也许堵车了。"

"但收录时间不是已经开始了吗？"

"时间向来只是参考用的。"似田贝笑得更贼了，"因为平山老师从不准时到的。"

"真的假的？"

"通常会告诉他提早一小时到，结果还是比实际收录时间晚十分钟到呢。"

"这么夸张？"

"如果通知平山老师准时来的话，肯定会很不得了吧？"坐在与似田贝隔着两个座位旁的岩田说，"我通常都从外出谈事的地方直接过来，往往赶不上正式收录时间，但经常还是比平山先生更早到。"

岩田说完时，气氛突然变得活络起来。

并非有什么声音响起，而是出现某种骚动，瞬间席卷了录音室内部。

及川望向门口，在忘了是制作人还是导播、推了平头的小西的带领下，平山梦明走入录音室。

平山的脸上堆满傻笑。

却莫名具有某种压迫感。

"嗨，谢谢各位。咦？京仔迟到了吗？唉，我就说嘛，他那种人啊，总有一天会暴毙在路上，就是累垮的。我早就劝他，没必要死守截稿日。"

"不不，京极老师还没死啊。"河北说。

"还没死？这样啊。京仔很少迟到吧？我听说他连被山猪袭击那次也还是在约定时间内赶到了。就算美军全力阻止，他也会冲破封锁线过来吧？就像高仓健一样。所以他没来的话，肯定是碰上了相当棘手的问题。状况一定相当不得了。大概是在某处发生世界末日级的大灾难了。"

宛如机关枪般的发言滔滔不绝。

平山一个人就扭转了现场气氛。所谓攫获了众人的目光大概就是这么回事吧。

"你看，我们这个节目做了二十年，几乎没发生过这种事呢。"

"没那么久，没那么久。"小西面带苦笑地否定，"只有三年。"

"听到了没，三十年喽。"

仿佛完全没在听别人讲话。

"这三十年来，京仔只迟到过一次。就是那个……那个大师的那个嘛。"

"祝贺水木老师八十八岁大寿的时候。"

似田贝回答。

"对，就是祝寿的那次。记得他那时好像在制作各式各样的东西。我还记得当时的京仔脸色真的糟糕透顶。他的皮肤几乎都剥落了，里头的肌肉也开始腐烂，露出骨头来。我从来没看过那么狼狈的京极夏彦。他应该在那时就死了吧？他死过一次了。死后还来上广播节目，真是太执着了。"

"不是平山先生找他来的吗？"

"我？不，才不是我。我才不会勉强他做这种事咧，我可是个圣人君子啊。叫京仔来的是小西这家伙，对吧？所有过错全算在他头上就对了。再不然就是宏岛。"

宏岛是不确定是制作人还是导播的另一位。

"算了，既然死了也没辙。怎么办，要等吗？还是暂停一回？或者我和佩可先开始？"

佩可是在节目中担任助理主持人——或者说吉祥物女郎——的女性。这个外号当然是平山乱取的。她本名叫宍户丽，也是一名怪谈作家。不，一开始并不是，她瞒着平山参加《幽》实话怪谈竞赛，结果入选了。听说她以前是一名舞者。

说不定现在也是。总之，及川不怎么清楚。

"再等一下好了。"小西说。

他把手机贴在耳边，开始通话。

"这样啊？好，好，我明白了。高速道路发生事故，严重影响交通，五号线大塞车了。我们再等三十分钟吧。"

"哦，原来如此。那就等他吧。事故是上白辆车连续追撞吗？如果我也碰上交通事故，应该能拖一下稿吧？"

"就算没碰上交通事故，你还不是从来没准时交过稿？"

嘘声四起。

"乱讲，我明明在遵守。假如写进历史教科书上的年表的话，我应该都赶上了吧？今年的工作今年毕。年表会白纸黑字标示着：今年交稿。"

"问题是，平山老师有时跨年才交稿呢。而且一跨就好几年。"

"有吗？啊，似乎是有。"

平山心情愉快地说。

这时，有人慌慌张张地打开录音室的门。脸色苍白的宏岛将眯眯眼睁得又圆又大，冲了进来。

"宏岛，你怎么了？"

"死……死了。"

"谁死了？京仔吗？"

"不……不是啊，是讲……讲谈社的——小宣。他被残杀了！"

"残杀？残杀是什么？北海道春天会出现的那个吗？"

平山说。但没有人听得懂他的意思。

仿佛时间暂停般的寂静大约持续了二十秒，不久，一名五官深邃的圆脸人慢慢吐槽：

"那是残雪。"

平山笑了出来，回应：

"对，就是那个。不愧是小庞。听到了吗？是残雪，残雪。如果京仔在现场，一定马上就能听懂并立刻吐槽吧。所以说小宣怎么啦？又放屁了吗？那家伙的屁超臭的，是有竹轮味道的臭屁。被自己臭死了对吧？老町被他的屁臭过，气得很呢。"

"老町是电影评论家町山智浩。"岩田说，"刚刚吐槽平山老师的那位五官深邃的先生，外号叫庞贝罗。他该不会是平山先生的小说《杀手餐厅》中登场角色——庞贝罗的原型吧？"

"应该不是吧。"似田贝说。

及川仍然无法掌握状况。

总觉得宏岛刚才好像说了很不得了的事。

为什么没人在乎？是及川自己搞错了吗？或是感染了村上健司的听错综合征？再不然，这里其实每次都会开这类玩笑？

"不，是……是……是真的。"宏岛很慌张，"真的死了。在后面的楼梯间里。"

"谁死了？青沼静马吗？"

"刚刚就说过了，是讲谈社的高桥宣彦先生。"

"哦，小宣啊。那家伙是会戴着三K党的帽子去市区乱逛的笨蛋，死了也不意外。去告诉他，死在楼梯间很麻烦，别继续赖着，赶紧过来吧。"

"不，我是认真的！"

宏岛不知为何有些激昂。

"宏岛兄，真的是……真的吗？"

小西张大嘴巴。

"真的。"

"喂，宏岛，真的是真的？"

"我……我没必要说谎吧？"

"啊？"

现场有数名人物站了起来。

"什么？发生什么事了？"

平山依旧摆出难以捉摸的态度。

"我们去看看吧。"河北提议。

"去看看比较好吧。"

岩田迅速地问。语气很着急，表情却很悠闲。也许他天生就是这副表情，但碰上情势紧张的情况就会吃亏。另一方面，河北则是平常很吃亏的类型。他明明态度很从容，眼神却像热锅上的蚂蚁一般急迫。河北平常即使在笑，眼神不是显得呆滞，就是游移个不停，想必因此吃了不少闷亏吧。论外表吃亏这一点，及川也没资格说别人。及川天生长得像只参加游击队的刺青大猩猩，不管在任何状况下都很吃亏。

"听起来问题很严重，不是吗？"

其他人面面相觑。在未能掌握状况这一点上，所有人都一样。

"怎么？干吗一脸凝重？"

平山的脸也蒙上阴影。

"他在开玩笑吧？那家伙是个笨蛋，宏岛一定被他煽动，一起起哄了。我去看看。"

平山悠然地走向门口。

"等等。"

一名编辑公司的女性站起。似田贝窝囊地望向及川。

"真的是恶作剧吗？"

"这种事常有吗？"

"这个节目平常就爱闹着玩，但若是真的，事情就麻烦了。"

"让作家去不太好吧？"河北说完，也跟着站起来。他发自内心感到担忧，但内容太老生常谈，反而像随口说说。果然很吃亏。

岩田说完，也站了起来。及川这时才发现他挂着拐杖，右脚脚掌缠着绷带。似田贝问："哎呀，岩田兄，你怎么了？"

"摔了一跤，结果折断了。"

"折断了？骨折吗？摔倒而已，怎么就骨折了？"

"嗯。我去看医生，他说我的骨头似乎正常断裂了。"

"正常？"

"不是剥离性骨折、复杂性骨折或有裂痕的那种，我的情况就是骨头直接断了而已。"

"那你还是坐着休息吧。"说完，似田贝转头，"及川，我们走吧。"

"我？"

及川指着自己的鼻头。

"你不是没骨折吗？"

"倒是没有。"

及川不大情愿地站起来。

打开隔音门，行经细长的收音区，打开另一道厚重的门扉后，来到有电梯间的房间。房间里排了好几张桌子和椅子，方便让人在此讨论。对着房间的另一头似乎是办公室。十几个不认识的人眼神不安地凝视着某一方向。也有人靠在办公室的玻璃门旁，朝同一方向望去。

顺着众人的视线望去，平山就站在该处。

"你说楼梯在哪里？没有楼梯吧？我从来没走过楼梯。这里不是只有电梯吗？我懂了，是为了对抗恐怖分子吧？遭袭击时，只要关上电梯，就没人能上来。不过一旦遭遇灾害，这里的员工就会成为牺牲品。这就是所谓的活祭吧。遭遇火灾时，就会像白木屋百货或新日本大饭店……"

"有楼梯。"

宏岛打断了平山的饶舌。

"啊，是阿彻发现的那个？"

阿彻是恐怖小说作家福泽彻三。

"阿彻之前为了抽烟，努力寻找吸烟区，结果被他发现了这个秘密楼梯。这个楼层没有吸烟区，对吧？他又不想等电梯。那个笨蛋，不管去哪儿都会先找楼梯。看，看，我刚才讲了很漂亮的双关语[一]吧？和一休一样。但能发现连恐怖分子都找不到的楼梯，所以阿彻才会长成那副模样啊。对吧？对吧？我说得没错吧？"

平山仍显得一派从容。

但是他身边的宏岛，脸色苍白如蜡像。

"所以说，楼梯在哪儿？"

宏岛默默打开看似防火墙的门。

原来那里能打开，及川不禁感到佩服。

"哦，原来在这里。这栋房子真不得了。这就是所谓的带机关装置的楼梯吗？简直像忍者机关屋。这么有趣的地方何必藏起来？"

"没人藏啊。"小西说。

"这分明是隐秘楼梯。是隐秘山寨，是黑泽明[二]啊。"

根本没听人说话的平山把头伸进楼梯间里。

[一]　日文中"楼梯"与"怪谈"同音。

[二]　黑泽明电影《战国英豪》的日文原名是《隐し砦の三恶人》（隐秘山寨的三恶人）。

"嘿咻，嘿咻。"

当平山一面吆喝，一面准备伸脚踏进里头时，宏岛阻止了他。

"不……不好了，得维持现场。"

"维特？那是什么？少年的烦恼吗？"

"不是，是维持。维持现场。我要去向警方报案了。"

"慢着慢着，现在不是在闹着玩吗？真找警察来的话，很丢脸啊。话说回来，宏岛，你演得好逼真啊。小宣，你也别闹了，该起来了吧？"

河北与其他编辑在平山背后确认现场情况。

"不知道在做什么吗？"

似田贝也一脸傻笑地踮高脚尖。

"唔哈。"

难以判断他的意思。这家伙不管看到什么都是这种反应。

"罗塔，你看到什么了？"

及川靠近。置身于常客集团中感到疏离的他，连对参加这场骚动都显得有些裹足不前，但在听到似田贝迷糊反应的瞬间，好奇心似乎胜过了退缩之情。

"怎么了？"

及川走到似田贝身旁，同时，惨叫声响起，两三人后退。及川趁着前排让出空位的机会，猛然挤进。

他见到楼梯转角处……

有个人侧躺着。

不，说侧躺并不对。应该说是维持趴着的姿势，试图把腰部以上的部分转向前，结果变成只有上半身侧躺的状态。

身体不自然地扭曲。

布满血丝的眼睛睁得老大，周围生有稀疏胡茬儿的嘴巴微张，露出牙齿。

是个瘦弱修长的男人。看不出是原本身材就如此，还是被拉长的，长长的颈上留有奇怪的痕迹。身材肥壮的及川没办法摆出这种动作。

身体下方有血泊。

看起来……真的很像死了。

"模仿尸体的技术真高明。"

平山说。

模仿吗？

"但是，弄脏地板不好吧？这里又不是你的公司，事后整理很麻烦啊。够了，快起来吧。好了好了，我被吓着了。快吓死了，够了吧，小宣？"

平山想踢他一脚，但被小西阻止。

"这不大妙啊。"

"不大妙？让他继续演下去更不行吧？很碍事啊。我最讨厌这类玩笑了。又不是小孩子。听到了吗？小宣！"

平山又想出脚。

"他应该……真的死了吧？"

开口的是门贺。

"是死了，对吧？"

"嗯？"

及川蹲下。

仔细观察地上的男子。

果然未曾谋面。

他的后脑勺濡湿。不，不是被水沾湿的。

——是血。

臀部一带似乎插着东西。

——那是什么？

类似金属棒。

及川以为是蝴蝶刀的刀柄，仔细看过后，发现并非如此。

腰部附近也沾满鲜血。

"什么嘛，小宣这家伙该不会有痔疮吧？"

平山似乎也发现了。

"这应该是那个——红酒的开瓶器？该不会要人'啪'的一声拔出来吧？这么做的话，这家伙的直肠就会……"

说到这里，平山皱起眉头。

"看来他……真的死了。"

是的。

很明显，这名男子死了。

"小宣……"

平山一瞬间露出极悲伤的眼神，接着，马上皱起鼻梁以上的部位，表情凶恶且短促地说了一句："他死了。"

"您总总总总算明白了吗？"

"明白个屁。你早知道他死了的话，就不该先来通知我，而是报警吧。"

"这……这么说是没错。"

"知道没错还不快去报警！你先来找我，我才会以为你在开玩笑。顺序反了。所以现在要……维持现场吗？走吧走吧，我们先离开这里。这个楼梯有人使用吧？"

"我去楼下阻止其他人进入。"小西说，"顺便请警卫别让人使用楼梯。"

"嗯。这怎么看都是……"

平山眯细眼睛。

"……被杀还没过去几分钟吧。"

血还没干。不，楼梯上的血泊甚至仍在扩大中。如同平山所言，应该是十几分钟前被杀的……不，说不定是几分钟前。

"我……我这就去报警。"

小西跑了起来，宏岛也离开人墙。

围观人潮逐渐在背后聚集起来。

"这样不行啊。好了好了，别看了别看了。"

平山开始赶人。

"这里禁止进入。好了好了，回去工作吧。"

围观人群露出狐疑的神情，但还是离开了。不过，玻璃门中依然有许多人望向他们。

"会有人来报道吗？假如警察来之前媒体先来的话就伤脑筋了。"

"对了，就算在一楼挡人，还是可以从其他楼层进楼梯间吧？"

"对啊。不然这样吧，你们几个分头去各楼层挡人。然后——把这里也封起来。守住这里别让人进去。外头站一个，里头也站一个，阻止别人从上面下来。小心别碰到，会留下指纹。"

平山一明白事态，便开始干练地发出指示。

"我去二楼的入口挡人。"竹书房的人说。

记得他叫沟尻。

"那我去三楼好了。"

河北跟着说：

"女性和平山老师先进录音室。中西先生，平山老师就麻烦你了。似田贝兄，可以麻烦你负责四楼吗？然后……"

"我留在这里看守吧。"

及川在被点名前先开口了。

"我留在里头，阻止别人进入，也阻止从楼上下来的人。"

"警察说马上就来。"背后传来宏岛的声音。

编辑公司的女性哭丧着脸。似乎想说什么，平山制止她，催促她进录音室。

"我们什么也做不了，留在这里只会碍事。大姐，走吧，小门也一起来。"

由于作品风格使然，平山经常被世人当成是个宛如恶魔般放荡不羁、既不道德又随便的人——及川也以为如此——但现在看来似乎并不见得。

虽然和他本人接触后，也的确有着宛如恶魔般放荡不羁、既不道德又随便的印象……

至少，看似对女性很温柔。

或许只是看似吧……

平山催促女性后，瞥了一眼尸体，脸朝向及川问道：

"你是？"

"啊，我是角川书店的……"

"把门从内侧上锁吧，应该能锁吧？"

在自我介绍的途中被打断，来不及说"我是及川"前，门就被关上了。

和尸体……

独处。

——欸。

及川看着门把。

若能上锁的确很轻松。但看起来似乎没地方可上锁。

及川本来想找找看，但立刻犹豫了。

万一留下指纹的话会很麻烦。及川也试过用袖口包住手指，可并不顺利。布料太厚，而且如果原本有指纹的话也怕会被擦掉。这时，及川想起自己带了手巾，便摸摸屁股附近，摸到挂在腰上的日式手巾。

抽出来。

及川将粗大的手指伸向金属门闩，小心谨慎地确认。果然没有门锁。

看来无法手动上锁。

果然是防火门。

没办法，及川只好用身体挡住门。

用屁股抵住比较轻松，但那样的话就得和尸体面对面。

那样实在有些讨厌，他不想一直盯着尸体。

所以他面朝墙壁，紧靠着墙站立。别碰到墙壁比较好。如果有人要打开门，就用肚子顶回去吧。

回头。

背后有尸体。

——这是杀人案。

吞了吞口水，及川叹了一口气。

他以为自己一辈子都不可能碰上杀人案，以为那种事只在连续剧、漫画或小说等虚构作品之中存在。

又叹了一口气。

自己的背后有尸体。

老实说，不怎么舒服。不……应该说很讨厌。

若说恶心，总觉得对死者很不尊重。其实他并不害怕。及川虽然胆小，但对那方面很迟钝。所谓的"那方面"，指的是超自然或灵异感应之类的。他从未有过地缚灵很不妙或被动物灵纠缠的感觉。虽然害怕被鬼怪作祟，但对幽灵向来没有感觉。

毕竟他算是妖怪联盟的人。因此老实说，他顶多觉得尸体令人不舒服而已。

他微微转头。

在天花板灯光的照射下，尚未凝固的血糊颜色变得很奇妙。

头转得更过去一些。

见到死者的脸，和死不瞑目的双眼对上了。

顿时起了鸡皮疙瘩。

在封闭空间里和尸体独处。外表像个硬汉，个性却很窝囊的及川，总算明白了自己置身的状况。

太吃亏了。

去其他楼层的家伙，没人会遭遇这种情况吧？

他们只要防止别人走进各楼层的楼梯间即可。要防止别人进入，只要站在门外制止就可以了。就算是站在内侧，背后也什么都没有。

只有及川在楼梯间内。

而且还站在尸体旁边。

——欸。

忍不住在心中嘀咕，幸好没发出声音来。及川赶紧捂住嘴巴。

——算了，顶多忍耐五分钟。

警察很快就会赶到。

毕竟是这种地方，不会等太久的。

来这里的路上见到许多警察站在路边，这里或许就是这种地方吧。及川想到这里，忍不住对自己吐槽，这种地方是什么地方？

他不自觉地认定这附近一定有很重要的设施，不然不会有那么多警察。他的思考向来很笼统。不管如何，只要警察一来，自己就能结束这种状况，只要忍到那时就好。

他正对着防火墙，背对着尸体昂然而立。没人看到，其实用不着摆出那么雄赳赳的姿势。但鼓舞自己还是很重要的，及川这个人向来看重形式。

一时之间，脑袋放空地站着。

及川想，万一在这种状况下，他负责的漫画家打电话来讨论分镜稿的问题怎么办？若真的打来，自己只能接听。然而，在杀人案案发现场讨论漫画分镜真的好吗？

对死者不会太不尊重吗？

还是该说服自己这是工作，没办法呢？

最理想的做法应该是先接听，告知对方现在抽不开身，晚点再回电才对吧。没有说谎，也不是开玩笑，是真的没空讨论。完全没空。及川满脑子都是杀人案的问题。

及川瞥了一眼背后。

尸体并未消失。

不是梦。这名男子真的死了。

犯案方式应该是——殴打后脑勺，昏倒后将其勒死，最后用开瓶器插入屁股吧？

——太过分了。

及川对于死去的男子一无所知。

但是，假如是他认识的人呢？

肯定会受到打击吧？会深受震撼吧？实际上，他现在已经相当受震撼了，只是没有显现出来而已。

及川又瞥了一眼尸体。

毫无疑问，什么变化也没有。尸体没有突然动起来，也没有任何声息，顶多是血泊扩散得更广了些。倘若血泊继续扩大，流到自己脚边的话，该怎么办？怎么办，总觉得很讨厌。只要大楼没有倾斜，就不至于如此，但讨厌的事情还是讨厌。其实别去想象就好，但不知为何，想象的翅膀总会向讨厌的方向振翅飞翔。也许这就是胆小鬼的宿命吧。话又说回来……

警察来得太慢了吧。

碰上什么问题了？

好安静。

当他觉得似乎静过头时，某种声音响起，及川吓得心脏差点儿从口中蹦出来。

声音来自楼下。

似乎是似田贝在讲话，但他的发音本来就不明晰，咬字声调含糊，楼梯间回音又重，完全听不懂在说什么。

"怎么了？"

"及川兄——"

"发生什么事了吗？"

"听说，警察会晚到。"

"啊？"

晚到？什么意思？宏岛刚刚不是说马上赶来吗？又不是荞麦面店的外卖。警方也有忙不过来的问题吗？

"为什么？"

"听说地雷婆婆出现了。"

"什么婆婆？"

那是什么，妖怪吗？

"是这附近很有名的老婆婆。她的精神有些……不太正常。总是穿着肮脏的衣服，站在道路正中央妨碍交通。"

"老婆婆？"

那是谁啊？

"老婆婆妨碍交通？跟刑警有什么关系？从附近派出所调派个警察来处理就好吧？又不是怪兽。"

"如果是怪兽，就得请自卫队登场吧。"似田贝回答，"不是那样的。那个老婆婆只会像丧尸一样站在马路正中央，要请她离开就大发雷霆，又会拉屎、漏尿，很脏，结果就会造成大堵车。"

"就算堵车，警察还是能赶到吧？只要鸣放警笛，打开警示灯，不就能优先通行吗？而且这栋大楼又不是只有一个出入口，明明有很多方式能赶来这里。"

"这么说是没错，但偏偏那个地雷婆婆挡到大卡车，司机紧急刹车，结果撞上旁边的车了。幸好没酿成大祸。只是车斜向挡住后面来车，造成交通堵塞。后续车就这么卡着，老婆婆却依然不为所动。不知发生什么事的车从反向车道钻了过来，又被挡住，而救护车也赶到，结果全卡在了那里。反正情况非常混乱，大楼附近的道路堵得一塌糊涂，围绕着这栋大楼的路段全被堵住了——"

似田贝讲话有拉长语尾的习惯，缺乏紧张感。

但是，话又说回来……

如此愚蠢的事居然会发生。

"叫地雷婆婆，表示她只是个老太婆吧？只有一个人吧？"

"一个人啊。"

"一个老太婆怎么可能把情况搞得那么混乱？"

"实际上真的搞得很乱啊。就像益智玩具一样。"

"益智玩具？类似箱根细工[一]那种？"

虽然及川也不是很清楚，但听起来很有那种感觉。和箱根细工一样，按那边，这边就突出来，按这边，那边就被挡住。不管怎么推或拉，就是动不了。

"虽然不怎么清楚，应该就是那样吧。"似田贝答道。真是个随便的男人。

"然后，今天听说本来有个大人物会来这附近，所以有交通管制，警察全部出动，才会闹得这么大。才一会儿工夫就变得乱七八糟了。录音室隔音很好，对外头的状况浑然不知，现在似乎已经乱成一团了呢。"

[一]　一种用木块拼合而成的工艺品。

"哎呀呀呀。"

就在这场混乱当中，发生了杀人案吗？

"唉，伤脑筋。"

"对啊，很伤脑筋呢。"声音很近，低头一看，似田贝从楼下探头出来。

一脸蠢相。

"唔哈，真的死了。这算他杀吧？真不妙啊，这真的不是一场梦或开玩笑吗？"

"很遗憾，这是现实。"

及川嘟起下唇。

似田贝表情扭曲，仿佛一条鲛鳒鱼。

没想到竟会隔着尸体和似田贝那张蠢脸面对面……及川再怎么爱胡思乱想，也没想过这种情景。

"讨厌讨厌。"

"是啊。"

"真讨厌啊……"

"嗯，真的……"

慢着，这是——

谁的声音？

不是似田贝的。方向不同，而且很近。

当然也不是及川自己的声音。及川的脑袋时常处于混沌状态，一瞬间以为声音是自己发出的，但回答者也是自己，所以应该不是。

"有其他人在吗？"听到似田贝在问。

及川不经意转头，发现身旁有一名矮小的老头面露悲伤地凝视着尸体。

——谁？

应该是……不认识的人吧？

不知道他是谁，应该不认识，却有点面熟，似乎在哪里见过这个老头……不，甚至有点怀念。重点是，他何时距离这么近了？

老头发出微弱但悠长的叹息。

"不行啊……这种事不行啊……"

"的……的确是呢。"

"那种时代又要来临了吗……"

"啊？"

"世事难料，有时意外身亡也不得已，但这种死法真的不行啊。"

"咦？"

他究竟在说什么？

"战争令人厌恶。但是……这种扰乱人心的状况更讨人厌。"

完全不懂老人在说什么。

老人很瘦小，身高与小学生无异。

一头乱七八糟的蓬发，很不整洁。仔细一看，模样也怪。他穿着破烂的和服，手拄着拐杖。是在角色扮演吗？

"请问……您是哪位？"

及川问。

及川自知自己是个对事一知半解的男人，常因不懂装懂而丢脸。老实说，不懂就说不懂，不知道就说不知道比较好。

虽然比较好，但他很多情况下也不是很清楚自己是否知道，于是容易含糊交代，乱说一通，搞错事情，进而造成失败。

而这次，他很清楚自己不知道，所以老实请教比较好吧。

老人瞪着及川，用鼻孔哼气。

他的脸色也很奇怪。总觉得不像人类。是一种说不出是灰色、绿色、卡其色还是褐色的奇妙肤色。

"您应该不是广播公司……的人吧？是出版社的吗？"

从年龄来看，若是出版社的相关人士，地位恐怕相当高。

"呃，我是角川书店《Comic 怪》的……"

"在这里做自我介绍吗？"

"啊？"

"你这蠢蛋，在这里报你的名字有何意义？况且，我的名字也非自称的，而是被赋予的。"

"欸？"

"放任邪魅如此胡作非为，真受不了。抱歉，没办法表达你的心情。这里没有我出场的余地。"

说完。

老人身体的颜色逐渐变淡。

不，是变透明了。

及川以为如此，很快便发现那里其实从一开始就什么也没有。

不可能存在。他什么也没看见。甚至连幻觉也不是。虽仍留有奇妙的感觉，但关于老人，不管长相、衣服还是声音，都变成仿佛久远的记忆一般朦胧。与其说自己做了一场白日梦，更像是从一开始就什么也没发生过。

"呃……"

及川搔搔头。

"你刚刚怎么在自言自语啊？"似田贝问。

"没事，其实是……"

刚刚是怎么回事？

"那个……"

难以说明。

"警察好慢啊。"及川随口敷衍，"不开警车也还是能赶来这里吧？"

"外头状况也许真的很惨烈吧。"

"不快点验尸，让死者一直躺在这里很可怜啊……"

说到此处，及川不自觉地又看了一眼尸体。

真心觉得他很可怜，但还是没办法一直盯着尸体瞧，在视线往上飘的瞬间……

及川……

倒吸了一口气。

这次楼梯上方真的有人站着。

——女人？

应该没错。该名人物穿着裙子，头发也很长。

虽然她缩着颈，耸起肩膀做出威压的姿势，不过身材很细瘦。灯光昏暗，看不清楚她的表情，只觉得她异乎寻常。

应该不是因为看到尸体被吓着了。

——手里好像拿着什么？

看似高尔夫球杆。另一只手也紧握着某物。虽然脸上罩着阴影难以判断，但在她的位置应该无法清楚地看见尸体。

既然如此。

——咦？我吗？

女子在看的人是……及川？

不，应该是在瞪的人。

一语不发。

——她是……

如此说来，犯人或许还没离开。不，恐怕"一直都在"。

说不定她就是犯人。

——不，不可能。

应该没那么凑巧。

正常而言，杀人犯都会逃走。没逃就会被抓。没被抓也会自首。不可能回到杀人现场游荡。

现实不是戏剧或小说。

不，反而相反吧。及川现实之中没碰到过杀人案。及川所知道的杀人犯的行动都来自戏剧或小说。也许现实中并非如此。实际的杀人犯有可能更随便、更不谨慎。

不，即便如此……

及川睁大双眼。

确认女子胸口有入馆许可证。不只广播公司，进出大公司时通常会确认身份，再发放入馆证。及川脖子上也挂了一张。没有这个没办法进入大楼……

换句话说……

——应该不是可疑分子。

擅自如此认定后，及川对女子开口：

"对不起，楼梯现在暂时不能使用。这里禁止通行，可以请您回去吗？"

没有回应。

女人维持完全一样的姿势瞪着及川。

一动也不动。

"呃，所以说，这里不能走。"

女人……

走下一级阶梯。

"请回吧，这里禁止通……"

——不对。

有人在此被杀死了。

这里就是杀人现场。

而且……

毫无疑问，这个楼梯间是广播公司大楼的内部。

不是外头。男子不可能在外头被杀后，再被运回大楼里。可见犯人也进入了馆内。

换句话说……

犯人身上当然也挂着入馆证。

——呃。

女人缓缓地从楼梯上下来。

"喂，可以请你别下来吗？"

"啊？"

从女人细瘦体格中发出难以想象的粗野嗓音。及川在这个瞬间完全被吓坏了。

"那个……"

"产地是哪里？"

"产地？产地是什么意思？"

"我看八成是国产的吧？"

"啊？"

产地……

"我……我是在足柄山采收，在仙台熟成的。"

——我到底在说什么啊？

被人问到产地，所以跟着配合？

及川的玩笑话有一半是虚张声势，靠着装疯卖傻来隐瞒自己的胆小。不是为了隐瞒对方，而是要隐瞒自己。秉持的原则是若不从容便无法说笑，既然能说笑，就要表示心态游刃有余。可惜这些玩笑话通常不怎么有趣，反而暴露出及川毫不从容的事实，徒增空虚。

及川一方面对自己这个坏毛病感到厌烦，同时也明确感觉到，现在不是靠说笑就能蒙混过关的状况。

女人仿佛痉挛一般，脖子不停地微颤。

口中嘟囔着什么。

不行不行不行不行不行。

——不行？

她是什么？

某种都市传说里的形象吗？

类似鹿岛零子[一]，一旦回答错误，就会被杀吗？

"有其他人在吗？"似田贝似乎感到有异状，出声探问，但因为有尸体而无法上来。换言之，及川向他求助也没用。

"请……请问……"

"不行不行不行不行，产地不佳，保存环境又差，味道一定很酸，难以入口。超过四十度了还摆在这种地方不收好，你这瓶烂红酒。"

"咦？"

不妙。真的很不妙。

对方感觉完全疯了。

"我……我不……不是红酒。"

自己干吗还蠢蠢地回答？

"别看我这样，我好歹是人类。"

自己是白痴吗？

"啊啊，少啰唆。"

[一] 都市传说中的鬼怪，会透过梦境或电话质问人问题，若不能正确回答，便会被夺走部分身体而死。

"噫！"

"吵死了吵死了吵死了。为什么会变成这样？又酸又涩，还有沉淀物，你这瓶红酒未免太恶心了吧。简直跟水沟里的水没两样。我要敲碎你。真是的，还能用的只剩软木塞了吗？难喝死了，你这瓶红酒根本就'死'透了，你的存在对红酒完全是一种侮辱。"

"呃……那个……"

女人来到及川所在的楼层。

站在尸体旁。

"唉，另一瓶红酒好多了，尚留有水果芬芳。可惜已经被打破，不能喝了。虽然我也不想喝。毕竟只是一瓶糟糕的红酒，是酸败的葡萄汁。然而你更低等，这瓶臭酒。"

"难道……"

果果果果然是犯人。

这女人把及川——以及这位叫小宣的男子——当成难喝的红酒了吗？因为难喝，所以把他敲碎了。

慢着，那他屁股上的开瓶器又是怎么回事？

"呃，不喝喝看怎么知知知知道不好喝呢？"

"难喝的红酒都没自觉。另一瓶也一样。但就算我想喝也没办法，用开瓶器打不开，只好敲碎了。"

"咦咦！"

所以是先将开瓶器刺进去的吗？

——真的假的？

及川按着屁股。

被插入的瞬间必然很痛，但拔出来的时候更痛。男子倒地后，这女人试着拔出开瓶器，男子的身体才会扭曲成那样吧。

——肯定非常痛吧。

及川更用力地捂住屁股，退了一步，背贴在墙壁上。这时，他发现这个姿势虽然能保护背部，却使得正面毫无防备。

女人高举着高尔夫球杆，心智似乎早已失去正常。这种情况下，要保护的是……

——不是屁股，而是头部吧？

及川大气不敢吭一声，喘不过气来，心脏仿佛敲警钟般跳个不停。

他缩起脖子，低下头，两手抱住脑袋，像只马陆一样蜷缩起来。

听到女子"呀啊啊啊"的吼声。

结束了，我的人生。抱歉，没能变得幸福——及川在脑中想着这些事。

物体划破空气的声音响起，同时听见金属碰撞声。

——哎呀。

被人殴打致死竟意外得不怎么痛。

而且，原来死后也能保有意识吗？

呀啊啊啊！

又听见吼声。

既然能听见，应该也能看见吧。及川半睁开眼，抬起头来。

银色棒状物体从眼前划过。

若说是高尔夫球杆的话，有些粗。或许是因为自己死后缩小了，及川想着不合理的解释。虽然光认为死后会缩小这个概念本身就不合理，但刹那间闪出这种念头也没办法。

在尚未能掌握状况之前。

银色棒子再次从眼前掠过。

"没……没事吧？"

——怎么好像很慌张？

这时——

及川抬起头，见到一张悠然轻松、驴子般的长脸。

表情悠闲，眼神却很焦急。

"岩……岩田先生？"

岩田单脚站立。

女人在眼前蹲下。

高尔夫球杆落在尸体身上。

"这……这是怎么回事？"

"我原本在门外，听到里头状况似乎不太对劲，就试着打开门，却无论如何都打不开。"

因为及川用屁股挡住了。

仔细想想，门没上锁，刚刚直接逃跑不就没事了？

"接着又传来更不对劲的声音，我试着用推的看看，门突然间就打开了，然后就感觉到铿锵的冲击。"

及川躲避攻击，所以被他挡住的门就能打开了，高尔夫球杆刚好敲在了门上吧。

"那个恐怖的女人一脸凶恶，发出可怕的吼声朝我攻击过来，于是我就……"

岩田举起拐杖给及川看。

中间被敲歪了。

"我反射性地用拐杖挡，只是想挡住攻击，却敲到她。她应该没事吧？这算是正……正……正当防卫吧？"

"放心，她还没死。"

女人直嚷着好痛。

"我也还没死。"

比起这个——

"这个人就是犯人。"

及川说完，岩田吓了一跳："咦！是这样吗？这太惊人了吧。"

原来他一直没发现吗？也许他和及川一样愚蠢。

"发生什么事了？"似田贝的声音传来。

照样是迷糊语气。

及川想，那家伙……也是同等级的笨蛋吧。

陆

妖怪顾问检视女童

雷欧☆若叶很紧张。

他长期在《怪》上有专栏连载，量虽不多，合作时间却很长久。不，雷欧除了《怪》以外，几乎没有其他工作。换句话说，他是《怪》的专职作家。

然而——

事实上……

雷欧从未进过角川书店总公司的大楼。

大楼外的话，他来过好几次，但顶多来到大门口，而且是在星期六和星期日，大门深锁，铁门被拉下的情况下。

他通常是为了和别人碰面才来的。

若只是碰面，其实约在哪里都行。要约在议事堂前或迎宾馆前也没问题。只要不是禁止进入的地区，不管在哪里都可以。这是连狗都能办到的小事。

约在角川书店大门口碰面，算不上是角川相关人士的证据。

而且话说回来，所谓的相约碰面，通常不都会选择约在目的地，或约在方便去目的地的场所吗？就算不选这些地方，也会选在双方住家的中间地点、转运站，或较醒目的地标等地才对吧？

但这里既非目的地，也不是方便去目的地的场所，不是中间地点，不是转运站，更不是醒目地标。

单纯只因为这里是……出版《怪》的出版社。

就算目的地是距离雷欧住处较近之处，雷欧也会被叫来角川门口前碰面。就算目的地是雷欧住家旁边，碰面地点照样是公司前面。

之所以选择这里，完全是因为对编辑比较方便。换句话说，这种情形连相约碰面都称不上。

是传唤。

雷欧被传唤来了。

因为总是如此，雷欧一次也没有走进总公司的大楼里。他顶多隔着玻璃门欣赏一楼大厅《KERORO 军曹》的相关摆设而已，宛如一个只流连在橱窗外头，从不进店里消费的穷人。而编辑公司的新人或编辑部的打工人员都能自由地进出公司……连江户时期被逐出江户的罪人，说不定也都还有机会偷偷溜回江户呢。

雷欧受到极其恶劣的对待。

地位可以说是低得不能再低的最底层。

话虽如此，其实这也是他自作自受。雷欧所做的工作根本不必进总公司商讨就能进行。与其说他只被安排这样的工作，不如说他只能做这些。

并非他态度很不认真，他压根儿就是个爱开玩笑的人。

——就算如此。

有一次雷欧被叫来总公司的大楼前，自约定时间起等了一个小时以上，当他开始怀疑是不是自己搞错时间、抵达时间太晚或被放鸽子的时候，总编、村上和梅泽正好笑着走出大门。他们刚才一定是在吃茶点配茶聊蠢话题吧。总编大部分情况下都很恐怖，不知为何，只有和妖怪推进委员会的家伙们在一起时，他才像个小学生般爱笑爱闹。

大概是笨蛋模式启动了吧。

三人完全没注意到雷欧，不把他放在眼里，当他们准备笑着从他面前通过时，雷欧急忙跳出来拦住。被拦下的三人一脸诧异，愣了一段不算短的时间后，才对雷欧说："原来你在啊？"

居然这么说，太过分了。

接着，梅泽竟然问："你在这儿干吗？"

这次换雷欧愣住。

"我找过你吗？"总编问。

"当然找过，像泰山一样喔咿喔咿喔地呼唤了！虽然是在电话里！"但在雷欧生气抗议后，三人却笑了。雷欧彻底不被当一回事。他们肯定还在笨蛋模式中。

像雷欧这种从头到尾只有笨蛋模式的人，怎么不干脆让他也掺一脚呢？

——好歹让我吃点心啊。

雷欧不光得不到工作，甚至连这类笨蛋聚会也不被召唤，明明他也是笨蛋。

雷欧不禁觉得这根本是歧视。不过就算撕裂嘴巴他也不会把这些事说出口。万一嘴巴真的裂开，他就打算拿着镰刀对总编复仇。只不过，假如总编拿出鳖甲糖的话，他就只好逃了。[一]

总之，这一切都是没实力的雷欧不好。是他自己不懂得充实自己，怨恨他人根本没道理，嗯。

但是——

今天能走进大门。

终于能进入角川书店。

对其他人来说或许没什么大不了，但这却是雷欧的人生大事。他的人生总算要进入下一个阶段了。类似靠着递补名额才进入名校的感觉。或者凑巧因为强悍的对手整队生病，己方不战而胜晋级甲子园一样。雷欧自己也不太清楚，大概是这种感觉吧。

[一] 据说日本都市传说中的裂嘴女喜欢糖果，把糖果抛向她，她会被吸引注意力，被她盯上的人便有机会逃跑。

这是他人生的最高舞台。

想到这里不免吐槽，自己究竟有多底层啊。

深呼吸。

假装整理仪容。

明明不管怎么整理，仪容都难以端正。与其说是在假装，更近乎某种仪式或咒术吧。

镜子里映出雷欧的一张呆脸。从旁观者角度看起来，他的动作肯定非常愚蠢吧。一想到此，雷欧觉得不太妙，得掩饰一下才行，于是他开始手忙脚乱，就在这时——

"雷欧先生。"

有人呼唤他。

"唔哇。"

"怎么会说'唔哇'呢？虽然我不知道谁对你做了什么……"

"啊。"

"非常抱歉，但是你挡在这里会造成别人通行有麻烦。"

雷欧回过头，冈田站在他背后。

在相关人士之中，只有冈田会称呼雷欧为"雷欧先生"。其他人要么直呼其名，要么根本不称呼，再不然干脆直接叫他笨蛋。明明笨蛋不是个名字。

"话说回来……"

——说不定。

"你是特地来迎接我的吗？"雷欧问。

"不是的。"瞬间就被否定了。

"这样啊……原来不是啊……"

冈田笑着，以看不出是在嘲讽还是普通微笑的爽朗表情说："这边请。"

"啊，所以还是要替我引路吗？导引式飞弹吗？能进你们公司吗？"

"是进公司大楼，没办法雇用你。"

"最初的一步！"雷欧开心地伸出他的脚……

踏入了。

"哎呀呀，真是感激、感动、感慨万千啊。和秀树一样感激[一]，和纯一郎一样感动呢[二]！"

"没有能与感慨万千相符的人物吗？"冈田照样看不出是心情很好还是在讥讽的语气，飒爽地说。

"话说回来，雷欧先生，你是对什么……感慨万千呢？"

"当然是对走进角川书店大楼这件事啊。冈田你天天进出当然无感，但对我而言可是初体验呢。相当于一年一度的初鲣[三]啊。是初裙带菜啊，是初海螺啊，是初鳕[四]啊。毕竟我从来没进来过呢，一次也没有！"

"这居然是第一次？"冈田惊讶地问，"是指……办公室搬迁后没进来过吗？"

"你在说什么傻话。我连旧大楼也没进去过啊。一直都只有在门口等人的份儿，所以我这次紧张到穿了最好的一双袜子来呢。"

"袜子？"

"虽然不是丝绸的，但也是我最时髦的一双。而且是全新的，所以一点儿也不臭。我的袜子一点儿也不臭。"

"没关系，应该没有机会脱鞋。"

"问题不在这儿。"雷欧挺胸回答，"因为我除了袜子以外，买不起其他新行头。"

[一] 歌手西城秀树20世纪70年代的咖喱广告台词。

[二] 出自日本第87至89任首相小泉纯一郎看到贵乃花带伤出场，最终仍获得胜利时的感言。

[三] 于初夏时期捕获的鲣鱼，滋味清淡高雅，深受江户时代的人喜爱。

[四] 出自漫画《海螺小姐》，海螺小姐的弟弟叫鲣，妹妹叫裙带菜，儿子为鳕男。

"啊哈哈。"冈田轻声笑了。

冈田高挑细瘦，肤色白皙，皮肤吹弹可破，头发也很细柔。

妖怪推进委员会的女性成员称他是个令人遗憾的帅哥——不知她说的是哪里遗憾，好歹算是个不错的男子吧。

他的人品很好，个性健全而爽朗，重点是很正常。

正因如此，难免令人怀疑他能否听懂雷欧的低能笑话。

就算听得懂，肯定也嗤之以鼻吧，雷欧有一半的把握确信如此。

"啊哈哈"听起来也有些像在说"白痴啊"。雷欧或许过度猜疑了，不过人啊，一旦长期被人如此轻蔑的话，过度猜疑也只是程度刚好而已。

"抱歉，能去柜台办理入馆手续吗？现在比较严格。"

冈田以十分公事公办的态度说。公事公办也没关系。

"柜台！我能去柜台前面吗？要我办理几次都行。办个手续就能进去的话，就算要我提供老家户籍、兴趣或病例，都没问题！而且我听说角川的柜台小姐都很可爱呢。听起来或许有点儿像性骚扰，但我只是陈述事实而已。"

"呃，请快一些好吗？"

好冷漠。

连柜台小姐都在笑。雷欧碰到这种尴尬场面，通常会干脆厚起脸皮来渡过难关，所以他摆出一张不屑的脸完成手续。

"这样就可以了吗？这是通行证吧？这样就能以托球传球托球传球杀球No.1[一]的感觉在大楼内自由横行了吗？"

当然不会有"那是《青春花火》[二]吧"的吐槽。

"可以是可以，但……"

[一]　出自排球漫画《排球甜心》，该漫画日文原名是《アタックNo.1》。
[二]　根据排球漫画改编而成的连续剧，主题曲歌词有一段是"杀球杀球杀球杀球"和"托球传球托球传球托球传球"。

冈田一脸不信任地看着雷欧。

"但？但是什么，冈田先生？难道我仍是被放逐的罪人吗？或者说，初来乍到的我没办法去上面楼层？"

"不是这样的，请走这边。"冈田拉住柜台前的雷欧，往楼层角落移动。继续站在柜台前唱双簧会妨碍柜台业务。

"呃，今天是关于……"

"没错，就是如此，冈田。我今天不是被人传唤，而是我召唤众人哟。换句话说，我，是主办人，是东道主，是核心人物。"

这是……事实。

"我知道。"冈田说。

"今天，我是主角。"

"不，主角并不是你，而是那个……"

左顾右盼确认。

"是那个所谓的……"

"哈哈哈哈哈哈哈哈。"

"你疯了吗？"

"没疯。我是有些狂人倾向，但我敢保证自己现在完全正常！大概跟成城学园前站从右边算起的第二台自动闸机一样正常。"

"可是，雷欧先生，你这边怎么看都只有一个人。如果只有你来的话——那个……"

嘻嘻嘻嘻。

雷欧在心中贼笑。

冈田不明白。不，恐怕没人能明白吧。好想说。好想说破秘密。好想炫耀。好想吹嘘。但是，现在得忍耐才行。

"放心吧。"总之先打包票。

"真的能放心吗？怎么看都没有能放心的理由呢。况且这次'那一方'是主角。实在不想这么说，但是……"

"不必多言。万一我失误的话，被骂的人是你，对吧？其实我没把'那个'带来，不小心让'那个'逃跑了，其实这一切都是谎言……"雷欧说，"……这样的事是不可能发生的。你刚才是不是吓了一跳啊，冈田？"

"的确吓了一跳。"冈田困惑地笑了。

"不过，万一真的失误，我肯定会被骂吧。不，在被骂之前，我的精神会先崩溃。"

"总编会骂人吗？"

"总编他……不会骂人，因为早就已经骂过了。"

"已经！"

"是的，他骂我居然被雷欧那个家伙怂恿……啊，这句话是郡司总编说的，我只是转述，请别在意。他说，我居然被雷欧那个笨蛋家伙怂恿……"

多了"笨蛋"。

"他说我干出这种蠢事，后果如何他一概不负责……还说雷欧是远胜过及川的大笨蛋，这整件事不是谎言或搞错了，就是吹牛或骗人。"

"哎呀呀。"

算了。

"倘若是平时的我，也许真的是谎言或搞错、吹牛或骗人吧。但这次，我敢保证既不是谎言或搞错，也不是吹牛或骗人。这些就留给及川兄吧，由他全权负责。"

"及川先生今天不在。"冈田说，"他刚刚说碰上杀人案了。"

"杀……杀人？"

"是的。"

"他杀人了吗？"

"并没有。"

"不然就是被杀了？"

"被杀就没办法联系啦。不过听说差点儿被杀。他去找京极老师拿东西，没见到京极老师，却碰上了杀人案，现在在警局做笔录，一时半刻回不来，似乎有许多手续要处理。"

"及川兄死了吗……"

"就说没死啊，没办法来而已。况且及川先生本来就无法列席吧？"

"对啊，忘记了。"自从搞出那种纰漏后，及川就再也无颜面对某位老师了。

"虽然这么说有些失礼，作为代替者，我请梅泽先生来了。不过梅泽先生也说这件事很愚蠢。"

"梅泽先生体形庞大，却很会怀疑。他不懂得信任别人，应该多学习一下信用合作社或信用卡才对。"

"梅泽先生说村上先生也讲了同样的话，所以还不至于怀疑这件事的真假。也就是说，他还是很信任村上先生的。"

换言之，只有雷欧不被信任。

"不过，姑且不论信不信任，这整件事听起来真的很荒唐无稽，难以置信。若是真的，就是一件不得了的大事。然而并非如此的可能性更高，常识上难以相信——总之就像这样，明知很不可能，我还是勉强请那位老师前来。他听到这件事时，还很诧异自己为何要为了这种无聊事拨冗前来呢。总之，现在是靠梅泽先生、郡司总编和伊知地三个人撑场的状态。"

"撑场？"

"没办法，那位老师太早到了。"

"咦？"

所以说，雷欧让别人等候了吗？

让那位大师级作家。

"他……他……他在等我吗？现在？已经？在现场？"

"是的。你也知道，他的行程相当忙碌。昨天之前还在里海，昨晚深夜抵达国门，今天上午有座谈会，接下来又要去录电视节目，明早要参加直播节目，然后前往外县市演讲，所以真的是拨冗前来呢。"

"啊……"

光这几天的行程，说不定就比雷欧一年的工作量还多。

"所以说，他是'特地'来的。'为了'你，'特地'。"

"冈田，不用加重语气啦。我知道老师是特地来的了，特地特别特洛伊木马。为了表示礼貌，我才换上全新袜子，玩笑话的比例也比平常更低。与自家公司旧产品相比，降低了百分之六十呢。"

"可以的话，希望降得更低一点。"冈田认真地说，"万一惹怒老师，我就死定了。"

当然，雷欧也不会有好下场。

"再跟你确认一下，那个'不是人的孩子'……真的存在吗？"冈田问，"应该不会只有雷欧先生看得到，或者今天不在……"

"嗯，没这回事。"雷欧说，"不是指不在，是不会有这种事情发生的意思。请别误会我的意思而吓得心脏骤停啊，冈田。绝对看得到。我今天就是为了让老师们确认才特地带过来，没道理不在吧？没道理有不在场证明吧？我是个笨蛋，但不是诈骗犯，也没有幻想癖。"

冈田睁大原本就不小的眼睛，盯着雷欧的脸瞧了好一阵子……

"好，就相信你吧。这边请。"他一面迈出步伐，一面说。

"要……要去哪儿？会议室吗？还是仓库？"

"接待室。"

"啊，我也能被接待吗？"

"不，已经在受接待了。"

"啊啊……的……的确……"

正是如此。

雷欧想征求意见的不是别人……

乃是荒俣宏老师本人。

"荒俣老师真的拨冗前来了啊。哎呀，好感激，好秀树，好感动啊。"

"又要纯一郎了吗？不过，为什么要找荒俣老师？"

"因为如果是京极先生的话，还没看之前他就会说不可能有那种东西，毫不客气地驳斥。那个人真的会斩钉截铁地否定人呢，超级冷酷。至于水木老师，我光瞻仰他的尊容就很害怕，真的会漏尿。但是啊，如果是荒俣先生，他对博物学、奇幻文学以及科学的造诣很深吧？是造诣的日本海沟啊。是造诣的大本营啊。是东京造形[一]大学啊。而且听说他人也很好。"

"不，他很严厉。"

冈田按下电梯按钮。

"严厉？"

"眼光很严厉的意思。荒俣老师在电视上给人的感觉很慈祥，其实那是为了让节目有趣才如此表现，实际上他对这类事物的鉴定非常严格，倘若那是骗人的，他一眼就看穿了。"

"不……不是骗人的，所以我……我不怕。"

"真的没问题吗？"

"别……别担心，我的朋友。"

被人这么一吓唬，内心难免感到不安。

虽然不安，但雷欧所说的都是事实，所以也没办法。

[一]　日文中"造形"和"造诣"同音。

虽然没办法，但还是有万一的可能性。

内心不由得忐忑不安。

这时，雷欧想起以前读过的童话，是关于一名不小心吞下爱鸟，而从屁股发出鸟叫声的老爷爷的故事。

从吞鸟爷爷的屁眼里流泻而出的美妙音色获得全国民众的赞赏，后来他被邀请到城里，在城主殿下面前表演鸟鸣，并获得了丰厚的赏赐。

吞鸟爷爷很开心。

隔壁的老爷爷很羡慕他，也想模仿，就抓了只鸟硬吞下去，结果也和吞鸟爷爷一样，能发出啾啾鸟鸣，一样获得赞赏，一样被邀请到城里，一样在城主殿下面前表演……

但是，当他来到城主面前时，鸟儿却突然不叫了。

隔壁的老爷爷拼命地呼唤鸟儿，但鸟儿就是一声也不吭。

他脸上青一阵白一阵，拼命拍肚子，丹田用力，结果，从屁眼里噗噜噗噜地放出又响又臭的屁来。

隔壁的老爷爷——死路一条。

让城主闻到臭屁的他没救了。这是无可救药的过错。他把屁股对准了城主殿下，城主殿下躲也躲不及。就这样，隔壁的老爷爷被斩首了。

——好可怕啊。

在贴满电影、动画及新书宣传海报的电梯里，雷欧不禁全身哆嗦。

不。

实际上雷欧自己亲眼看到过、摸过，甚至还与之对话过，所以那女孩既不是梦境，也不是幻觉……应该……

不不。

这说不定是雷欧平时就很松缓的脑神经突然接错线，使得他见到幻觉。

万一真的如此，雷欧就会被斩首。冈田也会被斩首。两人的头颅一起被挂在三尺[一]高之处示众。恭请荒俣前来，却说是搞错的话就百口莫辩了。只能如《脑髓地狱》的蠢傻癫·呆头一般挖出脑髓，"呵呀"一声用力砸在地上踩烂后不省人事吧。

即便如此，一样会遭到处刑。

不不不。

并非只有雷欧看到"那个"，村上也看到了，所以没问题的，一定没问题。是从没问题之国来宣扬没问题的没问题先生。但是……

依然很紧张。

这时，电梯门打开了。

"直走到底左转就是了。"

冈田走出电梯。

雷欧右手和右脚同时踏出。现在连漫画也没人用这么古典的方式表现紧张吧。雷欧超级紧张。光进入角川书店便已如此兴奋，待会儿见到荒俣宏老师时，肯定会昏倒吧。因为……

——因为是那个。

感觉快脑死亡了。

"呃，呃。"

"怎么了？"

"呃，那个，这个，荒俣老师的心情，是……是……是……是否不是很好呢？"

"如果他心情不好，就不会答应这个无理要求了。"

"那就好！"

"但有可能变得不好。一切就看你的表现了。"

[一]　在日本，1尺约为30.3厘米。

冈田说完，打开看似高级的房门。

就就就就就在这这这这这里面。

荒荒荒荒荒荒俣老师师师。

"你怎么愣住了？快点进去啊。"

"好好好好好的。"

一进房间，立刻听到梅泽抱怨："太慢了！"

"真是抱歉，这个叫雷欧的小子是笨蛋。"

"是……是的，我是笨蛋。"

"雷欧是本名？"

在电视里听过的嗓音……

抬起头米，荒俣宏本人止优雅地坐在豪华椅子上。

个头比在节目里看起来略矮一些。

在雷欧的印象中，荒俣宏长得很高。在电视上看起来也很高。即使在妖怪会议上看到过，也觉得很高。或许是因为京极和多田身高都不算高，水木老师另当别论，所以荒俣宏看起来才特别高吧。

此外——

他也没戴那副令人印象深刻的眼镜。

这么说来，荒俣老师似乎在博客上说过他做了激光手术。

"那那那那个，我我我我是雷欧☆若叶。"

"唔……"荒俣努起嘴巴，问道，"这名字是'笨蛋就是我'的易位构词吗？与其说易位构词，不如说只是反过来念。"

"我……我……我是笨蛋没错。"

被一眼看穿了。

"很遗憾，这个雷欧不是森林大帝。"梅泽以类似时代剧中的农民语气说。

"嗯，看起来没那么帅气。"

"真是不好意思。"郡司总编低声向荒俣道歉，接着瞪了雷欧一眼。

"挑什么时候不好，偏偏挑老师这么忙的时候。"

"对……对不起，对不起……诉处分。"

"啊？"

"没……没事，呃呃……"

"我是因为村上兄也说这是真的，所以才打算听听看到底是怎么回事。但这家伙没办法好好说明吧？"

"因为是笨蛋啊。"梅泽也跟着说。

"唉，实在很抱歉，荒俣老师，这家伙是个笨蛋。"

"不过这件事好像不容错过。既然村上老弟也亲眼见证过的话。"

信任的基准人物果然是村上。

梅泽、郡司和荒俣，这些人的基准人物都一样。

"对了，村上兄怎么没来？"

郡司眯细眼睛，瞪着冈田问。

"他今天不在。"

"不在？村上健司的说明比雷欧有条理多了，怎么不找他来呢？"

"村上先生目前在和歌山。"冈田回答，"他去采访了。是总编自己派他去的。"

"是吗？"

"是的。"梅泽笑了，像古代的海盗头目一般。"你说不快点去会来不及，要他这个礼拜内就出发。我本来也想一起去，但图鉴还没校对完毕，所以他今天早上就单独出发了。"

"原来如此，那就没办法了。"郡司嘴角微扬，接着瞪着雷欧说，"快点说明啊。"

"我……我……我来说明吗？"

"不然还有谁？算了，刚刚也说明过，为了《怪》的采访，村上和这个笨蛋雷欧去了一趟长野。那是哪里？"

"是信……信州，特产是味噌和荞麦……"

"长野不就是信州？"

"废……废村里。"

"我是在问你是什么地方的废村啊。"

"山……山上。"

"看，就说他没用吧。"郡司说。

"真的没用啊。"荒俣也说。

"我……我很没用吗？所以要……斩首吗？"

"别再闹了。总之……是个明治时代以前就荒废的山村，是吧？"

"是……是的。我们在那里找鹦鹉……"

"奥姆真理教？"

"不……不是那个邪教组织。呃，是暴坊将军当饲主，于江户时代输入的鹦鹉，不是《濒危野生动植物种国际贸易公约》里保护的特定品种鹦鹉……"

"鸟类中的鹦鹉？"

"石头版鹦鹉。"

"这谁听得懂啊？"荒俣皱眉道，"雷欧老弟，你是不是很不擅长说明问题？"

"因为是个笨蛋啊。"

梅泽和郡司异口同声地说。雷欧瞥了冈田一眼，他的表情与其说是苦笑，更近乎悲伤，或许在向世间道别吧。

"你不是作家吗？"

"我是特殊作家。我们去找一种站在前面说话，就能听到同样的话被传回来的奇迹石头。听说长野县有很多。"

"鹦鹉石吗？"荒俣冷淡地说，"原来是那个，怎么不早说呢？"

"原来您听过鹦鹉石啊。不愧是博闻强识的达人，万国博览强识会会长。各位来宾大家好，大家好，很国际化的感觉。"

"别废话了，快说下去。"

"对不起，我又得意忘形了，这是我的坏习惯。"

"你没有一项习惯是好的吧？"梅泽说，"全烂透了。"

"我好歹有一项优点，就是不会气馁。身体虚弱，但抗压性强；头脑很差，但耐力十足。总之，我们就像印第安纳·琼斯一样，根据古代记录，寻求失传的鹦鹉石。最后，村上大哥总算在人迹罕至的深山幽谷里找到鹦鹉石了。他为了拍照往下爬，那块鹦鹉石，不，应该说鹦鹉岩吧，就矗立在溪谷斜坡。"

雷欧回忆当时状况。

"在相当陡峭的险坡上茕茕孑立。"

"岩石也是鸟的形状？"荒俣问。

"没错没错，仿佛随时都要飞起似的，完全就是只鸟的模样。简直就像古代怪鸟拉尔杰乌斯或原始怪鸟利特里亚[一]的感觉呢。虽然只是岩石，但真的很像鹦鹉。"

"好了好了，我明白了。"荒俣阻止他继续胡扯，"然后呢？"

"然后啊，我们就走到岩石前面，结果吓我一跳，就和传说一样，我和村上大哥说的话，全部被复诵回来了。"

"被谁？"郡司问。

"当然是岩石啊。"

"你说谎。"

"我……我没说谎。笨蛋才说谎。一切都是真实的。实际上啊，复诵的

[一]　均出自特摄剧《奥特Q》。

其实不是岩石。"

"看吧，果然在说谎。"梅泽说。

"不，请听到最后。这个岩石啊，背后有个祠堂。那是个很小的祠堂。迷你尺寸的。然后在祠堂前啊，站着一个大约上小学低年级的小女孩。"

"那是迷路的小孩吧？"

"是不迷路的小孩。不能迷路的小孩。"

"语法有问题。"冈田指出。

"常有人这么说我。但是请想想，那里可是深山，没有道路。比《卡姆依外传》描写的山更险恶，连野兽也无法通过。而且离山脚相当远，是很遥远又险恶的路途。"雷欧顺便抱怨，"连我自己都走得快死了呢。"

"那是你太软弱。"梅泽吐槽道，"村上兄没事吧？"

"亏你能知道。村上大哥超轻松的。但是，连大人都要走好几个小时的毫无意义的明治前的废村，一个幼小的孩子为什么会在那里迷路？实际上根本就不可能迷路吧？虽说山脚下有道路，但附近没有村落，不搭车也没办法到登山口。这孩子是从哪里来的？纵使她真的是迷路的小孩，小孩会登山吗？为什么要走到没有路的地方啊？恐怕在抵达废村前早就饿死了吧。"

"说不定是被抛弃的？"

荒俣冷静地表示。

"也许有人想把她抛弃在那里。不过与其说是抛弃，更近乎谋杀。你刚才说那里有悬崖，说不定是有人想把她推入山谷。"

"可是那孩子没有受伤，精神也很好，完全没有衰弱的感觉。"

"也许刚被抛下不久。"

"这样的话，我们没碰上抛弃者就很奇怪了。虽然没有像样的道路……但通往山村的小径只有一条。照理说，在我们上山的路途中，应该会碰到抛弃幼子的家伙吧？假如对方是朝反方向离开，就只能往山上走。"

"有道理。"荒俣说,"所以说,那孩子在那里生存了一阵子吗?"

"那算是……生存吗?"

"我在问你。"

"不,问题是……"

看到小孩突然现身,雷欧和村上都吓了一跳。在不可能的地方遇见陌生人,自然会感到惊讶,而且还是万无可能出现在此的孩童。

那孩子身穿碎点花纹和服,披着类似儿童坎肩的无袖外套,而且还打着赤脚。

模样仿佛走错时代般与周遭格格不入,但不肮脏。布料虽老旧,但没沾到泥土。肤色白皙。发型是妹妹头,与其说是阿菊人偶,更像介于樱桃小丸子和矶野裙带菜中间的发型。雷欧打趣地说,反正都是星期日傍晚播出的动画,结果被村上骂了。

言归正传。

"一直喊着'带我走'。"

"那孩子吗?"

"现场除了那孩子以外,只剩村上大哥啦。我呀,虽然很尊敬村上大哥,但我可不想带他回家。"

"话说回来。"

郡司露出坏人般邪恶的表情,说:

"正常而言也必须带她回来吧?抛下她不管的话,你们就是杀人犯了。"

"村上大哥也是这么讲。但是啊,问题来了,就在我们打算这么做的时候,那个小女孩不见了!"

"啊?"

"逃走了?"

"你把她推下山谷了?"

"不，犯人不是我。我真的没这么做。她是消失了。"

"果然在说谎。"

"不，不是的。看不见人影，却仍能听见声音。只有声音不断说着'带我走，带我走'……"

"愈说愈扯。"

"我要撤掉你的连载版块！"

"拜托，听到最后再说嘛！"

"就让他说完吧。"荒俣帮忙缓和。雷欧感动得快掉泪了。

"真的是只闻其声，不见其影，宛如臭屁。我和村上大哥担心她是不是躲在岩石后面或是滑落山谷，拼命地在附近寻找，但就是找不到，无论如何都找不到。那个小女孩不是飞天就是钻地，不然就是变成云霞或透明人了吧。彻底没影儿。于是我想，她一定是鬼怪，便决定要回家了。"

"喂。"

"不，没回去啊。虽然没有回去，但那个小女孩肯定是鬼怪吧？超恐怖的。这种事情前所未有，这已不是《怪》，而是《幽》了。不，应该是《MU》[1]的题材范畴吧。但村上大哥反对，说既然听到了声音，就表示小女孩还在。"

"还用说吗？当然还在。"梅泽说。

"是的，还在。先说结论，声音是从祠堂传来的。"

"那个祠堂？不是说很小吗？"

"是的，不愧是荒俣老师，注意到重点了。请看这个，这是祠堂的照片。"

那是将村上拍摄的影像制成的照片。

但不想花钱冲洗，是用打印机印的。

雷欧将祠堂照片交给冈田。

[一]　日本学研出版社发行，以灵异、超自然、外星人等题材为主的杂志。

因为他觉得直接交给荒俣似乎有些失礼。冈田再度确认似的看了照片，转交给荒俣。郡司也跟着靠过来。只有梅泽似乎早看过那张照片，没有动静。

"好小。"

"只有老鼠能钻进去。"

"连猫也进不去。"

"是的，办不到。为了比较，第二张是我和祠堂的合照，请当作参考。我就和以前的'和平'牌（Peace）或'喜力'牌（hi-lite）香烟盒有相同的功能。"

郡司对比照片和雷欧，用手比出大致的大小，问：

"大约这么大？"

"是的。大概和鸟巢箱差不多。声音就从里头传出。"

"有机关吗？"

"不，如果找到机关的话，我就会和京极先生商量了。他的小说没有圈套，什么不可思议的设定都没有。假如京极先生来描写这个故事，应该会写成背后有洞穴，或放了录音机之类毫无玄机的剧情吧。"

"的确，京极兄确实是个直接而露骨的人。"总编说，"如果你去找他，这么没内容的商谈早就被一刀砍断了。不对，说不定京极兄反倒会因为太愚蠢而觉得有趣。"

"这不合京极兄的兴趣吧？"梅泽说。

"没错，不更白痴一点儿不行呐。比如说你在祠堂前拉屎，或是找着找着，不小心从悬崖上坠入山谷，差点儿死了，等等。"

"我其实也比较想往那个方向发展，但这次不一样，这是真正的……不可思议的故事。"

"听起来还挺有意思的。"荒俣说。

"对吧。就说荒俣老师最好了。这可是货真价实、异想天开的不可思议事件呢。"

"话是这么说，雷欧。"

郡司脸颊的肌肉松弛，已切换成轻蔑模式。

"就算你说没有机关，八成是漏看了吧？我不像京极兄那么现实主义，但也不认为这世上会轻易发生不可思议的事哩。我猜祠堂里多半有传声管。就算没有人为的机关，也可能因为腐朽而有蚀孔……"

"我也这么想，所以打开了。请看第三张照片。"雷欧说，"总觉得我好像在做简报，和泡沫经济时期的广告代理商一样。总编不觉得我是肯打拼就有成果的好孩子吗？"

"不觉得。有话快说，有屁快放，荒俣老师没时间陪你玩。"

"其实是这样的……"

祠堂里有一颗表面光滑的黑色小石子，握在手中恰好能完全收于掌心。

"是……御神体吗？"

"不清楚。不确定是不是神明，但声音是从那块石头发出来的。"

"不是错觉吗？"

"总编，你真的很多疑啊。不过没关系，因为村上大哥也这么质疑。"

"果然是错觉。"

"只不过时间紧迫，太阳逐渐西斜，为了找女孩浪费了太多时间。身为作家前辈的村上大哥说，如果不快点下山，我们就可能遇难。"

"这小子也是作家吗？"荒俣问郡司。

"算是……吧。"

"既然是作家，说明怎么会糟糕到这种地步呢？作家可是要鬻文为生啊。还是说，他写文章没问题，只是不善言辞？"

"不，文章也是这样。"梅泽说。

"因为我是个笨蛋。"

"唉……怎么会用个笨蛋当作家呢？"

"以后不用了。"

"请……请等一下！这件事真的很难说明。总之，村上前辈说，若是下山途中天黑的话很麻烦，所以决定先去能收到手机信号的地方，再看要报案还是怎样。这种做法算很无情吗？"

"不，算很合理的判断吧。"郡司回答。

"对吧。总之，村上大哥说快点走比较好，于是我们便快步离开。"

"他担心那孩子的安危，也怕自己遇难，当然不赶快不行。"

"是的，万一和八甲田山山难事件一样遇难的话，像我这么纤细羸弱的人根本撑不住，只能快步下山了。"

但是——

"问题是……石头……"

"鹦鹉石吗？"

"不，是照片里的御神体。因为那块石头一直喊着'带我走'，所以……"

"喂喂，你该不会……"

"我看它一直喊，觉得很可怜，就趁着村上大哥先走一步的空当，把那块石头……"

偷偷地——

"你这家伙！"梅泽大声喊道，"偷走石头了吗！"

"才……才没有呢，别说得那么难听嘛。因为石头一直要我带它走，所以我才……"

"还说没有，你偷了吧！"

"不是偷，是带它走。悄悄收进口袋里而已。就算带走石头，女孩的问题也没办法解决吧？正常说来，任谁都会这么觉得，不会吗？应该会吧？肯定会的啊。"

"问题是把祠堂的御神体偷出来也太过分了。"

"又没人去参拜，超过一百年没人拜访了。"

"没错，但是……"

"先让他说下去吧。"荒俣说，"故事还没结束吧？我们都听到这里了，别说这就是结局。"

"是，关于这一点请放一百三十个心。于是，我们像仓鼠般速速走下山。走了半天都收不到信号。天色愈来愈暗，肚子饿得很，又没有信号，我们就这样陷入三重困境。最终，我们还是走到山下了。租来的车就停在山脚，我们搭上车，直接前往最近的休息站，毕竟有小女孩的问题等着解决。"

"当然，事态紧急。"郡司说。

"当时已接近晚上，我们两个担心得不得了，担心到差点心脏停止。最后总算找到一个比较像休息站的地方，村上大哥直接前往办公室，我则喉咙干渴，买了罐果汁。不，也许是罐装咖啡吧。"

"笨蛋，是哪一种根本不重要。"梅泽说。

"可以肯定不是牛奶。然后啊，我就坐着等村上大哥回来。这时，我想起口袋里的石头，就一边滋润喉咙，一边取出石头赏玩，这时凑巧村上大哥回来……呀啊啊啊啊啊啊！"

雷欧忽然大声吼叫。

所有人都吓了一跳，吓得屁股弹起，离座位数厘米。

"笨蛋！鬼叫什么！"

"我只是在重现。当时的声音比现在还大呢。村上大哥从鼻孔呼出大气，鼻毛被吹得呼噜呼噜乱颤，伸直了手指着我身旁，两眼也睁得跟铜铃一样大，他说……"

——搞什么，她怎么会在这里！

"讲完这句话。我顺着他所指的方向，转头看我身边。那个小女孩竟然就静静地坐在我旁边的座位上！"

"唔……"

"是同一个孩子，不是山下有她的双胞胎姐姐或妹妹。我听说这种诡计是禁止的。推理小说不能使用双子诡计。"

"以前是这样。"郡司说。

"现……现在就没关系吗？"

"不禁止，但也不推荐。因为就算是双胞胎，也还是认得出来，没办法当成诡计。"

"能够认得出来吗？就算是《棒球英豪》也可以吗？"

"那两个就算不是双胞胎也……喂喂，别岔题。"

"哎呀呀，但当时的情况下，真的丝毫无法分辨。因为那不是双胞胎，不是三胞胎，更不是六胞胎，而是同一个人，是一人扮演一角的诡计。"

"那哪儿算得上什么诡计。"梅泽说。

"没错，没有机关，没有诡计，真的就只有这一个小女孩的怪异现象。"

"唔……"

接待室里弥漫着比起佩服更像是傻眼的气氛。

"总之，就是……超级吃惊的。村上大哥赶紧跑回办公室赔罪，说自己搞错了。万一联络警方派人出来搜索，事情就严重了。接下来我们问了小女孩许多问题，但她只是有样学样地回答我们。"

"有样学样地回答？"

"就是不停地重复我们问她的话。"

"够了。"郡司问，"结果是怎么一回事？"

"好吧，她偶尔会主动说一些话。"

"例如……"

"听不懂在说什么。这个先不提，总之，我喝完果汁后，就把石头收回口袋……"

小女孩突然消失了。

仿佛从一开始就不存在似的。

"疯了。"

郡司放弃般地说。

"郡司兄也这么觉得？"

"他疯了吧。"

"不过，姑且不论这整件事是真是假，村上兄也是这么讲的哩。"

"不，他也疯了吧。"

"哼哼哼。"

"他在笑。"荒俣表情困惑地问郡司，"要介绍医院吗？需要我介绍春日武彦医生给他吗？"

"介绍给这家伙太浪费了，我现在直接杀了他就好。"郡司说。

"哼哼哼。"

"冈田，有武器吗？"

"用不着武器啊，总编。到此为止的部分村上大哥都知道。接下来我们回到车站，归还租来的车，踏上回东京的路程，一路上我和村上大哥都在一起，他一头雾水，搞不懂这是怎么回事，然而……"

雷欧深呼吸。

"从这里开始才进入正题。"

"喂。"

"不，我不接受抱怨。前面啰啰唆唆地说了一大堆，也很难懂，但都只是楔子，只是前奏，只是听前奏猜歌曲节目。"

雷欧……

把手伸进口袋里。

"来吧，证见这一刻吧！"

"是见证啊。"

"见证，对。我是一个人出入检查很严格的角川书店，对吧？也只有我一个人登记入馆，对吧？冈田，你能替我证明吧？"

"嗯，他是一个人来的。"冈田说。

"但是……"

抓住口袋中的石头。

拿出。

雷欧把手朝着荒俣宏——那位负有盛名，博通古今，和雷欧根本不在同一水平的世界妖怪协会顾问——正前方伸出去。

把手打开。

掌中有石头，接着——

"啊。"

僵住了。在场的所有人都一样。

并非因为感到扫兴，也不是因为雷欧的玩笑太冷。

"这……这……这是……"

哈哈哈哈哈。

荒俣老师，那位令人崇拜的荒俣老师竟然瞠目结舌了。一脸凶相的总编吓得合不拢嘴。巨人梅泽像是在拼命忍住屁意般僵住。冈田和端茶水进来的女生都……

哑口无言。

——成功了。

在招待室的桌子上。

站着一名妹妹头的小女孩。

"喂喂，雷欧，雷欧老弟，这是……"

　　荒俣宏想必是被吓着了吧。

　　"只要把石头拿出来，她就会凭空出现。只要把石头遮住，她就会凭空消失。"

　　正是如此。

　　只要让石头暴露在外，小女孩就会突然出现，遮住石头的话，她就会消失。

　　那天，雷欧回家后就忘了这件事，一直没取出石头。吃夜宵时他突然想起，从口袋里取出石头的瞬间，小女孩就现身了。雷欧吓得腿软，跳了起来，在房间里无意义地来回踱步，不小心一脚踢倒吃了一半的超市便当，结果害得房间被汉堡肉和多蜜酱沾得黏糊糊的。

　　"能够消失，也能出现，不管消失或出现都自由自在。不觉得很不可思议吗？真的很不可思议，对不对？不可思议，对吧？不可思议！"

　　"吵死了。"郡司怒吼。

　　"用不着强调我也知道。事情就在我们面前发生了。况且这也不是你的功劳。比起这个，荒俣老师，这是……"

　　荒俣微微起身，双眼紧盯着小女孩瞧，接着对无袖外套伸出手……

　　摸到了。

　　"有实体。碰得到。郡司老弟，这不是什么全息投影，这是……"

　　"不是人类，对吧。"郡司说，"不，或许该问，她是生物吗？"

　　"嗯……要看对生物的定义是什么。"

　　荒俣把脸凑近，仔细地观察。

　　"小妹妹，你听得懂我说什么吗？"

　　荒俣一字一句，慢慢地说。

　　"小妹妹，你听得懂我说什么吗？"

　　"模……模仿。"

"模……模仿。"

"雷欧老弟！"荒俣呼唤雷欧。

雷欧被荒俣呼唤了，还称呼他老弟！

"雷欧老弟！"小女孩也跟着模仿，一样是称呼老弟。

"在！请问有何吩咐！"

"这……这是呼子[一]啊。"

"呼子？但那不是戴着草帽，只有一只脚的妖怪吗？偶尔会带着钻石，对登山家……"

"那是水木老师在漫画中的诠释。"荒俣显得有些兴奋地说。

"漫画中的诠释。"呼子说。

"这……这可是灵异界的大发现啊。看不见的事物竟然能被看见，这是开天辟地以来的稀奇大事。原本说来，这种事……是不可能的。"

是不可能的。

"邪恶事物将会毁灭鬼怪。"

突然间，呼子如此说。

[一]　据传会出现在鸟取县山中的回声妖怪。

怪谈作家感到幻灭

黑史郎觉得很困扰。

是关于存在于现实中的精蝼蛄的问题。

那算是一种妖怪吧？至少不是幽灵或外星人。因此黑认为，不该找灵媒、祈祷师、科学家或伪科学家，而要去找妖怪迷朋友商量才对。

等到真的要联络时，他却犹豫了。

他担心自己会被当成精神有问题。他这个人本来就疯疯癫癫的，但若要用这一点当作标准，大半的妖怪迷都是疯子。

——或许该去请教多田先生。

多田克己是妖怪研究家。只是他这个人会有何反应难以预测，也很难联络上。首先，黑史郎根本没有多田的电话。他时常想，为什么大家都能轻松联络到多田？听说多田最近总算开始用手机了，但黑还是没有他的电话号码。之前要到过电话，但不知为何那个号码好像不再使用了。

据说多田以为手机只要电池一没电就是坏了，所以会直接把手机丢掉，但应该只是谣言吧。

——不然去找京极先生。

这也令他犹豫。京极的话，不管是邮件、电话还是传真，都能联络上吧。但是，带着不太正常的女性登门造访，背后还跟了一只精蝼蛄，总觉得怪怪的。京极通常都待在书房，所以得带着该名女性拜访那里，怎么想都不太恰当。但是要请京极特地出门碰面，黑也觉得很不好意思。

——找村上先生应该可以。

这是他觉得最没问题的选择。然而联络过后，却得到村上现在不在东京的消息。村上经常下乡采访，不久前刚从长野回来，现在又去了和歌山，何时回东京并不确定。

——荒俣老师的话，和他不熟呢。

是碰过面，但没有交情，贸然打电话太失礼了。

——水木老师。

毫无疑问，不在选项之内。

黑走在涩谷街头，脑海中浮现出他的那些妖怪迷伙伴们，深深烦恼。

除了上述人以外，社会上尚有许多被称之为妖怪相关人士而遭到轻蔑的人们。

有是有，但不见得能帮上忙。

——先请天野先生看看好了。

妖怪造形家天野行雄应该会认真地帮忙确认吧。只要能拉拢天野站在他们这边——所谓的"这边"，是指确认过精蝼蛄真实存在的人们，虽然目前只有鸭下和黑两人——便是一丘之貉。若能让天野替他们背书，其他人就会认真看待这件事吧，说不定还会传入水木老师的耳中。

——若水木老师得知这件事……

会变得如何呢？

黑最想秀出精蝼蛄的对象，其实是水木老师。

他一定会很惊奇吧。不，甚至会想触摸吧。摸了之后，他一定会非常兴奋地发出"哼哈"声吧。

但是——

黑现在没空烦恼这件事，他必须去和编辑讨论。为此，他离开鹤见，来到东京。讨论的地点是涩谷的 Media Factory 出版社。

责任编辑似田贝也是他的妖怪迷伙伴。

黑本来想在讨论时顺便和似田贝商量这件事，没想到收到了他的邮件。他貌似被卷入案件，来不及回公司。

——什么案件呢？

黑一面走一面疑惑，不知不觉抵达了目的地。

比约好的时间早了半小时。当然，没人来迎接他。

既然没人迎接，那就自行进入吧。总觉得特地打电话请人下来很不好意思。

按下电梯按钮，前往编辑部所在的房间途中，行经好几个房间——是讨论或会议用的房间。

——那么……

是等似田贝回来，还是先和其他人讨论呢？其实连黑自己也不清楚今天来是要讨论什么问题。似田贝说得不清不楚的。

只好去问《达文西》的总编关口了。黑做出决定，准备转动编辑部的门把手时——

"搞什么嘛！你怎么这么说呢！"

突然之间，《幽》的总编东雅夫的愤怒大吼响彻楼层。

黑史郎心跳加速，胃部开始一阵阵收缩，想上厕所。他的肠胃不是很好。明明被骂的人不是自己，但一听到怒吼声他就会胆战心惊，冷汗直流。

黑不是胆小，他只是从心底厌恶争吵。他很怕看到别人争吵的模样，除非是超人之间的战斗。

——是谁在被责骂？

东总编相当和善，黑从来没被他骂过。虽然黑觉得东总编一旦生起气来应该很可怕。

说起东雅夫，就会想到他担任过《幻想文学》的总编。对黑这个世代的人而言，《幻想文学》乃是传说级的杂志，在业界中的资历很深。对黑这样的人而言，东就像高高在上的神仙。幸好他为人和蔼可亲，对黑也很客气，若非如此，光是在他身旁，黑就会吓得腿软了吧。

此外，东总编的声音十分优美，略带黏性，绵长而通透，且十分洪亮。有人说东总编的声音充满胶原蛋白，一起去唱卡拉 OK 时坐在他旁边的话，肌肤会变得很有光泽与弹性。也有人说，如果听他的歌声听到入迷，会发生可怕的事。只不过，放出这些传闻的人是京极，他肯定是在开玩笑吧，但又有种莫名的说服力，很伤脑筋。总之，东总编的歌声的确很好听。

假如被他用那样的声音斥责的话……

一定很可怕吧。换成是黑，肯定会被吓得失禁。不，他保证会做出更无法挽回的难看表现。

Media Factory 出版社整体看来十分雅致，会议室的门采用低透光玻璃，从外头仅能模模糊糊地看到室内的模样。

黑探头窥视。

人碰到愈可怕的事物总是愈想看，但黑看了半天，还是无法看清内部状况。

"我能明白你的辛苦，但其他人的条件也一样吧？你说这些只是丧气话。"

听得到声音。总编在里头。

——不知道被责备的人是谁。

黑慎重地把门打开一条细缝。

一旦被发现，就立刻拔腿开溜，事后再来道歉说走错房间就好。

从缝隙中见到黑木主紧闭嘴唇，抿成"ㄟ"字形。

——被……被骂的人原来是黑木先生。

啊，事情似乎很不得了啊，黑想。

黑木主下巴留着胡须，现在却像个接受辅导的中学生般垂着头。

"我不是在苛责你，但是黑木啊，既然你答应了这份工作，也给你四个月的时间了，就算写出来的东西不够水平，好歹能重写吧？迫不得已的话也能延期。如果你说为了维持质量，需要时间，我也能理解。但你说的居然是'写不出来'。这太过分了。"

"您说得完全没错，我只是在说丧气话。"

"对吧？"

"那个……"

——嗯？

似乎还有其他人在。

"虽然我也没什么立场说这话……"

这个听起来仿佛欲言又止、难以启齿的声音是……

——松吉先生吗？

应该是绰号松吉的松村进吉吧。

假如是他，他那张圆滚滚、古铜色、很健壮的脸上应该爬满冷汗了。

只不过他位于死角，看不见。

——真惨。

黑木主在经过公开征选的怪谈大奖中佳作获选后，参加了《幽》实话怪谈竞赛，虽没能得到大奖，但以继续创作为条件，获得了平山梦明所颁发、名称深具破坏性的"全力甩开"奖，是一位在怪谈界逐渐崭露头角的新晋作家。

黑木获奖后，开始以他特有的灵活应变力作为武器，佐以丰富的采访经验，以实话怪谈创作为中心发挥才能。

松村进吉则是在平山也担任编著者的实话类怪谈故事集老牌丛书《"超"恐怖故事》共著者公开征选策划中获胜，除了担任该系列的共著者与编著者以外，个人著作也已付梓。除了实话类以外，他近来也着手创作类怪谈，是一位老练的怪谈作家。

不知为何，平山一直叫他松吉，有时叫他勃吉，甚至会用公共场合不宜说出口的外号称呼他。总而言之，平山似乎认定他就叫松吉了。

两人都是平山监修的怪谈策划 FKB 成员。

话说回来……

剩下的 FKB 成员是黑史郎——也就是他自己。

所以说……

FKB 全体成员都被叫来了吗？

似田贝的说明完全不得要领……

黑木住在东北，松村则在四国，正常说来，他们三人几乎没有机会巧遇。换句话说，这两人是被专程叫来的。

若是这样，平山不在现场就不合理。更何况 FKB 是竹书房的书系品牌，应该只是来到现场的人物凑巧有关联罢了。

黑维持探出上半身的姿势后退一步。

"……但黑木说的是事实。"

松村说。

"不，就算是事实……"

"我自己也很伤脑筋哩。不管多努力采访，也完全没有收获。灵异体验当然不是唾手可得，然而现况就是费尽千辛万苦才能得到一篇勉强可用的采访稿。唉，对东先生您抱怨这些似乎太造次，根本是班门弄斧，但不管是我还是黑木，都比过去更努力采访，绝无懈怠，这一点请务必相信我们。"

"我相信松村你没有懈怠。"

"意思是说我偷懒喽？"

黑木眼神哀怨。

"唉，算了，我也没打算找借口。"

这句话通常是找借口搪塞的开头。

果不其然。

黑木抬起脸，说：

"可是……既然宣称是实话，就不该造假。即使没收集到题材也硬着头皮写的话，不就变成虚构作品了吗？我连库存的废弃题材都用上了，但废弃题材终究只是废弃题材，最近的作品不恐怖也许是这个原因吧。不，一定是这个原因。"

果然在找借口。

"嗯……"

东总编闷哼一声。从黑的位置只听得到声音，看不见人。

"我明白你的意思。可是……"

"不不，就算穷极无聊，只要有采访到的题材，我就肯写。我会尽己所能写得很可怕。因为怪谈作家的工作就是要把故事说得很可怕。问题是什么也没有啊。采访了大半年，一则恐怖体验也得不到。这已经超越该如何安排演出和用想象力填补空白这种层次的问题了。"

"没错没错。"松村跟着帮腔。

听到这里，黑大致明白状况了。

就在此一瞬间。

"黑先生，你站在那里干吗？"

背后忽然有人开口，黑差点吓尿。

转头一看，《达文西》的岸本皮笑肉不笑，用仿佛在看秽物的眼神盯着他。

"对了，你跟似田贝联络过了吗？听说那个笨蛋被卷进杀人案了。"

"啊，我……我听说了。但我那时已经出门，便直接来了。那么，似田贝他……"

"据说还活着。"

"所以犯人是他？"

"哈哈哈哈哈哈。"

这是该笑的时候吗？

笑完，岸本直接推开门。

——啊。

"黑先生已经到了。"

"哦，真是刚好。"

"刚……刚好吗？总觉得状况好像不太妙。"

"不，真的刚好。"黑木和松村异口同声地说。

黑胆战心惊地踏入讨论室，窥探东的表情。

他的心情倒还不错。

"您……您好，请问是……"

"抱歉，百忙之中麻烦你走这一趟。请坐。"

"不会……请问，今天找我来是……"

"黑兄，最近怎么样？"

"啊？"

黑木冷不防发问。黑才刚坐下，被人问到最近怎么样，一时语塞。

总不能说自己见到了正牌的精蝼蛄吧。

"呃，什么怎么样？"

"当然是采访啊，采访。"

"哦，采访怎么了？"

"最近还好吗？"

"没什么变化，还挺健康的。虽然肠胃一如既往很脆弱，前天口腔又发炎了。"

"不是在问身体状况啦。"松村说。

在逆光之中，他的脸色看起来更黑了。

"其实是这样的……"

东上半身向前倾。终于要开骂了？

"有事想请教一下，所以才把各位找来。"

"请教？不是说教？"

"说教？"

"啊，不，没事。呃……"

"我听说松村为了和竹书房讨论，难得来东京一趟，而黑木也凑巧因其他工作暂时留在关东，便找了你一起过来。顺便拖你下水，真是抱歉。"

"没关系，反正鹤见离这里很近。"黑回答。

和想象的情况不太一样。

"请问，请教是指……"

完全没办法掌握状况。

"采访……出什么问题了吗？"

"就是那个。"东说。

"哪个？"

"加门七海小姐的状况很不好。"

"哦……"

那的确很惨。

"咦？"

黑原本没有疑问，愈想愈觉得不对劲，反问：

"加门小姐怎么了？状况不好，是健康出现问题了吗？另外，总编您不是在责备黑木先生吧？"

"被责备得还挺惨的。"黑木说。

　　尽管不是在炫耀，黑木的表情却很干脆。

　　黑木长着一张娃娃脸，但下巴蓄了一点儿小胡须，使他看起来年龄难辨，不像年轻人，也不像大叔。至于松村则生得一副亲切模样，但黑每次看到他，都会联想起花林糖馒头。

　　"唔……听不懂，是因为我的脑筋不好吗？"

　　"抱歉，是我说得不清不楚。"东说。

　　"的确很难懂呢。"岸本也笑着说。

　　"唉，起初是加门小姐提到最近好像怪怪的。"

　　"是说我……我吗？"

　　"当然不是。"

　　黑木苦笑。

　　"黑兄是一直都怪怪的吧？"

　　的确怪怪的。连精蝼蛄都看见了。

　　"黑木，你别来搅局。"

　　东瞪了一眼。

　　黑木缩起身体。

　　原来如此，黑木很习惯被人骂。

　　"哎，你们干吗不讲清楚啊。"岸本说，"都是东总编太拐弯抹角。加门小姐并非写不出小说，也不是身体状况不好。你们这样讲，会害黑先生误解的。"

　　"没办法，这状况很难说明呢。真要说的话，只能说整个世间都很奇怪。"

　　"整整整整……整个世间？"

　　规模太大了。

　　"是关于东日本大地震的事吗？"

　　"嗯……"东又低声闷哼。

　　"那场大地震后，许多事物在各种层面被重新检视，颠覆了人们的价值观，全体国民多多少少都受到了冲击。但是，现在讨论的问题和这场地震应该无关。"

"呃……"

那场大灾难无疑成了人们思考各种问题的契机。

只是，黑并不认为世间所有事在那场灾难之后被翻转过来或画下句点。因此，黑也不认为人们必须思考是否该改变，甚至全面改变。

虽不认为如此，但很多人的人生被半强制性地改变也是事实。纵使有些人没被改变，也不得不重新审视现况，无法继续置之不理。

事实上，在那场浩劫之后有太多问题，不能再坐视不管了。

东北地方所受到的严重灾害，并不仅限于物理的伤痕。一方面，复兴工作本身迟迟没有进展，另一方面，人类心灵受到的伤害也难以痊愈。即便有些人没直接受到伤害，但无形的影响亦难以避免。包括核电问题，在制度层面或思考方式上，若不重新验证或重新创造便无法继续下去也是事实。

随着时间流逝也不会消失的印记是存在的。

东总编为了复兴东北地方的怪谈文艺，持续举办慈善活动，黑木、松村与黑也共襄盛举。

"和地震无关吗？"

黑再次确认。

"不确定是否有关。"

"哦……"

果然很难懂。

"呃，其实……这个问题还挺敏感的，是关于看不见……"

"不如说是没有感觉的问题。"黑木说。

"这句话被黑木说起来感觉色色的。"松村调侃。

"因为松村兄自己想歪了吧。"黑木反驳。

"感觉不到什么？"

"当然是灵啊，灵。"黑木说。

"灵？"

"是灵异的灵。"

"哦——"

似乎理解他们想说什么了。

"若这样概括起来的话，总觉得很俗浅。虽然不相信这一套的人本来就会觉得很假……"

"她失去阴阳眼了？"

"嗯……"

东第三次闷哼。

"不单是能否看见鬼的问题。存不存在和相不相信，这两者是不同次元的事。"

"混为一谈的话，京极先生会生气呢。"

黑这么说了后，松村问：

"京极老师不是不相信这些吗？"

"不，要说是哪一种的话，比起说是不会进入相信或不相信的模式，他抱持'不存在的事物，不管多么相信也不存在，所以讨论在或不在从一开始就无意义'的主张。不过，东总编想说的事我大致明白了。"

"太好了。"东说，"总之，有些人虽然相信，却看不见、感觉不到，也有人看得见、感觉得到，却说什么也不肯相信这回事。有些人则是无法从心底相信，却热切地想要相信。就算相信，对于灵异的解释也人人不同，对吧？因此，概括性地用'有阴阳眼'或'不相信鬼'等标签来定义其实是很愚蠢的事。"

"真的很愚蠢。"

"灵异正因为是一种把这些议题笼统地整合起来的方式，所以也容易产生误解。在讨论这种问题时必须更谨慎才行，因为人的行为是非常复杂而细腻的。特别是我们这些文化界或者文艺界相关人士。"

"所以是在讨论文艺的问题？"

"也不算。"黑木说。

"唔……"

"哎哟，说得更直白一点嘛。"岸本说，"现在讨论的就是鬼怪好像消失了这件事。"

"这也太露骨了吧？"众人异口同声地说。

"可是真的就是这样啊。"

"是这样，没错，可是……算了，就是如此。"

"呃。"

鬼怪消失了？

但精蝼蛄明明存在啊？

这时，传来一阵手机铃响。

岸本说了声"抱歉，似田贝打来电话了"后，暂时离席。

似田贝真的杀人了吗？

先不管这个。

"对了，刚刚说的鬼怪消失是指……"

"就是灵啊，幽灵。"

"让加门小姐变得没有感觉的是指那边吗？"

"是的，就是那边。虽然被黑木讲起来总觉得听起来别有含义。"

"怎么又怪到我头上。"

"其实……"

东更往前倾了。

"伊藤三巳华小姐也说了相同的事呢。"

"见不到鬼啊！"黑木说。

"喂！"东瞪了他一眼。伊藤三巳华是因灵异漫画《见鬼啦！》一炮而红的漫画家。

"不仅如此，福泽先生前阵子也说了类似的话。"

"福……福泽先生吗？哼哈！"

不用说，当然是指恐怖小说作家福泽彻三。

"他生得一副凶狠的尊容，没想到也有阴阳眼。"

"不，不是那方面。他说的是最近愈来愈难取得好题材。"

"很难取得好题材？采访吗？啊，难怪说采访！"

总算串在一起了。

"所以说，今天讨论的就是采访是否变得愈来愈困难？"

"加门、伊藤、福泽同时期说出这种话，让人有些在意，因此我才想说要请教一下实话怪谈界的人。和《幽》有关，又以实话怪谈为主力的话……"

"就是我们这群人。"

"正是。其实我本来也想找平山先生一起讨论，但他要去录广播节目，所以我请他等收录结束后，赏脸来敝编辑部。"

"结果被他逃了？"黑木说。

"不是的，听说他被卷入某起案件。"

"又是案件！"

"又是？什么意思？"

"我也不是很清楚，但我听说似田贝杀人……"

"真的假的？"松村露出狐疑的眼神。

"我也不清楚，我也是刚听说的。"

"他们两人碰上的是同一案件。"东说。同一时间，门被打开，岸本探头说：

"平山先生说他暂时没办法抽身。"

"是吗？那个案件那么麻烦啊？"

"毕竟是杀人案嘛。"

"平……平山先生杀……杀人了？"

"被逮捕了。"

"送交检察署。"

"真的假的？"

"呵呵呵呵。"岸本笑了。

"没有，平山先生和似田贝都没杀人。似田贝的说明太不得要领，问半天也搞不清楚状况，总之两人都不是犯人。不过，被害人听说是个编辑。"

"所以犯人不是平山老爹吗？"黑木说，"师父如果是犯人，不会只杀一两个。"松村接着说。

"无论如何，平山先生今天是赶不过来了。毕竟人在杀人现场。听说角川的及川先生差点遇害，幸好被集英社的人拯救了。"

"哎呀呀呀，及川先生也……"

及川也是黑的妖怪迷伙伴。

黑顺便问及川是否死了，但岸本没有回应，又退回门外。

及川死了吗？

"这世道愈来愈不安宁了。"

东蹙着眉说。

"真的。"

松村肥满厚实的脸部扭曲起来。虽然脸型粗犷且被晒得黝黑，但眼眸硕大，竟然有些可爱。

"若是这类不安宁的故事，其实有不少。"

"例如……"

"诸如暴力事件啊，爱恨情仇啊，变态行为啊，等等，我收集了不少这类故事题材。其实现在怪谈故事的市场已经被这些描写人性黑暗面的故事抢走了。"

"抢走？"

"关于这一点，黑木，你有何高见吗？"松村问。

"这个嘛……或许真的是这样。"

"哦？怎么说？"

"假设有人碰上了奇妙或恐怖的事件，若在以前，肯定会被描述为怪谈，对吧？因为事件带来的体验既可怕又不可思议。但最近啊……不管是体验者对事件的解释或看法，还是他们讲述事件的态度与神情，其实也……几乎是怪谈了哩。总觉得人们最近老是会往犯罪、暴力，或者那个不宜说出口的四个字……"

"黑木这么说，总觉得很色。"

"松村兄，你别打岔。"

"是以'精'开头的那四个字吗？"黑问。

"是的，就是'精 × 障 ×'那四个字，平山老爹爱用的放送禁止用语。总觉得，最近的恐怖故事不管怎样都会往那个方面解释。"

"解释为反社会人格吗？"

"黑兄真的很擅长用更好懂的词汇来说明呢。"黑木佩服地说，"是的，就是反社会人格。"

"怎么说？"东皱着眉头反问。

"最近我去采访，受访者要么认为自己疯了，要么认为一切都是疯子搞出来的名堂。若非如此，就认定是犯罪行为。受访者宣称已经报案，目前警方正在搜查中，要我别张扬，或者已经进入司法程序，无法透露细节……诸如此类。"

"司法程序？要告谁？难不成是去告……幽灵？"

"就……某人啊。到底是谁，受访者自己也不知道，但这么怪异的事总有人做出来。自己如此不愉快，都是某人害的，等等。所以要警察快点逮捕犯人，让犯人受到法律的惩罚……"

"所以那个某人究竟是谁？"

"受访者都不知道，我哪里知道？"黑木耸肩道。

"原来如此。不管体验本身多么诡谲、难以置信，只要报案的话……警察也就不得不展开搜查吧？"

"警方也很困扰吧。"黑木说，"正因为不像是人类做出来的事，至今为止人类才会将之塑造成怪谈。事到如今却硬要扭转成是人做的。换言之，最近碰上怪异体验的人似乎开始往类似妄想症的方向前进了。"

"我这边也一样。"松村说，"不由得觉得，人们是不是完全忘记灵的概念了。"

"哦？"东露出兴味盎然的表情问，"过去会被当成鬼魂作祟的事，现在被解释为出自疯狂与恶意，是这个意思吗？"

"是的。"两人一起回答。

"将鬼压床解释为生理状态所致，这也没办法。实际上也真的是这样。不硬往鬼魂作祟的方向想就可以解释，这反而是好事。认为鬼压床是生理现象是很健全的看法。"松村说。

黑完全同意。

"可问题是，假如有人宣称自己在睡觉时，某人非法入侵，压在自己身上，这难道不会太过吗？小偷或跟踪狂哪儿会坐在睡着的人身上啊？假如有人真的这么做，的确很可怕。但是会有人只压在人身上，什么事都不做就回家吗？但就是有人真的这么相信咧，认为鬼压床是入侵的变态干的。你们不觉得这太扯了吗？"

的确很牵强。

这是一种主观认定。当然，认为只是自己多想，什么事都没发生也可能是主观认定；认为是鬼魂作祟，也是主观认定。大部分的事情都是主观认定。

虽然把任何事都当成鬼魂作祟的人相当古怪，但把所有怪异现象都视为变态骚扰或犯罪行为也同样有问题。

由此看来，用鬼魂来解释怪异现象确实是一种方便的发明。

更进一步来说，把这种思想适度稀释而形成的妖怪更完美。

只不过，妖怪实际存在的话很让人困扰吧？真的存在啊，精蝼蛄。

"你们知道吗？"松村滔滔不绝地继续抱怨，"像这么狭窄、人类难以进入的地方，我碰到过受访者声称有人躲在里头咧。只有这么一丁点儿大。"

松村用双手比出尺寸。顶多只有十厘米长。

"人类无论如何也挤不进去吧？这么小的缝隙。但对方却主张一定有小偷躲在那里。我忍不住反驳说这世间没有能挤进这么狭窄地方的瘦弱小偷吧？对方居然回答我'小偷的话，一定能办到'。"

"怎么可能啊？"黑木说，"坚持'一定能办到'也太牵强了吧？"

"老实说，我觉得受访者的眼神更可怕咧。"松村说，"只是，我们就算撕破嘴，也不能对采访对象提示鬼魂作祟的可能性。不能由我们做出判定。变成诱导性提问的话，就不再是实话类作品了。不管多么可疑，只要受访者认定如此，我们就必须正视。倘若采访者的解释或社会普遍性的解释可以带入故事之中的话，任何撞鬼的经验，就会变成只有'鬼不存在'的观点才是正确的。毕竟，大部分的故事怎么看都很像当事人自己误会了。如果这样的话，灵异体验的采访……不，怪谈本身便无法成立。除非说到一半，受访者自己发现不对劲。"

"的确。"东脸色一沉地说，"连京极兄也不会进行诱导性提问呢。先前一起搞'怪谈之怪'的时候……你们也知道，他那个人是出了名的理性派，那时还吓出一身冷汗……"

"怪谈之怪"是《达文西》杂志的策划版块,算是怪谈杂志《幽》的前身,创办者是由东和京极,以及"怪谈新耳袋"系列的木原、中山四人组成的团体,举办了许多次为投稿的怪谈作品进行修改和点评,或请各界人士讲述自身怪奇体验的活动,也和世界妖怪会议合办了好几次公开活动。

"真的哩。"松村那张花林糖馒头般的黑脸变得更阴沉了,"京极老师这个人感觉会使用奇怪法术,所以或许不会有事,但有些体验者比较固执,一旦遭人否定,可是会暴怒的咧。就算某些故事怎么听都是体验者自己搞错了,但如果当面指出来,对方马上就翻脸给你看,说不定还会演变成吵架。"

京极那个算是法术吗?或许是吧。

黑差点笑出声来,但忍住了。现场气氛很凝重。

"没错。幸好京极先生不会完全否定对方。不管对方说什么,他向来照单全收,不予以彻底否定,日后再当作题材。总之,他会和缓地,不硬要对方接受什么,但诉之以理让对方反思,让体验者本人开始怀疑自己的体验,让其他参加者不至于觉得太可怕。毕竟到场的观众有很多种类型,他很注意现场气氛的平衡。"

"好可怕啊。"黑木说。

某种意义上,可以说很恶劣吧。总之,京极就是这样的人。

如果是熟人对他说这类怪奇体验的话,他反而会直截了当地当面否定。

"不过,京极先生不是为了寻找写作题材吧?在活动中聆听参加者的灵异告白,他的职责更像是替体验者驱邪。京极先生感兴趣的是体验者为何会做出那种解释,为什么会产生那种主观认定。或者说,他根本是以此为乐……"

黑说完,东立刻表示赞同。

"所以说,不能预设立场进行诱导性提问啊。话说回来,不只是怪谈,只要是一位非虚构作品的作家,这都是绝对的禁忌。采访者必须保持透明才行,对吧？"

"嗯，我也同意。假如这只是一般性采访，现在这种状况完全没问题——换作是京极老师，说不定还会觉得很有趣咧——但对我们而言就很困扰，小偷或变态是没办法写成怪谈的，我们等于失去了赖以谋生的题材。还能用这种题材的人，恐怕只有平山师父了吧。可是问十个人，有十个人说不是鬼魂作祟！不管题材本身多么重大，只要体验者说不是鬼的话，我们不照着写就会成为谎言。"松村说。

"没错，不能造假啊。"黑木说，"坦白讲，这个圈子并不好混，我有时会因为写作技巧差劲、不擅长梳理内容，或者添油加醋的部分太多，使得作品不怎么理想。所以我必须好好思考内容，不得已的话就改变设定，为了让故事更简明易懂，省略或强调某些部分。然而即使这么努力，大多情况下我的作品仍不怎么出色。这可不是借口。但不管怎么做，我就是不会造假，作为核心的内容一定会被保留下来。"

"我明白。"东说，"体验者自己说谎的话——这种情况下，与其说是说谎，不如说比较多的状况是误会或主观认定有所差池——若要说大半都是如此也说不定——这种体验者的判断本身就值得怀疑的情况也有。但不管多么奇怪，基本原则是写手不能让自己的主观判断介入。你们是这个意思吧？"

"是的。"松村回答，"假如体验者自己也不确定是属于哪种性质，我们这些实话怪谈作者就有了发挥构思的空间。不，正常说来，本来就难以判断。正因难以判断，所以才可怕啊。不添油加醋地描写恐怖体验的原貌，让读者感到恐怖才是正途。比起一口咬定是鬼魂作祟，碰上了难以形容、不明就里的事情反而更恐怖。所以我也不会将故事人物贸然写死，说是幽灵或怨灵作祟。不知道就写不知道。问题是，假如受访者坚称绝对不是什么灵异事件的话，我们也没辙啦。"

"原来如此。"

东略微思考后，转头问："黑先生，你觉得如何？"

"我吗？"

黑一直专心当个听众，突然被问到，不由得感到困惑。

"我的情况吗？因为我原本就比较擅长处理反社会人格者的题材……"

"啊，这样啊。"

不太算是……灵异。虽然也有灵异的部分。

"是的。因此我接触过的受访者碰上的大多是有些麻烦或危险的家伙、没用的人、精神异常者、肮脏老头，等等。其他的……就是都市传说或妖怪吧。"

"灵异方面呢？"

"咦？"

黑打死也不敢说自己亲眼见到精蝼蛄了。

万一说出口，会被当成狂人呢。

"呃，我接触的事件本来就以疯狂犯罪为主。"

"最近有增多的倾向吗？"

"嗯……似乎没什么变化吧。"

其实并非如此。

虽然遇到过许多怪人，但是碰上被时速一百公里的妖怪啪哒啪哒追逐，并被精蝼蛄跟踪的人，还是第一次。

而且——

她本身也不疯狂。

"不对……或许有点儿变化，比如说……"

该怎么说明才好？

"像是一般人基于正常的感性与常识判断，却演变成相当疯狂的结果……"

——我这么解释一定很难懂。

"黑兄，你这么说太难懂啦。"黑木说。

"真的很难说明啊。总之，我是觉得似乎有点变化，但我最近也不常采访，不好说什么。"

"毕竟黑兄是以虚构作品为中心。"黑木说。

"采访还是能提供不少灵感。"

"但打着实话旗号的作品比例还是很少吧？不像我，主力在实话上。虽然松村兄也会写实话类作品，但我目前就专注在实话怪谈上。"

"难怪刚才会说那些丧气话。"

"哈哈哈哈哈。"黑木空虚地笑了，"坦白讲，我很伤脑筋的。截稿日就在眼前，却没有一则能用的怪谈素材。若只是不够好就罢了，没有一点能用真的很惨，怎么苦思都没用。有时我真的恨不得干脆自己编故事呢。"

"别这样。"松村说，"黑木，你可别走火入魔啊。"

"哈哈，真的。所以我用冷水从头浇灌全身，去除邪念，然后出门采访，却空手而返，又会进入恶性循环。"

黑想象黑木只穿一条兜裆布沐浴净身的模样，不禁露出苦笑，但也觉得他很了不起。

"你根本没真的淋水吧？"东吐槽道。

"抱歉，我只是在形容心境。"黑木立刻坦承。

原来是骗人的，总觉得他真的穿上兜裆布了。

"之前的采访库存都用完了吗？"东问。

"有是有，但没办法用。"

沮丧的黑木垂下肩膀，像一个断线的傀儡。

虽然那只是因为他身材圆胖，肩膀本来就有点下垂。

"为什么不能用？我猜是因为题材本身没什么冲击性，或者受访者要求不得公开等原因。"

"不是那样的。"

松村插嘴道。

"我看八成是受访者当初明明说可以，后来突然又说不行。对吧，黑木？"

"没错，正是如此！"

"是当时的受访者要求的？"

"是的。要开始写时，通常不是会再征求一次同意吗？结果对方却拒绝了。说是他搞错了，不是鬼怪作祟，绝对不是。"

"嗯……但你初次采访时，对方不是这么想的。"

"恐怕是事后反悔了吧。"

"是的。"

似乎很适合兜裆布的黑木继续说：

"前年，我去采访一位声称一家三代受到人偶灵障影响的人物。几十年来，他们全家老少都受到了诅咒。这个故事的发生地点很容易找，听过的人很容易就知道是在说谁，所以当事人不太希望他的事被写成小说，我只好先将这个题材束之高阁……后来我又去拜托当事人，看是否能在大幅度更改设定，小心别被找出当事人的前提下，让我写这个故事。结果……"

"结果如何？"

"当事人却说，这不是诅咒，所以不行。"

"不是诅咒？"

"对方说，他们只是跨越三代，几十年来持续受到跟踪狂的骚扰而已。"

"啊？"

"据当事人所言，已经弄明白这一切都是屋后的邻居在搞鬼，目前进入了诉讼阶段。所以这个故事不管用任何形式，被写出来都给他们造成了困扰。"

"唉……"所有人一齐叹气。

"屋后的邻居啊……"

"当事人说，总觉得好像有其他人存在是因为邻居偷偷潜入，房子会摇晃是因为邻居在摇，家人会生病是因为被邻居下毒，人偶会说话是因为……邻居用腹语术。"黑木说。

"这……这太牵强了吧。"

"真的，真够扯的。"

"邻居和人偶有什么关联吗？"黑问。

"完全没有。"黑木一脸得意地断言。

"老实说，他的体验还挺可怕的。我见过那人偶，是一尊年代久远的日本人偶，相当令人毛骨悚然。我一看到它，心底立刻升起一股寒意。但因为人偶太不吉利了，这家人反而无法轻易处理掉。每次只要他们想处理掉，就一定有人生病。后来当事人两次下定决心抛弃人偶，结果先后都有人去世，第一次是他的祖父，第二次是他的母亲，最后只好又把人偶找回来，好好祭拜道歉……"

"这故事明明很吓人嘛。"东说。

"真的很吓人啊……但也是过去式了。"

"现在不可怕了？"

"不可怕了。因为现在当事人认定祖父和母亲是被邻居毒杀的。但是警方不相信当事人的说法，这令他很愤慨，因此他控告的是非法入侵与损毁器物。后来刑事部分似乎不能起诉，所以又重新提起民事诉讼。"

"控告屋后的邻居？"

"对，屋后的邻居。但多半会判无罪吧。"

想必如此。

"对了，邻居是否和他们……"

"什么瓜葛也没有。"

黑想，这并不意外。邻居没有理由做那些事。

"只是，当事人在庭院种了日本厚朴，叶子常会掉进邻居家里，邻居曾因为这件事来抱怨过，于是当事人一口咬定这就是原因。"

"为了叶子？"

"横跨三代，而且还杀人呢。"

"唉，太扯了。"

虽然不敢说绝对不可能。

"如果真的讨厌到不惜毒杀别人的话，偷偷把树砍掉不就好了？反正都能非法入侵了嘛。即使没办法一次砍掉，也可以先修剪枝叶吧？而且就当事人所言，怨恨长达几十年的话，慢慢砍伐的方法多的是。"

"让那棵树枯掉更干脆。"松村说，"直接毒死树就好。"

"就是说啊。对了，那尊人偶后来怎么样了？"

这时，黑木露出仿佛昭和初期文人的表情。

黑其实也不清楚昭和初期的文人长什么样，印象中觉得很像。

"人偶啊……"

"怎么了？"

"听说丢进可燃垃圾了。"

"噫！"

"结果有诅咒吗？有诅咒吗？"松村问。

"我也不清楚。当事人的心思似乎都放在诉讼和对邻居的憎恨上，已经顾不得诅咒了。"

"唔……"

就算人偶真的能诅咒人，现在它也变得残缺不全了吧。

"唉，只能说，当事人到底在演哪一出戏啊。"

"其实我这边也好不到哪儿去咧。下一次的《"超"恐怖故事》搞不好没题材可写，而 FKB 的新作恐怕也很不妙。每个受访者都反悔，要我别写，最近的采访又没一个能用的。黑木的丧气话其实也是我的心声啊。"

"平山先生没说什么吗？"东问。

"他只说偶尔碰到这种状况也没办法。"

"就这样而已？"

"平山师父在创作上很严格，但其他方面就比较随性。"

"他自己没碰上困难吗？"

"师父正忙着写小说吧。况且若是《东京传说》[一]那种故事，题材反而增加了，他高兴都还来不及呢。"

"原来如此。"

东总编露出困扰的表情。

黑觉得自己该说点什么，但一时之间想不到。

这时，黑木发言了。

"我在想，假如连加门小姐和三巳华小姐都失去了阴阳眼，一般人恐怕'更感觉不到'吧！"

"真的是……这样吗？"

恐怕没错。

"我也觉得。"黑说，"照黑木和松村的经验看来，相信就是这么一回事了。"

"倘若如此……这恐怕不是个人的问题，该说是趋势，还是该视为全国性的问题呢？"

格局愈来愈大了。

"说国家或许不太对，更像是文化氛围开始产生变化了。"

"唉，真怀念大家轮流说怪谈炒热气氛的那个年代。"

"怪谈文化还没衰退到那个地步吧？"东责备黑木，"怪谈文学仍然很兴盛……不如说有一批人还在努力推广，而民众们的接受度还是很高。"

[一]　平山梦明的恐怖小说系列，没有鬼怪登场，以现实世界人类的疯狂为主轴。

"也许是接受的方式改变了。"

黑的这句发言似乎令东感到意外。

"什么意思？"

"没事，我随便说说的。"

其实并非如此。

黑觉得小时候的气氛和现在不太相同了。

只是他无法将之化为言语，无法明确描述出哪里变得不一样。

时代变迁，文化自然也会跟着改变，老认为世界会维持不变的想法本来就不对……

只不过……

事情到这里，确实有一种好像突然要转往奇妙方向的味道。

"我觉得民众们对妖怪和怪谈的接受度还是很高。只是，该怎么说……"

"变得愈来愈杀气腾腾？"松村问道。

"是的，虽然怪谈也是一种恐怖故事，但我最近总有一种感觉……说不上来，但是……"

"我能明白。"黑木接着说，"怪谈明明是一种带着宽容的心情享受的事物。现在却变得必须像东总编所做的那样，高举着镇魂或疗愈的主题才能被接受，对吧？这些明明基于共识就能理解的，不是吗？"

"嗯……的确如此。"

"假如解释就能理解还算好，问题是，这几个月来却好像'迅速变得不被理解'了。"

在场的怪谈作家们一齐闷哼起来。

接着，他们不约而同地叹气。

捌

妖怪博士面对绘卷一脸困惑

平太郎轻声咳嗽。

灰尘弥漫。到处都是旧书。他喜欢书，藏书数量多到令人傻眼。

托《怪》的编辑公司 FALSTAFF 位于神保町的福，身为《怪》专属打工人员的平太郎经过这条二手书店街的概率自然大增。不管走到哪里都有二手书店，店头也摆着大量书籍。平太郎原本就不讨厌书，不，是很喜欢，因此停下脚步的机会也变多了。脚步停下的话，视线也会停下。若是书映入眼帘，便会涌现购买欲，虽然通常都能忍耐下来，但有时也会忍不住，于是开销就增加了。

二手书的诱惑真是可怕。

虽然不想把责任转嫁给地域特性，但平太郎觉得这个地方真令人伤脑筋。只不过……

现在光是看到就感到厌烦。

这里似乎是……仓库。

平太郎站在旧书店的仓储区。旧书堆积如山，每本看起来都很有历史，似乎也相当昂贵。

"这些旧书的价格很高吧？"

"你那边的书应该不便宜。我这边的状况不太好，价格贵不到哪里去。不过，鉴定书籍不是我的工作，这只是我的个人猜测……"

回答他的是兵库县立历史博物馆的策展人——香川雅信。

　　香川曾写过妖怪类书籍，在《怪》里也有连载版块《妖怪土惨名鉴》[一]，亦策划过妖怪文化相关的展览。

　　不过，他不是一般的妖怪迷。

　　他和化野燐一起开过妖怪讲座，也和京极夏彦合办过鬼怪大学校的座谈会，实际上应该真的很喜欢妖怪——即便如此，香川仍不算是一般的妖怪痴。

　　他拜国际日本文化研究中心所长小松和彦为师，是一名受过完整训练的民俗学者。无论如何，能靠着妖怪论文取得博士学位，香川称得上是一名货真价实的妖怪博士。

　　详细内容平太郎并不清楚，只听说香川的研究遍及瘟疫、防瘟疫的咒具、玩具等，现在研究范围更扩及到乡土玩具或模型之上。

　　香川个头矮小，态度温和，是一个很好相处的人，但平太郎认为他其实是个狠角色。

　　"说可以随意看，真的没问题吗？"

　　"这些不是古董或艺术品，只要别不小心弄破或弄脏，翻看倒是没什么问题。"

　　"嗯嗯。"

　　平太郎觉得自己说不定会撕破这些艺术品，也有可能把它们弄脏。

　　越紧张，搞砸的概率就越高。

　　"我看还是算了。"平太郎说，"不是活字印刷的书，我都看不懂。即便是活字印刷，我也看不太懂旧假名遣[二]，真是丢脸。"

　　"看惯的话，其实旧假名比较好懂呢。"香川说，"如果是草书体，的确需要一定程度的学习才能看懂。因为没有明确的规则，不过这个也是习惯就好。"

[一]　"土惨"为漫画家三浦纯发明的用语，意指令收到的人觉得困扰的旅行纪念品。
[二]　"二战"前通行的较复杂的假名用法。

"是这样啊。我怎么看都只像歪七扭八的线条。说来真不好意思。连卡巴特先生都看得懂呢，他明明是外国人。"

亚当·卡巴特是以黄表纸^[一]研究而闻名的学者。

不少黄表纸以妖怪为题材，因此卡巴特关于妖怪的著作自然也多。

造成对豆腐小僧重新评价——虽然那是否算重新评价也很难说——的契机者据说不是别人，正是卡巴特。

"听说卡巴特先生原先是向往《源氏物语》中的世界才来日本的。但书中的那个世界在现代日本已遍寻不着，在那时他接触到芥川的《河童》，就此从河童转往黄表纸发展了。黄表纸这种东西没被影印复刻，也没被翻刻，只能阅读原书。"

"真亏他能读得懂。"

平太郎翻了一下日式传统装订的古籍。

文字与其说宛如蚯蚓在打滚，不如说看起来完全就是蚯蚓本身。

"根本看不懂。这是蚯蚓吧？连是汉字还是平假名也看不出来。就算是纯中文我也看不懂，我早忘光了。"

"中文的话好歹能知道汉字的意思，还算轻松吧。"香川说。的确，好像也不能说是全然不懂。

"总而言之，就是有兴趣才能学得会。学历史看参考文献很重要，学文学也一样，非读不可。虽然我研究的是民俗学，但很多知识，不研读文献就不懂，结果还是得看。"

"呃，可是就算我想看……"

也看不懂。

"喜欢妖怪的人都会看吧？"

[一] 流行于江户时代中期的一种绘本。

"嗯，应该都会看吧。虽然我看不懂。"

"不管任何研究，好好确认第一手资料的态度很重要。妖怪看上去是一种很随便的事物，但追溯它的源头也很有趣。因为每当有新发现时，最终形态的随便度就会倍增。"

"嗯嗯。"

平太郎明白个中意思。

"随着被二度引用、三度引用而变得很随便的鬼怪，往往最初的源头都很正常。但是，就算知道源头很正常，也不会任这些随便的鬼怪变得无趣，反而会觉得原本这么正常的鬼怪，到底是怎么搞的才会变得这么没用？了解其中的过程也有其有趣之处。可怕的祟神会变成当地文化特色，历史悠久的怨灵也能化身为萌系角色。原本是为了让人却步而流传的可怕传说，现在却变成了吸引人前往的当地疗愈系吉祥物。"

"嗯……"

——连萌系角色、疗愈系角色也在研究范围内啊。

"啊！这个好厉害！"香川发出赞叹。

"怎么了？"

"多么稀奇的画风啊。要是汤本老师看到一定很开心，一定会买下吧。不，如果有预算，我们博物馆也想收藏。"

汤本老师指的是川崎市市民博物馆的前策展人汤本豪一。

汤本是当代首屈一指的妖怪收藏家。说是收藏家，所收的当然不是真正的妖怪——那个收集不了。汤本收集的是妖怪图画、妖怪造型与妖怪模样。不限于绘画、雕刻、绘卷、刻本、工艺品、美术品、服装、装饰……只要能够确认和妖怪有关，就会成为他的目标。一旦被汤本锁定的东西，多半都会被他买下，纳入他的收藏品库。

而且不是以博物馆策展人的身份收藏，而是以个人名义。

听说光是将汤本公开展示的藏品汇聚起来，就足以开一家博物馆。

"这个是什么？看起来很像某种神兽。"

香川歪着头说。

香川向来表现出一副困惑的表情。

平太郎探头过来，看到一幅奇妙的图画。

如香川所言，绘卷中的动物造型类似貘或白泽、狛犬、狮子、麒麟等神兽或瑞兽，但又有不同之处。

"看起来有些类似之前发现的涂壁，但不太一样。"

几年前，人们在一幅妖怪绘卷中发现了某种仿佛由象和狛犬融合而成、具有三只眼的前所未见的奇妙怪物。一旁写着"涂壁"之名，在妖怪痴当中引起不小的波澜。

说起涂壁，一般人会联想到的，应该是鬼太郎的好朋友吧。

涂壁的外形类似水泥墙或者说三角形鱼板。

它会突然唰唰地从地面长出来，以低沉的嗓音喊出：

"涂——壁——"

算是仅次于眼珠老爹的第二好模仿的角色。

它拿着水泥抹刀之类的道具，能把敌人抹进自己的身体。不论是漫画、动画还是真人版，样貌都大致相同。如果让在这方面很有研究的京极来说的话，恐怕会反驳并论证涂壁的造型有过多次变化，但在外行人眼里根本无甚差异，就是一片三角形鱼板加上手脚。

这个被社会大众广为认知的涂壁造型，其实是水木茂大师根据日本民俗学的确立者——柳田国男的文章创作而来。版权属于水木茂老师。

被认为除此之外，涂壁没有其他造型。

是的，应该没有吧。

单限于柳田在文章中的描述，涂壁只是一种奇妙的现象。它不是角色，甚至连形状也没有，是一种走着走着突然无法前进的现象。由这个现象创造而成的角色，就是大家熟知的涂壁。在《鬼太郎》中的角色名基本上不用汉字表示，而是写成全平假名的"ぬりかべ"。而柳田的文章，就是"涂壁"此一名称首度登场的文献。

然而——

当下他们新发现的绘卷的年代明显比柳田的文章更早，所描绘的也不是关于现象的说明，而是具有明确外形的奇兽。

"那真的是涂壁吗？"

"你是指那幅赠送给杨百翰大学的绘卷吗？这很难说。记得汤本老师也拥有一幅有相同图画的绘卷，但他那幅上并没有写妖怪的名字。"

"对啊，这么说起来，我曾在《怪》上看过这则报道。"

记得是关于三大妖怪痴与汤本等人座谈会的报道。

"不过'涂壁'这个词被收入民俗用语是在昭和时代，而汤本老师拥有的绘卷应是享和年间[一]绘制的，时代相隔甚远。将之视为相同的物体或者事物是正确的吗？虽说也不知道这两者是否相同。"

"就算名字相同，也有同名的其他妖怪存在。"

"根据地域不同，也有同样的东西被叫了不同的名字。所以说这没有什么不可能的。"

香川说完，将手上的绘卷小心收好。

不愧是经常接触绘卷的人，动作很熟练。

"汤本老师收藏的绘卷，和杨百翰大学的绘卷理当有共通的原始蓝本才对。这两幅绘卷大部分的妖怪和其他绘卷中的妖怪几乎相同，只有画了涂壁的部分不一样。记得有三只吧，只有三只是其他绘卷没有画过的妖怪。如果

[一]　享和为日本于1801年至1804年年间的年号。

能够找到作为原始出处的典籍，或许就能够解答这些疑问了。"

"原来如此。"

平太郎想，果然是这样。

妖怪是"被创造出来的"。是某人的体验配合想象力，一方面受到文化或制度的影响，再加上创作者的表现能力，在各种要素的累积下，随着时代演进逐渐变化，逐渐"被塑造而成"的事物。

所以当然不可能"实际存在"。

大概从一开始就不可能存在着"实体"。

因此……

"对了，香川老师，您怎么看？"

"什么？"

"就是刚才说过的那个……"

"啊，多田老师的！"

会用老师称呼多田的人只有香川而已。

不，多田讲座的学生们当然也称呼他为老师，但和他交情很好的人都叫他多田仔，要不就称呼他为多田先生，没人直呼他的名字。而他也形成一种让人难以直呼其名的气场。但不知为何，几乎没人会称呼他老师。

"是一目小僧？"

"是的，就是一目小僧。"

"就常识而言，应该是看错了吧。"

多田不久前好像遇到了一目小僧。

"我也这么认为。问题的关键是，让多田先生认定自己碰上了一目小僧的理由是……"

"记得是'闭嘴'。"

"是的，就是'闭嘴'。"

　　多田并非从外形来判断它是一目小僧，他不可能看走眼，因为平太郎也曾遇到那名疑似一目小僧的孩子。但是平太郎只是匆匆一瞥，极有可能误会或搞错，多田却是近距离从正面仔细地观察过。不仅如此……

　　小僧还为他奉上了茶水。

　　"正常说来，会先怀疑多田老师精神是不是有毛病，但我相信并非如此。"

　　"多田先生的脑子是不是有毛病，目前只能先搁置，反正与《怪》有关的人物都疯疯癫癫的。"

　　"我也算是跟《怪》有关的人呢。"香川说，"小松老师也在《怪》刊载过文章哩。"

　　"抱歉，我不是这个意思。"

　　"话可别乱说才好啊。"

　　香川笑得整张脸皱成一团。

　　"我的意思是，假如这是事实。我们姑且先当一目小僧存在吧。而且额头上有只巨大的眼睛……眼睛这么大的话，大概率是动物，至少不可能是人类。因此，可以肯定这是非人的东西。假如，有一名不熟悉一目小僧的人——譬如说外国人——见到它的话，会有什么想法？"

　　"认为它是怪物？"

　　"嗯，肯定会觉得它不是怪物就是外星人吧。不管是哪一种，至少会认为它是某种生物。既然实际存在，而且不是人造物，那它当然就是生物——人形的单眼生物。所以应该会得出它不是新品种，就是地球外生命体之类的老掉牙答案吧。但如果真的是这种情况，又如何呢？"

　　"什么意思？"

　　"那种怪物对多田老帅奉上茶水，并对他说出'闭嘴'。换句话说，那只怪物听得懂人话，而且会讲日文，语法正确，而且它还熟悉古典文学。没记错的话，那个典故出自《怪谈老之杖》吧？"

"应该是这样。"平太郎回答。

"那本书是在宝历年间^[一]制版。所以说，那种怪物应该读过《怪谈老之杖》，或看过引用了《怪谈老之杖》故事的文献。那个故事很有名，许多书籍都曾介绍过，所以知道典故也不奇怪……"

连平太郎都听过，肯定很有名。

"但问题是，这种不知该说是怪物还是怪兽的非人类生物会读这样的书吗？就算它懂得人类语言，也不见得会读书吧？而且，在故事里登场的还是与它相同模样的怪物。不觉得阅读有和自己相同模样的怪物登场的书籍很滑稽吗？"

的确如此。

"当然，也可以说，它就是因为这样所以才看，但怎么想都很怪吧？所以我才问，若真的是这种情况，又该怎么办？"

"所以……"

"答案很简单，不是'那个家伙'读了《怪谈老之杖》，而是《怪谈老之杖》描写了它的故事……"

"啊啊！"

"作者平秩东作所写的就是'那个家伙'。有人碰到'那个家伙'，平秩只是将其体验写成故事。因此，它不用读也知道写的是自己。"

"等……等一下！"平太郎问，"宝历年间是几年前？"

"大概……二百多年前吧。"

"咦？可是……"

"就是这样。"香川说，"能活那么久的生物并不存在。换言之，'那个家伙'不是生物。"

[一] 宝历为日本于1751年至1764年年间的年号。

"呃。"

"假如它是生物，多田老师看到的就是其子孙，就表示它们这一族会将某个特定句子不断传承下去。父母传给子女，子女传给儿孙，不断将'闭嘴'这句话传递下去。"

"听起来好扯。"平太郎说。

"还会奉上茶水呢。"

"唔唔，这实在……"

"所以说，应该不可能是这样。"

平太郎松了一口气。

"假如那真的是生物，我们不管这句话是否要传承下去，好歹他有父母吧？这就表示存在雌性。有一目小僧女和一目小僧男，生出一目小僧婴儿。"

"不是一目小僧和尚和一目小僧尼姑吗？"

"那样的话就变成另一种生物了。"香川说。

"啊，说得也是。"

"总之，上述推测是假定多田老师碰上的是该种生物的成熟体。如果是幼体，情况又会变得很有趣。换句话说，假如要把多田老师的话照单全收，那就是一种几百年来不断对别人奉上茶水，将挂画翻上翻下，说着'闭嘴'且既不会变老也不会死亡的小孩。这已经不是生物，而是……妖怪了吧。"香川说。

"是妖怪吗？"

"不会是怪物或外星人，而是妖怪。当然，假如有寿命超过三百岁，来到地球后对所有碰见的人都奉上疑似茶类的液体，不管是否具有意义，会发出类似'闭嘴'的声音的地球外生命体存在，且明明有不少人碰过，至今几百年来从未被正式发现而在日本生存的话……事情就另当别论了。"

"呃……这么听来真的很蠢呢。"

"是的，非常愚蠢。"

香川垂下眉梢，露出既像从心底感到困扰又像在忍耐笑意般的表情。

"换言之，如果多田老师没疯的话，他遇到的奇妙生物肯定是妖怪。再不然，就是精心设计的恶作剧。"

妖怪迷中有很多笨蛋，也有许多花时间搞无聊事的傻瓜，不敢说不会有人干出这种事来……

"但是，那么费工夫的特效化妆很费钱吧？"

"是啊。"

妖怪迷几乎都一穷二白，不可能花大钱搞这个。

"所以是多田老师疯了吗？"

"又说这种话了。榎木津，你别乱讲话。"

"抱歉。"

如果他真的疯了，大家也轻松。

"多田先生后来怎么了？"

"关于这个……"

那天，多田的学生和平太郎共约十个人，拼命寻找一目小僧，直到天色完全变暗仍一无所获。这也是理所当然的。多田不停地说要重写，不想交出原稿，说什么都不肯让步。平太郎拗不过他，只能打电话请梅泽处理。

一接通电话，平太郎就被梅泽劈头盖脸骂"怎么这么慢"，即使向梅泽说明原委也不被谅解，平太郎别无他法，只好请多田直接和梅泽谈判。即便如此，多田到最后都没有让步。

"所以多田负责的版块这期开天窗了吗？"

"不，梅泽先生后来靠死缠烂打的功夫解决了。"

"什么意思？"

"他威胁多田先生，必须在日期变更前把原稿交出来，否则今后就没有下一次了。多田先生当然超级不高兴，鼓着腮帮子说要他交稿可以，但校样出来后他一定会全面修改。这对梅泽先生而言，等于要收一篇确定会赔钱的稿子，这根本没有意义，所以梅泽先生也不肯退让。"

"真伤脑筋。"

"是啊。于是最后同意让多田先生在文章结尾加上'总之，即使有各种见解，那只是人类的推理、学说或想象罢了，因为一目小僧实际存在'这句话作为妥协条件。"

"哎呀。"

嗯，这种反应很正常，梅泽也说了"哎呀"。

"真的加上这种话，不就会让人怀疑多田老师的精神有问题吗？"

"其实早就被怀疑了……不如说，我们这些人向来被怀疑精神有问题吧。不过……"

"多田[一]？"

"不，不是多田老师啦，呃……"

"杀人事件吗？"香川说。

——对了，也发生了这件事呢。

"报道非常惊人呢。人们这几天都在讨论这桩杀人案。说到这个我才想到，那位编辑……气场很像庙会摊贩的那位……对了，他叫及川。听说及川先生也差点遇害。

"是的，听说他当时都吓呆了。"

是一件惊动社会的杀人案。

媒体报道也莫名耸人听闻。

出版社编辑在广播电台里被以极尽暴虐凶残的手法杀害，犯人是一名疑

[一]　多田音为"Tada"，与"不过"的日文发音相近。

似不正常的女性，人气作家也凑巧在杀人现场，这起案件充斥着各种可以炒作的要素。不仅如此，该作家还是惊悚犯罪类大师平山梦明，对各类传媒而言，还有比这更合适的题材吗？

毕竟实际有人丧生了，当成八卦消息来报道的话，对死者可以说是很不尊重……但即使不添油加醋，只完整报道事实，带给世人的恐怕依旧是这种印象吧。

因为是平山。

案发后，平山本人彻底减少在媒体上露脸的机会，所以他不会火上浇油，但没有必要的臆测满天飞也是事实。

"报道说犯人是反社会人格杀人魔，及川先生受伤了吗？"

"及川先生什么事也没有，谢谢关心。不过帮助及川的另一家出版社的人好像被捧成了英雄……"

究竟是怎么回事？

"总之，那个事件真的挺惨的。不过，其实还有另一件与一目小僧事件类似的事情。"

是的。

是关于雷欧☆若叶带去角川书店的不可思议的呼子石。

这件事同样超乎常识，但荒俣宏和其他编辑部人员直接确认过，应该错不了。梅泽与郡司总编也都亲眼看到了。

不同于一目小僧的是，呼子石也已经——虽然用这个字眼来形容有语病——被捕获了。

梅泽为了那件事情忙得焦头烂额，荒俣也过度兴奋，导致责编冈田被迫忙得晕头转向。托这件事的福，才会由平太郎这个人微言轻的小子来陪香川。

总觉得很对不起香川。

"其实有件事尚未公开，是关于呼子的事……"

"呼子？"

就在这时。

门被猛然打开了。

两人回头一看，大屋书房的纈纈久里睁着一对杏眼探头进来。

大屋书房是历史悠久的旧书店，久里女士是第四代老板。她经手过鬼怪相关的图画或文献，亦在《怪》上发表过文章，是个妖怪迷。不过听闻上一代老板对她这个兴趣相当不以为意。

这也没办法，毕竟不久之前鬼怪书画还被视为不具价值、不具意义、下流且低贱的事物。

"打扰了。"

"啊，呃呃……"

久里低头致歉。

"烦请两位再稍等一会儿哟。这里的老板个性乖僻，真伤脑筋。"

"咦？该该该……该不会是我做了什么失礼的事吧？"

"放心吧，没有。"久里抬头，咯咯地笑着说，"平太郎，我么们还没见过面吧？香川老师，抱歉。"

"没关系的。发生了什么事吗？"

"就是新闻啊，新闻。"久里说。

"新闻？那桩杀人案吗？"

"杀人案？啊，编辑被杀的那个案子吗？不，不是那个。"

"不然是什么？"

"是关于修法的事情。说是要扩大警察职务权限，在特殊情况下可介入民事纠纷等案件，我也不人清楚。"

说起来，前阵子似乎为了这个问题吵得不可开交。

虽然后来因为发生编辑遇害案而变得不如之前那样受关注，但在这之前，社会上针对赞成或反对该案有过激烈的讨论。

"是那个想让警察在某些原本只能用口头警告的情况下，改成有权力直接逮捕嫌疑犯的议题吗？在现行法令下，遇到跟踪狂、虐待儿童或家庭暴力的案件时，就算去找警察，往往警方也难有作为，若能因此有所改善，似乎也没什么不好的。"

"问题并没有那么简单。"久里说。

遇到这种事件时，警察常常没办法有所行动，只能消极地搜查，故有人认为这样做等于是变相导致犯罪发生。

"我也是不假思索地回答老板这只是放宽限制，没想到对方马上气得反驳说这是右派复兴，是侵犯人权，因此彻底生起气来……总之就是这样的人。"

也许是个很难相处的人吧。

平太郎的脸上看似露骨地表现出厌恶情绪。久里一瞬间愣住，连忙说：

"啊，放心放心，他老人家也没那么顽固啦。毕竟年事已高，已届杖朝之年，个性不免乖僻了点。"

"啊……"

已经那么老了吗？

今天一行人来这里，是为了确认绘卷。

并非想找人鉴定或估价，只是想请人确认看看。

据说是妖怪的绘卷。

说起绘卷鉴定，首选当然是纈纈久里，于是他们便直接和大屋书房接洽。

久里虽然能鉴定价格，却无法赋予它定位。为了鉴定文化上的价值，她认为请熟悉此道的人士确认比较好。当下她能想到合适的人选是出版过关于妖怪绘卷的考据学、发表过无数演讲与论文的该领域的顶尖人士——国际日本文化研究中心所长小松和彦。但小松工作繁忙，近期无暇前来东京，便由共同研究者香川代为前来。

而与小松、香川及大屋书房都有所来往的《怪》便扮演起居中协调的角色……

只不过，《怪》这几天也因为呼子事件与杀人案而乱成一团……

平太郎就这样被派来现场，心里感到很不踏实。

"老板现在应该快出来了。虽然他本人说帮两位带路就好，但只带路，不来打声招呼或准备茶水，还带到这种有如仓库般的房间一直等候也实在是……所以我买了这个。虽然也是挺失礼的。"

久里拿出宝特瓶装的茶水。

"不会不会，多谢招待。不过，万一我们不小心在这里打翻茶水的话怎么办？"

这里到处都是纸。不，应该说这里只有纸。

"请千万别打翻啊。"久里说。

"说……说得也是。对了，那位老先生是……"

"他也是位书商哟。"久里回答。

"咦？对啊，说得也是。"

"虽然现在他在经营旧书店，但听家父所言，他们家从很久以前就开始卖书了。"

"专卖新书的书店吗？"香川问。

"该说是新书吗……那家书店年代相当久远，是明治年间创建的。"

"明治？但明治时代没有书店吧？不，有是有，但和现在所谓的书店形态不同。"

"是的，江户时代的书商叫版元，其实就是出版社。不过也有类似现代书店的书商。"

"从资料上看，应该是有。依其所贩卖的书籍和售卖形式，可分成书铺、绘草纸屋、书物问屋及贷本屋，名称与形态不尽相同。例如贷本屋，基本上就是以沿街叫卖为主。"

"是的，正是如此。不过在版元店内能直接翻阅书籍，也能当场购买，严格说来，出版社和书店并无明确的分别。说穿了，就是出版社、租书店、盘商、新书书店和旧书店的综合体。后来才逐渐分化成出版社、盘商与零售店。"

"不过，即使制造、流通以及零售有所区分，那个时期的新书和旧书之间尚未有明确区分……"

"的确是这样呢。明治时期也有贷本屋，但和进入昭和之后开始流行的租书店是截然不同的形态。像吉川弘文馆现在虽然是出版社，江户时代却是叫作近江屋的书商。他们在江户大量买进书籍，再转运到大阪售卖。其他的书局也会进口唐本或洋书，总之形形色色。"

原来如此。

平太郎完全不知道。

原来有从那么久以前就开业的出版社啊。

"出版佛教书籍的京都法藏馆在庆长七年就创建了呢。"久里说，"创建至今应该有……四百余年了吧。"

如此悠久的历史，用"老字号"三个字也不足以形容。庆长七年（1602年），不就是关原之战刚结束的时候吗？比江户幕府更久远。

"直到明治时代后半期，书店和出版业界才逐渐形成现在的状态。"

"这家书店从那时起就有了吗？"

"似乎是。不过以前并不在神保町，而是在其他地方，后来在关东大地震时倒塌，便在这里重起炉灶。因此，这里的老板……"

"那位乖僻的老板？"

"是的，那位乖僻的老板。他老人家今年才八十岁，所以是这家店搬来神保町后才出生的。"

已经八十岁了。

"原来这座房子的历史这么悠久，好厉害。"

"不，房子改建过了吧？"香川吐槽道。

"屋龄看起来只有三十年左右。虽然不算新，但也没那么老旧。没看到窗户采用了西式窗框吗？"

"哦。"

平太郎满心感到佩服。

"对了，纐缬小姐，你看过那幅绘卷了吗？"

"看过了。"久里说。

"如何？"

"我也想买。画得挺不错的，但最重要的是……"

"是什么？"

"数量非常多呢。"久里说。

"什么意思？"

"比起其他绘卷，这幅绘卷上的妖怪数量多了不少。不仅如此……"

"不仅如此？"

"土佐派系统和狩野派系统还混杂在一起。"

"咦？"

香川的眉毛又困惑地竖成"八"字。

被称为妖怪绘卷的作品数量众多。

最有名的是大德寺真珠庵收藏，故被称作真珠庵本的《百鬼夜行绘卷》。原始题名是否为"百鬼夜行"已不可考，一般认为作者是土佐光信，但这一点也未能证实。

"百鬼夜行"这个词本身自《今昔物语集》[一]时起便已存在，当时所指的是眼不能见的亡灵——也就是鬼魂——的队列，而非千奇百怪的鬼怪游行。

这幅《百鬼夜行绘卷》——真珠庵本妖怪绘卷拥有难以计数的抄本。

既是抄本，画技自然有高下之分，但内容大同小异。

只不过，有时也会混入截然不同的事物。

所谓不同，指的是所画的鬼怪不同。

那并不是"很努力画，但画技实在不怎么高明，结果与底本差异甚大"的不同，而是被画进卷轴里的是全然不同的妖怪。这么说来，或许不该称之为抄本吧。但若要质疑抄本作者是否只是在原始底本上擅自加上自己独创的妖怪，倒也不能如此认同，因为多出来的妖怪也是绘者从某处抄来的。

多种系统的妖怪错综复杂地混在一起。

前年，由小松和彦教授所率领的国际日本文化研究中心"怪异·妖怪文化数据库计划"成员开展了一项浩大的工程。他们将过去只凭印象、口传、知名度等可以说是以毫无根据的东西为基础"粗略地"制定关联性的各版本妖怪绘卷，以更严谨的方式进行了重新定位。

这项工程收集了超过六十种版本绘卷，加以分类、整理、重新排序，并援引统计学知识分析各版本的绘制年代。

最后，他们得出了"真珠庵本并非衍生出各版本的原始绘卷"这一结论。

经过仔细比对与检讨，他们找出了四种作为始祖级形态的绘卷。换言之，就是找出了彼此之间没有重复的鬼怪的四本绘卷。

真珠庵本只是四种始祖级形态的其中之一。大量存在的各版本，均是从这四种始祖级形态中取出一部分，进行排列组合而成的。

对鬼怪兴致索然的人或许毫无感觉，但对于喜爱鬼怪的人来说，这可是

[一] 平安时代末期的民间故事集。

惊天动地的大事。平太郎记得当时仍是大学生的自己还特地去听公开研讨会发表的内容。

他还记得当时自己兴奋得不得了。

之所以会开始这个《百鬼夜行绘卷》研究计划，是因为发现了一本名为《百鬼之图》的《百鬼夜行绘卷》异本。发现此异本并介绍给小松的不是别人，正是香川雅信本人。

一切只能说是机缘。

包含真珠庵本，这一连串的绘卷均为土佐派的画家所画。

此即所谓的土佐派系统。

另一方面——

狩野派的画家们也创作过妖怪绘卷。

同样很有名。

和土佐派相同，狩野派也有类似《百鬼夜行绘卷》的作品，有的名为《妖怪图卷》，有的则称作《鬼怪总览》或《百怪图》，名称不一。

但狩野派绘制时并不采取鬼怪游行的形式，而是将一只只鬼怪形象独立画出，再在鬼怪图旁边标上名字。体裁上与其说是绘卷，不如说更接近目录。

换言之，算是一种妖怪图鉴。

鬼怪的顺序大多从见越入道[一]开始，但不同于土佐派的是，狩野派不只挑选奇形怪状的妖怪，亦选了日本各地的当地鬼怪，以满足妖怪迷的需求。从河童、辘轳首、野狐等主流鬼怪，到兵主部、猥裸、鸣汪、精蝼蛄等非主流的鬼怪，收录的鬼怪类型应有尽有。不过可惜的是，相较于土佐派的绘卷，狩野派在线条、形状或用色等方面没土佐派那么细致。

狩野派的妖怪绘本也存在着许多异本。

[一]　走夜路时会碰见的妖怪，若是盯着瞧，它会变得愈来愈高大。

不只是鬼怪的登场顺序不尽相同，名称不同，外形也微妙地有所差异，有时还会悄悄多出没见过的家伙，完全不能大意。

方才提及的涂壁，也出现在狩野派系统妖怪图卷的异本之中。

不过，出现在土佐派绘卷里的鬼怪并不会被独立地画进狩野派的绘卷之中。

在极少数的情况下，游行形式的土佐派绘卷中会混入疑似狩野派的鬼怪，反之则没有。至少在平太郎所知的范围内，完全没有这种情形。

"请问那幅妖怪绘卷是什么类型呢？"

"什么意思？"

"是游行队列的类型，还是分别介绍妖怪的类型？"

"是个别介绍的类型。"

"原来如此。"

平太郎窥探香川的表情。

他似乎显得非常开心。

"香川老师，那……那个很稀有，对吧？"平太郎问。

"嗯，非常少见。不过也要看绘制年代。"

"绘制年代？"

"例如鸟山石燕的作品糅合了土佐派与狩野派双方的优点，不是吗？因此在石燕之后创作的绘卷几乎都是两派妖怪相互掺杂，因为有石燕可供参考。"

"啊，原来如此。"

"波士顿美术馆收藏的石燕亲笔画的妖怪绘卷，在阵容上虽然是以狩野派的鬼怪为中心，不过顺序经过刻意调整，尽管不是队列形式，但考虑到整体观感而调整了妖怪的登场顺序。最后还画了日出的场景，明显受到土佐派绘卷的影响。"

"啊，这个我在以前的《怪》里看到过。"

众所周知，石燕是《画图百鬼夜行》的作者。虽然这幅绘卷只在妖怪迷之间流传，一般人或许不那么耳熟能详。但是，倘若没有石燕，水木老师的漫画、京极夏彦的小说、多田克己的研究恐怕难以发展成今日的模样吧？虽然说平太郎基本上不读京极的小说，因为它实在太厚了。

话说回来，能对各个时代、各种领域造成如此大的影响的人物恐怕不多吧？

说穿了，这本《画图百鬼夜行》就是每一页画着一只鬼怪，并加上名称与简单说明的书籍——完全就是一本妖怪图鉴。

石燕是狩野派的画家，所以狩野派系统绘卷上常见的鬼怪几乎一只不漏地被画进去了。但书中收录的鬼怪并不局限于狩野派，如香川所言，也有从过去众多绘卷之中"精挑细选"出来的其他鬼怪。

石燕的妖怪书在当时似乎很受欢迎，同样题材的系列不断推出新作，共出版了四个系列各三本，总计十二本的妖怪图鉴。然而，随着一本本书的出版，绘画题材逐渐枯竭，狩野派系统的题材画完后，石燕开始画起原创的鬼怪。

后来连土佐派系统的鬼怪也被采纳了。

只是，土佐派绘卷基本上想画的是队列的场面，鬼怪只是个题目，所以并不单独标上名字。只要奇异就好，是什么鬼怪并不重要。

石燕则是把土佐派绘卷中的鬼怪从队列中独立出来，以此为基础画出原创的鬼怪图并加上名字罢了。此外，他还煞有介事地加上简略的说明。其实，鬼怪从那时起就是这样的事物。是被创造出来的。石燕的《画图百鬼夜行》成了日后大受欢迎的狂歌绘本的先驱作品。鬼怪只不过是素材，主题仍着重在讽刺诙谐上，石燕并非有心想创作妖怪图鉴。

此外——

石燕这个人的绘画功力十分深厚。或许有人认为他是画家，画技好是天经地义的。但《画图百鬼夜行》是刻本，要从书中看出他的实力并不容易。刻本就是木版画，画得好坏只能从构图、形状与线条笔触来判断。构图姑且不论，线条明显会受到雕刻师或印刷师的水平的影响。

但亲笔画毫无疑问是本人亲自画就的作品，哪怕仅有一幅，也能直接反映出画家的实力。

波士顿美术馆收藏的绘卷，自然就是石燕的亲笔画。

连平太郎这种外行人也看得出他的亲笔画绘卷作画技巧很高明。虽然准确说来只在照片里见过，但比起其他绘卷，还是明显好了一截。

因此——

"换句话说，如果猜拳时出得慢的话，就有可能喽？"

香川露出困惑的表情，歪起头来。

"呃……啊，原来是这个意思，一瞬间没听懂。的确，如果拿给我们鉴定的绘卷时代很晚的话，这种情况并非不可能。不过，倘若不是那样的话……"

"不是那样的话……"

"将会是前所未见的大发现。"香川断言。

"大……大发现吗？"

"当然是大发现。也会给小松老师的妖怪绘卷研究带来飞跃性的进展吧。不，说不定还必须推翻或重新检视原本的研究成果呢。只是，若没有外盒题字或题签、序、跋等内容的话，要判断绘卷的年代并不容易，即使有，也可能是假的……"说到这里，香川转头问久里：

"有盒子吗？"

"有是有，但我不敢确定。"

"不敢确定？是字难以判读吗？"

"不，能判读。作者是一个未曾听闻的画家。年代……我觉得应该无法信任。"

"年代很久远？"

"当下没看清楚，似乎是在长和^{〔一〕}或长德^{〔二〕}年间。"

"你说什么？"

"那是什么时代？"平太郎问。

完全搞不懂。

"是平安时代啊，公元一千年前后。"

"……这样的话，不就是距今约一千年前吗！"

"是的。"香川回答。

"假如这是真的，比乌羽僧正^{〔三〕}还早，说不定会被指定为国宝哩。"

"国……国宝！"

"应该不可能那么古老。"久里说道。

"但是，我觉得至少不是明治时期的文物。就算是江户时期的，从外观判断起来，也有可能是江户初期的作品。这只是我依照印象判断的，不保证正确，不过和真珠庵本有点相似。"

"咦？队列吗？刚才不是说是单个的妖怪……"

"不，我是指线条与笔触之类。"

"类似土佐光信的笔触？而且还很古老？但体裁又类似狩野派的绘卷？"

"真的稀奇。"久里说。

"岂止稀奇，简直难以置信。"香川回答。

"的确，总觉得这种东西不可能存在。"

"狩野派的妖怪绘卷应该受到过西洋博物志的影响。"

"所谓的博物画吗？"

[一]　长和为日本于1013年至1017年年间的年号。

[二]　长德为日本于995年至999年年间的年号。

[三]　日本平安时代后期的僧侣，精通绘画，据传是国宝级绘卷《鸟兽戏画》的作者。

"简单说，就是把妖怪当成未确认生物体来介绍。像辘轳首或猫又就是参考室町时代的风俗画而绘成的，那也是一种让妖怪仿若真实存在的演出。若是精蜥蛄、猥裸或河童，就画得很像真实存在的动物——不，我的意思不是古人以为它们真的存在，毕竟这些妖怪没什么名气，先前也没有人画过。那些图以今日的说法来说，就像是用绘图软件加工过的假照片。许多妖怪以乡野传说作为基础，也是为了增添可信度。"

"哈哈，这算是让人以为以前真的存在过，搞不好现在在某些乡下地方还存在的演出吧。听起来和秘境探险类节目有异曲同工之妙。"

平太郎买过《川口浩探险队》的 DVD。他很喜欢这种节目。

"是的，就是如此。"香川回应，"昭和中期的风俗学有许多秘境题材，那也是模仿博物学而来的。总而言之，狩野派的绘卷缺乏故事性。"

毕竟只是将鬼怪一只只列出来。

"绘卷原本是有故事的。土佐派的《百鬼夜行绘卷》乍看之下只描绘了鬼怪队列，说不定也有其故事，只是失传了而已。在这之前登场的《付丧神绘卷》也有明确的故事。就算没有剧情主轴，至少描写了时间变化。在横长形式的风景之中，确实存在着时间的变化。"

这么说来，似乎真的是如此。

"有开头和结尾才算得上是绘卷。个别画出一只只妖怪并附上名字的排列风格是相当后期才出现的。"

"换言之，狩野派的风格比土佐派更新潮？"

"我不是绘卷的专家，这不算是正式的见解。不过就我所知，除了鬼怪绘卷以外，并没有其他绘卷作品采用这种排列风格。"

嗯，应该没有吧。

——真的是一千年前吗……

平太郎一瞬间感到兴奋，但很快就冷静下来。因为他觉得那是不可能的。这么说虽然有些失礼，但这种平凡的旧书店不可能藏有国宝级商品。若是大屋书房那种等级的旧书店，或许还有些机会。然而平太郎从未听过这家店，不，这里看起来也不像店家。尽管历史悠久，但现在完全不像还在营业的样子。

没有广告牌，所以也不知店名。

平太郎问过老板的名字，但连郡司总编也不记得，还要打电话问梅泽，结果没抄下来便又忘了，连住址也忘了。所以总编叫平太郎先去大屋书房请久里带路。完全只靠别人，真是太过松懈了。

不管如何——

——不可能有上千年的历史。

上百年的历史还有可能，十倍的话就太可疑了。

"一千年应该不可能吧？"平太郎质疑。

香川露出苦笑。

"如刚才所言，光是能判定是室町时代的书店就无疑是不得了的大发现。就算属于江户初期，也很惊人。足以震撼妖怪界。"

如果把范围限定在妖怪界……就算是昭和初期，相信那群妖怪痴们也会乐不可支吧。只要质量不错，那群人肯定会很开心。不，就算质量不佳，他们应该也是挺开心的。平太郎总觉得如此。

因为妖怪迷全是笨蛋。

"对妖怪迷来说，就算是平成时代的作品，肯定也会很开心吧。"

平太郎想象着多田或村上、京极等人的灿烂笑容。

那样的想象极具现实感。如果是足以留名美术史的国宝级藏品，现实感顿时就会远离，反之，若是令笨蛋们开心这种层次的东西，就很有现实感。

大概只有这种程度吧，毕竟是《怪》嘛。

平太郎想，虽然对香川很抱歉，但不要太期待对彼此都好。

"那么，我先告辞喽。"久里说，"老板很快就来，请香川老师直接确认实物，好好斟酌吧。"

老字号旧书店店主笑眯眯地从房间离开了。

平太郎窥探着香川的脸色。

他显得很淡定。

倒也不意外。

经过五分钟的沉默，平太郎一口气喝掉半罐宝特瓶的茶水。

不知为何，他有点紧张。

明明觉得不必期待，内心深处却止不住有期待感。

"对了……"

"有点慢呢。"

"对啊，那个……"

叽叽……一阵声响。

门被打开，这次是……

一位老人立于门口。不管从何处看、由谁来看，都无疑是个老人。

他身穿普通老爷爷常穿的普通衬衫，披着普通老爷爷常披的薄开襟羊毛衫，穿着普通老爷爷常穿的素色西装裤，戴着普通老爷爷常戴的老式黑框眼镜。满头白发，没有秃头，但因为留着背头，轮廓显得十分圆滑，脸和脖子上都长满了皱纹，全身上下渗出老迈的气息，是个无可挑剔的老爷爷。

老人家腋下挟着一个细长的木箱，那就是据说有千年历史的绘卷吗？

"让你们久等了。"

老人如此说道。

"在下是山田书房的山田五平。"

"啊。"

原来如此。

平太郎顿时明白了。

老人的姓名过于平凡，以致难以留在记忆里。

"我……我是角川书店的榎木津。"

虽然只是个打工人员。

但还是有名片。榎木津急忙翻找，以神户人偶般不协调的动作递出。老人恭谨地收下后，手指扶着镜框，眯细眼睛确认。

"你是……榎木津先生吗？"

"是……是的。这位是……"

"您好，我是兵库县立历史博物馆的香川。"

"啊，香川老师。在下拜读过您的作品，记得书名叫作……《江户的妖怪革命》吧？啊，那真是一本饶富兴味的书呐。"

"谢谢。"香川点头道。

"唉，没想到会让两位等这么久，真是失礼了。房间杂乱，请这边坐吧。能招待客人的地方只剩这里。不只房间，连走廊都堆满了书本，根本无路可走。"

"其他房间的书比……比这里更……"

更多吗？这个房间居然不是仓库。这么说来，从玄关到这个房间的过道上也堆满了书籍。

这里也许是客厅吧。

"怎么整理也整理不完。在整理完以前，在下肯定会先两脚一伸归西去了。"

老人发出干笑。

"在下已经八十了。虽然觉得自己或许还能再活上十年，然而这里的书肯定十年也整理不完。"

这种情况真的很难答话。

赞同也不对，否定也不对。

两人坐在老旧的椅子上，老人也跟着坐下。

椅子埋在书堆里，不仔细看根本不会发现。

"唉，最近世间愈来愈不安宁了。"

老人一坐下，立刻愤慨地说：

"太平洋战争爆发前夕也同样充满了诡谲气氛，但当时的问题其实出在国策。不论是政治家还是国民，甚至整个国家都不够成熟。因此，才会连我们这些小老百姓也感受到了。"

"感……感受到？"

"感受到这样下去，这个国家一定会踏上危险的未来。无论如何，战争都不该被挑起。"

"嗯，您说得没错。"

"当时谁都看得出来，国家正朝着危险的方向倾斜。但身为个人，我们无法抗衡这样的时势。不管怎样抗衡都无济于事。不，正确的事就该好好宣扬出来，即使会被人诽谤或惩罚，该讲的事就是要讲。然而，无可撼动的事物就是无可撼动。虽然很像在找借口，但当时就算全体国民都全力抗拒，恐怕也无法让歪斜的时势步入正轨。明明大家都觉得这样下去不行，终究还是一起沉沦了。唉，说出来不怕两位取笑，这种无力感就是在下当年的感受。"

"嗯……"

"在下当年只是个小娃儿，很讨厌那样的状况，却被爹娘狠狠地训了一顿。如果说出讨厌战争、战争很可怕之类的话，就会被痛打。一想到不管多么讨厌都必须忍耐，无力感就涌了上来。"

"嗯嗯……"

"战争真的就是那么讨厌啊。"

"我……我想我应该明白您的感受。"

"但现在呢？这个国家的现况恐怕比当时更加恶化了，却没人感到讨厌，不觉得很奇怪吗？在下害怕的就是这种不知不觉的状况。"

"嗯……嗯嗯……"

"当年所有人都觉得讨厌，都觉得不该这么做，却无法与时势抗衡。现在却连不对劲都没有人感觉到。"

"真的没有感觉……不对劲吗？"

"你自己不也浑然无所觉？"老人说。

"我……我知道现况是有问题的。地震过后，许多问题都浮……浮现了。不该做的事就应该停止，像是那个……"

"不，在下指的不是那种制度层面的问题。"

"不是吗？"

"在下很清楚，这个国家不足以仰赖。不只国家，各种层面都不行。不过，世事向来都是如此。有问题只要改正就好。那是能够改变的。"

"这么说是没错……"

"在下认为，这种问题尚且是我们能对抗的，是还能应付得来的事情。真正的问题出在日常。听好了，国家与政治明明变得如此不堪，却没人忧虑，没人感到不对劲。"

"是吗？可是也有许多人站出来表达反对，并且努力战斗啊……"

平太郎想，不对，自己在说什么？

"不，问题就出在这里。因为感到害怕，为了保护自己而质疑体制，试图揭穿虚伪的人确实存在，在下也认为他们很了不起。然而，在下认为他们质疑的方式是有问题的。不觉得他们搞错战斗的场合了吗？"

平太郎不怎么明白老人的意思。

"听好，这和美国攻来的情况不同。那场大地震的确是少见的大灾害，核电的问题也确实很严重。然而，我们该做的并不是一味与之战斗。面对这一重大危机，全国国民反而更应该要通力合作，不是吗？"

老人迷蒙的双眼中布满血丝。

"这世上有蠢蛋，也有坏蛋，但任何时代这些人都存在。因为蠢，所以责骂，因为坏，所以抨击，这样就够了吗？当然，假如他们干出犯罪行为的话，就该让他们付出代价。"

"是的，应该如此。"

"这世上有许多人心态不正确，那的确很糟。但不觉得现在反而是放下成见，团结起来互相扶助的时刻吗？不论天灾还是人祸，都是灾难，不是我们的敌人。我们受到严重打击，但国家还没完蛋，没有道理互相憎恨。所有人都碰上困难的话，互助合作就好。现在却连这一些基本的事都办不到，这样不行啊。"

"不行吗？"

"不管怎么害怕，都不该疑心生暗鬼。相互怀疑不会带来好结果。但是啊，这世间变得杀气腾腾，谁也不信谁，所以拼命限制，拼命取缔，拼命责罚，拼命反对，拼命对抗。你看看，到处都是斗士。战斗究竟能带来什么？"老人说。

"不是的，战斗只是个比喻。就是……呃，意见的沟通与协调之类。"

"没错，问题就在这里！"

哪里？

"把意见相左的人理所当然视为'敌人'的风潮，正是在下忧心之事。尽管意见不同，也没有必要痛骂一顿，甚至大打出手吧？会这么做，都是因为把对方当成了敌人！所谓的敌人，就是只能使之投降或将之歼灭的对象。然而我们面对的不是这种人吧？"

"呃……"

或许真如老人所讲的吧。

只要想法不同，就立刻认定敌人的确很奇怪。

就算被对方认定为敌人，我们这方也没必要以牙还牙。

文化不同，常识自然也会随之变化；对象不同，状况也会跟着改变。然而，靠对话无法解决就想动武的话，虽然是人之常情，但真的和小孩吵架没两样。

如同老人所言，马上就摆出战斗姿态本来就是一件很不应当的事。

只不过……

究竟何时才要进入正题呢？

老人依然满腹牢骚想发泄。

"在下相信这个国家原本并非如此。太平洋战争时，民众明知国策错了，却无法与之抗衡。而现在，国家当然有错，但民众先错得离谱，这还有救吗？"

"嗯嗯，您想讲的事情我大致明白了，那么……"

"不，你不明白，这次的修法究竟在搞什么？法律不是儿戏，不该轻易乱改吧？法律当然可能有错。如果确定那是恶法，就该先慎重讨论，再来好好修改。但现在是什么样呢？一群不懂法律的笨蛋们竟然想要乱改一通！"

老人应该是在讲久里刚刚提过的要修法扩增警察职权的问题。

"在警告前就先逮捕，在对话前就先控告，在承让前就先索讨，在聆听前就先主张。只要意见不合，就全是敌人！如果每个人都像这样坚持己见，互不相让的话，很快就会四面楚歌了！"

"呃，您说得没错，但是……"

"哦！抱歉，在下太激动了。"

老人放下高举的拳头。

"唉，人老了就容易暴怒。"

香川也莞尔一笑，说：

"我也对这种风潮有点不以为然，明明还有很多解决方式。"

"没错。不论任何时刻，都该从容不迫。老师您千里迢迢来到这里，却要听老头子发牢骚，一定很受不了吧，哈哈。"

山田五平笑了。

"由于这世道如此不堪，另一方面也是受繈繃家的女儿影响，在下这个老头子觉得此刻反而更需要鬼怪这类无用的事物来疗愈人心，便从大量未整理的书堆中将看似与鬼怪有关的书籍一一挑出。找到的所有相关书籍都收集到这间房间里了。"

"整……整个房间都是鬼怪书籍！"

完全没想到。

他们这才发现，确实目之所及是跟妖怪有关的资料。

"然后，翻找过特别老旧的地方后，在下发现了这个。一看便觉得不太寻常，给其他人看了之后，纷纷说似乎找到很不得了的东西……"

老人打开箱盖。

"这幅绘卷应该是在下的曾祖父购入的。"

"令曾祖父啊……也就是说……"

"毕竟年代久远，详细情况我也不清楚。箱子上只写了一个'怪'字。"

老人把盖子那面亮给平太郎看。

看起来的确是个"怪"字。

老人从箱中取出卷轴，把箱子放在旁边的架子上，接着，略显辛苦地起身，将卷轴摆在书堆上。

香川也半蹲地站起。

"标题名称就是'怪'吗？"

"在下也不清楚。箱子本身很新，箱子上的字多半是曾祖父写的。"

"换句话说……箱上的题字是明治时代的……"

"也可能是江户时代末期。"

老人以熟练的动作解开卷轴的捆绳。

　　平太郎有些兴奋。再说一次，平太郎也是个轻度的妖怪痴。

　　"这幅绘卷的画技挺好的。虽然在下对鬼怪不怎么熟悉……"

　　老人流畅地摊开卷轴。

　　卷轴上……

　　"啊啊啊？这……这是怎么回事？"

　　老人惊声大呼，将眼镜推到额头上，揉了揉眼。被放开的卷轴后半段一口气从书堆延伸到地上，老旧的纸上每隔一段就写着像是文字的东西。

　　然而……

　　一幅妖怪图也没有。

玖

怪异研究者仓皇失措

久礼旦雄站在雷欧☆若叶面前，眉头紧皱，从心底感到愕然。久礼身旁的木场贵俊则在笑，一脸不相信的模样。木场旁边则是松野仓，她露出忧虑的神情望着雷欧。不，她明显在担心，担心雷欧的精神是否正常。

——他们到底把我当成什么了？

雷欧一时间不知该说什么才好。

雷欧是个笨蛋。

而他眼前的这群人则多半很聪明。

不，应该真的很聪明吧，但这些人应该也是一群笨蛋。只要在一旁看过他们和京极或村上闹着玩的模样，无疑会认为他们是货真价实的笨蛋。但是……

果然还是很聪明吧，这群人。

这三名都是东亚怪异学会的成员。

是很有学问、很了不起的人。

"雷欧先生，你没事吧？"

松野温柔过度地问。

"没……没事是指哪方面没事？"

"当然是各种方面啊。"松野愉快地说。

雷欧是个笨蛋。

笨蛋有很多种。就算统称为笨蛋，也并不代表都一样。

笨蛋有时用来指脑袋不聪明的人，也有时指行事风格怪诞的人。有好的笨蛋，也有坏的笨蛋。有学养深厚的笨蛋，也有德高望重的笨蛋。学历、职业经历、收入、地位、精神、兴趣嗜好，世上有许多用来划分人的基准或分类，但仔细一想便知道，笨蛋与这些基准或分类完全无关。

笨蛋就是笨蛋。

比如说，有所谓的钓鱼痴、演员痴或妖怪痴，用法和"××宅"或"××狂"很类似，但雷欧认为当中还是有差异的。若是指沉迷某种事物这一点，宅或狂都一样，但痴就是……

沉迷到很愚蠢的地步。

这些耽溺某种事物而成痴的笨蛋们不同于所谓的专家或爱好者。不，也不算截然不同，但还是稍微有些差异。许多专家与爱好者并不是笨蛋，相反，在一些拥有伟大成就的人当中，有相当比例的笨蛋。总之很复杂。

雷欧眼前的这群人很聪明。他们进入一流的大学，取得一流的成绩，在一流的大学中担任一流的教授，在一流的研究设施里进行一流的研究，是由大学生、研究生、研究员、策展人、副教授或教授所构成的集团。

肯定个个都很聪明吧。

虽然聪明，却是笨蛋。所以这些人和雷欧尊敬的作家前辈村上健司或与村上志同道合的朋友京极夏彦的交情也很好。村上和京极都算是某种意义上的笨蛋，因此这群人也是笨蛋集团的吧。

但还是很聪明。算了，换一种说法吧。

雷欧不聪明。

雷欧是很不聪明的笨蛋。

是笨蛋中的笨蛋，是笨蛋中的特级品，关于这一点他相当自豪。因为他是这种层级的笨蛋……

"放心吧，我很正常，应该说我的正常表现就是现在这样，所以是正常的怪咖……"

"我懂了，雷欧先生是个怪咖。"

木场面带冷笑地说。

"所以你刚刚说了什么？东映的《河童三平妖怪大作战》[一]吗？"

"错了，有幽谷响[二]登场的是《恶魔君》[三]才对吧？"久礼说。

"对啊，记得石桥莲司也参加了演出。"

"或许吧。木场，你老是搞错这种地方真的不行啊。做事总是功亏一篑。"

"有什么不行？这只是小事吧，根本无关紧要。"

"完全不是小事，好吗？要说小的话，石桥莲司出演过才真的是鸡毛蒜皮的小事吧！《河童三平妖怪大作战》和《恶魔君》全然不同。"

"差很多吗？两者都是东映出品，都改编自水木老师的作品，都是黑白片，而且潮健儿都有出演。"

"梅菲斯特的弟弟在后半段才登场吧？你这样就跟因为记载了相同的传说，而把《古事记》和《日本书纪》混为一谈一样可笑。"

"我才不会搞混那两本。"

"那可不见得。"久礼说，"它们都是日本的典籍，都在古代，都有神话，都有伊邪那岐登场，照你刚才的说法，岂不都一样？"

"我才没那么随便咧。"

皮笑肉不笑地反驳后，木场说："我只是没你那么拘泥于细节而已。"

"我不是拘泥于细节，我是为了正确。只是想要力求正确罢了。"

"人都会犯错吧？"

[一] 1968年至1969年的日本特摄电视剧，由水木茂的漫画《河童三平》改编。

[二] 日本传说中的山神、精灵以及妖怪。相传，对着山或谷的斜面发出声音时，回传之回声即是由幽谷响发出。

[三] 1966年至1967年的日本特摄电视剧，由水木茂的同名漫画改编。

“我同意，但就算如此，有些事搞错无妨，有些事则绝对不能出错吧？基本的部分是绝不该搞错的。木场，你在乎的往往是即使搞错也无妨的小地方。比如误以为扮演狼人的蜷川幸雄演的是吸血鬼自然无伤大雅，但若是搞错节目的话，理论根本无法成立。”

“这又不是理论。”

“但这是大前提吧？细节都是建立在这些大前提之上的。木场，如果你看到有人说‘伊邪那岐命’在《日本书纪》里怎样怎样时，难道不会生气吗？”

“不会啊，为什么要生气？”

“还用说吗？那尊神在《日本书纪》里的叫法是‘伊弉诺尊’吧？虽然尊也可念作‘mikoto’，两者的发音完全相同，口头上这么说倒无妨，但写成文章的话，问题可就大了。”

“还不是看得懂？顶多字不一样而已。”

“看得懂就好？照你这么说，难道跟以前的飙车族一样，随便把各种词汇标上奇怪的汉字也行吗？例如将‘伊邪那岐’写成‘威座奈疑驾到’之类。”

“你举的例子太极端了。文字记述本来就会有所变化。”

“没错，就是因为会变化，才更要注意准确性。当然，也不是说愈早的就愈正确。尽管《古事记》比较早，但《日本书纪》才是正史。”

“又不是正史就正确。”

“现在讨论的不是这种问题。我是在说正史和非正史要分清楚，否则就无法辨别正确或不正确了。不忠实于文本的话，别说判定，连类推都办不到。比方说《信长公记》是一部优秀的传记，资料性也高，但不是正……”

“那个……”

“但不是正史。所以如果要引用同一个传说的纪录……”

“那个……久礼先生。”

“很烦啊，干吗？”

"再讲下去，雷欧先生会很困扰的。"松野以悠闲的语气说。

实际上真的很伤脑筋。

这只是个开头，放任久礼继续讲下去的话，他的论点会变得越来越深入、琐碎，批判的矛头会变得越来越锐利、坚硬，语气也会变得愈来愈严苛、快速。从学说或定说的破绽到对学者或研究者的批判与非难，从学界的问题到学院主义的极限，各种话题广泛而深入地触及，外行人瞬间就被抛到十万光年外，只能见到十万年前的光景。

不愧是传说中年仅十九岁时就驳倒多田克己的天才，令人不寒而栗的久礼旦雄。

不如说把这种唇枪舌剑当成早餐前的招呼一样的这群人也令人不寒而栗。

再过不久，东亚怪异学会的定期研讨会就将开始。

雷欧来此，是来找他们商量那件事的。

"呃，其实不是幽谷响。"

"啊。"木场说。

"怎……怎么了？"

"我想起来了，在《河童三平妖怪大作战》中登场的不是幽谷响，而是木灵！"

"不，也不是木灵，而是呼子。不是胡子，也不是胖子，而是'呼子——喜欢喜欢'[一]的感觉。"

"就是因为你太爱乱讲话，才没人愿意认真听你说啊，雷欧先生。"

"嗯。"松野笑眯眯地又问了一次，"你没事吧？"

乍看之下像是在关心雷欧，因为态度温和，语气也很体贴，但她可是京

[一]　出自魔法少女动画《甜蜜小天使》片尾曲歌词。

都人，绝不可能那么简单。她是个坏心眼的人，是会说"茶泡饭"[一]的人。

说不定松野才是这三人当中最严厉的人。

"可是呼子的发现者是村上前辈，而且郡司总编、梅泽编辑、冈田编辑、伊知地编辑，以及最令人敬畏的荒俣大明神也都确认过了。"

"所以呢？"

"所以这不是我胡扯的。"

"那真的是呼子吗？"

"荒俣老师宣称是呼子。"

"所以呢？"

丝毫不信任。

"真心换绝情……不是，是真心的，不骗你。只要拿出石头，小孩就会现身；收起石头，小孩就会消失。"

"所以呢？"

"不……不觉得很神奇吗？是谜团。是怪奇。是《MU》杂志的题材。是神秘。是奇迹。是惊奇、惊异、惊天动地。不，此乃怪异是也。而说起怪异，当然会想到各位所属的怪异学会啊。"

"我说，雷欧先生啊……"

久礼眼镜后面那眼神锐利的小眼睛发出慑人的光芒，刺痛了雷欧。

被聪明射线射伤了。

"算了，或许真的有这种事发生吧。"

"真……真的发生了。能看、能摸、能感受，体验价一小时一千八百日元。"

"你说那孩子能自由现身与消失？真是不可思议。"松野不带感情地说。

[一]　据说京都人会以"是否要吃点茶泡饭"来暗示客人该告辞了。

这种温柔反而伤人。

从她的眼睛里射出的是"一点儿也不重要，请去死吧"的射线。

"嗯，或许真的很不可思议吧。"

久礼把桌上堆积如山的资料收回背包里。真亏他能塞得进去。不知为何，久礼不管去哪里都会带着大量书本与资料。

"完完全全不可思议啊，不正是无穷无尽不可思议吗？"

"但是，魔术师不也能让东西现身或消失吗？"

"魔术师的戏法背后都藏有玄机或机关。有玄机，也有机关枪，哒哒哒。"

"那么，雷欧先生，你懂那些玄机或机关的真相吗？"

"啊？"

"例如魔术师 Napoleons 或引田天功……"

"久礼，你举的例子太旧了。"

"我跟最新的魔术界又不熟。而且不过是举例，旧也没关系。不然，魔奇司郎总可以了吧？"

"摩奇家族的话，好歹用摩奇审司当例子吧。"

"是谁都不重要。雷欧先生，那些魔术的玄机你都明白吗？像是这么做之后就能变得如何之类的。"

"当然不知道。我连东京漫画秀的吹笛弄蛇魔术也看不穿，光看到让手杖变成花束的把戏就足以让我吓得漏尿。漏尿完全不可控。"

"那些魔术不算不可思议吗？"

"那只是看似不可思议。但就算不明白，背后也一定有玄机存在。对吧，木场先生？"

雷欧擅自认为在这三人之中，木场最支持他。

但木场的一双细长眼眸眯得更细了。

"什么？"

"呃，就是那个……"

"如果没有玄机的话会怎么样？以前不是有很多傻瓜相信魔力真实存在吗？雷欧先生，你该不会也相信马里克（Mr. Maric）拥有超能力吧？"

"咦？不是这样吗？"

瞬间，现场变得哑口无言。

只听得到叹气声。

"雷欧先生，你该不会也相信尤里·盖勒是超能力者吧？"

"难……难……难道不是吗？"

"啊……"久礼张大嘴巴，迟迟没闭上。

似乎惊讶到合不拢了。

"你真老实呢，雷欧先生。"松野说。

实在是……

"我……我真的很老实。有一双不知何谓怀疑的纯真双眸。"

"好了好了，你很纯真。"松野说。

"我是纯真先生。"

"反过来说，就是不管是什么都会相信的笨蛋吧？难道不是吗？"

"笨……"

"所以说，那个呼子怎么了？"

"呼子是真的。是'这世上真的有不可思议的事呢，雷欧老弟'。如果这不叫怪异，那什么才叫怪异国情调？"

"要我说啊……"

久礼不知为何得意地挺胸后仰。被雷欧漂亮的反驳驳倒，不是应该垂头丧气吗？

"雷欧先生，刚才也说过，不管有没有玄机，只要是不明白的事物，在你眼中都很不可思议，对吧？"

"是……是这样，没错。"

"就算是这样也没关系。相信不明飞行物、能量点或灵异照片拍到的灵异光点是你个人的事，喊不可思议也无所谓，但是请别忘了，那只是暴露你个人的无知而已，不是吗？"

"我是真的很无知啊。"

毕竟又不聪明。

"既然如此，就谦虚一点嘛。说'我真的不懂''我头脑很差'嘛。"

"我头脑真的很差。我一定是头脑最差王。我时常怀疑自己的脑袋里头是不是什么都没装。"

雷欧敲敲太阳穴说。久礼苦笑。

"用不着那么自卑。我不也是一样？不知道的事就是不知道，任何人都是如此。不知道的事真的就是不知道啊。所以我们才需要用功。以为自己什么都懂是一种傲慢，不是吗？倘若满口不可思议，不就等于对别人宣传自己是什么也不懂的笨蛋吗？"

"或许是吧。"

"若只是如此就算了。但是，以为自己不知道的事别人也不知道，以为这是所有人的共通情况、社会大众的常识又如何呢？不反省自己的无知，却假设社会大众都一样无知，好让自己的无知正当化。你觉得不可思议是你的个人自由，但主张你所碰到的现象是怪异就是一种骄纵。"

"或……或许是吧。"雷欧说。

"听好，怪异在古代是被认定的一种事物或现象。由伟人、贤人经过各种争辩、讨论，决定某种事物或现象是怪异后，它才被称为怪异。若是跳过这个过程，直嚷着怪异怪异的话……可是要被判死刑的。"

"死……死刑！"

说出"死刑"的同时，雷欧伸出双手的食指指向右边，同时摆出朝手指方向翘起屁股的姿势。

是只有熟悉老漫画的人才知道的那个有名的姿势。

没有反应。明明年纪轻轻，对过去事物知之甚详，却不知道这个吗？

"我开玩笑的，但乱讲话真的会被惩罚。对自己的言辞小心一点比较好，麻烦你谨记在心。"

"就是说呢。雷欧先生，你该去找的是超常现象研究会吧？"木场说。

"我来错地方了吗？我该滚吗？回家？"

"没关系，机会难得，听完发表会再走吧。很久没在东京举办了。"

松野微笑地说。

她若有所思的微笑被雷欧看在眼里，仿佛在暗示：你听了也不懂。

雷欧的自卑情结究竟有多重啊？

"不过那个东西是呼子，和超能力或灵异现象应该不一样吧？"

"慢着，令人感到不可思议的不是呼子本身，而是她能突然出现或消失吧？话说回来，那真的是呼子吗？她只有一只眼吗？会嘶鸣吗？拥有能召唤八岐大蛇的钻石吗？"

以上设定出自水木老师的漫画。雷欧之前也说过同样的话。

"不是的，她看起来只像是普通的小女孩。"

"那就不是呼子。"

"真……真的吗？"

"什么？你们在聊呼子的事？"

作家化野燐边说边走了过来。

"是小村上说他发现的吗？"

"是的。"

"听说多田先生好像也找到了什么怪物。"

"多田先生说他遇见了一目小僧，不过详情我也不是很清楚。"

"不愧是多田先生。"

什么意思？而且他居然接受了。

"听说及川先生也差点被杀。"松野说道。

"我看到电视报道了。最近这种凶恶犯罪事件好多啊，幸好冈山仍然很和平。话说回来，你找到的那个小女孩是呼子石的精灵吗？"

"是从供奉在鹦鹉石旁祠堂的小石头里现身的孩子。虽然很不可思议，但她不是怪异，因为乱说怪异会被判死刑。"

"嗯……"

雷欧原以为化野会更有兴趣，但他的反应很平淡。

"说到鹦鹉岩，较有名的是志摩的吧？……记得在志摩的矶部町。三重县还有另一颗鹦鹉石。你那是哪里的石头？福岛的？"

"不是，是信州的。长野县。在荞麦面很好吃的长野县废村里找到的。"

"废村哪儿吃得到荞麦面啊。"化野说道。

反应果然很冷淡。

也许化野讨厌雷欧吧。是这样吗？原来是这样啊。

"啊，不过村上前辈也说过鹦鹉石全国都有，到能举办日本全国鹦鹉石游泳大会的程度。"

"嗯，鹦鹉石数量真的不少。所以说那也不见得是呼子喽？是不可思议女孩？"

"很像梅露萌[一]的感觉，或者是理美[二]。"

"理美明明是奇迹少女。"久礼说，"而不可思议少女是尼罗河的托托梅丝啦。"[三]

[一] 出自手冢治虫的漫画《神奇糖》。
[二] 出自动画《奇迹少女理美》。
[三] 出自1991年的特摄剧《不可思议少女·尼罗河的托托梅丝》。

"命名者是荒俣大明神。因为不管说什么她都会复诵一遍，所以才说她是呼子。不过也可能不是指妖怪呼子，而是取了'呼子'这个名字。"

"呼子吗……"

化野把头发往上撩。

"所以那女孩长得和石燕画的那只既像狗又像猴的奇妙动物不一样？"

"不一样。看起来不像 Bicotan[一] 的好伙伴。"

"但也不同于水木老师设计的造型吧？叫她呼子只是因为荒俣老师这么称呼？"

"是的。"

"名字是一种属性。有的是同样的事物被用不同的名字称呼，有的是不同事物被用相同的名字称呼。民俗学的基础是从语汇的分类开始，所以会产生混乱啊。在'呼子'的项目里掺入不同类型的事物会造成混淆。或者同样是呼子，却被独立分成两个项目，当成不同的事物来对待。"

"这样不行吗？"

"不是不行，但对象毕竟是鬼怪。鬼怪并不具有实体，很容易产生概念上的混淆或变化。"

"可……可是有实体啊。"雷欧说道。

"如果石头在我身上，我就马上秀给各位看了。"

"有的话，我很想见识见识。"木场说。

"有这机会我也想看呐。但假如有实体的话，就不是民俗学或历史学该研究的范围，而是……"

"那女孩能随时消失或出现的话，应该是超科学吧？"木场说。

[一]　出自今井美保的漫画《Bicotan与愉"怪"伙伴》，描写会重复对方话语的幽谷响和中学女生的生活。

"如果活着，或许是生物学。"

"算是生物吗？"松野问。

"无法确定是生是死。不，虽然不是死的，但也不是生物。不是全息投影，具有实体——和实体店面同样的实体。"

"如果是这样……嗯……"

"石头也实际存在。我把它放进口袋带回来了。"

"也有石头吗？"化野嘟囔道。

"怎样的石头？"

"像这样圆圆的，体积不大，恰好能被收在掌心里，类似手做饼干或温泉馒头，颜色和普通的石头一样。"

"不是鹦鹉石本身吧？"

"嗯，是鹦鹉石旁小祠堂里供奉的御神体。是我拿出来的，但我不是小偷。因为石头一直要我带它出来，这是石头的意志。小石子低声呢喃，要我带它走，于是今天成为我的小偷纪念日。"

"结果还是小偷嘛。"木场说。

"不，我不是小偷，也不是泥田坊[一]。因为不管是鲁邦三世还是猫眼三姐妹，都不会偷走那种东西。那只是鼠小僧次郎吉或石川五右卫门也看不上眼的粗糙物品。换句话说，是石头基于自我意志来的。"

"够了够了。"化野说。

"荒俣先生拥有丰富的博物学知识。依照博物学的习惯，他应该会先给物品起个名字吧？"久礼说。

"小女孩没办法陈列，能算博物吗？"化野打趣地回应，接着又问：

[一] 躲在田里的独眼妖怪。小偷日文是"泥棒"，和泥田坊的日文发音相近。此段中出现的人物皆为作品或历史中的盗贼。

"现在那块石头怎么样了？"

"呃，荒俣老师好像把石头带去某个大学或研究室了。详细情况我这种最底层的作家无从得知。"

"没带去上电视吗？"

"听说电视台想做特别节目，所以要先确认。"

"嗯，我想也是。"

"问题是，该怎么确认？"化野说，"我也不是要怀疑雷欧你，如果是真的，这可是惊天动地的大事呢。电视台有足够的设备确认吗？"

"只是要确认，没说要解开秘密吧？"

久礼说道。

"只要在具有某种程度的权威研究机构进行调查，并确认有上述现象的话……"

"就能称呼为怪异，是吧？"

"也不是这样。毕竟怪异在现代已经不像古代那样是用来做认定的了。但是，至少能确认这是连一流学者也无法明白的奇妙现象。"

"一流学者也不明白吗！如……如此一来，我的笨蛋程度会减轻一点吗？"雷欧开心地问。

"放心吧，你的笨蛋程度永远都不会变的。"四人异口同声地说。

"你不是相对来说的笨蛋。"

"毕竟笨蛋就是笨蛋嘛。"

"反正是笨蛋又没关系。"

"因为你真的是笨蛋啊。"化野唱歌般地总结，然后接着说：

"不过，其实我们也是笨蛋。话说现在是什么情况？今天的参加者怎么那么少？"

偌大的会议室里只有雷欧等五人。

"开始时间不是快到了吗？"

"发表者还没来，没办法开始。"

"咦……电车误点了吗？"

"误点了。"从入口方向传来声音。

年轻会员久留岛元探出头来，露出一张困惑的脸庞。他刚才在走廊的服务台。

"真的吗？"

"新干线停驶了。"

"停驶？可是现在停驶也没影响吧？大家都已经到东京了。为了赶上时间，其他人应该一大早就搭上新干线了，不是吗？"

"早上就停驶了。"

"咦？"

"我是搭深夜巴士来的。大江老师他们应该搭的是早上七点前后的新干线。"

"那班新干线停驶了？"

化野觉得有些不对劲。

"我昨天就来了……"

"我因为有事要去历史民俗博物馆，所以昨天就到关东了。"

"我是和久留岛一起来的……"

东亚怪异学会的主要成员大多住在关西。

东亚怪异学会原本是以初代代表——关西学院大学的西山克老师为中心自然形成的研究集团。

雷欧听说他们一开始只是像喝下午茶一般在咖啡厅里轻松讨论。

若只是喝茶，雷欧也没问题。然而，雷欧恐怕说不出像样的内容吧？

聪明人就算在闲谈之中也能触发研究灵感。雷欧无法想象什么集会只靠讨论放屁就能撑三小时以上。就算放屁能聊很久，雷欧也无法由此成立放屁学会。

不过雷欧的闲谈并不重要，总之，这个研究者的集会后来逐渐壮大，正式成立研究团体并改名为东亚怪异学会后，迄今已过了十年以上。雷欧十年前还不是作家，甚至也还没步入社会呢。这个学会能维持那么久真是厉害。

这段时间，学会代表由园田学园女子大学的大江笃老师接任，会员也增加了。如果算入参加定期研讨会的客座演讲者，学会已达到全国级的规模。最近，一年会有几次在东京召开研讨会，但主要成员还是集中在西日本。

"我也是昨天就来了。"

松野微笑地说。

"所以说，如今在场的没有一个人是今天才动身的？榎村兄还没到？发表者没来，不行吧？"

"发表者还没到。高谷副教授刚刚打电话通知会晚到，她似乎有点激动。"

是京都大学研究所的高谷知佳副教授。

"听说大家都被困在新干线里。"

"困在新干线里？"

化野望向窗外。

"现在天气没那么糟吧？难道有地震？"

"有地震的话，新干线或许会停驶，但不会停驶那么久，也会安排转运。"

"如果是那样，应该会上新闻吧？"

"嗯，照理说会上新闻才对。"久留岛元说。

"有新闻吗？"

"高谷副教授说听到广播里说轨道上有车辆挡住，造成列车无法行驶。"

"什么，太莫名其妙了吧？"木场问。

"铁轨道口有车挡住了？"

"我也不清楚。高谷副教授很生气呢。"

"肯定很气……已经下午两点了。"松野说。

"知道列车停在哪儿了吗？"

"听不清楚，副教授太激动了。"

"她一定很气吧。但我愈听愈混乱了，究竟发生了什么事？"

就在化野感到一头雾水时，手机响起强而有力的铃声。

"啊，是榎村兄打来的。"化野说。

电话来自斋宫历史博物馆的策展人榎村宽之。化野和榎村的交情很好，两人还会定期在大阪举办妖怪讲座。

"咦？"

化野突发奇声。

"啊？"

喊得更大声了。

"噗哈哈哈哈。真的假的？"

似乎在讲会令人发笑的事。

"啊？嗯嗯，不，呃……是吗？"

眼神变得认真。也许在讲不该笑的事。

"可是……是的。嗯嗯。哈哈哈哈哈。"

啊，又笑了。

到底事情是很严重还是很可笑？

"不，可是……对，嗯，我们这边只来了五个人。松野小姐和木场、久礼和久留岛，加上我一共五个人。啊，还有在《怪》连载的那个……村上的徒弟。"

"他算徒弟吗？"

"算徒弟吧。算了，不重要，总之是那个蠢蛋。我们这边总共只有六个。因此……来听发表的观众应该还是会到场，所以我们会继续等等看。
只是……"

　　说完，化野的眼神变得认真，却又同时发出"唔哈哈哈"的奇妙笑声。

　　"怎么了？"

　　久礼问。

　　"呃……"

　　"别卖关子，快点说嘛。"

　　"怎么了？"

　　"化野先生，发生什么事了？"

　　"嗯……"

　　"怎么在呻吟呢？"

　　"没有，我只是想，如果直接说出口，我可能会被当成和雷欧同类，所以在斟酌该怎么说明。"

　　"什……什么意思嘛。"

　　"嗯……"又一声低吟。

　　经过一番沉思后，化野开口："似乎有车逆向冲向列车。"

　　"啊？"

　　"不过，算不算对向来车我不知道。"

　　"这句话听起来很有雷欧的水平。"

　　被久礼吐槽，化野直嚷着："真是耻辱啊！"

　　到底是什么意思嘛。

　　"榎村先生不是搭乘新干线吗？"

　　"所以很难说明啊。简单说，新干线在疾行当中……"

　　化野比手画脚地说明：

　　"结果铁轨上，有车迎面而来……"

"冲向列车？"松野问。

"是的，同一条轨道上，正对着新干线列车。"

"哪有这种蠢事！"

"真的很蠢啊……"

"等等，这会酿成惨剧吧？行车班次再怎么乱排，也不可能发生这种蠢事吧？上行列车和下行列车真的对撞了吗？"

"不，似乎并没有……"

"嗯嗯，若是真的对撞，恐怕是日本铁路公司成立以来，不，是国铁开通以来最惨烈的事故吧。是闻所未闻的悲剧。新干线不是世界第一安全的铁轨吗？根本无法想象会发生列车对撞事件。"

"不是的，据说另一辆车……不是新干线……"

"不然是什么？普通列车？"

"呃……好像连电车都不是。"

"啊？"

"不然是什么？该不会有人像007或鲁邦三世一样把汽车开上铁轨……"

"那是不可能的。"

木场犀利的言辞打断了久礼的推测。

"车子没办法在铁轨上奔驰。现实不是动画，汽车轮胎根本无法在铁轨上快速行驶。"

"听说也不是汽车。"化野说。

"不然是什么，人力拖车吗？单轮推车吗？既然说是对向来车，总该有车轮吧？"

"车轮……应该是有。"

"化野先生，你真的是想卖关子到底啊？榎村老师究竟说了什么，直接说出来不就好了？"

"这个嘛……"

化野低声说出难以听清楚的回答。

"是胧（oboro）……"

"温突（ondoru）小屋吗？"雷欧才刚说，立刻被吐槽："才不是咧！"

"是公鸡（ondori）鸡舍，所以是养鸡场吗？"松野问。

"才不是那样，柘植义春吗？"木场也跟着起哄。

"是温泉（onsen）吧？"

"你们别胡扯了，这些跟新干线都没关系吧？化野先生也真是的，干脆说清楚嘛。"

"好了好了。"化野双手一摊，"算了，我就坦白说吧，榎村兄刚才告诉我，在铁轨上……有胧车出现了。"

"请再说一次。"

"就是说，胧——车——出——现——了。"

"布……布里加顿！"雷欧大喊，"是怪异气象！妖气固定装置！闪闪闪，会被变成石头啊！从法国归来的卡洛琳！蛇骨婆大臣这边请！太太午安，给您送来人魂瓦斯了！"

一瞬间鸦雀无声。

"唉，果然赢不了真正的笨蛋。"其他五人异口同声地叹气，摇头傻眼。

"都是我不好。不管我再怎么自命笨蛋，也赢不了雷欧☆若叶。大叔我已经看开了。"

"为……为什么一直说我是笨蛋啊。说起胧车，不就是笼罩调布市的布里加顿异象^[一]吗？当然会联想到妖怪总理大臣元兴寺之鬼啊。还有来自中国西藏的高僧……"

[一] Brigadoon异象，指在特殊气象条件与物理条件被满足的情况下出现之妖怪云。

"别说出名字。"木场制止他。

"那是水木老师的漫画内容。"

"胧车不就是出自老师的漫画吗？"

"不，胧车并非《鬼太郎》的原创妖怪。那是石燕首创的，好像是说牛车争位……"

"牛车争位？"

"就是平安时代的赏花位置争夺战啊。"久礼说。

"赏花？"

"与其说是赏花，不如说是参观祭典的贵族们，为了找视线良好的牛车停车位置而争吵不休。"

"贵族吵架和妖气固定装置有什么时髦关系吗？"

"雷欧，不要再提漫画内容了！"说完，化野从背包里取出书，翻到某页。

"我看看……'月色朦胧夜，贺茂大道上传来车轮吱嘎声，探头一瞧，竟见牛车妖怪。此怪乃争夺车位之遗恨化成……'以上是石燕写的内容，总之就是这样。"

"什么意思呢？"

"还不懂吗？胧车其实是石燕创作的妖怪。"

"骗……骗人！"

"没有骗人。的确是虚构的。唉，真混乱。或许有什么民间传说作为灵感的源头吧。只不过，这种怪物本身并没有在民俗社会之中流传。"

"所以是加工的吗？是造假的吗？是虚构角色！"

"妖怪全都是虚构角色！"化野、木场、久礼三人异口同声地说。

"咿呀呀！"

"有什么好惊讶的？水木老师的妖怪也一样啊。那些妖怪的造型并非版权属于水木茂，而是水木老师原创的。"

"咿呀呀！"

"呀什么呀，水木老师不是也说过嘛，人眼看不到妖怪。若想把看不到的东西画出来，就必须靠想象力来创作。"

"可……可是以前的图画……"

"是以前的人创作的。"

"可……可是传说……"

"传说一开始也是有人发挥想象力创作的。"

"咿呀呀呀！"

"到底在咿呀什么啊？"

"液……液压机……"

"雷欧先生，没人懂你的笑话哟。"松野说。

很正常，因为雷欧自己也不懂。

"一定有人先创造出某些原典，而且不是单独创造出来的。"

"石燕笔下的妖怪有一半是自创的呢。"木场嘟囔道。

"有民间传说作为背景的妖怪恐怕更少。"化野说。

"有故事流传下来的大概只有两成。其他的不是只有名字，就是仅剩形状。"

"这……这么少！自古流传下来的居然只有这么少吗？"雷欧惊讶道。

久礼语气冰冷地回答："说是流传，重点是这些传说是从何时开始流传的。说是流传已久的民间传说，但是是在明治以后，大多是进入昭和后才被记录下来的。说是很久以前，其实古老程度甚至不如石燕。再往前的话，就只剩图画了。因此若站在文献角度来看，妖怪可以说不存在，存在的只有怪异现象与奇妙事物。"

"妖……妖怪不存在！"

"也不能说完全不存在。只是没被称作'妖怪'而已。"木场说道。

"鬼还是鬼，天狗还是天狗吧。单就文献来看，写成'怪异'两个字的情形还是比'妖怪'多得多。"

"应该说，妖怪在某种程度上是民俗学用来解释事物的概念，其他学问不会使用这个字眼。不过御灵或怨灵的话倒是经常使用。"

"嗯嗯，历史学的用词和其他学科不同。"

"不管民俗学还是文化人类学，都是以现在的文化习俗作为研究对象。日本文学则是以文章本身作为研究对象。彼此着重的部分皆不相同。民俗学研究者对历史学者面对任何研究对象都用王权的观点来解释很不以为然。但站在相反立场来看的话……"

"请问……"

"干吗？"

"妖怪真的不存在吗？"

"还用问吗？当然不存在啊。"木场和久礼同时说。

"可是刚才不是说榎村先生看到了吗？"

"……榎村先生真的看到了吗？"

久礼问化野。

"呃……我想……那个应该是……"

化野双手盘在胸前，频频抖动身体。

"应该是……列车司机见到疑似御所车 [一] 的物体在铁轨上移动的幻觉吧。啊，应该叫列车驾驶员才对。"

"嗯嗯，这是最合理的判断。"

"看到牛车车体在铁轨上咔哒咔哒走当然会吃惊，因为没有动力来源。"

"没有牛牵着？独自在铁轨上移动？"

[一] 即牛车，日本古代贵族以装饰华美的牛车代步。

“这就是所谓的怪异吧。”雷欧说。

“嗯，是怪异。真不错，就视为怪异吧。”

“我想是幻觉，因为这种事不可能发生。”

“哦……可是这是榎村老师说的吧？”

“榎村老师应该是为了让我们理解状况，所以用胧车作为比喻。因为在新干线碰到铁轨对向有牛车而停驶，听起来实在很愚蠢，也不容易说明。但如果说胧车的话，妖怪迷一听就懂了。”

“哦。”

“可是……有可能集体见到那种幻觉吗？”松野喃喃地说。

“集体？什么意思？”

“就算榎村老师搭乘的那辆新干线的司机见到幻觉而紧急停车，为什么榎村老师会知道这件事？车内有广播吗？”

“广播？说现在铁轨上有胧车出现，列车将紧急停止之类的话吗？”

“怎么想都不可能吧？”

“说得也是……”

“列车内的广播应该不是说胧车，而是说御所车或牛车吧？”

“那也不可能。”

“况且大江老师和高谷小姐搭乘的应该是不同班次的新干线，没道理也迟到吧？”

“嗯嗯……”

“所以榎村先生到底说了什么啊，化野先生？”久礼问道。

“都是化野先生想装得聪明一些的错。就别耍帅了，直接把你听到的事说出来嘛。”

“我……我没打算装聪明。虽然不否认我是挺爱耍帅的，但在这种紧要关头耍帅也没意义。我在思考该怎么把听来的话用其他人听得懂的方式说出来而已。因为，那个怎么听都不是……"

"怎么听都不是幻觉，对吧？"久留岛说。

"啊？"

"现在东海道线、东海道新干线上行和下行均已停驶。根据网络新闻的情报，停驶的理由是铁轨上发现有多个异物，恢复通车的时间尚无法确定。不过……"

久留岛把平板电脑放在桌上。

"网络上还流传着这种影像。"

所有人都靠了过来。

"地点似乎是关原附近。"

"影像？"

"是的。似乎是从停驶中的列车内拍摄的。窗子开着，看起来不像新干线。看，快到那个片段了。"

某物从画面左边的铁轨远方出现。

速度不算特别快。

看起来的确很像御所车。

越来越接近镜头。

有拉把，但没有拉车的牛或马。什么也没有。

是自行运作的。

穿过画面中央。

车子后面……

"有……有脸。"

"这……这不就是胧车吗？完全就是啊！"

御所车后的竹帘拉起，露出一张巨大的、充满怨恨的脸。

脸部约有两米长。车上看似只载着那张脸。难以辨识巨脸是男是女，从缝隙露出的毛发随风飘摇。

"这……"化野话说一半，猛吞口水后，勉强继续说下去，"这个恶作剧未免也太费工夫了啊！"

"会不会是合成影像？这应该是特摄吧？"

"不，不太可能是恶作剧。似乎也不是计算机动画技术。这段影像是今天早上上传的。胧车在八点时就已经出现，消息在网络上面疯传，九点时网络上已经乱成一团。这段影像那时已经上传到网络了。就算是有人想红而赶工做出这段影像，可短短一小时内真的能做得这么逼真吗？"

"消息上推特了？"

"还有人将推文整理成新闻集锦呢。亲眼见过的人少说有几百个。"久留岛说道。

"胧车从正面冲向列车，在即将撞上的瞬间消失。有很多人看见它消失的情形，但是真是假并不清楚。九点时胧车的名字已经出来了。榎村老师应该是看了那个新闻集锦网页吧？"

"消失？会消失吗？"

"看来应该不是单纯的幻觉，也不可能是集体幻觉……否则就无法拍摄下来了。"

"出现的次数似乎也不止一次。"

"是的，出现了好几次。假如这真的是恶作剧或人为的行动，那完全是恐怖袭击的级别。"

"如果不是人为的呢？"

"那就只可能是妖怪了。"久礼说。

"不是说不存在吗？"

"照理说不存在，可是这个……"

"怎么看都是妖怪。"化野也同意道。

"这个真的完全是那个角色的模样，没别的形容词了……"

"赢了。"雷欧说。

"啊？"

"这样算是我赢了，应该没问题吧？"

"慢着，这不是输赢的问题吧？"化野说道。

"就算让个一百步要比输赢好了，可为什么是你赢？莫名其妙。"

"嘿嘿嘿，因为我是脑子差的代表啊。"

"这一点我同意……慢着，说到代表，我们这些人里头，脑子真正差的只有你一个吧？你是蠢蛋一人团体。"

"哦……"

"再说，妖怪也不是雷欧你一个人的东西。人们对于不明飞行物、未确认生物体或灵异现象是否存在，直到现在仍旧议论不休，也有人发自内心相信有超自然或灵异现象。但相信胧车存在的人，自开天辟地以来一个也没有，所以要说输赢的话……"

"是人类输了！"

"雷欧先生，你看起来真开心呀。"松野说。

其实也不算真的很开心。

"我和木场与松野小姐研究妖怪也不单为了怪异学会的活动，我们在学会创立前就喜欢妖怪了。"

"大叔我啊，现在都成了标准的妖怪痴了咧。"

化野的专长是考古学，原本对于民俗学或历史学称不上熟悉。简而言之，他是本来便因喜欢妖怪——太喜欢妖怪而成了妖怪痴。在他成为作家出道以前，曾经营一个名为"白泽楼"的网站，进行妖怪属性分类的研究。他建构了能依照属性相互参照的数据库，不过没有完成，京极和村上均认为，若能完成的话，一定能带来极大的贡献。

雷欧想，就算有贡献，也仅限于妖怪痴的小圈子里吧。但实际上似乎并非如此。

当年，小松和彦担任所长的国际日本文化研究中心建构完成"妖怪·怪异传说数据库"时，曾在学界引起不小的话题。即使到了现在，该数据库依然十分方便且超越时代，深受研究者和妖怪迷喜爱。不过，化野的数据库不仅在构想与着手时期比小松的更早，甚至有人认为，仅限于妖怪的话，化野的数据库更优秀。

久留岛姑且不论，久礼、木场和松野其实都算是妖怪痴。

松野常参与全日本妖怪推进委员会的活动。反观雷欧，他虽然也是推进委员会的一员，却常因为一言难尽的理由迟到，参加活动的次数不算多。

总而言之，这群人虽然绝顶聪明，但其实都是笨蛋。

——太好了。

"好吧，就算我们所有人都赢了。"

"赢谁？"

"当然是赢人类啊。啊，不对，我们也是人类。"

"这家伙是为了把事情搞得越来越混乱才诞生的吧？"久礼说。

"不，他只是普通的笨蛋，对不对？"化野还向雷欧本人确认。

"算了，先不管这个。"

"不管吗？"

"别再管了。重点是……"

化野看着电脑画面。

"至少能确定一件事。"

"什……什么事？"

"今天的定期研讨会……肯定得延期了。"

"说得也是。发表者还在名古屋或大阪。"

"但是住在东京近郊来听演讲的人怎么办？时间上来说，应该快要有人来了。"

"还能怎么办？碰上这种紧急状况只好取消研讨会了。"

"我去服务台待命。"久留岛准备离开房间的那一瞬间。

"呜嗡呜嗡呜嗡——"有类似警报声的声音响起。

雷欧觉得那声音听起来很像敲钟后的回响。

"什么声音？谁的声音？屁吗？"

"屁没那么响吧？连小村上也放不出那么响的屁。这是什么声音？警报器吗？"

化野歪着头，深感疑惑。

木场走过久留岛身边，确认走廊情况。

"似乎没有异状。"

不……

"怎……怎么好像不停地震动起来了？难道这栋大楼也有来电震动的功能吗？"

"哪有可能啊……慢着，好像真的在震动。"

"是……是地震吗？"松野问。下一个瞬间，木场惊叫一声"咿呀"，躲到了桌子底下。

"地……地震应该不会发出警报吧？不……不觉得有点久吗？就地震来说的话。"

声音持续响着。

"躲在桌子底下，声音好像变大了。"木场说。

"这……这不是地震。"

"嗯……外面好像什么事也没有。"

松野确认窗外，只有这栋大楼在震动。

"不觉得声音似乎变大了吗？"

"真的，确实变大了。"

"走廊没有震动。"久留岛说。

"什么？"

"似乎……只有这个房间有嗡嗡声。"

"啊？"

"这个……应该是所谓的地鸣吧？"久礼说。

"地……地鸣？"

"怎么想都是这样。这是地鸣啊。"

"胧车都出来了，发生地鸣也不奇怪。"

"也许是什么事要发生的预兆……"

"我没有立场如此判断，但我觉得……这或许是凶兆。"

一声特别巨大的鸣响盖掉了久礼的低语。

拾

妖怪杂志编辑乱成一团

"是妖怪。"及川说，"除此之外别无可能了。"

"嗯，应该是吧。"

盘着手、摆起臭脸的是《怪》的总编郡司聪。

"继续下去，《怪》会变得越来越没立场吧？"

"早就没什么立场了。"

"已经有民众来抗议了，总编。"冈田说。

"有人抗议吗？"

"虽然目前还不算多。"

"反正到哪儿都不缺刁民。"

"是这样，没错……"

冈田边操作着平板电脑边开口。

"但这次……真的有点严重。"

"我在这一行干得挺久的，别看我这样，曾经还被威胁过生命哩。之前翻译书或非虚构类作品时也遇到过危险，但最后大家还是化险为夷了。"

"郡司先生的人生真是波澜壮阔啊。"

"好，及川，我命令你负责处理抗议的民众。"

"咦？"

"从现在起就交给你了。"

"请……请等一下。"

哪有这么蠢的事。

"我办不到啊。"

"只要道歉就好。"郡司说。

"我很不擅长道歉啊。我长得这么恐怖，道起歉来只像在生闷气。明明我是一片真心诚意。"

"说得也是，没看过像你这么不会表达歉意的人。看到你的道歉，反而更让人一肚子气。光你那张脸就不合格，态度也差，身体也差，头脑不灵光，心灵又脆弱，为什么外表看起来就那么凶巴巴的啊，及川？就是因为这样，你才会……"

"求求你别再说了。"及川说。再说下去，及川人生中数一数二的黑历史事件又会被挖出来。

整个世界变得很奇怪。

到处有妖怪现身，引来骚动。

半个月前的胧车事件成了当日的头条消息。尽管铁路公司与警方仍在官方声明中宣称是"异物"造成的问题，目前他们正在继续调查中，但目睹胧车的民众何其多，而且也被拍摄成视频上传，纸早就包不住火了。新闻报道中使用《鬼太郎》动画版的胧车影像来说明，八卦节目也被妖怪胧车的话题占据。

不过，胧车的话题并没有持续太久。

不是话题停止了，而是事情扩散了，或者说范围扩大了。

被其他众多事件夺走焦点了。

除了胧车以外，网络上还流传着其他妖怪的影像。

胧车事件隔日，一则在空中飞扬的木绵妖影像被传上网。影像里的一反木绵和《鬼太郎》里登场的角色形象有些微差距，既没有手也没有眼，是一条像长长的白色棉布的物体在空中飘舞的画面。

并不是被风刮走的兜裆布。

白布在自行旋转缠绕的同时，突然伸长拉直，一会儿向东，一会儿向西地自在飞行。虽是未确认飞行物体，但没人觉得它是 UFO，也没人这么说。不过 UFO 的原意本来就是不明飞行物。

拍摄到的地点是九州的大隅半岛，这和民间传说相符。

濑户内海上有海座头出现。

不是海坊主[一]或海怪那种未确认生命体风格的怪物，在海上浮现的是穿着和服、背着琵琶的秃头老人。而且是在光天化日之下。

不用说，这一场景立刻引起了骚动。海上有个老人，浮于海面上。当地的电视台为了采访他，开了小艇过去，但即将接近前，他就消失了。

采访海座头，多么可笑。

不过岸上的摄影很成功，影像便在全日本播放了。

如此一来，就再也无法隐瞒了。各地传来目击妖怪的情报。

诸如被妖怪拉袖子、被妖怪摸脸颊、屁股被妖怪咬一口……遭遇妖怪的奇谈一件接着一件。上传到网络的几十段影像之中，也包含许多一看便知的赝品。

媒体争先恐后地制作妖怪特辑。

及川一开始以为这是个好机会。

《怪》是日本目前为止唯一的妖怪杂志，是创刊二十年的老字号，水木茂老师也为他们站台。重点是，现在引发骚动的不是灵异现象，不是超科学，不是鬼故事，不是怪谈，而是妖怪。

没错，正是妖怪。

[一] 海坊主为身长数米至数十米，突然在海上冒出的巨大黑色光头妖怪。海怪为在长崎县附近海域出没的大海蛇状妖怪。

几十年来，总有人说妖怪风潮即将到来。

中间有几度蔚然成风，但很快又萎缩，反复起落，就是没办法引领决定性的潮流。及川想，这次终于要走运了吗？

事实上，各大媒体也纷纷前来采访《怪》的作家群。

其中，最惊人的莫过于《怪》中首屈一指的怪咖多田克己居然上电视了。

看不出是因为紧张还是平常就这样，电视上的他语焉不详，但至少他在高清数字电视中露脸了。及川莫名觉得有些感动，甚至将该片段录了下来。

及川只记得他说"胧除了'oboro'，也可念作'onboro'……"，以及最后不停喃喃地说着："一目……一目……"

或许他想在短暂的时间里把对胧车的解释和自己目睹一目小僧的经历都放进去吧，但放得太满了。

让他去上直播节目实在很危险。

电视台也曾邀请村上健司和京极夏彦，但都被他们回绝了。

目前为止，电视上的妖怪节目不仅主旨不明，臆测与误会过多，论点也相当蛮横，各种层面的水平都过于低下，站在《怪》的立场，实在也不怎么想合作。

只要发言违反导播或制作人的意旨，马上就会被剪掉或重拍，问题是这些导播或制作人对妖怪要么漠不关心，要么毫无理解，因此妖怪痴没办法继续做下去的情况非常多。

因此，那两人对于这类节目相当不齿。

尤其是京极，一旦发现节目想把妖怪与灵异挂钩，立刻就会失去干劲。这次"演变成这种状况"的可能性非常高。

京极向来宣称这世上没有不可思议的事。而且是断言。即使在这个妖怪横行的当下，他似乎也坚称没有不可思议的事。真不知道他心里在想什么。尽管看过被清楚拍摄到的妖怪影像，但他依旧声称这没什么好不可思议的，反而令人觉得他的头脑才是真的不可思议。但话又说回来，在这种情况下，纵使他改弦易辙，不管那是基于何种意图，也一定会被误解吧。

对世人而言，妖怪痴与灵异信徒已几无差别。宣称"巨蟹座的巨蟹星人已经降临地球"与宣称"那无疑是一种叫胧车的妖怪"，这两件事的性质对一般人而言根本没什么不同。

重点是，电视台根本不想知道关于某妖怪在民俗学的视角下是什么样子的，在文献中是如何被记载的，被拍摄的那些事物与这些文献哪里酷似，但不能因此就认定两者完全等同之类的拐弯抹角的言论。

实际上，就是因为每个被拍摄到的异常物体都具有妖怪外形，所以才被称为妖怪，倘若拍到的事物与妖怪的模样截然不同的话，就只是其他种类的超常现象，在本质上便是灵异。

所以京极和村上都选择保持缄默。

同样，身为妖怪界最高地位的水木茂老师也几乎不露面。听说各电视台竞相邀他上节目，他全部回绝了。

只有在胧车事件刚发生时，他曾在某电视台的新闻节目里简短地作出如下发言：

"你啊，这可是妖怪啊。"

听完，主播也短促地回应"果然是妖怪呢"。接着由某位不知是什么专家的名嘴跟着说："既然水木老师这么说，肯定错不了。"

多么没意义啊。

只是……这个发言还有后续。

其实水木老师在这句之后还说了一番话，一同列席的梅泽可以作证。

"但所谓的妖怪啊，是看不见的事物。不会像这样留存在影像里。这太奇怪了！"

据说老师当时怒目瞪视，气得用拳头捶打膝盖。

"你啊，这太疯狂了。这简直就是疯了嘛。这种事情是不可能发生的。虽然南方的土著们以前也在妖怪的围绕下生活，但那些妖怪也没像这样抛头露面！只有在没有电灯，四周一片黑暗的情况下才能感应得到它们。像这样在光天化日之下，如此清晰地现身是不可能的！你啊，这太奇怪了！太不合理了呐！"

据说老师说到这儿时，好像重重地拍了一下桌子。

"所谓的妖怪，只是一种声息啊，声息。只有在与妖怪相符的声息之中，才能朦胧地感觉到妖怪。是在那个瞬间忽然感觉到的。是无法看见的。所以才要像个傻子一般铆足全力观察，否则完全看不到。不，必须是无法看见的才行！"

梅泽说水木老师说到这里时，整个人激动地挺身后仰。镜头这时已经完全不拍他了。

"所以说，这样真的很奇怪啊。那些虽然是妖怪，却不是原本的妖怪。这是世界末日。你啊，这样是不行的。原本说来，眼不能见的事物无法被拍摄下来，这不是理所当然的吗？一旦能被拍摄，那就是另一种事物。所以说你们大错特错。电视台真的是已经不行了啊。你们这些搞电视的家伙全都脑袋……"

老师接下来对电视台现今的状态大批特批。

但是都被剪掉了。

虽然老师说了好几个不适合播出的字眼，被剪掉无可厚非，但完全不想传达受访者本意的编辑方针也大有问题。

老师看到实际播出的画面，气得七窍生烟，从此之后就再也不接受采访了，也绝不在媒体上表达意见。

另一方面，说起节目，自然会想到向来习惯上电视的妖怪推进委员会顾问——荒俣宏。

意外的是，荒俣先生也同样没有露面。

因为他被电视台"扣押"了。

是的，和那块呼子石一起。

在妖怪骚动爆发前，电视台的人已开始默默进行让那只正牌妖怪上电视的计划。

呼子能在摄影棚里现身。

能显现出小女孩的模样，自由自在地现身。

不是透过预录视频。

而是直接暴露在镜头前。

媒体自然不可能放过如此惊天动地的题材。

虽然尚未正式发表，但也不是什么机密。

荒俣先生唯一的要求是在正式播出以前，必须仔细验证这一现象。

因此，呼子的消息其实很早就在出版业界内部传开，听到传闻的电视台人员前来和荒俣先生接触。

是关于独占直播节目的邀请。

但荒俣先生很慎重。那位博学的巨人不可能轻率地对电视台的任何要求都言听计从。他贯彻初衷，主张要请有点规模的研究机构仔细检验这一现象，等得出结果后再播……

话是这么说，研究者能做的也只有像是分析石头的成分、测量呼子身体各部位的长度这种程度的检查而已。

不过，不管检查结果如何，这块呼子石无疑是一种极为不可思议的现象。变成了无法查明原理的二十一世纪最大谜团。电视台见状也着急得想要抢功。另外，节目播出时好像也准备邀请发现者村上参加。

村上在荒俣先生的游说下实在难以拒绝，便接受了参与直播节目的邀请。附带一提，明明雷欧同样也是发现者，却没人理他。

然而——

没过多久，这个二十一世纪最大的谜团虽依然奇妙，却变得不再重要。

因为各种鬼怪在全日本源源不绝地涌现，这也没办法，见到妖怪已不是什么稀奇事了。

纵然如此，某种意义上，能自由消失和现身的呼子仍是个"有趣的材料"。能在摄影棚中忽然现身的妖怪，恐怕找不到第二只。

只不过，原本的节目策划没办法继续沿用，必须重新考虑。

如今胧车或木绵妖已被纳入播出内容。于是，荒俣宏与妖怪呼子被电视台扣押起来，打算有朝一日当成秘密武器发布。

因为这样一些原因，《怪》的主力作家群几乎没有在媒体上露面……但媒体依旧迫切需要专家上节目阐述观点。

虽然说是专家，但最好是非灵异类领域的专家。

纵使媒体的态度在根本上与制作灵异节目时毫无差异——不，他们根本不知道自己什么也没变——只改变皮相是他们的惯用伎俩。顺应当今流行趋势换上新的外皮，这就是电视台的做法。

被这一风潮添了最多麻烦的，恐怕是国际日本文化研究中心的所长小松和彦吧。

小松和彦并非妖怪专家。不，他也是妖怪文化的研究者，但和这次的骚动可以说没有一丁点的关联。

这次震撼社会的是具有妖怪造型、被可视化的超常现象，而非妖怪本身。与小松老师所研究的妖怪之间，并无关联。

小松老师研究的是受到妖怪这一操作概念影响下的文化与人类，超常现象本身并非他所关注的焦点。

因此，及川想，小松老师恐怕没什么话可说吧。但即便如此，还是不断有节目制作组邀请他上电视。

小松老师曾在日本广播协会的特别报道中露过一次面，并做出如下发言：

"这或许该说是日本人的——感性吧，总之，我们所具有的这种感受是在培育我们的文化基础上才得以成立。当我们目睹或感应到某种难以名状的东西时，我们会做出何种解释，从中便可看出文化的特质。即使是同一种色彩，美国人称之为蓝色，日本人则称之为碧色，这便是一种文化差异。比方说，关于那个朝着新干线突进的某物……对我们日本人而言，除了'那种妖怪'以外，没有别的说法，但换作是外国人的话，他们会有何种感受？我感兴趣的其实是这个方面。日本人会把那种物体称为'胧车'，是因为江户时代的画家创造出了那种造型，并在现代成为普遍认知。普及的理由当然有一部分是受到水木茂先生的影响，但对我们而言，妖怪是一种很有亲近感的事物，因此，将新干线线路上出现的那种怪物视为妖怪，在某种意义上会比较轻松。这是我的看法。"

这段发言被剪得支离破碎，运用到各种场合中。

及川至少在电视上看到过五次这段谈话，但主要是后半部分，用来作为妖怪对日本人而言很亲近的佐证。

日本广播协会似乎打算用这种方式来整合妖怪骚动的报道。

但民营电视台并非如此。

小松老师并没有上任何民营电视台的节目，但《怪》的作家香川雅信、以妖怪收藏家闻名的汤本豪一、知名黄表纸研究者亚当·卡巴特、东亚怪异学会代表大江笃等人都受到了民营电视台的邀请。虽然各自上过一两次节目，但要求研究者做出愉快又有趣的发言很困难——这也是理所当然的，毕竟学者本来就在认真面对自己的研究，他们不会也不肯随便评论。

然而，电视台想要的却不是真挚、认真的研究成果。他们对于不怎么有趣又有点艰深的研究内容嗤之以鼻，认定观众们本来就不可能听得懂这些艰深的话题而藐视观众。假如这些被当成节目主题的内容真的难懂但又有必要介绍的话，为何节目组不用更浅显的方式介绍呢？深入浅出地报道不正是他们的工作吗？

时至今日，依然摆出一副"让你上电视了还不感激"的高高在上的态度也是令人费解。这年头，电视的影响力早已式微，连一般民众都只觉得"肯来拜托我的话，勉为其难地上一下节目也不是不行"呢。

电视人与现实早已脱节。在这个信息发达的年代里，最跟不上时代的恐怕就是电视台了吧。作为牵动时代的弄潮儿早已是过去的事，他们却仍忘怀不了过去的荣光。

说到底，电视台只是想拍下拥有伟大头衔的人士对妖怪感到兴奋的模样罢了。问题是，假如他们想要有人能做出有趣的反应，该找谐星才对。专家不会在自己的专业领域瞎起哄，对专业外的领域也不会多做臆测。

电视台的期待从一开始就不可能成真。

结果，他们换了一批热衷灵异现象类的文艺人士来上节目，让他们赚得了曝光率。这群拥有能上电视就代表厉害的过时价值观、将之视为一种身份象征的家伙们争先恐后地推销自己，而这样的人也受到电视台的欢迎。

及川开始觉得无所谓了。

在这些如雨后春笋般冒出的妖怪节目中，及川唯一觉得有趣的是日本国立历史民俗博物馆策展人常光彻参加的某特别节目。常光是以"学校有鬼"系列闻名的民俗学者，在驱魔法器、术法方面具有丰富的知识。常光介绍了日本自古以来流传的辟邪术法，并教导大家如何使用。

例如碰上河童时该念何种咒语、看穿鬼怪的方法、遇见见越入道时的应对方式等，这些传承或习俗被人在电视节目里认真且详实地介绍恐怕是头一遭吧。配上常光老师认真、诚挚的态度，算得上是令人非常有好感的妖怪节目。

只是……

节目最后突然开始介绍起驱魔商品。当及川发现这其实是电视购物节目的瞬间，下巴差点掉下来。

"全国知名寺庙和神社的驱魔符咒十枚套组，保证有效，现在立即订购还附赠破魔矢与线香，原价三万五千日元，现在特价只要二万八千日元就能买到。三十分钟内订购的话，还可享有和尚打扮的送货员真心诚意地为您送货到府。"——听到这里，及川忍不住捧腹大笑。

"内含附带钩子链条、能挂在屋檐上的辟邪竹篓、附带展示支架的柊树枝丫、冷冻沙丁鱼头、串成项圈的脱臭生蒜、圣诞节时亦可沿用的荆棘花圈等驱魔道具大补贴，立刻订购即赠五张招财进宝道教符咒，原价一万五千日元，现在特价只要一万日元，还附带奉送沙丁鱼头和蒜头。"——看到这里时，及川差点翻白眼。

被主持人问"怎么样？有了这些道具，妖怪应该就能一发被驱除了吧"的时候，常光老师也不禁苦笑了。

妖怪又不是蟑螂。

就像这样，妖怪被社会大众当成一种与鬼魂相差无几的事物。当及川看到在"日本列岛除灵特别节目"中有灵异专家煞有介事地声称这是日本作为一个国家太过堕落、古老的鬼魂在敲响警钟时，彻底感到失望了。接着，当主持人表情微妙地回应"真的，完全就是如此"时，及川默默地将电视关上了。

的确，一连串的骚动使得妖怪受到人们的关注，却也使得它们被视为与鬼魂作祟或超常现象同类的东西，两者再也没有区隔。

另一方面，妖怪依旧在不断涌现。

及川身边也发生了这样的事。

将京极、多田、村上三大笨蛋的对谈整理成《妖怪痴》一书，并将之出版的"妖怪痴"团队最后一名成员——新潮社的青木大辅，也遇到妖怪了。

青木遇到的是一种叫猪口暮露的妖怪。

那是一种头上戴着酒杯的迷你虚无僧。

据说青木见到它们成群结队地走动。真是奇怪。

青木也是个复杂的人，及川和他不熟，只觉得他个性不坏，有知识，有教养，工作起来也很干练，是编辑界的大前辈。只是，京极认为他作为一名谐星的胆识尚且不足。可青木明明是个编辑而非谐星。

青木喜欢搞笑，对搞笑题材很敏感，也常想到有趣的点子。然而，当他想刻意搞笑时，又会变得很无聊。

及川见过好几次类似的情形。

或许是知识和教养形成阻碍，也可能是他在心中还顾虑着形象，不敢跨越那一道鸿沟，无法整个豁出去，结果他不仅没办法维持形象，反而更丢脸了。既然如此，干脆舍弃搞笑的欲望，踏实、朴实、诚恳地与人相处也没什么不好，但他就是嫌这样太无聊。青木在工作上是个认真的好编辑，可惜在想要笨的场面就是要不成。想必是会害羞吧。

及川知道自己怎么耍帅也帅不起来，所以早已放弃，但青木还没放弃，所以才没办法当个笨蛋吧。与其说他在勉强自己，不如说在朝相反的方向逞强。

其实，及川觉得青木没必要勉强自己融入这群笨蛋之中。像及川这种天生就是笨蛋的家伙，即使想脱离笨蛋团体也办不到，所以他其实颇羡慕有机会远离笨蛋的青木。

总之，不知道青木是怎么想的，听说他为了当个笨蛋甚至还仰赖酒精的帮助。不过，京极等人认为他就是因为这样才不行。

京极明明不喝酒，却主张酒是为了愉悦而喝的，也说靠喝醉要笨是对笨蛋的亵渎。及川想，笨蛋就只是笨蛋，即使亵渎也无妨吧？但他似乎错了，京极认为笨蛋喝醉酒当然可以，就是别酒醉装笨蛋。那样的话，作为一名笨蛋太不认真了。

个中道理及川实在不懂。

不管如何，青木经常喝酒，即使是在不要白痴的日子也喝。这么看来，他或许只是贪好杯中物罢了。他独自一人时喝，去旅行也喝。但是某一天之后，青木突然再也不碰过去几乎每晚都喝的酒。

因为他见到身高约十五厘米、排成一列行进的虚无僧队列。

青木揉揉眼，摇摇头，喝口水，但那些虚无僧仍未消失。

不仅没消失，还在青木面前的酒杯旁排成一列，呜呜地吹起了尺八。音色听起来与其说尺八，不如说更像唢呐。而且不知为何，那些虚无僧还用那种呜呜的音色吹起《高校摇篮曲》旋律，当时青木绝望了。

他觉得自己没救了。

及川不清楚那是什么曲子，所以也不明白青木为何会感到绝望。

戒酒后三天，青木才发现那不是酒醉带来的幻觉。

那天，青木完全提不起干劲。

工作比预定的时间更早完成，青木决定带着校样回家确认。但在踏出公司大门后，他突然不想直接回家，凑巧肚子也有点饿，便决定去吃点东西。

青木邀请——热爱日式炸鸡块，传说中只要眼前有炸鸡块便会不自觉猛吃一顿，即使去唱卡拉OK，明明轮到自己点的歌，但只要点的炸鸡块一来，就会边吃边唱，最后连歌也顾不得的《小说新潮》编辑——照山朋代，以及——据说具有绳文人血统，嘴巴和肢体动作不一致导致会做出许多无谓动作，出版界里头发和胡须第一浓密的男子——大庭大作，三人一同前往居酒屋。

选这两人的理由是他们凑巧在身边，其实青木更想独处，但还是随缘吧。

青木没喝酒。

虚无僧却仍然出现了。

正当青木心想"唉，我果然还是没救了"的瞬间，照山伸出手来，一掌拍在虚无僧之上。虚无僧被压扁了。

"啊……"

"这个最近常出现呢。只要把它敲扁就会消失，很有趣。"

"有……有趣？喂喂……"

"真的很有趣啊。这种触感，这种敲扁瞬间的感觉会让人上瘾呢。"

"是吗？什么样的感觉？"大庭问。青木在怀疑自己是否精神有毛病前，开始怀疑起这两位年轻同事的心理了。

"什么样？就砰的一下啊，砰。它们会一直呜呜地吹着喇叭，吵都吵死了。"

"像这样？"

大庭也把虚无僧敲扁了。

"啊，是真的，压到一半，好像突然'啵'的一声消失了。"

"青木大哥，你也试试看嘛。"

"你们知道这是什么吗？"

"不知道。不过应该是青木大哥喜欢的妖怪吧。"

照山有些满不在乎地说。

青木的戒酒，短短三天就宣告结束了。

那天，青木喝得不省人事，确认校样的工作延迟到隔日下午。

编辑界有许多人遭到妖怪的骚扰。

文艺春秋的吉安章被唐伞小僧舔脸。难以想象，住在东京究竟是在何种情况下才会见到唐伞小僧，不过，听说伞的舌头和猫舌头一样，表面沙沙的。

同样是文艺春秋编辑部的羽鸟好之，和讲谈社的唐木厚组成走访日本城同好会，两人因在某座城的天守阁里碰上了长壁[一]而吓软了腿。脱口问"长壁姬不是姬路城的妖怪吗"时，却被妖怪骂了声"啰唆"。

听说同样是讲谈社的西川大基撞到涂壁，头上撞出个肿包来。集英社的野村武士则在厕所被加牟波理入道[二]袭击。野村一开始以为是他以前负责过的作家荒俣宏的恶作剧，便轻松地说："讨厌啦，荒俣先生，别偷窥别人如厕嘛。"后来回过头，他才发现根本不是荒俣，硬要说的话，那看起来更像演员大泷秀治，据说那只妖怪的回应声类似鸟鸣。

当时野村的感想是，原来它们在西式厕所也会出现。

德间书店的村山昌子被撒砂婆撒了一身砂，光文社的铃木一人则被天狗抓走。铃木在众目睽睽之下，被天狗从上方攫住，带往高空。据说当时天狗发出的粗野笑声与铃木的高两个八度音的惨叫声响彻了护国寺外围。

铃木至今仍行踪不明。

至于中央公论新社的名仓宏美……竟然捡到了滑步。

捡到它后，她将它直接养在家里。真不知道她脑子里在想什么，伤脑筋。

名仓去便利商店买零食时，突然觉得有东西在磨蹭自己的小腿。老实说，她当时想买什么根本无关紧要，但她本人坚持这件事很重要。总之，她拿起几袋零食，走到柜台结账，感到心满意足，准备离开时就被蹭了。不过，名仓不仅不害怕，还将那只在磨蹭的小家伙带回家，取名为"蹭蹭"。不过名仓怎么喊它都没反应，只会磨蹭小腿。这并不奇怪，毕竟它是滑步。

听说她也试着喂它吃蛋黄酱，一样没什么反应。

到底在干吗啊？

碰到妖怪的人不只编辑。

[一] 相传居住于姬路城中的女妖。
[二] 会出现在茅厕的妖怪，模样像是会口吐小鸟的僧人。

作家们也碰到了妖怪。

尤其是与《怪》有关的作家，大多都碰见了。

畠中惠的工作室里的器具似乎化成了鬼怪。虽然应该和她在《怪》连载过类似内容的小说无关，但据说连锅和木屐都跳起舞来。虽然不怎么可怕，但很吵。倘若连文具都变成鬼怪的话就真的伤脑筋了。听说家鸣[一]也现身了。房子里没摆屏风，所以没有屏风窥[二]出现。畠中说同样都要遇见鬼怪的话，宁可碰见白泽，可惜不如她所愿。无论如何，都是一些很喧闹的鬼怪。

恩田陆遭到狸猫恶作剧，在同一个场所绕半天都走不出去，还被野箆坊[三]吓着。问她当时是不是喝酒了，恩田挺起胸膛，理直气壮地说她当然没喝。但深入追问后，她坦承自己其实确实喝醉酒了，而且喝得还相当多，于是她这番话就显得很可疑。她说迷路时自己手机的定位系统完全失灵，她声称这就是所谓的《遗失的地图》。

真是高明的双关语[四]。

及川隶属于漫画编辑部，所以上述传闻并非从作家口中直接听来的，不过听说即使是与《怪》无关的作家，也有许多人碰到了妖怪。至于漫画家们也受到了妖怪的骚扰。及川个人的感觉是，画过与妖怪有关作品的漫画家比较容易碰到。

和《怪》有关的漫画家中，负责将京极小说改编成漫画版的志水明家中似乎有铁鼠出现。不是别的，竟然是铁鼠，还带了大批老鼠一起现身。志水的家里养了几只乌龟，据说乌龟和老鼠开心地在一起玩。志水本人则叹道："我都还没画到铁鼠呢！"

[一]　以摇晃房子恶作剧的妖怪。

[二]　专门在屏风外侧窥视人类的妖怪。

[三]　外形如人类，但脸部没有五官的妖怪。

[四]　日本作家恩田陆写过一本书，名为《遗失的地图》。

今井美保也碰上妖怪了。照理说今井应该碰到幽谷响才对，但出现的却是川獭。

令人惊讶的是，唐泽直树的家里冒出的是外国妖怪，而非日本的。据说出现的是佐藤有文在《最详尽世界妖怪图鉴》中配的一张插图，随便取了个名字的妖怪——无影犬。据说这种妖怪除了没有影子以外，和一般的狗没什么两样。

作家们并没有遭到多少的实质伤害，但是……

似乎还是有什么被改变了。

改变就算了，顶多成了有妖怪愉快大游行的世界，无伤大雅。及川认为这样的世界也不错。

然而，事情并非那么简单。

妖怪被和鬼魂或灵异混淆，又受到新闻媒体大肆负面报道后，世间风潮为之一变。

开端同样始于胧车骚动。事件发生初期，媒体的焦点集中在如何耸人听闻地介绍胧车，直到最近，隐藏在背后的问题才逐渐浮现。

由于受到胧车阻碍，东海道线全线停驶，新干线也同样停止运行。

列车时刻表乱成一团，受到影响而动弹不得的乘客最终多达数万人。

由于铁路本身无法使用，铁路公司只好安排巴士替代。短程路线巴士尚能应付，但是像长途的新干线就难以负荷。客服接电话接到手软，损失金额难以估量。伤脑筋的是，铁路公司并没有应变方案来面对铁轨上出现妖怪的情况。在确保安全前无法恢复通车，但也没人知道怎样才算确保安全。于是，铁路陷入不能恢复通车、但也不知该如何排除困难的两难状况，就这么僵持在那里。

光是被困在新干线上的乘客就为数众多。

紧急停车后，乘客被关在车厢里长达五小时以上。

结果，有不少车厢发生了暴动。

每一起事故都是从焦躁不堪的乘客破口大骂开始，接着从互相叫嚣演变成大打出手，无一例外。日后统计起来，受伤的乘客多达六十三名。

不仅如此。

那时因受伤住院的人当中，有三人死亡。

事情变得严重起来，公众再也无法一笑置之。

不，从一开始就不能一笑置之吧。

虽然整个社会都在兴奋地讨论着妖怪，但在妖怪骚动发生前，日本其实一直笼罩在暗淡的氛围里。全国各地同时发生的多起暴力伤害事件并非有所预谋的恐怖行为，每一桩都是从微不足道的小事演变成暴力事件，到处都可以听见破口大骂声。自从警察能介入民事纠纷以后，每天总能听见警笛作响。

某名嘴曰："简直就像集体歇斯底里。"虽然这位名嘴煞有介事地用道德低下、教育荒废、对政治的不信任而累积的压力一口气爆发来做说明，但及川实在感觉不到说服力。

此外，所谓的暴虐凶残事件也增加了。短短几个月间，被害人数超过两位数，而且彼此之间毫无瓜葛。

连及川自己也差点成了暴虐凶残事件的牺牲者。

不知何时，人们失去了宽裕的心灵。

或许也因如此，媒体才会更加关注妖怪骚动吧。想将之当成一件绚丽的迷彩外衣，隐去世间的黑暗与混乱。

但是——

光是遮起来也没用。不除去根源，不安就不会消失。只是盖住的话，什么事也解决不了。不，隐蔽反而徒令不安增长。隐藏在喧闹的外衣下，不安逐渐膨胀起来。

案件未曾减少，妖怪也不断涌现。

最后……这两者终于被结合在一起。

人们开始怀疑，日本最近发生的各种人心惶惶的事件，全是妖怪所害。

这个论点很具有说服力。

比任何冠冕堂皇的大道理都更容易被人所接受。

人们失去了冷静，不再愿意深入思考整件事的来龙去脉。接着，他们开始把妖怪当成敌人，可矛头对准的不是妖怪，而是爱好妖怪的人们。首当其冲的……不用说，当然是《怪》。

"可是要我们道歉也很莫名其妙吧？"冈田说，"不管是不是妖怪害的，我们又没有犯罪，妖怪也不是我们创造出来的。"

"你说得没错……"

郡司盘起手来，露出仁王般的凶恶面容。

"问题是，我们仍会被当成煽动者。"

"我们煽动了什么？"

"当然有。我们虽然没鼓吹杀人或使用暴力，但我们守护了妖怪，持续推广妖怪文化。这也算是一种煽动吧。"

"嗯……我们办的是妖怪杂志，而且也成立了妖怪推进委员会。"

"所以说，的确推动了吧。"

"是的。"

率先地推动了。

"而这个推动啊，算是犯了给世人添麻烦的罪。就像已成年的子女犯错，父母还是会被迫道歉一样。如果是名人的话，还会开记者会道歉，接受社会大众莫名其妙的抨击，不是吗？"

"嗯……"

"若犯错者未成年就算了，即使是成年人，社会大众还是会责备父母的养育方式、孩子的人格等。我个人认为这些问题不该怪罪父母，但日本有很多蠢蛋认为责备父母是理所当然的，而我们现在的状况就跟这个一样。"

"可是我还是没办法接受把当前的混乱全部怪到妖怪身上……明明没有直接关联。"

"但世人就是顾不了那么多啊。"

"跟核电事故的情形很像。"及川说。

"不，并不相同吧。"郡司反驳道。

"是吗？拥核派不也成为众矢之的了？"

"拥核派受到抨击很正常。核电的问题在于核电本身具有重大缺失，待解决的问题堆积如山，相关制度层面也完全不行。但因牵涉到巨大利益，拥核派明知危险也要推动，所以从根本上说是一种犯罪，被追究责任本是罪有应得。那是一种人祸。"

"这样啊。"

"但另一方面，有多少人早已正确认识到核电的危险性？这一点仔细想来也是个问题。虽说弊端被掩盖，却也做不到天衣无缝，核电的不完备已是公开的秘密。在灾害酿成以前，早就有各界贤明之士指出核电的风险，拥核派却不肯面对，只单方面地认定安全无虞，结果当然是不行的。与其说他们被骗，不如说更像不明白事情的严重性，没有认真理解就贸然推进，这也是有问题的吧。"

"嗯。"

"世间的风向会吹向减核或反核，我认为合情合理。引发如此严重的事故，核电推动派当然有责任，受到抨击也无话可说。但现在问题已经浮现，核电的弊端也暴露了。如果还想像过去一样继续推动核电的话，就得准备更完备的理论来说服人。但拥核派不这么做，还想用老法子继续强推，这当然是不行的。因为过去的论点完全失效了。"

"嗯，的确是这样。"

"然而，妖怪从一开始就没有任何缺失或过错。"

"就是说啊。"

"如同'别吵架，会肚子饿'这句妖怪界名言所述，妖怪是非常虚弱的。软弱无力。是弱者。是非主流。明明就是离纷争很遥远的事物。妖怪的特点本来就是无能与无用，现在却被人当成暴虐凶残犯罪的领头者。"

"但这是一种误解啊。"冈田说。

"没错，但你想想，纵使我们高喊妖怪不可怕，高喊反对暴力，又有谁愿意倾听？而且，强力的抗议运动也不符合妖怪的风格。"

"可是，就算我们道歉，对事态也没有任何帮助吧？该说什么？说'我们过去努力推动妖怪，愧对社会大众'吗？"

"不，冈田，你好好地想一想。"

郡司用他那双细长的凤眼瞪着。

"难道你要让水木老师和荒俣老师变成众矢之的吗？"

"说得也是……"

"京极先生和村上先生也一样。宫部小姐与恩田小姐也在《怪》刊登过文章。不能让批判矛头对准作家，所以我们只能抢先跳出来概括承受。"

"召开记者会道歉吗？"

"只能这么做。虽然记者会后，抗议可能照样有增无减吧。到时都丢给及川来应付就好。"

"等等，这太过分了啊。"及川哀号道。

"这也是不得已。"郡司说，"所以我们要道歉，并让《怪》休刊。《Comic 怪》则要废刊。"

"唉。"

有必要做到这种程度吗？

"这也是没办法。"

"原来是这样。"

"其实我不久之后就要被调职了。"

"调……调职？"

"角川计划导入品牌公司制。会和 Media Factory 出版社或富士见书房等公司合并，并伴随人事异动。接下来我不会留在角川书店，而是调去角川学艺出版公司。"

"啊啊啊！"

及川吓了一跳。真心被吓着了。

"可是，《怪》一直以来没有编辑部，全靠郡司先生才撑下来的啊。"

"所以《怪》也要收摊了。"郡司说。

"虽然只是表面上如此。"

"私……私底下不会吗？"

"还用说吗？"郡司压低声音说。

真的是天生的坏人脸。

"我有个秘密计划。《Comic 怪》不得已只能废刊，但《怪》号称休刊，其实就是因为有这个秘密计划。"

"秘密计划是指……"

"我向董事、社长及会长报告过了，对社会大众道歉，并让杂志休刊作为了断，他们也同意了。事情变得麻烦起来，他们不同意也不行。"

"哦……"

"为了这些无聊的事一直开会实在是浪费时间。会长对于要让《怪》休刊面露难色，但井上社长同意了，并要我办特摄杂志作为代替。总之，这种事还是直截了当一点，上头比较容易接受。"

"但是，实际上并非如此吗？"

"不然我干吗找你们来密谈？下一期就是实质上的休刊号，或叫谢罪号。

在那之前我会先被调职，由别人接任总编，我只剩下编辑顾问这种没有实权的位置，你们就简单编一期出来吧。"

"继任的总编是谁？"

"应该会找吉良吧。"

"吉良先生吗……"冈田露出难以言喻的表情。

吉良浩一是一位资深编辑，担任过文艺杂志的总编，工作能力无可挑剔，只是在性格上……

是个有名的窝囊废。

不，之所以有名，主要是因为他以前负责的作家岩井志麻子逢人就说他是个窝囊废。据岩井小姐所言，吉良是窝囊的化身，是把窝囊的概念具象化而成的生物。

想必是位个性温和的好人吧。

"而我想到的计划，就是先让吉良接任，在杂志即将发行前突然来个回马枪，让他们没办法废刊。"

郡司说到这里，一无所惧地笑了。

"所……所以是怎样的计划呢？"

"这个等京极先生他们来了再说。"

这场秘密会议也找了京极、村上与梅泽过来。

"昨天我已经告诉了荒俣老师。我想应该能成功。"

"真的吗？"

冈田有点不安，及川也紧张起来。

因为无论怎么想，《怪》都已进入危急存亡之际，究竟还能有什么妙策呢？

"京极先生好慢。"

实在静不下心来，及川说了声"我去看看"后，便离开了会议室。

他想先去大厅看看，走到电梯前，凑巧电梯门打开了。及川暗自庆幸，正要往前踏出步伐的瞬间，里头有位女性冲了出来。

"啊啊！"

"啊，抱歉，对了，阿郡在哪里？"

"阿郡？啊，您是岩井小姐吗？"

是岩井志麻子。

"招呼就免了，我和你也不熟，快告诉我，阿郡在哪里？"

"郡司总编的话，就在那间会议室里。第三个房间。您怎么了？"

"真是的，有儿条性命都不够用啊！"岩井急切地说。

"性……性命？"

"他在那里是吧？我去叫他请让我躲一躲，别跟别人说这件事。"

岩井迅速说完，朝着会议室奔去。

究竟发生什么事了？

下到一楼，从电梯出来后，及川不禁怀疑地睁大眼睛。入口大厅正乱成一团，电梯前也围起重重人墙。

大门口……

有一群警察。

——是在拍电影吗？

但没听人提过这件事。

服务台附近有人躺着，也有人蹲着。

有一个两眼布满血丝的男子站在服务台上，不知大声喊着什么。

仔细一听，似乎在嚷着："在哪儿？她在哪儿？"

"怎……怎么回事？"

及川喃喃地说。

"那个人是跟踪狂，及川大哥。"

回答者是挤在人墙里的伊知地。

"跟踪狂？"

所以刚才……

"岩……岩井小姐的？"

"对啊。那个人好像主张岩井小姐某部作品的主角写的就是他，要她修改部分内容。"

"啊？"

这应该是……

"这应该只是他的幻想。而且他的要求不是重写，也不是改写。那个男人主张自己是男的，岩井小姐却将他写成了个女的。"

"呃……"

这怎么听……都不是以他为角色蓝本的吧？

"而且他还主张自己不是角色蓝本，而是主角本身，不应该被人变性。"

"咦？"

不是蓝本，而是主角本身？越听越糊涂了。

"所以他追着岩井小姐到这里来了？"

"他一直守在大门口。因为那本书是我们出版的。"

"一直守在大门口！"

"刚才岩井小姐一来，他立刻跳出来。当然，随行的责编阻止他骚扰，结果……"

伊知地指向某处，及川踮起脚尖确认。

地板上都是血。

"啊啊啊！"

倒在地上的是……

"死……死了吗？"

"不知道。人太多，过不去。没人能前进，搭电梯下来的人又一直堵在这里，警察刚刚到。"

"那个人手里应该有凶器吧？"

"应该有。我来的时候已经有好几个人倒地，服务台的小姐尖叫……"

"该……该不会是手枪吧？"

"说不定呢。"

"居然说得那么轻松，如……如果是手枪，我们也可能被攻击啊，说不定会中弹啊。中弹的话，会出血啊，会很痛啊，说不定会没命咧。"

啊啊。

及川开始在心中埋怨岩井小姐刚才为何不阻止他。虽说她应该不知道及川要去大厅吧。

"结果我就被卡在这里，回也回不去。场面这么混乱，岩井小姐也不知道去哪儿了。"

"岩井小姐去楼上了。"

及川指着天花板。

"哦，所以她顺利逃开了。"

"说是要叫郡司先生让她躲一躲。为什么找郡司先生？我也不懂。"

"让你们看看证据吧！"男人怒吼道。

"我是男的啊，男的！为什么把我写成女的？真不敢相信。难得给她面子读一下，却只有我被写成了女的。叫志麻子出来，志麻子！"

"呀啊啊啊啊！"

突然响起类似丝绸被撕裂般的……男人惨叫声。

"有人被挟持了吗？"

"有，是吉良先生。"

"吉……吉良先生！"

这不是《怪》的下一期总编吗？

"吉良先生一定是出来接岩井小姐的。然后就……"

"不要，住手！"

人质被抓住后颈，他恐慌地扭动手脚挣扎。

看来的确是吉良。

听到吉良的声音。

"我……我说你啊，你已经被警察包围了，快点住手，放我走吧。现在是什么情况啊？"

"吵死了。你……根本没活着吧。"

"咦？我活着啊。我还活着。你和我无冤无仇吧？放开我，我会去请岩井小姐出来的。我保证。我会请她重写的。"

"说谎。你根本还没出生。"

"咦？"

及川踮起脚尖，清楚地看见吉良的表情变得仿佛人形净琉璃的人偶般生硬。

话说回来，还没出生是什么意思？真是莫名其妙。

"你是婴灵。"

啊，原来是这个意思。

吉良讶异地张大嘴。

"不……不是！不……不……不是这样，根本不对吧。啊不，对！是的是的，正是如此。我是婴灵。我还没出生。是的，对不起，你说什么我都照办，饶了我吧！"

吉良的态度很丢脸，但能丢脸到这种地步反而令人觉得爽快。

"岩井那女人，居然把婴灵丢给我处理。她明明知道我是男的。那女人是什么意思？我从她笔名还是冈山桃子的时代起就一直是忠实读者，要我啊！我绝对不原谅！"

"怎……怎么声音好像怪怪的？不，没事，我听错了，您的嗓音很美妙。啊，讨厌，住手！求求你不要啊！"

这时，在场警察一齐……

举起了手枪。

——怎么可能有这种事？

一开始不是应该先说服犯人吗？

先对犯人动之以情，说令堂会很难过的，快点放开人质。

接着会和犯人展开交涉。

会派出交涉人。

不是应该这样吗？

就算想开火，也会躲在犯人看不见的地方奇袭。特种武器和战术部队（SWAT）不是都这么做吗？记得日本也有类似的组织，叫 SAT[一]还是 SIT 来着，应该不会这么明目张胆地举起手枪刺激犯人吧？明明犯人还挟持着人质，他们怎么会做出如此不经大脑的……

……不对。

总觉得很奇怪。

这男人奇怪，警察也奇怪。

整个世界都变得很奇怪。之前的红酒女也是如此，总觉得世界很像扣错的纽扣，一颗错，整排都错。不应存在的妖怪突然冒出，人心变得如此暴虐，肯定也是相同理由吧。这不是妖怪害的，但根源相同。所以……

嘈杂刺耳的巨响响彻大厅。声音虽巨大，但只是很单纯的"砰砰"两声。

围成人墙的围观者们无不屈膝、捂住耳朵。

[一]　特殊急袭部队（Special Assault Team），隶属于日本警察厅的特种警察部队。

接着又"砰砰"地连续响起相同的声音。

闭着眼的及川惊恐地张开眼眸。

只见被打成蜂窝的犯人……

以及额头中弹的吉良，尸骸倒在血泊之中。

该地并非郁郁葱葱的充满生命力之处，沉滞于此的毋宁是死亡。

森林本身无疑是活生生的。树木、小动物、虫子、草地、苔藓、霉菌、微生物或者细菌，都理所当然地具有生命，因此说这里充满生命并不算错。然而，相较于许多森林或山林作为一个有机体发生相互作用，此地的生命却仿佛失去彼此的联系。虽然也形成了生态系统，但生命之火间保持着距离，不深入干涉，反而抗拒着对方，嘲笑着彼此的生命。

这里就是给人如此不祥的印象。

这里……是青木原树海的中心。

关于这片树海，有许多传闻：有人说此地有股魔力，会吸引想自杀者来此徘徊；亦有人说此地的磁场异常，会造成指南针失灵。实际上，特地来此自杀的人的确不少。然而，若因此就把此处视为恶魔之地或灵异场所而深感畏惧的话，着实可笑。这里并非那种地方。

不过，这里的确不是能轻易来往之地——没有道路，也容易使人失去方向感。

倘若有人不慎误闯入这里，极有可能遇难。

过去几乎没有人来过此处。歪斜扭曲的树木和无数的干枯植物或动物尸骸，经过数百年的累积，腐化干燥，形成诡谲的地貌。

在中心之处有一个洞。

这并非洞窟，而是类似于中国人所说的天坑。洞穴朝天空张开大口，但纠结缠绕的植物遮蔽了阳光，洞中漆黑阴暗。

一名男子立于洞穴底部。

男子身穿军服——军帽与披风，从披风下摆的缝隙中可见长靴。男子身材高大，但在壮阔的自然环境中，他宏伟的身躯不具多少意义。男子的脚边有另一个男人，他穿着与四周环境不相称的西装，俯首在地，仿佛在对军服男子跪拜似的。

"加藤大人赐予的这副身体，小的拜领了。"跪拜的男人说。

被称为加藤的高大、瘦削男子低下头，倨傲地俯视着下跪的男人。趴在地上的男人缓缓抬起头来，说：

"虽然人类的身体不免有些局促，但能重获肉体依旧令我雀跃不已。从掌心传来腐败大地的柔软触感，以及充塞肺腑的生物腐臭……对只知干热空气与干热沙漠的我而言，是如此新鲜……"

下跪的男人六十来岁，并不年轻。

身上的西装明显是高级品，却沾满泥土与枯草。

"然而，这副皮囊真能派上用场吗？如此衰弱，无法纵情挥戈跃马，既不强健，遑论敏捷。不，根本是……一身病痛。"

男人抓着自己的脖子说：

"此人的血流凝滞，若勉强鞭策这副身体，恐怕要不了多久便会暴毙吧。死了无妨，但尸体很快就会腐烂……"

"不必担心。"加藤回答，"现代与你所知的时代不同。想显示权力，无须凭借壮硕的肉体。"

"您的意思是，小的不必战斗吗？"

"你用不着参战，该战斗的是这个国家的百姓。为此，吾才把你'挖掘出来'。"

"小的明白。"

男人再次压低身体，接着抬起头来仰望加藤，无所畏惧地笑了。

"小的会好好地'吸取'上千年、上万年的养分。"

"那样不够。"

"敬请放心。这点程度尚无法'饱足'，小的会尽己所能，贪婪地'吃干抹净'。"

"嗯。"

加藤转头，望向另一方。

男人也跟着环顾洞穴内部。

"加藤大人，您选的这块地方，正是这座岛屿的心脏地带。通过高耸的灵峰，穿越四通八达的地底灵脉，栖息于这座岛上的生命气息最终汇聚于此。只要小的本体停留在这个机要之处，住在这座岛上的民众……绝无安息之日。"

"正合吾意。"

加藤面带轻蔑地睥睨男人，说：

"因错误的传承而降格为灾灵，受人蔑视为恶鬼，最后被封印的异国蛮灵啊，你知道吾为何解开你的封印吗？"

"难道不是为了……使这个国家荒废？"

"非也。"

加藤用食指指着男人的额头。

白手套手背处绘有五芒星。

"吾要你毁灭这个国家。"

"恕小的造次，但这两者岂非相同之事？人心荒芜，国力便会衰减，政事必将混乱，他国自然会灭了这个国家。"

"在古代或许会如此。"加藤说，"但世事流转，时代变迁。这个时代，人心荒芜无法灭了一个国家。若这样就能使之毁灭……日本早已灭亡。"

"是吗？的确，不管任何时代，人心一向浮躁。生活愈困顿，民众就愈堕落；生活愈富裕，政治就愈腐败。一旦失去伦常，人类便会走向疯狂，终至家毁国亡。这个国家一旦失去强力的领导者，靠着我的力量，便能……"

"别小看这个国家。"

"此话怎讲？"

"这个岛国'没有'救世主，也'没有'绝对的神。没有那种能强而有力地引导民众，将你比拟为灾祸，使你堕落为邪恶并加以驱逐的人。"

"既然如此……"

"但同时，这座岛上有八百万尊神灵。"

"哦？"

男人诧异地皱紧眉头，爬起身。

"与你过去所在的国度不同。"

"这些神灵……都是天主吗？"

"不。"

加藤面容扭曲。

狰狞地笑了。

"这些是神灵，但不只是善神，亦有祟神与荒神，甚至还有非神之鬼怪。有的受到人民祭拜，也有许多早已不被崇敬，亦有被蔑视、被嘲笑、被驱除者。"

"慢着，不受崇敬怎能称之为神？"

"在这个国家，即使不受崇敬，仍是神灵。"加藤说。

"恕小的驽钝，神乃是超越人智、统御众生的存在，照理说唯有令人感到畏惧、崇敬或尊崇，并被人祭祀者方能称为神，难道不是吗？"

"但在这个国家，并非如此。"

"我听说唐土或天竺之神受到册封，拥有官位，日本之神与其不同吗？"

"道教诸神均有位阶，佛家也有类似的制度，婆罗门的神祇以及你熟知的埃及或波斯之神祇如此。早在你堕落为邪灵前，希腊、罗马的众神不也如此吗？"

"您说得没错。但这个国家的神……与其他国家的神都不同吗？"

"嗯。道教有天帝，密宗有大日如来，印度教有湿婆，埃及有太阳神拉，希腊有最高神宙斯。纵使不像道教有着严密的组织，这些国家之神各具有位格与顶点。"

加藤仰头看天。

"难道这个国家……没有主神？"

"有是有，却非顶点。"

"您这番话，小的听得有些糊涂了。"

"天照大神是皇室——日本之王的祖神。但天照大神之上尚有父母神，父母神亦是其他神所创造的。而这个国家的王，直到现在仍被尊奉为现人神。"

"既然如此，日本之王不就是……"

"日本有王，虽受景仰，却非信仰之对象。他不被称为王，也不具有王权。"

"既然如此……国民岂不失去了依托？"

"依托吗？"

加藤又笑了。

"并非现在才如此，这个国家长期以来一直以这种系统运作着。把中心一分为二，再分为四地分散开来，当受到压力时便扭曲变形，维持国家的形式。鲜少受到异国侵略，即便被他国蹂躏夷平，国家也不会灭亡。坚硬之物能够被破坏，柔韧之物却难以被摧毁。若拥有多颗头颅，即使被击碎一两颗也不至于死，而这个国家拥有八百万颗头颅——虽说不成体统的头颅也不少。就算是你，在这个国家也能成神。"

"在下？"

"没错。虽然或许不会被称为神吧。"加藤说完,再次低头俯视男人。

"现在的你,恐怕再也无法如过去那般被视为善灵或灾灵受人信仰,可被当作恶鬼受到畏惧却非难事。在这个国家,恶鬼亦是神灵的一种。是的,即便是将你贬落为恶鬼的耶稣基督和安拉,在这个国家亦不过是无数神灵之一。"

"但是……身为绝对神的这两者何以能并存?"

"在日本就能。所以吾才说,别小看这个国家的民众。"加藤大喝一声,接着说,"神圣的事物染上秽气便会弱化。不受民众崇拜,便会失去神通之力。但这个国家原本就存在着一身秽气的灵。有无人崇拜的灵,也有被人嘲笑、蔑视与捉弄的灵。事实上,这些不成体统的神灵更在多数。若不把这些全部解决,便无法使日本真正荒废……"

"小的明白了。"

"用你的力量使此地民众的信仰变得淡薄,使他们失去伦理与道德吧。只要人们的心灵仍有余裕,此地的神灵就不会消失。神灵不消失,人心就不会真正荒芜。"

男人闭起眼,皱起眉,仿佛在遥想过往,暂时不发一语。

"我方才连接这名人物的大脑,复制了他的记忆,已掌握了大致情况。原来如此,这个国家的确有些棘手。"

"棘手?"

加藤耸起双肩,用蛇蝎般的双眼瞪着男人,说:

"不,这个国家必须毁灭。"

"您对这个国家……如此怨恨吗?"

"吾过去为了毁灭这个国家,使出无数手段——驱策天龙,统御地龙,深入冥府唤醒强大的崇神,而吾自身也无数次死而复生,每次都带来重大灾厄,然而……这个国家就是不灭亡。"

"似乎是如此……"

男人点点头，说：

"大正年间的大地震、东京大空袭……就连不久前的地妖，也是……"

"不，吾从不重蹈覆辙。"加藤说，"数年前的地震与吾无关，那是天理自然之意志。况且天灾、地变或战火也无法毁灭这个国家。不管如何破坏……日本终究会复苏。"

"但在这个年代，要破坏日本并非难事吧？"

"不……"

加藤语气极缓慢地否定了。

"若同时破坏两三座那种能散发出致命放射能的设施，这个国家肯定处理不来吧。将会有无数民众死亡，无数民众得病，无数民众逃亡，无数民众陷入悲伤及痛苦之中。然而，假如这样就能毁灭这个国家，日本早就灭亡了。要破坏绝非难事，但即使这么做，吾之夙愿依然无法得偿。吾想杀的，乃是这个国家的灵魂。"

"您是说……灵魂？"

"不管毁坏多少房子，夺走多少人命，也无法使这个国家灭亡。即便能使岛屿沉没，国土湮灭，终究无法杀死灵魂。既然如此……"

"光是破坏并没有意义……"

"没错。反过来，纵使不大肆破坏……"

"也能杀死这个国家……您的意思是如此吧？"

男人站起来，拍掉附着在身上的有机物。

"加藤大人，小的总算明白您带我来此的目的了。"

男人双眼睁得极大，神情与常人应有的表情迥异。

"这项重责大任就交给在下吧。小的必定不会辜负您的期待。"

"贪婪的魔物，你真正的欲望其实是使欧洲各国荒废吧？"

"当然。"

"但现在，你的力量仍然不足……"

"漫长的岁月中被封印，我的力量早已消散，无法随心所欲地行动。"

"若以这个狭小岛国上的愚蠢民众为粮，让你的力量恢复到被封印以前，需要多久？"

"比起被封印的时间，有个零头就够了。"男人说完，用手拨弄头发。

"吾等不了那么久，所以吾准备了这男人的身体，好让你的分灵能附身其上。"

"这副肉体……是下一任都知事。"

男人似乎已完全理解现在自己的身份为何了。

"没错。这男人没什么了不起，没有优秀的能力。但是，他即将坐上统御帝都的宝座。因此……接下来你只要让民众听从你的命令即可。吾再说一次，统率民众，无须动刀舞剑。"

"不必砍下半颗人头……就能率领民众？"

"是的。只要你能善用这个国家的体制。"加藤说完，张开双手。

披风掀起一阵腥风，发出不吉利的声响。

"这个国家的民众大多愚昧，但造福民众的体制很完善。只要善用体制，那些愚民便会不做多想地遵从你。一滴血也不流，你就能取得任意妄为的权力。"

"似乎真的如此。但这副身躯，作为依附的对象似乎不怎么好用……"

"一旦派不上用场，就杀了他。吾会帮你准备下一副身体。"

"换句话说……我下个附身的对象，就是下一任的内阁总理大臣喽？"男人语气轻佻地说，"在那之前，我就以这名男人——仙石原贤三郎的身份，好好执行东京都知事的工作就好，对吧？"

"没错。至于你的本体，就留在此处……作为岛屿核心地带的这片树海的隐秘洞穴里，同时在帝都做好你的工作吧。"

"小的明白了。时代变了许多，不同于太古之都城，这个时代的都市里不分善恶或清浊，有无数人们的思想绕旋。这男人的内心深处也堆积着大量淤泥。唉，连这种人也能当君主呐。不对，这个年代的领袖已不再是君主。不必砍下人头，不费一兵一卒，就能统御人民，真是个好时代。"男人笑着说，"也不是无法理解加藤大人想毁灭这个国家的心情，只是……有点不过瘾呐。"他接着扭动脖子，继续说道，"难得重获肉体，不杀两三个人，实在可惜。"

"别说这些跟不上时代的话。再说一次，挥刀相向的是民众。你只要冷眼旁观，笑看他们失去心灵的余裕，彼此叫骂嫉恨、相互残杀流血，最后失去自尊与理想即可。如此一来，生活在此地的民众便会亲手葬送这个国家的灵魂。到时候……"

"小的就能尽情吸取养分了。"

男人——仙石原笑得更得意了。

"能吸那么多的话……也许比预估的更早完全复活。等到加藤大人的夙愿得偿之时，还请您高抬贵手，帮小的实现梦想啊。"

"别得意忘形。"

加藤瞪了仙石原一眼。

"要封印你不过易如反掌。等一切都完成之后再来夸口吧……'戴蒙'。"

仙石原再度恭敬地低下头。

"崇敬吾吧……"加藤的声音在树海中回荡。

拾壹

妖怪小说家思索对策

雷欧☆若叶蹑手蹑脚地走着。

他觉得自己像只过街老鼠，恨不得立刻挖洞躲起来，内心充满了不敢在光天化日之下露脸、仿佛赤脚走在暗巷般难以言喻的背弃道德之感，又带点寂寥、悲伤以及不踏实的感觉。雷欧不管醒着还是睡着，都充满这种心情。若是被人叫住，他就马上道歉，而且为了能在对方开口前立即道歉，他的嘴唇随时维持"对不起"的"对"字口形。低垂的头只要略受一点刺激，立刻鞠躬哈腰，完全是点头如捣蒜。腰部也常态性维持低姿态。他也极力不发出脚步声，绝不走路中间，而是靠着边边角角，在阳光照不到的阴暗处行走，同时尽量不与路上的行人眼目交接，为防止被人从背后袭击，还总是缩起脖子，随时摆出防御态势。蹑手蹑脚，连小偷也没这么窝囊吧。

"喂。"

"对不起！"

"怎么了？"

"对不起，请原谅我，我不会再犯了，请您饶了我吧。"

"要我饶什么？"

"我给您道歉，我很后悔，我会改进，我会反省，我会修正……啊。"

"啊什么啊。"

"这……这不是村上大哥嘛！"

呼唤雷欧的是他所尊敬的作家，同时也是妖怪探访家的村上健司。

"就是我。话说回来,雷欧,你在干吗?"

"哎呀!村上大哥,你怎么还敢大摇大摆地在路上走啊?"

"啊?就算我没做过什么值得夸耀的事,但也没做亏心事。我没犯罪,最近也没有随地小便,顶多放屁而已。放屁不至于被逮捕吧?"

"如果放屁会被逮捕,我早就被处死了。听说连水木老师也被抓了呢。"

"别乱讲,他老人家没被抓啦。你干吗那么惊恐,又捅出什么娄子了吗?"

"因为现在的社会风潮……"

目前社会上对于妖怪有强烈的批判风潮。风速恐怕超过每小时一千米吧,足以掀起屋顶,扫落瓦片。

"妖怪被视为罪恶根源。邮筒之所以是红的,电线杆之所以那么高,全是妖怪害的。会有银行抢匪、霸凌、恐怖主义、没异性缘和地震,都是妖怪害的。若是有人不小心说出自己喜欢妖怪,立刻会被围殴,被当成地鼠一样痛打,家里被放火,被丢石头,被竹枪穿刺,高悬示众。"

"嗯,的确是这种感觉。"

村上一脸无趣地回答。

"对吧对吧!"

雷欧不小心激动地大声喊起来,赶紧又躲到电线杆背后。

"对不起对不起对不起……"

"我说你啊……"

村上露出仿佛吃到秋刀鱼内脏般的苦涩表情。

"对我道歉没意义吧?不,对任何人道歉都没意义。"

"但……但是,我是在举世唯一的妖怪志上写过稿的肮脏小猪,没脸面对世人。"

"你又没写多少。"

"只要扯上一点点关系,就都一样。"

"那我不是更惨？况且《怪》也休刊了。"

"过去无法被抹消。《怪》只是休刊，并没有废刊。目前社会舆论还偏向干脆让角川书店关门大吉呢，直接要求角川控股公司解散。"

"没这回事啊。"村上气愤地说，"就算真的是这样，走在路上，又有谁知道你是在《怪》连载过的作家呢？雷欧，你的长相从未公开过吧？哪里像我，随便搜寻都能找到一堆照片。知道你长什么模样的，只有《怪》的制作群吧？只要你自己不说，没人认得你。"

"哎呀，真不好意思。"

"害羞个鬼，干吗搔头？"

"可是我听说日本警察很优秀，我的长相很快就会被曝光了。"

"问题是，警察为什么要出动？"

"当然会出动啊。当前的日本，在妖怪杂志写文章已超越微罪的范围，就和二战时期的反战运动家一样。"

"嗯……没错。"

不久前才刚有人发起拒买在有妖怪出没的河川或海域捕捞的渔获的运动。坊间绘声绘色地流传着吃了在有濡女[一]的海岸捕捞到的海产品会全身失血而死的谣言，更有人信誓旦旦地宣称，吃了在有海坊主出现的海域采收的海带会秃头。

若在平时，这类胡扯肯定会被嗤之以鼻……但现在没人敢打包票说"不可能"。

科学证明如今已完全失去意义，人们所要面对的对象是彻底违反科学理论的存在，不管发生什么事也不奇怪，没人能预测将来的发展。

虽然目前尚未有人因妖怪而得病或死亡，但不管信不信这些传闻，也没

[一] 一种女首蛇身的妖怪。

人喜欢这一现况。即使是身为妖怪迷的雷欧，也完全能理解这种心情。

因为鬼怪——

又出现了。

海坊主、海座头或海和尚这类"海洋"加"光头"系列的妖怪连日出现，使得船只航行困难，钓客们饱受惊吓，虽造成一定程度的干扰，但其实只要仔细观察便会发现，这些妖怪并没有造成实际危害。明明没有危害，世人却歇斯底里地厌恶、憎恨它们。只要出现，就会引发严重恐慌，造成数百人伤亡。

恐慌不只局限于日本国内。

妖怪若出现在领海边界附近，马上会受到他国的猛烈抗议。没有哪个国家想被妖怪污染本国海域。

——就算抗议，日本自己也很困扰。肯定很困扰吧。雷欧是个笨蛋，但在面对妖怪问题时，那些聪明狡猾的官员或政客也只说得出蠢话。毕竟妖怪这种存在真的很可笑。试着想象一下那种情景吧，一颗巨大的光头漂浮在海面上，什么也不做。

面对这样的情况，外务省官员或外务大臣除了说些蠢话，还能怎么办？谁能想到会因为海坊主而造成外交裂痕呢？

一周前，某海域突然出现一座小岛，某国为了抢先登陆并宣告主权，派了调查团浩浩荡荡地出发。登陆后，虽然发现情况似乎不大对劲，但决定还是先宣告主权再说。当调查团把国旗插在地上的瞬间，岛屿突然沉入海中，调查团成员陷入大混乱。

原来被他们踩在脚下的，是一条大得可笑的𫚉鱼。

某国向日本政府表达严正抗议，但日本政府发表官方声明，宣称那只是一种巨大的海洋生物，而非妖怪，是某国自己搞错了，与日本无关。

然而，妖怪迷一看便知，那正是一种名为赤𫚉的妖怪。

假如这件事传到国际社会，肯定会演变成难以收拾的外交危机，所以妖怪迷无不将这件事藏在心中，没人敢开口。

被发现那是妖怪的话，一定会引起轩然大波吧……那种妖怪除了体形庞大以外，别无特异之处，是否该算妖怪其实是灰色地带。不过，能证明它是妖怪的证据还是被全面抹消了。

最早提到赤虹的是江户时代的《绘本百物语》，原版书目前已禁止公开，翻刻本有角川文库的《桃山人夜话》和国书刊行会的《竹原春泉绘本百物语》，上头指示立刻让这两本书绝版，库存也全数销毁，已在市场上流通的则秘密回收并烧毁。至于水木茂老师绘制的妖怪图鉴类书籍，虽未惨遭绝版回收的命运，但发售中的被勒令于加印时进行修改。

目前也没有书商敢在店头大刺刺地贩售妖怪类书籍。

水木茂的漫画大多分为战记类、现实讽刺类、怪奇类以及奇幻类，如果标题或宣传中有"妖怪"两字，则一律删除。幸好民众早有认知，水木的漫画本来就是这种风格，所以没受到严重抨击。只是，妖怪图鉴变得彻底乏人问津了。

除了书之外，网络上也有大量关于赤虹的图片与介绍，这些恐怕也是不合法的，于是全数被删除了。

用不着有识之士解释大家也明白，这明显是一种情报管制，这么做肯定大有问题，却没人抱怨，也没人表示质疑或忧心。

由此可见，妖怪很受民众的厌恶。

"听说有小豆洗^[一]出没的河川今天被填平了。"

雷欧这么说，村上甚感讶异，忍不住反问：

"填平？河川吗？"

[一]　一种出现在靠近村里的河流或水道旁，洗红豆发出沙沙声的妖怪。

"就是说啊。当地民众认为，冒出妖怪的河川一定很脏，即使表面看来洁净，水中必然充满杂菌，所以基于公共卫生的观点必须填平。听说他们往河川里倒入了大量混凝土呢。"

"可是这样做……上游的水该往哪儿流？"

"应该采取了什么措施吧，细节我不清楚，也许另挖一条水路注入其他河川了吧？流经的城市不能建水坝，而且那样做会被认为是某家连锁卡拉OK在打广告，所以应该会把水引导到某处才对。随便乱拦水的话，会引发水灾的。只不过，如果真的造成洪水，搞不好又会怪到妖怪头上。"

"唉……"

村上露出无奈的表情。

"对吧？"

"对什么对。这种风潮根本莫名其妙，那样做反而是在破坏环境，也很浪费税金，为什么没人阻止？"

"当然是因为民众支持啊。民众都认为破坏环境的是小豆洗。"

"鬼怪又不是公害。"

但也快跟公害没区别了。

举例来说，放射线虽然无形，却能测量。

雷欧是笨蛋，不清楚贝克勒尔和希沃特的差异，也不明白单位或测量方法，但至少知道放射线能够测量。只要有仪器，便能测出放射线数量的多寡。

另一方面，若没有放射性物质，就不会有放射线。

这么说其实有语病，自然环境中也有天然的放射线，但量微乎其微，可以不用理会。总之，在单纯无知的雷欧的认知里，只要能除去放射性物质，就不必担心放射线的危害。

换句话说，既然明白放射线的危险之处，也能用仪器测量，纵使放射线无法通过肉眼看见，对人体的影响也很强烈，但至少是能够防范的。

妖怪则不同。

能看到放射线。

然而完全无法掌握它们平时躲在哪里，也不明白它们何时现身，一旦出现时会做什么，想做什么，可以说是笼罩在一团迷雾中的对手。

无法防范，不能量化，来不及发出紧急鬼怪警报，也无法去除它们所带来的污染。

虽然网络上已经成立所谓的鬼怪情报站，一旦有人目击并通报的话，资料立刻会更新，但这类鬼怪情报终究难以被完全网罗。各种妖怪小僧或妖怪婆婆总会神不知鬼不觉地在人们身旁涌现，根本应付不了。

况且，就算及时更新妖怪出没的情报，人们也拿它们无可奈何。

虽然无法除去妖怪污染，但是有人出面驱鬼。当然不是政府带头进行，而是由民间自称灵能者的人士所提供的服务，还很受欢迎。只不过，毕竟这些骗徒并没有灵异能力，所以也容易引来事端。

经常发生妖怪驱除仪式刚结束，转过身的瞬间它们又冒出来，结果往往导致诉讼或伤害的事件，而且每天都能见到相关报道，实在可笑。妖怪又不是鬼，想驱鬼找灵能者是无妨，但若想驱走妖怪的话，就该找妖能者吧？

妖能，越听越像放射能。

总而言之——

日本当前的最大包袱无疑是妖怪。因为妖怪，日本在外交上被孤立，出口贸易停滞，观光客减退，交通瘫痪，物价上涨，疾病蔓延。

"不涌现、不理会、不引进"妖怪——美国有人创造出非怪三原则[一]这种极度不尊重的玩笑标语。由于这个玩笑真的逾越了尺度，日本人不生气也实在说不过去，但不知为何，就是没人抗议。

[一]　讽刺日本于1967年宣布的"非核三原则"。

　　毕竟就是因为日本人自己去理会妖怪，它们才会越冒越多，倘若这些鬼怪跨越国境大举入侵别国，外国人肯定受不了吧，雷欧不是不能理解他们的心情。

　　比如说，河童如果出现在美国的话，美国自然不可能发护照给它，但也无法将它当成偷渡者遣返。因为它们根本不是人。妖怪没有国籍，擅自运输或交易的话，说不定会违反《濒危野生动植物种国际贸易公约》呢。此外，假如是衣柜妖怪在外国涌现的话，该算是进口家具吗？

　　"唉……"

　　"别学我叹气。"村上说，"总之，你的主张我不是不能理解，但你那种古怪的走路方式反而可疑。听好，社会对妖怪的态度的确很不友善。但是，有的妖怪长得很像人。"

　　"也有长得像电视的哟[一]。"

　　"别唱歌。"村上敲了一下雷欧的后脑勺，接着说，"总之，像你那样鬼鬼祟祟地行动，反而会被人当成妖怪驱除，甚至会被拿着驱魔棒的老爹敲头。"

　　"咦——对不起！"

　　"听不懂啊？叫你态度别那么畏缩了。听说最近市面上推出防妖怪叮咬的喷剂，小心被喷。听说那种喷剂臭得很咧。"

　　"很臭吗？"

　　"会臭死。"

　　"好可怕。"

　　"不想被喷就行为正常一点，对大家都好。像你这种家伙，光活着就会给人添麻烦，别再做出那么醒目的行为了。"

　　"我……我会让自己低调一点。"

[一]　出自永井豪的漫画《咚隆隆炎魔君》的电视动画版片尾曲《当心妖怪》中的歌词。

"我就是在说你的低调反而很醒目，惹人注意度暴增百分之二百五十呢，去死吧。"

"哦——"

"去死。"

"咦——"

"话又说回来，你这么鬼鬼祟祟地走，是要去哪儿？"村上问。

"啊？呃，不能说。我有保密义务，严禁说出口，必须要严守秘密，是秘密的厚子[一]。"

"你要去萨摩太郎吧？"

"为……为什么你会知道？"

萨摩太郎是位于神保町某处的鹿儿岛料理店。

《怪》自创刊以来，不知为何，鲜少在角川书店的会议室里开会或谈公事。不知是真的凑巧不方便，还是被公司歧视。也许上头认为《怪》本来就没有编辑部，这群笨蛋聚在一起也只会聊鬼怪的事，给他们会议室是一种浪费吧。虽说如此，他们总不能在路旁或顶楼开会，又没有多余的经费租用会议室，最后，在萨摩太郎聚餐顺便开会就成了惯例。

萨摩太郎是一家相当冷门的餐厅。地点不佳，门可罗雀，内部总是空荡荡的，连个店员也没有。店内只有一个老头子负责烹调，一个老太婆负责端菜。可是和室包间的空间很大，西式座位也不少。倘若有三分之一的座位坐满的话，这两人肯定会忙不过来吧。价格与廉价的连锁居酒屋比起来差不多，食物却十分美味。

虽然美味，可惜没有时下流行的菜色，顽固的老板坚持正宗萨摩料理。

由于雷欧是中途才加入的成员，而且还是专写附录部分的小角色，从未

[一] 魔法少女动画《甜蜜小天使》的日语原名。

出席过策划会议，只在活动结束后的庆功宴来过三次。

"我……我说不定在不知不觉间泄漏了秘密。是下意识地边走边说出秘密了吗？啊啊啊！"

"啊个屁。我看你还是去死吧。"村上说。

"村上大哥好凶啊。"

"抱歉，我这个人就是口无遮拦，但以上全是我的真诚感想。对你的感想毫不修饰直接说出口的话，就是这样。"

"什么样？"

"就是去死。"

"好了好了，我明白了。话说回来，村上大哥为什么知道……啊。"

"啊什么？连你这家伙都被邀请，我怎么可能没被邀请？我什么时候比你还差劲了？"

"插进？要插进哪里？"

"给我闭嘴。我们到了。"

萨摩太郎位于住商混合大楼的地下楼层，外头没有广告牌，只有在通往下面的楼梯入口处贴着貌似大久保利通的人像，一旁挂着毛笔字"斗鸡"的裱框招牌。如果这是一家军鸡锅专卖店倒不奇怪，然而它并不是。走下楼梯的过程中还能见到东乡平八郎的肖像画。来到入口处，萨摩太郎的广告牌总算映入眼帘。

广告牌放在这里根本没有意义。

不放在能吸引路人目光的地方，便没有招揽客人的效果，这样只是一块大型门牌。话说回来，店名为何叫太郎？是老板的名字吗？

雷欧心想，简直像秘密基地。

这里仿佛对抗极权专政、钳制思想的军事政府的反抗军组织的地下基地。这样一想，倒是挺帅气的。雷欧一面幻想，一面打开拉门。

见到身穿日式围裙的老婆婆。

身材高大的老婆婆讲话时声音格外高亢。

"欢迎光临！等两位很久了！"

错了，根本不帅气，反而有点丢脸。雷欧觉得自己像个回乡下奶奶家玩的小孩。

穿过西式座位区，来到和室包间，几名反抗军战士——不，只是一群大叔已经开始喝了。

坐在最后方的是《怪》前总编辑郡司。他身旁是角川书店品牌公司的冈田和伊知地、《Comic 怪》编辑及川、委托外部编辑公司的梅泽和鸟井，不知为何，连 Media Factory 品牌公司的似田贝和全日本妖怪推进委员会销售部的河上店长也来了。郡司挥手招呼两人。

"好……好厉害啊。"雷欧说。

"什么意思？"

"好像进行地下活动的纳粹残党啊。"

……怎么好像跟刚进店时的感想不同。不对，反抗军和纳粹残党差得可多了。雷欧想，会变成这样，或许和郡司那张凶神恶煞般的恐怖面容有关。他那副尊容，怎么看也不像奋起对抗暴政的老百姓。

"什么跟什么嘛。"

郡司瞪着雷欧说。好可怕。

"不过，说残党倒也没错。"

看来不是在瞪人。郡司天生就是这张坏人脸。

冈田站起身，请村上坐在郡司身旁。雷欧杵在原地，犹豫该坐哪里时，右侧的门被打开，撞到了雷欧。

"嗯？怎么了？"

雷欧刚想反问对方怎么了。仔细一瞧，是多田克己。他刚从厕所出来。

原来雷欧挡在厕所前面了。

"雷欧老弟也被叫来了？"

"啊，是的……"

"找这家伙来干吗？他又不能谈正经事。"多田边说边推开雷欧，踏上榻榻米。

"呐，雷欧老弟，你老是疯疯癫癫的吧？你很不正经吧？呐，这家伙是个笨蛋吧？"

多田说得并没有错，但雷欧觉得老实承认也很奇怪。这时，依然一脸不屑的村上替他搭腔。

"他的确是个笨蛋，但应该轮不到你来说。"

"说得也是，你说得没错。"说完，多田嘻嘻地笑了。

这样看来，这群人根本不是什么纳粹残党，而是废人改造社团。他们说不定会向彼此告白自己的缺点，相互安慰，相互赞美，相互反省，最后手牵着手围成一圈。雷欧脑中想着这些时，其他人早已就座开始谈正事。

"如各位所知，预定担任总编辑的吉良被杀了，使得原本预定召开的《怪》休刊记者会也取消了。"

郡司说完，取出一个小相框，放在萨摩炸鱼饼旁。

是吉良的遗照。

"虽然这件事和妖怪毫无瓜葛。"

"可是世人似乎不这么想。"

村上说完，吃一口炸鱼饼。

"反正现在千错万错都是妖怪的错。新闻报道还说吉良一当上妖怪杂志总编就被杀了呢。明明还没就仕。"

"对啊，真的无关。"

说完，多田又嘻嘻地笑了。

"……真的是这样吗？"

这次换及川发言。

"及川大哥，你这话是什么意思？"冈田反问，"犯人不是岩井志麻子小姐的跟踪狂吗？整件事和妖怪一点瓜葛也没有吧？"

"准确说来，害死吉良先生的是警察。"

伊知地皱着眉说。伊知地当时在现场。

"警察不仅没对空鸣枪，还故意激怒犯人，让犯人开枪后再射杀他。"

"警察最近好像都这么做。"似田贝说，"大冢那一带最近简直变了个样。路上不见外国人，也没有黑道大哥，十点过后，路上连个行人也没有，满街都是警察，每个人手上都握着手枪。"

"手枪？"

"真的，都握着手枪。听说连夫妇吵架都差点被警察直接射杀了。"似田贝一口吞下喜相逢说。

"这社会未免变得太暴戾了吧？"

"岂止暴戾，完全是黑暗时代。"

"我的意思是……这种社会暴戾的现况是不是也是妖怪害的？"

及川难得表情严肃地说。虽然他本来生就一副被赶出群体的孤单大猩猩脸，不管严肃还是轻松、心情愉快还是生气，一般人都分辨不出来。

"嗯……舆论也主张如此。"郡司说，"管制变严格是因为犯罪率增加，犯罪率增加是因为人心惶惶，而人心惶惶则是因为妖怪所害，所以不管是警察执法过当还是杀人案频频发生，都是妖怪害的。这就是舆论的看法。"

"但这算欲加之罪吧？"似田贝说。

"不，这很难说。"及川反驳道。

"及川，你这么坚持是妖怪害的啊？偏向舆论了吗？"

"不是的，我只是隐约觉得两者并非无关，但哪里相关我也说不上来。"

"你真的认为是妖怪害的？"

"不，我……"

"你该不会想在这个《怪》暨全日本妖怪推进委员会复权秘密会议上主张'妖怪乱源说'吧？"

原来这场会议的目的是这样。

话说回来——

果然是秘密会议。

雷欧想着这些，正打算坐在最边上时……

"就是这样才不行！"

一道严峻的声音从背后传来。

"不能坐吗？对不起！"

"不是在说你。"

"不……不是我吗？啊……"

雷欧回过头，面容比郡司凶恶几十倍的京极夏彦半眯着眼现身了。

他一如往常穿着和服，但头发蓬乱，垂头耷肩，显露老态，远远看上去仿佛七旬老翁，完全是个糟老头。

"是……是京……京……"

"鲸什么？鲸鱼吗？"京极说，"说不定是想说精力汤。"村上开玩笑说。

"那更不可能吧。"不知道是谁吐槽，京极仍旧顶着一张臭脸直摇头。这时，那位高大的老婆婆从背后现身。

"京极老师喝茶吗？"

说完便把乌龙茶递给京极。

除了被医生禁止喝酒的梅泽外，现场只有京极的酒量奇差无比，几乎滴酒不沾。明明不能喝，却老是参加这群怪人的酒宴，某种意义上京极是最怪的一个。换作正常人，恐怕一分钟也受不了。

这家餐厅的非酒精饮料只有可乐和乌龙茶，京极无从选择。但就算如此，直接递茶给客人还是很奇怪，京极还没就座呢。雷欧不禁想，这样可以吗？

不过由京极若无其事地点个头就接下乌龙茶看来，这家店或许一向如此吧。他眉头深锁，眼皮松弛无力，面容疲惫至极，伸出戴着露指手套的手接下乌龙茶的模样实在有点滑稽。

"怎么，你们该不会已经喝醉了吧？"

京极以仿佛在身旁发现脏东西的表情环顾座位上的众人。

"还没喝多少。结果如何？"郡司问。

"糟透了。"京极回答，"完全无法想象报道会写成什么样。"

"京极老师去接受采访了吗？"似田贝问。

"嗯。因为个别采访很麻烦，所以搞成类似记者会的形式。若是杂志的专访，会事先让我们确认报道内容，但报纸就不可能了，毕竟是报道。只能期待记者的专业度了。实在没把握对方能正确理解我的说法。不，恐怕不仅无法正确理解，还会刻意扭曲。"

"捏……捏造吗？"

"不算捏造，是解释的问题。若是新闻报道，双方事先讨论或事后修改才真的是造假。事先讨论内容要怎么写的报道根本是假新闻。就连有影像的电视新闻，也会因为剪辑而给人不同印象，纯文字的报纸报道就更难掌握了。"

"是关于什么的采访？京极老师最近不是没有新书？啊，其实有吗？"

"怎么可能。"京极瞪了似田贝一眼，接着说，"《怪》被封杀，《幽》也半永久休刊，怪谈类作品受到全面打压。在这个杀人案宛如家常便饭的时代，推理小说自然也乏人问津。和这世道比起来，连平山梦明的作品读起来都像温馨故事。"

"不过您的书目前还没被禁吧？明明内容也与妖怪有关，真奇怪。"

"事实上……"

京极在村上对面坐下，将乌龙茶摆在桌上，从吉良的遗照旁拈起一片炸鱼饼。

"我今天受访就是为了这档子事。"

"啊？"

"妖怪受到全体国民的排斥，几乎所有妖怪类作品都被排除在娱乐作品之外。有妖怪登场的小说及影像作品也逐渐淡出，从市场之中消失，自然也没人敢创作新的妖怪类作品。现在还活跃在市场上的只剩漫画了吧？水木老师的漫画还没被排除。"

"嗯……"

"你明白为什么吗？"

"不清楚。"

"因为人们发现鬼太郎完全是虚构的，是水木老师的创作。木绵妖和涂壁的造型都是水木老师所独创，它们是诞生于水木笔下的角色。现实中冒出的那些事物证明了这一点。"

的确。

疑似木绵妖的妖怪在现实中经常现身，但与水木笔下的角色截然不同，既不能乘坐，也不说鹿儿岛方言，更没有眼睛或手，单纯只是一条会自己飘动的木棉布。

"真实的妖怪不行，虚构的倒是无妨，这就是当前社会大众普遍的看法。就如过去一般，实际杀人绝对犯法，但描写杀人行为的小说倒无所谓。"

"可是妖怪小说不也消失了吗？"

"小说没有图像。过去水木老师笔下的角色影响力太强，读者们在心中会自动将妖怪置换成漫画的模样。于是除了坏蛋角色以外，妖怪在人们心中只是一群有点恶心又有点可爱的角色。然而，当它们在现实之中出现呢？动漫中的老头子或许可爱，现实中的老头……就只是老头啊。据说在现实中出现的小豆洗的模样相当恶心。如此一来，人们见到小说中有小豆洗登场，自然也会觉得不舒服。听说由日用品变化而成的妖怪，模样也很毛骨悚然哩。"

哦——

"可是，您的小说不是……"

"我的小说中'没有'妖怪登场。"京极说。

"对啊。"

"前阵子在海上出现的赤魟，我也写过关于它的小说。但我在书中说那种妖怪并不存在，即使存在，也只是某种生物。事实上，我的小说一直是如此。即使是豆腐小僧，我也不厌其烦地说那种妖怪并不存在。"

京极滔滔不绝地说到这儿，仰头咕噜咕噜喝了半杯乌龙茶，然后将土鸡肉放进嘴里大嚼特嚼，接着说：

"这世上没有不可思议的事。"

"明明就有。"

及川反驳道。

"及川。"

京极脸色一沉。

"连你也说和记者相同的话吗？不管发生什么事，我们能做的只有接受它。不管发生什么现象，背后必然有其理由。感到不可思议，只代表放弃思索背后的原因。若在现实中发生，那就是事实。必须先从接受事实开始，假如事实令人想不透，那就坦然接受自己的无知，并努力探究真相才对吧，笨蛋。要是你这笨蛋再说这种蠢话，我就要把你打包起来寄送到阿拉斯加，让你冻死。"

"啊啊啊啊！"

及川吓得扭动身体。雷欧想，原来除了自己以外还有其他笨蛋呢，不禁感到宽心。而且及川也被人骂去死，果然是和他一个国度的。

"这世上没有不可思议的事。"京极又重复了一次，"顶多有不明白的事。不明白只因为我们脑子不好，知识不足。不去认清这一点，却绘声绘色地胡言乱语，不就和神秘学（Occult）一样了吗？妖怪不应被置于神秘学里。"

"说得没错。"郡司用低沉的嗓音说，"荒俣先生最近很少露面，因为他还在进行'呼子'的研究。"

呼子是从雷欧由山上带回来的谜之石中冒出来的奇妙孩子。

"嗯，那才是正确的态度。其实我一直很怀疑，到处都有看似妖怪的事物涌现，但那些真的是妖怪吗？"

"难道不是？"郡司反问道。

"等等，郡司兄。"村上也插嘴说，"虽然河童也出现了，但那真的是河童吗？"

"怎么看都是。"

"真的吗？"

"至少不是未确认生物体吧？它会跟人比相扑咧。今野敏先生说他行经江户川河畔时也碰到河童，还跟它比了一回，结果立刻被摔出去了。今野先生格斗技术那么强，假如他碰上的只是某种小动物，没道理会输。"

"呃，没错。"

"据说道尾秀介先生也遇到过河童，还昏过去了。"伊知地说。

雷欧也听过这件事。道尾在推特上发文说碰到河童放屁，他瞬间就失去了意识，所以没感觉到臭味。

"那种怪物懂人话，不可能是动物。"

"的确。"

京极点了第二杯乌龙茶。

"现在震撼全国的各式各样的奇妙事物和民间传说的描写一致，模样与古代画家所留下的画作相符，出没地点与行动等特征也与传说中的妖怪大致符合。但我在想……仅仅这些部分相同，就将之称为妖怪，真的好吗？"

"没错，京极兄说得好。"村上说。

"我认为，那只是'看似'妖怪的事物，但不是妖怪。我们所推广的妖怪是文化上的概念，那些基本上不是肉眼能见的事物。而现在造成严重问题的是，这些原本不具实体的文化上的概念突然获得了形象，并能对现实造成直接影响。既然如此，面对这一现象，我们必须思考究竟为何会有这种事发生，并去明白内部的结构，找出对抗的方法。因此，妖怪是好是坏并不重要。"

京极又吃了一口鸡肉。桌上吉良的遗照面带笑容。

"把妖怪和灵异、超常现象混为一谈原本就莫名其妙。事实上，目前灵异现象的发生率也显著下降了。"

"没错。"似田贝说，"灵异都快绝迹了咧。"

"灵异本来就不存在。"京极说。

这个人事到如今还这么嘴硬啊？雷欧心中这么想，但没说出口。

"那只是解释的问题。现在碰上奇妙的体验时，用鬼魂作祟来解释的人变少了，如此罢了。"

"因为妖怪实际现身了。"

"要我说几次，别那么讲。"

京极瞪视在场的所有人。

"假如连我们推进委员会都说那是妖怪的话，会造成误解的。先别混为一谈吧。话说，政府似乎打算成立妖怪对策委员会。"

"是的。听说小松所长和香川老师也被征召，但被他们执意拒绝了。"

"明智的选择。至少政府应该采用'难解现象对策委员会'这个名称才对。不过这不重要，事实上……有个更值得思索的问题。"

说到这里，京极停顿了一下。

"什么问题？"

"为何整个社会变得如此充满暴戾之气？"

"在你来之前，我们刚好在讨论世人把这种状况怪罪到妖怪头上的问题。"

"嗯，就是这一点。及川，我也认为这两者很难说没有关系。"

"咦？"

所有人都讶异地睁圆了眼。

"不，别搞混了。我的意思并非妖怪使社会变得暴戾，而是指目前社会的浮躁，以及看似妖怪的事物大量涌现的难解现象……恐怕系出同源，彼此相关。"京极说。

"看……看吧。"

及川嘟起下唇。

"我刚刚也这么说，结果被大家同时责备，说我主张'妖怪乱源说'。"

"我说啊……"

京极看了一眼吉良的遗照，仿佛摆放供品般把前菜的酱菜摆在遗照前。雷欧以为京极接下来会合掌膜拜，结果没有。京极直接用筷子夹起酱菜送进了嘴里。原来他只是顺手放在那里，别无深意。

"我们是妖怪推进委员会，总站在妖怪方面看事情。但其实这里藏了个陷阱。我刚才也说过，目前出现在世间的不过是一种看似妖怪的奇妙现象，不代表它们就是妖怪。"

"怎么看都是妖怪吧。那么多证实……"

"郡司兄，且慢。"

京极阻止他继续说。

"关于那个是否为妖怪的议题就先搁置吧，继续讨论下去会没完没了。"

"但这个问题很重要吧？"

"重要是重要，但顺序错了。继续争论下去，会变成那些事物怎么想都是妖怪，所以一定是妖怪吧。但实际上并没有造成危害，所以错不在妖怪，对吧？"

"嗯……"

"接着会说，明明妖怪实际上无害，却被当成公害或者放射性物质般对待，被当成邪恶的根源，这实在太不应该了。于是，结论必然会变成，必须把最近频频发生的暴力事件、社会的暴戾之气与妖怪分开思考……我没说错吧？"

"对，但这有什么问题吗？"

村上皱着眉说。

"问题可大了。不管我们分得多清楚，世人依旧认为原因在于妖怪。妖怪是因，社会的骚乱则是果……世人从一开始就如此认定。因此，我们只能呼吁世人厘清因果关系。然而，这一点就是办不到。"

"办不到？"

"是的。"

"可是两者明明无关啊。"

"……举例来说，小豆洗只会洗红豆，撒砂婆只会撒砂。它们既不会犯下暴虐凶残的杀人案，也不会使用暴力。"

"本来就是。"

村上仰头将啤酒咕噜喝下肚。

"妖怪明明没有凶暴地袭击人类。"

"然而，许多人被撒砂婆撒砂而吓得摔倒，也有汽车为了闪避而紧急刹车，结果导致后面的自行车来不及闪躲而撞上。记得之前也发生过一起案件，因为某户人家住在冒出小豆洗的水道旁而受到当地人歧视，心怀恨意的老爹把町内会成员殴打致死。换句话说，妖怪已经成为纷争的原因了。"京极说。

"说得也是。"冈田帮腔，"这类事件层出不穷。"

"换句话说，两者的关系早已难解难分。因此，请各位好好地思考一下。"

京极用唱戏般浮夸的语气说：

"所谓的妖怪，究竟是什么？"

"这……"

"不就是古人用来解释令人费解现象的一种方法吗？"

"没错……"

"比如说，有个老头自己不小心掉进粪肥坑里，便说是狸猫恶作剧，或者由于缺乏科学知识，便将不明现象当作是天狗所为。妖怪的本质不就是如此吗？"

"嗯嗯，的确是……"

"而现在，世上发生许多不明所以的现象。我们不明白原因。虽然不知道原因，但受到这些现象影响，人与人的关系变得非常紧绷，人们的性格也变得极端暴戾，短短一年之间，人心彻底地浮躁了。只要有所不满，就立刻攻击别人。只要碰上讨厌的事物，就认定那是邪恶之物，并试图歼灭。人与人之间没有体贴，整个社会变得极为令人不自在。我们并不明白为何会这样，但是同一时间，妖怪到处涌现，人们自然会把原因怪在它们头上。"

"可是……"

"妖怪不是原因。但妖怪是为了解释不明原因的事物而诞生的，所以无论如何都会被当成原因。这是妖怪的原罪，避免不了的。"

"难道妖怪就该因此白白蒙受冤屈？"

郡司眯细了眼。

雷欧也丧气地说：

"我……我们一辈子都见不得人了吗？连户籍都要被剥夺了吗？要被关进强制收容所搬巨石吗？呜呜。"

"这家伙真的很白痴啊。"多田说。

"我的意思并非如此。"京极说，"我是在说，顺序搞错的话，就只能得出这般结论。懂吗？"

接着，他将乌龙茶一饮而尽，说：

"听好，认为妖怪为因，骚乱为果，或许是冤枉妖怪，但要否定这种认知，就得一件事一件事地去验证。然而，正如冈田所说的，事例成千上万，要全部验证太耗时了，也有许多事例难以说无关。换言之，想撇清关系是办不到的。因此若想改变现况，就得扭转想法。"

"什么意思？实在听不懂。"众人异口同声地说。

"最简单的就是去找出真正的原因。"京极说。

"真正的原因？"

"事出必有因。时间不可逆，一切现象都是后续现象之原因。能逆转因果关系而成立的，只有妖怪。不，更准确地说……"

京极指了指自己的太阳穴。

"是只在概念之中。在我们的脑中，时间能够回溯，结果也能倒过来成为原因。但我们现在所面对的乃是现实，而非故事。这不是漫画、小说、电影或电视节目。换句话说……"

京极拍了一下桌子。

"会变成这样，必然有其原因。"

"原因真的存在吗？"

"若没有原因，就不可能产生现在的混乱。这年头，连中年男子搭个电车也会被嫌臭的女性控诉呢。"

"那件事实在很夸张。"多田笑着说，"那就是所谓的老人味，对吧？"

"不，一点也不好笑。听说被告的老头恼羞成怒，勒死了原告哩。这个案子，实在不知该同情哪边才好。"

"两边都称不上正义。"郡司嘟囔道，"不对，所谓的正义，在任何时代都不存在。只是……这个案子实在难以裁决。"

"会发生什么事都不意外，任何时代都有令人困扰的事件。然而，这种让人笑不出来的事肯定不会是好事。听到因为老人味就告人的事，多田仔的反应反而才正常。"

"嘻嘻嘻。"多田又笑了。

"但对这种蠢事当真，甚至动手杀人，就让人笑不出来了。而现在，这类事情却如家常便饭般经常发生，这绝对不正常。很明显，这个社会病了。"

"没错，真的病了。"所有人都同意。

"既然病了，就该治好它。因此，光治标不治本是不行的。"

"得找出病根才行。"雷欧说。

"好好的一句话被你一说总让人想唱反调。不过，你说得没错。"村上说，"肯定有什么事发生了。"

"有事发生，必然有其原因。"

"所以现在就是要找出原因？"

"是的。而现在被人当成原因的，就是妖怪。"京极说，"所以才会任何事看起来都如此异常。我相信一旦找出真正的原因，涌现奇妙现象的谜团便能迎刃而解。"

"哦……真的能解开这个谜吗？"似田贝迷糊地问，"可是，妖怪和其他种种现象不是无关吗？不是说不能将两者混为一谈吗？"

"似田贝，你根本没听懂嘛。"京极说，"我就是在说这两者是一体两面的问题，只是顺序弄反了而已。不然这样，你拍手看看。"

"啊？"

"就是拍手啊。像这样，啪啪地拍。"

似田贝依照指示拍手。

"像这样？"

"更用力一点。"

"这样吗？"

看起来很像会敲钹的玩具猴，《玩具总动员3》里登场的那个形象。

"更用力一点。"

"啊！"

似田贝发疯似的用力拍手，最后受不了便停了下来。

"够了吗？这种事应该叫雷欧做才对吧？"

雷欧想，为什么是我？

"有何感想？"京极问坐在似田贝身旁的河上。

"问我？呃，这个嘛……我觉得很吵。"河上回答，"啪啪声很响亮，很扰人。他的手刚才打到我，还打翻了毛豆。"

"你说得没错，真的很扰人。"下命令的京极说。

"那么，拍手者有何感想呢？"

"很痛啊。"似田贝说，"手快痛死了。"

"为什么？"

"用力拍当然会痛。明明是京极老师命令我拍的。"

"很吵，很扰人，手很痛，这些感想的原因当然来自拍手。但是在手痛、吵闹与扰人之间，其实并无直接关联。假如这里只有你自己，拍得再久也不会吵闹或扰人，顶多手痛。或者，假如你没有痛觉，觉得困扰的人便只有河上。"

"话是没错，但这有什么意义？"

"我的意思是，若说目前骚乱不安的世间是那些看似妖怪的事物所造成的，等于在说又吵又扰人是手痛害的一样。"

"原来如此。等等，只是解释的话，没必要叫我拍手嘛。"似田贝说，"要拍也是雷欧拍。"

雷欧想，到底为什么是我？

"拍手造成手痛，但就算拍手者能忍受手痛，对别人照样会造成干扰。另一方面，即使受扰者能忍受干扰，拍手者照样会手痛。只要持续拍手，疼痛与干扰就会持续。原本似田贝所感觉到的疼痛与旁人感觉到的干扰并不相关，但这种情况下就不能说完全无关。"

"嗯……"

"既然店长会觉得扰人，似田贝会觉得手痛，必然有一个让似田贝疯狂拍手的原因，对吧？"

"当然有，叫我拍的就是老师你啊！"

示极无视似田贝的抗议，继续说：

"不找出原因，便无法从根本上解决问题。把看似妖怪的事物视为敌人抹杀，就像替似田贝注射止痛剂一样。就算能让他不痛，也无法解决噪声与干扰。变得不痛，反而可以拍得更激烈，使事态更加恶化。反过来说，只要让河上戴耳塞就好吗？那也不对。"

"就算不吵，毛豆还是会被打翻。"河上说。

"是的，状况并没有改变。若想真正解决问题，就得让似田贝停止拍手才行。但是，如果没人能察觉到这一点，最后的下场恐怕是……似田贝手掌拍到破皮流血，骨头碎裂，毛豆全部被打翻，河上也因太吵而精神错乱，跳楼自杀。"

"呃，会这么严重？"河上疑惑地说。

"会的。"

"嗯嗯，真的会呢。"

似田贝这家伙又在当应声虫了。

"当然会。而现实的情况就和这个例子一样。"

"必须找出相当于拍手的真正原因。"

村上拍了拍脸颊，回应道：

"嗯……虽然听起来有点像诡辩，不过京极兄想讲的事我大致明白了。似乎真是如此。"

"就是如此。用这个拍手的例子来比喻，会发现这两者其实是同样的状况。想反驳妖怪乱源说，反而应该把这两者当成同一根源的事态。"

"就是这个。"及川说，"我想说的就是这个意思。"

"哪个啊？"

"我刚刚不是说了吗？我认为这两者很难说无关。我的意思不是指妖怪造成了犯罪，而是像刚才京极老师举的那个很吵和很痛的例子一样。虽然无关，但还是脱不了关系。"

"被你讲起来反而愈听愈糊涂。"郡司说，"不过，若说两者因出自同一根源所以有关，倒是能理解。"

"对对，我的意思就是这样。"

"都叫你闭嘴了。"郡司瞪了及川一眼，接着说，"但就算要找出真正原因……"

"原因……"

"怀疑啊？不找出来的话，就像雷欧所说的，不久的将来我们都会被剥夺户籍，进强制收容所搬石头吧。"

"真的假的？"

"当然是真的。"京极露出凶神恶煞般的表情对众人说，"事态已经到了无法等闲视之的地步。回顾历史，今后必然会发生找特定人士血祭的事件，而当前被视为目标的……"

"就是我们这些妖怪相关分子。"

"而且，会从辈分低的开始处理。"

"辈……辈分低的！"

若是如此，在场列席的人士恐怕都回避不了吧。附带一提，辈分最低的是雷欧。

"嗯……不过，大人物们应该没事吧？"多田说，"水木老师或荒俣先生应该不会被抓进收容所。"

"但不伟大的我们就惨了。"村上说，"郡司先生好歹是品牌公司的社长，而且是专务。"

"我离开公司的话，就只是个笨蛋大叔。要这么说的话，京极兄更伟大吧？"

"我也只是个笨蛋老头。"京极说，"我们以前不是参加过《冲啊！妖怪痴大叔！》的网络节目吗？说参加不太对，那个节目完全是我们制作的。现在看来，那件事还挺危险的。写妖怪相关小说就算了，竟然公然宣称自己是妖怪痴，完全是一种不要命的行为。除了水木老师不会有事，剩下的人都一样危险。我们没有上下之分，同样都是底层。慢着……"

众人的视线集中在雷欧身上。

"……另一层意义上，那家伙也算是例外吧。"

"请……请等一等，我没得过勋章，也没担任过要职，但好歹也是个人吧？我应该有人权吧？"

"所以我才担心你啊。"村上说，"你知道自己来这家店的路上看起来有多可疑吗？就算与妖怪无关，也会被逮捕。"

完全无话可反驳。

"虽说官方反应总是慢半拍，但只有这种时候特别快。谁也不知道小松所长婉拒的那个妖怪对策委员会会做出什么对策。有良知的人想必都拒绝了，肯答应的人恐怕只剩下奸佞之徒……"

"我去自首。"雷欧说。

"啊？"

"自……自首的话，应该能减轻刑责吧？哪怕只是少搬一块石头也好。只要能让刑罚变轻，我什么都肯做。"

"喜欢妖怪不是犯罪……呃，应该不是吧？"

"关于这一点，今后他们想必会针对这一问题火速修订法律，遇到特殊情况，说不定还会施行凌驾法规之上的特殊处置。比起中央，地方政府更有可能率先行动。东京应该很危险，都内或许会订立新的条例来处理妖怪问题。"京极说。

雷欧想，那个仙石原知事看起来很像鹰派或鸳派。

"那个都知事看起来的确很不妙。"郡司也跟着说，"会先出事的大概是雷欧、及川或似田贝吧。"

"我？"及川反问道。

"唉。"似田贝跟着叹气。

"可是我们又不是妖怪。"多田不知为何也大声插嘴，"不是吗？我没说错吧？"

"废话，你在说什么啊。"村上瞪着他说。

"妖怪明明是自己冒出来的，对吧？就算逮捕我们，妖怪也不会消失。一旦他们发现妖怪没消失，就知道我们被冤枉了。应该是这样吧？是吧？对吧？"多田说。

"等知道时已经太晚了。"村上回答道。

"太晚？妖怪又不是我们控制的。"

"是没错。"

"那不就好了？村上，你不是妖怪。"

"当然不是，但你可就难说了。"

"咦？"

多田一瞬间愣住，接着说："太过分了，你这么说太过分了。我也不是妖怪啊。"

"好了好了，明白了。"京极动作夸张地安抚他说，"算不算人类还有待商榷，但至少我们知道你不是妖怪。"

"咦？"多田停顿一下，大声喊，"妖怪！"

到底想表达什么？实在搞不懂。

京极的表情变得险恶，说：

"我不是说过了吗？别再叫妖怪吧，多田仔你也一样。我刚刚说那么多，就是在说那些看似妖怪的东西到底是不是妖怪，实际上一点儿也不重要。"

"不重要？"

"目前人们并非为了解决问题而行动，而是为了消解压力，拿妖怪相关分子们开刀，如此罢了。"

"这不就和西洋中世纪的猎巫一样了吗？"

"和猎巫的确没多大差别，对象换成妖怪痴罢了。目前还没这么极端，但是如果继续放任不管，就会演变成那样，到时候就来不及了，我们今天在这里集合，不就是为了讨论对策吗？"

这么说来，好像是这样……不只雷欧是笨蛋，所有人都是笨蛋，结果就忘了。

"真的能改变这个现况吗？"雷欧问。对他而言已成切身问题。不，其实他从一开始就脱不了关系。

"唯一的方法就是找出根本原因。"

"只要找出原因……我们就能得救？"

"是的。毕竟我们这些妖怪痴什么也没做。用刚才那个例子来说，我们的存在顶多只是扰人。拍手者不是我们，而是另有其人……虽然是不是人类还很难说。然后，应该也有个下令拍手的家伙。"

"幕……幕后黑手！"

"就像刚才的京极老师一样。"似田贝说。

"真的有这号人物？"郡司反驳道，"这可是社会现象咧，京极兄。这不是幻觉，是物理现象。很难相信这场骚动是某人策划出来的。"

郡司斟酒。看似心情郁闷，不干不痛快，但其实他每次喝酒都这副德性。

"物理现象吗……"

京极摩挲着下巴。

"那算是种现象吗？嗯……或许算是吧。"

"本来就是现象。"郡司说，"就像你常说的，现象先存在，日后人们为了解释这些现象才产生妖怪，不是吗？"

"也有许多情况并不是一种现象。"

"至少现在的情况确实是一种现象。并非有人先被撒砂，找不到理由才推给撒砂婆或狸猫恶作剧，而是先有撒砂婆现身，然后才有人被撒了。或者像今野先生被河童摔出去，道尾先生被河童的臭屁熏晕，也有人被天狗掳走。"

"但鬼吃人吗？"

"我确认一下……"冈田用平板电脑搜寻数据库后回答，"似乎没发生过。"

"对吧，没有人被鬼生吞入腹。"

"嗯，目前尚未发生过这种案例。"

"那么，是否有人被镰鼬[一]割伤，或被红妖怪[二]压扁？"

"似乎也没有……"

及川也探头确认平板电脑上的数据，说：

"可是，每天都有一堆人受伤啊。"

"那些人应该都是被吓一跳摔倒，或者来不及打方向盘而撞上，不然就

[一] 传说中的一种旋风妖怪，会使人皮肤裂伤。
[二] 除名称外其余特征不明的妖怪。鸟山石燕将它画成趴在神社鸟居上的长发巨脸妖怪。

是感到恶心而身体不适吧？”

“啊，似乎是如此。”

“换句话说，没人受到直接攻击而受伤。”

“可是有人被河童摔出去了。”村上说，“至少可以证明那个看似妖怪的事物会和人相扑。”

“然而，今野敏先生是一名格斗家。”京极说。

“那又如何？”

“其实我觉得那件事还挺可疑的。就跟气功相同。我们常看到气功大师表演用气功把人震出去，其实那个有诈骗成分在。说诈骗或许言重了，总之不是真的靠气功把人震飞的。”

“空气相扑！”雷欧说。

“还不如说是单人相扑[一]。”梅泽订正道。

“一个人也能玩相扑？”

“单人也可以。外行人或许有困难，但如果是熟习武术者，并非办不到。”

“那天狗掳人又该怎么解释？”似田贝说，“光文社的铃木先生依然下落不明啊。有人说他在众人面前被拉上高空，不知飞往何方。”

“他还没死。”京极说，“他只是看似被天狗掳走，现在应该在某处生活吧。”

“彻底否定了呢。”村上苦笑道。

“不是否定，我只是不把传闻照单全收……带着先入为主的观念来看事情有危险。事实上，那种奇妙的东西‘我一次都没见过’。”

“咦？”

所有人不约而同地望向京极。

[一]　在祭神典礼上由单人表演相扑的仪式，象征和精灵比试。

"没……没见过？可是全国各地都有那种东西出现啊。"

"真的假的？"及川说，"电视或网络上，不是一天到晚都有新的目击消息吗？"

"那些消息我当然见过。"京极说。

"所以是没亲眼见过的意思？"

"嗯。多田仔，你在浅草遇到过一目小僧吧？"

"对，那是真正的一目小僧，不是我看走眼。"多田说，"我还被奉上茶水。是茶水呢，茶水。"

"及川，你是不是和某个怪老头说过话？"

"是的。在杀人现场碰到的。我猜他大概是死神吧。虽然我到现在还不明白那是什么。"

"而村上则带了呼子回来。"

"嗯……虽然实际拿走石头的是这个笨蛋。"

"是的，就是我这个笨蛋。"雷欧说。

"你们都见到呼子了吗？"

"嗯。"梅泽回答，"岂止看过，荒俣老师还把那块石头带去某处研究呢。不过窝得太久，反而错失了公开时机。"

"他当时也没想到世间会变成现在这种惨况吧。"郡司叹道。

"呼子是能触摸得到的。"雷欧说，"不是幻觉，是能摸得到的。"

"啊？"

京极以仿佛探头确认二十年来没清扫过的茅坑般的表情看着雷欧。

"为什么？"

"还用问吗？当然是因为真的能触碰啊。不只是我，荒俣老师、郡司专务、村上前辈都摸过了。那是可触摸的呼子大人。"

"那又如何？"

"……如果是幻觉，不可能有触觉吧？"

"雷欧，所谓的幻觉，是实际上没有来自外界的刺激，却有那种感觉的意思。感官刺激不只视觉，还包括听觉、嗅觉、味觉和触觉。幻视、幻听、幻味、幻嗅都存在。因此，明明空无一物，却觉得自己触摸到某物的幻触也能成立。"

"原来是触摸空气吗？"

"但幻觉应该只限于个人体验吧？"村上说，"可是当天在现场的众人都能看到、触碰到呼子。"

"是的，这正是本次事件的最大特征。"

"集体幻觉？"

"若用那种字眼来形容，会让人误以为是集体催眠，但两者性质截然不同。我想，实际上还是有某种事物存在，只不过没有'实体'……"

"没有实体？"

"嗯。比如说，这盘烤土鸡。"

京极用筷子夹起看似盐烤土鸡的菜肴。

"这道菜任谁来看都是烤土鸡。"

"对啊，它就是土鸡。"

"确定吗？"

"没错。"

"实物就在眼前，错不了。"

"喂，慢着。"村上说，"那不是鸡肉吧？"

京极咧嘴一笑。

"被你看出来了。这不是土鸡，而是炸豆腐。但刚刚除了村上以外，其他人都看成土鸡了。"

"因为你一直说是土鸡啊。"及川说。

"是的，我说了。我胡说八道，你们却信了。换句话说，假如我刚才一口吞下肚，在座各位都会以为我吃的是土鸡。我只要在村上发现前先吃掉，就不会有人怀疑。"

"或许吧。可是这算欺诈吧？"及川说。

"是的，就是欺诈。但假如我自己也相信这就是鸡肉呢？如此一来，我便不是存心欺骗你们，因为连我自己也认定如此。我只是搞错，而非蓄意骗人。可是，由于我深信不疑，即使吃的是炸豆腐，不管味道还是口感，我都觉得和土鸡没两样。于是，这样便会发生一种奇妙的状况——我自认吃了一堆土鸡，可盘子里的土鸡肉却一块也没少。这就是所谓的不可思议。听好，所谓的不可思议，通常来自这种误会，而谜团也往往是无知所带来的。这世上没有谜团，也没有不可思议，只存在着白痴与笨蛋。"

京极把炸豆腐放入嘴中，说了句"炸豆腐真是美味"后，接着又说："人啊，就算实物在眼前，也会像刚才这样将之看成别的事物。这算是一种错觉。"

"你想说……呼子也是一种错觉？"

"不，我不是这个意思。"京极摇手否定，"呼子不是错觉。所谓错觉，是把能看到、听到的事物错当成别的事物。放屁声被当成豆腐小贩的喇叭声，把乌龟误会成长颈鹿，这类情况才是错觉。"

"怎么可能搞错乌龟和长颈鹿啊？"村上吐槽道，"两者一点儿也不像，外观毫无共通点，没道理搞错吧？"

"或许不会搞错，但我是在说万一搞错的话就叫错觉。说得直白一点，就是看走眼、听错声。"

"就像山葵和牛奶，对吧？"

"是村上先生的专长呢。"河上说。

"吵死了，你这只黑猩猩。"村上不高兴地嘟起嘴。

雷欧听说村上以前曾在高级日本料理餐厅把郡司点的"朝日和麒麟"啤

酒误听成"山葵和牛奶"。

"这个例子也显示出人的深信不疑有多可怕，刚才土鸡也是种深信不疑。"

"明明是被骗的。"及川说，"谁能想到你会故意搞错炸豆腐和土鸡？"

"就是没想到，所以才深信不疑。呼子没有实体，并非作为一种物质而存在。但是，必然有某种事物使得你们所有人都深信呼子实际存在。"

"使我们……深信不疑……"

"是的。存在着某种事物，让你们以为有个穿着类似《天才妙老爹》里的日式服装，留着类似矶野裙带菜妹妹般发型的女孩存在。但实际上，该种事物恐怕并非穿日式服装的女孩。"

"嗯……可是……"村上和梅洋感到困惑。

郡司和冈田目睹了真实的呼子。

当然，雷欧也是。

"那真的只是我们的幻觉吗？"

"问题是，没人先暗示我们，我们还是看见了啊。"

郡司不满地反驳。

"虽然我事先大致听过说明，但我一直半信半疑，所以脑中并没有具体形象。可是，当我实际看到时，和雷欧这小子所描述的也大致相同啊。"

"你说大致相同……是吧？"京极说。

"嗯，大致相同。"

"问题是，你们所看到的真的是完全相同的呼子吗？"

"这……这还用问吗？"

"应该一样吧？"

"一样啊。"

"确定？不是'大致类似'？"

"可是，发型和服装都一样啊……"

"衣服的花纹呢？"

"花纹？"

"长相也完全相同？"

"呃……应该一样吧？毕竟我们看的是同一个人。"

"确定是'完全相同的事物'？"

"啊？"

"你们所见到的，确定不是'看似相同的不同事物'，而是完全相同的事物？"

所有人都一语不发，陷入沉思。

"假如你们所见的是同一事物，两人看到的模样也一定相同。怎么样，想起来了吗？"

"花纹啊……抱歉，我记不得了。"

"呃，她的衣服有花纹吗？"

"我记得她穿的是碎点花纹的衣服。"梅泽说，"和《天才妙老爹》一样，是类似'＃'符号的花纹。"

"是吗？"村上反驳道，"可是我印象中是条纹状花纹。"

"不对不对，不是条纹，是碎点。"

"我先纠正一点，《天才妙老爹》的和服是螺旋状花纹。郡司兄，那你呢？"京极转头问郡司。

"我完全记不得了。"郡司老实回答，"只记得当时很惊讶。与其问我们，你不如问雷欧吧，是他带来的。"

"啊？我吗？哎呀，真伤脑筋，呵呵呵。"

"干吗害羞啊。"村上吐槽道。然而，被吐槽的雷欧本人也和郡司一样，完全没有印象。

"我啊，连日常生活的记忆都很朦胧。跟朦胧月夜或胧豆腐[一]一样朦胧。和年轻型阿尔卑斯海默病一样，脑子总是处于登顶一万尺高山的缺氧状态。"

"嗯？阿尔卑斯？"

"咦？我讲错了吗？总之，如果我不去厕所确认，连现在穿什么颜色的内裤也不记得。所以……"

"据说遇到狐狸恶作剧的人无法记得狐狸变化的人所穿的衣服上的花纹。《耳囊》[二]里提到过这个故事，书中说事后怎么样也不记得，想也想不起来，或许和这个情形一样。"

"所……所以，那女孩其实是狐狸变的？"

"我不是这个意思。我是在说……因为你们看到的是不存在于现实中的事物，所以无法留下记忆。"

"不，那女孩不是不存在的东西，真的是存在的东西。我想想……衣服的颜色好像有些红……"

"不对，是藏青色。"

"不，是胭脂色才对。"

其他人纷纷发表意见。

"咦？应该是蓝色系的颜色吧？"

"一点儿也不蓝，她是女孩子。"

"我怎么记得是褐色呢？"

"呃，你们记错了吧？"

"蓝的。"冈田说。

"蓝的？"

[一] 加入盐卤，尚未完全固定成形便捞起的软豆腐。

[二] 江户时代中后期的随笔，收录了许多奇事异谈。

"说得更精确一点，是深蓝色。"

"这么肯定？冈田要参加记忆力比赛吗？不愧是年轻人。"

明明雷欧自己更年轻。

"并不是。我留下照片了。"

冈田打开平板，让其他人看。

"啊，对……对啊，当天似乎拍过照。"

"是的。原本打算在荒俣老师正式发表前先保持神秘，因此没公布过照片，其实那天拍了很多张。那女孩穿着深蓝的……那叫碎点花纹布吗？抱歉，我对布料的花色种类不熟。"

"我就说吧。"雷欧说。

倘若那女孩是幻觉，根本无法拍成照片。

雷欧满面笑容，得意洋洋地看着京极。但京极丝毫没有动摇，问众人：

"怎么样？那女孩的衣服花色是如冈田所说的那样吗？"

郡司确认照片。

"嗯……当天好像就是这件衣服……"

村上也跟着探过头来。

"咦？真的是蓝色？本以为是条纹花样，原来是蓝的。"

"还真的是蓝的。"梅泽说，"印象中明明是红的，看来我也老了，记忆有毛病了。"

"这就是所谓的深信不疑？"

"要说深信不疑也算是吧。我想你们都没记错。"京极说。

"咦？可是照片……"

"没错，照片拍得很清楚，没有失焦，比爱拍照的河上店长拍得好多了。"

"你管我。"河上说。

"虽然拍到了，但我认为，那张照片所呈现出来的，是'拍摄者心中认为的模样’。"

京极说出令人摸不着头脑的发言。

"……不可能有这种事吧？"

"这不合理啊。如果像你说的那样，不就和超能力的念写一样了？若是相片或底片就算了，数码照相怎么可能有念写？"

"当然不是念写。"京极表情凶恶地说，"你就是爱用这些神秘学用语才会把事情搞得那么复杂。所谓的神秘学等于放弃思考。会这么说的人不是小学二年级学生，就是在开玩笑。念写不可能存在。相信念写存在的家伙，智商恐怕只和厕纸相同。"

"厕纸又没有智商。"

"现在也没人用厕纸这个词了。"

"反正就是这样。"

京极从心底讨厌所谓的神秘学。不，对于神秘学本身，他或许是喜欢的。他很熟悉神秘学，也觉得有趣。若要用单纯的二分法来分类，应该把他归在喜欢的那边——甚至是非常喜欢。只不过，他单纯因为神秘学是人类的一种愚昧的体现，所以觉得有趣。神秘学很蠢，所以有趣，如此罢了。因此，作为一种虚构作品的话，他很喜欢神秘学。

"不管是数码、底片还是感光板，假如拍到不可能拍到的东西，必然有其理由。不知理由，却盲目地用‘念’来解释就会莫名其妙。念究竟是什么？"

"我明白你的意思。"

村上把啤酒杯摆在桌子正中间，说：

"朝它按快门只会拍到酒杯，不可能换个人拍摄就能拍到小酒杯或小鸡。若没有拍摄对象，照片便什么也拍不到。能拍到的只有存在于此的事物。所谓拍照就是这么一回事。"

"没错。如村上所言，只要被拍摄的物体不存在，就什么也拍不到。但是，请好好地想一下。我昨天和荒俣先生通电话确认过。虽然荒俣先生的研究尚未结束，但据说那个呼子并没有质量。"

"嗯，我也听他提过。"郡司说。

"没有质量的事物，自然也不存在。"

"所以说，那是能……"及川插嘴道。

"可别说能量体啊，及川。"京极打断他的话。

"你怎么知道我要说什么？"

"猜也知道。还好你没说外质[一]那种更蠢的东西。总之，呼子是一种不会产生物理反应、光学反应与化学反应的事物，因为本来就'不存在'。用雷欧的说法就是'没的东西'。这个呼子啊，在物理上并不存在。换句话说，是虽然不存在，却能看见、能触碰到的事物。"说到这儿，京极又抢先说，"可别说不可思议。毕竟这种状态就存在于现实中，我们只能接受它。道理虽然不明白，但事实就是事实。这只是因为我们无知，未能明白原理，不代表不可思议。"

无论如何就是要坚持这一点吗？

"说不定是四……"

"也别说什么四次元啊。"京极再次打断及川的话。

"京极老师真的很清楚我在想什么啊。"

"你在想什么无聊事我都猜得到。换句话说……"

京极移走村上刚才放置的啤酒杯。

"这里没有啤酒杯。现在的状况就是明明不存在，大家却看到了。说明白点，就是一种幻觉，但重点在于所有人都看得到。大家都见到了不存在的啤酒杯。"

[一]　ectoplasm，据说举行降灵会时会从灵媒口鼻等孔窍流出的谜样物体。

"哦……"

"不过问题来了，看是看见了，但每个人所见的不见得是相同的啤酒杯。提起'啤酒杯'这三个字，每个人脑中所浮现的形状，比如说把手的位置、杯身的商标或大小，都不尽相同。"

京极将啤酒杯收到桌子底下。

"来考考各位吧，刚才的啤酒杯上的商标是什么？"

"朝日啤酒。"

"不对，是麒麟啤酒吧？"

"是山葵。"多田说完，嘻嘻窃笑。

"应该是惠比寿啤酒吧？"

"看，我一拿走，你们立刻就忘了杯子的模样。那么，杯子的尺寸是多大的呢？"

"我记得是中型啤酒杯。"似田贝用手比出大小。

"不对不对，没那么小。"河上抗议说，"大概这么大吧。"

"太扯了，哪有那么夸张。"

村上用手比出啤酒杯的形状。

"关于尺寸，村上说对了。不过很遗憾……"

京极拿出啤酒杯。

"杯子上并没有商标。"

"老师又骗人了。"及川说。

"为何说我骗人？"

"你刚才不是问我们有什么商标吗？"

"只要回答没商标不就好了？因为事实就是这样。话说回来，及川，你能想出惠比寿啤酒商标的形状吗？能画出来吗？"

"我画图能力很差，但商标我记得很清楚，是一个拿着弓箭的家伙吧？"

"那是钓鱼竿。"村上说。

"啊，对的。另一只手拿着很像公文包的东西。"

"明明是鲷鱼。"多田说。

"还敢夸口，根本错得离谱。总之，虽然你没办法清楚地记得，但大致形状总是明白的。换句话说，若及川看到某个造型相近的图案，就会误以为那是惠比寿商标。假如透过和呼子相同的原理，让及川看到不存在的啤酒杯的话，他所见到的恐怕就如他自己形容的那样。虽然细节天差地别，但对及川而言就是那副模样，所以毫无疑问那就是有着惠比寿商标的啤酒杯。接着，假如及川将那个啤酒杯的幻象拍摄下来的话——"

"就能拍到一张手拿弓箭和公文包的惠比寿神？"

"他是说大致像那样的，所以应该会拍到看似正确的商标，但细节不同的图案吧。"

"你想说照片会反映拍摄者的意识？数码相机或智能手机会反映持有者意识，拍出不同的画面？不，这太不可能了。"

"现实就是发生了，当然有可能。"

"真的是这样？"

"是的。"

"我不相信。"及川说。

"为何不信？这年头很少有人拿着底片相机到处跑，我不确定底片是否也会发生相同的现象。但至少，数码资料明显被修改过。"

"还是没办法相信这种说法。"全体一致否定。

"喂喂，你们宁可相信妖怪会突然涌现，却无法相信这个假说吗？明明应该反思才对吧？听好，我注意到这种可能性，是从这个开始的。冈田，我用手机传一张照片给你，你打开看看。"

冈田操作平板电脑，显示出图片后，放在桌上。

"你们认为这张照片是什么？"京极说。

照片显示出一只类似疗愈系吉祥物的角色摆出了可爱的姿势。

"这是什么活动的角色？好像没见过。不过布偶装的制作水平真高啊。可爱是可爱，而且栩栩如生，看起来很像真的生物。啊，这是特摄吧？"

"是河童。"京极说。

"咦？"

"这张照片是宫部大姐拍的，听说是在江东区拍摄的。"

"咦……啊，仔细一看，头顶的确有碟子。可是……"

"之前宫部大姐传这张照片给我，说河童挺可爱的。还说这样一点儿也不恶心，大家怎么会讨厌它呢？"

"嗯……如果河童都是这种模样的话，或许吧。"

"可是在之前江东区出现河童的报道中，明明不是这种模样吧？"

"老师说的是这张吧。"冈田用平板电脑显示另一张照片。

照片里的河童很像《死亡河童》[一]中登场的怪兽。

"这两者是同一种事物。"

"啊！"

"差距大概跟《锥尾》[二]中的兔男和米菲兔之间一样大。"

"这个比喻太难懂了吧。"村上说，"你的眼太细碎了。"

"我本来就是个很注重细节的人。其实，作为这场妖怪骚动开端的胧车也是如此，虽然似乎没什么人注意到。冈田，能帮忙找一下照片吗？"

"交给我吧。"冈田开始搜寻。这类差事全由他负责了。

"嗯……这应该是最早的影像吧。"

[一]　2010年由美国片商完全出资，日本制作的特摄电影。

[二]　2007年美国低成本惊悚电影，讲述被基因改造的兔子咬过的男子变成兔男，血腥袭击人类的故事。

是新闻反复播出的片段。

"你们没发现吗？"

"发现什么？"

"仔细瞧，这只胧车的造型细节虽然写实，配色却和《鬼太郎》第四期的动画完全相同。"

"咦？"

"不论发色、肤色还是牛车配色，统统一样。拍摄者的年纪在二十七八岁。冈田，搜寻一下其他照片。"

冈田彻底变成京极的助手。

"好，就这张吧。请看，这怎么看都是《鬼太郎》动画第三期的电影版《强烈冲突！异次元妖怪的大叛乱》中的配色和造型。摄影者是四十多岁。然后……"

已经明白京极想说什么，冈田立刻找出下一张图片。

"啊，这张吗？这张照片是最初的影像上传之后拍摄到的，拍摄者的年纪虽然也是四十来岁，但他不是动画迷，而是水木迷。看，胧车的脸很大，眼睛也很大，对吧？和水木老师以前在《水木茂鬼怪绘文库》中所画的胧车造型极为接近。其他妖怪图鉴或妖怪画集上，大多都采用这张图。然后……"

"这张？"

"嗯，没错。冈田，你真是一点就通。这张照片中的胧车和大家熟悉的石燕所画的原版造型很接近。这些照片都不是图画，细节处栩栩如生，但色彩和形状都略有不同。"

对毫无兴趣者而言，这些照片差异极小，每一张看起来都一样，都是从车子背后探出脸的妖怪。说一样倒也一样，色调却不尽相同。

"明明拍的都是同一事物，却有如此大的差别。"

"差别也没那么大吧？"

"不，假如被摄体相同，没道理会出现这些差异。随着摄影条件不同，色调多少会有变化，但比例和造型没道理不同，色相也是。我把出现在网络上的所有照片或影像都比较过了。"

"老师太闲了吧。"似田贝说。

"啰唆，这很重要好不好？比较之后，大致可以分成四种类型，分别是石燕型、水木画型、动画《鬼太郎》第三期电影版型、动画《鬼太郎》第四期型。由于动画版第一期是黑白片，风格也与石燕型接近，第二期则没有胧车登场，所以没有这两种。"

"第五期呢？"

"第五期最近刚播出。或许是观众年龄层较低，网络上似乎没出现过这种类型。"

唔唔……

"然后，随着这些照片或动画开始在网络或电视上频繁登场，造型逐渐变得统一。看过这些照片的人也开始看到同样造型的胧车。也就是说，当初出现在铁路上的胧车在不同人眼里的细节造型不尽相同，而这些人所拍下来的照片也呈现出他眼里的那个模样，因为现实之中什么都不存在。在这层意义上，这些事物虽然看似妖怪，却不是妖怪。因为人们实际上什么也没看到。应该说，存在着某种不具质量的事物，只有熟悉妖怪的人才能把那种事物看成妖怪。因为那种事物在现实中不存在，所以也不受物理法则影响。目前发生的所有事件，都是目击者自己引起的。"

"真的是这样吗？"

"我相信如此。因为我自己什么都看不到。"京极说。

"那是因为老师比较异常吧。"

"说异常也没错，但反过来说，看不到不存在的事物才正常。这不是比较迟钝或有阴阳眼的问题。总之，严格说来，说引发事件的是妖怪并不准确。"

"老师在记者会上这么说了？"

"当然没有。"京极否定道。

"为什么？说出来不是能洗刷妖怪的污名吗？"

"还用问吗？连我用如此真诚详尽的态度，向喜欢妖怪、熟悉妖怪、努力推广妖怪，并试图洗刷妖怪污名的你们说明，你们都难以理解，就算理解也半信半疑。"

"其实我目前只有两成相信，还有八成怀疑。"似田贝说。

"看吧。所以对讨厌妖怪、憎恨妖怪、试图消灭妖怪、深信一切问题都是妖怪引起的社会大众说明这番道理，恐怕也没人肯相信吧。况且我们也尚未能解明其中的道理，不管说什么都缺乏说服力。因此，只能寄希望于荒俣先生的研究成果。"

"只剩下这个方法了吗？"

"嗯。不过，我在记者会上说妖怪并没有直接伤害过人类，但是一定没人会接受这种说辞吧。"

"真的没有造成危害吗？"郡司说，"我没详细考据过，不过，不是也有某些会危害人类的妖怪吗？"

"顶多让人摔倒而已。但会摔倒也是自己被吓着才摔倒的。当然也有涂壁那种的妖怪。"

"会阻碍人前进的妖怪吗？啊……"

村上说到这里，突然停住。

"怎么了？"

"这么说来，似乎没看到过涂壁的照片。"

"没有吗？"冈田搜寻了一会儿，说，"啊，真的呢。"

"因为没办法拍摄。"京极说。

"为什么？"

"你们想想，如果你走到一半，突然发现无法前进，这时你会拍照吗？"

"嗯，的确不会想拍。"

"就算要拍，也只能像这样拍前方。看到墙的人拍墙也什么都没有。"

只能拍到一堵墙。

"而且遇到鬼打墙的现象时，会联想到涂壁的人非常少。大家都受《鬼太郎》动画影响太深了。"

"涂——壁——"及川突然模仿起动画版的角色。虽然不怎么像，但他把名字讲出来了，所以大家知道他在模仿什么。

"动画角色的涂壁会突然从地面冒出，或是把敌人抹进自己的身体里，是个强而有力的妖怪，而且还结婚了，有很多孩子，和柳田国男所描述的'走到一半突然无法前进'的现象之间有很大的差距。因此，如果有人走着走着突然无法继续前进，恐怕没多少人会联想到水木老师创作的那个仿佛鱼板的角色。即使有，也会因为太靠近而拍不出照片。不过也多亏如此，世人才明白那是水木老师自创的角色。"

"不是还有一只类似狮子或狛犬的涂壁吗？有吧？我记得有啊。"

多田指的是最近新发现的在绘卷中标示着"涂壁"之名的兽形妖怪。

"一般民众很少听过那个吧？"村上说，"要是知道，肯定是妖怪迷。"

"妖怪迷也有可能碰上那只妖怪吧？一定有机会的。几年前妖怪蔚然成风时出了不少书提到那只涂壁，不是吗？"

"没错，但没照片就是没照片。"

"没照片实在说不过去。"

"刚才京极也说过，就算有也拍不下来。而且那个只是看似妖怪的事物，不是妖怪。"

村上和多田两个人简直像在说相声般斗起嘴来。

"另一方面，木绵妖也没被以水木角色的模样拍摄下来，其实是有理由的。"

　　在京极说出口前，冈田已主动开始搜寻。

　　他完全明白自己该扮演的角色。

　　"记得有人上传到网络。最早的那段影像就行吗？找到了，是这个，对吧？"

　　"冈田实在很能干。能播出声音吗？"

　　"可以。"

　　画面中出现天空。似乎是用手机拍摄的。

　　"你看那个。"

　　"什么？"

　　"那是 UFO 吧？"

　　"应该不是吧？看起来很像布，是床单吗？"

　　"不太像。"

　　"对，是被风吹起的床单。"

　　"你们在干吗？"

　　"爷爷你看，那是什么？"

　　"那是木绵妖。"

　　"木绵妖？真的假的？没有手，也没有脸啊。"

　　"只会咕噜咕噜旋转飞舞而已。"

　　"那就是了，是木绵妖。"

　　"那个爷爷好像把木绵（momen）念成了'monme'。口齿不清了。"及川笑着说。

　　"你错了。他是念成了'monme'，但当地也有这种念法，所以并没有错。"村上解释道。

　　"木绵妖是只在九州大隅半岛出现的地方妖怪。"京极说。

"但现在是全国知名的妖怪了。"不知为何，多田的语气有点尖锐，"飞到哪儿都不奇怪。"

"如果有鬼太郎在的话是不奇怪，但并没有鬼太郎哟。可见这位老先生的年纪相当大，听过这个古老的传说。再者，影像中木绵妖的动作与其说飘来飘去，不如说更像是空中卷起的布在旋绕延展的感觉。传说中也提到过这一点。化野兄去当地采访耆老时确认了这个传说。"

"等等，可是拍摄者并没有听过这个传说吧？"

"所以一开始并不知道那是什么。"

"咦？"

"若用刚才的啤酒杯来比喻，由不知道啤酒杯是什么的人来看，会看成是啤酒杯以外的某种东西，比如说一般杯子或马克杯。倘若摄影者联想到动画版的木绵妖，拍到的影像肯定会变成在空中飞舞的水木版角色吧？然而并非如此，问了凑巧在身旁的老人家后……"

"说那是当地传说的木绵妖……"

"结果，新闻也介绍那才是木绵妖的原本模样。本来就没人认为那种漫画角色会出现在现实里，于是，世人便相信木绵妖在现实中就是这种模样。"

深信不疑了。

"这就是动画版木绵妖那么有名，却没人拍摄到那种模样的理由。不久之后，世人会开始相信妖怪实际存在，接着会想，妖怪若实际存在，应该和漫画中的模样不同，那样比较有真实感。于是，一些广为人知的妖怪模样全都变得与漫画版大相径庭。至于像胧车那种非主流妖怪，则仍维持动画或漫画版的造型。"

"这么说来……似乎没见过子泣爷爷。"

"对啊。"

"没见过。"

"不，其实有。"京极说。

"我搜寻过了，没看到。"

"出现过，但没被认为是子泣爷爷而已。不是有人遇到过背负小鬼吗？"

"啊，背负小鬼的确有。"

背负小鬼是一种会要求路人背起，背着背着逐渐变重的妖怪。雷欧不清楚那种妖怪长什么模样，也难以想象，至少和《鬼太郎》里的子泣爷爷不一样，或许类似婴儿的模样吧。

"子泣爷爷原本是那样的妖怪。"京极说，"根据香川先生的考证，子泣爷爷原本和一般的背负小鬼没什么差别。"

"但现在不一样了。"多田说，"水木老师的子泣爷爷变得有名。"

"由于动漫版子泣爷爷的形象深入人心，所以即使遇到，也没人会联想到子泣爷爷。这年头很少有人没事会在山中闲晃，因此遇到的概率更低了。即使遇到，比如在山中听见婴儿的哭声，也没人会想象它长得像个老头，更不可能认为那是个穿着蓑衣肚兜、拿着手杖、头型凹凸不平、能变成石头般坚硬的老人……这太不现实了。"

的确，太不现实了。

"不过，假如子泣爷爷原本是那种背负小鬼的形象在世间流传开来，或许就能拍到水木版子泣爷爷被背起的模样吧。"

"嗯……"

郡司闷哼一声，说：

"的确没人看到过鬼太郎家族呢。涂壁和子泣爷爷都没被目击到……被拍摄到的木绵妖则与水木版截然不同。"

"但撒砂婆出现了。"冈田说。

"因为那种妖怪如名所示，就只是会撒砂的老婆婆。不管是谁来想象，外形都不会有太大变化。"

"照片不多，不过大半都是穿和服的白发老婆婆。"

"她是鬼太郎家族中最具现实感的角色。假如现实中她真的存在，与动画或漫画的造型恐怕也差别不大……"

的确，撒砂婆的模样很平凡。《鬼太郎》拍过几部真人电影，撒砂婆向来不需要化特效妆，服装也只是普通的和服，顶多发型有点奇怪，但直接上街也不算突兀。

"也多亏如此，水木老师的漫画才能保存下来。"京极说，"人们以为漫画只是漫画，和现实不同。"

"但你想说……其实并非不同？"

"我的意思是，没有人目击或拍摄到水木版造型的妖怪自有其理由。像是胧车，就完全来自漫画版或动画版的模样。虽然对不熟的人而言看起来都一样，但终究还是来自水木老师或动画师的设计，只要合乎情境……"

就能看到，也能拍摄到。

"这个……要说是妖怪也算是妖怪。但妖怪是一种创作吧？当然，妖怪的形成有其文化背景，但妖怪的模样……或者说角色，明显是一种创作吧？但若是如此，不就变成在现实之中……能看见这些创作物了？这样的话……嗯……这究竟是怎么回事？"郡司感到混乱。

"不管如何，现在能看见的只是角色。会因观看者不同而随之变化，但也只能看见观看者所认识的事物。到头来，大家看见的不过是自己脑中的事物罢了。"

"这……这个道理我懂，但那又如何？或许是我的脑力不足，所以无法理解……京极老师，刚才你不是说那不是妖怪，所以别叫它们妖怪吗？"雷欧说。

"嗯，说了。"

"但不觉得现在出现的反而更是妖怪了吗？按照老师您刚才的说法，这完全是妖怪角色啊，对吧？"

"是的。"

"如此一来，状况反而更糟了啊。岂止被强制送进收容所，我现在已经跟死刑犯没两样了。行刑前肯定会被严刑拷打一顿啦。"

"为何更糟？你知道这种情况下发生的是什么事吗？"

"是什么？"

"世人说妖怪冒出，危害人间，但是事实并非如此吧？过去某些发生的现象被视为妖怪恶作剧，是因为我们只是假借妖怪这种角色来解释现象。从这个角度来说，现在与过去并没有差别。"

"啊，原来如此。"村上似乎明白了。

"没……没变吗？可是我怎么看都好像变了很多……"雷欧忧虑地说。

"走路老是摔跤的家伙照样会摔跤。过去，他会把这笔账算在滑步头上。其实现在也一样。不同的是，滑步变得看得见了。不是事后解释现象，而是妖怪实时现身。而且除了摔跤的人以外，别人也看得到。"

"嗯嗯。"

"现在的状况和过去其实没有差别。唯一不同的是，这些幻想、概念、借口或解释被可视化了，变成第三者也能看见，如此罢了。"

"所以说，脑中的概念……溢漏到现实中了？"

"个中道理我不明白，所以不敢断定，但单就结果而言是这样的。不只能看见，这些溢出的概念甚至能被拍成影像或照片。真正最为异常之处就在这里。那些涌现的概念不是妖怪。妖怪不是原因，而是一种结果。发生了某种奇特的状况，怎么想都是妖怪所为，所以便说是妖怪。说着说着，却把那种造成奇特状况的原因当成妖怪了。但是，这两者不应混淆。"

"因此，我们必须看清造成现况的真正原因？"

"就是如此。"京极说，"幸好还有线索。与妖怪相反，另一种事物逐渐销声匿迹。虽然世人几乎没人关注这件事，但它确实减少了。不，甚至是完全被消灭了。"

"是什么？"

"啊，是……鬼吧？"似田贝大声喊，"会作祟的那种。"

"是的，就是那方面。"

连迟钝的雷欧也发现，那方面的内容消失了。

有一阵子，电视会定期播出灵异事件特集，现在则完全看不到了，网络上也不再有人讨论鬼故事。灵异网站不是关闭就是停止更新，搜寻不到灵异影像，便利商店内过去总会摆一两本的灵异杂志也消失了。

"不过这应该是妖怪骚动造成的影响吧？既然现在妖怪如此清楚地出现在我们眼前，又能被拍摄下来，只能看到模糊鬼影的灵异照片当然会失去价值。"

郡司的说法很有道理。

"那些灵异影像和灵异照片都一样吧？要么说是不小心拍到其他东西，要么说是影像出错，再不然就是加工过的产物。现在用不着加工就能清楚地拍下妖怪，修图达人自然也就兴致索然了。"

"这或许是原因之一，但不是全部。"似田贝意外认真地说，"怪谈作家们都因为采访不到鬼故事，正愁没题材呢。"

"没题材？"

"到处都采访不到撞鬼经验。"

"因为本来就没有真正的撞鬼经验吧？"郡司说，"鬼故事不都是编出来的吗？"

"才……"

似田贝把眼睛睁得又圆又大，看似开心，实际却完全不是如此。这个人的心情和表情总是有所落差。

"……才不是编的咧！有些作家虽然会添油加醋，但那只是一种演出，是为了传达恐怖感的技巧。或许因添油加醋的手法不够高明而被当成编造的，但实话怪谈作家们是真的都在努力采访。"

"真的假的？"

郡司露出狐疑的眼神。

"真的。大家都是好好采访过才写的，不管是福泽老师、松村老师还是黑木老师，都一样。"

"平山先生也是？"

"平山老师也是。"似田贝不知为何特别大声地强调。

"真的不是创作？姑且不论已经不够流行的现在，以前有好几家出版社每个月轮流推出大量怪谈类小说吧？但其实哪来那么多真实故事可采访？因为那些鬼故事的相似度都很高。"

"是真的，我时常陪同采访。这么大量的故事要靠作家创作真的有难度，绞尽脑汁也想不出那么多题材啊。"

"真的假的？"

"他没骗你，怪谈作家们真的在做采访。"帮忙缓和的人，竟是京极。

"真的吗？"

"真的。题材重复便是证据。如果是创作，题材必然不想和别人重复。从头到尾都在创作，内容却和别人重复的话，不就代表写手只有三脚猫功夫吗？不仅查资料不用心，学习能力和应用能力也不足。"

"嗯……说得也是。但就算如此，怪谈题材这么老掉牙，读者们都看腻了吧？"

"不会腻的。"京极说，"这类实话怪谈的题材长期以来都一样。题材一样没关系，不，应该说，就是一样才好。反正一直会有新读者，重点在于如何配合时代来诠释既有题材，其余就是作者写小说的技巧高低问题了。认为怪谈必须靠题材新颖来吸引读者只是毫无根据的传言。"

"所以重点在于文笔好坏？"

"不，无论如何都得写成文章，所以写作能力和表现能力本来就是必需项目，但这些技巧并非只有写怪谈才需要，只要是鬻文为生者，都必须拥有这种能力。单就实话怪谈而言，如何感受时代气息或读者嗜好，并将之活用在作品里更为重要。因此，采访是有必要的。至于题材，本来就是千年如一日，一直都是陈年老哏。"

"原来如此。"

"所谓的幽灵本来就不存在。一切灵异现象均来自幻觉、错觉或捏造，不是对某事深信不疑就是看错了，再不然便是说谎，难道不是吗？"

"喂喂，讲得太直接了。"村上笑着说，"会得罪人。"

"我又没说错。不存在的事物就是不存在。但人类若没有这种信念，或认为自己看错了，或完全就是说谎，便无法维持心灵均衡。怪谈有其必要性。换句话说，就是这么一回事。"

"哪回事啊？"及川问。

"我想说的是，真的有采访，但采访者也不知道内容是真是假。"

"所以受访者在说谎？"

"不，不见得一定是说谎，也有可能是想太多或误会了。所以只能不厌其烦地问，这是真的吗？没看错吗？不问就不能写。所以不管木原浩胜、中川市朗还是平山梦明，都会去采访，极为仔细、详实，甚至令受访者感到厌烦。"

"原来如此。"及川感到佩服。

"就说吧。"似田贝不知为何略显得意。

"然而，不管问得多仔细也不明白事情的真假，能明白的只有事情的经过，至于是否为鬼作祟则无法确定。"

"那不就没意义了？"多田愉快地说，"结果只有本人才能明白吧？体验者本人。"

"不，恐怕连体验者本人也不明白，所以他们才害怕。但是啊，说没意义并不对。人的脑子一直以来都没有太大变化，题材向来大同小异，彼此相似。毕竟鬼本来就不存在，只能靠想象弥补。"

"透过刚才说的信念，发现自己搞错或说谎来弥补吗？"及川问。

"是的。总之，体验者对于灵异体验的解释会受到成长环境的影响，亦会因个性而有不同。即使题材相同，也会因地区特性而有差异。通过采访，便能更清楚、更明确地明白受访者究竟害怕什么，为何害怕。同样的题材，每个人觉得可怕的点也不同。就和即使吃同样的食物，每个人感觉好吃的部分也不同一样。而且每个人喜欢的调味方式也千差万别。有人喜欢蘸酱油，有人喜欢蘸和风沙拉酱。这会受到家庭习惯的影响，也有个人喜好的问题。"

"某些人的好恶真的很分明呢。"全体一起望向河上。他很挑食。

"别看我，跟我无关。"

"多多采访，就能收集这类个别信息，累积一定程度的量就能建立数据库，透过数据便能看出整个社群的走向，进而锁定读者群。即使是同样的题材，现代人害怕的点在哪里？如何解释才能被现代人接受？等等。就像过去用家鸣这种妖怪来解释，现在则称为骚灵现象，恐怖故事会随着时代演进而变迁。传承实话怪谈传统的作家们在吓人的技巧上不断推陈出新。其实地缚灵或鬼照片都是这些怪谈作家的发明呢。"

"到头来还是一种创作嘛！"郡司抗议道。

"但好歹题材不是捏造的吧？真要说的话，鬼魂的概念本身也是一种发明，是创作。只是我不想说得这么扫兴罢了。毕竟怪谈是一种文化。所以说……似田贝，现在撞鬼经验谈真的都绝迹了吗？"

"绝迹了。"似田贝回答，"快要被录入濒危物种数据库了咧。"

"准确而言不是幽灵灭绝，而是人们不再用鬼来解释了。因为鬼本来就不存在。"

"讲得真直白啊。"村上苦笑着说，"算了，鬼本来就不存在。"

"正因不存在，所以现在处理相同题材时，人们只能朝反社会人格或暴虐凶残犯罪的方向来解释，对吧？"

"嗯，东总编也这么说呢。"似田贝说。东总编是指《幽》的总编辑东雅夫。

"换句话说，这个世界其实并没有变。虽然世人明显变得很奇怪，但也不至于太阳从西边升起，从东边落下……"

雷欧本来打算反驳，但忍住了。

"……石头也不会在水上漂，树叶也没有沉入水底。这个世界什么都没变，唯独人的解释变了。鬼魂……或者说，鬼故事变得不流行了，如此罢了。"

"对了……"及川嘟起下唇说，"不是有人宣称有阴阳眼吗？"

"嗯，自认能见到鬼的人们。"

"我有个小疑问，那些人现在怎么样了？假如鬼真的存在，不管人们怎么改变解释，这些拥有阴阳眼的人依然看得到吧？"

"我也不明白。就算拥有阴阳眼，他们一样是人。"

"什么意思？"

"同样会受到当前不明力量的影响，但会做出怎样的解释我就不知道了。似田贝，关于这一点你如何看呢？"

"有阴阳眼的作家们异口同声地说消失了。"似田贝回答。

"鬼吗？"

"是的。"

"鬼消失了吗……又不是战争时期的疏散。"郡司挖苦说，"话又说回来，最近火药味愈来愈重，感觉很不妙啊。人与人之间的气氛愈来愈险恶。"

"的确。"京极说。

"话说回来，鬼真的避难去了吗？因为讨厌战争？"

"其实你这个比喻挺妙的。在现在这种人心骚乱的时代，鬼反而无处栖身。日本在第二次世界大战期间不也几乎没人说鬼故事吗？"

"都自顾不暇了。"

"就是这样。悼念也好，敬畏也罢，一旦活人没有多余的心思惦记死者，鬼就无从现身。战争时期，炸弹随时会落在自己头上，人们根本没有心情说鬼吧。鬼故事只在人们安居乐业时才有意义。"京极说。

"意思是现在人们无法安居乐业？的确，现在人与人彼此监视，警察也变得像是秘密组织一样，政府何时宣布建立军队也不意外哩。"郡司说。

听完这番话，所有人陷入愁云惨雾之中。

"嗯……可是，总觉得现在的状况又算思想走偏了。民众们论调偏激又好战，往往表现出不惜一战的气氛，但也只是气氛，缺乏具体目标，找不到明确的敌人。"

"所以才会把矛头指向妖怪吧。"村上说，"对妖怪而言完全是无端被牵连。"

"是的。所以说，即使是靠着自认阴阳眼才能维持心灵平衡的人，肯定也和一般人一样会受到某种影响。而我们也一定受到了影响，幸好妖怪迷大多是笨蛋。"

"笨蛋吗？"

"我们就是笨蛋。"

"我想，也许笨蛋不易受到影响吧，说不定关键就在这里。"

"笨蛋这一点是关键？"

"恐怕是如此。"京极盘起手来说，"来重新整理吧。现在的状况的确异常，但世界的基本结构没有改变，物理法则也毫无变化，世界一如既往地运转着。"

"天空一样很蓝，屁一样很臭。"村上说。

"现在别放啊，你的屁真的很臭。换句话说，有所变化的是人类对世界的感受。所造成的结果，就是鬼故事消失了。因为人们不管碰上什么怪事，都不再认定是鬼作祟。另一方面，仿佛要弥补这个缺口般，看似妖怪的事物涌现了。”

“弥补？”

“是的。不可否认，存在着人类无论如何都无法理解，也不想理解的领域。当人们踏入这样的领域时，必须靠着编造各种狗屁道理来蒙骗自己，才能维持心灵平稳。而所谓的灵异，其实就是碰上这种状况时的一种机制。然而现在，那种机制不知为何失效了。妖怪也是相同种类的机制……也许就是因为幽灵失去应有的功效，作为反动，妖怪才拼命冒了出来。”

“那种拼命感很强烈。”

“连对妖怪不熟悉的人都努力宣传自己的存在。鬼魂总给人阴沉的感觉，而如果是妖怪的话，反倒让人觉得很开朗……”

“毕竟是笨蛋。”

“没错，妖怪就是笨蛋呐。即使有时不见得愚蠢，但基本上就是笨蛋啊。现在的问题就是，这么愚蠢的事物变得能被看见了。换句话说，一旦事态变成连不是笨蛋的人也能看见的话，恐怕不再是一句很蠢就能收拾的。”

因为聪明人并不需要妖怪，妖怪只是无用之物。

“我们这群人啊，认为人要活下去需要这类无用的事物。笨蛋很美好。一直以来，我们遵循水木主义——‘别吵架，会肚子饿’，努力推广妖怪文化，主张社会应该放轻松一点，更蠢一点。然而在社会尚未接受这样的主张前，妖怪却变得能被看见，于是事情变得麻烦起来。关于为什么能看见妖怪的原理，就静候荒俣先生的研究结果吧。现在的根本性问题是……”

“变得杀气腾腾的社会风气……是吧？”

“是的。”

“那我们只能两手一摊了。”郡司说，“社会风气不是我们能改变的。”

“是吗？”

“有问题吗？京极，你平时总是说个人之力无法撼动社会，不是思想创造社会，而是社会创造思想，难道不是吗？"

"嗯，我的确说过。事实也确实如此。"

"既然如此，我们还能做什么？呼吁大家和平共处，放轻松点，别为了小事剑拔弩张，反对暴力，大家一起面带笑容地活下去吗？喊口号是没办法改变社会风气的。如果每个人都能遵守前面的原则，就不会对妖怪那么深恶痛绝了，但这是不可能的。"

"嗯，不可能。"京极说。

"虽然出版业或媒体都自诩肩负着改变社会的重大责任，其实还不是只能跟着社会的流行趋势走？因为不跟着走就赚不了钱啊。跟着走，才能把荷包赚得满满的。从以前到现在都是这样。这种时候，言论或表现方法……"

"没办法发挥作用。毕竟反社会行为是社会的另一面，连当权者也无法改变这部分。唉，这个世界终究只会变成它所能变成的模样。"京极说。

"既然如此，我们再怎么呼吁也……"

"不，我并没打算呼吁大众。"

"不然要如何？"

"刚才我说过，通过分析逐渐能看出变成这种状况的原因是什么了。日本国民的心灵似乎受到某种影响而变质——事情真相恐怕就是这样。"

"所以说呢？"

"所以说，当务之急便是找出那个对国民产生影响的某物。这种状况不可能是自然形成的。变化来得太突然了。"

"真的有东西产生影响？"

"虽然尚未被人发现，但一定存在。"

"那究竟是……"

"肯定不是能简单应付的。说不定是一种咒术。"

"术……术术。"

"雷欧，你在讲什么。"

"不……京极老师不是说过这世界没有不可思议的事吗？怎么还有术……术术？坚决否认有鬼魂存在，却说有术……术术……"

"别术个不停啊，笨蛋。"

"可是……"

"咒术只是一种比喻，实际造成这种现象的事物具有何种结构我并不清楚，唯一能肯定的是绝对不正常。"

"唉。"

所有人一起盘起手来，长叹一声。

"说是这么说，我们能做什么呢？"

"我们是一群笨蛋啊。"

"嗯，的确是笨蛋。"所有人一起点头。

雷欧更是强烈地同意了。若用过气的网络用语来说，就是秃同[一]。

"所以我才认为我们必须做点事。不管造成现况的原因是什么，我们这些笨蛋似乎没有受到多少影响。"

"嗯，似乎没什么影响。我们和以前一样，依然很蠢。"

"不行动的话，我们终究会被排除。不仅如此，日本也会毁灭。如多田仔所说的，不久之后我们肯定会被送入监牢、被镇压、被杀害吧。"

"杀……杀害！"

"那些看似妖怪事物的现象或许仍会持续下去，人心也会愈来愈浮躁，争吵不会结束，人们在这个社会会愈来愈难生活。假如连笨蛋也被社会排除的话，这个社会就等于失去了润滑剂。因此，我认为维持笨蛋精神正是对抗这种不明力量的有效手段。"

[一] 日本网络用语，源自"激烈地同意"之简称"激同"，因同音异字转变成"秃同"。

"也就是说——"

"笨蛋拯救地球！"雷欧突然大喊，"偶啊，要比笨的话很有自信哟。偶啊，是救世主啊。"

"又不是全球都受到影响。"

"你也不是什么主吧。"

"不……不然，救世笨蛋？"

"没错，你就是笨蛋。"梅泽说。

雷欧被反将一军。

这时——

冈田的手机响了。

"啊，是平太郎打来的。"

"平太郎？那个打工人员吗？还在用他啊？"

"不，角川裁掉所有打工人员了。他现在在荒俣老师那里打杂……"

冈田站起来，接听电话。

冈田嘀嘀咕咕地不知说些什么，接着迅速环顾众人一眼。

"不得了了。"

"怎么了？"

"荒俣老师的秘密研究所遭到暴徒袭击，被指控秘密饲养妖怪……"

"秘密研究所是水木老师名下的那栋老公寓吧？遭到袭击了吗？"

"听说几百名暴徒将公寓团团包围……放火了。"冈田说。

邪神隐约觉醒

黑史郎正感到困扰。

他无法离家。他本来打算参加妖怪迷伙伴们召开的秘密会议，却没办法出门。

原因是——

那只精蝼蛄。

鸭下找他商量的那天，精蝼蛄攀附在家庭餐厅的窗户上。

不久后，黑从鸭下那里得知，精蝼蛄消失了。黑原本打算让妖怪迷伙伴们见识精蝼蛄并讨论如何处理，听到这个消息时多少有些失望，不过事主没事就好。但过了不久，黑总算明白精蝼蛄为何不再纠缠鸭下。

精蝼蛄出现在黑的家里了。它移动了，换了宿主。

最初发现它的是黑的妻子。妻子虽不是妖怪迷，但由于经常有机会接触黑的妖怪迷朋友，因此并没有陷入恐慌。她冷静地告知丈夫家里有妖怪出现。

当时还不像现在这种日本列岛妖怪大丰收的状态，因此黑的妻子可以说非常冷静，甚至冷静过头了。

黑去确认，发现精蝼蛄从屋檐探出身体窥视着室内。

精蝼蛄除了从窗外窥视之外什么也不做，所以黑决定不理会它。不，也只能放着不管。黑没有任何方法能对付它。

在那之后……精蝼蛄一直跟着黑。

从厕所或浴室的窗户，不管黑走到哪儿，精蝼蛄都如影随形地监视着他。

不久——

全日本爆发了妖怪骚动。

以胧车的出现为开端，仿佛日本全国笼罩在布里加顿异象中一般——到处有妖怪涌现，妖怪四处横行。

接着，人类社会开始了拒绝妖怪的运动。

黑的家也被人盯上。

因为从外头能清楚地看到精蝼蛄攀附在窗户上。

黑本来以为满地妖怪，多一只也无伤大雅，但邻居向他抗议一直看到妖怪很恶心，令他无话可说。黑屡屡受到告诫，说府上被污秽的鬼怪纠缠，请将之驱除。每当听到这种话，黑总是回答反正它也没作怪，就别管它吧。结果，这种回答为他带来了灾难。

他被当成认同妖怪派了。

不，其实他本来就是。

不久之后，邻居不再理他。

尽管受到排挤令人难过，但黑认为就算劝精蝼蛄离开，它也听不懂人话，难以沟通。于是黑决定先让妻子与儿女暂时搬回老家，避避风头再说。

先等到这场风暴过去吧，他想。

然而——

等黑独居后，精蝼蛄开始侵入室内了。黑本来想，这样一来，外人看不到倒也好……

又过了不久，精蝼蛄开始爬到"黑的身上"了。

现在正爬在他的肩膀上。

——太扯了。

这种状况实在很扯。

是精蝼蛄啊。

虽说这年头连飞机都会受到天狗袭击而迫降，精蝼蛄爬在人的肩膀上这种事也不见得不可能——都在他肩膀上了，当然有可能。

黑不知道他睡觉时精蝼蛄会如何，但只要黑醒着，精蝼蛄不是爬在他头上，就是攀在背部或手上。

无论工作还是洗澡，甚至是拉屎的时候，它都在。

虽不重，却很烦。精蝼蛄的尺寸和重量似乎并不固定。黑在换衣服时，它会暂时离开，黑一换好衣服，它又立刻爬了上来。这实在是……

——这实在是太扯了。

动画主角身上常有宠物攀附，但实际上被东西攀着做事很不方便。虽然不觉得手很重，也没撞到什么，但就是静不下心来。况且精蝼蛄只是攀着，和黑一点儿也不亲密，根本没有交流。

对黑而言，精蝼蛄只像是一片巨大、会移动的"结痂"。

不仅如此——

它也害得黑再也无法外出。在这波拒绝妖怪的风潮下，带着精蝼蛄出门肯定会被乱棒打死。现在已经变成那种时代了。妖怪比垃圾或壁虱更讨人厌，更深受人们嫉恨。

只能闭门在家，别无他法。

幸好还能工作。足不出户对作家而言稀松平常。但粮食会吃光，厕所的卫生纸会用完，纸巾会告罄。没纸巾就没办法擤鼻涕了。

伤脑筋。

黑只能打电话请编辑帮忙采购。但他住在鹤见，总不能像差遣小厮般对编辑呼来唤去吧。不，重点是……

也有许多编辑很讨厌妖怪。与其说很多，不如说大部分的编辑都无法容忍妖怪吧。倘若他们知道有只妖怪攀在黑身上，肯定再也不肯跟他合作了，搞不好还会去通知动物保护中心或向警方报案呢。

　　能接受妖怪的编辑只有似田贝。似田贝不仅是编辑，也是黑的妖怪迷伙伴。可是，他现在并不是黑的责编。自从 Media Factory 出版社和角川集团合并后，原本负责怪谈类作品的似田贝被调去负责一般文艺类作品。而且怪谈杂志和单行本也已停刊。现在没有出版社愿意出版怪谈。

　　因此——

　　虽然其他妖怪相关人士在这波风潮中大多很伤脑筋，但黑恐怕是他们之中最感到困扰的一个。

　　"喂，这太恶心了吧？那玩意儿会在你身上拉屎吗？"

　　"拉屎？我想应该不会。"黑回答。

　　坐在他面前的，不是妻子，也不是编辑。

　　是平山梦明。

　　他身旁还有福泽彻三。

　　某种意义上，是最恐怖的搭档。

　　"你现在这样的确没办法出门。一出门，头颅马上就会被剁下来喽。我刚刚在这附近的转角看到有个家伙手持柳叶刀昂然而立，唰唰唰地磨刀咧。"

　　"别鬼扯了。"福泽说，"站着怎么磨刀？"

　　"不能磨刀？好吧，那他应该只是持刀站着。然后他伸出舌头舔了一下利刃，结果舌头哗地掉下来，和烤肉店的牛舌一样，一片片的……"

　　"就说别鬼扯，没这回事啦。"福泽吐槽道，"平山兄最爱鬼扯了。话说回来，你现在这样的确没办法外出。"

　　戴着有色镜片眼镜的福泽盯着黑瞧。

　　"它爬在你身上，你会痛吗？"平山问。

　　"不，不会痛。"

　　精蝼蛄爬上他的头。

　　"我看只要套个纸袋就能出门吧？就是那种常见的褐色纸袋，《十三号星期五 2 》里杰森戴的。"

"连同它一起戴上纸袋的话，整颗头会和《象人》一样臃肿巨大。而且这只妖怪会乱爬，得全身包在纸袋里才行。"

"不行啊？那就算了。"平山笑了，接着说，"不是我爱说，阿彻那副尊容太恐怖，常被误会成妖怪，坐飞机时总要套纸袋咧。"

"并没有好不好。"福泽冷静地吐槽。

平山听到黑的惨况，前来慰问。平山似乎和鹤见挺有缘的，他来这附近办事，顺便看看黑。而福泽则是凑巧来东京，被平山一起拖下水。

"总之，辛苦你啦。"

看似同情，其实是在嘲讽黑的不幸。

"那只怪东西看起来确实不像宠物。怎么看都是妖怪。唉，你真倒霉啊，倒霉死了，太倒霉啦。"

在说到"倒霉"的时候，平山脸上已忍不住笑意，说完不停地窃笑。

"小黑，你真的很不幸。不然我看这样，去叫京仔帮你驱魔吧。他应该办得到吧？"

"……是吗？"

京仔是指京极夏彦。

黑不久前曾用电子邮件通知他这件事，但京极只回应要他再忍耐一下。

"唉，听说勃吉和黑木最近也接连遭遇不幸。黑木他啊，最近不幸到一个可笑的地步。没题材可写怪谈，写了也没人肯出版，实在糟透了。阿彻，你说对吧？"

福泽点了点头。

"只有这一点千真万确。"

"原来如此。对了，平山先生，你来我家真的好吗？离开时说不定连你也会被盯上。"

"放心啊，有阿彻跟着我。他是我的护身符。说不定阿彻更靠近你一点，连那只精蝼蛄也会吓得落荒而逃。要不要试试？虽然太靠近的话，你会先被吓死。"

"你真的满口胡言乱语啊。"福泽傻眼地看着平山，"没看到黑兄很烦恼吗？"

"嗯嗯，很烦恼，实在烦恼，超级烦恼啊。"

说完，平山放声大笑。

笑了好一阵子后，平山梦明轻快地说："我去厕所。"然后他起身离开。

"怎么，刚刚不是才去过？"

福泽彻三用宛如蛇类的内双眼皮眼睛抬头望着平山。

很吓人。

虽然吓人，但仔细看又有些可爱。

他的光头（准确而言是理得极短的平头，并非只剩头皮的那种光头。但他的发型，不，头型的确会让人很想这么称呼）和墨镜（虽然准确而言是有色镜片的眼镜，而非黑道大哥们爱用的墨镜，但戴在他脸上还是很想让人这么称呼）都让人觉得可怕。

光轮廓就很可怕，可怕到让人想附在辞典"一脸横肉"的条目底下当插图。

然而——

却莫名有点可爱。

有种亲近感。

个性诚实，态度温和。

福泽应该是个好人吧？不，肯定是个好人。但是……

一身黑色皮衣，缀满重金属乐队风格的尖刺皮带与戒指，全身上下都是金属，因此坐飞机时没办法通过金属检测，得全部拆下来，很费时间。

平山说他有一次好不容易通过检测，预定搭乘的班机早已起飞并抵达目的地了。

肯定是在胡扯吧，毕竟是平山。

平山这个人总是疯言疯语。但福泽这个例子竟然有些说服力，因为他一向都做这种打扮。

黑也曾听京极说，福泽有一次来东京，从机场到目的地之间，少说遇上了五次临检，被查得很烦的他忍不住对警察大吼大叫，搞得情势一触即发。

多半被夸大了吧，毕竟是京极。

京极这个人基本上不说谎。虽然不说谎，但就算是无聊小事，他也会一脸认真、滑稽和逗趣地描述，令听者产生错觉，不觉间接受他夸大的说辞。

反过来说，这也表示福泽的外貌就是如此难以置信又自相矛盾。

"他一定是尿频。"

福泽忿忿地目送平山的背影咒骂，接着转头看黑，担心地说：

"话说回来，那家伙不处理真的不行啊。"

"唉……"

黑也只能叹气。

老实讲，黑也想解决这个问题，但没什么好对策。假如精蝼蛄是动物，至少能把它拉开，关进笼子里。虽称不上人道，也能装进纸箱顺水流走。作为下下策，也能考虑将它杀死。

虽然可能会被动物保护团体抨击虐待动物，但好歹能摆脱现况。杀死或放水里的确算是虐待，但目前的状况下，被虐待的是黑自己。

然而，精蝼蛄并非动物。

它无法被杀死。虽说现在无论杀了它还是放水里都没人会责备黑，顶多被下游的居民抗议，但行为本身不会受到抨击。不，反而会被称赞吧。这世间没有所谓的妖怪保护团体。妖怪是这个世界的垃圾，是废物，是罪恶，是污秽，是必须驱除的事物。因此不管对它做什么，都不会受到抗议。但是……

黑什么也做不了。

鬼怪不会死。

连试都不用试。

"我很想处理，但实在无能为力。"黑回答。

黑尽可能想回答得严肃一点，但嘴角还是忍不住上扬。因为太缺乏现实感了。如此愚蠢的状况，不管多么严肃看待，都与踏实的日常生活极度背离。与其说凄惨，更近乎滑稽。黑看着滑稽的自己，忍不住笑了起来。黑一向如此。

所谓的悲剧，往往也是喜剧。

反之亦然。

黑不认为自己的人生、性格、兴趣或嗜好都完美无缺。

但他也不认为有多大问题。每个人或多或少都有些逾矩的部分。也许算不上正常，但不至于异常到违反社会规范的程度。他既不犯罪，也没反复做出道德所不能容的行为。他只是拘谨地、认真地生活在社会的角落。

他喜欢鬼怪、都市传说、惊悚故事，还有变态、怪人或废人，如果这不被容许，那么会有更多人比他更不被容许。

例如正在厕所小便的平山，便比黑糟糕几倍，不，几百倍、几万倍吧。

换句话说，黑没理由落得如此凄惨的下场，没理由被精蝼蛄纠缠。

在这层意义上，黑是个被害者。明明是被害者，却受到世间毫无来由的迫害。只不过……

问题恐怕在于他被妖怪纠缠却不讨厌它们吧。

若是对妖怪深恶痛绝的普通民众，遇到这种情况，肯定会呼天抢地、尖叫连连、浑身发抖地失禁，甚至失神。

——呃，应该会吧？应该。

少说也会失禁吧，被这么恶心的家伙一天二十四小时纠缠的话。

但是，黑顶多觉得有些碍事。光是他不觉得厌恶这一点，便已充分具有受人迫害的资格。

然而仔细一想，最初发现精蝼蛄的是鸭下沙季。由于黑多管闲事，倾听了鸭下的烦恼，才会引来精蝼蛄，说他自作自受倒也不是不行。

"可是这样下去，你会没工作吧？"

"其实已经没什么工作了。编辑们最近对我避之唯恐不及。听说光是来我家，他们在公司里就会被白眼呢。福泽先生，你来这里真的不担心吗？"

"放心，关于受人白眼我算是很有经验了。"福泽说出莫名可靠的话，然后接着说，"说到没工作，其实我也好不到哪里去。怪谈创作完全不行了。"

"不行了啊……"

"没错，彻底不行了。"福泽说完，叼起香烟问，"这里能抽烟吗？"

"没问题，现在家里只有我住。不过没有烟灰缸。"

"这个习惯也是我常被白眼的原因之一。"福泽从重金属风皮衣口袋中取出便携烟灰缸，点燃香烟，煞是美味地抽了一口。

"我懂规矩，从不给别人添麻烦。但前阵子啊，我明明只是站在香烟贩卖机前，就被人丢了石头。"

"石头！"

"对，石头。我立刻破口大骂，对方却高喊抽烟者去死。光是抽个烟，就被当成不法分子，而且我还是个怪谈作家，难怪上天也不眷顾我了。"福泽说。

总觉得理由不在于此。

"唉，糟透了。之前喝个小酒，也有人嚷着黑道去死，作势要揍我哩。"

"揍人！"

"是真的。"

"被谁？"

"其他顾客。"福泽回答。

"普通顾客？"

"什么普通，我也是普通人啊。我更想问谁才是黑道咧。我什么都没做，只是喝点小酒。"

"又来了，阿彻，你一定干了什么事吧？"

平山边擦手边说。他回来了。

"我猜你用头撞老板了吧？你不是每次喝酒都会灌到脑子颤抖的程度吗？再不然，就是取山刀子剔牙了。"

"我才没有。"福泽皱着眉说。不过他的眉毛被剃掉了，或许该说皱眉骨。

"我只是喝了酒而已。"

平山爆笑一声。

"你光是喝酒就算犯罪行为了。因为，阿彻你啊……"

"一点也不好笑。"

福泽打断平山的发言。大概觉得又要被拿外貌做文章了。

"以前的话，我就当成平山兄的玩笑就算了，但现在我已经笑不出来了。那家伙真的对我挥拳咧。最近我觉得普通人反而更可怕。啊，我这么说不代表我是黑道。"

"哼，这表示我很有先见之明，是吧？"

"啊？"

"就说我是预言者吧。只要像我这样拥有优秀的头脑和满满的才能，就能洞见未来，轻轻松松。我老是说阿彻就算只是静静坐着喝酒，也一定会被揍，连续说了好几年，现在时代总算追上我了。"

"什么跟什么嘛，莫名其妙。"福泽说。

"哪里会莫名其妙。"平山不满地说。对这个人抗议也只是对牛弹琴。

只不过……

某种意义上，黑认为平山真的有先见之明。

现在的社会充满了暴戾之气，仿佛平山的作品被直接化成了现实。住在隔壁的杀人魔却被附近的老头残杀。被跟踪到满腔怒火的女性反过来狂刺跟踪狂数十刀，将其分尸后放进冰箱里。虽然不管任何时代都有暴虐凶残的命案，但像现在如此频繁发生又太夸张了。算了，不太想思考这个问题。

"所以是谁没工作？"

平山满脸愉悦地问。

"我们两个。不过黑兄创作题材很多元，影响应该不大吧。"

"福泽先生不也写过很多种类型的作品吗？"

"不写就没工作，所以不管什么题材我都肯写。只是，怪谈真的不行了。"

"因为没题材吗？"

"那也是原因之一，但主要是没人阅读怪谈了。真怀念《幽》能正常出版的时代。不久前，连一般文艺志也还有怪谈特辑呢，各地也常举办怪谈活动，现在根本想都不敢想。"

"因为没人看了吧。"平山说。

"说得真轻松。你倒还好，《东京传说》那种作品即使放现在也行得通。"

"不不，哪儿行得通啊？"平山摇着头说。

露出仿佛吃到馊饭般的表情。

"怎么行不通呢？对你而言，现在的题材俯拾即是吧。"

"我说阿彻，不是题材多就好吧？重点是质量的优劣，或者说内容的特色。这年头不是随便捡题材来用就可以的。反社会人格犯罪或杀人案已经变成日常，一点儿也不稀奇。不管是怪谈还是惊悚故事，就是要好像会发生但又不可能，暂且放心却发现似乎真的有这种事，一旦存在会让人头皮发麻的事物才有趣。这种题材不仅写起来有趣，读起来也有趣。"

正是如此，黑也认同这种看法。

不久前听到还会大喊"真的假的"的事，如今已变成"那又如何"了。

"我们先假设有上吊鬼出现吧。鬼生前肯定是碰上了什么烦恼才上吊的。鬼就这样把脖子拉得长长的，从天花板上垂了下来。然后在同一个房间里，有个老太婆拿着菜刀，正砍下老头子的头。不管鬼的脖子拉得多长，砍头婆婆绝对可怕多了，对吧？就像这样。"

平山怒目横眉，动作夸张地叙述着。看似恶鬼洗衣服的这个动作，原来是在模仿老太婆割颈。

"这种情况下，鬼怪变得无关紧要。毕竟眼前就有个正在做这种事的老太婆。"

他又做出那个奇怪的动作。

看起来像患有颜面神经麻痹的加拿大樵夫在用锯子伐木。

"然后，我们再假设住隔壁的房客正在阅读惊悚小说，就当作是看我的书吧，看的是反社会人格女杀人魔站在家门口前的那类故事。不管小说写得多可怕，隔壁的老太婆可是正在做这个呢。"

他又做了一次。

有点儿像过去风靡一时的谐星小岛义雄的招牌动作。

"再怎么看，老太婆都大获全胜吧。不管什么样的怪谈或反社会人格犯罪小说都变得不重要，就算有真正的鬼现身也没人在乎。现在，就是到处都有那种老太婆的情况。如此一来，还有谁想看怪谈？至于小说，更是没人想看。若想吸引人，就得端出比那个老太婆更可怕的内容。可是那样的话，将会完全失去真实感，因为绝不可能发生。假如将这种内容写成小说，必然会显得很拙劣。"

"嗯嗯。"

"实在不行啊。"平山有气无力地说，"这个时代没人想看怪谈或惊悚故事了。现实比想象中的更离奇。不信，你们自己看。"

平山伸出食指。

被指着的黑望向左肩。

精蝼蛄移动了。

"那种东西就这么大方地出现在我们眼前了。这世界没救了吧？这不是怪谈或惊悚故事没人看的问题了。这年头能畅销的恐怕只剩《干掉隔壁老太婆》或《妖怪丸子大作战》那种书了。"

呃……

虽然书名完全讲错，但黑大概猜得到平山在指什么。他想说的应该是《疯狂邻居防范术》和《妖怪击退手册》这两本最近极为火的新书吧。《疯狂邻居防范术》尚且不论，黑也买过《妖怪击退手册》，并大致浏览过。由于这本书内容过度浮夸，黑忍不住嘴角泛起笑意，表情变得和特摄剧《奥特Q》中出现的M1号一模一样。

诸如把盐撒在野箄坊身上能使之融化，对抗濡女就撒胡椒，对付小僧就泼热水，书中内容大多是这个调调。可妖怪不是食材啊。

又不是泡面。

书中还写着妖怪会在三分钟内消失，说不定真的联想到了泡面吧。

这些内容肯定是作者故意瞎掰的。像驱妖喷剂最好能离脸部三十厘米喷射，淋上洁厕剂就能清除加牟波理入道，对付舔垢妖用除霉清洁剂很有效之类，这些仿佛小学生构思出来的内容洋洋洒洒写了一大篇。如果是平时，黑看完应该会捧腹大笑，但在听到真的有人认真实践这些方法时，黑就笑不出来了。

此外，书中也说要随时保持清洁，定期大扫除，一回家就洗手，每天更换床单，但这些保健常识跟妖怪也没多大关系。妖怪又不是流行性感冒。

黑觉得有些失望，也有些怅然。

"就是因为这样，现在才没人讨论怪谈吧。"福泽说，"有人说鬼魂不存在，也有人说是消失了。不过我对灵异并不了解。"

"其实都一样。"平山说，"就像刚刚那个例子所说的，即便房内有脖子拉得很长的吊死鬼，也没人会注意。"

"因为现场有这个，对吧？"黑模仿平山刚才的动作。

明明原本是表现老太婆砍断老头子脖子的动作，被黑模仿起来像是赌马输个精光，做出经典的捶地懊悔动作的粗活劳工。

"没错，就是那个。就算有吊死鬼存在也没人发现，所以跟不存在没什么不同吧？不管现场有猪还是乌龟，没人注意到就没意义。不过猪很臭，身上有股骚味。如果有人闻到猪骚味，但大脑认定猪不存在，便会怀疑是房间里的其他人有猪骚味。那么，假如认定猪骚味是从某人身上发出来的，真正的猪就没人注意了，会被完全忽视。甚至会想：最近好像都没看到猪，猪该不会消失了吧？"

"平常哪儿有机会看到猪啊。"福泽吐槽说，"照你这个理论，被说有猪骚味的家伙不就很冤枉吗？"

"是很冤枉啊。"平山笑着说，"就算嫌他臭而宰了他，猪仍然躲在某处。下次又换别的家伙被安上有猪骚味的罪名，实在很惨。不过话说回来……"

平山的表情一瞬间严肃起来。

"怪谈可不是只要恐怖就好。只想表现恐怖的话，没有故事能胜过在我们眼前发生的暴力事件。然而，真正的问题是完全忽视了题材以外的部分吧。"

"题材以外的部分是……"

"呃，我也不是很清楚。"平山的鼻翼微微抽动。大概是难得认真，他觉得有些不好意思。

"不管题材是什么，我们这些作家都会呕心沥血将之写成作品。但问题不在于要写什么，而是该如何写。我们的理想是写出能让读者吓得要死却又沉浸其中的厉害小说，就像这样。"

平山说完，又做出那个动作。

"喂喂，怎么又和老太婆砍头颅的动作一样？"福泽吐槽道。

"就是一样。我的意思是，创作时得带着这种气势才行。换算成能量更好。需要能砍下一百颗老头子的头的能量之类。总而言之，题材一点儿也不重要。"

"不重要吗？"

"当然不重要。啊，前提是不能说谎。"

"你哪儿有资格这么讲？"福泽又吐槽道。

"你很失礼啊，阿彻。"平山说，"若打着实话名号却不是实话，这不仅是说谎，完全就是欺诈，所以当然不行。不过，无论题材是事实还是想象，是怪谈还是惊悚，作者费的工夫其实都相差无几。因此重点仍在于该怎么书写。问题是，最近大家好像只在乎写了什么题材而已。"

"意思是，读者变得不重视如何呈现的问题？"

"没错。"平山一瞬间面无表情，"变得只会要求创作者要写得如新闻原稿那般。譬如'有个女孩死在厕所里''哦，这样啊'这种文章就好。关于她是怎么死的、为何而死，读者们并不重视。明明我们能发挥才华的就是这种地方。像是在描写死亡时，说了声'啊……'就死了，还是拖拖拉拉地说半天才总算死了，或是打喷嚏时不小心割到腕部，结果就死了，等等。"

"哪有人会打个喷嚏就割腕死了？然后，女孩又是什么……"

"谁知道呢？这个世界很神奇，而我们作家该做的，就是把这部分好好地描写出来。这叫什么，人心幽微？描述情怀？算了，我也不懂。"

"说得也是。"福泽抚摸着圆滚滚的下巴说，"平山兄想讲的事我明白了。如果说只要挑对题材就好，那不就是谁来写都一样了？"

"就是说啊。读者虽然很爱抱怨题材老旧啊，了无新意啊，早就听过、看过啊，但怪事又不是天天发生，哪来那么多题材可写。大家用的都是老哏啊，你说对吧，阿彻？"

"呃，也没那么夸张啦。"福泽歪着头说，"不过，的确不是每个作家都像平山兄你一样有过许多怪奇体验，题材自然会大同小异。但由于体验者不同，对于相同事物的感受方式不一样，感觉恐怖的部分也各有不同，我们当作家的就是要将当事人感觉恐怖的点描写出来。"

"就是说啊。"平山嘟着嘴说，"要将老太婆和女孩的差别描写出来。"

"所以说女孩到底是……"

"那正是最有看头的地方。但现在的读者已经不感兴趣了，没人想看这样的文章。是小说、实话还是怪谈，都无所谓了。"

"一般小说应该还有市场吧？"福泽说。

"不。"

平山露出仿佛咬破一百颗淋上醋的仁丹的表情。

"没人阅读了。现在还有销量的只剩下实用书。民众似乎已经失去了心灵的充裕。你们懂吧？就是那种感觉。"

黑实在不明白"那种"是指哪一种感觉，但他也觉得人们失去了心灵的充裕。

人人变得很紧绷，没人敢开玩笑，生怕一不小心说错话会惹来麻烦。

搞笑节目一个个停播，只剩谐星无趣地依序登场，一本正经地说完笑话后行礼退场的无聊节目，无论如何也称不上好笑。别说爆笑，连微笑都很困难，看了只让人表情僵住。动画和连续剧界也进入自我约束的节制模式。新闻报道则比戏剧更激烈，现实比特摄更离奇，动画索然无味，故事灰暗，一点儿也不好玩。综艺不再综艺，稍微胡闹一下，立刻有观众打电话抗议，使得节目里的通告艺人个个噤声，不敢多言。

搞笑不好笑，动画不好玩，综艺节目不胡闹，那还有看的价值吗？

并没有人实施言论管制，也没有思想检查，世间却自然而然地变成如此了。

这些娱乐项目如今已没人感兴趣，自然也没人想创作，就这么简单。

若想追求和以前一样的娱乐，只能通过地下管道——DVD 或动画片、书籍、杂志在黑市里高价竞标。一般而言，黑市里的交易物通常是违法的。过去是如此，但现在不同了。一切都变得合法，几乎没有违反法律的违禁品。

因为在地下被交易的只是些搞笑影像或漫画，只是些惊悚电影或轻小说，只是些动作游戏或推理小说。即便价格高昂，然而完全没有违法之处。

虽然不违法，却被视为不道德。

的确，是不怎么道德。黑最喜欢玩那种可以杀丧尸的游戏，但现在，光是持有这类游戏就会引来一阵议论。虽然不会受处罚或被逮捕，却会有民间团体前来抗议。会有一群大叔、大婶蜂拥而至……

会把人团团包围，毒打一顿。

这类伤害事件在日本全国层出不穷，有人因此受重伤，还有人死了。当然，不少人反对这种私刑，但不知为何，**警察从不管控**，不但不管控，还会等事件发生并闹大了之后再连同加害者与被害者一起逮捕。

这个社会已变得不再是只用人际关系紧绷就能形容的。

人心也许真的已不再存有一丝丝能阅读无聊小说痴痴傻笑的余裕了吧。

“因此，事情绝非只是题材枯竭这么简单。”平山说，“不是猪不见了，而是没人发现猪躲起来，却又对猪骚味很敏感。”

“怎么又是猪？”福泽说，“平山兄真的满口猪和老太婆啊。”

“还有女孩。”黑说。

“女孩很正常好不好。”平山吐槽道。说得也是，记得他有本书的书名就叫《阴沉文静又摇滚的女孩》。

“那群人认定猪是臭的，害怕猪骚味会臭死自己。”

"那群人是谁？"

"当然就是那群心灵失去充裕的家伙们。不读书的家伙们。"

"原来如此。"

"但猪可不只是臭而已。它们很能吃，也很会生小猪，会生一大窝，会
齁齁叫。猪是一种很肥、会咬人、会吃饲料、会做有的没的事情的生物。可
是那群杀气腾腾的家伙们没注意到这些部分，只知道抱怨很臭，把愤怒发泄
在无关的家伙身上，真是一群 ×× 的家伙。"

平山用不宜在电视或文章上公开的手势来表现。理所当然，他所表现的
也是不宜在电视或文章上公开的意思。

"到处都是这种 ×× 的家伙，害得我们这些作家没工作。算了，我也懒
得理他们，万一被反咬一口，我可受不了。所以说，阿彻，放弃吧。反正你
还有很多工作可以做，像是去庙会摆摊，或从事暴力讨债，再不然当个杀手
也行啊。"

"平山兄，那你呢？"

"我要骑马去传说中的黄金国[一]淘金，如果赚了大钱，就买一大堆竹轮
吃个过瘾。"

到底在讲什么？莫名其妙。

虽搞不懂平山的人生规划是怎么回事，不过关于他对现况的分析，黑完
全同意。

"小黑，你也一样吧？"

"一样……什么一样？"

"当然是被冤枉啊，冤枉。你明明没做坏事，却被迫陷入大门不出，二
门不迈的窘境。一出去就会被柳叶刀砍头，很凄惨的。不过最惨的还是被那

[一]　El Dorado，南美传说中盛产黄金的国度。

个长得像寄居蟹的东西寄生吧。"平山哈哈大笑说。

"寄居蟹？"

会像寄居蟹吗？这么说来……鸭下一开始也是把精蝼蛄当成了卡波·曼达拉特。

卡波·曼达拉特是新喀里多尼亚的女神，住在巨大的贝壳之中，有着像椰子树般粗大脚部的寄居蟹和精蝼蛄恐怕无一处相似，顶多在水木老师的插图中勉强有点相近。但仔细比对的话，差异也是不小。

"看……看起来像寄居蟹吗？"

精蝼蛄现在爬到黑的头上，黑看不见。

他试着让视线朝上，但什么也看不到。

"真的是寄居蟹？"

"这种状况下，小黑等于是贝壳吧。"

原来是这个意思。

"所以是在形容它像只寄居蟹般寄生在我身上？"

"不，不是形容，它长得就一副那种蟹类模样，怎么看都是寄居蟹，或者椰子蟹。反正是那类生物，对吧，阿彻？"

"这哪里是蟹啊？"福泽一脸诧异地瞪着平山。

"哪里不是蟹？慢着，我说的不是那种横着走的螃蟹，而是那种……跟鳌虾比较接近的。"

"甲壳类吗？平山兄，你在说什么，软壳蟹吗？"

"啊？"

平山蹙着眉，盯着黑的脸——不，盯着他头上的精蝼蛄，说：

"阿彻，你很奇怪啊，这哪里是软壳蟹，这个明明是那个……呃，记得有种怪兽有很多只脚，和虾蟹很像。"

"很多只脚？"

有很多只脚的怪兽，在黑的记忆里顶多只有伊比拉[一]或加尼美，再不然就是萨尼卡，但那种东西不会爬到头上。

或许是亚德卡利？但电影年代和平山的年龄对不上。比这更新的作品，他恐怕完全不认识了。如果是更旧的多脚怪兽……记得《假面忍者赤影》里也有类似寄居蟹的怪兽登场，但黑想不起它的名字。

不对，现在不是思考这个的时候。

上述的怪兽和精蝼蛄都不甚相似。

"所以说，是那种风格的怪物吗？"

"哪种风格？类似虫子啊。"

"虫子吗……也不算错……"

精蝼蛄据说与名为三尸虫的一种虚构的虫子有关，或者该说是被视为其幻化而成的妖怪。

关于三尸虫的造型，文献中并没有描述得很明确，印象中类似寄生虫，但不是甲虫或蜘蛛的模样，更不会是虾蟹。

难道黑看走眼了？

"真的是虫子吗……"

黑头上的东西到底是什么？

"你别乱讲。不是那样的。"福泽说，"明明长得白嫩光滑，类似河豚的鱼白。"

"鱼……鱼白？"

白色的？

"没有眼睛和鼻子吗？"

[一]　"哥斯拉"系列电影中登场的虾形怪兽，其后出现的加尼美与萨尼卡则是在电影中曾出现的蟹形怪兽，亚德卡利为寄居蟹形怪兽。

"不，有眼睛和鼻子啊。有点像刚出生的小狗。"

"没……没有毛的狗？类似裸鼹鼠？"

"裸？其实就跟精螺蛄的图一模一样啊。我对妖怪不熟，但我可预习过。来这里以前，我对寄生在你身上的妖怪感到好奇，所以去确认过了，否则万一见到实物时吓得腿软可就难看了。我只知道名字叫精螺蛄，好奇到底长什么样子，于是……"

"请等一下。"

黑站起来，当然，某种东西仍稳稳地攀在他的头上。

起初黑在行动时总会战战兢兢，下意识担心它会掉下去，但很快他就发现自己根本不必担心，掉下去自己反而轻松。只是，虽然它并没有攀得很紧，却无论怎样也不会摔落。它的体积不算小，却感觉不到质量。虽然有触感，却感觉不到重量。

黑走到书架前，取出国书刊行会出版的《妖怪图卷》。编辑和解说是多田克己，京极也为该书写了序。书中收录了几幅古代的妖怪绘卷。倘若邻里居民得知他收藏了这种书，肯定会凌迟处死他吧。现在这类书籍已是必须焚毁的不良书刊了。

黑从外盒将书抽出，翻动页面。

找到精螺蛄的部分。

这幅绘卷所画的精螺蛄和石燕版的形状截然不同。

"是……这个吗？"

"对对。"福泽露出笑容。

明明堆满笑意，那张脸却依然很吓人。

"我就是看了那本书。"

"嗯……"

收录于这幅绘卷的精螺蛄的确皮肤惨白，无毛，像极了用后肢站立的裸鼹鼠。

　　但……

　　"呃，虽然这也是精蝼蛄……"

　　"就是精蝼蛄啊，跟你身上的一模一样。"

　　"一样……真的吗？"

　　平山也来凑热闹，探头确认书中的内容。

　　"阿彻，我看你的脑子被入侵了吧。"

　　"入侵？什么意思？"

　　"当然是被病菌入侵啊。比如螺旋休的那种。"

　　"你这家伙很失礼啊，我才不可能得那种病。我一向行为端正，别说这种会让人误会的话。"

　　"你很蠢呢，毒之所以是毒，就是因为它无论从哪里都能入侵。就算你不记得做过会被感染的事，毒还是会咻的一下入侵身体。毒物和虫子都是如此。"

　　虫子也是？

　　"我看平山兄你自己才是脑子长虫了。"

　　"阿彻，就因为你不信任现代医疗，毒才会传遍你的全身，我看毒八成在你体内产生突变了吧。听好，这只妖怪跟那张图完全不像，没半点相似之处。这家伙明明长了一堆脚。"

　　"完全不对，这家伙的皮肤如此湿滑。"

　　"哪有这回事？而且也不白，这妖怪明明是褐色的啊，褐色的。是褐色的维纳斯，海滩上的目光焦点。是海洋，来自海洋的生物。"

　　"胡扯，哪有那么柔软的甲壳类生物？"

　　"两……两位请先暂停一下！"

　　柔软？

多脚？

湿滑？

又白又褐？

海洋生物？

"不不不……"

慢着。

明明又黑又硬，全身长满鳞片，爪子尖锐，有一对浑圆的眼珠子，并且还长了鬃毛吧。

黑觉得不安起来。

趴在自己头上的东西究竟是什么？

是又黑又白又褐，有鳞片又湿滑，多脚，爪子尖锐，眼珠子浑圆，看似柔软却又坚硬的海洋生物？

有这种东西吗？

真是难以想象。

黑试着将这些特征全部结合起来……

——这不就是印斯茅斯的邪神吗？

符合上述全部特征的，恐怕只有克苏鲁吧。

黑开始觉得除了克苏鲁，别无其他可能了。

在特定人士之间极为知名的克苏鲁是美国小说家 H.P. 洛夫克拉夫特所创造的虚构邪神。克苏鲁首度登场是在洛夫克拉夫特的小说中，所以无疑是洛夫克拉夫特所创造的，但这个作品所建构的世界在洛夫克拉夫特死后由他的朋友奥古斯特·德雷斯继承下去，并将之发展成一种体系。之后，又有许多作家基于这一世界观加入创作，使得作品体系发展得更为扭曲、复杂，宛如邪神的触手一般，这些作品群后来就被统称为克苏鲁神话。

由神话体系的命名可知，克苏鲁是构成这个神话体系的主要神祇之一。

严格说来不是神话，而是一种创作。

关于"Cthulhu"这个名字的发音并没有一个标准，将这部作品介绍到日本的译者中，有人译成"克督鲁夫"，也有人译成"克鲁鲁"或"克·里特鲁·里特鲁"。正确的叫法只有作者知道。不，作者是否真的知道其实也很难讲，因为在设定上，这个名字无法发音。克苏鲁作品群大多被分类在科幻惊悚类，但由于这个虚构的神话体系是由无数人的想象所凝聚而成的，所以如此笼统的分类其实难以表达其内涵。

总之，克苏鲁神话里有众多邪神及其眷属登场，印斯茅斯是这个虚构世界中的渔村，里头住着一群面容仿佛半鱼半人的居民。

然后——

黑很喜欢克苏鲁神话，在他正式出道前曾用克苏鲁作为笔名。不久前，他还曾经出版过一本小说，书名就叫《未完少女洛夫克拉夫特》。

是的，他非常喜欢。

克苏鲁是被称为旧日支配者的神祇之一，象征着水。头似章鱼，长了触手，有锐利的爪子和鳞片，印象中……颜色似乎是白黑褐色，至少不是红色或黄色。背部有翅膀，但被埋葬在海洋深处，所以受到长相近似鱼类或章鱼的类人生物——深潜者的崇拜。

这群深潜者潜伏在印斯茅斯镇里，与人类交配，借以扩大族人势力。

关于克苏鲁的诸多设定，一口气在黑的脑中浮现。

如果把精蝼蛄加上章鱼或螃蟹的成分，并添加点湿滑感，也许就很像克苏鲁吧。

只不过……

——克苏鲁神话只是一种创作。

不，慢着。

精蝼蛄不也是一种创作吗？

虽然不明白创作者是谁，可自然界中原本并没有这种事物。不，是压根儿不存在。

然而，这种不存在的事物现在却趴在他的头上。

京极曾转述水木茂老师说过的一番话：

——妖怪无法靠眼睛见到。

——必须用心感受，才能发现这些眼睛所见不到的事物。

"你啊，得像个笨蛋一般努力，才能感应到这些鬼怪呐。"

"稍不留神就感应不到，所以必须非常努力。"

"必须像个笨蛋，非常努力才能感应得到！"

"若不如此，是什么都见不到的！"

是的。

原本说来，妖怪并无实体，只能靠感觉到某种声息或气氛，或是作为一种状况来显现。

那不是能轻易看到的。不，绝对无法看见。像水木老师那么厉害的人付出极大努力后，才能勉强将感应到的形象画成图画，而大众再从这些伟大的前人呕心沥血绘成的图中选出最符合印象的东西，并加以临摹或模仿，才能建构出一种通俗的妖怪形象。

石燕的精蝼蛄是在这种生存战中残留下来的胜者。水木老师也采用了这个造型。另一方面，《妖怪图卷》中收录的精蝼蛄虽然也画得精巧，只可惜在竞争中败阵下来。

就算是黑亲眼见到的精蝼蛄，实际上也不存在。虽然不存在，却能趴在头上，所以黑觉得非常奇妙。他一开始以为这是某种实际存在的事物，凑巧模样酷似精蝼蛄的图而已。但现在看来并非如此。

这就是精蝼蛄。

黑开始觉得，既然怎么看都是精蝼蛄，那肯定就是精蝼蛄吧。

　　但这么认为有个问题。精蝼蛄是众人幻想的产物，黑眼中的精蝼蛄的模样其实是石燕创作的。

　　那么——

　　"这根本就和克苏鲁一样嘛。"

　　不小心脱口而出。

　　下一个瞬间——

　　"啊，就是那个！就是那个叫 love love show[一] 的节目。"

　　平山说完，福泽也立刻点头："啊，原来如此。"

　　"原来如此？"

　　"平山兄是想说洛夫克拉夫特吧？"

　　"对，就是他。"平山点点头。

　　"你们在说什么？"黑问。

　　"还用问吗？小黑，当然是拉布拉多啊。"

　　"那是狗啊。"福泽吐槽道。

　　"对啊，拉布拉多是狗。不然叫什么？ Love doll ？"

　　"又不是南极一号[二]，love doll 是性爱娃娃吧？刚说的是洛夫克拉夫特啊。平山兄，你是故意搞错的吧？"

　　"或许吧。"平山装傻道。

　　"等等，现在是怎么回事？你们两个不是在争论看到的东西不一样吗？"

　　"呃……"

　　"呃什么嘛。"

　　"小黑，就算看起来的印象不一样，可怎么说都是同一种东西吧？"

[一]　日本20世纪70年代的脱口秀节目。

[二]　据传为日本南极探险队长期驻守而开发的充气娃娃。

"是，没错。"

"既然如此，只是两人的形容方式不同罢了。"平山说，"阿彻的脑子被螺旋体入侵，所以乱描述一通。"

"你的脑袋才长虫了吧。"

"算了，这件事一点儿也不重要。"

"很重要好不好。算了，反正我们两个脑袋都怪怪的，所以即使看到相同的东西，感受方式不同，形容起来也变得不一样了。总之，我们两个看到的真的是同一个东西。"

黑看不到，因为它在他的头上。

"意……意见统一了？"

"我们都是成年人，当然要放下歧见。"

不是这种问题吧？

的确，即使是同一种东西，不同人来看的话，印象也各有所异。

同一个苹果，有人说是红的，也有人说是较深的粉红，还有人说绿色的部分较多，也可能有人说几乎是黑的。

但苹果就是苹果，不会因为意见不统一就变成不是苹果。

"可……可是看到的对象不会因为你们改合议制就变化吧？那太奇怪了。还说什么两个人看到的是同一个东西，直到刚才明明还坚持不一样。"

"呃……"

平山歪起头。

"我从一开始看到的就是这样啊。"

"咦？"

"我的主张一直没变。我不是说有很多脚，看起来是褐色，很像海中生物吗？"

"是……没错，可是福泽先生说他看到的是……是这个吧。"

黑指着绘卷的图。

"对，我是那样说的。但现在仔细一瞧……造型细节不尽相同。"福泽说。

"怎么会这样……"

黑不敢说对方胡扯，因为他是那位"一脸横肉"的福泽彻三。

"这张图根本和刚出生的小狗没有两样，但没长触手，跟你头上那只不同。"

"触手？类似章鱼脚那种？可是趴在我上头的怪物并没有那种东西吧。"

"不，要说有脚的话……"

"难道有吗？"

"有。"

"有？等等，福泽先生，你不是读过克苏鲁神话吗？"

"我也读过啊。"平山说。

"平山先生也读过？"

"算是吧。虽然我比较喜欢布拉德伯里[一]，但这些作品大致上都读过。"

"既然如此……"

虽然说用寄居蟹来形容倒也不是不能理解。

"等等，如果是克苏鲁，好歹有翅膀吧？翅膀。可是我头上的这个并没有。"

"翅膀？"

福泽坐着伸长身体。平山站起来确认。似乎从正面看不到。

"翅膀……"

"翅膀？"

[一] 雷·布拉德伯里（Ray Douglas Bradbury, 1920—2012），美国科幻、奇幻、恐怖小说作家，代表作品有《火星编年史》和《华氏451》。

"有的。"

两人异口同声地说。

"有吗？"

怎么可能，黑确认过很多次。

起初攀爬在家庭餐厅的窗外时，它并没有翅膀。绝对没有。后来在黑的家里出现时也没长出翅膀。开始趴到黑身上后，一天二十四小时出现在黑的眼前……黑也没有看到过。

他敢保证没有，绝对没有。

早知道就拍张照片记录下来。

究竟是何时长出翅膀的？不，也许他该问的是——

现在趴在他头上的究竟是什么？

"等等，这到底是……"

腹部一阵绞痛。

黑脆弱的肠胃又开始咕噜作响。

"不就是妖怪吗？"

"没见过这种样子，但我想应该是妖怪吧。"

"抱歉，我去上个厕所。"

黑全力缩紧肛门括约肌，站起身，走向厕所。他愈来愈觉得不妙。打开厕所门，走过洗脸盆前，从洗脸盆上方的镜子里……

除了理所当然地映出黑那张苍白的脸外，还映出趴在他头上的不是精蝼蛄……而是一尊小型的太古邪神。

"啊！"

黑发出惨叫。

似乎有一丝便意泄了出来……

不，没事。

"这……这怎么……可能……"

先排便再说吧。

在这紧急事态上，又碰上紧急事态，是真正的十万火急……

算了，先解决大号吧，大号。

比起头上的东西，直肠更要紧。

于是黑史郎坐在马桶上，头上蹲着一尊小小的邪神，经历了恐怕是闻所未闻、空前绝后的体验。

光精蝼蛄就已是前所未闻，但好歹是日本的妖怪，黑还不至于惊慌。但如果是邪神……

——幸好不是传统蹲式马桶。

黑脑中只允满着这类无关紧要的事。

假如在头上的是犹格·索托斯[一]，别说肛门，恐怕会打开究极之门吧，黑想。

——呃。

记得有一道咒语能将克苏鲁送返。只要咏唱咒语，应该就能让它回归应在之处。

——不，应该办不到吧。

针对精蝼蛄也有咒语，但不是让它离开身上的咒语。以前没有人被爬过，所以没有那种咒语，但至少是类似效果的咒语。然而黑念诵好几次，并没有反应。

换句话说，这不是精蝼蛄，也不是克苏鲁。

那么，究竟是什么？

黑如厕完毕，边洗手边照镜子。

[一]　克苏鲁神话中的邪恶存在之一，形象为聚集在一起的亿万光辉球体。

正常说来，这应该是克苏鲁吧。和插图的模样相同。虽然插图有画家个人诠释的问题，但实物和黑想象的克苏鲁相差无几。不过，感觉它和精蝼蛄一样无法沟通。仔细看，克苏鲁长了一堆触手，实在是恶心，还会不停地扭动呢。

"呜呼……"

就在黑闷哼时，平山笑着现身，边舔嘴唇边用手机拍下照片，说："你这样很帅哟，小黑。"

"能……能拍到吗？"

"当然。就趴在你头上啊。"

"没错……"

这个世界到处都有妖怪的照片。

有妖怪小僧、妖怪婆婆、妖怪男、妖怪女，全都能拍摄下来。

自然没有道理拍不出克苏鲁。

——但克苏鲁有其特定的作者，完全是一种创作啊。

这样也无妨？如果无妨，那《猫目小僧》或《咚隆隆炎魔君》也可以喽？说不定连《仙魔大战》的角色也能在现实中登场。万一真是如此，《小鬼Q太郎》或《怪物太郎》也行吧。如此一来，距离《哆啦A梦》《面包超人》和《金肉人》化为现实也只差一步了。真的能出现吗？

——在现实里？

这世界究竟会变成什么样？

平山看着拍到的照片，强忍笑意，问黑：

"我能把这张照片上传到网络吗？"

"别……别开玩笑啊，平山先生，这种照片流传出去我会被杀的。"

毫无疑问会被残杀。怎么想都会踏上和自己在游戏中杀死的丧尸相同的末路。

"好啦，怎么看都像头上倒盖拉面的小池先生 [一]，没问题的。你说对吧，阿彻？这个根本看不清楚吧？"

平山把照片给福泽看。

黑想，怎么不先给我看？

于是他也赶紧凑到平山手机屏幕前确认。

"啊……"

写成文字只是单纯的"啊……"，但黑现在所发出的其实是他最擅长模仿的《咒怨》里伽椰子的声音。

画面中显示出极为凶恶、仿佛由邪恶凝聚而成、吸收世间灾厄而变得茁壮、宛如凶暴化身的物体，是名副其实的邪神，与黑刚才在镜子里见到的极不相同。明明构成的要素都一样，却截然不同。而且体形巨大，触手粗壮厚实，黑的脸被遮去了一半。

在平山眼里……

——是这种感觉吗？

"叫勃吉发推特说'发现一名可疑人物了哟'吧。"

"松村先生吗？"

这会给他添麻烦吧？

所谓的勃吉，是指住在德岛县的怪谈作家松村进吉。不过这个绰号只有平山使用，除了他以外，没人这么称呼松村。

"发这种推特的话，会让松村先生有生命危险的，平山先生。"

"为什么？"

"因为写'发现了哟'太轻佻了。最近在推特上连写无聊的事都有人举报，所以没人敢不说敬语。光语法出错都会被叮得满头包呢。"

[一]　《哆啦A梦》中总是在吃拉面的配角。

但平山不理会黑的抗议。

"也传送给黑木了。"

黑木全名叫黑木主，是住在山形县的怪谈作家。

"别别别……别这样。"

"想想，在东北和四国同时被目睹啊，这不正好？这里是神奈川县，距离山形与德岛都很远。所以小黑你安全了。看，我很有智慧吧？这就叫深谋远虑。啊！"

"怎么了？"

"他们回信说发完推特了。"

"拜托，真的别开玩笑。"

黑慌了，真的慌了，立刻冲到计算机前进行确认。

"啊……"

推特的时间轴上……

多了一则写着"有人命令我发出见到这种东西的推文，所以我照做了。这不是出自我本意的行为，敬请原谅……"的推特。

"松……松村先生。"

另一则是："收到命令。呃……设定是我见到这种东西吗？好吧，我见到了。啊不，要写'我见到了哟'……"

"黑……黑木先生。"

为何如此无条件、无节操、无防备、无头脑地言听计从呢？是这两人的个性真的如此乖顺，还是平山太可怕？再不然，这两人其实只是笨蛋？

唉，照片就这样流出了……

"哈哈哈哈哈哈，这群笨蛋。"平山笑着说，"居然照做了。"

"平山兄，你这玩笑开得太过分啦。这样很危险，不只黑木和松村有危险，黑兄也是。"

"放心，勃吉会开重型机具，很强悍的。"

问题不在那里吧。

更重要的是，黑的头上这只邪恶化身的妖怪又该怎么处理？

刚才为止还是人畜无害——或许不到无害——的精蝼蛄，现在变得如此强而有力，似乎连熊也能轻易打赢。

黑点开推特上的照片。

不管松村还是黑木，上传的都是同一张照片。被平山梦明魔改过后，变得极为不祥、邪恶、凶残而可怕，兼具软体动物与甲壳类生物特征的太古邪神。

虽然是创作品……

但在现实中出现了。慢着，这应该只是在平山眼里如此吧？原本说来，这种东西……

黑的肚子又开始一阵绞痛。

他紧张得鼻翼张开，从计算机前走到厕所。平山还在笑。福泽则是一脸忧心。

走到洗脸盆前，镜中的邪神——

已进化成平山形。

黑史郎在感到腹痛的同时，一阵轻微的晕眩向他袭来。

拾叁

暴徒突袭妖怪顾问

"榎木津老弟，榎木津老弟……"听见一阵含糊不清的呼唤。

呼唤者乃是那位荒俣宏老师。

是撰写《帝都物语》和《世界大博物图鉴》、拥有异常丰富的博物学知识、精通海外怪奇小说、水木茂老师的头号弟子、无所不知无所不晓，且是电视上的常客兼世界妖怪协会顾问的那位荒俣老师。

亦是平太郎深深景仰的那位荒俣先生。

大学毕业后迟迟未能就职的平太郎最后被角川书店雇用，进入举世唯一的妖怪杂志《怪》当打工人员，没过多久发生了所谓的妖怪骚动，妖怪被视为全民公敌的时代来临，《怪》的总编一个被调职，一个被杀，角川书店也经历改组，成为管理各相关公司的角川集团控股公司旗下的品牌公司之一。《怪》在新体制的混乱中被迫休刊……不，应该说被视作未曾有过这回事般封印起来。理所当然，平太郎也遭到解雇了。

俗话说得好，有人丢就有人捡。

拯救陷入危急之境的平太郎的人就是荒俣。

或者说，被他打捞起来了。

面对不景气的经济，不安稳的社会，以及无能的自己，平太郎一路走来跌跌撞撞，却在即将跌入人生的坑洞前夕，被荒俣仿佛捕捞南洋的珍奇鱼类一般用网将他打捞上来了。

塞翁失马，焉知非福。平太郎觉得自己真是幸运。不，与其说幸运，不如说是不幸中的万幸吧。就像背负着一千万贷款，即使在衣柜里发现一千日元仍然感到很开心的感觉。

荒俣对吉良死后继任《怪》的末代总编冈田说：

"我这边人手不足，能调个有空的人过来帮忙吗？谁都可以。我们这边不是专家就是学者，我需要一个帮忙打杂的。只要是能处理杂事的人员，傻子或猴子都无妨，总之借一只来吧。"

平太郎很有空，不，可以说闲得发慌。

冈田是为了善后而继任的总编辑，当时《怪》已确定休刊，而控股公司的制度也是过渡性的，原本聘请的打工人员或契约社员要重新聘请的话审核标准相当严格，只凭若有似无且脆弱的人脉才得以挤进临时聘请人员的平太郎，毫无疑问会被炒鱿鱼。

他觉得再也没机会找到工作了。

最主要的原因当然是平太郎欠缺实力。在这个即使有高学历或过硬的技术也不见得能发挥作用的时代，低学历、技术又平庸的平太郎在求职竞争中可以说近乎手无寸铁。

不仅如此，还有妖怪的因素。

他唯一的工作经历是妖怪杂志的打工人员，光这一点来说就已是罪犯的领域，是必须隐藏的过去，是人生的污点，是黑历史。他只剩下隐姓埋名，蒙起面容，辗转流落到北方，在粉雪飘零的工程现场替络腮胡大叔们端茶的路可走。平太郎已做好了心理准备。

岂止是手无寸铁，连障碍也比别人多。

不仅缺乏进取心，他连基本的自信也没有，甚至开始陶醉在不断沉沦的惨况里。

因此说，他是被打捞上来的。

话说回来，关于那个傻子或猴子都行，只要能打杂即可的工作……似乎是一种研究。

更进一步地说，是妖怪的研究。

其实平太郎自己也不太清楚，不过荒俣现在似乎仍偷偷研究着自雷欧偷带回来的小石子之中现身的，仿佛江户时代版《海螺小姐》中矶野裙带菜妹妹般的孩童型妖怪。

听到这件事时，平太郎最初深感诧异。

荒俣宏不是作家吗？不是翻译家吗？当然，平太郎明白他对博物学有很深的造诣，也很清楚他博闻强记，还是个狂热爱好者兼收藏家、对森罗万象充满兴趣、仿佛平成版的南方熊楠[一]般的人物。因为平太郎是他的书迷。

即便如此，荒俣并非学者，也不是类似《奥特Q》的一之谷博士，或《哥斯拉》的芹泽博士，或"假面骑士"系列的坏蛋组织"修卡"的死神博士，或《铁臂阿童木》的茶水博士……继续举下去没完没了，总之不是那种博士。

他是个作家。虽然常上电视，也常参加活动，但他的本行是著作。当然，为了创作必须查询许多资料，也会进行研究，但研究终究不是他的本行。那些仅仅是为了辅助创作的调查，是为了满足好奇的探究，而非他的工作……呃，该算工作还是兴趣，其实很难说。

或者……

其实并非如此？作家不过是他的表面身份，荒俣乃是受政府或秘密组织委托，进行某种研究的秘密机关头目？现实应该不可能这么像漫画剧情吧……

平太郎怎么想也想不通。这已是几个月前的事。

听说荒俣向水木老师借了一整栋位于东京都内某处的老旧公寓大楼，将大楼中的一部分改造为研究所使用。

[一] 南方熊楠（1867—1941），日本民俗学者、生物学者。

愈听愈可疑了。

他还听说上面没改造的房间和一般公寓无异，而且目前没有房客，若答应这份工作可以不必付房租直接搬进来。这对即将面临失业的人而言无疑是天降甘霖。

因此，平太郎毫不考虑就答应了，三天后退掉原本租的房间，搬了过来。

到现场一看……

着实是一栋老旧公寓。房龄超过四十年，到处充满昭和时代的气息。不论墙壁、柱子、大门还是瓷砖，都显出陈旧老态。外墙爬满藤蔓，看不见壁面。这里是撒砂婆的妖怪公寓吗？

但至少很坚固。

荒俣说这栋房子施工实在，没偷工减料，比泡沫经济后一堆粗制滥造的房子可靠多了。不过公寓外围的柏油路面有不少裂痕，也许是地震时留下的。

房子结构本身也许真的很牢固，但当年的设计不重视耐震性，能否通过现在的标准还很难说。

但荒俣说房子一直在维护。

——就相信荒俣老师吧。

平太郎未曾怀疑过自己所尊敬的荒俣宏。

光是能近距离和他见面，和他交谈，便足以使平太郎感动得痛哭流涕。洽谈的那天，平太郎回到住处后，还拿出身边收藏的《异世界通信》和《荒俣生物事典》等荒俣的著作来重温呢。

四楼以上是居住区，平太郎选择住进401室。平太郎记得很清楚，当时他还开玩笑问："三楼上面不是五楼吗？"但荒俣很平常地回答："不，是四楼。"平太郎反而觉得有些不好意思。

身为一个半吊子御宅族，平太郎的屋子里除了没什么用的杂物、书籍或软件外，没什么家具或物品，不到半天就完成了搬迁。新房间格局老旧，但很宽敞，对没有工作的御宅族而言太宽敞了点。

当时他觉得自己真是赚到了。

……然而，不久之后他就后悔了。

平太郎请搬家公司把物品搬进房间放着，没立刻拆行李，它则直接走到楼下。

因为他对自己所尊敬的荒俣宏老师究竟在进行何种研究有着极大的兴趣。

他来到一层，却碰上意外的人物。

是兵库县立历史博物馆的香川雅信和妖怪收藏家汤本豪一。

"香……香川先生和汤本先生？"

"你好。"香川和颜悦色地向他打了声招呼。

"两位怎么会来这里？"

"我之前在策划妖怪展览，但如今社会掀起排妖浪潮，职场变得很难熬。自从前阵子的胧车骚动发生后，我时常受到冷言冷语，觉得该在事态恶化前先做好准备，所以决定休息一阵子，让妻子先去别处避难，而我则是来协助荒俣老师做研究。"

"哦……"

那个时候……

妖怪骚动尚未激烈化。虽然民众已逐渐将矛头指向妖怪，《怪》因而被迫休刊……但平太郎并不认为状况已经恶化到香川必须辞职。

准确而言只是休息，不是辞职。平太郎原本以为香川除了妖怪外，也从事玩具或护身符的研究，只要别继续接触妖怪这一块应该是没问题的。

但看到日后的发展，平太郎不得不佩服香川的先见之明。

不久之后……整个社会已变成不再是出版过妖怪书、策划过妖怪展览的人能待得下去的环境。

"当初政府预定成立妖怪对策委员会时邀请我参加，但我一口回绝，小松老师也拒绝了。我们是民俗、文化与人类的研究者，并非魔鬼克星。"

"嗯嗯……"

"我啊，完全像是逃难过来的。"汤本说，"我的梦想是建造妖怪博物馆，退休后一路收集妖怪类物品。妖怪骚动发生后，人们一口咬定妖怪是从我的收藏品中冒出来的，对我做出各种迫害，我只好带着收藏品逃难来此。"

"带着收藏品？"

"嗯。虽说是逃难，其实这里更接近都心。一想到收藏品有个万一的话，我就……"

从他的语气听来，似乎没考虑过自己的生命安全。

"可是汤本老师，您的收藏品数量不是很多吗？"

"博物馆收藏的妖怪物品先转移过来了。光是保管那些，都会给博物馆带来危险。"香川说。

"所以，这里是……"

电梯间旁有一道大门。

正常的公寓不会有那种门扉。格局看起来也十分诡异。入口大厅除了有小小的管理员室，其余什么也没有。

"对了，我听说这里似乎经过改装……"

"是的，一层、二层、三层改装成了陈列室……不，该说是仓库吧，荒俣先生的。"

"仓……仓库？要收纳什么东西吗？"

"总之先进去吧。"香川说。平太郎闻言，握住门把，试着拉动。

"打不开啊。"

"是的，这门挺沉的。门没上锁，单纯门板本身就重量十足。"

平太郎使劲一拉，果然动了。门板厚重异常。

"啊……啊！"

内部整个楼层打通，到处堆满木箱。总觉得这个场面似曾相识。

两三天后，平太郎才想到这很像电影《夺宝奇兵》最后场景中收藏约柜的仓库。

荒俣在仓库里。意外的是，山田书房的山田五平也在现场。

"啊，榎木津老弟，搬家搬完了吗？今后就要麻烦你喽。"

"好……好的。"

山田客气地向大家行礼。

"之前那件事惊动两位了。在下的那些藏书也带了过来，恐怕还会给各位添麻烦啦。"

"之前的那本书也一起吗？全部？"

"嗯，那幅绘卷也带来了。"香川说。

"那幅……里头画的妖怪图全部不翼而飞，变得真正梦幻的妖怪绘卷？"

只有图画消失了。

倘若图画还在，或许会被指定为国宝吧。

不过在这个举国排妖的年代，就算是国宝，只要绘有妖怪图恐怕也会被烧毁吧。

"香川老师说想研究的话，一起搬过来比较好。荒俣老师也爽快地答应了。毕竟这两件怪事很难令人相信没有关联啊。"

"真……真的吗？"

当时，平太郎压根儿没想过从石头中冒出的孩子和图画消失的绘卷会有关联。

"所以，这里是……"

"算是我的仓库吧。"荒俣说。

"仓库……"

"荒俣老师可是日本首屈一指的奇珍异宝收藏家啊。"山田老先生说。

"所以是荒俣收藏。"

"能见到如此众多的珍稀宝贝，实在大饱眼福，在下这八十年不算白活了。"

"老先生，您这么说会招人误解的。"荒俣说，"税务机关听到消息会来查。虽然这里收藏的高价品不少，但大多不是我个人所有。"

"那么又是谁……谁的呢？"

"我收藏的大多是图版或杂志之类。"

即使如此，依然十分惊人。平太郎听过荒俣投入全部版税，只为了将某杂志全部买齐的传说。

"剩下的就是福助人偶或机关人偶，以古董而言多少有点价值……但基本上不算奇珍异宝，而是一些顶多只对我个人有价值的杂物罢了。当然，只要被列为资产的，我都缴过税。"

总觉得他对税务问题异常在意。

"总之，这里除了我自己收集的东西，还有其他人寄放的物品。许多人托我保管他们的收藏品。"

"其他人？"

"荒俣老师交友甚广啊。"香川说，"老师的人脉着实惊人。我听了之后差点被吓得腿软。不只国内知名人士，还遍及海外友人呢。"

"可是，如此珍贵的宝贝怎么会被寄放在这里？这里有什么不得了的保护系统，或者有特别适合保存物品的环境管控装置吗？"

"什么也没有。"荒俣回答。

"咦？"

"这里只是普通仓库。顶多墙壁被加固过，出入口特别坚实罢了。甚至没请安保公司呢。"

"既……既然如此，为什么？"

"什么为什么？"荒俣歪着头反问。

"也许是同类会互相吸引吧。"山田老先生说。

"所以说，除了这里原本就收藏的来自全世界的贵重宝物以及荒俣老师的个人收藏外，现在还多了山田书房保存的明治时代以前的妖怪资料、汤本老师穷其一生收集的妖怪文物，以及香川先生的收藏吗？"平太郎确认。

"准确而言，那些并非我个人的所有物。"香川插嘴道，"是有一些为我个人所有，但总量不算多。"

"别忘了水木老师的收藏品也在这里，还有他老人家的原稿呢。不过已经被直接搬去二楼，不在这里。那么，榎木津老弟——"

"什……什么事？"

"我想把这些收藏品全部搬到二楼和三楼。"荒俣说。

"全部？我一个人？"

"不，当然不会要你一个人搬。只是这里有许多不为世人接受的物品，自然不可能找搬家公司的人。"

"就算找了搬家公司的人……也不肯帮忙吧。"

"因此我决定先由我们进行分类，再委托可信赖的人帮忙搬运。就麻烦你担任现场监工吧。"

"现场……监工？"

"毕竟无法每天请同一批人来帮忙啊。"

"呃，会有哪些人来帮忙呢？"

"很多。职业或年龄都不一定。总之是从相关渠道找了许多明白我们的苦衷且嘴巴牢靠的人来帮忙。"

究竟是哪些渠道啊？

"我想先把这里整理出空间，再运器材进来，招募专门技师和研究者，尽可能详细地进行研究。"

"哦……"

原来是这么回事，平太郎总算理解了。

于是——

接下来的一整个星期，他都在辛劳之中度过。

到处都是不知打哪里来的东西。并非不知来自何处，而是到处都有难以想象竟然被收藏在此的宝贝，仿佛旧报纸一般随便放着。平太郎见到一块用绳子捆着、仿佛卷起的旧地毯的物品，随口问这是什么，没想到荒俣竟回答：

"我想那是真正的都灵裹尸布。"

"都灵裹尸布？是那个都灵裹尸布吗？用来包裹耶稣基督的？"

"当然，梵蒂冈并不承认。不过这块布有点来历，于是我就做了检验。"

"检验？用放射性碳定年法之类的方法？"

"嗯，我从各个方面仔细地检验了。综合得出的年代与传说非常符合。现在被视为真品并受到膜拜的那块布……虽然教廷也没有承认，但那块裹尸布的年代其实不正确啊。而我们这块，虽然多少有点误差，但完全符合耶稣基督的时代。只是这块上面并没有人形印记，就只是一块老旧的布。"

"呃，那样的话……"

不就不算裹尸布了？

平太郎正纳闷，不料被荒俣责备道："你真笨啊。"从他的语气中听不出真正的想法。不知他只是随口说说，还是真心瞧不起平太郎。

"裹尸布是裹过耶稣遗体的布，可不是有人形印记的布啊。有传闻说这块布包裹过耶稣遗体，时代上也很符合。"

"哦……"

是这样吗？

"那么，这是什么？"

"那是佛祖的舍利。"

"佛祖的舍利子？传说中释迦牟尼遗骨的那种石头吗？"

"嗯，虽然不限定是石头，但大体上没错。不过这里含有真正的骨头。"

"咦？"

"时代吻合，骨头也是真正的人骨。"

"真……真的吗？"

"遗憾的是，释迦牟尼的 DNA 并无留存，无法比对，但应该有相当高的概率是释迦牟尼的遗骨。"

"呃……"

真希望这么不得了的东西别随处乱摆啊。

在这之中，最令平太郎感到惊讶的是坐镇于木箱背后的一件色彩暗淡的奇妙物体。

随着物品一箱箱被搬出，那件物体也逐渐显露出来。那明显是一张人脸。

也似生锈的高贵佛像。

"……请问那是什么？"

很大。

比高个子的荒俣更为巨大。遮盖它的罩子与天花板接触。

"把它搬进来可费了我一些工夫哩。"荒俣说，"就是为了搬运它，我才改造的入口。只有那个东西没办法搬上楼。不只无法从楼梯搬运，也无法搭乘电梯，要拆开再组合也很麻烦，只好直接放在那里了。其他物品尽可能靠墙壁摆放，让中间的空间大一点。"

"好的，没问题。只是，老师……"

平太郎对这个物体有印象。

总觉得好像在哪儿看到过……

"呃……荒俣老师，那个到底是……"

不，应该不可能吧？

"那个？就是学天则啊。"

荒俣若无其事地回答。

"学学学……"

真的是那个……

"正正正正正……"

"怎么了？你怎么结巴了？"

"正牌的吗？"

不，不可能。平太郎记得曾在书中见过，正牌的学天则早已被卖掉，在海外博览会辗转流浪，最后在德国完全毁坏，被处理了。

不可能出现在这种地方。

所谓的学天则是日本制造的第一台机器人，在部分人士之间算是小有名气。说是机器人，它既没有十万马力，也不会突破天际，在星空翱翔；既不会发出吼声，也不会铿铿铿地反弹子弹。它不会发出光子力光束，不能打出火箭飞拳，不会合体或变形。它没有驾驶舱，当然也没有插入栓驾驶舱。

应该说——

其实更接近自动人偶（Automata）。

所谓机器人（Robot）基本上是工作用的机械，没有必要是人形。但在日本人的刻板印象中，机器人就该是人形。不管是机器人三等兵[一]还是科学之子[二]，都是人形。就算平常是交通工具的模样，也能进行合体变形，化为人形。即使在宇宙空间战斗，依然是人形。不，不只在动漫领域如此。对日本人而言，机器人比起在现实中发挥功用，能用双脚步行恐怕更重要吧。

[一]　指前谷惟光自1955年起连载的漫画《机器人三等兵》。

[二]　即铁臂阿童木。

从这层意义上来说，这尊学天则可以说是机器人的元祖。

学天则不会飞也不能走，但能做出微笑或烦恼的表情，一旦有了"灵感"，就会将之写下。

平太郎想，明明没有任何功用，却非常有机器人的感觉。制造时间是昭和三年（1928年），是为了在庆祝昭和天皇即位而举办的京都博览会中展出而制造的机器人。制造者不是工程学博士，而是生物学者，出资者则是报社。

各种层面都很厉害。

制造者为西村真琴博士，是第二代水户黄门[一]的父亲，这一点也很厉害。

"学天则"的意思是学习天理自然之法则。这种与机器人的印象相差甚远的崇高名字很厉害。

头戴桂冠，金色闪耀的面容混合各人种的特征，基于昭和初期超越民族人种之藩篱，四海之内皆兄弟的思想来设计，这一点也很厉害。

它的肩膀上有一只名为告晓鸟的机械鸟。换句话说，是机械宠物。比光速超能人[二]早了四十年，真是太厉害了。

它的左手则有一根类似魔法少女的魔杖的神奇器具，名为"灵感灯"，能发光。比《光之美少女》《甜甜仙子》《魔法使莎莉》和《彗星公主》早得多，无比厉害。

当告晓鸟鸣叫，学天则便会开始思考。

一旦灵感来了，灵感灯便会发光，学天则就会高举发光的魔法器具，用右手的钢笔流畅地书写文字。这真的太厉害啦。

它的机体内部藏有气压式机关，使学天则能改变表情，书写文字。这也

[一] 指在TBS电视台播出的长寿时代剧《水户黄门》中，自1983年至1992年年间饰演水户黄门的西村晃。

[二] 原本是家电厂商东芝于1964年设计的吉祥物，后改编为漫画及特摄电视剧。

很厉害。它靠橡胶管和回转鼓运作，毫无疑问是个机器人。

而且——

学天则在《帝都物语》中也登过场，和妨碍地下铁工程的式神对决。是能够战斗的人形机械。因此是毋庸置疑的机器人。

就是因为这样……平太郎才会那么熟悉。

小说中的学天则和式神同归于尽，但现实中的学天则则下落不明——不，其实是在遥远的异国报废了。

听说后来曾制作了学天则的缩小复制品，在大阪市立科学馆中展出。平太郎看到过这个复制品。不，在那之后，大约是几年前，平太郎也听说大阪市又投入巨额费用，制造出可用计算机控制动作的学天则复制品。但他记得复制品二号是在重新开幕的大阪市立科学馆里展示才对啊。

由此推想——

不会动的复制品一号也许被撤下了。所以现场看到的这尊……

不对，这太大了。

记得复制品比原始版小很多。到底是……

"不不不……"

这不可能。

对了，这应该是——

"我明白了！它是以前《帝都物语》电影版用过的道具，对吧？"

"我怎么可能拥有那种东西呢？"荒俣说，"摄影结束后，我是有点想要。但是那么巨大的东西我也没地方放吧。"

现在明明就有地方放。

"关于这尊学天则啊……它是一位德国收藏家的收藏品。他死后一直被弃置在仓库里，后来有人发现，用低廉的价格买下，买了之后又觉得没用，迟迟找不到人脱手，最后才辗转找上我。不过，对方后来觉得运费不容小觑，又开始犹豫起来，最后干脆打算将它报废。我便提议运费由我出，先把这尊学天则寄放在我这里。"

"德国，所以说……"

"不，是不是真货很难说。"荒俣说。

"为……为什么？"

"当年的设计图并未留存下来，根本无从比对。至于年代测定，毕竟不是有上千年历史的东西，连正牌的学天则都不到百年，恐怕难以测得准。就算年代符合，也可能是那位收藏家请人仿造的，我们无从证明。"

"可是……"

平太郎迅速将木箱移开。

学天则的全貌也显露出来。

台座上刻着仿佛阿拉伯式花纹的金属浮雕，正中间为鸟类，左右有"♂"和"♀"的符号，底下则是——

"学""天""则"三个字。

"这……这是真货啊。看起来和照片一模一样。应该把这件事公布出来吧？"

"不，没人能证明这是真货啊。"

"这个不能动吗？"

"能动。"

"既然如此……"

"但拥有者请我别公开，所以就算我想也没办法。收藏在此的物品都是如此，因此……"

怎么看都是真品。

收藏在此的几乎都是这样的物品。

这些不知该算宝物还是垃圾的奇怪物品很快就塞满了二层和三层一半的房间。三层有两个房间用来摆放荒俣的私有物，四个房间摆放汤本的私有物，另外三个房间则用来堆放香川的寄放物和山田书房的书籍资料。剩余之物则被搬进四层的空房。

平太郎入住后才过半个月左右，除了他的房间以外，四层全部房间被不知是宝物还是破烂的物品给塞满了。

一层只留下学天则。

不久，计算机、服务器、屏幕，以及比学天则更大的计算机断层扫描机，各种新式器材被陆续搬进一层的宽敞仓库中。不到一周，圣遗物宝库摇身一变成了最尖端科技研究所。

东洋最古老的机器人和集结二十　世纪科学技术结晶的最尖端机器并列在一起的模样，令平太郎有种说不出的感动。

不久之后——

每日和每周都会换一批人造访此地。

有穿上白袍的研究者，有看似大学教授的人物，有貌似技师的人，也有不少外国人。更惊讶的是，连文科学者或是僧侣、神主、阴阳师等宗教人士也出现在这间研究所。真的是多方位来检验。

不，更值得惊讶的应该是荒俣宏的人脉之广吧。

然后——

平太郎也见到了那个呼子。

和其他人的描述完全不同，但他觉得本来就该长成这样。

在平太郎的眼里，呼子形似水木老师所画的戴蓑帽、单脚大眼的孩童形妖怪。它的性别不明，只有一只脚，真的难以判断性别。

不过，的确是个穿着和服的孩子，说是女孩子倒也行得通。平太郎想，她在大家的眼里就是这副模样吧。

实际上却非如此。

在不同人的眼里，她的模样也截然不同。

完全不是一个造型。

当发现此一事实时，研究碰上了瓶颈。呼子测不出质量。换句话说……该处空无一物。

明明没有，却能看见。

也能触摸。

如此可笑之事不该存在，出问题的恐怕是以为能看见、能触摸的人类自己吧。因此大家接下来转换方向，改为检查目视者是否产生任何变化。检查目视者的脑波、脉搏、体温变化等，还检查了许多平太郎不清楚的项目。一次又一次地检查。平太郎也成了受检者。然而……

对人体并没造成任何影响。连脑内啡等物质的分泌也完全和平常一样。

到了这一步，可说无计可施了。

被驱魔也不会消失，被净化也不会变得稀薄。诵经、祝词或咒语，日本、西洋或中国，各式各样的咒术都尝试过，丝毫没有变化。

只要取出石头——

呼子就会出现。

能看见，能触摸。虽然毫无气味，但味道还算不赖。平太郎在荒俣的命令下舔过呼子的手背。

呃……虽然很像变态，但为了实验不得已而为之。况且其实和自己手背的味道没什么差别啊。

某天，分子生物学者武村政春先生来了。武村先生喜欢妖怪，也写了许多由分子生物学的观点来分析妖怪的独特论文，但面对连分子也"不具备"的呼子时似乎也没辙了。因为呼子不仅不是生物，甚至不存在。

"简直就像式神呢……"平太郎说。

和学天则战斗的式神——当然，是《帝都物语》中的式神——人类可以看见，也能对人类产生危害，但对身为机械的学天则无法直接造成影响。

说出口后，平太郎摇头否定自己的想法。

因为这个呼子能被拍成照片或影像。不过，拍摄的影像会随着拍摄者产生变化。如果是平太郎来拍摄，她就会变成戴蓑帽的妖怪，由别人来拍摄则不会如此。

然而——

平太郎这句不经意的感想却成了突破瓶颈的关键。

荒俣宏的灵感灯灿烂地发出光芒。平太郎的话引发他灵机一动。

荒俣不知从何处拿来老相机，亲自对呼子连续拍摄了好几张照片。接着，他又拿出双反相机、拍立得、针孔相机、半幅相机，以及不知从哪里买来的即时成像相机进行拍摄。香川、汤本两位先生也跟着拍摄。除了照片以外，也拍摄影像。除了八毫米摄像机、十六毫米摄像机，还有使用 U-matic、Betacam 或 VHSC 等规格的各种卡式摄像机，以及 V8 摄像机、数码摄像机、HD 摄像机、智能手机，等等。

用各式各样的拍摄器材拍摄过一轮。

接着搬入 X 光等大型机器进行照射。平太郎想，早就做过计算机断层扫描，怎么现在又回去用 X 光呢？

卡带式摄像机基本上可即录即放，然而旧式摄像机不像现在的器材那么方便，机上没附液晶屏幕，也无法用 HDMI 端口和液晶电视连接。理所当然，也没有 USB 或 SCSI 端口。虽然只要用 AV 端口或 S 端口，这种过去不管哪个家庭都备有几条的缆线就能连接，可这栋公寓里却没有。就算有，不进行制式转换也没办法连接。看来站在时代的最尖端也不见得方便。

这是三天前的进展。

而现在，平太郎正在打扫楼梯，听到几声"榎木津老弟"的呼唤，急忙赶回研究室。

"老师，怎么了？要我去买鲷鱼烧吗？"

"不是。那堆底片和胶卷洗好了。"

"哦……"

这个年头光冲洗都很花时间。毕竟底片相机用户大量减少，这也是没办法的事。香川捧着沉重的纸箱放在作业台上。

"荒俣老师，这个量太可怕了。您也要看影像，是吧？我顺便买了几条连接线。"

"当然。"荒俣点了点头。

汤本开始准备播放用的器材。

平太郎也来帮忙。经过这几个礼拜的训练，平太郎已经变得和电视台的助理导播一样擅长处理线路。不管是何种机械，必须连接某种缆线，在这个放满器材的房间地板上，到处是成捆的缆线。不慎踩到的话会脱落，而这群贤达若不小心踢到线也可能摔倒，因此平太郎费了一些工夫整理线路。

至于结论嘛……底片上什么也没拍到。

并非拍摄技巧太差，也不是底片曝光了。

背景拍得很清楚，正在拍摄照片的荒俣、香川或汤本的模样也都入镜了。

虽然每张照片多少都有点失焦的感觉，但那是因为所有人都对着"什么也没有"的地方对焦。事实上，这群摄影师同时把镜头对着空无一物的空间。是一场空气摄影会。

是的。

果然，"什么也没有"。

呼子明明能用数码相机或手机拍摄，却无法在底片上留下影像。换句话说，光学上无法成像。

不，这种说法不太正确。

数码相机只是记录方法不同，依然得仰赖光学来拍照。

那么，影像部分又是如何呈现呢？就结论而言，勉强算是能拍到。例如旧式的 V8，明明能清晰地拍摄室内情景，但在焦距对准呼子时，其存在的空间好像有一团雾状物存在。仿佛原本就有东西在那里，只不过被加上雾状处理的感觉。类似电视台节目中为了保护当事人，替诉说人生烦恼的来宾或匿名证人做了雾状处理。说得直白一点，变得很像某种下流录像带的内容。

但话说回来，若问是否使用磁带的记录方式都不行，倒也不见得如此。如果是用数码摄像机拍摄，即便记录的载体是磁带，也不会变成雾状物。

只是，虽然数码形式能拍摄，却会变成只有该处画质微妙得不佳。明明周围的背景很清晰，却只有呼子的部分产生格状噪声，看起来很像以前流行的灵异影片或是局部打上马赛克的低俗影片。果然很下流。

但如果用 HD 摄像机的话，就能清楚地拍摄到。

综上可知，呼子似乎无法被保存在此类记录媒体之中。用比较奇怪的说法来形容，就是一种数码世代的妖怪。

“嗯……也许她是一种信息能量。”荒俣说。

“记得不久之前，东大和中央大发表过关于信息能量的论文，好像跟什么恶魔有关……”

“是麦克斯韦的恶魔啊。”荒俣说，“那是一种可能会打破科学最基础的热力学第二定律的矛盾命题。若能从没有温差之处取出能量的话，就会打破熵增加的定律。而信息能量的转换，就是为了消除这种矛盾的理论，或者说概念。”

“对不起，我听不懂。”

“听不懂没关系。不过我现在所谓的信息能量，和东大正在进行的把信息转换成能量的研究在意义上截然不同。”

“不同吗？”

“嗯。所以用‘信息能量’这个词容易混淆，不太妥当……总之，这颗石头似乎具有某种能窜改数码资料的效果。"

"数码资料……但我们不是数码啊。我的头脑并没有被计算机化，我不是公安九课攻壳机动队啊。"

"平太郎，平太郎。"香川打岔道，"你可以稍微闭嘴一会儿吗？"

"不，可是……"

"听好，我们的头脑说得极端点其实也是数码形式的。在这里头流动的……"荒俣指着太阳穴说，"也是一种信号。只要能窜改这些信号，我们就能看到、听到任何事物。同样，若能使机器产生相同的偏误，就能改变数码信号，使之显示出不存在的事物。而目前这里的所有器材几乎都是用数码信号处理信息的。"

"嗯……的确是。"

爬行于地板上的缆线中传递的都是 1 或 0 的信号。

"底片会直接记录下光线。但若是数码的，则会先经过一次信号转换。信号恐怕就是在这个过程中受到窜改了。"

"嗯……"

"至于磁带式的载体，信号也会遭到窜改，只是精度较差，所以只能记录到一团模糊的内容。至于 HD 摄像机，就能将视觉信息完整记录下来。不，应该说，记录的是被窜改过的信息。"

"等等……"香川说，"这么说来，我们过去记录下来的各种资料不就完全不可靠了吗，荒俣老师？"

是的。

因为全部资料是以数码形式储存的。

"如此一来，那些资料应该全都被窜改了。换句话说，储存在服务器的庞大数据恐怕极不可靠……不，甚至是毫无意义的资料。"香川说。

"的确是这样呢。"

荒俣将手贴在半白的头上沉思。

这时，山田老先生辛苦地推开沉重的门扉，进入研究室。对老人家来说，这道门太重了。

"荒俣老师，外头的状况似乎不大对劲。"

"不大对劲？"

"是的。有类似游行示威的群众陆续集结，气氛和以前发起学生运动的激进派学生很像。"

"什么？"

"慢着，那是什么，扩音器吗？还有火炬。现在都什么年代了，还高举着旗子，又不是农民起义或工人运动。究竟想做什么？"老先生说。

汤本也跑到窗边确认。

"荒俣先生，集结在外头的是主张扑灭妖怪的激进市民团体，叫'日本情操守护会'。"

"这是不是不太妙啊？"平太郎担忧地问。

那是个会将出现妖怪的房子全部烧毁，将被妖怪附身的人逮捕并禁锢，若敢抵抗就彻底攻击的恐怖市民团体。

"也许该进入防灾模式了。"汤本说。

"说得也是。"荒俣打开学天则旁边的配电箱，接着说，"可是，一关上电闸就意味着这里将进入固守模式。不幸中的万幸是现在只有五名常驻人员在此，可一旦断粮的话，我们撑不了多少天。"

"荒俣老师，我看还是早一点下决定比较好。您没看那群人眼中布满血丝，完全不正常啊。"山本老先生说。

"一旦切换成防灾模式，这里连电波也会被完全遮蔽，如此一来就无法求救了。"

"不，即使我们饿死，也必须把这些妖怪资料流传给后世！"汤本呼喊道，"我们这群老家伙就算挺身对抗也绝对打不赢。但是如果不把这些资料传给后人，妖怪文化就会断绝啊！"

"我明白了。"

荒俣按下某个开关。

"会……会变得怎样？"平太郎问。

"什么也不会。"

荒俣一脸平静地回答。

"什么意思？不是应该有那个……防护罩之类的东西吗？"

"防护罩？"

"就……就是动画的那个啊。例如《魔神Z》的光子力研究所会展开薄膜状的光子力防护罩之类的。"

"啊？"

"太……太旧了吗？或者是……USS企业号的能量护盾或福音战士的AT力场之类的。"

"但进攻者不是使徒，也不是克林贡人，更不是机械兽啊。"香川回答。

他似乎听得懂平太郎在讲什么。

"进攻的是愤怒的市民，是暴徒。"

"可是……"

"光线枪或微波激射炮那类技术还没开发出来呢，榎木津老弟。现存的技术既不可能用一发光束把东西打爆，也无法用于物理防御，顶多能运用在激光手术刀上而已啊。"

"虽然能用来进行医美整形，"香川说，"但面对暴动一点儿帮助也没有。"

"那么……"

所谓的防灾模式又是什么？

"这栋公寓的所有门窗等对外开放的部位，都会用坚固的铁卷门封锁起来。"

"原来是物理性的防御，真的不是靠电磁或光子那种技术进行防御。"

想也知道不是。

"但不是说手机会……"

"嗯，这栋房子的内墙是强化过的。"

荒俣回答。

同时传来嗡嗡的动力声。

"不觉得里头看起来有点窄吗？因为墙壁、地板和天花板全都被加厚了，就像在整个房间里装了金库一般。出入口一旦关闭，进入防火模式，每个房间就会化为坚固的钢铁箱子。就算房子本身倒塌，房间也不会有事。"

"避难所？"

"当然不像核避难所那么坚固。况且就算房间没事，原本设计时也没考虑里头有人的情况。"

"锵——"一阵低沉声响，整个房间震动起来。

"关上了啊。"山田老先生说。

"可是，空气没问题吗？"

"放心吧。"荒俣回答，"这个避难所没办法防护核攻击或生物武器。但就算进入防灾模式，空调依然能正常运作。收藏品不怕受污染的空气或毒气。不过生物会死光。"

"呃……"

"这里毕竟是仓库啊。"荒俣说。之前好像也如此强调过。

"基本的防火、防水、耐震性能大可放心。对于这一部分的防护，这栋公寓特别讲究，在抗放射线上虽然称不上万全，也还算及格。即便无法作为核避难所，依然能大幅度地屏蔽电磁波。"

"变得一格也没有了。"

应该是在说手机信号强度。当然，汤本用的并不是智能手机。

就算是智能手机，在收不到信号的地方一样没有意义。

"那……那么，有线通信呢？市……市话之类。"

"没有。"

荒俣、汤本、香川异口同声地说。某种意义上形成一段很豪华的合唱。

"基于某些原因，并没有架设通信网。"

因此，无法使用网络及收发电子邮件。

"那么，外……外头的状况呢？"

"可以透过这里观察。"

香川指着学天则旁，在荒俣刚才启动开关的配电箱稍微上面一点的地方。

"那是监视器吗？"

"从这里可以确认大门口的状况。画面很小，不怎么清晰……哎呀，真不得了。"

平太郎也凑过去确认画面。

看到了大批抗议群众万头攒动的情景。

平太郎最初联想到他喜爱的诸星大二郎的漫画《生命之树》改编而成的真人版电影《奇谈》的剧情高潮处，堕入"地狱"的僻地居民彼此拉扯纠缠的场面。

"似乎有上百人呢。"

"岂止上百，恐怕是千人等级的大规模抗议行动啊。"

只不过被抗议者是他们。

抗议群众愈来愈多。平太郎接着想起的是《妖怪大战争》重制版中的吵架祭典，上万只妖怪汇聚东京的情景。

虽然是用CG（电脑合成影像）技术来增加数量，但实际参与人数也达数百人。

当年拍摄时曾招募普通人担任临时演员，平太郎本也想参加，但他当时只是个孩子，太年轻了。

"这些人更像妖怪呢，旁边还有鬼火飘浮。"

"那是……火炬吧。"

"该不会想放火烧屋吧？"山田老先生说，"不管他们的主张如何，这种暴行不能被原谅。这里好歹是法治国家，而人类也应该是理性的生物。若因憎恨就谩骂，因意见不合就击溃对方，片面认定对方是邪恶的就要杀死对方的话，这种行为连野蛮也不是，而是疯狂了吧。警察为什么不来逮捕这些暴民？"

山山老先生愤慨地接着说：

"明明警察如今连夫妇吵架或行为不良的案子也任意逮捕人，随意介入民事，怎么现在就不露脸了？放火是犯罪啊。而且人数如此众多，有人受伤的话该怎么办？这早已演变成刑事案件了。如果闯入私人住宅的话就是非法入侵。不，现在就已经违反道路交通法或持械聚众罪了。"

"嗯，这几乎是恐怖攻击了。"

荒俣仿佛事不关己地说。

"只不过他们并非为了政治目的而做，所以不算恐怖攻击。他们并非为了反抗政府，应该算是某种猎巫行动吧。对于统治者而言，这种猎巫行为不可能一直被放任下去。因此当女巫被消灭的瞬间，就轮到猎人被狩猎。法律恐怕要到彼时才会开始行动。"

"荒俣老师，您是说政府打算拖到最后一刻才行动？"山田老先生问。

"是的，会等暴徒们放火、施暴或大肆破坏之后再来逮人。在这之前，恐怕打算彻底维持隔岸观火的态度吧。"

"为什么？"

"我也不明白。"荒俣答道，"唯一能确定的是，绝非为了维持治安。警察权限扩大，处罚也变得严格，却没因此产生阻力。到处都有民众组成的巡逻队，这反而引发了暴力行为。国民互相监视，一觉得有问题便立刻检举，并想无脑地靠暴力来解决。"

"简直像战前的保甲制度。"山田老先生说。

"不，比那个性质更恶劣。"汤本说，"战前的保甲制好歹是强制的，是国家命令民众互相监视。但现在不同，是民众自发的行为，国家反过来利用。不只利用，还放任民众自相残杀，最后国家把他们一并处理掉。本国国民如今都开始疑神疑鬼了。"

隔着厚实的墙壁，隐约听到外头的群众开始叫嚣。

"真伤脑筋。"荒俣对着道路的方向说，"老先生，您之前哀叹这个国家变了，但现在的情况恐怕已不是右倾或法西斯的程度。"

"更严重吗？"

"明明法律和条例都还在。但这个国家早已不是是否为法治国家的问题，而是我们失去国家的体裁了。完全分崩离析。假如日本现在遭到侵略，恐怕完全抵挡不住吧。"

"但政府似乎正在加强军备呐。"

"问题是，他们把谁当成假想敌？"

"没有敌人啊。"香川说，"那不是为了打胜仗或为了保护国家的军事力量。"

"不然是为了什么？"

该不是为了消灭所有妖怪迷吧？呃……

——难道真是如此？

"那个……"

平太郎欲言又止。

"也许就是如此吧。"汤本说，"但没有目的啊。勉强说来，投入国家预算增强军备本身就是目的，若问为何要那么做，恐怕政府只会回答这么做似乎比较好。国民也变得对政策不抱怀疑了，没有多余的心思去怀疑，人们经常处于不知自己何时被杀的恐惧中，只好在被杀前先杀人。"

"随时处于战战兢兢、一触即发的状态啊。"香川说。

汤本点头表示同意，说：

"人们虽然一直焦躁不安，却找不到具体的敌人。在这种情况下，若硬要找出一个罪魁祸首，他们自然会把矛头指向妖怪，这显而易见。我看再过不久，自卫队就会开着战车来歼灭妖怪喽。"

"汤……汤本老师，别吓唬人嘛，这种事不可能啊。自卫队要来也是来驱赶外面那群人……"平太郎说。

"那更不可能。"荒俣反驳道，"警察和自卫队其实都想攻击我们，但碍于现行法规无法动手。现在并没有一条法律能惩罚妖怪迷。现在军警还没有过去火盗改[一]般无须经过审判就能径自处刑的超法规权限。但他们至少能视若无睹。他们佯装不知情或没察觉到，只要事后道歉就能平息舆论。所以警察或自卫队绝不会帮助我们的。"

"真的吗？如果有人报案呢？"

"毕竟是妖怪啊。"荒俣说。

"因为是妖怪。"香川也附和。

汤本更眯细眼睛，说："唉，这是个受难的时代。"

"不只因为妖怪。现在不管做什么都不行。开玩笑不行，穷极无聊不行，邋里邋遢不行，动画或漫画当然也不行，色情或血腥更是万万不可。而在这些被鄙弃的事物中，位于最底层的就是——妖怪。"

[一]　江户时代专门抓纵火犯或趁火抢劫的捕吏。

现在妖怪已成了邪恶的根源。

"换句话说,现在不管攻击妖怪者的行为多过激,警察视而不见也不会有人怪罪。甚至警察自己更想猎妖,但就算逮捕我们这些妖怪迷,他们也不能直接处刑我们。所以警察选择无视,让激进分子清理我们后再来取缔?"平太郎说。

"是的。"荒俣答道。

"难道暴徒们没发现等自己的暴行结束后,下一个被收拾的就是他们自己吗?就算我们真的是穷凶极恶、无血无泪的恶人集团,这种暴行也不该被允许吧?"

"他们各个都坚信自己基于正义或道德而行动,也主张自己是生存权受到威胁才采取了激进手段。在这样的正义感渲染下,所作所为非理性以及违法的事实也随之模糊化了。"荒俣说。

"行正义者不会口出恶言。"山田老先生愤慨地说,"听听他们都嚷着什么?听都听不下去。"

"仇恨言论向来难以入耳。不仅语言贫乏,比喻方式也很低俗。可以说是一种毫无文化的粗口,反而显示发出这种言论者的低劣。"香川皱着眉说,"外头的群众肯定正在对我们叫嚣吧。该怎么说呢……其实江户时代也有叫骂文化,双方在大街上气势十足地唇枪舌剑,你来我往。但现在的叫骂一点也不风雅,这样实在不行啊。叫骂不是为了掀起仇恨啊。"

"明治时代也会在十字路口进行抗议活动,这类街头演讲后来演变成了演歌[一]。"

说到这里,汤本瞥了平太郎一眼。

"可不是你所想象的那种演歌。"

[一] 演说歌的略称,一种在街头吟唱的讽刺时局的歌曲。

"这不是用时代差异就能解释的问题，他们的行为早就超越节度了。"山田老先生再次忿忿不平地说。

"啊，似乎要放火了。这里虽然老旧，好歹不是木造房子，没那么容易被点燃……不过藤蔓可能一下子就被烧掉了。"

平太郎透过屏幕，观察到外面有一部分群众似乎发现了监视器，朝监视器聚集而来。

怎么看都像电影《活死人黎明》或《鬼玩人》的海报。

"啊，这些袭击者看起来还挺像妖怪，根本就是丧尸嘛。"

"如果真的是丧尸，我们不知该有多轻松。只要射他们的头部就好。"汤本说。

"我们没武器啊。"香川吕笑着说。"丧尸的话就无法沟通了，但即使打倒他们也不会被惩罚。但他们是能沟通的人类，而且原本应该是具有良知的普通市民，所以才难搞啊。"

"对方不只具有良知，还拥有武器呢。"荒俣说，"看，他们开始想捣毁墙壁了。"

传来阵阵敲打声。

"那种程度还不用怕。理论上，这里就算被大炮攻击也能承受。飞弹的话很难说，但也不至于严重损毁。为了改造这间仓库，害得我差点儿倾家荡产呢。"荒俣说，"这种改装又不能扣除税款。"

荒俣老师真的很在意税款问题啊。

"我一直乖乖缴税，却还要受到这番对待，太没天理了。"荒俣看着屏幕嘟囔，"啊啊，在泼灯油了。"

"真的假的？"

"都做到这种地步，警察还不来逮捕，这个国家真的病了。"

"荒俣老师说得没错。国民之间相互残杀，国家只为了压制民众而存在。

要是有其他国家进攻日本，恐怕一天之内日本就会沦陷吧。"山田老先生摇着头说。

"现在其他国家也已经放弃日本了，不管在经济层面还是在文化层面上。之所以没人发动战争，八成是因为等着看好戏，认为放着不管我们就会自己灭亡了吧。"香川说。

现在似乎不是说这些仿佛时政节目评语的时候。

"比……比起担心国家大事，应该先担心正遭到袭击的我们自己吧。该怎么解决这个难题呢？"平太郎问。

"放心吧。"荒俣说，"顶多覆盖外墙的藤蔓或许会烧起来。"

"呃，我知道这栋公寓很牢固，可是抗议群众的攻击不知何时才会趋缓，即使趋缓了也不见得会离开吧？如果他们一直包围，我们也无法离开。如果我们以为群众已经散去而大意地开门，结果被抓个正着的话，该怎么办？"

"照这个气势看来，恐怕会被大卸八块吧。"汤本说。

"大卸八块？会用私刑吗？我们会被杀吗？"

"嗯。我认识的妖怪收藏家失踪后仍下落不明。一旦被那个叫'日本情操守护会'的组织盯上的话，恐怕就完蛋了。"

"会……会完蛋啊……"

"他们人数众多，还跟各地巡逻队联手，暴动规模愈来愈大。某些激进的地区还有武装，听说有些头目还是黑道成员哩。根据某一消息来源指出，外国间谍也混进来了。"

"为了什么？"

"引发敌国内乱可以削弱敌国国力，自古以来皆然。"

当前的状况说是内乱也不为过。

"目前妖怪相关人士中，只有水木老师和学者们尚未受到波及。因为学者表面上不算妖怪迷，而是研究妖怪者，并能在抗妖战争中发挥用处。此外那些人若不宣称今后与妖怪彻底断绝关系，就只能躲起来。像我和香川先生这种策展人，在立场上就变得很尴尬。"汤本说。

"是的。所谓策展人，一方面算是研究者，另一方面亦是介绍者。我们除了潜心研究以外，还会负责策划展览。也就是以个人之力将某些文化推广给大众认识的人。"

"所……所以是妖怪推广人……"

全日本妖怪推进委员会的人们没事吧？平太郎自从被炒鱿鱼后就没和他们碰过面。平常除了工作以外并没有来往，这也没办法。

"京极兄的立场也变得很微妙。"荒俣说，"他一向主张世上没有不可思议的事，因此即使嘴上老挂着妖怪两字，也无法把他纯粹归入妖怪支持者这方。"

"虽然最近天天发生不可思议的事。"

不管如何，都很微妙。

"总之，京极兄应该暂时不会有事，但多田就危险了。虽然他的头衔是妖怪研究家，不过那个人与其说是妖怪'研究家'，不如说他是一只在做研究的'妖怪'吧。一旦被盯上，恐怕会立刻被残杀。唉，民怨继续升高下去，恐怕连水木老师也无法平安无事了。"

水木老师……

平太郎只见过他老人家一次。当时大师很愤怒，而且忧心忡忡。

——鬼会杀死妖怪！

也许是指现在这种状况吧。水木老师恐怕早在那个阶段就预测到现今的惨状了。

"似乎烧起来了。"香川说。

"画面噪声挺严重的，记得连接线是裸露在外的。如果连接线被烧断了，监视器也会失效……啊。"

画面消失了。

"该……该怎么办，荒俣老师？"

"现在顶多不知外头的状况，不至于对生命构成危险。"

"这么说倒是没错，但不觉得原本离我们还挺远的生命危机正明显逐渐逼近吗？继续固守下去能撑多久？"

"应该能撑到我们饿死吧。"

"呃……"

平太郎不由得想，紧迫关头依旧超然的这群人未免太不食人间烟火了吧，只有自己觉得这样很奇怪吗？不，他们也许胆识过人。单纯只有平太郎很胆小。再不然，这群人其实掌握了某种能打破这一僵局的方法。那么，就是看不穿这一点的平太郎太笨，如此罢了。

"接下来……该怎么办呢？"

"什么也不做。"荒俣回答，"如果现在打开防灾铁门，抗议群众肯定会一拥而入。一旦他们进入大楼，要侵入各房间就不难了。在室内放火很难灭，就算有消防洒水头也很麻烦。"

"至少纸类收藏品会完蛋。"山田老先生说。在这里，文物才是主人，人只是随从。

"那，我……我们呢？"

"我们会被围殴一顿，带去监禁拷问，甚至被当场处刑。所以绝不能解除防灾模式。"

"那要……要撑到何时呢？"

"只能赌在我们饿死以前，他们会先撤退吧。"

"对……对了，荒俣老师，现在能在大楼内走动吗？"

"大楼内的话没有问题。"香川回答，"从结构上说，各房间的出入口都在房子内。只要手动解除这个房间门锁，就能前往大厅。走廊和楼梯仍维持原状，无须外出就能上楼。不过如果内部发生火灾的话，防火墙会关上。"

"顶……"

能上顶楼吗？顶楼……

"通往顶楼的门是对外的出入口，所以也有防灾墙保护。要打开得费一些工夫。"

"得费工夫，所以表示还是能打开？"

"从外头无法打开，但从内部的话，只要解除门锁就能打开。"

"确定吗？"

"去顶楼干吗？"汤本说，"就算登上顶楼也逃不了吧？除非你能飞。"

"至……至少能打电话啊。"

"可以是可以，但就算报警也没用。"

"没错，但总比一直苦等变成木乃伊好，总比什么都不做好。"

"静静等待比较好吧？随便探头会被狙击。"

已经是好莱坞电影的世界了吗？

"我……我想应该不会被狙击……荒俣老师，解除方法是什么，活体辨识技术吗？"

"没那么高科技。门旁有数字键盘，输入八位数密码就能解除。"

"请告诉我密码。"

平太郎用油性笔在左手掌心潦草地写下一串黑色数字。

"喂，榎木津老弟，何必牺牲年轻的宝贵生命呢？"

"老师，您别吓我。而且就算留在这里，也只会让年轻生命的存活机会愈来愈少。"

"所以宁可选择轰轰烈烈地牺牲？"山田老先生说。

不，不是这样的。

"算了，年轻人敢冲比较好。不过，就算去顶楼也没有什么用。这不是赌一把的问题，而是什么帮助也没有。你年轻到宁可有勇无谋也不肯静待机会吗？”

“我只是很不想死而已。”

说完，平太郎走向门口。

回头一看，荒俣、汤本和香川站在学天则面前，山田老先生则坐在众人前面的椅子上。

——这幅景象很有感觉啊。

平太郎觉得很有电影味，但是什么电影则毫无概念。

解除门锁，来到大厅，玻璃部分完全被防灾墙封住，除了紧急出口的告示灯外没有其他光源，公寓内一片黑暗。

香川说在平太郎回来前门会保持开放。平太郎想，不是本来就该如此吗？但荒俣接着说，如果他三十分钟内没有回来，门就要直接锁上。

原来如此。

门扉完全关闭的话会让人觉得恐怖，因此窄窄地留下一道缝隙。

本以为电梯还能用，不知为何电梯门也被防灾墙封住了，就算还在运作也进不去。

为什么要封住电梯？

没办法，只好走楼梯。

防灾墙相当厚，几乎听不到外头的叫嚣，但还是能感觉到某种非比寻常的气氛。震动，以及难以言喻的压迫感，时而能听到类似呼喊的声音，一波波从墙外渗透进来。那不是声响，而像是某种隐约存在的动静。

明明没必要赶忙移动，他还是加快了脚步。

只是平太郎欠缺奔跑上楼的体力，也没有劲头。他平常很少爬超过三层楼梯。他来到自己房间所在的四楼时已经疲惫不已。不是劲头的问题，压根儿是体力不够。自己纯粹是缺乏运动呢，还是营养不足呢？说不定是缺乏爱情吧。

在胡思乱想之中，他一步一步爬上楼。

已与妖怪无关，反而像是电影《虎胆龙威》。

如果是电影，辛苦爬上顶楼会有敌人在等候。但是平太郎不是兰博也不是突击队员，不是约翰·麦克莱恩也不是杰克·鲍尔，一旦碰上那种情况，只有死路一条。

平太郎边想边吐槽自己，这些比喻似乎都过时了。不过最近似乎不太流行孤独的男子对抗巨大的邪恶势力的剧情。就这样，他抵达了顶楼出口。顶多有点喘，途中倒是没碰上困难，果然现实不是电影。这样的话，更类似泉镜花的《天守物语》吧。虽然只有攀登暗淡无光的楼梯的情景吻合。

不过，假如门外等着自己的是一位美丽的公主，不管那是妖怪还是魔物，好歹比武装恐怖分子好上百万倍吧。

心怀恐惧地在门前摸索，找到仿佛能在谍报机关本部、秘密研究室或政府机关中枢见到的数字键盘，确认写在左手上的密码。

左确认，右确认。

什么也看不见。

太暗了。

高处悬挂着小小的紧急出口灯，但光源遥远，只依稀能分辨手的轮廓。睁大眼睛也没用。就算用力瞪，看不见就是看不见。

勉强能分辨 1，但 3 和 8 就全然无法辨别。

——早知道就不写得那么潦草了。

光第一个数字就看不懂。看起来很像 2 或 7。

想起小学老师说过，文字要细心写得又大又清楚才好。果然，父母和帅长的教诲不听不行啊，但现在后悔也来不及了。更令平太郎受到打击的是，短短十分钟前才刚写下这些数字，自己居然已经忘了。脑海中不留一点痕迹。

真的忘得一干二净，他不由得怀疑自己是否有记忆障碍呢？

楼下的仓库门经过三十分钟就会上锁。

想起这件事更糟。愈是紧张，脑海中愈只会浮现无关的事。"人生若因这种破事而毁掉的话……"之类的悲观情感与"船到桥头自然直吧"的乐观思考同时并存，平太郎不禁对不知该说认真还是随便的自己感到傻眼。

"到底是什么啊！"

平太郎忍不住吼出声来的瞬间——

突然能看见数字了。

第一个数字果然是 2 啊。就算字很丑，但有灯光就能辨别。好歹是自己写的，再怎么丑也还是看得懂嘛，平太郎伸出手指准备输入数字时，突然想到，自己为什么看得到了？

望向旁边，有一只脸红红的小僧妖怪提着灯笼替他照明。

"啊！"

小僧没反应，但平太郎被吓了一大跳。

"你……你……你是……"

——似乎也没必要大惊小怪。

没错，根本不需要。这家伙只是妖怪罢了。

"提……提灯小僧吗？"

没有反应。

"算了，谢……谢啦。"

不快点输入的话，小僧消失就又会回到一片黑暗中了。凭平太郎的笨脑袋一定背不起来的。

一面确认左手，一面慎重按下按钮。

门锁响起清亮的解锁声。除此之外毫无变化。手动解除门锁应该不会自动打开。门下方有个凹陷，手伸进里面往上提。若没有灯光，恐怕也不会发现这个吧。

得感谢小僧才行。

话说回来，门远比平太郎想象的重多了。说是门，其实是铁卷门，不知道内部构造如何。如果是山田老先生，肯定抬不起来吧。平太郎厚脸皮地想拜托小僧帮忙，转头看身旁，提灯小僧早已消失不见。

用力使劲，觉得腰、肚子和双臂都痛得快断掉了，总算抬起沉重的防灾墙，背后理所当然另有一道不锈钢门，窗外天色已变得阴暗。

好不容易打开门的喜悦胜过担心有恐怖分子潜伏的恐惧，平太郎毫无防备地打开门。

去死吧。

死光算了。

你们这群混蛋。

烧光他们，除尽秽物。

净化秽气，净化污浊，守护日本情操！

"啊？"

来自地上的声音一拥而上。

"啊！"

嘈杂愤怒的骂声的确难以入耳。

顶楼平凡无奇，但大门口方向已冒着浓浓黑烟。四周似乎没有其他人影，平太郎放心地走上去……

——说不定有狙击手。

遭到狙击就惨了。

虽觉得不可能有，但还是忍不住压低身子前进，真受不了自己的胆小鬼性格。

讨厌归讨厌，还是无法不这么做。凡事小心为上，一步步踏实地前进，欲速则不达，多一事不如少一事——后面的成语似乎愈想愈偏，总之就是如此。

平太郎匍匐前进了一段距离，突然想起自己根本没有前进的必要。

只要电话能打通就够了。

只要能收到信号就够了。

从口袋中拿出手机。

"啊。"

刚刚怎么没拿出手机照明呢？他不由得在心中咒骂自己愚蠢。虽然真的很蠢。

再次感谢亲切的提灯小僧。

——呃。

没时间了，别多想，直接打电话给最有可能接听的冈田。

去死吧。

混蛋妖怪们。

烧光你们全家。

都是你们这群混蛋害日本沦落至此。

说来不可思议，被人一直叫骂着，逐渐觉得他们说得也没错。

"啊，喂喂，是冈田先生吗？我是榎木津。好久不见。"

他不由自主地压低声音。

"其实是这样的……啊？抱歉，你说什么我听不清楚。附近有群众在抗议。"

又传来"咚"的一声。暴徒们似乎又在做什么，但平太郎觉得很害怕，不敢确认。

"啊，是的，我们现在遭到袭击。不，不是洗衣机啊，是袭击。是的，袭击。咦？不是那样的。不是我被变态团体袭击，是荒俣老师的研究所现在被暴徒包围……是的，暴徒，不是爆竹。暴徒集团袭击我们。对，是现在，就是当下，我们正在受到攻击。"

又传来一阵疯狂咆哮。

"是的，不是我被袭击，是研究所被袭击了。不，不止一两个，应该有数百人。对，好几百人。嗯嗯，现在被人放火。"

黑烟熏眼。

风向改变了。

"对，放火。不，现在变成秘密避难所了。嗯，没事。只不过我们也没办法逃出去。对，电话打不出去。收不到信号。你说我吗？我现在是在提灯小僧的帮助下，豁出性命爬上顶楼打电话。听不懂我的意思？没关系，总之就是这么一回事。外头的民众似乎怀疑有人在这栋公寓饲养妖怪。不，报警也没用，我们继续防守下去的话很可能会饿死，变成木乃伊。对，就是这么回事，想说姑且还是告诉你们一下。"

对话有些缺乏紧张感。

什么姑且告知一下嘛，为何不说"拜托现在立刻来救我们"？应该要高喊"help me"吧？而且还要加个"now"。

"呃，总之就是这样，所以……能不能麻烦你来救我们呢？虽然可能挺困难的。"

嗯，办不到吧。

就算冈田赶来，及川也来助阵，也肯定应付不了这种状况的。哪怕是妖怪推进委员会全体来了，也只会惨遭血祭。

妖怪太弱了。

根本没办法战斗。

妖怪大多是小僧和老太婆，不然就是抹布、茶碗或乐器。纵使也有巨型妖怪，却大而无用。攻击手段也只能对人撒砂或哭泣，根本不痛不痒。

全副武装、斗志高昂的敌人碰上这种开玩笑似的攻击根本不怕，反而更会触怒他们。

如此想来，真亏他们能拍出《妖怪大战争》这种电影呢。这群不只虚弱，还无心战斗的家伙们怎么会打仗啊？

杀了它们。

驱除害虫。

把妖怪彻底击垮。

唉，抗议群众真是杀气腾腾啊。

——等等。

该不会超过三十分钟了吧？

"好……好，就先这样吧，我怕门会被关上，所以通知你了。我不希望这是我们最后的对话，所以就不道别了。"

平太郎急忙挂上电话，连滚带爬地跑回屋内。

拾肆

异端之徒骤然起义

"我们无计可施。"京极说，"这不是我们所能处理的。"

"嗯，没错。"郡司表示同意。

"不……不去救……救他们吗？"雷欧问。

"去了也只是一起送死。"

"一起送死！"

印象中好像有首歌的歌词很像这段对话，但雷欧想不起来。

"难道就……就真的见死不救吗？"

雷欧反问，却得到"并非见死不救"的回答。

"可……可是他们被放火了。满身火焰啊。一片火海啊。背上有一团火球啊。烧死了千万啊。"

"喂，愈说愈莫名其妙了。"村上说，"那么想去救人的话，你就自己去现场被仔细地杀死吧。"

"被仔……仔细地杀死！"

"就算和妖怪无关，你对这个世间也没任何帮助啊，雷欧。"

"咿呀！"

"很吵啊。"京极说，"记得荒俣先生的研究所装了防灾系统吧？"

"是的。听说花了不少钱装修。似乎采用美国国家航空航天局（NASA）开发的防护设备，相当牢固。"

"既然如此，就不必担心了。"京极冷淡地说，"就算放火也撼动不了他们。"

"嗯嗯，区区小火根本不用担心。"冈田附和道，"只不过，如此一来他们也只能固守在里头，万一演变成持久战就麻烦了。"

"放心吧。"郡司说，"坐镇那里的可是荒俣先生啊。"

"不不，就算是荒俣先生，粮食吃光了的话也是没辙啊，顶多能撑个两三天。话说回来，袭击荒俣先生的暴徒是哪个团体？"京极问。

冈田操作平板。

"呃……看起来好像是这个。"

"有人上传了动画？"

"不，是直播。地点对照起来应该错不了。啊……人也太多了吧。这应该是袭击者自己开的直播吧？"

"在 NICONICO 上直播？"

"'NICONICO'这个动画网站名称被认为很不正经，所以改名了。现在叫'圆满社会动画'。"

"关于袭击者……似乎叫'日本情操守护会'。他们宣称足以动摇国本的邪恶根源——妖怪生自那间秘密研究所，因此才会发动奇袭。"

"妖怪……生自那里？"

"是的，该团体如此认定。比起警察或自治体，民间团体的行动快多了。"

"这完全是猎巫行为。"京极说，"就像多田仔说的，这已与中世纪的猎巫别无二致。看来事态已恶化到无法收拾的程度。"

"恶……恶化了吗？"

"嗯。而且民间的反应比行政机关更迅速。将逮捕、送检、审判、定罪、处刑等过程全部跳过，一旦碰上，直接处刑。"

"处……处刑！不是先石抱[一]或扛石头，而是斩首示众？"

"不，是切舍御免[二]。"

"御免……先砍再道歉吗……"

"不是这个意思啊。"梅泽吐槽道。其实雷欧当然明白，他只是忍不住想幽默一下。

"时间愈来愈紧迫了。现场是什么状况？"

冈田把网络影像放大到整个屏幕，让其他人能一起观看。

"现场有一千五百人啊。很吓人啊，一千五百人。"多田说。

"多田仔，你怎么知道人数？你数得出来吗？"村上吐槽道。

"不止五十个或一百个吧？"

"五十和一百的上面是一千五百吗？直接跳了一个位数啊。说不定是八百十五人咧。你怎么能说得如此斩钉截铁？"

"可是啊……啊，烧起来了，烧起来了。噫！"

多田激动地倒吸一口气后陷入沉默。不是在笑，这是他的独特反应。

现场火舌乱蹿。

"现场看起来很不妙啊，就算是钢筋水泥，也撑不了多久吧？"

"不，我记得内墙超级耐热，就算外墙全毁也不会有事。"

"但是会被蒸烤吧？对吧？"

被多田征求同意，雷欧鹦鹉学舌地说："是的，会被蒸烤。"

"或者烟熏。"

"设计上耐热能力很好，所以应该不至于被蒸烤致死。不过浓烟太呛的话，说不定真的会被熏死。"

[一] 江户时代的刑罚。犯人跪坐在有多条三角木条的板上，大腿上被石块压住。

[二] 武士的特权，遇到庶民无礼时能将其斩杀。"御免"又为日文"对不起"的汉字。

"能跟他们联络吗？"及川问。

"没办法。"冈田直接回答。

"你刚刚不是接到电话了？"

"那是平太郎勉强爬上顶楼的舍命通知。房子里现在收不到信号。"

"那个内墙就是这么扯。"郡司说。

"但这个怎么看都是暴动吧，警察呢？"

"警方恐怕不会行动吧。"

"可是都直播了啊。"

"看来没人认为有问题。"

"而且……观看人数太多了吧？咦？超过十万了！太扯了！"

"看似能自由留言，但那些偏激言论应该是那个什么保护会的人写的吧，否则聊天室就吵成一团了。"

"就算如此，这明显是犯罪行为吧？又不是某国的处刑直播。只要报警，就能结束这场骚动了。"

"不，我想警察不会来的。就算来了也不会做事。"

"为什么？"

"警察顶多会装出试图逮捕的态度，但会拖拖拉拉。因为被包围的是妖怪公寓，而且疑似是妖怪发源地。"

"警方会如此藐视法律吗？"

"怎么想都是如此。否则这个直播有这么多人观看，老早就有人报警了吧，警察也肯定正在观望。"

"这太过分了吧。"

"当然过分。问题是，没人知道这栋老旧公寓已被改造成高科技防火公寓。若是一般公寓……"

"早就烧起来了。"似田贝说，"平太郎他们恐怕就罹难喽。"

"没错。暴徒们原本打算冲进公寓里放火。这么做的话绝对是无可推卸的犯法行为。因此……警察恐怕也在等候这个时机吧。"

"然而，公寓采用了 NASA 技术。"

"其实那是不是真的 NASA 也很难说。"郡司随口应和。

"嗯……虽然不知道会屠杀还是绑架，总之警方也在等暴徒们犯下凶恶罪行时将他们一网打尽吧。但由于暴徒迟迟无法得逞，害得警方也错失出动时机。"

"这……这么做太卑鄙了吧。"

"所以状况才会变得这么微妙。是不是如多田仔所说的有一千五百人我不知道，但少说也有四五百人。警方肯定认为一间破旧公寓被如此人多势众的暴徒包围，势必要不了多长时间就会沦陷。等目的达成后他们再赶到现场也不算太迟。然而，出乎意料的是，这里竟是一栋固若金汤的公寓。"

"所以是一伙的吗？伙同犯案吗？结伙抢劫吗？杀人放火吗？"

"谁和谁一伙？"及川问。

"警察大人和暴徒大人。"

"干吗加敬称？"村上瞪了雷欧一眼。

"呃，对强者加敬称是我们雷欧家的家风。"

"应该不是一伙的。那些群众终究会被逮捕。因此两者并非串通好了。只是，两者的目的都一样。放任他们干出非法的行为，等结束后再一网打尽——这就是警方的盘算。"

京极盘起手来。

"然而，如今状况陷入胶着。如此一来警方就无法继续装傻了。不知道他们会在哪个时间点派出机动队。"

"太……太冷漠了吧，怎么讲得好像事不关己啊。"雷欧说。

"本来就事不关己。"郡司和京极异口同声地说。

"咿呀！"

"我们无计可施啊。我们是一群笨蛋，笨蛋反对暴力，但对打架也不在行，像我连逃跑都很慢。所以你说我能做什么？不然你自己去帮忙啊，雷欧。"

"不去。"

"你也见死不救？"

"见死不救。因为事不关己。"

"目前为止的话，的确事不关己吧。"冈田说。

"嗯，目前为止的话……但明天恐怕就轮到我们了。到时候就不再是事不关己了。"

咦？

"别……别说得这么可怕啊，京极先生。我快被你吓得失禁了。我家可没 NASA 科技保护，顶多只有 TOTO 牌马桶。那个撑不了几秒的。"雷欧说。

"不过，这里也没 NASA 科技。"

似田贝把嘴巴抿成"ㄟ"字形，接着站起来，说了声"我要再喝一杯高球鸡尾酒"后，朝柜台方向走去。或许打算顺便去厕所吧，其实没必要告知。

果不其然，似田贝直接走进厕所，但很快就出来了。

他神情有异。应该说，他似乎想用表情传达什么事。

"怎么了？"村上问，"厕所有人？"

"不是的。"

"到底是什么情况？"

"我想，可能不用等明天了。"

"啊？"

"一泡尿吓得都憋回去了。"

"小心得膀胱炎。到底怎么啦？"

"呃，或许只是我多心，总觉得这间房子似乎被包围了。"

"你怎么知道？这里是地下楼，厕所也在地下吧？"

"呃，只是我的感觉啦……抱歉，惊动各位了。"

似田贝道完歉，顶着仿佛充气肉包子般的圆脸要点鸡尾酒的瞬间，穿日式围裙的老婆婆从厨房露出脸，不知为何面带悲伤。

"哎呀，怎么了？"

"各位先生……"

老婆婆垂下眉梢说：

"真对不起。"

"对不起？"

"大家要好好生活。不管发生什么事都别恨我们。"

京极站起来说：

"原来如此……"

郡司抬头看他。

"怎么了？"

"郡司前特别编辑顾问……看来我们成了被农民藏匿的平家落难武士。"

"落难武士？"

"是的。受人款待丰盛的一餐，然后——"

"啊。"村上似乎也明白了。

"老……老婆婆，你……"

"对不起。"

老婆婆声音拉尖地说，接着后退两三步，回到厨房。然后——

笑了。这……这种亦哭亦笑的表情是什么意思？

老婆婆又退一步，迅速说出口：

"我去通报了。"

通……

"通……通报？向谁？医院？警察？"

"就是你们讨论的那个 NJM（日本情操守护会）。"

"啊？"所有人不约而同地表示惊诧。

"感谢你们一直以来的捧场。今天这顿饭不收钱，倘若来日你们还活着，再给吧。"

"什么跟什么啊。"

老婆婆用手帕做出拭泪的动作后走回厨房。

"啊，我的高球鸡尾酒……"

"现在你还有心情喝啊？不快逃就……"

其实已经逃不了了。这家店位于地下，出入口只有一处。

也许厨房有紧急出口，但恐怕也被锁上了吧。

"嗯……刚刚说也许明天就轮到我们，现在看来提早一天到来了。各位，死心吧。"京极说完，坐了下来。

太快了吧。

"等等，京极先生。放弃得太快了吧？怎么不多少抵抗一下呢？"

"不必了，没有意义。不抵抗，直接投降，思考今后的对策还比较有活路。抵抗的话，不是受伤就是死。村上，多出仔，你们待会儿也别白费力气战斗，那样比较好。"

"应该没那么快来吧……"

"已经来了。"似田贝说，"看来我刚刚在厕所里感受到的声息是真的。我的直觉挺好的嘛。"

"喂喂，罗塔……"

及川鼻音很重地说。

"真的来了吗？"

梅泽摇晃着巨大的身体走向前。

"梅泽先生，别去比较好。"冈田阻止道。

"没错，梅泽兄你身体状况不太好，别逞强啦。"郡司也跟着制止。

"是啊。你太重了，用不着逞强。"

"你在我们这几个之中年纪最大，是老人家了。"

"你们这些家伙，在笑我又老又肥是吧？"

"雷欧先生，能请你去确认一下吗？"冈田说。

"啊？"

"你不是最年轻吗？"

没想到冈田也会说这种话。

"怎么这样说嘛，冈田。我还年轻，还有前途……"

"你没前途了啊。"村上说。

"没错，要敬老尊贤。"京极说。

"所以下一个是我吗？是我吗？"多田说。

"多田先生又在讲没人懂的话了。"及川说。

"及川，多田兄是在讲，最老的是梅泽先生，接下来就是他。"

"村上先生，你居然听得懂。"及川佩服地说。

"我也觉得能听懂的自己很讨厌。"村上说。

"总之，雷欧你去吧。"郡司凶巴巴地说。完全是在恫吓，表情超恐怖。

真是一群看不出是否有紧张感的家伙们。

雷欧没办法，只好走出和式包厢，穿着拖鞋通过厨房入口，走到前方的西式座位区。

用连自己都感觉出乎意料的程度压低身子。

像一个患有痔疮和椎间板疝气的老爷爷没带拐杖走在幽暗夜路上一样，摇摇摆摆，恰似皮耶泷在电视剧中扮演的"老爷爷老师"。

——不。

用那么怯懦的例子来比喻并不好，雷欧自我打气。就算吓得腿软，至少也要姿态美丽。

是的，自己是一头刚出生的小鹿。尚不能昂首阔步的虚弱又可怜的小鹿。

"快去啊，笨蛋。"

呜呜。

接近自动门，再走四五步它就会打开。因为是自动门，所以会自动打开。门打开的话，就能见到楼梯。走上楼梯就可以见到巷子。走出巷子就会通往人马路，沿着马路一直走就能抵达车站，接着搭乘地铁回家，脱卜袜子睡觉吧。嗯，就这么做。

雷欧回过头。

"真的要去探探？"

"去啊。"

呜呜。

假如那个激进团体真来了的话该怎么办？假如外头挤满一千五百人的话该怎么办？该怎么办啊，雷欧？雷欧☆若叶，你到底要怎么办？不能逃不能逃不能逃。若叶，出动了！距离若叶灭亡，只剩四步。

呃，不对。

"别停下脚步啊，连去打探下状况也不会吗？"

"呃，还剩几步路。很快就到了。已经快要从拖鞋换成皮鞋了。"

呃。

如果那个激进团体真的在……

总之先卜跪求饶吧。

——不，等等。

虽然这家店没什么人气，好歹也算普通餐厅，并非会员制的笨蛋的巢穴。因此就算有客人也不奇怪。毕竟是一家普通的店啊。换句话说，雷欧只是个普通人，和妖怪毫无瓜葛，对妖怪一点儿也不熟。妖怪？那是什么？

雷欧这时想起村上的话。

"雷欧，你的长相从未公开过吧？"

是的，雷欧的长相没被公开。他大可以装傻，要装得事不关己也没问题。

不，光是和这群人坐同一桌就很不妙了。同桌……

不对，并没有同桌。

没错，只要说通报者是自己就好。只要边喊"店里有妖怪痴！就是那群人"边走出去的话……

"喂，你打算背叛吧？"

背后传来京极的声音。

"咦？"

"你打算出卖我们，装成通报者的样子趁机逃脱吧？你这个犹大，你这个壁虎怪人。"

"怎……怎么看穿的？不，不是的，没这回事，我是各位忠实的仆人哟。啊，门……"

打开了。

"喏，打开了。真是自动化呢。"

"我不是要你去开门，是要你去看状况，快点啊。"

郡司很可怕。

悄悄探出头，看见楼梯。

缩回来。

"门外有楼梯。"

"你白痴啊。"

"噫！"

再把头探出去。

能感觉到一种很不妙的声息。

脚步声，呼吸声，而且数量众多。

"啊……"

悄悄探出身体。

最初的一步。

不，那种声息肯定是行经小巷的普通民众发出的。肯定是刚下班拖着沉重脚步要去居酒屋的上班族。

杂沓的脚步声。

走下楼了。

"工……工作辛苦了。"

这群人是做什么工作呢？每个人都穿着同样的背心，仿佛在美国影视剧中登场的要去现场搜查的美国联邦调查局（FBI）探员一般。

咦？

手上还拿着类似牛蒡的物体。那不是伸缩警棍吗？

"我们接获线报，听说有危险的叛国者在这家店里举行反社会的低俗集会。"

"说污秽其实只有一点点啦。我顶多上完厕所没洗手……"

必须讲借口，就表示……

"呃，请问你们是……"

"我们是 NJM 千代田区支部派来的。"

"啊……"

雷欧想说"我就是通报者"的瞬间……

有人拉扯他右边的袖子。

"干吗？啊不，我啊，就是那个……"

扯扯。

"别吵啦。呃，我是那个……刚刚通报的其实是……就是那个……我看到店里啊……"

扯扯。

"好烦啊。呃……总之，我啊，不是那种叛国者，我最讨厌妖怪了，碰到妖怪就会过敏。"

雷欧边说边流冷汗，满脸都是心虚的汗水。

不过倒也没因紧张而特别结巴。他平常就有点结巴。话说回来，刚刚到底是谁一直扯他的衣袖……

扯衣袖？

转头看旁边，身穿黑色紧身衣、有着猪鼻子的小僧攀附在雷欧的右手上。

"哎呀……"

怎么看都是水木老师版的拉袖小僧。

为什么会在这个节骨眼出现？

"啊哈哈哈哈哈哈哈。"

雷欧笑了。

"有什么好笑的？在我看来，你和那只污秽的妖怪手牵着手，感情似乎挺融洽的。"

"那只是眼睛的错觉啦。民谣不也这么唱吗？'错觉家伙厚着脸皮站出来'[一]，任谁都会产生错觉，您当然也会。其实这孩子不是妖怪，是我一个很爱角色扮演的侄子，名字叫袖之助，今年八岁。长得丑是父母遗传的原因。"

"侄子？"

"是的。关于这孩子的耳朵为何有点尖，我们亲戚间都在猜该不会是因

[一] 日本民谣《八木节》歌词中有句"三角家伙厚着脸皮站出来"，其中"三角"指不懂义理的人。

为我大哥大嫂最爱瓦肯人[一]，每天拉才会变成这样。"

"哪个孩子？"

"就是我身边的这……"

不见了。

"你的侄子能自由消失或出现吗？"

"哎呀，别看他年纪小，其实是忍者。家兄乃是根来流宗家第二十代下膨才藏。"

"少啰唆，给我滚。"

"是。"

雷欧乖乖让路。他想，只要让开就不会被找麻烦吧。说不定会放他一马。因为他是个笨蛋。

趁机快步走上楼梯开溜吧。

结果被三个人包围，转眼间就被五花大绑了。

"噫！快住手，对不起！"

一群人大摇大摆地走下楼梯。入口处瞬间变得和交通高峰时刻的山手线一样拥挤。

果然真的有一千五百人吧。

"我们接获线报，说全日本妖怪推进委员会的残党在这里召开秘密集会，没错吧？"

"说残党并不正确，我们的人数并没有减少，因此是全日本妖怪推进委员会的通常集会。能来参加的都来了。"

是郡司的声音。店内挤满人潮，看不见里面的情形。

"你真诚实啊。"

[一]　科幻电影《星际旅行》中的尖耳外星人。

不像雷欧一开口就说谎。

"既然如此……接下来会有什么发展，你应该也心里有数吧？"

"抱歉，我不明白你们的用意。你们是谁？"

"我是东京 NJM 千代田区支部讨伐队的泷川。"

"克里斯特尔[一]吗？"雷欧忍不住又幽默了一下，立刻被揍了。

"神田纲纪整肃会、神保町商店会巡逻队也派了人参加这次行动。我们奉命拘捕你们全日本妖怪推进委员会的人。"

"拘捕？我们只是在这里喝酒，吃萨摩炸鱼饼，并未犯法。纵使我们有违法行为，也是警察来，轮不到你们。"

"你们违反的不是法律，而是道德。"泷川队长说。

"道德？"

"光团体名称使用了妖怪如此污秽的事物就已罪无可赦。想都不必想，你们的存在本身就不道德且反社会。即使法律容许，你们依然显著阻碍了我们的生活，此乃无可辩驳的事实。"

"我们什么都没做，何来阻碍？"

"恬不知耻地用妖怪这种说出口都嫌脏的名字作为名称，甚至公然推广，这根本是对国家和民众进行亵渎和挑衅的行为。不仅如此，你们对自己已扰乱社会善良风俗却毫无自觉的骄横态度更是罪恶。我等绝对无法放过如此邪恶之徒在千代田区内密谋实行不良企图。"

"我们只是来吃鸡肉。"

"总……总之你们不准来神保町！"

"我的办公室就在神保町，要我别来是办不到的。"梅泽说，"要我搬也不是不行，只要你们肯出搬迁费。"

[一]　指日法混血女主播泷川克里斯特尔。

"闭……闭嘴！别玷污神保町！"

"没错！倘若你们在区内聚会的事被其他地区得知，本区会遭到蔑视！区民会受到歧视，再也无法过正常生活！千代田区会被隔离！"

"又不是传染病。"

"都一样。乖乖束手就擒吧。我们派了囚车过来，总之，都给我上车。"

"你们要把我们关在哪里？"

"你们是危险分子，得送入 NJM 的隔离设施彻底进行再教育才行。这家店刚才也确认有妖怪出现，所以必须立即封锁净化。"

"你们没有这么做的法律依据。"

"现行法令已无法重建日本，这是再明显不过的事实。只仰赖政府或司法的话，不久的将来，这个国家必定会走向毁灭一途。为了拯救荒废的人心，整肃社会纲纪，使之复正，吾等必须肃然执行。"泷川说，"要说我们目无法纪的话就尽管说吧。我们只是在弥补国家的漏洞。即使警察介入，我们也绝不放弃。我们绝对不会放弃战斗，直到妖怪从日本消失，日本净化的那天来临为止！"

泷川高喊，其他人也一起嘶吼。

"你们还想抵抗吗？"

"从一开始就没打算和你们战斗。"

是京极的声音。

"只是，也没有打算遵从。虽然不是不能理解你们的气概与心情，但道不同不相为谋，而且你们的手段过于蛮横。我无法认同你们以高压态度逼人遵从的做法。"

"为何不坐下来好好谈？"及川也跟着说，"用不着战斗，我们很弱的。"

"我与你们没有对话空间。试想，如果你们发现地上有粪便的话，自然会清扫吧？你们会和大便对话吗？会问它是否想待在马路上吗？没人会问的，也不会有人考虑大便的心情，就将它移转到别处的。粪便就只是粪便。不立刻清扫，就会将环境搞得又脏又臭。懂了吗，粪便们？妖怪只是狗屎，是污物。"

"嗯，妖怪实际上的确称不上洁净。"

京极表示同意。村上也附和道：

"它们通常也喜欢粪便或臭屁啊。"

听到村上这么说，多田笑了。两边态度的温差实在很大。

"你们一看就知道，我们这批人当中没有女性，只是一群老头子。你说我们脏，我们也只能说'就是如此啊，真是抱歉'。毕竟妖怪都是些又肮脏又穷酸的家伙啊。形容我们是粪便倒是挺贴切的，但要隔离我们可就敬谢不敏了。"京极说。

"无端把人隔离是不能容许的行为吧？不管你们的主张为何，都不应动用私刑。日本好歹是个法治国家。"

郡司如此说后，及川无意义地跟着喊：

"没错，是法治国家啊。所以说，别管我们吧。"

话音刚落，及川立刻被揍了一拳。

"很……很痛啊。痛死了！"

"看来你们打算抵抗到底。"

"不，我们并没有抵抗。出手的是你们。你们别看这家伙外表看似和鲍伯·萨普一样孔武有力，其实他非常弱。就算和企鹅雏鸟对打，这家伙也会输的。"

京极说完，村上也跟着附和道："连出生不到一个月的熊猫也赢不了。"

"及川，刚刚揍你的力道明明不足以把人揍飞吧？"

"我的腰……我的腰……"

"什么腰嘛，真是累赘。不然这样吧，这家伙交给你们，换取其他人的安全如何？把这家伙送进你们那个设施，让他变为正常人。连同外头被抓的那只。"

雷欧迟了一拍才发现京极所谓的"那只"是指自己。

"你们想消解压力的话，欺负或干脆杀死这家伙都无妨。有那只的话，警察应该也不会有意见。可以接受这个条件，就此撤退吗？"

没必要讲得那么过分嘛。

"别开玩笑了！"

"没错，别开玩笑了！"

雷欧也跟着叫嚣，肚子又挨了一拳。很痛。

"假如你们真的不肯乖乖跟我们走，那就没办法了，粪便只好当场被处理掉。"

"处理掉？你们想干吗？"

郡司用低沉的嗓音一吼。

"别挑衅他们啊，品公长。"听到冈田压低声音劝诫。

所谓的品公长，是"品牌公司社长"的略称。当然不是"胸罩型灌肠剂"的略称，更非来自"垂挂的灌肠剂"。总之跟灌肠剂 [一] 无关就对了。

"总之我们会净化你们。"泷川说。

"哼哈。"这次换似田贝出声，"要杀了我们吗？现在？在这里？"

"不是杀死，是净化。我们已经请楼上的居民撤离了。这栋大楼得净化才行。"

"净化！净化！"他背后的会员们不停地吆喝。声音从楼梯外源源不绝地传来，巷子里恐怕已经挤满人潮，一起齐声高喊。

"你们要放火？"

[一]　日语中"品公长"与"灌肠剂"谐音。

"没错，要除去污秽，烧毁是最佳的办法。你们会被当成火灾的牺牲者，但若让你们逃了就麻烦了，所以我们会绑你们，胆敢抵抗就直接揍晕。"

"烧了我们会产生有毒气体。"梅泽说，"看我的脂肪这么多。"

很有说服力。

"烧了我的话，不只千代田区，东京二十三区都会被污染。我的体积庞大，是个又肥又脏的老爹。"

沈川迅速挥动警棍，瞬间，在楼梯或入口前待命的众人一拥而上，冲入店内。雷欧被推来挤去，就这样又被挤回店内。

"哼哈！别乱来！"

"面对以量取胜的战法，我们完全没辙。虽然从一开始我就没有战斗的打算，就算有战意，看到这阵仗也会消失吧。辛苦你们了。"

"京极先生，你怎么还这么悠闲啊？别放弃逃亡……好痛！好痛，痛死了！我明白了，我明白了，所以住手好吗？害我放屁了。"

"喂，用不着绑我们吧？我们不会逃跑的。因为根本逃不掉。喂，你说啊？我们逃得掉吗？"

"啊哈，好痒啊。"

"我的腰……我的腰……"

——真是一群没用的家伙。

脑中想着这些事的雷欧又被毫无意义地揍了几拳。当然在这当中最没用的人其实是自己。下个瞬间，雷欧的脑袋瓜又被揍了一拳。

他明明什么也没做，就被人五花大绑。又不是火腿。

"来吧，臭虫子们。和你们喜欢的妖怪一起变成灰烬吧。我不会帮你们捡骨灰。抱着会被当成垃圾一起丢掉的觉悟吧。"

"人都要死了还觉悟个屁。"

"也是，那就别觉悟了。神保町，以及千代田区的各位，如此一来，此地就能净化了。"

"纲纪终将受到拨正。"

"商店街也会恢复正常。"

"拿灯油来。"泷川这么说的时候……

有某种物体从厨房方向被抛出。

该物体落在地板的前一刻开始喷冒白烟，现场一片哗然。

紧接着，又有另一个物体被抛出。店内充满白色烟雾，视野受到遮蔽。

"是催泪瓦斯。"村上说。

"干吗这么做？直接烧死我们就好，人终将一死，但我讨厌痛啊。被这么一搞，什么都看不见。"

传来郡司的声音。

"喂，到底在干什么？"

"哼哼，好痒啊。"

"我的腰……我的腰……"

"发……发生什么事了？"

最后喊叫的是泷川。随即传来他"呜嘎"一声惨叫。

"到……到底是谁？"

"哼哼哼哼哼，AKK48登场！"

"那是什么？"村上问。

"听了可别被吓着，我们乃是亚洲怪异解放联盟，简称AKK！"

"这不是久礼吗？你在干吗？怎么这身打扮？在玩生存游戏或战争游戏？"

"久礼？"

"咦？京极先生，你怎么能看到我？这可是催泪瓦斯，太奇怪了吧。"

"我刚才在闭目养神。而且我对这类东西有抵抗力。我天生被烟熏也不会流眼泪。先别说我了，现在是怎么回事？"

"当然是来救你们的啊。"

"从关西专程过来，还是今天关东这边凑巧有学会？"

"怎么好像没什么紧张感。当然不是因为召开学会。然后我好不容易用防毒面具遮住脸，所以别直呼我的本名好吗？"

"唉，抱歉抱歉。所以你就是木场喽？"

"不，我的代号是'Hotel Noir'。"

"你果然是木场。干吗帮我解开绳子？"

"就说是来救你们的，请乖乖地被救好吗？"

"可以是可以……这不是松野和久留岛吗？慢着，怎么连榎村老师也这副模样？"

"喂喂，现在我的代号是'林冲'。"

"话说回来，京极先生为何能认出我们呢？"

"嗯……到底为什么呢？"京极装傻地说。

"你……你们这群家伙，竟敢妨碍我们！"

"反对暴力！"

听见松野仓的声音，然后听到金属声以及泷川的闷哼。由此推测，松野正在行使暴力。

"有人闯入了！"

"有暴徒混进我们之中！"

明明他们自己才是暴徒。

"光之所在，影亦随行。"听起来似乎是久礼的声音，"怪异一直以来都与文化同在。只要有人类活动之处，不管任何时代，必然有怪异存在。视怪异为污秽并加以蔑视，乃是对自己国家的历史文化的亵渎行为。不仅如此，毫无理由、无法无天地夺走无辜者的宝贵性命，即使老天饶赦，吾等也不放过。东亚怪异学会绝不允许如此愚蠢的暴力行径，吾等将作为亚洲怪异解放联盟，在此起义！"

"久礼，你的演讲能力变好了。"

"别用本名称呼我，这样我会嗨不起来啦。呃……吾等研究怪异者断然反对来自社会的不当压迫。现在动摇这个国家的并非怪异。使日本陷入混乱的原因反而是这股蔑视怪异文化的风潮，以及检视怪异的无知。这个无脑采取暴力行为、欠缺伦理观念的社会早已失去其正常性。如此欠缺思虑之辈还妄想扑灭怪异文化，简直可笑之至！"

"久礼，你的话也太多了。"

"他是为了争取帮大家解开绳子的时间吧？"

"是吗？我看他只是想和人辩论而已。"

"京极先生，既然你也知道是这么一回事，就别光坐着，快点站起来好吗？"

"久礼仔！"

是村上的声音。绳子被解开了。

"啊，你这身迷彩服还挺帅的嘛。"

"喂喂，如果这是电视剧，现在就是战斗场面，是大乱斗的场景，懂吗？各位差点被杀，对此可以有点自觉吗？假如这是小说，各位会让角色说这么气定神闲的台词吗？我看不会吧。紧张感和速度感会被中断，这样不行啊。"

"不行吗？"京极说，"我反而觉得敌方头目被唯一的女生用平底锅打倒的剧情才真的不会被小说或戏剧采用哩。"

"被发现了！"松野喊。

"不管如何，总之快一点吧！外头的人愈来愈多，状况超级不妙啊！"

厨房传来说起话来总爱拉长语尾的声音。应该是化野燐。

"来，别摔倒了啊。现在视野不佳，睁开眼会刺痛。啊，郡司先生，好久不见了！"

"你们自己的成员才真的没什么紧张感吧，久礼。"

"大家别闹了，不快点走真的不行啦。外头有车接应，总之先从厨房紧急出口离开吧。快点上车。京极先生，你还知道怎么跑步吗？"

"不，早忘记了。"

"请用力回想起来。上头也在进行攻防战，不快一些的话连我们也会遭殃的。"

"知道了。不过你们是怎么找到这儿的？"

"因为我们一直在监视 NJM 啊。自昨天起，NJM 会员的行动变得很活跃，因此我们猜想他们会有大规模攻击行动。然后那个杉并的……等等，现在不是说明的时候。"

"太过分了，我还被绑着，居然没人救我。"

"啊，忘记雷欧先生了。真麻烦，直接跳着过来吧。"木场落井下石地说。

"跳不起来啦，连爬都爬不起来。敌人压在我上面。"雷欧说。

"咚"的一声。雷欧突然感觉身体变轻了。

"已经没人压喽。"

出手的人大概是松野。她的手里拿着平底锅。

这个女生有点儿恐怖。

"雷欧先生总是特别费工夫呢。"

"真的吗？我觉得应该跟其他人差不多。只有我被绑得特别豪华吗？"

"我是在说印象啊，印象。"

原来是印象。防毒面具底下，松野多半在笑吧。

"真的很费工夫呢。绑得这么紧，要解开也很麻烦，就用这个直接切喽。"

是野外求生小刀，很危险的。说不定会顺手捅一刀，然后说"抱歉，手滑了"呢。

"奇怪，怎么都切不断。啊，原来是我拿反了。"

"我……我就知道。"

"切断了。"说完，松野离开。催泪瓦斯逐渐散去，大批暴徒又从入口处冲入居酒屋。

"住手！我……我是个人畜无害的年轻人！等等，松野小姐，你只切断了我脚上的绳索。"

"快点快点，不然要抛下你喽。"

"不行啊！"

雷欧踢开两三张椅子，冲进厨房。

被撞到的脚痛得要死。

拾伍

灵视者使出外道照身妙技

"这栋大楼里究竟有什么？"松村进吉啃着红豆面包问，"为什么说是妖怪的制造厂？制造？妖怪是从这里生产出来的？"

"大概像爆米花机的感觉吧，把米放进去就会蹦出来。咻砰咻砰。"

回答者是平山梦明。说到"咻砰咻砰"时，他照例顺便做出下流的动作，仿佛当年的由利彻[一]一样。

"记得以前不是很流行吗？把黏土放进模子里做成脸孔之类的造型，再放进窑里烧硬。也许类似那种吧。"

对于平山的无聊玩笑，水沫流人正经八百地回答了。他说话时夹紧腋下、双手合十的独特动作显得很诚恳。

"真的是那样吗？听起来太奇怪了。"松村皱起那张古铜色的满面油光的脸说。

"荞麦面煮好了，有人想吃吗？"

穿着围裙的黑木主从厨房探出头来询问。在他背后，绰号佩可的宍户丽正端着盛放荞麦面的餐盘。不知为何，小说家小松艾梅尔也在。面容凶恶的福泽彻三正在窗边抽烟。代替烟灰缸的不锈钢水桶里头已堆了不少烟屁股。看似百无聊赖地坐在他对面的同样是个光头男——小说家真藤顺丈。顺丈微举起手来，慵懒地说了声："啊，我要吃。"

[一] 由利彻（1921—1999），日本谐星。

　　现在是社团合宿吗？是棒球社强化训练合宿碰上外头下雨，因而无所事事的午后一景吗？可现场却净是些怎么看都不像一般老百姓的家伙，这又是怎么回事？还是说，这里其实是感情融洽的黑帮事务所？

　　以上皆非。

　　黑史郎想，这里是我家啊。

　　为何会变成这样？

　　黑背后现在有一尊比人类体积更巨大的邪神，它的触手勾缠着黑，已分不清谁寄生谁了。黑不讨厌邪神，甚至喜欢，但现在的状况老实说很受拘束，很不方便，他并非心甘情愿变得如此——

　　还有点恶心。

　　真怀念有精蝼蛄的时候。黑想，人类真是愚蠢的生物啊。

　　被精蝼蛄纠缠的人生无论再怎样恭维，也找不到一丁点幸福的要素。就算现在没有举国排妖的风潮，就算是在妖怪受到全民喜爱的社会里，那种状况依然是难耐的。精蝼蛄绝非什么可爱的事物。

　　不只不可爱，还很令人烦躁。就算不是精蝼蛄，而是一只可爱的小猫，一天二十四小时被粘在身边也会受不了。然而——

　　现在黑甚至怀念起精蝼蛄了。他觉得当初被精蝼蛄纠缠时还好一点。

　　——当然不好。

　　这种事是相对的。

　　但无论怎么调适心情，现在的状况依然糟糕透顶，毫无疑问。

　　——不，这很难说。

　　黑开始担心将来状况会更加恶化，反而怀念起现在。当他思考着这些事时，荞麦面被端来了。是黑木专程从山形带来的。

　　艾梅尔问黑："面要放在哪里？维持那种姿势很难吃东西吧？"

　　"啊，我不吃。我肚子不太舒服，这种状况下还要跑厕所，太麻烦了。"

"可是不吃真的好吗？"

"没关系的。"

其实有关系。

一群以撰写怪谈、妖怪或恐怖故事为业的人们围绕着电视其乐融融地吃着荞麦面。而且是在黑的家里。这里不久前还是黑和心爱的老婆与孩子其乐融融的起居之处。明明场所相同，状况也无甚差别，为何感觉上就是有所差别？为什么？

——关于这一点。

怀念起和平的日常生活有何不可？黑只是个普通人啊。

触手又开始扭动。湿滑的黏膜缓缓滑过黑的脖子。

——居然在对我撒娇。

太古邪神也会像宠物那样亲近人吗？

演变成这一窘境的罪魁祸首是平山。因为他拍下了照片，并传给黑木和松村，所以才会变得如此。

而且是邪神攀在他头上时的照片。

而且命令那两人在网络上公开。

而且那两人居然马上照办了。

太蠢了。

虽然脸被触手遮住，大部分人并不知道这个被邪神攀在头上的小丑是黑史郎。但那只是大部分的人。大部分仅是大部分，而非全部。

和黑很熟的人一眼就看出来了。

例如黑以前任教的学校的学生们、交情很好的漫画家、雕塑家山下升平等人，几乎同时发送电子邮件过来。虽然看不出来他们是担心黑，还是觉得好玩而已。

若只是如此倒也还好，但网络上往往纸包不住火，不知在哪儿走漏了风声，一眨眼的工夫，小说家黑史郎豢养克苏鲁的传闻被人煞有介事地、迅速且宁静地传开了。虽说并非传闻，而是事实。

或许是看见这则消息了吧，黑开始感觉到有视线有意无意地朝家里注视。原本被精蝼蛄纠缠时就已引来邻居侧目，这也没办法。虽然尚未有人明目张胆进行攻击，但邻居们的监视明显变强，再难踏出家门一步。在家的附近也时常可见疑似危险分子的人影徘徊。

而且……是在平山和福泽回去前。

平山和福泽虽然外貌凶恶，但不代表他们擅长打架。

灾难也降临到上传照片的松村和黑木身上。

两人上传的照片在短时间内被大量转发，立刻收到数量难以置信——真的多到无法计算的程度——的留言。不只日本，而是来自全世界。

是的，留言不仅有国内排妖风潮的辱骂，亦有对邪神的拥护。毕竟邪神并非妖怪。

攻击也好，拥护也罢，总之两人因而一夜爆红。松村担心生命受到威胁，便把家人托付给亲人照顾后只身来到东京。至于黑木，则因这件事和出版社之间的关系恶化，又遭到四五个不认识的人袭击后，同样急急忙忙地赶来东京——这是发推特后隔天的事。

网络社会，速度第一。

这一切怎么想都是平山害的。

不，追本溯源，应该是黑害的。

不对不对，真正的罪魁祸首其实是这只章鱼邪神吧。

松村为了求救，黑木则是为了抱怨，两人不约而同来到东京。这时，害惨两人的平山仍留在黑的家里，因此两人毫不犹豫地直接往这里前进。同一时刻，带东西来慰问的水沫流人也变得回不了家。事已至此，平山索性连真藤、宍户以及小松也呼唤过来。

真搞不懂他的想法。

"忘了是在什么时候，印象中我们不是一起去过吗？"平山说，"去那个叫什么温泉的地方旅行。记得品位挺俗气的。某 R（罗塔）把鞋柜和置物柜搞混，结果全裸跑到玄关穿衣服，真是蠢死了。从没见过那么笨的家伙。我看他根本就是一头能用双脚站立的白猪吧。"

"怎么又是猪啊？"福泽吐槽道。

"现在的感觉和那次温泉之旅很相似啊。"

"但这里不是温泉，也没有黄金浴缸。"

"只要把巴斯克林倒进浴缸里，气氛就和温泉没两样了。对吧，黑木？"

"咦？问我吗？虽然我不是很认同……嗯，是的。"

"干吗回答得那么不情愿？不然我问小黑。这种感觉还不错吧？"

"啊……是的。"

黑姑且同意。

虽然现在的状况极度异常，但也不是这群人都回家就能恢复正常的。因为最大级别的异常仍未离去，没人留下来帮忙的话，生活会很困难。被如此巨大的怪物缠身已不可能外出了。光从这家伙的体积看来，恐怕会卡在门口出不去吧。黑也想过把它甩下径自外出，但它根本不是动物，万一让它在外头冒出来就完蛋了。

什么东西完蛋了？当然是黑的人生。

他不敢冒这个风险。而且假如其他人离开，留下黑和这尊邪神在这间房子两人独处的话——虽然用"两人"怪怪的——黑反而会不知所措。当初还是精蝼蛄时，主导权至少还在黑身上，但现在黑反而仿佛成了邪神的部下。即便邪恶，好歹也是一尊神，这也没办法。

在这层意义上，目前的奇妙情况还算能接受。

"相比这个无聊的问题，更重要的是讨论今后该怎么办吧？平山兄，我们总不能一直留在这里共同生活吧？已经第三天了啊，第三天。"福泽说。

"在哪里还不都一样？"

"一样是一样，可是黑兄也会困扰吧……"

福泽愈说愈小声。因为他瞥见黑背后的邪神。

只要那尊邪神继续留在这里，就难以判断哪边才算造成困扰。

"你想想，万一我们回去，被那团简直像猪内脏的物体纠缠的小黑该怎么办？"

"怎么又是猪啊？"福泽皱起剃掉的眉头。

"他现在这样没办法去头东西，就算编辑要米帮忙，看到他这样也只会感到恶心，立刻打道回府吧。没有任何人肯上门，只剩我们。因为我们这群人不怕这种东西。看，每个都好像家人股，多么祥和的气氛。"

"就是这一点奇怪。来帮忙是好，现在却反倒害我们没办法回去。"

"所以我才找了佩可和艾梅尔来啊，你还不懂我的深谋远虑与先见之明吗？她们去买个东西总不会被注意吧。"

"那干吗找我来？"真藤问。

"顺便而已。"平山回答，"你听过博爱、平等或一视同仁吧。就是基于那种情操。"

"够了。"福泽说，"现在这个状况，我们和电视上躲在公寓不出来的家伙们也差不了多少。"

"笨蛋，差得可多了。那里头躲着谁我不知道，但他们肯定连荞麦面也没得吃。对吧，黑木？"

"怎么又问我？呃，是的，我想他们应该没办法。虽然我根本不确定。"

"看吧。况且电视里不是说那栋公寓是妖怪咻砰咻砰工厂吗？我们则是拉布拉多福特。"

"是洛夫克拉夫特。"

"对了，就是那个作家笔下的邪神。与妖怪根本不同。"

电视上播放出杉并区某栋公寓被大批民众包围的影像。

三天前——换句话说，是精蝼蛄变化成克苏鲁的那天——有"超过三百名"暴徒涌入杉并，包围该地一栋公寓并发生放火事件。他们疯狂地主张公寓内有妖怪，但不知为何，公寓非常坚固，即使遭到放火也毫发无损。

随着时间的流逝，包围公寓的暴徒人数愈来愈多，杉并一带的交通瘫痪，也有人趁乱犯罪，治安严重混乱。直到半夜，警察机动队才总算出动，包括围观民众在内，环绕公寓的人已达到近两千人，状况已变得难以收拾。

之后机动队和暴徒隔着公寓对峙，进入一触即发的胶着状态。虽然表面上看是机动队为了镇压暴动而出警，但社会舆论，或者说社会大众似乎并不这么认为。日本弥漫着认为真正的邪恶是固守在公寓里的不良分子的氛围，连向来是墙头草的媒体也无视法律，大言不惭地宣称公寓内的人员应及早投降。

明明作恶的是包围者。

"虽然我们这边没好到哪里去，但那边似乎更惨呢，情况已经难以收拾了。"真藤表情苦闷地说，"照这样看来，袭击者们就算想退也退不了。现在已不是他们说玩腻了想走就能一走了之的。就算他们想撤退，机动队可随时等着抓人，不可能喊声'解散'就走人吧？"

"的确不可能。"

"换句话说，照这样下去，除非抗议民众攻破公寓或守在公寓里的人们出来投降，否则事情就难有进展，对吧？"

"嗯，恐怕是吧。"

"所以……机动队来恐怕不是为了镇暴，更像是来推他们一把，唆使他们快上。"

"肯定是这样。"平山说，"这些条子碍于法令而不敢自己来，所以就默认暴徒动手。看，他们根本不肯行动嘛，明明直接逮人就解决了。暴徒都放了好几次火，根本就是现行犯，这些行径也被转播了不是吗？话又说回来，这栋公寓到底是什么情况？就算被人放火也不痛不痒的咧。"

"所以更可疑啊。刚才节目来宾石田衣良老师也说，若是普通建筑，早就被烧毁了，一般公寓不可能这么坚固，所以肯定有问题吧。"松村说。

"衣良兄这么说的啊？"

平山笑了。不懂他笑的理由。

"所以我才会问妖怪制造厂是什么嘛。就算不是这个，这公寓也肯定有问题。"

"就说是爆米花机。"

"别再开玩笑了。"福泽制止他，接着说，"只是，这段影像实在很难让人相信发生在东京啊。"

"干吗这么麻烦，干脆派出自卫队，用导弹连同公寓和暴徒一起炸一炸不就清爽多了？"

"平山兄又在乱扯。话又说回来，这栋公寓到底住了哪些人？调查登记的话，好歹能知道屋主是谁吧？但新闻居然没有报道。"

"其实网络上早就在流传了哟。"艾梅尔说。

"真的吗？是谁？"

"毕竟是网络上的消息，真假难辨。据传屋主是水木茂老师，住户则是荒俣宏老师。"

"太扯了吧？"真藤说，"什么跟什么嘛。因为说是妖怪制造厂，所以是这两人？既然如此，京极先生应该也要一起搬进来住才对。"

"哈哈，八成有吧。"平山拍手大笑说，"京仔肯定也住在里头，和水木老师与荒俣兄一起。听起来真蠢。说不定他们现在还守在里头咧。"

平山指着画面抽搐般地笑，并说：

"嘻嘻嘻，难怪发邮件给他也没回应。不过说真的，就算京仔真的住在那里，现在也早就逃了。他就是那么精明。正因为里头根本没住人，所以才毫无反应吧。难不成他在里头打坐？不是说高僧打起坐来能一两个月不吃不喝，像尊石佛一样吗？"

"那是彩虹人[一]吧？"黑木说，"反正这个说法多半是谣言。就算那栋公寓是水木老师名下的不动产，但说荒俣老师住在那里也太凑巧了吧？"

不。

这件事恐怕是真的。黑曾听京极提过。

荒俣先生借用水木先生名下的公寓，在该处秘密研究村上发现的神秘呼子石……

因此，这些传闻并非空穴来风。现在上电视的那栋公寓就是那个研究所吧。

说该公寓是妖怪制造厂，如此疯狂的见解虽然是妖怪扑灭团体的攻击借口，但至少那里真的是妖怪研究所，说是师出有名也不算错。

换句话说……

荒俣先生正陷入千钧一发的危机之中。

——嗯……

该告诉这群人这件事吗？黑史郎犹豫着。

平山正在笑，而且是高声大笑。

——还是别说了。

可以肯定京极不在那栋公寓。因为全日本妖怪推进委员会被袭击当天是在神保町举行秘密集会。村上和多田都参加了，因此他们应该也不在那栋公

[一] 1972年开始播映的日本特摄影集《爱之战士彩虹人》中，主角彩虹人拥有七种化身，但弱点是力量用尽后会全身石化，进入假死状态。

寓里。但是荒俣宏肯定在吧。

——这可不妙。

这是世界妖怪协会创立以来的大危机。

是超越浅间山庄或某银行人质事件的重大事件。

噗噜，触手震了一下。

似乎又变大了。这尊邪神真的没问题吗？说不定之后会膨胀到挤满整个房间，届时会变成立方体邪神吗？

"啊，都知事召开紧急记者会了。"

听到黑木的呼喊，黑转头看电视画面。

面如死灰，令人联想到丧尸的仙石原知事出现在画面中。

"我讨厌这家伙。"佩可用嗲声说，"长得好像味淋鱼干。"

"哈哈，什么比喻嘛。不过没人喜欢这个知事吧？这家伙真的有支持者吗？"

"如果没有支持者，他又是怎么当选的？"

"这世间就是这样啊。"

"是怎样啦？"

"法治国家无法容许此般暴动，是故东京都政府决定执行先前刚通过的保护都民生活暨财产特别治安维持条例第五条，除了请求自卫队支援外，由此刻算起正好五十分钟后，将派出东京都卫生局妖怪驱除课的特种袭击部队。"

"S……SAT 吗？"

"不是那个。听说全名叫'Yokai Attack Team'（妖怪袭击部队），简称YAT。"

"看，果然想全部炸飞吧，嘻嘻。"平山笑了。

糟……糟糕，这非常不妙啊。

"那……那个叫什么YAT的是什么部队？"黑问，"配备了何种装备？是历战的佣兵吗？拥有火箭发射器或格林机枪吗？还是会搭乘满载秘密武器的超级机体呢？"

"喂喂，他们的对象又不是怪兽。"福泽回答，"不是那种类似地球防卫军的组织。"

"但至少是特种警察部队吧？戏剧里登场的特种警察部队往往比一般军队还强，应该会开直升机进行突击，并将闪光弹抛入房间里吧？"

"真的有这支部队吗？"真藤说，"从来没见过。"

"就说不是SAT，而是YAT。"

"应该是那个吧？又冰又白的。"平山说。

"又冰又白？"

"吃起来不就那种感觉吗？"

"那是凉拌豆腐（hiyayakko）啊。"艾梅尔吐槽道。

"你居然听得懂。"

平山一阵佩服后，又开始抽搐般地笑了。

"我还以为不是京仔就听不懂呢，对吧？"

"就说不是YAKKO，而是YAT。那是专门驱除妖怪的部队，不会使用那些重装备。"福泽说。

"详细内容不清楚。"黑木接在福泽后面说，"不过我想应该是消毒、清扫的专家。"

"消毒？"

"妖怪又不是污垢。"

呃……果然被当成霉菌了。

"如果是那样，应该没什么用吧？"松村说，"暴徒连火都放了，还不是没效果？我看这栋公寓除非被飞弹打到，否则根本不会塌。"

"不然你开怪手去冲撞吧。"平山说。

"那么坚固的房子只靠怪手没用啊……慢着，为什么我要站在暴徒那边？莫名其妙。照我看来，这栋公寓的装甲相当厚实。虽然表面上看不出来，里头绝对改装过，这瞒不过读土木工程的我。"

"这样的话应该无计可施了吧？"黑说。

"不，应该相反。"真藤回答。

"为什么？"

"若想从外侧用物理方式破坏，的确需要工程机械或重武装。但那是要破坏整栋建筑的情况下。若警方采用消毒或除菌的方式，那栋公寓恐怕也防范不了。"

"不然他们会怎么办？撒盐吗？好歹是特种警察部队。"

"也许是相扑力士部队。"平山也来搅和。

"不，相扑力士算是物理攻击吧。然而这支部队的专长却是药品。我猜会用化学攻击，用这招的话恐怕没人能受得了。"

"没人能受得了？"

"那栋公寓就是因为面对来自外侧的物理攻击很顽强才会选择固守，但反过来说，里头的人也出不来。因此包围者处心积虑就是想逼他们出面。现在这状况一出来就输定了。就算里头有储粮，但电力、自来水等基本线路恐怕在袭击者们的掌握中吧？嗯，他们肯定采取行动了。"

"如此一来，连厕所也没办法用了呢。"黑木说，"这倒是很伤脑筋。"

"白痴，厕所又没什么。"

"平山先生，你怎么这么说呢？哪有可能没什么，粪便处理很重要啊。"

"不过是屎，随地拉就好。又不会有人整天拉肚子，闻点臭味死不了的。虽然我不知道公寓里有多少人，但一天一次的话，目前为止也才拉了三次吧？"

"里头有十个人的话就有三十条了。"

"但当中如果有五个人便秘的话，数量不就减半了？"

"说不定有人腹泻啊。"

"我在里头的话肯定会拉个不停。"黑插嘴道。

"呃，别再讨论大便了。"真藤阻止后接着说，"我想特种部队会从通风口灌入强力杀菌气体。名义上是杀菌，几乎无异于毒气，能使里头的生物灭绝。"

"啊。"

"如此一来，里面的人只能赶紧逃出来。但刚才也说过，一旦出来就输了。比起破坏房子，这个更有威胁性。"

"听起来简直是白日与太阳嘛。"平山说。

"应该是北风与太阳才对吧？白日和太阳不都一样？"

"对啦，就是那个。我没讲错啊。"

"根本错得离谱！"FKB 三人组——黑木、松村、黑异口同声地说。

黑愈来愈不安了。

照这个状况下去，荒俣宏先生恐怕难逃死劫。虽然黑不清楚里头有多少人，但荒俣肯定在里头。

"因此，继续撑下去就死定了。然而即使投降……"

"也是死路一条。毕竟有这么多敌人包围啊。"

"啊……"

留在里头会死，出来也会死。不是被消毒剂毒死，就是被暴徒肃清。毒气或毒打，能选择的只有痛苦或疼痛吗？

都知事刚才说会在五十分钟后展开攻坚行动。现在只剩三十多分钟。

犹如风中残烛。然而，黑也顾不得他人。只要有这尊触手扭来扭去的邪神在，今日是荒俣宏，明日就轮到黑史郎了。

唉，假如没有这种事发生，黑现在肯定在把玩橡皮公仔或观赏丧尸电影，小说的工作也一定还有着落吧。

他开始绝望起来。

就在这时……

听到奇妙的震动声。胃开始咕噜咕噜痉挛。该不会是来自肚子的震动吧？黑低头看了一眼腹部，仔细一想又觉得根本不可能，于是又想，或许是某人的手机收到信息的震动。似乎是黑木的手机。

"咦？收到一封怪邮件。"

"是'我知道你的秘密'之类的恐吓信，还是'四十二岁的成熟肉体夜夜渴求慰藉'那种？"

"什么跟什么呀。原来半山先生收到过那种邮件啊。其实是关口先生转寄的信啦。原本的寄件人……似乎是加门小姐。"

"关口？《达文西》前总编？"

"是的。因为和《幽》的关系太深，所以被调职，现在改过自新，担任道德杂志《忧》的副总编，还被迫退出原本参加的死亡金属乐队，每天被严格的上司虐待的那位关口先生。"

"好说明式的口吻。"平山说，"就是以前叫歧视先生的那个吧？"

只有平山这么称呼他。

"然后，加门是指加门七海小姐吗？她现在怎么了？"

一方面缺乏题材，一方面又受到排妖运动的影响，许多怪谈作家不是转往其他领域，就是封笔沉潜。

"加门小姐和伊藤三巳华小姐靠着立原小姐的帮助，逃往北方大地了。"

"立原小姐是立原透耶小姐吧？"

"是的。还有几位得过怪谈文学奖的女性作家也跟着去了。北海道少有妖怪出没，在那边受到排挤的情况少一些。"

对世人而言，妖怪和怪谈几乎没有差别。被讨厌的虽然是妖怪，但社会大众普遍认为就是有人写怪谈才会有妖怪冒出来，所以作家们也一样受到排挤。黑认为这是一种严重的偏见。这时，平山质疑黑木为何消息如此灵通。

"消息灵通不行吗？"黑木抗议道。

"当然不行。你啊，最大的缺点就是凡事都想做到滴水不漏啊。对吧，阿彻？"

"别问我。"福泽一脸厌烦地回答，"关键问题还是邮件内容吧。最近政府好像会审阅私人邮件，倘若邮件中出现政府设定的禁止字眼，不论寄件人还是收件人，都会被盯上。"

"真的假的？"平山皱起眉头。

"对啊，简直像美国国家安全局会干的勾当。"

"阿彻，你原来是个阴谋论者咧。"

"并不是好不好。这只是个传言，但众人说得绘声绘色的，所以我最近也不太敢用邮件了。"

"呃……"黑木念出邮件的内容，"现在出现在电视上的仙石原都知事……不是人？"

"嗯，的确只有畜生才会做出如此心狠手辣的事。"

"不……不是那个意思啦。你们也知道那些怪谈作家……"

"能……能见鬼吗？"

"是的。就是那个意思。"

"所以说，都知事那家伙被鬼附身了？"

"不，似乎不是鬼，也不是附身，而是被某种非人的怪物窃占身体。邮件里说的。"

"啊？"

"不是人，不然是猪吗？"

"怎么又是猪啊？"

"猪不会窃占人的身体吧？就算窃占了也只会哼哼叫。"

"呃，据说是头颅很长的绿色恶心怪物……那是什么？"

"加门小姐的脑袋没问题吧？那种东西根本不存……"

平山说到这里突然打住，转头看着黑。

"啊，存在。"

"现在这个世界会发生什么都不意外。问题是……"

仍穿着围裙的黑木走向黑。

"这只怪物……攀附在黑兄的身上。"

"被攀附着。"黑说。

"不必提醒也能看见。"

"很恶心啊。黑木先生来代替我吧。"

"我才不要。但这种状态不能说是窃占身体，对吧？"

"所以我说攀附。"

"的确是攀附，被太古的邪神。这家伙真的愈看愈恶心。虽然很写实而且很恶心，但这毕竟只是创作的产物。假如连这个都能现形的话，恐怕不管什么样的妖怪都能在现实中登场吧。刚才在电视里的知事身上，你们看到什么了吗？"

"假如被人看到有奇怪的物体攀在身上，知事本人或许会被杀吧。"松村说。

如同松村所言，一旦被其他人发现自己身上有怪异之物附着，必然会招来一阵毒打吧。换句话说，黑现在如果外出的话，也一定会受到暴力对待。因为他身上有一尊邪神牢牢地攀着。

等等。

知事的话，正如松村所言"假如身上有怪物攀附或许会被杀"，但黑的情况是"身上有怪物攀附，肯定会被杀"，是肯定句。

呜……

"因此她们所指的恐怕和现在日本各地发生的妖怪涌现现象是截然不同的事态。虽然我不知道那是三巳华小姐看见的，还是加门小姐感觉到的。假如当今怪异现象的症结点在于原本不存在的事物突然变得能看见的话……"

"你的意思是，原本不可视的事物却能看见吗？"松村说。

"难道不是吗？变得如此清晰啊。"黑木说，"现在连原本没有阴阳眼的我们也能看见妖怪哩。不，甚至不只妖怪，看看黑兄身上的那尊吧，多么明确。"

与其说可视化，不如说更像是实体化。变得极有存在感。不幸中的万幸是这尊邪神意外得不重，但还是很让人厌烦。

"但知事身上的，我们看不见。"

"然而加门小姐她们却看见了，你是这个意思？"

"只能这么想了。"

"可是她们之前不是才抱怨过最近什么都看不见吗？"

"嗯，她们的确说过鬼似乎消失了。"

"鬼会消失不见吗？"

"假设鬼是因为真的存在所以才能看见，那么现在看不到，也许就真的消失了吧。"

"反正一般不可能看见的东西她们什么都能看到吧？"平山随便且笼统地说，"她们那种人总是宣称能看到什么。"

"看到什么，鬼吗？"

"没有那种绿油油的鬼吧？而且她们说头颅很长，不就是那个吗？福袋之类的。"

"是福禄寿啦。"水沫仔细地订正，"平山先生是想说七福神吧？"

"对啦，就是新年期间会卖的那个。总之是一种妖怪。"

"可福禄寿是神啊。"

"随便啦，还不是妖怪的同类？那种头颅细长的通常是妖怪。"

黑想起多田克己。多田的额头也很长。

"但都知事是妖怪扑灭派的急先锋吧？怎么会被妖怪附身呢？"

"不，邮件里写的是身体被窃占。"

"那更奇怪。妖怪为何想扑灭妖怪呢？既然被窃占，怎么不去拥护妖怪？"

"看来这里头一定藏有秘密。"

平山断言。

"得尽早想出对策才行。邮件也如此建议。"

黑以此作为结语。

拾陆

付丧神于黄昏时刻显灵威

"大事不好了！"防灾门一打开，平太郎边喊边冲了进来。

平太郎抱着必死的决心尝试第二次逃脱。说是逃脱，其实并没离开房子，单纯只是离开一楼研究室，在公寓内部移动罢了。而且第一次去顶楼好歹算是走到户外，第二次只是回到自己的房间而已。

完全没必要抱着必死的决心。

虽然心情上觉得自己必死无疑。

平太郎回自己房间拿冰箱里的食物。

其实也没什么能吃的。冰箱里只有过期的纳豆、盐渍海带和枯萎的莴苣等无从下手的食材。电饭锅保温的米饭发黄变色，看起来难以下咽，但还没馊掉，所以连同饭锅一起捧回楼下。在这个非常时刻不该挑三拣四。此外，尚有两个快发霉的橘子以及一个忘了何时买的甜面包。单身御宅族的独居生活差不多就这种感觉吧。

然后——

这时他想到了。

不是有电视吗？是的，平太郎有电视。单身御宅族的饮食虽然贫乏，精神食粮却很丰富。他看动画，看特摄，除了购买影音光盘，也会勤奋地确认深夜动画的播出时间。于是，他打开电视一看——

能够收到信号。当然可以。他在搬家前早就确认过是否有天线。虽然不能申请市区电话，但不管是无线电视还是卫星电视的天线，这里都有。

——明明就有。

电波被防灾墙遮蔽，监控摄像头也被破坏后，公寓内部变得与世隔绝，网络也完全不通。几乎无法得知外头的情况，但是……

他完全忘记电视还能看这件事。

没人想到这一点。因为除了平太郎以外，其他四人根本没电视。

——得确认一下才行。

或许能从中获取一些信息。

留在研究室的话，听不见分毫外头的声音。

原本隐约能听见的细微震动也感觉不到，公寓内部早已分不清昼夜。

不过，视情况而定，暴徒已经撤退也不是不可能。

或许外头已归于平静，在和煦的阳光中，女初中生牵着小狗一边哼歌一边散步。邻居老婆婆在斜对面的便当店前与邮差叔叔谈笑。平太郎的脑中闪过这样的期待。

但另一方面，也无法排除世界其实已经毁灭，在发生交通事故的汽车冒出的浓浓黑烟中，有大批丧尸拖着脚步徘徊的可能性。当然，也可能房子外已化为一片荒凉的沙漠，自由女神像的一半被掩埋在沙子里。不过这里是日本，所以不会有自由女神吧。唉……

——这些事统统不可能。

不管如何，先打开电视再说。

用不着选台，画面中直接就映出正受到无数群众包围的这栋公寓。

"啊……"

忍不住呻吟。

如同猜想得那般，当前事态什么进展也没有。

不，算有进展吧。人数明显更多了。似乎也有警察或机动队。而且由节目旁白听来，论调似乎倾向于不去讨论袭击公寓的暴徒的违法行径，而是把问题怪罪在抵死不肯出面的妖怪推广派上。虽然平太郎他们的确是妖怪推广派，也真的抵死不肯出面，但节目的说法还是很令人火大。

然后——

"各位老师，大事不好了！"

"怎么了？找不到可吃的东西吗？"

香川抬起变得有些消瘦的脸问。

"不对，他捧着电锅。"山田老先生说，"有米饭吃吗？终于能如愿以偿了。"

"抱……抱歉，只有泛黄的米饭，也……也没什么其他能吃的食粮，但我们现在恐怕没办法悠闲地讨论这些事了。"

"你得到外头的消息了吗？"

荒俣和汤本回过头问。

"是的。我看了电视。"

"电视！你有那种东西吗？"

"怎么不早说呢？"

"呃，因为……"

"榎木津老弟，这么重要的事怎么没告诉我们呢？"

"各……各位老师怎么没电视呢？正常说来都有电视的吧？可是我看各位老师都没提到这件事，才以为防灾墙放下后电视也无法收看，于是就忘记这件事了。刚才我回到房间，看到电视才总算又想起来。"

"电视能看啊。"

"所以说……"

"我们为了研究而来，没时间看电视，当然不会搬电视来。这里会看动画看得很开心的只有你一个啊。"荒俣说。

"真是个不像话的年轻人。"山田老先生也跟着责备。

"我……我或许不像话，但也托此之福才能知道外头的情况啊。我是自己看动画看得很开心，但如果各位老师想看也可以，我买了光盘。"

"别闲扯了，先报告要事吧。"香川苦笑着说，"发生什么大事了？"

"都……都……"

"都？"

"知知知知……"

"要不要帮这个小伙子浇点水啊？"汤本说。

"从昨天起就停水了啦。别……别浇我水。那个都……都知事啊。"

"是那个不知为何会当选的鹰派政客吗？"

"是的，仙石原知事。他现在上了电视，说要执行什么条例。"

"讲得这么含糊，我们怎么听得懂？"

"呃，就是那个什么 yattoko……"

"铁钳（yattoko）？铁钳能干吗？"

"不是铁钳啦，山田老先生。"

"《玩具兵进行曲》？总算要出发了？[一]"

"我懂了，你是指 YAT，对吧？妖怪袭击部队。"香川说。

"是……是的，不愧是香川先生。听说政府要派出那支特种部队了。"

"来我们这里？"

"除了来我们这里，还能派遣到哪里？对世人而言，坏人不是暴徒，而是偶们。"

"平太郎，你怎么学起地方腔了？但如此一来，问题就变得有点麻烦了啊，荒俣老师。"

"那是什么样的部队？"汤本问。

"据我所知，那是一支集结了除菌、除染专家和驱魔高手——听起来很

[一]　日本童谣《玩具兵进行曲》的歌词，"总算"（yatto）和"铁钳"（yattoko）发音相近。

可疑，总之是宗教界人士和化学研究者等群体的联合部队。虽然光听上面的描述只会联想到清洁公司，不过我听说他们开发了某种超强力化学武器。"

"武器？"

"是的。化学武器受到国际条约禁止，因此名目上当然不是武器，而是被视为驱除妖怪的卫生用品，受东京都政府的指示进行开发。说穿了，其实就是毒气。包括细菌在内，能让任何生物都断绝生命，非常可怕。"

"居……居然拥有这么不得了的武器！"

"还拥有许多其他独门武器。据说 YAT 走过的地方不留一草一木，连虫子、真菌、细菌、病毒也都会死。是真正的完全杀菌。"

"真可怕。"

荒俣还是仿佛置身事外般地轻描淡写。

"明明人的历史是和杂菌一起并进的。没有菌类，人根本活不下去。"

"是的，所以人也会被驱除。若要区分成清洁和不洁，恐怕没有比人类更不洁净的事物了。"

"咱们的确很不干净。"山田老先生咕哝道，"好几天没洗澡了。各位老师姑且不论，在下浑身老人味，只是个肮脏的老头子呐。"

"老先生，我们和您也差不了多少啊。"荒俣安慰山田，接着又问，"因此，他们接下来要把那种气体灌入这栋公寓吗？"

"应该是吧。"香川回答。

"真的要这么做？里头有人啊。我和各位老师们都是人啊。不是污垢，不是放射性物质，更不是霉菌啊。"平太郎焦急地说。

"我们是人，但也是妖怪的同伙。"汤本说。

"换句话说，我们连人的资格也没有吧。"香川附和道。

"啊！可……可是，东京都真的开发了那种仿佛某真理教用过的危险气体吗？是真的？不是谣言？应该只是杀虫剂而已吧？"

"就算是如此，我们照样会死。杀虫剂也有毒。不管是哪个牌子的杀虫剂，只要喷进密闭空间，照样会使人难以忍受。就算不会死，健康也会严重受损。这类杀虫剂不是都会贴警告标语，要人别对着他人喷射吗？如同农药或消毒液，人喝了也一样会死。"香川说。

"呃，是这样啦，可是……"

这表示不只平太郎，连香川自己也会死。为何他仍如此淡定？

"对了，这里能挡住那种毒气吗？"

"我说过很多次了。"荒俣悠然地回答，"这里是保管物品的仓库。物品不会因为毒气而死，它们原本就没生命。但这栋公寓在改建时压根儿没考虑要保护内部的生物。与其说是没想到这一点，不如说保护生命并非必要。但换气是保存物品所必要的。"

"所以说，如果关掉换气的话……"

"那样的话我们也不能呼吸了，年轻人。完全密闭的话，氧气很快就会被用光。"山田老人皱着眉头说。

"所以……只能投降了？"

"绝不考虑。"众人同声说。

"真的不考虑一下？"

"不必了。"

"保存在此的妖怪资料绝对要传给后世，直到妖怪博物馆设立为止。我汤本豪一纵使必须以生命作为代价也要死守这里。"

"在下也是。"

"比……比生命重要啊……香川先生，您也一样吗？"

"不，我还是很珍惜生命的。但现在出去只是死路一条，而房子里的东西照样会被全部处理。这将是汤本老师所说的世界性的、历史性的严重损失。另一方面，如果我们不出去的话，物品好歹能留下。虽然我们死了，但还活着的人或许有机会做点什么。在生命与文物两失和壮烈牺牲以保存文物之间——我会选择后者。"

"但是，难道没办法一出去就立刻关上门吗？只要唰地跑出去，咻地关上铁门，文物应该也……"

"那我问你。"香川垂下眉梢说，"就算能咻地关上门，唰地跑出去的我们会怎么样？"

"就……就是唰地……"

"只会唰的一声被杀死吧。"山田老先生目光呆滞地说，"一出去肯定会被杀。就算能避开毒气攻击，也会被数百名暴徒一拥而上。"

"别……别说得那么可怕嘛。"

难道没有活下来的选项吗？不是死亡就是死亡吗？那不是选项。怎么选都没意义。能选的只有死法，在被毒死和被殴打致死之间选择一项。但如此极端的二选一问题，恐怕连选择都不是了。

"不管如何都只能死吗？我还年轻啊。"

"你这种说法，简直像在说我这个老头子死了也无妨。"山田老先生怒视着平太郎，"在下虽然已垂垂老矣，来日不多，早就对死抱有觉悟，但是你这番言论太不尊重老年人了吧。"

"不……不是的，我不是这个意思。我是在说，不管老人还是年轻人，都不该轻易断送生命……"

"怎么是轻易？这可是宝贵的牺牲啊。当年在下被国家逼着为国牺牲也坚持绝不接受。但现在为了守护文化，我则是心甘情愿地把这颗皱巴巴的头颅伸出去啊。"

"好了好了，老先生。"荒俣缓颊道，"别责备他了。他也是试着用自己的方式找条活路，无意义地苦思求生策略而已。"

无意义啊……

"和我们不同，他没有抱着赴死的觉悟，对人生仍充满留恋。他毕竟只是个小伙子，所以就请您多担待吧。"

怎么听都不像在称赞。

"说得也是，这种年纪被人要求去死，内心不深受震撼才奇怪。要他干脆地选择死亡，仿佛在下当年被要求进敢死队一样。在下不该强迫他的。没想到在下也说出自己深恶痛绝的那种人所说的话了。唉，人愈老真的愈乖僻啊。荒俣老师，您点醒了我。平太郎，对不起，和我们这些老头子一起殉死一定很难过吧，请你忍耐吧。"

"不，这个……"

等等——

到头来还是只能选择死亡嘛。

"不，虽然老先生那样说，但不见得一定没有活路。"荒俣说。

"可以不用死吗？"平太郎眼睛发亮。

"如果离开公寓的话……"荒俣说。

"就是死路一条。"汤本说。

"是的。我不知道外头的暴徒有多少人，但就算只有十个也很危险。几乎肯定必死，如果被疯狂的暴徒同时袭击的话。"

"荒俣老师，别再吓唬我了啦！"

"不，我的意思是出去必死，但说不定对方根本没毒气。如同你刚才的质疑，那顶多只是个传闻。纵使真的研发出来，都政府也不见得敢明目张胆地做出如此非人道的行径，对吧？"荒俣说。

"说……说得也是。应该不会做吧。一定不会做吧？那太过了。"

"我只是在说有这个可能性。有可能，不代表一定不会。不，会这么做的可能性远比不做要高得多。虽然高，但终究不是百分之百啊，榎木津老弟。然而出去的话则确实会没命。"

"嗯……的确是这样。"

"对吧。所以两相权衡，继续守在里头能活命的概率大约高了几个百分比。您说是吧，汤本先生？"

"不止几个百分比啊，荒俣老师。选择这边至少文物能保留下来，百分之百比出去更好。"

果然还是以文物为先。

"话说回来，要注入毒气的话，会从哪里开始呢？从顶楼吗？最不费工夫的是从底下楼层的缝隙开始，但敌人不知道我们躲在哪里。如果那种毒气比空气还重的话，为了给整栋公寓杀菌，应该还是会从上面开始吧。我猜是顶楼的换气口。"

"杀菌……我们被当成霉菌了吗？"

"榎木津老弟！"荒俣难得语气粗暴地说，"你啊，不管是菌类还是人类，生命的重要性对谁都一样。因为菌类只是低等生物，所以杀了无妨，这样的想法太不讲理了。高等或低等不应成为决定生命的标准。动物会吃动物，是因为不吃就会死，而人杀霉菌是因为不杀的话自己的生命就会被威胁。生物一向是为了自己的生存而杀害其他生物，不该因为对方是低等生物就以此作为基准杀害对方！"

"没错……可是我们威胁到外头群众的生命了吗？"

"他们认为受到威胁了，就是如此。实际上，充斥于这栋房子的霉菌也不会危害到他们的健康吧？也就是说，这些霉菌没道理被他们杀死，因此在这层意义上，霉菌和我们相同。不……反倒该说他们想排除的对象是我们，遭池鱼之殃的反而是霉菌。我对霉菌的可怜境遇不禁感到同情。"荒俣宏突然高声疾呼，"多么可怜啊！只因为我们是妖怪迷就被杀死的可怜霉菌们！"

"荒俣老师。"香川把眉梢垂得更低了，苦笑着说，"我赞同您这番崇高的言论，但我们现在实在没余裕同情其他生物啊。而且若基于您这种观点，外头的人原本想排除的是妖怪，我们不也算是遭池鱼之殃吗？"

岂止算是，完全就是池鱼之殃。

"但妖怪明明不会危及对方的生命和健康。"汤本说，"荒俣先生说得没错，自然界普遍存在着为了生存只好杀害其他生物的情况。某种意义上，自然界也是靠着这样的道理才成立的。但妖怪明明什么也没做，顶多让人觉得恶心，这样就想排除它们，真的合理吗？只因看了不愉快、不中意就想歼灭它们，这未免太任性了，这种道理是说不通的。"

"很遗憾，现在这种道理变成说得通了。只因看了不爽就想解决掉。只因无法原谅就要彻底击溃——不管是解决还是击溃，原本这么做都需要理由，需要更审慎地思考正当性，现在整个社会的风潮却扭曲到只凭心情或气氛就动手，而且还自命正义。妖怪在文化上原本就是为了被驱赶而存在，所以更不会饶恕它们了吧。"荒俣说。

"我……我们……真的死定了吗？"平太郎有气无力地说，"真的没有活路了吗？"

"还不知道。"

荒俣噘起嘴来，泰然自若地说：

"我也没打算死在这里。虽然汤本先生似乎认为只要能将物品保留下去就好，生命不重要。但对我来说，汤本先生自己以及香川老弟也和这里的妖怪遗产一样重要。你们两位就像无形的文化资产。倘若今后社会风气改变，我们重新有机会展示这里的东西，甚至能成立妖怪博物馆……馆长只有你能担任啊。"荒俣指着汤本说。

"这是我的荣幸。"汤本恭谨地说。

"策展人当然除了香川之外也不作他想。而你是目前唯一通过妖怪研究取得博士学位的人。"

"然而，我们真的有那万分之一的活命机会吗？"

"活命机会啊……"

"荒俣老师。"平太郎举起手。

"怎么了？你有好方法吗？"

"不，正好相反。我想说继续留在这里不只没有活路，恐怕连希望也会失去。虽然不想这么说，但汤本老师认为即使我们被杀菌，文物也能保存下来……"

"难道不是吗？"

"我对这一点表示怀疑。一旦外面的暴徒确认内部人类都死亡的话，手段反而会更激烈吧。这里再怎么坚固，也绝非牢不可破。"

"的确。"荒俣简短地回答，"虽然牢固，但不代表无法破坏，毕竟是人造物。"

"只要在墙壁上挖个洞，丢炸弹进来就完蛋了。反妖情绪继续高涨下去的话，说不定还会对我们发射飞弹呢。这里真的能防御下来吗？"

"总体上是为了防止自然灾害而设计的。"荒俣说，"没考虑过防御武器攻击。我说过很多次，这里只是仓库。榎木津老弟的担忧或许没错。"

"这样的话，我们不就白死了吗？"

"我也说过好几次，如果能不死，我当然也不想死。只是我们没其他法子了，只能从现有选项中挑一个相对较好的，也就是留在里头静观其变。"

荒俣说完，抬头看学天则。

"唉，如果失去这些文物，真的很可惜啊。"

"荒俣老师！"

汤本站在旁边，一起抬头看着金色的巨人。

"您快别这么说，我们得死守这里的物品才行啊。"

"当然。只是这个呼子石……"荒俣拍拍口袋说，"如果我死了的话，不知今后会如何。"

"在下的话……"山田老先生指着细长的桐木盒。

盒子上写着"怪"字。

"还是很挂念这幅图画消失的绘卷呐。"

"就是说啊，各位，这些文物该怎么办？你们可能觉得只要文物能留下就好，但难道就这么摆着吗？还会有人继承各位的研究吗？在我们牺牲后，妖怪协会的成员们恐怕也会……"

"嗯。"荒俣从口袋中取出石头说，"榎木津老弟说得没错，不能解开呼子石之谜就死去是一大憾事。"

照例

呼子又现身了。娇小的她站在学天则前面。在平太郎眼里看似水木漫画的呼了，在其他人眼里应该是那位妹妹头的小女孩吧。

"我们真的无计可施了吗？"

荒俣不针对特定人物地发出感叹后，听到一声重复。

"我们真的无计可施了吗？"

是呼子。荒俣弯曲他高大的身体，仿佛面对孙子般眼神慈爱地凝视着她，接着又抬头看学天则。

"这尊说不定是正牌的学天则呢。经历了坎坷命运，八十几年来辗转于世界各地流浪，最后好不容易回到故乡。多么厉害啊。然而现在，这尊作为全球文化、人种交流及进步的象征而制造的日本产机器人第一号，却可能会受到与它毫不相干的抨击，甚至还可能被暴徒破坏……"

"被暴徒破坏。"

呼子重复道。

不存在却看得见，没有质量却能触摸，非理性的产物——妖怪。

明明状况紧迫，平太郎却满怀感慨。

"象征理性的机器人在历经百年之后，却有仿佛非理性的集合体站立在它面前……"

"你错了，榎木津老弟。"荒俣开口道，"学习天的法则——学天则确实是基于这一理念创造的。发生于这个世界的一切事物和现象皆基于天理与自然的法则而成立。想要学习这样的道理的性质，我们称之为理性。明白道理，并将之运用的性质，我们称之为知性。但天之法则并非人类所能看尽的。因此我们会碰到许多看似不合乎天理和自然法则的事物。我们在面对这种事物时自然会感到不可思议，为了解决这一问题，才创造了妖怪。妖怪是人类为了维持理性而产生的一道堤防。"

"堤防……"

"是的，妖怪涌现于理性与感性之间。所以只有笨蛋才能看见啊。"

"笨蛋？"

"是的，笨蛋。过于沉浸在感性中的人无法明白自己的愚蠢，但在过于理性的人眼里，趋向感性的人全都像是笨蛋。妖怪就是在这两者之间涌现的事物，透过彻底耍蠢来让人类'辨明'这两者的差别。因此呼子和学天则乃是相互补足的啊。"

荒俣接着又说：

"妖怪就是一种理性之中的'预留空间'。不管什么机械，如果没有'预留空间'的话，恐怕运作上都难以顺利。因而制作出机械原本并不需要的脸或手，并赋予表情，使之成为人形机器人也是一种'预留空间'吧。人类是追求理性的生物，但也无法割舍感性。理性和感性这两枚齿轮必须好好地咬合旋动，人类才能持续走下去。因此，学天则和呼子并非绝对无法兼容的事物，难道不是吗？"

"难道不是吗？"呼子重复道。

"就是如此啊。外头的暴徒们已舍弃理性。倘若建造这尊学天则的西村真琴博士知道这一情况，肯定会摇头叹气吧。"

“西村真琴。”

呼子用照理说并不存在的声音重复道。

就在这时——

“好高大的男人，你是日本人吗？”

传来一声清亮的男性嗓音。

“啊？”

“我在说你啊。虽不知现在是什么年代，但咱们日本国的国民体格变得这么健壮了吗？在我的时代……像你身边那位小伙子的身材才算标准。”

“我吗？但我的个子算比较矮小的……”

“等等，你是谁？”

一名老人站在学大则身边，斜戴着贝雷帽，相当潇洒。衣服的设计十分复古，斑白的头发向后梳得整整齐齐。

“你……你是谁？是从哪里入侵的？”

“你问我是谁？你们不是叫了我的名字吗？”

“名字？”

“刚才是你叫我的吧，高个子？”

“你……你是……”

“还用说吗？我是西村啊，西村。”

“西村真琴博士！”

荒俣不禁音高八度地喊出声来，现场所有人同时退后两三步。

“怎么了？明明是你呼唤出的我，怎么一副惊呆的模样呢？”

“幽……幽灵！”

“幽灵？我是幽灵吗？”

“因……因为照理说，你早已死死死死……”

照理说早已死亡了。五十多年前。

"嗯，或许只能如此解释，但我并不觉得自己是幽灵。我可不像幽灵会咻——地冒出来吓人，也有脚，还维持着生前的模样。而且我也不怨恨你们。所谓的幽灵不是都会喊着'我好恨啊'吗？"

"是……是的。"平太郎回答。

"我可不会说那种话。我只是听到有人呼唤，就出来露个脸。我没有实体，只是个概念。呼应你们的记忆，让你们能看见我罢了。幸好各位都见识广博，知道我的容貌，才能清楚地看见我。换成是不学无术的家伙，恐怕只能看见一团模糊吧。"

"和呼子一样……"香川嘟囔道。

"对啊，原来如此！"

荒俣向前一步自我介绍。幽灵——西村真琴也点头致意。

"那么……呼唤我有何贵干呢？看各位愁云惨雾的，是否碰上了什么困难？世界变和平了吗？全世界不幸的孤儿都得救了吗？"

"很遗憾……"

"这太糟了。"西村真琴皱着眉道。

"我们现在被暴徒包围。这间房子保管了宝贵的文物资料，暴徒想连同我们破坏这一切。"

"所以你们才会固守在此，未曾预料被逼进死胡同了。"

"是的。"

"那么……现在状况如何了？面临断粮危机了吗？"

"不，再过数十分钟，敌人就会施放毒气……"

"毒气？又不是奥斯威辛集中营，究竟是哪个国家的人做出如此非人道的攻击？"

"是我们的同胞。"

"什么！日本人竟然做出这种事！愈听愈觉得糟糕啊。"西村垂下嘴角说，"原来如此……好吧，既然如此，荒俣，你们就用这个突破重围吧。"

西村敲敲学天则。

"学……学天则吗？用这个怎么突破？"

"别急，我造这个经过多久了？"

"八十几年……应该接近九十年吧。"

"保存得真好。我听说它在德国时损坏了，没想到还完好如初。"

"是的，多亏有心人妥善保养。"

"那么应该没问题吧。有九十年了是吗？既然如此，四舍五入，当成有百年历史也没问题吧？"

"可是……这又如何呢？"

"亏你还是个博学多闻之士呢，荒俣。器物若被妥善保管上百年的话，即能显现灵威。这尊学天则也是器物吧？"

"付……付丧神！"

"没错。听好，你们很爱讲理论，这样当然很好，但是啊……"西村指着自己的头部说，"装在脑袋里的东西更自由，是真正自由自在呢。总之，先接受我能像现在这样和你们对话的现实吧。亦即，像我这种事物现在正'溢漏'到现实之中。"

"溢漏……"

"……到现实之中。"

西村的说法呼应了荒俣研究呼子所得出的结论。即，人脑中的信息会受到某种影响而被窜改，而这些窜改过的信息被复制为数码资料。

"先接受现实就是如此，然后好好运用吧。荒俣，你听好，人类在尚未解开科学真理的古代就懂得利用自然现象来生活了。"

"啊！"

"太古的人类即便不明白事物的基本原理也能应用它们。即便不明白东西为何会燃烧，他们一样能点燃火把。即便不明白燃烧的原理，他们也不会认为燃烧现象很不可思议。东西既然能够燃烧，那就拿来当成热源或光源吧。人类一向如此。道理等事后再来分析即可，重点在于运用方法啊，荒俣。而且，不这样反而不行。如果先讲究理论的话，就会造出不明白用了会造成何种后果的可怕事物。人类就是这样才会做出原子弹这种没有必要存在于世间的事物。不能让科学失去控制。"西村语重心长地说，"为了研究而研究有时很危险。因为不合道理就否定已存在的现实，更是愚蠢。明明是现实先存在，为了理解其道理才需要研究。总之，先接受现实吧。然后，妥善运用一切所能运用的事物吧。"

"您的宝贵教诲，我会铭记在心……"

荒俣低下头，低声说："学天则的付丧神啊……"

"学天则的付丧神。"呼子重复了一次。

同时，告晓鸟嘎地叫了起来。

听见声音，荒俣抬起头来，发现学天则手上的灵感灯正在发光。

"哎……哎呀！"

平太郎一瞬间以为荒俣会像水木老师漫画中以他的形象塑造的角色一样喊出"哎呀这可真是"这句口头禅。

但荒俣喊到一半突然停止了。

因为学天则……站起来了。

"有……有脚？"

原本学天则并没有脚，胸部以下是巨大的箱型底座。现在在那底座之下却长出健壮的双脚。也有腰。在别人眼里长什么样并不清楚，但在平太郎眼中，那双脚看起来是金属制的。金属制的东西能像那样弯曲吗？平太郎并不清楚，不过关节部分能见到还挺有模有样的驱动零件，质感也很像金属……和脸一样，都是金色的。给人一种二十世纪七十年代后半期流行的超合金机器人玩具的印象。不，应该更接近《铁人28号》的铁皮玩具吧。

"西……西村博士，这是怎么回事？"

"哈哈哈，别慌张，这没什么好吃惊的吧，荒俣？回忆起来吧。"

"回忆起来？"

"不是有一幅鬼怪绘卷吗？"

"啊啊，原来如此！"山田老先生说，"荒俣老师，器物成精后不都会长出手、脚和脸吗？《百鬼夜行绘卷》中的鬼怪都被补上不足之处，模拟成人或野兽的模样。拟人化正是付丧神的基本概念呐。"

"可……可是，这简直像……"

简直像是——

特摄电影。学天则变得愈来愈巨大，成为勇猛的机器人。

已经高大到会卡到天花板。平太郎在动画或特摄片以外，第一次看见能够巨大化的东西。

不，就算在动画或特摄片中，机器人也鲜少会巨大化。就平太郎所知，能变大的机器人顶多只有《哥斯拉》电影里登场的喷射杰格而已。这么冷门的角色，恐怕只有特摄迷才知道吧。

——好厉害。

太帅气了。学天则根本就是现实中的《环太平洋》嘛。

这个黄金战士虽然造型帅气度远远不及超级机器人，但看起来粗犷而强悍，静静地蹲踞于该处。高度远超天花板，少说有五米以上。上半身的装甲也变得非常厚实和雄伟。

风貌类似《黄金战士》，不过这个比喻恐怕更冷门了。

"这是……"

"它就是人类理性与感性融合，以及世界文化融合的象征，和平的守护者——学天则啊。"

呃，真要说的话，应该改名为超级学天则或无敌学天则，再不然就是学天则巨神或学天则 RX 之类比较好吧？

"用……用这个……"

"是的，用它驱散暴徒吧。"西村真琴说，"虽然它并非设计用来战斗，所以没有武器，也毫无杀伤能力，但它可是非常强悍的。就算不能伤害暴徒，至少能将他们拨开，就像替伟人们开道的先驱者一样。"

"可……可是……这个……"

荒俣还想说什么，西村真琴却不知不觉间已不见踪影。不是咻地消失，而是仿佛从一开始就不存在一般——事实上也真的不存在吧。但是巨人学天则仍傲然显现在平太郎等人的眼前。它还存在着。是的，存在着。

"该怎么操纵？"

"应该能搭乘上去吧。"

平太郎笃定地说。

"哪里能搭乘？"

"一定能搭乘。因为这是依照我的观点变化的。我是个御宅族，虽然对机器人动画不算熟悉，但在我这个世代，机器人大多是搭乘型的战斗机器人。不像《铁人 28 号》那种遥控型，也不像具有人格特征的《铁臂阿童木》。这台学天则比起《机动战士高达》的机动战士（MS），更接近《机动警察》的通用多足步行工程机械，或者《机龙警察》中的机龙兵，因此……我敢笃定就是如此。"

"啊？你的意思我不是很懂……话说回来，这不是机器人，而是付丧神，本身应该拥有意志吧？"

"我的意思是——就算有意志，这个应该很类似《攻壳机动队》的塔奇克马吧。那个安装了人工智能，但也是战车，能让人搭乘。"

"你举的例子我完全不懂。"汤本说，"我顶多听过钢弹。"

"在下没听懂。说起机器人，不就是三等兵吗？"山田老先生说。

"……也许平太郎的推测才是正确的。"香川说。

"慢着，这个再怎么样也没办法让五个人都进去吧？"

"当然。从大小看来，乘员应该只有一名……我好歹也算个机器人迷啊。"

"这样啊。可是这样还不是没办法打破这个僵局？"

"不——"

香川手贴着下巴，沉思半晌，说：

"运用得宜的话，或许能杀出一条活路吧。继续留在里头的话，我们被杀死的可能性依然很高……离开的话，原本敌方人多势众，所以我方没有生路，但现在我们拥有这个——"

"请叫它学天则巨神。"平太郎说。看来他很中意这个名字。

"好吧。既然我们现在拥有巨神，就有本钱和暴徒对抗。即使不能攻击，至少能防御。必死无疑的概率将会大幅减少。此外……"

香川望向呼子。

和她大眼瞪小眼。

"怎么了，香川老弟？"

"……这个呼子，基本上只会重复别人的话语吧？"

"嗯。极少数的情况下，她会主动发言，不过基本上只会重复附近的人所发出的言语而已。"

"我想也是。"

香川把脸靠近呼子，歪着头。

汤本和山田老先生神情紧张地望着他。

"啊，荒俣老帅！"

突然，香川喊叫起来。

"我明白了。"

"明白什么？有什么灵感吗？"

"在这个危机之中，终于解开了呼子的谜吗？"

"不，不是的。个中道理我依然不明白，但我想我明白用法了。"

"什么意思？"

"就如西村博士所说的啊。虽然不懂为何能看见她，但是我想……我明白如何使用呼子了！"

"你是说……用法？"

"是的。这个呼子如同她的名字，是用来'呼叫'的。她可以从概念的彼岸呼唤事物来此。这就是能让人的想法溢出来——让概念实体化的装置。"

"实体化？"

"荒俣老师，您刚才喊了西村博士的名字，对吧？"

"是的。"

"呼子也重述了，对吧？"

"重述了……啊，原来如此。"

"所以西村博士才会被召唤前来啊。"

"原来如此！"

"是的。虽然原理为何我不明白，但只要对呼子呼叫，呼子就能替我们从某处召唤事物来此。那个某处是何方我也不明白，总之能让照理说不存在的事物可视化。这个学天则的付丧神也是如此。在荒俣老师说出口后它就显现了。没错，只要我的猜想正确，我们的胜算就又提高了，各位。"

"真的吗？"

"而且是大有胜算。总之——"

"只要呼叫就对了。"汤本说。

"是的。只要呼叫，就能使原本不存在的事物化为实体。不管形状和细节是否相同，都能让外头的家伙们看见。因此，使之可视化就对了。如此一来就能扰乱暴徒们，让我们在 YAT 抵达前大剌剌地从门口离开。"

"可……可是真的没问题吗？"

"放心，现在这个世界变得什么事都能发生，我相信一定可以的。毕竟连鬼怪都能召唤了啊。"

"但是香川老弟，这间房子里的文物该怎么办？"

"关于这一点请不必担心……就让它们用'自己的脚'离开吧。"香川说。

拾柒

妖怪迷屯驻于灵峰山麓

"久礼仔，真的没办法吗？"村上健司说，"就像拯救我们那样也冲进公寓去嘛。否则这样下去荒俣先生他们就死定了。"

"不可能的啦。"久礼旦雄脸颊涨红地说，"我们又没有武器。"

"明明就有。"

"那只是催泪弹跟平底锅，催泪弹也已经用完了。就算我们配备了迷彩服和防毒面具，也没办法对抗为数众多的暴徒。更何况我不是游骑兵，而是学者啊。"

"你不是自称解放战线吗？"

"我们是解放联盟，不战斗的。不，虽然会战斗，但和军队不能比啦。"

现在他们所处的位置是富士山山麓某别墅地带之一角。

全日本妖怪推进委员会在神保町萨摩料理店被拯救出来后，首先逃往埼玉方向。

一行人在该处和几名潜伏的怪异解放联盟成员会合。只不过，他们在关东的活动据点其实仅是一般的商务旅馆，不适合安顿一大批人，加上萨摩料理店的事，他们继续留在这里不仅有被通风报信的可能性，说不定早就被跟踪了，因此一行人舍弃原本搭乘的车辆，各自分散移动。

附带一提，雷欧直到这一阶段才总算从捆绑火腿的状态中被完全解放开来。营救时只割断了他脚上的绳索，之后完全没人理他。

下个去处很快就决定了。

目的地就是这里——位于富士山麓森林，有零星建筑物散落分布的别墅地带。水木老师以前在此买了栋别墅。

说是以前，其实现在那栋别墅仍在他名下。

不过这群人当然不可能大张旗鼓地闯进水木老师的别墅。

那里不是避难所，也不是市民会馆，再怎么宽广的别墅，要收容这一大批人也还是有困难的。然而，在这个别墅区——或说这整片森林——成为妖怪相关人士们的秘密紧急避难场所的消息传出去后，水木老师名下别墅附近的房子纷纷人去楼空。反正别墅本来就经常空着，有些别墅的主人恐怕一年也住不了几天呢。

换句话说，这一带的房子几乎都成了空屋状态。这里所谓的空屋，是指屋主放弃所有权的意思。有的被卖了，有的正在被拍卖，有人不闻不问，也有人干脆弃置，总之现在没有人愿意来此地。

因为这里会冒出来——

不是熊，也不是变态。不用说，当然是妖怪。

雷欧不清楚到底出现了什么，只听说是和火有关的鬼怪。森林里有各种妖异火光闪烁着。有鬼火、狐火、怪火、钓瓶火，以及其他雷欧叫不出名字的火妖怪。远远望去即可看见，因此没人想靠近。既然不敢靠近，干脆卖掉、让渡或放弃别墅，结果现在这片别墅区完全变成了所谓的鬼城——论规模或许难以称为城——的模样。

但在这个别墅区中，唯有一名屋主完全不在意。不只不在意，甚至是喜欢。

那就是水木老师。

面对鬼火现象，他只轻描淡写地说："我说你啊，每天晚上有诡异的火光亮起，这不是挺好的吗？"

社会对妖怪的抨击力道愈来愈强，莫名其妙的采访或访谈，以及根本搞错对象的抱怨与抗议也增加了，水木于是离开都会，来到这栋别墅避风头。

这倒不奇怪。因为说起妖怪就联想到水木，说起水木就联想到妖怪，全世界都认同他是妖怪界的总教主。而这样的老师，对于现在世间的风气自然不会感到愉快。

虽说如此，他老人家毕竟是位大师，即使举国充斥着排妖风气，台面上依旧没人敢针对水木茂个人进行攻击，就连主张扑灭妖怪的激进派也不敢将矛头对准他。在这个光喃喃自语妖怪没有错就会被人带走的社会，却没人敢动水木老师一根汗毛。明明他仿佛是人类仇敌的妖怪界的大头目，但社会大众对他身为一名伟大的漫画家、一名德高望重的人士的崇敬还是略胜一筹。

这恐怕是声望的差别，或者说是轻重之分吧，大师和一般小辈的位分就是不同。他不可能像雷欧一样被人当成火腿般五花大绑起来，还差点被送进火炉烘烤。

即便如此，水木老师也不会看人脸色唯唯诺诺或撒谎敷衍，就算在公开场合被问问题，他只会照自己的原则发言，如此一来难免被断章取义，引来热议。俗话说"无火不生烟"，但在这个拼命把油倒进小小火苗，使之燃烧殆尽的年头，小心谨慎总是比较好的。

于是，水木老师来到富士山麓隐居了。

就这样，这片规模不算小、有零星别墅散布的森林几乎成了水木老师的私人森林。雷欧不确定是否有这种说法，他是从私人海滩联想到的。

然后——

虽然世间变成这样，但也不是没有人和水木老师想法相近。纵使鬼怪爱好者被世人当作卖国贼、非民众、罪犯、霉菌、毒物、秽物、垃圾……看待，可毕竟还是有这样的人的。即便有许多人改变初衷，迎合世间的风潮，可仍有人坚持不改初衷。只是，这些人当然已难以过正常的生活。

于是他们买下或承租这些空无一人的别墅。

最初购屋的是某知名漫画家。

当然，是画过妖怪漫画的人。

听说成交价格十分低廉。仿佛只要有人肯收，屋主不惜跳楼大拍卖也要卖掉一般。也许是想尽可能和妖怪断绝关系吧。

不久，这一消息在同好之间一传十，十传百，常画鬼怪类漫画的漫画家纷纷移居来此。不只漫画家，小说家、游戏创作者、画家或插画家、影像作家或演员、艺人等，只要是对鬼怪有认同感的人，换句话说，现在在日本难以过正常生活的人，就会成群结队却毫不张扬地移居而来。

富士山麓的这一角落现已成为日本唯一的鬼怪自由区。只不过其他地方照样冒出妖怪，准确说这里其实是鬼怪拥护派的自由区。

是哪些人姑且不说，总之曾画某些敏感题材的人们都相约来到这片森林隐居，可见在这世道下真的难以生活吧。

雷欧等全日本妖怪推进委员会和亚洲怪异解放联盟的成员们也选择此地作为避难场所。

水木山庄隔壁的第二栋和第三栋别墅还空着，这群人便暂且在此栖身。

时间已来到从萨摩料理店逃难出来的三天后。

其他人是购买或承租别墅，雷欧一行人则算是一种违法行为。不，这样讲太含蓄了，他们完全是非法入侵，但现在情况紧急，就不拘小节了。被警察逮捕反而还比较安全，被戴上手铐也强过被人全身捆绑。来到这里之后，雷欧总算宽心了点儿，但并非所有人都能宽心。

杉并的荒俣秘密研究所仍受到暴徒包围。

“喂喂，政府好像说要派出什么呢。这下真的死定了！奇怪，多出什么人呢？”

专心看电视的村上转头确认。及川回答：

"他刚才和木场一起去水木老师那里吃肉了。"

"肉？"

"嗯。刚才悦子小姐不是说要烤肉，还问我们要不要参加吗？"

"是吗？完全没发现。什么嘛，真是的。"

"对啊，在这种时刻，他们居然还有食欲。"

"我不是这个意思。我是说，如果我也听到的话就跟着去了。不说这个，现在状况真的很不妙。京极兄呢？也去吃烤肉了？"

"不，京极先生似乎正在和日本推理作家协会派来的密使交涉。"

"密使？什么意思？"

"密使就是密使啊。对吧，雷欧？"

"啊？"

突然被问，雷欧很困惑。

"是的，寻觅食物。"

"早知道就把这家伙留在那里。"村上说。

"差一点儿就能装成没发现他没上车，真可惜。"久礼也跟着说，"还不都是因为松野小姐察觉了。"

"所……所以久礼先生从一开始就发现了我，却刻意装不知道吗？"

"因为你很麻烦。"

"我啊，觉得你这样有点儿过分。"

"是有点儿。"及川说。

"有点儿而已吗？分明就很多。"

"只有一点点啦。"

"好了好了。"河上进行无意义的调停，"反正事情都过去了，雷欧先生也没死。"

"随便啦，雷欧怎么样都没关系。就算死了也没关系。更重要的是荒俣先生吧。雷欧就算死在那里也没人困扰，但荒俣先生万一有个三长两短，可以说是世界级的损失。而且我听说汤本先生和香川先生也在里头，不想个法子拯救他们可不行。喂，雷欧——"村上说。

"不要。"

"我都还没说呢。"

"村上大哥，你要我去送死吧？"

"因为你老是乱讲话，大家才会叫你去死。都是你害的，现在大家都以为我讲话很恶毒，觉得我这个人怎么动不动就叫人去死。"

"我也希望村上人哥别这么说啊。有梦最美，希望相随。"

"看吧，雷欧先生果然还是去死比较好。"久礼语气极为平淡地说。

"就是说啊。任何人碰上这家伙都会有这种感受，所以我才会不慎脱口而出。我绝不是对任何人都毫不犹豫地口出恶言的。喂，雷欧，你去向京极先生报告一下，说再过几十分钟政府就要派出特种部队了。"

"什么特种部队？"

"记得叫 YAT。"

"哦，从海上来的。"

"那是游艇（yacht）吧？"

"哎呀，居然听得懂，关键字只有海呢。连我自己都犹豫了一下为什么要这么说呢。"

"少啰唆，快去啦。"村上说。

"请……请问京极先生人在哪里呢？"

"别问我，我也不知道。"

"他在隔壁啦，隔壁。"及川插嘴道。

"隔壁？是哪边啊？"

"那边啊，看不出来吗？"

"呃，说老实话，这里目之所及都是树，连是左是右都分不清，看得我一头雾水，水来土掩。"

"然后呢？"

"呃……掩耳盗铃？"

"滚啦。"雷欧的屁股被戳了一下。

屋外放眼望去全是树。说是隔壁，其实别墅之间也有段距离，并非走两步路就能到。房子与房子之间长着茂密的树林，只能从复杂交错的枝叶缝隙中隐约看见隔壁的屋顶。

虽不至于是味噌汤会放到凉了的距离，好歹也足够泡碗泡面了。假如雷欧是奥特曼，在他慢慢走过去之前恐怕就得先离开了。当然雷欧用不着变身就能走到。

雷欧基本上是个路痴。他能看懂地图，却不会辨别东西南北。在他从门前小径走到前方干道时，已分不清楚哪边是哪边。

说是干道，其实两侧都是树，往左或往右的景色都一样。从这里也看不见富士山，什么地标也没有。

"啊！是树啊，树。"

虽然所谓的自言自语大多都没意义，但要像他这样能说出这么没意义也不简单的话，可以说是无意义之王。

"这里长了好多树啊！"

是的，很多树，但那又如何？

唉，究竟该往哪边走呢？

邻接道路的部分是树篱，隔着道路的另一头则是苍郁的森林。

正当雷欧无助地比较左右边的差异时，赫然发现似田贝站在左侧树篱的缝隙处，脸颊肿胀得仿佛肉包，正低头玩手机。看来是那边吧。

雷欧跑过去，对方喊了句"哎呀，是雷欧先生"，连头也没抬。

“这里收不到信号啊。没办法跟老婆联络，我担心得受不了啊。唔呼呼。”

“什么啊。对了，京极先生在哪儿？”

“在那里。正在会谈中。”

“有什么大人物来访吗？”

“有。”

“真……真的吗？”

“有事吗？”

“村上大哥说荒俣老师现在有生命危险，命令我来请京极先生回去商讨对策。”

“荒俣先生吗？这可不得了。”

“话说回来，大人物是谁啊？”

“绫辻行人先生和贯井德郎先生。”

“咿呀！”

的确是不得了的大人物。

“京极先生在前几天记者会结束后就失踪了。因为他和我们一起逃难来此了。这件事并未公开，但业界人士还是隐约感觉到不太对劲。他一直没和办公室及家人联络，其他人很担心他的安危。”

“京极先生没和其他人联络吗？”

“没办法联络啊。倘若有人知道他差点被妖怪扑灭派杀死，好不容易才逃到这里的话，和他同办公室的大泽先生也会遭到攻击。”

“原来是这样。”

“对家人则是说，万一死了就会联络，所以不用担心。”

“死了的话怎么联络？”

似田贝咧嘴笑道：“我也不知道。听说目前活动暂停的推理作家协会历代理事长举办了秘密会议。”

“活……活活……活动暂停了吗？”

“对，因为推理小说现在被当成不良书刊了。其实不仅限于推理小说，只要是娱乐内容都是敌人呢，敌人。至于会议主题，其实就是想研拟出能打破这一状况的方法。”

“啊，真难懂。”

“不会难懂啊，只要大声宣传推理小说和妖怪完全无关，反而是非常知性和理性的娱乐，非常庄重而且不乱来即可。”

“宣传！”

“你如果呱呱叫的话我就揍你。[一]”似田贝说。雷欧的确打算这样做。嘴唇都已经噘起来了。最近雷欧的幽默倾向似乎被人摸透了。

“说起妖怪，人们自然就会想到京极先生，而前阵子的记者会他也被重点关注了，绫辻和贯井两位先生想征询京极先生对这件事的意见后再调整策略，所以跟他悄悄联络了。”

“所以是觅食吗？”

“什么觅食？啊，你是说密使吧。推理作家协会找上贯井先生当密使。但是京极先生失踪了，而品公长也同样失联……”

“灌肠！是郡司大人。”

“才不是什么灌肠咧，但是是郡司先生没错。对方通过角川集团更高层的人物和他联络，于是他把这个地点秘密传达给对方，贯井先生便秘密前来了。”

“那么，绫辻老师又是……”

“绫辻先生听到现况后，单纯担心京极先生的安危，所以跟来了。”

“哈哈，原来如此啊，像我这种不伟大的人就很难凑一脚了。”

[一] 日文中“宣传”（appeal）和“家鸭”发音接近。

"废话，但也轮不到你去凑一脚，你只是跑腿的。"

"但这种状况下我连腿也跑不了了。"

"早就听说你很没用，看来不是谣言。怎么不学习一点店长的厚脸皮啊？就算是软脚虾、弱鸡或是放屁鸡都没关系，事情紧急的话就直接闯进去吧。"

似田贝在小径上加快脚步。

"不是说荒俣先生生命陷入危机了吗？"

"真的是危机。虽然有些事令人丧气，但我过得很好。[一]"

"你很烦啊，果然你早点去死对世界比较好。"

又被数落了。

两人一起走了一段，见到一间树林围绕的雅致房子。阳台上有一脸严肃的郡司，以及　如往常的京极。背对着雷欧他们的那两个人应该就是贯井和绫辻两位先生吧。

"虽然难以启齿，但咱们协会里有人说只要把京极兄除名的话就能解决问题。"

这句话似乎来自贯井老师。

"但问题明明不在这里。"

这句话则是绫辻老师说的。雷欧已经吓得缩起脖子。

"评议会认为这么做反而会造成反效果。"

"评议会是由担任过理事长职位的那几位组成的？"

"是的。成员为北方谦三、逢坂刚、大泽在昌、东野圭吾、今野敏五人，议长则是真保裕一先生。"

"要我退会也不是不行，而且其实我也打算这么做。我们这些妖怪相关人士给协会添了不少麻烦。"

[一]　"危机"和动画《魔女宅急便》主角"琪琪"同音。这句话引自该作品开头台词。

"我就知道你会这么说。"贯井笑了，接着说，"但其实应该相反，请你们担任击退妖怪的专家才对啊，京极兄。"

"前些日子记者会的报道也是基于这个论调。"

"然而我的真正想法并没有被报道出来。而我也仍是妖怪推进委员会的会员。虽然我同意在这个状况下，当务之急是分析原因并加以改善，但我还是会继续推广妖怪文化，所以才差点被杀吧。"

"你没事吧？"绫辻表示关心。

"被人五花大绑，差点变成烤肉呢，啊哈哈哈哈。"

"这一点也不好笑啊。"

"嗯，假如死了的话确实不好笑，但我还活着，当然要放声大笑。"

"说是这么说，但你总不会打算一直隐居在这里吧？"

"就是说啊。"贯井附和道，"我们就是来说服你的。"

"要说服我可以，但你们亲自来此很危险啊。这片森林已变成类似反政府游击队的基地了。话说，不是还有其他理事吗？怎么是贯井兄你出马？因为我们俩都是时代剧迷？"

"没错，就是如此。"贯井回答，"时代剧现在也很危险。本来就算没有这场妖怪骚动，时代剧也早就衰退了，但现在连旧作也不再播放，光盘也不再流通了，比战争时期的管制还严呢。并非国家出面禁止，而是厂商自我约束，这更让人伤脑筋啊。"

"恐怖电影产业也彻底崩盘了。"绫辻叹气道，"现在人们光是藏有光盘都可能遭到批斗。就算法令没禁止，一旦被人得知收藏光盘就会受到强烈抗议。"

"再过不久，这股风潮恐怕也会波及推理界吧。毕竟推理和这些类别本来就只有一线之隔啊。"

"嗯……"

京极在胸前盘起手来。

"……换句话说，两位是想请京极兄大力宣扬推理是妖怪的对头，是可对抗妖怪的娱乐形式？"郡司问。

"大致就是这个意思。"贯井回答，"北方兄和大泽兄都很担心京极兄的安危。东野兄也说只要京极兄肯协助协会的形象战略，协会会尽全力保护你的安全。"

"哦……"

京极的表情变得苦涩。

"这样风险太大了。"

"对你而言？"

"不，是对协会而言。包庇我的话，说不定会把整个协会拖下水。就算不包庇我，协会的处境也已经够艰难了，不是吗？"

"不，我们就是判断有一试的价值才来的。"

"是吗？"

"协会想宣扬——撼动社会的妖怪骚动与推理小说无关，作为知性娱乐的推理反而是对抗妖怪的利器——这个道理。虽然受到妖怪骚动的影响后，世人开始排挤恐怖作品或怪谈，甚至波及推理或时代剧、动画，但我们认为若是对妖怪极有研究的京极兄肯挺身而出，截断妖怪和推理的关系的话，必然能让世人认同。"

"其实正好相反。"京极说，"事实上是社会突然变得骚动不安，人们找不到理由，才会拿妖怪当作代罪羔羊。即使和妖怪划清界限，恐怕也无济于事。"

"说得也是。"贯井苦笑道。

"记得小野也说过类似的话。"绫辻说。

小野是指小野不由美老师吧。雷欧更紧张了。

"小野猜想妖怪恐怕是为了平衡这种杀气腾腾的风潮才会涌现的。"

"平衡啊……"

京极陷入沉思。

"此外，她还说了另一件令人在意的事。东京都知事是叫……仙石原是吧？她说那个人是个反妖怪分子。"

"反妖怪是什么意思？"

"与妖怪成为对头。那种人在世间超乎必要地显现出存在感，为了取得平衡，妖怪才涌现了。我猜她的意思应该是这样。"

"仙石原知事啊……"

"就……就是那个知知……知事！"

雷欧的紧张感在此刻达到了顶点，似乎再也忍不住地猛然大喊。

"怎么，这不是雷欧吗？"郡司不耐烦地说。

"是……是的，我就是雷欧☆若叶！"

"干吗啦？有事吗？没事就回去啦。"

"啊，绫辻老师，贯井老师，不……不知两位是否过得安好，在这个能听见祭典喧闹的夏日时节，近日风和日丽。"

"他是谁？怎么怪怪的？"绫辻问。

"真是对不起，请别理他。"郡司回答。

"不不不……不理我不行啊。因为那个知事要派遣游艇，所以荒俣先生会有生命危险！"

"啊？"

绫辻和贯井两人一起回头。雷欧豁出去，继续说：

"抱……抱歉，我重讲一次。都知事说要执行某某法令，说要派遣游艇袭击。"

"袭击荒俣先生的研究所？"

"是的，就是那里。"

"但游艇又是什么意思？"

"应该是指 YAT 吧。"贯井回答，"东京都成立的妖怪歼灭部队。"

"就是那个！"

"这可不妙。"

郡司吃惊地站了起来。

"听说那支部队配备了化学武器。就算是 NASA 级的防灾墙也无法防御毒气。"

"所以村上大哥派我来这里请教对策。"

"对策啊……这边有电视吗？"

"有。"

郡司从阳台走向室内，三人跟在他背后，雷欧和似田贝也跟着从大门进入室内。起居间的电视正在实时转播杉并的暴动事件。

转播现场的女记者滔滔不绝地报道：

"仙石原知事宣布执行特别治安维持条例第五条后，经过三十分钟，自卫队现已出动，很快会抵达现场。YAT 则会搭乘直升机从顶楼进入公寓内部。距离行动时间还剩二十分钟。"

"只剩二十分钟。看来无计可施了。"

"不管剩下几分钟，我们都无计可施。"

"里头有谁？"绫辻问，"听说那栋公寓不是单纯的公寓。"

"那里是配备强化防灾墙的仓库兼研究所。"

"仓库？"

"放满妖怪资料与古物的文化财产仓库。"

"原来如此。"贯井惊讶地说，"坊间传闻那里藏了妖怪生成装置。"

"某种意义上的确没错。可另一层意义上却又大错特错。总之，荒俣先生目前正在那栋公寓里。"

"真的吗？这可不得了。"两名推理作家紧盯着屏幕说。

"政府似乎打算派自卫队包围公寓四周，再从顶楼灌入毒气。听说杀伤力强大，连围观民众和激进派暴徒都要先驱散。"郡司声音低沉地说，"这根本是公开处刑。"

"确实如此，原本说来该被逮捕的是袭击公寓的暴徒啊。"

"荒俣先生……"

郡司眯细了眼。

在他脑中，与荒俣宏有关的回忆恐怕正如走马灯般闪烁而过吧。

十三年来举行的妖怪会议的回忆；被派去潜水捕捞珍奇鱼类的回忆；去平凡社向荒俣收取原稿时，明明当着他的面晕倒住院，出院后和他见面时却被说"最近都没看到你，你怎么了"的回忆；带西瓜当伴手礼去见荒俣，明明他手边没有汤匙，却能把剖成两半的西瓜吃得一干二净……这些令郡司深感不可思议的回忆——唉，郡司品公长和荒俣先生之间有太多不足为外人道的历史。

此外，他也回忆起荒俣宏的种种传说。例如无法在洗澡的时候直接跳进沙堆里打滚，有段时期什么都不吃，只吃鲷鱼烧……林林总总，不胜枚举。这些荒俣传奇虽然怎么听都像编造故事，却多半都是事实。

不对，现在不该提这些琐事。这些之外，荒俣宏的成就也是不计其数。如果没有荒俣宏这号人物，日本的奇幻、恐怖文学肯定没办法有今日的规模吧。纵使雷欧是笨蛋，他也明白这一点。

郡司心中肯定五味杂陈吧。京极也一定一样。

就算他不是那么伟大的人，就算和他没有深入交流过，单纯只是个熟人，看到电视实时转播他被公开处刑也一定感慨万千，这种事不应该发生的。

"京极兄，这该怎么办？"绫辻问。

"我无计可施。就算有，也是远水救不了近火，只能静观其变。"

"咿呀！"雷欧尖叫。

画面中有一队疑似机动队的武装分子正在和持续攻击的暴徒——NJM进行对抗，也许武装分子想架起路障。警方警告危险的广播声与"净化！净化"的呼喊声此起彼伏。

"真是一场闹剧。明明双方的目的都一样。"

"的确……"

"慢着。"京极发现异常，说，"你们看门口。防灾墙似乎在动。好像正在缓缓升起……荒俣先生考虑投降了吗？"

"投降？不过……假如暴徒被逼退后，他们走出来应该不至于被施暴。机动队也不可能在众目睽睽之下这么做吧？"

"前提是暴徒肯退后。"

"看起来一步也不退让呢。"贯井说。

的确，完全没有退后，甚至还前赴后继地向前冲。

NJM一确认防灾墙开始上升，便立刻推开机动队，仿佛见到砂糖的蚂蚁大军般群聚在门旁。机动队……看似毫无制止他们的意图。

"总比被毒气杀死好。"

"一点儿也不好，这完全是不把他们放在眼里吧。"

"咦？"

突然间，在场所有人哑口无声。

"啊……"

雷欧虽不明白发生了什么事，但也沉默了。

"手？"

"有点像……不对，不可能是手。"

"不，看起来很像手。应该是手吧？"

"手是什么？"

搞不清楚状况的雷欧问似田贝。

"刚才镜头似乎照到某物一瞬间冒了出来。"

"一瞬间?"

人太多，什么也看不清。镜头又回到主播台。

"那是什么? 似乎有什么东西出现。"

"现场的北纹别小姐，刚刚那是什么? "

"这里是现场。刚才的确有东西从门缝伸出，从我的位置无法看清楚。铁卷门升起，玻璃大门被推开，然后有金色……疑似金色物体伸出。"

"金色?"

"啊，铁卷门……疑似在铁卷门处完全升起，那个……那是什么? "

玻璃门被打开，两根条状物体伸出。

"看起来很像……手臂，但未免太大了吧? "

"手里好像还拿着什么。那是什么? 鸟的羽毛? "

"应该是……笔。"京极说。

"笔? 羽毛笔? "

"没错。那是……"

"学……学天则吗? " 郡司大喊。

"学天则是那个……在《帝都物语》里登场的机器人? 有那么大吗? "

"不，我想没那么大……"

"呃，不，应该就是它。"

一张金色脸庞由门里探出，是戴着桂冠的巨大人脸。

"那是什么? 好像是……人脸。是妖……妖怪吗? 有巨……巨大妖怪出现了! "

"并不是妖怪，那是机器人。"

"慢着，原始的学天则能像那样行动吗? "

"不行，只能写字而已……"

现场一片混乱。

黄金巨人探出头来，直接穿过大门——明明它的身躯怎么看都比门巨大得多——缓缓站了起来。

"是巨人。不，更像巨大的机器人。高达五米，不对，恐怕更大。一台巨大的机器人从公寓中出现了……"

现场记者的声音在此中断。

她似乎被仓皇逃离的人潮冲散。画面剧烈晃动，完全看不清现场情况。

"这是怎么回事？"

郡司傻眼地回头问。

"抱歉，你们妖怪界人士真的在开发那种秘密武器啊？"

对于缪辻的疑问，京极也一脸狐疑地歪起头，阴沉地回答：

"若有那种资金和技术，我们早就过上更好的生活了。"

"但那是人造物吧？所以真的是能以双脚步行的人形巨大机器人？"

"不，应该不是。我想并非那种尖端科技的结晶，而是更愚蠢的东西。"

"愚蠢？"

"鬼怪关系人士不可能拥有这类高科技。"

"所以那是集体幻觉？类似全息投影？可是摄像机能拍下来啊。"

"啊，画面切换了！"贯井大喊。

所有人一起望向电视。

转播切换为空拍画面。

"紧急状况。从疑似妖怪巢穴的公寓中走出金色的……疑似机器人的物体。这究竟是怎么回事？"

"机器人太不合理了。以现在的技术虽然能造出两足步行机器人，但如此巨大的尺寸……看似有四层楼高呢。至少有十米。以现代技术绝不可能造出这种尺寸的机器人。现实并不是特摄电影啊。"

"啊，方才收到观众提供的资料。据说那是于昭和三年制造的名为学天则的机器人。您听说过吗？"

"学天则？细节不怎么清楚，但我记得那个尺寸小得多，也无法步行才对。"

"嗯嗯……啊，采访直升机似乎接近巨大机器人了。哎呀，上头有人。似乎是载人型机器人。由画面无法判断搭乘者的长相。"

"是荒俣先生……"郡司茫然地说，"那个体形一看就知道，是荒俣先生。"

"荒俣先生在操纵吗？操纵机器人？"

"是他，没错。他就坐在头上。那个人绝对是荒俣先生。现在到底是什么状况？他何时造了那种东西？"

"所以荒俣老师也会喊'学……学天则 GO！指……指挥艇组合'吗？靠这样来控制那台机器人吗？"

"哪有可能啊。"京极瞪着雷欧说。

"但是真的在动呢。拨开人群，一路向前了呢。"

太厉害了。

雷欧从未看过如此具有现场感、如此写实的"特摄电影"。

虽说这本来就不是电影而是现实，自然很有真实感。

"但荒俣先生打算怎么做？自卫队都包围这里了……"

"自卫队这次单纯为了支援 YAT 才出动，并没有配备重型武器，也没派出坦克。因此这招应该有用。"

"真的有用吗？如此显眼，要去哪里根本被看得一清二楚，逃也逃不掉吧。"

"不……"

京极眉头深锁。

"其实这个……'实际上并没有如此巨大'。"

"咦？"

"而且虽然没人提起——请看那片人墙。从空拍画面不好判断，不过从公寓里离开的不只学天则，对吧？"

仔细一看，人群之中到处形成条状缝隙，隐约可见有物体沿着缝隙在移动。

"那是……什么？"

"看起来很像箱子。"

"应该就是箱子。我见过一次。那是收纳我刚才说的妖怪文化财产的桐木盒。"

"咦？所以是那间仓库的收藏品？但他们又是怎么搬运出来的？装在拖车上，让学天则拖着走吗？"

"不可能吧？"贯井苦笑着说，"那种方式太不切实际。走不了几米就会被暴徒砸碎。"

"可是……"

箱子看起来的确排成一列跟在学天则后面。

"不只箱子，仔细看还有某些貌似饰品的物体在飘动。"

"真的，很像在飞行。"

"那恐怕是付丧神吧。"京极说。

"啊？"

"我猜是箱子自行移动。箱子底下应该长着脚。被收纳在箱子里的文物则自行飞行或走路离开。换句话说，那些都是器物化成的妖怪。"

"哪有这么蠢的事。"一脸不敢置信地喊出声来的并非绫辻或贯井，而是郡司。

"这太扯了吧？"

"事到如今你怎么还这么说呢，郡司兄？这世界早就变得如此愚蠢了。"

"可是京极兄，你前几天不是才分析过，目前出现的妖怪无法直接以物理方式对人产生作用。物理作用是事后的主观解释，顶多能影响人的心灵，使他们摔倒或发生意外而已。"

"但也有妖怪并非如此。"

"并非如此？"

"例如及川遇见的死神。他和及川对过话，能沟通想法，也会主动发言。"

"那不是及川脑内的反应而已吗？那家伙本来就有幻想癖。况且多田仔碰到的一目小僧不也说话了？"

"那句话是传统故事里的发言，算是那种鬼怪的属性之一。更重要的应该是……呼子吧。"京极说，"虽然每个人看她的模样不尽相同，但她的确会自发性地开口，而且也不是只有一个人能听到。"

"是如此，没错。"

"荒俣先生手上应该有那块呼子石。"

"所以这是那块石头带来的效果？"

"树海这里应该收不到手机信号，但有市区电话，对吧？能打电话给那个叫平太郎的打工青年吗？我想他应该也趁着这场混乱逃离了。"

"冈田，打个电话给平太郎。"郡司喊道。

不久，冈田瞪大双眼，从隔壁房间跑了出来。

"据说叫学……学天则巨神。"

"啊？"

"这场游行也不是百……百鬼夜行，而是叫百鬼黄昏行。然后他们想请求紧急救援……"

"救援？救援是什么意思？"

郡司皱着眉问。他脸庞圆润，但眼神锐利，不，是非常凶恶，看上去很可怕。这副表情看在雷欧眼里，更像是在恫吓。但冈田似乎习惯了，不为所动地回答：

"呃，平太郎说希望我们能派卡车或货柜，总之能搬运货物的车子去现场附近。此外还需要能帮忙进行体力劳动的人手。另外，若是能派运输直升机的话，他们会很开心。"

"为什么会变成这样？"郡司表情更凶恶地说，"他们不是差点儿被杀吗？怎么会有那些奇妙的东西冒出来。而且荒俣先生坐在上面，后面有箱子一路跟随。你自己看——"

郡司指着电视。

画面正映出巨大金色机器人在大楼之间悠然漫步的空拍影像。

"……如此疯狂的状况，为何要派卡车过去？"

冈山呂笑着说。

"说是想把公寓内的文物运到安全的地方。"

"可是那些文物明明都长脚跑了啊，你自己看。"

没错，箱子或绘卷都自己离开了。当然，是在画面之中看起来如此。暴徒们保持一定距离包围妖怪队列，跟着一起移动。机动队想介入中间逼退暴徒，两者僵持不让。围观群众则仿佛马拉松赛跑的加油团般排列在道路两边。

"要派卡车到那群人之中？我们会被杀死，而且也办不到。道路被封锁，难道要卡车直接冲破人墙吗？"

"所以才说要直升机吧？"似田贝说。

"不，直升机也不可能。没办法着陆吧？"贯井说。

的确如此。

"不是会飞吗？"绫辻说，"现在这个世界似乎变得任何事都可能发生，物理法则仿佛已经不存在一样。实际上不也有文物在飞吗？"

"只要那些文物都自己飞走就能解决了。"

"没错。"

"不，其实……"

冈田不知该如何说明才好。不是冈田的错，是讲得过于笼统的平太郎不好。雷欧想：这次不是我害的。京极站起来，说了声"换我接听"，然后接过话筒。

郡司一脸遗憾地看着仿佛特摄动作片的现场转播影像，嘟囔道：

"这状况该怎么收拾啊？这实在不像荒俣先生会做出的行动。那台机器人能战斗吗？不，就算能战斗，若不歼灭 YAT 或自卫队，他们也没活命的机会啊。"

"那是不可能的。"绫辻回答，"操纵室暴露在外，虽不清楚那台机器人有什么武器，可一旦开始交战，荒俣先生遭到狙击就死定了。"

"那个说不定还有防弹的功能，虽然看不出来。反正这一切早就已经没办法用常识判断了。"

"A……AT 力场吗？"

听贯井这么说，雷欧不禁喊出声来。

其他人立刻瞪了他一眼。

但他这次明明没说错。

"呃，不然是……"

"没必要硬讲啦。"似田贝制止他。

"不，以上皆非。"京极忽然开口。

"啊？"

"因为他们并没有移动。"

"啊？"

"所有文物都没动，那只是荒俣先生单独在走路罢了。"

"咦？"

"情况看似严重，其实只是防灾墙升起，荒俣宏从门口出来，然后悠然地离开罢了。我们，或者说现场观众所看到的……其实是付丧神。"

"那是……付丧神吗？"

"是学天则的付丧神。平太郎将之命名为'学天则巨神'……和其他妖怪一样，并非物理性的存在。"

"但电视实时拍下画面了啊。"

"不，这些涌现的妖怪……会窜改视觉信息。"

"窜改？"

"我不知道在现场的人们眼里如何……"

这时，京极请似田贝切换其他电视频道。似田贝不知为何一瞬间露出宛如鼓胀包子的表情后，按下遥控器。他到底想表达什么意思呢？

"其他电视台也一样吧？"

"不……应该有些不同。"

"怎么可能？不是都……啊，真的不一样。"

当然，电视台不同的话，拍摄的角度也不同，因此本来就不可能播出相同的画面。既然构图不同，会带来不同的印象就很正常。不过既然被拍摄者相同，所拍摄到的画面照理说来也应该大同小异才是，然而……

"怪了，看起来居然不一样。"绫辻说。

"说不上来哪里不同。"

"啊……这家电视台拍摄到的驾驶舱有座舱罩。"

郡司茫然地嘟囔道。

学天则巨神的头上有《魔神Z》风格的驾驶舱。

"果然是指挥艇组合！"

雷欧这句明明没乱讲的发言又被漠视了。郡司从似田贝手中抢走遥控器，换了另一个频道。

"啊，不一样！学天则的脸部模样不同。"

"不一样吗？"

"刚才的电视台显示的是初代尺寸修改复刻版，这个台显示的是电影《帝都物语》版的脸。"

"京极兄，你真的总是记这些琐碎的知识啊。"贯井傻眼地说。

"啊，又不一样了。"

郡司变成不停转台的老人家，一台接一台地改变频道，并不断发出惊呼。

"NHK的画面和原始版最接近！所以说……"

"看吧。和胧车一样，画面会随摄影者脑中储存的知识变化。不对，这是实时转播，所以应该是随导播变化吧。总之，播放出来的是摄影者的脑中影像。作为主体的摄影者脑中的视觉资料窜改了原始的数码资料。"

"所以有人能看见真相吗？"贯井问。

"现场的话，或许吧。只是电视上放映出来的已是被窜改过的信息。以电视放映来说，我们无从得知信息是在何时被窜改的，但被窜改过的数码信息会直接放映出来或保存下来，因此我们只能通过这些影像了解现场状况，无法明白实际上的真实面貌。"

"也就是说，只看电视的人无从得知真相。"

"嗯，无从得知。事实上，虽然现在各电视台的影像不大相同，但会逐渐往相同的方向变化。现阶段制作人还不会去仔细确认其他电视台的影像，但不久后就会发现的。"

"微妙的差异会被逐渐统合起来？"

"是的。人们对自己所见事物有毫不保留地相信的倾向，但另一方面，又不会从头到尾仔细确认。举例来说，有人明明没看到图像，只是听别人说有驾驶舱，就自然产生了有驾驶舱的印象。即使原本并没看到驾驶舱，只要有人提出一些客观证据证明有，人们就会以为是自己没注意到，之后就宣称自己看见了。还有，假如不曾宣称自己没看到的话，原本认为没看到的记忆也会被修改，会说服自己其实看到了。大脑就是这样骗人的。"京极说。

雷欧想，这番话听起来根本和他在其他出版社出版的某系列小说的内容一样嘛。

"若非如此的情况——例如更相信自己亲眼所见之事，某种意义上算是较为傲慢类型的人，甚至会说出原本不存在的驾驶舱突然出现了，或者只有自己看不到驾驶舱，或者只有自己能看到驾驶舱等不合理的事。对这样的人而言，事情就显得很不可思议。"

"然而这世上并没有不可思议的事，对吧？"绫辻说。

虽然他不是在调侃京极，眼角和嘴角却隐约带着笑意。

"没错。"

"不过，明明看到有如此多不可思议的事发生，京极兄仍然不动摇，某种意义上还真了不起呢。"

"若是抱着不接受已发生的事实的狭隘态度，或抱着不肯承认自己知识和理解力不足的傲慢态度，自然会认为不可思议。但只要坚持'不知道的事就是不知道'，自然没什么好不可思议的。虽然妖怪迷大多是笨蛋，但碰见异乎寻常的事顶多会感到吃惊，不会特别觉得不可思议。"

"你们会自然而然地接受。"绫辻微笑地说。

"接受它，并享受它。不管悲伤还是痛苦，妖怪迷都会接受，并付之一笑。这就是我们的基本态度，所以是一群笨蛋。"

"啊，真的出现驾驶舱了。原本没有驾驶舱的电视台，现在播放的画面里也有驾驶舱了。不过形状不太一样。"

贯井继续确认各电视台的影像。

"原来这些真的都是脑中的影像……"

"所以说……"郡司面向京极问，"现在正播放的影像也会被修正吗？已播出的影像也会被回溯窜改吗？"

"不，已被记录的资料似乎无法更改。毕竟会被窜改的是变成数码资料前的内容，不管是硬盘还是其他储存媒介，一旦储存了就无法改变。若是脑内的影像，则能轻松地回溯过往，进行修正。"

"嗯……"郡司在胸口前盘起手来说，"所以结论就是，巨大机器人根本不存在？"

"是的。"

"那只是漫步的荒俣先生？"

"是的。"

"嗯……"郡司再次闷哼起来。

"驾驶舱里的荒俣先生的动作和学天则巨神的动作同步，并不是因为那是连动型的机器人，而是因为那是荒俣先生自己的动作啊。"京极说。简单说来，和动作捕捉（motion capture）是一样的道理。

不是《环太平洋》，也不是《詹伯 A》。

"原来是这样……换个观点，这台巨大机器人也可以说是荒俣变成的妖怪吧？"绫辻说，"详情我并不熟悉，但感觉和狸猫既能变化成巨大和尚，也能变成茶室的道理相同。"

"原来如此！"京极击掌叫好。雷欧觉得这个动作和市川昆导演拍摄的横沟正史"金田一耕助"系列电影中由加藤武饰演的警察做出的"好，我明白了"的动作很像，但他不敢说出口。

"没错，就是绫辻兄说的这样啊。"

"所以说……"郡司说，"那只是一种幻术，香川先生、汤本先生以及平太郎与那堆妖怪文化财产都还留在那栋公寓里？他们还在等待救援？"

"是的。由于文化财产变化而成的百妖百怪随着学天则一起出现，沿着道路离开了，警察和暴徒紧追在后，持续跟踪，电视转播当然也会跟着报道。自卫队和 YAT 肯定判断这边危险性较高，所以会锁定学天则吧。如此一来，公寓那边将没人注意——人潮也会离去，所以要去救人或运走文物的难度应该就降低很多了。若想万全，可以将防灾墙放下，从顶楼搬运更好。"

"难怪说要直升机……"郡司皱着眉说，"但现在上哪儿找运输用的直升机啊，我可没有那种人脉。若是用租的，价格也不是我们能负担得起的。"

"要派卡车去也不容易。虽然不是不可能，但很花时间啊。这里是富士山麓，现在赶过去也来不及。"

"不……等过一段时间再去比较好。现在公寓四周还有些人，出现那么不得了的巨大机器人，众人应该都会关注那边，围观民众也会把焦点放在那里而非大楼。再过几小时，公寓周遭应该就没人了。虽然那个什么日本情操守护会也有可能留下来继续破坏公寓，不过他们优先想打倒的目标应该还是学天则。"

"打倒？"

"如果打倒了机器人，荒俣先生也会被打倒吗？"似田贝问。

"要怎么办到？学天则实际上不存在，根本没办法打倒吧？"

"可是荒俣先生存在啊。"

那倒是没错。如果被狙击的话，他就轻易地死了。如同贷本漫画[一]版本《恶魔君》的结局一样。

"对机器人发射飞弹或抛出手榴弹的话，荒俣先生恐怕是死路一条。因为他只是个手无寸铁的普通人。如果是毒气攻击，他也抵挡不了。但他身边有民众包围，所以这两种攻击都不可能。至于狙击，狙击手所能看见的荒俣所在位置与实际位置差了十几米，自然也射不中。"

因为荒俣先生实际上是在地上走动。

"总之，在把敌方势力引至理想位置后，那台学天则就会消失。接着，

[一]　指20世纪50年代至60年代期间，日本的出版社专门卖给租书店的漫画。

荒俣先生只要顺利地躲到某处即可——换句话说，这其实是调虎离山之计。"

"听起来根本是花衣魔笛手嘛。既然如此，时间上应该来得及，我们来筹备救援计划吧。"

郡司露出凶恶的面容说。

拾捌

古老邪神随信徒启程

"啊哈哈哈哈哈！"

着实愉快的笑声。仿佛纯真无邪的孩子享受人生的笑容，加上靠走私和贿赂而脑满肠肥的奸商之黑心得意笑容，再加上平凡酒醉老爹的下流蠢笑，最后除以坐在精选爆笑表演现场最前排、容易被逗笑的女高中生的青春笑容而成，是认真度百分之一百二十的笑容。

这笑声的发出者是平山梦明。他指着电视不停地发笑。

电视上播放的是——

"是机器人！太蠢了吧？"

他这句话指的是谁？是机器人，还是包围机器人的其他人？也许他是指这种情况很蠢吧。黑史郎想。

"这太夸张了。"松村进吉手上的免洗筷掉落，说，"这个……这不是两足步行型载人巨大机器人吗？不可能，太扯了。如果拥有制作这种东西的技术，早就能征服世界了。"

"技术什么的我不懂，不过连这个都能出来的话，下一步就是使徒袭来了吧。啊哈哈哈哈，这世间真的愈变愈愚蠢了啊。"

"还能笑出来的人只有你了，平山兄。"福泽彻三说，"事实上，我完全看不出哪里好笑。平山兄的笑点和别人不同，真让人受不了。"

"为什么？哪里不好笑？这种简直像暴发户的浴室摆饰般的东西在逛大街啊！他们开这个出来，是要把暴徒们踩成肉酱吧？肯定会变得稀巴烂！喀喀喀，真的没人被踩吗？应该有吧？我看刚刚好像有人被踩了啊。万一真的被踩到的话，就变成烂番茄了吧？喀喀喀……"平山似乎很开心。

"安静一点啦，电视在说什么都听不清楚。"

"听不清楚有什么关系吗？反正电视实时连线报道只会说些屁话。'哎呀，现在摔倒了！呵呵呵呵，现在又爬起来了！'一看就知道的事干吗特地再说一次？无聊死了。"

"这么说是没错，但没有记者会用这种语气啦。"

黑木抚摸着稀疏的山羊胡，瞥了一眼黑史郎，遗憾地说：

"觉得驾驶员看似荒俣老师的人只有我吗？也许是因为那台机器人是学天则，所以才这么联想。"

"嗯，他就是荒俣先生。"黑史郎回答。

"真的假的？"真藤顺丈瞪大眼睛反问。真藤也得过"日本恐怖小说大奖"，当时的评审委员之一就是荒俣宏。重点在于这个"也"[一]。

"什么意思？"平山转过头问。

明明他刚才还在闹着玩，耳朵倒是挺灵光的。

"荒俣先生是很高大，但也没高到那种程度吧？他有这么高吗？所以那是什么？荒俣穿的布偶装吗？他什么时候长得跟 C-3PO[二]一样了？嗯，这么巨大的话，搞不好还能和大魔神玩相扑咧。"

黑木以仿佛得了鼻炎的鼬鼠般的表情盯着平山。

"那么大的话，要穿衣服也很麻烦，应该会跟那个叫什么粉红沙龙的巨人很像吧。那个巨人也是一丝不挂。"

"是进击啦……"

[一] 真藤曾于2008年至2009年年间连续获得四项新人奖项。
[二] 电影"星球大战"系列中的角色。

黑木嘟囔道。

不是吐槽，而是自言自语。

"而且第一句先否定说'没高到那种程度吧'，接着表示怀疑'有这么高吗'后，抢在别人回答前断定说'这么大的话'，从头到尾都在自说自话。"

"在那边啰啰唆唆很烦，黑木你啊，就是这样才不行啦。有空抱怨还不如去多做几个俯卧撑。"

"俯卧撑？"

"撑地，起身。趴下去，撑起来。只想着撑起身是不行的。要一上一下，流点汗后，就不会老抱怨了。你就是内心累积了一堆郁闷，才会这样抱怨个不停。"

"我说你们！很吵啊！"

宍户丽高声抗议。

"平山先生吵死人了，闭嘴吧。"

"啊？呃，抱歉……慢着，佩可，干吗对我这么大声？"

"就说你很吵。大家都在看电视，安静一点啦。"

"啊啊啊！"真藤大喊，"真的是荒俣老师！"

"看见了？"

"他坐在巨人头部。好厉害！是超级机器人啊，货真价实的英雄啊！"

不，恐怕不是英雄，而是恶棍。是站在反派那边的。是在超级机器人作品中被打倒的那一方。就算同样是机械，也是机械兽、铁面具党或暗黑破坏部队的那一方。

最后会被主角必杀技打个粉碎，变成破铜烂铁。

只是——

究竟是何时制造出那种东西的？黑怎么看都觉得很可疑。荒俣宏操纵巨大的学天则在杉并区的道路上缓步前进，怎么听都像是酒席上的玩笑话。这如果是村上健司或京极夏彦忍着笑意鬼扯淡的内容倒还能理解，画成漫画或写进小说也不行，连载肯定会被腰斩，单行本立刻绝版，库存也会被送去销毁，最后作者再也没人邀稿。没有读者会搭理写出这种情节的作家，他所有已出版的作品都会被低价贱卖，并且今后永远不被阅读吧。

啊，好可怕。

然而如此可怕的事却是现实。虽然被暗黑邪神纠缠的黑也很可笑，但也一样是现实，两者可以说是五十步笑百步。

"唉……"

黑长长地叹了口气。

"对了，这玩意儿会射飞弹吗？"

暂时闭嘴的半山重新开机。

"如果是佩可坐上去的话，应该会这样……"

平山双手贴在胸前，做出猥亵的动作。

"应该能咻咻地发射出去吧？'Duai——Duai——Duai'地。"

"什么拟声词嘛。"福泽皱着眉说，"这又不是动画，不可能发射飞弹的。"

"但总能发射光束吧？不是大喊一声就能射出吗？况且它手里还拿着大菜刀。"

"并没有吧。"黑木也皱着眉说，"机器人不是魔术师，没办法射出身上没带的东西。"

"就说你们这些观察力不足的家伙不行。阿彻，我说得没错吧？"

"别问我。"

"你们仔细看，它手里握着尖锐物，那是压缩过的，一旦有需要就会膨胀得跟牛刀一样大，把成群的猪切成碎片。"

"怎么又是猪啊？"福泽深感遗憾地说。

"那个是羽毛笔吧？"水沫流人双手合十，歪着头说。

"笔胜于剑吧，否则这种弱弱的机器人一下子就会被干掉。从刚才起它就只会走路嘛。"平山说。

"可是这样和平山先生喜欢的使徒很像啊。"黑木自暴自弃地说，"如果他边走边捣毁大楼的话就很像怪兽。不过使徒的话多半只会露个脸吧？然后就被攻击了。"

"光是能步行就很厉害了。"松村呆呆地盯着电视，似乎完全着迷于两足步行，然后接着说，"这种尺寸还能用双脚步行，到底是怎么办到的？"

"若是使徒还有话说，但这台机器人实际上只是走动而已，所以自卫队也不敢妄加攻击吧？假如没故意破坏房子或杀害民众的话，自卫队也无法出动。"

小松艾梅尔说完，被福泽反驳。

"那是平常时期。"

"紧急时期不一样吗？"

"现在日本已成了无法之地。虽然不是紧急时期，但也不算平时。警察现在会介入许多过去无法介入的事件。不对，他们八成早就偷偷修法通过了。"

"没错没错，一定修过法吧。"平山在一旁起哄说，"政府早就不把民众当一回事了。不，民众自己也差不了多少。难怪到处都有奇怪的东西冒出来。所以就算这台机器人光是走路，什么都不做，也随时可能遭到飞弹的攻击。"

若是如此就糟了。

"底下有大量围观群众，政府应该不至于这么极端吧？警察、暴徒加上一般民众，少说有上百人呢。"

"不，会连同围观者一起炸烂啊。现在的政府就是敢这么做。一定会一起炸得粉身碎骨的。"

"若是如此，荒俣老师就危险了。"真藤认真地说。

"放心啦，那么大的东西不会被轻易破坏。没事的，它一定会在浓浓黑烟中昂然而立的。真是帅气。"

"太敷衍了吧。"福泽站起身来。

他拿起堆满烟屁股的水桶走向窗边，又要去抽烟了。这名汉子曾豪壮地宣称就算地球毁灭，人类灭亡，最后只剩他一个，也绝不戒烟，但他却比其他人更重视抽烟的礼节。与粗犷的言语和凶恶的外形相反，他是个心思细腻又体贴的人。

电视屏幕中，学天则悠然地在大楼之间行走。巨大的尺寸反而更有真实感。

平山说它能和大魔神相扑，没错，这种和大魔神相近的尺寸赋予它写实性，造成慑人的恐怖感。假如它和巨神兵一样大的话，就会因过于巨大而失去现实感。怪兽是野兽，所以就算尺寸大一点也没问题，换作是人形的话，太大看起来反而很假。

在不熟悉特摄的人眼里恐怕都一样吧。

不过，更重要的其实是和背景的协调感。不单是尺寸的问题，重点在于比例感。哥斯拉拍到后来也是愈来愈巨大，主要是因为城市中的高楼大厦愈来愈高。初代哥斯拉若在现代现身，恐怕难以带给观众惊奇吧。晴空塔的高度为六百三十多米，初代哥斯拉只有五十米，好小。

相反，假如好莱坞版哥斯拉在昭和三十年代的东京现身，不管 CG 做得多好，仍会给人虚妄浮夸之感。

就好比用摊贩装炒面的餐盒盛放豪华法国菜主菜，即使加以摆盘，也只会白白浪费食物。那种容器最多只适合装猪排饭。即使是百元商店买的餐具，恐怕也只有陶瓷餐具勉强适合盛放法国菜吧。总之，学大则恰好就处在这种帅气与俗气的交界。

是的，只能勉强算是帅气吧。

学天则。

在现场的人也许会觉得那是勇猛的巨大机器人。

但通过空拍镜头一看，还是免不了显得寒酸，这毫无疑问。

松村之所以兴奋，是因为那是能两足步行的大型机器人，等兴奋劲儿一过，便会发现那其实并非多了不起的东西。刚才平山把它形容得很强，其实那种程度的机器人无法破坏大楼，连踩烂公园座椅都困难。就像不管多么破烂的小屋，黑史郎这个人也无法独力破坏一样。同样，那台学天则应该也无法破坏大楼。虽然体形巨大，但它还是办不到。挖土机比它强几十倍。不，恐怕它连巴士也赢不了。那种机器人只要被巴士撞一次就毁了。

因此，虽然众人把它当成类似动画里的巨大机器人，电视台的主播也不停地如此称呼，黑却认为那是错的。

那绝不是机器人或 MS 那样的事物。

所谓的机器人必然具有某种用途。和是否具有人工智能，是否为人形毫无关系。也没必要变形合体。先不提这个。不管是否为人形，世上并不存在毫无用途的机器人。或许有人反驳，不是有台能两足步行的机体吗？为了应用在各种地方，"在机械上重现人体动作"就是那种机器人被造出的目的。

而原本的学天则也是为了"能写字，能改变表情，令见到者感到惊讶或佩服"的用途而制造出来的。

它绝不是武器，不能用于战斗或搬运，无法发挥原本目的以外的功效。

也不应该发挥其他功效。

不管变得多么巨大还是能够步行，只要它是学天则，就不可能像平山所说的发出光束或使用刀剑。它一旦受到攻击，就会毁灭。它也必须毁灭。因为它是世界和平的象征。宁可让自己被破坏，也不能破坏其他事物。

因此，那个与其说是机器人……

恐怕更近乎于……

妖怪。

所谓的妖怪是一种奇妙而可怕的，有时十分恶心，某种意义上很不得了，却又相当没用，就其结果而言极为弱小的事物。

人们遇见妖怪，顶多被吓一跳。大部分妖怪不会殴打、踹人或咬人，只有极少数会吃人或毁坏屋舍。丧尸会吃人，怪兽会破坏街道，但妖怪顶多只舔人或割破衣服，就这么多。说来和所谓的变态恐怕更接近。

由此看来，最近兴起的排妖风潮果然很奇怪。

不管妖怪出现多少，根本用不着管它们。

若有丧尸大量涌现，则会非常棘手。个，就算只有一只怪兽出现也比现在的群妖乱舞麻烦得多，毕竟怪兽会带来严重破坏。至于妖怪，被舔脸颊或被割窗帘顶多恶心烦躁，但根本死不了。而妖怪也很弱，能轻易被驱走。

为何要敌视到这种地步？

而且，明明电视台之前不管把什么都当成妖怪，现在看到学天则，为何没人认为它是妖怪？既然是从传闻中的妖怪制造厂公寓出来的，为何是个机器人？外表姑且不论，怎么想它都不可能从那个小小入口钻出来吧？金属又不能伸缩。能够引发如此奇妙现象的不可能是机器人，说是妖怪现身的话，不就能放手攻击了？

因此——

黑这时发现了。

世人已失去分辨能力。

不管是怪兽、机器人、外星人、超能力者、忍者、变态、罪犯还是下流老爹，只要是讨厌的低俗事物，对他们而言都一样。全部混为一谈，并加以憎恨。

这些令人嫉恨的事物的总称就是妖怪。

换言之——

这台巨大机器人其实也是一种妖怪。人们喊着"机器人！机器人出现了！""大入道！大入道出现了！"，在语义上几乎毫无不同。

这不就是所谓的神秘学吗？

神秘学的本意是隐蔽，强调的是一种把重要部分隐而不谈的态度。

是个黑箱。因为绝不把话说明白，所以能方便地随着状况瞎扯。

但这样的态度对反对者来说也同样方便。

只要是可疑和难以置信的事物，就统统抛进黑箱，盖上盖子锁起来，贴上所谓神秘学的标签，一并否定——不，本来就是为了否定才将之丢进黑箱里的。

这样比较轻松。

用不着去好好检查。

然后——

黑这时又发现了。

反正一定是其他东西。不过那究竟是什么，黑并不清楚。如果现在有人被丧尸吃掉，肯定也会被人们当成是妖怪所害，反正什么都能推给妖怪。

只要是讨厌的事物，就全是妖怪。

什么跟什么嘛。

黑逐渐生起气来。

噗噜——类似章鱼脚的触手贴在他的额头上。

这尊邪神偶尔会动。

对世人而言，这只攀在黑头上的物体也是妖怪。然而克苏鲁神话的诸神只是创作，根本不是妖怪。

但对世人而言，它们就是妖怪。

"唔……"黑发出闷哼。

水沫问："想拉肚子吗，黑先生？你有段时间没去厕所了，没问题吗？"

"啊，我都忘了，被你提醒又想起来了。"

"这样啊！真是抱歉，不过你头上的邪神变得那么大，现在恐怕进不去厕所了吧？"

"咦？"

抬头一看，的确又变大了。真希望它能节制一点。已经大到能触及天花板了呢。

"害你想起来真是抱歉。但你现在这样动弹不得也很麻烦吧？我去买携带式马桶好了。"

"不……不用了。在大家活动的房间里拉肚子不好啦。"

"放心，你要拉的时候我会请其他人先去其他房间的。"

水沫做出把某物插入的动作。

"用不着害臊的。"

"不不不，这不是害臊的问题，在这里大便会很臭，尤其是拉肚子。我自己也不想在房间里大便。况且，麻烦水沫先生你帮忙照顾便溺实在太奇怪了。"

"可是黑先生，继续憋下去会漏出来的。"

"呃……可是……"

应该没问题。如果这尊邪神也和学天则一样的话——应该能够穿过门。

"小黑，你想干吗？别在这里拉屎啊。"平山说。

他的眉头纠结成一团，表现出明显厌恶的表情。

"很臭啊，饶了我吧。"

"平山先生，刚才你分明说拉个屎死不了人，还骂我说顶多会臭，根本没什么。"

"我闻不到的话当然没什么，但现在会臭到我就不一样了。"

"你……你这人太过分了。"黑木一脸怨恨地说。

"不过分啊，任谁都很讨厌屎味吧？起居间有人拉屎根本和地狱没两样。大家可是要在这里吃饭的呢。"

明明是黑的家。

"勃吉我不敢说，但我可没那种兴趣。换作是勃吉的话，应该对小女孩的大便……"

"别……别乱说啦！"松村也以一脸怨恨的可怕表情瞪着平山说，"你这样乱讲会害我被误会的啦，平山大师。为什么想到什么就乱说啊？如果被当真怎么办？"

"啊，抱歉抱歉，大便的话可能还是有点勉强。好吧，我收回刚刚那句话。看，大家都很讨厌大便啊。黑木的缺点就是心眼儿小，老是记住一些细枝末节的事。我说黑木啊，你知道神赐给人的礼物是什么？"

"我哪儿知道。"

"就是忘记事情的能力啊。"平山说。

"是吗？呃，或许吧。"

"才不是或许咧。忘记很重要。任何事都必须忘记。唯有忘记过去才能得到幸福。神明好不容易赐给我们这个礼物，把它浪费掉会遭天谴的。"

黑想，就算是黑木，也不想被天谴排行榜第一名的平山说这些吧。

"那样是绝对不行的。黑木啊，所以我就说你不行啊，你说对吧？"

"竟然向我本人征求同意吗？我个人是觉得自己的个性其实很散漫。我只是想尽量仔细地把事情办妥。"

"你这是何必呢？太吹毛求疵的话小心变成京仔那样。"

"怎么这么说……"

"笨蛋，那家伙连旅馆房间的榻榻米网格数都在计算啊，太异常了，完全是变态。像是'刚刚那间的网格比这间少了一百一十二个咧'，或'这个旅馆的浴缸容量大约多少升啊'，或'拖鞋共有三百零二双半哟'之类的。"

"京极先生就算说过这些话，也绝对不是那种语气。"真藤吐槽道。与此同时，福泽以低沉的嗓音要大家安静。

"干吗？那么想听电视声音的话，坐到旁边就好了呀，阿彻。坐在角落窗边，学码头的船夫耍帅是吗？"

"我没在耍帅。不是那样的。我是在说我们这边恐怕也要发生电视里的事了。"

"什么意思？"

黑木竖起耳朵，走到福泽的旁边，立刻发出倒抽一口气般的惊叫。窗帘被拉上了，看不见外头的情形。

"啊啊啊啊啊！"

"怎么了？干吗发出跟被车子碾到的青蛙一样的声音？所以说你……"

"好啦好啦，我就是不行啦，我知道，别吵好吗？"

黑木语气不带感情地迅速这么说完后，从窗帘缝隙窥探外头，动作僵住。

"喂，佩可，听到了吗？这小子居然用那种语气对我，真的变伟大了。变得跟天狗一样得意忘形了。鼻子翘得比撒谎的小木偶更高啊。"

"拜托，别吵好吗？"

"干吗？"

原本很松懈的平山突然直挺挺地坐好，脸上失去笑容，换上险恶的表情。还以为他准备发飙……

"有人来了。"

平山简短地说完，直接站起来。

有人来了？

谁来了？

"请……请来看一下。"

黑木招手。除了黑以外的所有人涌向窗边。黑也想去，但他担心自己能否起身。要顶着高至天花板的东西在室内移动应该没人不担心。

平山迅速确认了外头的情况，闷哼一声后把窗帘拉上。

"平山老师，现在是什么情况？为什么要把窗帘拉上？"

"没关系的。没必要所有人都暴露长相。"

"暴露？暴露是什么意思？"

"吵死了，别啰啰唆唆的。想看就偷偷看，别被吓着啊。"

平山离开窗边，松村靠近窗帘。

黝黑的圆脸逐渐僵硬起来。

"这……"

松村边说边后退，吓得跌坐在地。

真藤和水沫跟着靠近窗户。佩可和艾梅尔也跟在后头。

"……这很不妙啊。那群人是干吗的？"松村总算挤出声音说。

"好多人啊。"

"好多……好多是什么意思？可以告诉我吗，这里好歹是我的……"

这里好歹是黑的家。

"嗯，我就知道不久就会变成这样。接下来该怎么办？"

"什么嘛，别卖关子。"

"简单说就是，我们刚刚看电视隔岸观火，现在火烧到自己身上了。"

"啊？"

"我我我我……我们被包围了。"

松村连滚带爬地接近黑。

"少说有上百人。"

"啊？"

"现在这间房子陷入跟电视里的公寓相同的状况了。这真的合理吗？我们又没做坏事。顶多偶尔在脑中想着不检点的事。但我只是想，又没有做！"

"我也只在文章里写些不检点的内容啊。话说回来，真的有那么多人？"

"看起来不下百人。"真藤说，"把我们团团包围起来了。虽然和那栋公寓比人数还差得远。"

"有这么多啊！一样也拿着火把吗？"

他们也想烧毁并净化这里吗？

这里只是普通住宅，黑只是普通民众。不像荒俣那栋强化过的公寓，这间房子一被点火，就会立刻熊熊燃烧起来。一切都会被烧毁，所有人都化为焦炭。

"似乎没有火炬。"艾梅尔回答，"他们只是站得远远地窥视这里而已。"

那样好像更可怕。

"黑兄，这……这里有防火闸门或迎击用的火箭炮之类的武器吗？或者吧台背后的墙壁可翻转，里头藏着手枪之类的武器吗？"松村问。

"我不是间谍，也不是谍报员，更不是游击队或恐怖分子。我只是个善良的、容易腹泻的作家。只是个小市民。只是个因喜欢妖怪就遭白眼的社会中的弱者。现在则成了被这种怪物攀在身上的可怜被害者。"

仿佛在回应黑的发言，头上的触手扭动了一下。

"是连去厕所也不方便，害得水沫先生担心，要帮我买携带式马桶的彻头彻尾的弱者。壁橱里收藏的只有金肉人橡皮、恐怖电影 DVD、丧尸电影和无聊可笑的垃圾游戏而已。"

"靠橡皮根本赢不了啊。"松村丧气地说。

"他们好像更靠近了……"佩可说，"总觉得有点恶心。"

"恶心？这不是恶不恶心的问题吧？根本不知道他们的目的。"

黑木再度窥探。

"嗯……"

"黑木兄，别只出声不说话，很可怕。想说什么就说出来啊。"

"我只是在思考该怎么表达而已。就如同佩可小姐所说，总觉得这些人似乎有点异常。"

"用'异常'太笼统了。"

"抱歉，我的词汇量很少，难怪平山先生老是骂我不行。呃……这些人个个两眼无神……不对，应该算有神，但……呃……那种眼神我有印象，却想不起来在哪儿见过。"

"讲半天还是听不懂。"

平山皱起眉头。

"抽象的形容一点儿也不重要。那只是你的主观感受。听你描述感想根本无济于事。直接说是否拿着棒子或柳叶刀这类具体的事就对了。"

"他们手里什么武器也没带，只是高举着告示牌……至于上头写了什么，从这边看不清楚。"

"我看八成是'妖怪去死'或'怪谈毁灭'之类的话吧。"

"呃……或许是。可是这么一群人团团包围我们，好歹喊点口号吧，他们却又很安静，没想到还挺守规矩的。"

"规矩？"

"对啊，气氛上和暴徒的表现大相径庭……至少和电视转播的那个叫什么……日本情操守护会的家伙们不一样。此外，服装也……"

"穿什么服装？"

"明明没有穿制服之类的共同服饰，却莫名有种统一感。这只是我的个人感觉，总觉得有点像御宅族。"

"啊？"

平山听到这里，忍不住把黑木推开，自己站到窗边确认。

"电视里的暴徒有不少人穿防灾救生衣，戴安全帽，看起来很像抗议民众。这边的却没有那种好战气氛。以地方巡逻队来说……有点奇妙。年龄层也老幼不一……好像还有外国人。"

"啊，真的有外国人。"

"外……外国人也要来攻击我们？"

"不……不像是要攻击。感觉不到那种气氛。"

"也许在等武器送达？"

"呃……"

黑木耸起圆滚滚的肩膀，把头歪向一边。

"啊！"

"怎么了？"

"我想起来了，那是跟踪狂的眼神。"

"'跟踪狂'是什么意思？黑木兄，你遇到过跟踪狂？"松村说。

"不是啦，呃……对了，松村兄，你应该也有印象吧？我们去采访的时候，偶尔不是会遇到那种……对某事彻底相信的人吗？那种舍弃怀疑的人，舍弃倾听的人。外面的人就给我那种感觉。"

黑想起鸭下沙季。

纠缠黑的黑暗邪神的前身是精蝼蛄，更前身则是卡波·曼达拉特。最初见到卡波·曼达拉特的就是这名女性。换句话说，她正是害黑遭逢这一火厄的元凶。

鸭下的眼神也是这种感觉。

"喂喂。"

平山露出仿佛恶鬼般的脸，回过头说：

"那家伙不是青蛙吗？虽然穿着奇怪的衣服。"

"青蛙？是作家田边青蛙小姐吗？如果是她的话，穿奇装异服或玩角色扮演也不奇怪，可是……"

"不，肯定是她本人。因为她身边的那家伙是圆城。"

"圆城塔先生？不不……不可能吧？"

田边青蛙是怪谈奇幻类作家，在出道前就和黑有交情。圆城塔则是她的配偶，也是"芥川奖"得主。她虽然主要创作科幻作品，但曾在被禁以前的《幽》上刊载过小泉八云的翻译作品，所以算"他们这边"的人。

"真的是他们。"黑木说，"怎么看都是他们夫妻俩。"

"青蛙那家伙居然背叛我们。现在是要干吗？她明明写过怪谈极短篇，还靠这个拿到'日本恐怖小说大奖'。"平山说。

"她原本是写妖怪题材的作家啦。"

"居然去投靠敌人。"

"不对……真的是敌人吗？"

开口的是从刚才一直保持沉默的福泽。

"阿彻，你在质疑我吗？"

"他们背后那位不是菊地秀行老师吗？然后……那位应该是伊藤润二先生吧？"

"居然一起背叛了。"

"不……我想不是这样。假如他们想攻击我们，早就这么做了。"福泽说，"你刚才说他们在等武器送达，但日本好歹是法治国家，住宅区有人想聚众滋事的话，警察一定会来确认状况，其他居民也会去报警。所以他们一定会趁警察到来前先攻击，这才是奇袭的做法。而像他们那样远远地包围观察反而会被逮捕。"

"是吗？"平山反驳道，"才不会被逮捕咧。你刚才也看电视了吧？在对抗妖怪这件事上，暴徒和警察完全一致。就算警察不得已必须抓人，也是一场计划好的闹剧。"

"呃，说得也是，但我还是觉得不太对劲啊。"

福泽说完的瞬间……

门铃响了。在场所有人吓得跳起几厘米。黑的括约肌又紧缩起来。但他头上有东西卡住，想跳也跳不起来。

"好……好……好像有人来了。"

"不必你提醒，我们都听到了。我们长着耳朵呢。"

"要要要……要去开门吗？"

"去……去开一下或许比较好吧？"

"可……可是……"

"说……说不定是快递啊。"

"说什么傻话，怎么可能啊？"松村插嘴。

"不，绝对别去开门比较好，会害死大家的。"

"你一句我一句，吵死了！"平山怒喝道，"开不开门有关系吗？就算我们不动，对方还不是会闯进来？不如主动出击。黑木，你去开门。"

"我我我我吗？"

"不想去吗？"

"我去吧。"黑说，"这里是我家。"

"慢着，小黑不行，你背着那只大章鱼还能走路吗？"

"我想可以的。"

黑站起来，黏滑的触手随之扭动，黑暗古老的邪神又改变了姿势，配合黑的动作蠕动起来。

"我去开门，然后直接冲出去，那样外面所有人都会冲着我来，场面一定会混乱。各位就趁这个机会赶紧逃吧。没人知道你们跟我是一伙的。"

"呃，真的要这样啊……"平山搔着头说，"老实说，我啊……不怎么喜欢这种自我牺牲的发展咧。"

"你明明刚才就想把我当成活祭品！"

"若是黑木的话没错。反正老奸巨猾的你肯定会马上倒戈加入敌军吧。"

"你……你这样讲太过分了啦，平山先生。虽然我的确会尽量撒谎自保。"

"看，我就说吧。你肯定会乱掰什么'哎呀，你们要找的是隔壁啦，搞错房间了哟，傻瓜'之类的吧？但是如果是小黑，一定会老老实实地招出来。"

"没关系的。"

黑开始觉得无所谓了。他想，是放弃的时候了。或者说，此命绝矣。或者说，顺从命运。再或者说，顺其自然。不管如何，如此不自由且不自然的人生状态终究无法维持下去。

"反正也不见得会死。"

"喂喂，何必想不开。"

黑准备前往门口的时候……

"啊，您好，好久不见了。"

听见佩可的甜美声音。

慢着。

门已经打开了。

"喂，佩可，你干吗？"

"咦？可是……"

"可是什么？"

平山走向前，换他惊声怪叫。几张熟悉的脸庞出现在门口。

"东……东先生？还有天野先生与高桥老师？"

站在门口的是……《幽》前总编东雅夫、雕塑家天野行雄与漫画家高桥叶介。

"为……为什么？"

"我从窥视孔一看，发现是东先生，就开门了。"

"什么'就开门了'嘛，你太不小心了，就算是熟人也不见得是自己人啊。话说回来，你们为什么来这里？"

"哎……说来话长。"东以绝佳的嗓音说。

"平山先生，好久不见了。各位都没事吧？"

"……没事是没事，但对当前的世界不太能接受啊，对吧，小黑？"

"是的。我已放弃理解了。这世界的任何事情都变得很莫名其妙。"

"好厉害。"天野赞叹道，"是正牌的邪神啊。虽然要我说感想的话，我也只能说出'好厉害'……这尊邪神……和我想象的形象非常相似……单论造型的话，影视创作当然做得出来，但如果还要让它动的话，只能靠 CG 技术……否则没办法像现在这样栩栩如生。就算能重现质感和细节造型，但如此活生生的动作与变化，也实在重现不来。此外，这个尺寸也很惊人……要制作这么巨大的雕塑……"

"呃，这不是雕塑。"黑打断天野的话，"先说明一下来意嘛，天野先生。"

"真惨。"东说。

"我是真的很惨啊。"黑说。

"其实我们都很担心你。"

"所以你们真的是来帮我们的？带武器来援助我们吗？"黑木插嘴道。

"并不是这样，黑木。"东说。

不知为何，任何人在面对黑木时，语气往往都有点凶。

"所以，外头包围这间房子的不是敌人，而是自己人？"

"算是吧。"

"自己人就是自己人吧？"

"自……自己人啊……"

说完，松村变得像泄气的气球般瘫软倒下。

"所以外头的人不会杀我们喽？"

"不会的。"高桥说,"围绕在外头的是来自全世界的洛夫克拉夫特信徒。"

"信徒?"

"高桥老师,你的意思是,这些人是……信仰克苏鲁的信徒?你们真的信这种神?"平山说。

"不是。"高桥叶介说,"虽然大家都很认真看待克苏鲁神话,但每个人都很清楚那只是创作。"

"既然这样的话……"

"他们很明白克苏鲁神话是洛夫克拉夫特与其他创作者发挥想象力产生出来的作品。换句话说,黑先生身上的那个奇形怪状的东西……"

"是假的吗?"

这种情形本来就不可能是真的。黑也觉得肯定是某种其他的事物。

"不,并不是这样的。"高桥否定。

"不是吗?"黑说。

"什么意思?"平山反问,"你们很清楚那是人创造出来的神吧。"

"岂止知道,许多人自己也参与克苏鲁神话的创作呢。因此,他们认为那只章鱼般的怪物是纯粹创作物奇迹似的现实化。"

"我还是听不懂,不过先进来吧。"平山说,"虽然这里不是我家。总之,外面那帮人不会袭击我们就对了?既然如此我就放心了。喝点咖啡放松一下,你说是吧,小黑?"

"呃,可是……"

虽然没错,但黑的隐忧依然没能消解,还是一样腹痛。

"那么,我来冲咖啡吧。"不知为何,水沫自告奋勇去厨房。东和高桥坐在沙发上。天野来到黑身边,眼睛发亮,问道:

"这个能摸吗?"

"可以是可以,但一般人不会想摸吧?"黑回答。

"当然要摸。难得有这个机会，怎么可以不摸呢？啊，这边是硬的。"

他似乎很开心。

"天野先生，你不觉得恶心吗？摸太多的话它可能会转移到你身上。虽然那样对我来说比较好。"

"辛苦你了，小黑。背着这个东西肯定很不方便吧。不管要站还是要坐，都很不自由。啊啊，好有生物感。这种质感真的无法重现。不管是树脂还是聚氨酯，都做不出来啊。"

"真的会转移过去的，天野先生。"

"要来就来啊！我也挺想体验一下看看。啊，抱歉，对真的被附身的人，这种说法太嘲讽了。"

"天野先生，外头究竟是哪些人？就算你们说他们不会袭击，我还是无法尽信。毕竟我完全看不到外头的情况啊。"

"所以……"平山开口道，"你们说这只章鱼是创作的现实化是什么意思？"

"他们似乎认为这是想象力在物质世界具体成形了。克苏鲁神话是优秀的创作，也是超越个人框架，由众多创作者的意念编织而成的事物。而现在，由于这种假想世界太过优秀，便在某种机缘下在现实世界中显现了。"

"呃……好吧，这个解释我接受，但不怎么认同。"平山说，"毕竟现在世界变得莫名其妙，什么东西会变成什么样其实已经不太重要了。反正不管什么都能出现，没人敢打包票说不可能，用任何理论都能解释得通，没人能反驳，也没人明白真相。换句话说，有人这么想很正常。然而问题是，他们为什么会聚集起来？实际上又打算做什么？再者，为什么是东先生和高桥先生当代表？"

"哈哈，问题就在这里啊。"东苦笑着说，"他们看到黑木和松村在推特上贴的照片的瞬间，便立刻产生一种'这是货真价实的克苏鲁'的判断。说货真价实或许不对，如刚才高桥先生所言，这应该也只是某种事物吧。总之，在这之后，这个消息转眼间就传遍全世界了。"

"好可怕的信息社会。"松村发抖地说。

"转推再转推，信息瞬间扩散开来。不过，由于全世界都知道日本现在变成被妖怪侵蚀的妖怪污染国……"

原来知道啊。

"同时也得知了蔓延全日本的排妖风潮。美国连日来都在讨论这件事，也传遍了中国和俄罗斯。咱们日本现在被戏称为'YOKAI JAPAN'[一]呢。这时，克苏鲁迷们突然发现一件事。"

"发现什么？"

"这样下去，这尊邪神也会被驱除。"

"啊？"平山傻眼反问，"会这样吗？"

"当然会。其他事姑且不论，至少日本的科技举世闻名。其他国家认为，不管多么困难，这些妖怪最终会被驱除，也认为日本是个会为了某些目的团结一心，并有秩序地将之完成的民族。"

"这不见得吧？"平山说。

"没错，至少平山兄肯定不会守秩序。"福泽跟着吐槽。

"虽然不太懂你想表达什么，或许如此吧。"东一脸困扰地回答后，接着说，"有一批人认为克苏鲁和那些又脏又蠢的妖怪并不相同，不希望克苏鲁在这波排妖风潮中被人驱除，于是决定来拯救邪神。"

"拯救？"

"是的。就这样，跨国邪神拯救网络就形成了。不久之后，开始有人主张妖怪也不该被驱除，于是形成了不清楚他们对日本的内情是否清楚的人权团体……"

[一] 意为妖怪日本，由日本政府提出的"COOL JAPAN"政策变化而来。

"可是妖怪没人权吧？"

毕竟不是人。

"嗯。如同刚才黑所说的，在国际社会上，反妖怪派依旧占据大多数。但有人赞同，必然也有人反对。只看日本国内的话，这类妖怪保育团体或许只是极少数，但就全球来看，总数就相当可观了。"

"这群人自称是'Yokai Salvage Boat'（妖怪打捞船）。"高桥说。

"为什么是'船'？"

"谁知道？或许是因为是坐船来的吧。"

"总之，外国组成了这样的团体，陆陆续续来到日本，和日本国内的同好们会合。"

"他们这么做很危险啊。"半山插嘴道，"在疯狂排妖的日本公然拥护妖怪，会成为攻击对象。刚才荒俣先生还开了机器人出来战斗咧。"

"原来那是荒俣先生！"东惊讶地喊。

"听说就是他。对吧，小黑？不过他开的是机器人，所以不怕，如果没开机器人又公然拥护妖怪的话……"

"先不论'Yokai Salvage Boat'这个团体，至少在拯救邪神这件事上……"东指着黑的身上说，"他们宣称邪神不是妖怪，努力推动请人们辨别邪神与妖怪差异的运动。"

"呃……"

"这种运动的确让人不知该如何回应是好，但他们每个人都很认真。那么问题来了，他们并不明白邪神究竟在哪儿。"

这很正常。

并非世界上所有人都知道黑的住址。不，万一被知道可就糟了。不仅如此，他们也不清楚邪神攀附的人是黑；就算明白，恐怕也不清楚黑史郎是什么人物；即使了解，也还是不知道住址。

"绕了一大圈之后，这件事传入撰写克苏鲁类作品的作家们耳中，同好们不仅从作家们口中得知黑史郎这个名字，也得知发推文者是黑木和松村——这些事我们早就知道了。而说起黑、黑木、松村，自然会联想到FKB，于是……"

"我？"平山问。

"是的，自然而然会找上平山先生。然而，没人知道平山先生住在哪里，如果拜托京极先生总能联络上了吧？但问题是，京极先生几天前就失踪了。"

"失踪了？"

"听说他也遭到了袭击。"东说。

"什么？他被袭击？"

"放心。"天野说，"听说他平安逃走了，和村上先生与多田先生一起隐居在富士山麓——水木老师的别墅那里。"

"哦……"

"听伊藤润二先生说，伊藤先生的夫人、妖怪画家石黑亚矢子等相当多妖怪相关人士都躲藏在那儿。石黑小姐说妖怪推进委员会的成员们差点儿被人活活烧死呢。"

"真的假的？"

"总之，京极先生现在也不能出来活动。于是和双方都有交流的《幽》前总编——本人就被选为使者了。这就是整件事的来龙去脉。"

"在这个过程中，我和菊地老师也被找来帮忙。因为只有我一直乖乖躲在家中，其他老师大多去向不明了。"

大家都隐居起来了吧。

"所以外面那两个真的是青蛙和圆城夫妇吗？"

"我们请圆城先生担任对美大使。"

"好，我懂了。"

平山站起来。

"虽然还有一大堆事不怎么明白，但我懂了。简单说，外头的家伙们是小黑头上这只怪物的热情粉丝，为了拯救这只章鱼邪神，他们从世界各地聚集而来，并且脑子里少了根螺丝。这样说应该没错吧？"

"最后一句姑且不论，大致是如此。"

"但问题来了，他们接下来打算怎么做？一群人围绕在这里守望我们？把对我们投来的热情眼神当礼物？就这么一直看下去？重点是他们到底有多少人啊？"

"大概有两千人吧。"

"两……什么？"

"两千人。光来日本的外国人就有七八百，加上国内超过一千人的同好，也有和克苏鲁无关的人，林林总总加起来大概就是这个数目吧。"

"两千？全部在外面？"

"不，没记错的话，来这里的大概只有五百人。对吗？"

"一开始只有三百人，是些无论如何都想膜拜实体邪神的信徒。"

"呃……"

要膜拜这个吗？

"因此我才被派来商量啊。黑，你打算一直待在这里吗？"东说。

"一直待在这里的话……会死吧。不只会饿死，也会拉肚子拉到脱水而死。"

"其他人呢？有什么对策吗？"

"他们虽然没打算看我拉肚子拉到死，但也没什么好法子，又不敢出门，只好留在我家一起其乐融融。"

"既然如此，和我们一起出去吧。"东说。

"出去？去外头？"

"是的。"

"可是他现在这样啊！"

平山抬起下巴指着黑说。

"就是要他这样出去。有两千人真心想守护这尊邪神呢，而且有一半是外国人。胆敢随便对他们动手的话，会演变成国际问题。这些人并没有做坏事，所以警察或自卫队也不敢动他们。至于那些激进的妖怪反对派，谅他们也不敢随便对两千人动手吧。"

"好，决定了。"

平山轻快地说。他似乎心情变得很好，愉快地笑了。

"走吧走吧，只要能确保小黑没事就好。离开这里的话也不会被绑手绑脚。好，该走人了。"

就在平山拍手催促众人动身时——

水沫流人总算将咖啡端了出来。

拾
玖

怪谈搜集家进行突击

"荒俣先生没事吧？"

汤本豪一担忧地说。

"由电视的反应来看，我们的策略算是成功，但外头仍留有不少民众。而且那台学天则……"

"它叫学天则巨神。"平太郎订正后，接着说，"真正的学天则……或者该说，学天则的本体仍在原处啊。"

是的。

学天则和方才相同，仍留在原本安放的位置。

人们看到的只是付丧神，器物实际上并没有跟着移动。

如果人们身在付丧神旁，会"难以看见"原本的器物。在他们眼里，器物仿佛本身动了起来一般。当付丧神离开一段距离后，人们才能看见真正的器物。即使付丧神远离消失不见，器物仍旧会留在原本的位置上。从一开始就留在原地。一动也不动。毕竟它们只是器物。

"好吧，巨神就巨神。那尊学天则巨神说穿了只是幻觉吧？实际上是手无寸铁的荒俣老师以仿佛要去澡堂洗澡般的轻松态度，穿过成群结队的暴徒。"

"虽然目前还没被看破。"香川雅信眉梢垂成八字形说，"但真令人担心。万一有人发现真相就完了。"

"没错。况且我们对那个幻觉——严格说来不是幻觉——学天则……巨神能维持多久，是否会随时间而消失，是否与本体的距离有关，都还不清楚。"

的确如此。

假如付丧神有活动时间限制的话，荒俣就危险了。

但平太郎想，那不是自然界的"事物"，不会有所谓能量消耗完消失的问题。那只是器物，不像生物的灵魂和肉体——这个情况下是器物本体——紧密相连。换句话说，学天则身上没有彩色计时器，也没有脐带电缆。因此，何时见好就收完全取决于荒俣。

"荒俣老师不会有事的。"山田老先生说，"我们现在只能如此相信了。更重要的是，协助搬运文物的救兵真的会来吗？"

"有救援了。"

冈田来电的时机恰到好处。

防灾墙升起，荒俣出外，到墙再度关上的短暂期间内手机有信号，可以通话。平太郎打电话求援，但不知道该打给谁才好，试着拨了几通电话都没接通，就在快放弃的时候，冈田的电话正好打来。

"但他们似乎也受到袭击，拖着一条老命勉强避难成功，能帮上多少忙还很难说。敌人全副武装，我方则手无寸铁，不仅称不上游击队，甚至就是一撮残兵败将……仅是一群弱小的妖怪迷。"

"不过，收藏在此的物品的付丧神已经追随学天则离去，敌人不知道我们还在这里，照理说不会再对此展开激烈的攻击……但还是小心为上。"

"但我们被逼进死胡同的情况依旧没变啊，山田先生。早知道就该趁着荒俣先生离开的混乱场面顺便逃离。"

"那可不行。"汤本说，"怎么能抛下妖怪资料一走了之呢？"

"不，我的意思是我们先走，确保自身安全后再伺机回收资料，这样比较实际。"

"谁知道之后我们是否还有机会回来？"

"您这么说倒是没错，但我们现在继续守在这里也没辙啊。就算救兵赶来，我们也不知道他们是否来了。"

现在已收不到手机信号了。

"看电视就知道了吧？"

"山田先生，您这话并不正确。"

"哪里不正确？电视不是正在播吗？"

"您想想，荒俣先生是为了什么才抱着必死决心出去的？"

"当然是要把那些暴徒和围观群众以及 YAT……"

"是的，为了吸引他们的注意。如汤本先生所言，计划成功了。NJM 那群人几乎都跟着学天则巨神离开，现场也只剩下寥寥可数的围观群众。YAT 预定突袭公寓的时间早就过了，而自卫队恐怕也跟随学天则巨神的方向离去了。因此，东京都政府原定净化这栋公寓的计划恐怕是取消了吧。当然，我们还是得保持警觉。"

"那样有什么不好？"

"并不好。现在电视偶尔会拍到这栋公寓。机动队也仍留在这附近，但恐怕和试图逮捕学天则巨神的警队目的不同。毕竟他们已经离开，正在马路上追捕学天则巨神。"

"公家单位就是各自为政。但只要我们不行动，留守在此的机动队不久也会离开吧，平太郎？他们本来就不是为了监视这栋公寓才出动，而是为了镇压暴动才被派遣来的。暴徒离去的话，他们的任务也就结束了。"

"是的，应该会离去。我个人也很希望他们快点离开。"

"既然如此，那我哪里说错了？"

"问题是，我们怎么知道他们是否离去了呢？"

"看电视就知道啊。"

"呃，山田先生。就算救援真的会来，也要等机动队离开后才能登场。照理说……"

"照理说怎样？"

"正常说来，救援要等电视转播结束后才开始，对吧？"

"是……是这样吗？"

"理所当然吧。假如一辆卡车停在公寓门口，一件件文物被搬上车的情景通过电视全国转播的话，我们先前的努力不就白费了？荒俣先生抱着赴死觉悟的行动也将会彻底以失败告终。暴徒会立刻折返，YAT 也会马上赶来。这堆文化财产、我们和救援者们都会被秒杀。"

"对啊，的确如此。"山田老先生拍了一下自己的额头。

"转播重心接下来应该会放在学大则巨神那边。公寓这里虽然可能偶尔还是会上镜头，但应该不会一直实时转播。救援队要来也是趁这个空当来。这时，我们该怎么知道救援队来了？他们不可能光明正大地来啊。"

"嗯……"

"不仅如此，我们现在为了方便搬运，先把货物搬到入口大厅了。万一，我是说万一，妖怪推进委员会真的派直升机来的话，该怎么办？直升机会停在顶楼，而我们搬了一半到入口大厅，难道还要重新搬上顶楼吗？还是等救援队到了之后再搬？"

"嗯嗯……"

"我刚刚虽然说'到了之后'，但问题是现在我们连救兵是否到了都不知道。说不定这个瞬间他们已经到了顶楼，但我们无从得知。救援队只能在顶楼急得像热锅上的蚂蚁。一旦被人发现顶楼有直升机，您想会怎样呢？电视台会马上转播出去。如此一来会有什么样的下场？不就和我们直接出去一样？所以为了救援成功，我们不能拖拖拉拉，必须迅速行动。若要迅速搬运货物，迅速离开这里，保持联络是绝对必要的。"

"一旦有机会逃生，突然就变得能言善辩了呢，榎木津。"香川说，"不过他这番话很有道理。虽然这种状态下升起防灾墙很危险，但不和外头联络更没有活路。他说得没错，应该要有人趁乱出去才对。当然，要先和留守的人讨论好步骤，两边保有某些共识。"

"但在之前那场混乱中，我们也没太多时间和心思筹划。"汤本说。

的确如此。

拖拖拉拉的话，早就会被突袭，不，会被注入毒气。如果是毒气的话，怎么躲也没用，临时想求饶也来不及。

"算了，逝者已矣。来想对策吧。"

听香川这么说，汤本回应道："现在投降的话，虽然会被逮捕，但总不至于被杀吧。暴徒已经离开，就算社会充满暴戾之气，警察也不至于直接射杀民众吧？说不定不会被逮捕，而是被软禁。"

"真的吗？"山田老先生皱起眉心说，"很令人怀疑啊。在下实在难以拂去对政府的不信任感。现在的警察和战前的特殊高等警察毫无差别，甚至更糟。"

"可是，如果我们想和外头联络，还是只能派人出去。"

"搞不好一出去就会立刻被扫射成蜂窝。"

的确能想象得到。

但在平太郎的想象中，被打成蜂窝的是他自己。

"会发生这种简直像电影情节的事吗？"香川质疑道。

"其实发生过。之前我打工地方的上司就被警察打成蜂窝了。明明他是人质。"

"看吧。"山田老先生说，"荒俣老师如果没化身成妖怪学天则，我们早就全灭了。还是把警察视为敌人比较好。"

"可是……"

　　为了在入口大厅也能随时掌握信息，平太郎房里的电视被搬出来，摆置在研究室入口附近。画面正映出荒俣宏——不，学天则巨神的模样。

　　"不知荒俣老师现在走到哪儿了。不过他的速度也不可能走太快，所以恐怕还在附近吧……"

　　"体积如果能再大个两圈会比较有魄力吧。但考虑到行走速度，这个大小已经是极限了。"平太郎说。

　　乍见会吓得腿软，看习惯后其实也没什么。现场用肉眼看的话很惊人，但通过画面看起来竟很寒酸。

　　从电视上看，学天则巨神像是电影道具。不，电影里的机器人甚至更豪华。近年的电影道具都很精细。为了经得起屏幕鉴赏，甚至比现实的物品更具真实感。

　　这时——

　　镜头突然切换回棚内主播。

　　"抱歉，插播一则重要消息。目前突然出现的巨大机器人正朝着三鹰方向离去……仙石原都知事已经抵达现场，也就是机器人出现的公寓附近。现场情况将通过连线由记者五所川原来为我们说明。"

　　"这里是现场。仙石原都知事刚才坐装甲车抵达了。请看那边，就是那辆装甲车。都知事刚才下车后，直接来到我现在所在的位置。这里是引起骚动的公寓对面的办公大楼。都知事要在本大楼设立灾害应变中心。"

　　"哎呀。"

　　"不妙，是对面的大楼。人潮好不容易减少，都知事一来反而更醒目了。"

　　"现在才来到底是想做什么？"

　　"在下对那个都知事着实没什么好感。虽然他现在没收贿、没盗领公款、没乱说话，但就是讨人厌。虽然他没有用公款买漫画、买豆沙馒头或去温泉别墅，但还是讨人厌。在下是东京都民，一直都在乖乖缴纳税金，也按时投票，总有批评政治人物的权利吧？在下讨厌他，希望他滚开。"

"通过电视看他总有事不关己的错觉，其实这个画面就在门外呢。也许他想表明就算中途杀出个学天则，也不会放过这栋公寓吧。"

"但暴动不是已经结束了？"

"是的。与其说结束，不如说多亏荒俣先生，暴动团体才跟着离去……但我们以为这样就能转移焦点，实在太天真了。果然如意算盘不能打得太精啊，即使能瞒过媒体和暴徒的眼睛……"

也瞒不过那个都知事吗？

"政府或许认为虽然学天则很棘手，但还是得从源头处理吧。学天则就像厨余垃圾一样散发恶臭，而我们则是厨余垃圾。"

画面继续映出外头的景色。

"这里是记者五所川原。据刚才得到的最新情报，都政府预定于本大楼顶楼设置杉并妖怪灾害特别应变中心。重复一次。东京都宣布将于我背后的大楼顶楼设置杉并妖怪灾害特别应变中心。"

"五所川原小姐，不是警察或防卫省，而是东京都的组织吗？"

"是的，是东京都的灾害应变中心。关于详细内容，仙石原都知事将在稍后召开记者会说明。"

"好的，感谢五所川原小姐的报道。大东岛先生，请问您有何看法？这表示政府对那个巨人……那台巨大机器人会采取其他应变措施吗？"

"关于这一点，由于那个疑似机器人的物体目前尚未有破坏行为，若是有，只能派出自卫队应战，但目前要这么做是有困难的。必须先疏散附近的居民和围绕在机器人身边的民众才行。要排除暴动集团与围观民众，并确保周边居民安全，才能展开攻击。也许应变中心就是为了处理这些问题而设置的吧。至于妖怪制造工厂……"

"不知不觉间被一口咬定为妖怪制造工厂了啊。"

"没办法，突然冒出这么超越常识的巨大机器人，被这么认为也很正常。"

"但这个大东岛不是军事专家吗？这算军事问题吗？"

"似乎被认定如此了。"

"重点在于都政府必须在确保一般市民的安全后，立刻展开迅速且恰当的军事行动，接着迅速消毒除污。后者动作若不彻底，妖怪很快又会冒出来。消毒与除污是地方自治组织的工作，因此这项行动需要自卫队、警察以及自治组织三方齐心协力才能完成。"

"您说得是。灾变中心就是为了统筹协调各方面才设立的吧。啊，都知事的记者会即将开始了，南长崎记者现在在顶楼现场。南长崎小姐，你听到了吗？"

"是的。我是现场记者南长崎香织。我现在在设置于杉并智慧人楼顶楼的杉并妖怪灾害特别应变中心前方。再过不久，仙石原都知事的记者会将要开始。啊，开始了。"

"为了应对本次妖怪灾害，东京都已成立妖怪灾害特别应变中心。有部分媒体报道，现在正在杉并区内移动的巨大物体为机器人，也就是一种人造物。然而，暂且不论外形，由其出现方式观察起来，东京都政府认定这一物体并非具有质量的存在，而应视为一种妖怪。因此在方才的会议上做出必须尽速驱除这一巨大妖怪，并净化妖怪生成公寓之结论。本中心将以疏散市民、确保安全为第一要务，致力于保全公共设施及个人资产，恢复治安……"

"哎呀呀……"

"果然没那么简单。不，公寓这边反而被当作目标了。"

香川眉头一紧。

"学天则不是金属制机器人，而是可视化的意念这　点也被看穿了。"

说完，汤本抿住嘴巴。

"对这家伙愈来愈讨厌了。"

山田老先生的太阳穴浮现青筋。

"自卫队会对巨大机器人展开攻击吗？"

"目前尚未请求自卫队进行攻击。在居住区和公路密集区进行物理攻击的风险过高。中央如何判断我们并不清楚，但由于破坏道路及两旁的住宅的可能性极高，站在东京都的立场反而不想批准。此外，如同刚才所言，都政府目前判断该巨大物体并非具有质量的物体。以枪械等火器进行攻击恐怕无法奏效。目前巨大妖怪并未进行任何破坏行动，因此只要警察持续维持戒备，相信它暂时不会产生危害。"

"请问这是要放任不管的意思吗？"

"不，目前 YAT 正在进行驱除计划。"

"既然是 YAT，相信会使用化学武器，但安全性是否有保障？据说那种气体近乎毒气。"

"当然不是武器。站在东京都的立场根本不可能开发武器。不论过去、现在还是未来，都不可能。YAT 所使用的是妖怪驱除剂，是杀菌去污用的，类似清洁剂。"

"对人体没有影响吗？"

"当然有。所以才需要准备。"

"意思是要疏散居民吗？"

"也包括疏散的各项准备。附带一提，驱除剂施放期间虽然有危险，但作业完成后，害虫、害兽也会被驱除，会变成完全无菌状态，还能使街道洁净。"

"靠妖怪驱除剂真的能驱除那只巨大妖怪吗？"

"相信没有问题。结合巨大妖怪的行进速度，目前正在迅速部署中。但比起巨大妖怪，对策小组认为优先处置对面的公寓更重要。"

"什么？"

"榎木津，安静。"

"我们原本就预定派出 YAT 潜入公寓，因此周边居民早已完成疏散，等各位媒体记者也疏散完毕后，就能开始作业。"

"请问具体是何时开始？"

"预定于十五分钟后开始。公寓前的媒体人员已撤离完毕，等各位顶楼的媒体人员移动到安全处就可展开净化作业。"

"喂喂喂，真的要施放毒气啊！"

"十五分钟啊……"香川思索对策，说，"照他们的说法，现在公寓前的记者应该都离开了……"

"照理说是这样。"

"换句话说，镜头不会照到公寓前。"

"应该会从远处用高清镜头拍摄吧？"

"不，要从远处拍摄这栋公寓的玄关恐怕并不容易。这里也没有灯光。若想从隔壁大楼顶部的应变中心拍摄，角度上也有困难，会被屋檐挡住。"

"那又如何，香川老师？"

"……这也许是个机会。"

香川从口袋里拿出呼子石。

"平太郎。"

"啊？您叫我吗？"

"平太郎，你现在出去一趟吧。"

"欸？ YAT 正准备大举入侵呢，要我去送死吗？"

"不，这样下去我们一样都会死。"香川说。

香川说得没错。

"我打算先打开防灾墙，你拿着这块石头去外头，然后走到对面大楼的后方，使用呼子的能力。"

"使用呼子的能力。"

呼子出现，站在香川身旁，复诵了他的话语。

"接着放出一些比较显眼的妖怪。"

"放出……妖怪？怎么放？"

"放心，如果我的预测准确，只要呼叫名字，妖怪必定会出现。"

"确定吗？"

"确定。应该会出现的。"

"呼叫出妖怪后，接下来怎么办？"

"这算是一种扰乱行动，如果连对面大楼也得整栋除污的话，就能给我们争取许多时间。只要能让应变中心暂时瘫痪，我们带文物逃离这里的机会就能大幅增加。现在这附近的地带可以说是无人状态。"

香川说得或许没错，可是……

"而且去外头的话，也能和救兵联络。"

说完，香川把呼子石塞到平太郎的掌心里。

呼子消失了。

"嗯，出去的话，应该是能联络……"

但平太郎真的能放出妖怪吗？

平太郎握紧石头。虽然看过很多次，但像这样握在掌心倒是头一遭。

"对了，该呼叫什么妖怪才好？"

"别呼叫小型的妖怪，最好呼叫巨大的那种。"

"巨大的？例如大入道吗？"

"不……那个在江户时代或许算巨大，但在现代人眼里恐怕没什么大不了的。没有更大的吗？"

"手洗鬼如何？"汤本说。

"这个不错。手洗鬼比大楼还要巨大呢。榎木津，就呼叫手洗鬼吧。"

"手洗鬼？是《绘本百物语》中登场的巨人吗？但那种东西真的能呼叫出来吗？"

"如果我的预测没错的话……"

"预……预测……"

预测只是预测，没人能保证一定能成真。

"假如妖怪没出现的话，该怎么办？"

"那样的话，你就自个儿逃吧。"山田老先生说，"没人认识你这张脸。你只要宣称自己是撤退得比较慢的记者就好，年轻人。只要能远离这栋公寓就没事了。"

"可是……那样的话……"

虽不是没想过要这么做，但真的好吗？

"没关系的，在下宁可死在这里。我已经活得够久了，所以这样就好。不，你们三位都该离开这里。等各位一出去，在下就把防灾墙放下。这里的文化财产……就由在下来守护。在下会好好地守护。荒俣老师说过，毒气只会杀死生物，不会破坏文物。接下来就交给你们了。"

"我也留下来吧。"汤本说，"我也不年轻了。万一逃到一半摔倒，只会拖累大家。香川，平太郎，你们走吧。"

香川将略显下垂的眼睛眯细。

"可是……汤本老师。"

"不要紧的。你们两个务必要活下来，把这里的宝物搬走，无论如何都得传承给后人。"

"不，我会拯救两位，不会让你们白白死在这里。如果我的计策成功，十五分钟后不会有毒气攻击发生。因此，请你们一定要在二十分钟后打开防灾墙。"香川说，"我还会回来的。在那之前我会把拯救内容和方法先确定好。只要我没碰上不幸，就一定会回来。"

"我明白了。"

汤本握住香川的手。

"如果我们还活着——绝对会在二十分钟后打开这道门。"

"既然如此,事不宜迟。"

山田老人按下按钮。

"现在电视一片静悄悄。不会有人知道防灾墙再度被打开的。"

"好,我们走吧。"

香川穿过半升起的防灾墙,推开入口处的玻璃门。

平太郎马上跟在后面。平太郎一出去,防灾墙又开始降下。

"快,用跑的。"

香川奔跑着。

外头天色逐渐昏暗。

公寓前空无一人。远方已设起路障,禁止所有人进入这个区域。

"啊,远处似乎有警察。在还没被发现前快点。"

两人穿越道路。

几天没接触到外头的空气,加上饥饿与疲劳,平太郎觉得自己似乎双脚踩在空气中,感觉极不踏实。但是不能摔倒。平太郎拼命抬起虚浮的脚步,全力狂奔。

来到应变中心所处的大楼。

"上头有直升机,地面一片昏暗,他们应该看不到我们才对,不过最近的夜间摄像机性能很好,说不定已经发现我们了,总之,快点吧。"

"呃……"

"别呃了,拿出石头吧。"

"嗯嗯。"

平太郎打开握紧的手,呼子现身。

"手洗鬼！"

香川对着呼子大喊。

"声……声音不会太大吗？"

"手洗鬼！"

"手洗鬼。"

呼子复诵的瞬间……

威武的擎天巨人出现了。

只能说极为惊人。学天则巨神根本无法与之相较。由于手洗鬼过于巨大，甚至看不见它的上半身。光脚掌就有大型砂石车那么大。脚背上的钢毛跟相扑力士的大腿一样粗。

"出……出现了！"

"我的预测没错吧！恰好是应变中心能看见胸部的程度。他们现在肯定乱成一团了。"

"地上的民众似乎也被吓着了呢。"

远处拒马外传来骚动声。

"接下来会怎样呢……"

"这只手洗鬼会做什么？破坏应变中心？"

"不，它只会洗手吧？"香川说。

说得也是，手洗鬼就是这样的妖怪。

手洗鬼脚部开始使力，多半是想弯腰吧。不过弯下来也没水让它洗。

"对对策部的人来说，这个动作应该很像企图攻击吧。这足够扰乱他们一阵子了。榎木津，别发愣，快点联络救援队啊。"

"对啊。"

平太郎取出手机的时候……

"咦？"

抬头看上方的香川发现情况不对劲。

"那架直升机很奇怪……那是民用的直升机。行动很诡异，被探照灯锁定了。慢着，机上似乎有人用扩音器在喊着什么。"

"啊？"

"危害这个世间的并非妖怪……元凶乃仙石原都知事……吾等要替天行道……对这只借用人类形体的妖魔……"

"怎……怎么了？"

"这个人的声音似乎在哪儿听过。"

"外道照身[一]！显而易见，位于该处的都知事并非人类。为了日本与怪谈和妖怪的未来，牺牲吾之性命也在所不惜，受我木原一击吧！"

"木……木原？难道是那位木原先生？"

"啊，有人跳下直升机了！"

手洗鬼为了洗手，开始弯下上半身。在探照灯光线中，隐约可见一道从盘旋在手洗鬼上方的直升机跳下的人影。

这幅景象一点儿也不像现实世界的光景。

"木……木原？是那位木原浩胜先生吗？"

"不知道，但声音和说话方式很像。"

应该没错。虽然很小，但从一闪而过的人影与体形看来，明显就是《怪谈新耳袋》催生者之一的木原浩胜本人。

"从直升机跳伞降落的人，真的是那位木原先生？"

香川仿佛博多仁和加（Hatakaniwaka）的面具般垂下眉梢，仰望夜空。

探照灯在空中形成一道光柱，黑色直升机黑压压的机影与闪亮的红灯标

[一] 全名为"外道照身灵波光线"，为特摄影集《光之战士钻石眼》主角的必杀技，能使变化成人类的前世怪人现出原形。

志，仿佛电影中"二战"时期德国的夜景一般。巨大的手洗鬼已弯下腰，逐渐能看见它的脸部。

果然——

宛如世界末日般的景象。

"上头不知道发生什么事了。"

顶楼的特别应变中心传来阵阵喧闹与混乱声。想必陷入一团乱了吧。

并不意外。

甚至可以说理所当然。一边是虽然没进击，却突然现身的巨人；另一边则是虽非游骑兵部队，却从直升机空降的士兵，此种状况肯定会令人方寸大乱。

此外，应变中心是为了因应灾变而成立，并非前线基地。和运动会的执行委员会没多大差别，理所当然不会有武器。但人在现场反而难以掌握状况，看电视说不定还比较清楚。

"太容易受到突发事件影响是无法完成任务的，平太郎。立刻联络富士山麓的郡司先生，决定救援流程吧。距离防灾墙再次开启只剩十分钟左右，别琐碎讨论能否办到的问题，直接将今后的联络时间和流程表定下来吧。"

香川迅速说完后，瞥了一眼站在平太郎身边的呼子，接着说：

"既然事情已到这步田地，只好更干脆地展开大混乱声东击西作战了。"

"大……大混乱？"

"平太郎，待会我一开口你就躲进暗处，例如柱子背后。"

"咦？"

不明白香川的用意。虽不明白，但也只能照办，平太郎边操作手机，边等待时机。香川深吸一口气，对呼子大喊：

"接下来是名为《百鬼夜行绘卷》里的全部妖怪！"

不愧是策展人，能正确说出绘卷的名称来。

"《百鬼夜行绘卷》——的妖怪。"

呼子跟着复诵。

"快点联络，我们的位置会被发现的。"

"咦？咦？"

平太郎立刻躲到柱子背后。

呼子也紧跟在后。

她与石头的距离似乎是固定的。

香川也缩着身体躲起来。

出现了。

是没有"咚隆咚隆"的效果音反而觉得不自然的程度。

有高举竖式旗或缠旗的鬼、毛茸茸的兽人、法器或乐器的付丧神、身上长满角的大型恶鬼、蔬菜鬼怪、器物鬼怪、猫妖、狸妖、狐妖、河童、异兽、大脸女官、一目小僧、软啪啪的红色团块、大得像牛的青蛙拉着的牛车与从车上露出天狗般长鼻的大脸、生有嘴喙的妖怪、长爪妖怪、长颈妖怪、多眼妖怪……简直是一场融合与异化、拟人化与戏剧化交织的鬼怪大游行。

平太郎差点忍不住大喊："久等了！"

这才是……妖怪。

有些熟悉，有些不熟悉。

《百鬼夜行绘卷》之中含有各系统的妖怪，各自出现的年代不同，画入绘卷时有被添笔的，有被省略的，多有异同。香川有参加以小松和彦老师为中心展开的《百鬼夜行绘卷》成立与变迁的研究计划。他本人正是那幅作为失落环节的绘卷的发现者。

现在登场的鬼怪——

恐怕是完完整整的大全集吧。这实在太惊人、太壮观了。妖怪迷若亲眼看见这一情景，肯定会兴奋得失神。不只栩栩如生，还相当立体。有些形状较含糊，多半是平太郎不认识的鬼怪吧。

——我更想知道那些不熟悉的妖怪的形状啊。

"你怎么看呆了？"

香川催促道。平太郎赶紧打电话。时间所剩不多。

电话铃响两声后，冈田接起电话。

"冈冈冈……冈田先生！"

"冷静一点，平太郎，发生什么事了？我们这边完全掌握不到状况。刚看到转播，我们吓了一大跳。"

"我也无法掌握状况啊。不过放出妖怪的是我们。"

"那木原先生呢？"

"他和我们无关。我打电话来是要讨论救援的事。"

"郡司先生正在安排，但还需要时间。"

"花花花……花时间是没关系，呃呃，该说什么才好……对了，为了联络必须外出，所以那个……呃……时间表，那个……迅速完成任务……"

"冷静。你想说必须由你们那边进行联络，是吧？很抱歉，我们没办法派直升机，顶多只能派搬家公司的卡车过去，至于抵达时间……目前尚无法确定，能请你们再多躲一天吗？"

"一天而已的话应该还行。我们这边还剩一点馒饭，甜面包被我吃掉了。那么……呃，该怎么办……"

"总之，你先冷静下来。郡司先生，要怎么办呢？"

冈田捂住话筒，和郡司讨论。如果有机会得救，就算多等一两天也不是问题，就算厕所没办法冲水也不是问题。反正厕所很多，满了就换一个，可说是抛弃式厕所。不管如何，一旦知道有机会得救，心情就雀跃起来。

因为到刚才为止，除了死亡以外，没别的选项。

"那么明天早上……上午十一点前后请保持能通信状态。我们会在那之前决定好计划，并发邮件给你。"

"好的。"

这是只要能连上网络就能立刻收到信息的好方法。这样的话，只消把顶楼的防灾墙打开一点点，把手机伸出去即可。

"冈冈冈……冈田先生，谢谢你！"

"平太郎！不准备回去不行了。"

"嗯嗯，帮我跟大……大家问好，谢谢大家！"

"好了啦，又不是偶像巡回演唱会最后一天的谢幕。防灾墙一打开就要全力奔跑。"

"好……好的。"

"走吧。"简短说完后，香川从柱子背后迅速跃出，平太郎也急忙跟上。但来到马路前，香川伸手制止。

意思是要他停下脚步。平太郎紧急刹车，差点摔倒，赶忙压低身子，观察道路另一侧的公寓。

防灾墙尚未升起。刚才释放出的百鬼不知为何，朝着和荒俣相同的方向移动，队列前头已抵达拒马并穿越了。并未引发战斗，只听见哀号或怒吼。

与其说骚动，不如说更近乎恐惧。不对——

……应该是觉得恶心吧。

能感受到人们对鬼怪避之唯恐不及的心态。围观民众尖叫窜逃，连机动队也退避三舍。他们不但不阻挡，还连连后退让出道路来，拼命地想远离鬼怪。

相对地，鬼怪则轻松漫步而行，没把人类当一回事……不，是根本不放在眼里。连鬼怪扑灭者也歇斯底里地尖声怒吼，但还是只敢在远处叫嚣，不断后退。

并不奇怪，这简直是妖怪全明星登场。

他们顶多能杀死人，却杀不死鬼怪。

对它们无可奈何，只能任它们作恶。

这时，一只巨大的手伸了下来。是手洗鬼。这时围起拒马的机动队和围观民众早已作鸟兽散。守护另一侧拒马的机动队队形也被冲散。

"根本溃不成军呢，警察队伍。"

"没办法，手枪对鬼怪无可奈何啊。"

这件事从一开始就知道了。警察全副武装只为了对抗暴徒或恐吓平太郎这些人。不，仔细一想，连自卫队的火力或 YAT 的杀菌毒气也对妖怪没用吧。会被杀死的只有人类。

不，更准确来说，会被杀死的只有平太郎他们。

"山田先生……真的还记得吗？"

"仅仅二十分钟前的事，没那么健忘吧。"

"呃，可是他老人家年纪大了，也许短期记忆……"

"短期记忆。"

"啊。"

忘记呼子石了。

"我把石头收好。"

虽然不至于拖累别人，但尽量不引人注意比较好。鬼怪不会死，但平太郎和香川若被子弹打中可就死定了。即使和人群有段距离，但步枪一样能轻易命中他们。

平太郎握住石头，呼子消失了。

在他想收进口袋时，香川突然要他等一下。

"既然如此，就顺便吧。"

香川用食指将滑下的眼镜推起，对呼子略显自暴自弃地呼喊。

"呃……绘卷里的涂壁，大首，赤舌！"

"涂壁，大首，赤舌。"

"咦？"

这时，防灾墙升起了。

"快跑！"

平太郎将呼子石与手机——这是他们的生命线——紧紧握在手里，全力奔跑。

瞬间，一只形似狛犬、足以挡住道路的巨大三眼怪兽涌现，一张大得足以遮蔽天空、品位低俗的女人头颅在空中显现，一头从大楼缝隙张开嘴、伸长舌头的红色野兽浮现。

廿

百鬼百怪，朝大翁之处前进

"怎么有人跳伞？"及川一脸困惑地说，"是自己人吗？"

"对我们而言，比起有人跳伞，突然现身的巨人更令人惊奇。不过对隐居在此的妖怪迷来说，应该没什么吧。"

傻眼的绫辻面带苦笑地说。

贯井也一样露出苦笑，问："那究竟是什么？"

郡司和刚刚赶来的村上不假思索、异口同声地回答：

"是手洗鬼。"

"原来对你们而言是常识啊。"

"没有啦，哈哈。"

郡司腼腆地笑了。这一点儿也不适合他。况且现在不是该腼腆的情况吧。

"话说回来，总觉得那个空降的人似曾相识……他是谁啊？"

"是木原。"京极回答。

"咦？"

"那个人是木原浩胜，错不了。和他是老交情的我不可能看错。"

"不不不。"村上摇着头说，"这不可能吧？木原先生又不是特种部队或突击队，他不是武斗派吧？"

"不，他是。他最爱跟人战了。"

"但那只是动嘴，而不是动手动脚啊。"

"呃……"似田贝嘴巴微张，有气无力地说，"那个人……的确很像是木原先生。嗯，一定是他。"

"真的假的？"

"木原先生的话我不可能认错。啊，这可不得了啊。"

的确很不得了。只是对雷欧而言，到底哪里不得了他不是很清楚。

"等等，记者似乎在说什么。"

摄影师也在奔跑，手持摄像机的镜头剧烈晃动。大概是原本要和记者去避难，临时发生了什么事又匆忙跑回。

"不……不得了了。就在刚刚，有武装分子乘坐民用直升机降落到妖怪灾害特别应变中心了！"

"那似乎是民用直升机，所以应该不是妖怪驱除作战的一环。武装分子降落时似乎做过什么声明，听清楚他说了什么吗？"

"我们依照指示移动到安全处，所以没听清楚……是巨人！太惊人了，是巨人！啊呀！"

"很危险，请远离一点！啊，要播放……那段影像吗？顶楼采访团队拍摄的影像吗？要播放吗？"

画面从摄影棚切换到顶楼影像。晃动严重，画质也很糟。底下的滚动字幕写着"正在播出的影像为手机拍摄，画质不佳，敬请见谅"。

什么也看不清楚。

只听到有人大声呼喊。

"危害这个世间的……"

"并非妖怪……"

"仙石原……"

"借用人类形体……"

"替天行道……"

"替……替天行道？"

"外道照身……"

"钻……钻石眼吗？"

"他怎么了？怎么在念类似《桃太郎武士》[一]的台词。"

"不，那是《大江户搜查网》[二]。"京极说，"'牺牲吾之性命也在所不惜'来自隐秘同心的训条。"

雷欧想，是哪一部并不重要。

画面逐渐稳定，镜头照到一名穿迷彩服、长发、个头矮小的男人。

"受我木原一击吧！"

男人手持扩音器大声呼喊后从直升机上降落。画面这时又反转、旋转，变得模糊不清，很快又切回棚内主播。

"这……他是想攻击都知事吗？这可以直接被视为恐怖分子了吧？"

"他刚才说'为了日本与怪谈和妖怪的未来'，这样肯定摆脱不了干系吧。怎么看都像精神有问题……仙石原都知事很久没出现在公共场所，也许等这个机会很久了。"

"虽然很令人在意……啊，顶楼的摄像机似乎装好了。南长崎小姐，你没事吧？顶楼的南长崎小姐？"

信号恢复了，记者却没回应。

不，是连身影都消失了。

"请问现在状况如何？"

只听到尖叫和怒吼的声音。

接着，摄像机猛然横移，电视画面映出的是——

背上仍挂着降落伞、类似泽田研二演唱《TOKIO》时的舞台装扮的木原

[一] 山手树一郎的时代小说，后改编为电影及时代剧。

[二] 东京电视台制作，于1970年起播映的时代剧。"隐秘同心"为《大江户搜查网》主角所属的密探组织。

浩胜全力将长枪刺出的模样。

他的枪头对准了仙石原都知事……

尖端深深刺进都知事的左眼。

"大……大事不好啦！"

"这在各种意义上都很不妙啊。"

"现出原形吧！让世人看清你是个危害世间的恶鬼！然后毁灭吧，外道！"

"木……木原先生……"

似田贝似乎吓得腿软，一屁股跌坐在地。

"他……他这么做应该无法挽回了吧？"

"说什么挽回，你真的不懂啊，似田贝。故意选择这种自杀式攻击，表示他早就有所觉悟。"

"可是真的刺进去了啊。"

"嗯，是刺进去了。"

"这算杀人吧？"及川害怕地说。

"令人在意的是……他说'现出原形'。听说不少人怀疑这个都知事。小野小姐是不是也说过这种话？"京极问。

"算是吧。"绫辻含糊地回答，"虽然我也不太清楚她是什么意思。也许只是比喻。"

"加门小姐她们也说过都知事不是人。"

"木原先生恐怕也察觉到这一点了。"

"不管如何，他犯下杀人罪了。"

画面立刻切换。

公开处刑般的情景被实时转播可以说前所未有——当前风气下，只要有残酷的场景就一律删除，色情或无厘头等情节基本上也被全面消除。

"主播也很让人伤脑筋哩。"

既不实况报道也不解说，连播报也不做，就只是拼命地尖叫个不停。甚至不小心让那画面播出了。毕竟那种情况下也无法停止转播。

"怎么没有特勤人员保护？"

"都知事算是重要人物，那种情况下就算没特勤人员随行，也该要有警备人员吧。"

"也许连警备人员都被打倒了。"

"木原先生？他有那么强悍吗？"

"紧急情况下不是不可能。被人奇袭的话会来不及反应吧。"

"用长枪吗？那个应该是长枪吧？"

"为什么要用长枪？"

众人七嘴八舌地发表各自的意见。

雷欧这时才惊觉事情闹大了，但他却依然缺乏真实感，仿佛在看电影一般。几天前，雷欧自己也被绑住，差点儿被烧死，但除了自己的体验，一切都好像虚构的故事一般。

木原的行动在现实中基本上不可能发生，但在电影、戏剧、动画、漫画或小说中司空见惯。在故事之中，会发生打倒坏蛋、可喜可贺的场面。然而现实并没有如此简单。

就是没那么简单，所以才说事情闹大了。

如果是恐怖电影的话，就算发生大量惨死事件，主角往往有六成的概率能活下来。对于赶到现场的警察，主角究竟是怎么对其说明的？如果主角说现场死者都是被鬼怪杀死的，肯定不会被采信吧？正常情况下幸存者难以洗刷嫌疑。如果杀人犯是《德州电锯杀人狂》的人皮脸，因为是人类，还能以正当防卫来脱罪，但如果是《十三号星期五》的杰森就不行了，因为他就算被打倒也不会死，一旦死了就会消灭。于是在故事迈向终局时，犯人和犯人的尸体都将消失于无形。

如此一来，幸存者必然会被问罪。

倘若加害者是超自然的存在，那他的嫌疑恐怕跳进黄河也洗不清吧。用犯人被恶灵夺走肉体，或死者被邪灵附身当作理由根本行不通。不管是被魔物附身还是被外星人控制，人就是人，不管对方是否为杀人魔，杀了他就是犯下杀人罪。当然在如此疯狂的状况下，正当防卫是否能成立还有待商榷。

而现在在顶楼发生的，其实就是这么一回事。

就算都知事的真面目不是人类，但他被杀死了，那就是杀人。而且当时的情景被转播到全国，完全没办法开脱。

虽然……

在杀人现场旁有个超乎常识的巨人，而稍早前才刚拍摄到巨型机器人昂首阔步的模样。

现在不管什么状况都显得难以置信。

雷欧这时在脑中模糊地想起一件事……

在大映电影公司制作的旧版《妖怪大战争》中，为了攻击巨大化的吸血妖怪戴蒙，偷油怪抓着纸伞怪的脚，靠着鸦天狗用羽扇扇起的强风一飞冲天，将手上的拐杖刺入戴蒙的眼里。

——总觉得这两个场景很相似。

虽然也觉得是自己多心了。

"不觉得这很像《妖怪大战争》的场景吗？"及川说。

果然也有人这么认为。

"现在的状况没那么轻松吧？"

郡司说完的瞬间，画面切换。

"妖……妖……妖……"

已经不是现场播报了。

主播只是在看转播画面。

"啊……是百鬼夜行。"

及川傻眼地说。

"真的假的？"

村上睁大双眼，身体前倾。

电视上映出栩栩如生的百鬼夜行画面。和人类扮演的角色不同，妖怪们的身材大小不同于人类，有的大了些，有的则格外娇小，也有的在空中飞行。

"是妖怪。是一整群的妖怪！"

"为了对抗 YAT，妖怪方也决定彻底抗战了吗？多么可怕啊。"

"那里果然是制造工厂。"

现在被这么说根本无法反驳。

实际上真的产出了大量妖怪。

"有大量妖怪登场了。"

"应该是从那栋公寓涌现的吧？"

"在这个节骨眼涌现，也只能这么想了。包括巨人在内，它们八成是为了配合恐怖行动而搞的破坏活动，应该错不了。"

"这数量太惊人了，看起来不下百只呢。"

"嗯，因为是百鬼夜行啊。"

"鬼怪的计量单位是'只'吗？"

"如果是家具的话，量词应该是'座'或'张'。"

"难道柜子的付丧神要用'座'作为量词吗？应该是'名'吧。"

状况明明紧迫，这群妖怪迷的反应为何总是如此悠然呢？肯定是因为都是笨蛋。

"话说回来，大东岛先生，这段影像能播放吗？应该不至于通过电波让普通家庭沾染秽气吧？"

"虽然一般而言绝对不可能，不过毕竟是妖怪，还是小心一点比较好，万一真的能传染秽气就麻烦了。只是事关重大不转播也说不过去。"

"为防万一，请各位观众收看时务必离电视画面远一点。"

"这个主播究竟在说什么？"

"单纯想在被抗议时推卸责任而已吧。"

"话说回来，这些也是荒俣先生做出来的吗？这么高调的话，会害我们根本无法去营救的。"

郡司皱着眉说。这时，隔壁房间的手机铃响了。

"是平太郎打来的！"

冈田探出头说，立刻又缩回去接听电话。

动作真迅速。

"那些鬼怪是平太郎他们放出来的？怎么办到的？那个笨蛋太得意忘形了吧。"

"居然连这种东西都能放出来。"贯井佩服地说，"简直像是幻术。"

"是不是他们做的还很难说。不管如何，现在又发生木原的问题，要去营救恐怕……"

"不，也许会有帮助。"

京极说。

这时，冈田又探出头来。

"请问……"

"直升机不行。我调到了一辆货车，但没人能帮忙搬运，只能通过特殊渠道运输。不确定今天能否得到回音。就算有回音，货车恐怕也要明天中午以后才能抵达。就算抵达现场附近，视情况也随时可能停止作业。"

冈出还没发问，郡司便主动回答了。

"好，我明白了。"

冈田又缩回隔壁房间。

"唉，真的救得了吗？"郡司说，"被这么一搞，警察肯定不会撤退，反而会增派人手。都知事被杀了，这根本无异于恐怖攻击。现场会被封锁，想进也进不去。"

"应该会围起标示'警戒线'的封条吧。"及川说。

"请在明天十一点前决定好。"冈田说。

"决定什么？"

"营救的步骤。"

"慢着，不是跟你说那样有困难吗？"

郡司正想抱怨的时候——

"是木……木原先生。"

画面是一张鬼气森森的长满胡须的脸部特写。

"各位都被骗了。那……那个都知事不是仙石原本人！仙……仙石原很……很久以前就死了！"

"他这么说啊。"

"木原先生……"似田贝丧气地说，"这太糟了。他被警察包围，背后是围栏，死路一条了。"

"他背上还有降落伞，跳下去应该没事。"

"不可能的啦。我才想说怎么不拆掉降落伞呢。就是不拆掉才会钩到东西，无路可逃。"

"就算跳下，之后也逃不了被追捕吧。"

画面中，木原把长枪枪头对准了摄像机方向。

"所……所以才要有人挺身而出！"

"别再无谓抵抗，乖乖投降吧。"警察用扩声器劝告。

"各位国民！毁灭这个国家的不是妖怪，也不是怪谈！不是天灾地变！而是我们国民的心灵荒芜了。那个假冒成都知事的怪物煽动了我们！那……

那个男人的真面目是……"

怪谈搜集家说到这里时——

画面大大地摇晃了一下。一瞬间什么也看不清了。

持续听见剧烈的声响。

听起来类似鞭炮，不过多半是枪声吧。

画面瞬间转黑，又切换回摄影棚内主播。主播盯着屏幕，惊讶地张大嘴巴，整整愣了约三秒，才把脸朝向镜头。

"啊，呃……"

不知该说什么才好。这是没有播报稿的情况。

主播含糊地为画面不清楚向观众道歉，但支支吾吾，搞不清楚在说什么。毕竟是未曾见过的枪击场面，主播深感震惊也很正常。

语气低落至此，和雷欧平时没两样。

"啊，对了，恐……恐……恐怖分子被……"

"被枪决了。"似田贝说。

"应该没错。他被包围后遭到开枪射击。"

"那样要射不中……是不可能的。"

"木原先生肯定被射成蜂窝了。"及川说，"我在现场见过吉良先生被射杀的情景，真的毫不留情。无比凄惨，比电影里还惨，一瞬间就殒命了。"

"被乱枪打中后，或许坠楼了。"京极说，"恐怕没救了。"

"那栋大楼很高。"

"就算没中枪，从顶楼坠落的话也没救了。"

"但说不定降落伞会钩住东西，挂在半空中啊。"

"可是他已经中枪了，就算被钩到也很惨。简直就是牛头伯劳挂在树梢上的剩余食物。"

公开示众的被处刑者。

"刚才有最新消息指出，恐怖分子射杀……恐怖分子被射杀了。"

主播咬字不清，又重复了一次。

似田贝用右手捂着脸。怪谈当年大为流行时，似田贝担任过木原的责编。京极也一脸凝重地盘着手。不过他平常就老是摆臭脸，看上去没什么差别。他和木原是老交情，现在内心肯定很感慨。

"杀人现场被全国转播的话，实在无法脱罪。"

"但是，假如木原先生所言属实，也许能就此终结邪恶的根源吧？"及川说。

他说得没错。

假如像木原所说的，仙石原都知事是个冒牌货，而且是煽动社会暴虐气氛的元凶的话，这一切乌烟瘴气的日子将会画下句点。

雷欧不明白为何一名冒牌货能做到这种事。但假如这是真的，妖怪迷和怪谈迷们也许将不必再为了无意义的理由躲躲藏藏。木原并没有白白牺牲。

"所……所以是英雄吧？"雷欧跳过脑中的推论步骤，贸然说出口。

"啊？"

京极的表情变得更险恶了。

"为何死了就是英雄？这是错误的认知。那个人聪明反被聪明误，又过于莽撞。他肯定是忍无可忍了才出此下策。租用直升机表示整个行动具有缜密计划，但行动过程又显得自暴自弃，一点儿也不像木原的风格。就算他真能改变世间，也只有少数人会把功劳算在他头上。赌上生命，却获得不了多少回报，顶多有少部分人会封他为'怪谈痴'。"京极说，"不管如何，白白送命绝不是值得鼓励的行为。"

"可是木原先生的目的达成了。"

"恐怕没有。"绫辻冷静地说。

"不可能吧？都知事死了啊。"

“不……他似乎没死呢。”

“咦？”

“仙石原都知事尚未死亡。”

电视的滚动字幕显示“恐怖分子被射杀，都知事平安无事”。

“怎……怎么可能平安无事，他的头明明被刺到了。”

“左眼被长枪刺入了。”

“难道伤口不深？”

“虽然只有一瞬间，但明明深深刺进去了，而且是差点贯穿眼球的程度，居然没死？”

“电视里说他没死，也许只是还没死，但怎么看都是重伤。就算没死，应该也成了植物人。”

“不，电视上说的是平安无事。”京极说，“重伤不可能用‘平安无事’来说明。”

“说得也是……”郡司摩挲着下巴说，“也许是刻意误导。”

“这时候编造假新闻有什么意义吗？”

“用不着说什么就足以使民众陷入恐慌了，也许是想多少安抚民众恐慌的情绪吧……”

“那样做并没有意义。”贯井说，“妖怪不断涌现，连金色机器人、参天巨人和百鬼夜行都出来了。面对如此恐怖的状况，宣称都知事没死也没什么慰藉作用吧。”

“既然如此，恐怕就是平安无事吧。”京极说。

“平安无事……”

这时，主播总算恢复冷静，开始正常地播报新闻了。

“嗯……根据刚才得到的消息，袭击都知事的是怪……怪谈搜集家，亦是作家的木原浩胜……嫌犯？不对，这算现行犯才对吧……啊，是，应该是木原浩胜嫌犯。"

"算嫌犯吗？"

"未经逮捕，也未移交给检察机关，即使人已经死了，但罪状尚未确定。"

"可那一枪不是深深地刺进去了吗？"

"由于木原嫌犯不接受警方劝告，试图抵抗，所以被当场射杀了。遭到袭击的仙石原都知事并无生命危险。重复一次，仙石原都知事平安无事，并无生命危险。"

"这真是不幸中的大幸。大东岛先生，可以请您分析一下现场状况吗？"

"这肯定是妖怪所为啊，妖怪。这名嫌犯叫木原吗？木原先生也是妖怪的受害者。正常人不可能做出那种事。所以他无疑是被妖怪影响了。"

"听说他是以怪谈为工作的人。"

"怪谈搜集家吗？虽然我不清楚那究竟是何种职业，但就是因为他以这种放荡不羁的职业为生，才会被妖怪污染，导致精神异常吧。"

"真的是这样呢。现场周遭涌现巨量妖怪，有传闻说那栋公寓是妖怪制造工厂，现在看来果然是事实。"

"怎么想都是如此啊。若是事实就糟了，市民的生活会受到严重影响，只能将那一带的居民全部撤离，并指定为禁止进入区域。必须尽早歼灭妖怪，彻底除污消毒，否则那片地方再也无法住人。这样下去的话，恐怕全东京……不，全日本都会受到影响。"

"希望政府能及早拿出对策……啊，现场又出现一张巨……巨脸和几只疑似……怪兽的物体。妖怪之后竟是怪兽吗？哎呀呀……"

切换为现场连线画面。

"啊，是大首和赤舌。"村上感到傻眼地说，"真的什么都有啊。我已经不吃惊了。"

"好像有只怪物挡住了道路。"

"那是涂壁。是那幅奇妙绘卷中收录的妖怪。"

"涂壁？可是我记得涂壁是一种长得像水泥墙的妖怪啊。"贯井说，"我在动画里见过。"

"你说的是水木老师的版本。转播中出现的则是绘卷上的版本。我不确定两者是否为同一只怪物，只知道在绘卷中，这种模样的妖怪旁用平假名写着'涂壁'几个字……"

"可是看起来并不像墙壁呢。"

但硕大的身躯的确挡住去路，明显妨碍了通行。圆圆胖胖的身体把道路占得满满的。

但是，形状并不像墙壁。

"这卜子愈来愈棘手了，杉并区没事吧？如此巨大的怪物真的能驱除吗？靠自卫队的兵力真的能与之抗衡吗，大东岛先生？"

"嗯，这是一项艰巨的挑战。虽然这只怪物外形看起来像怪兽，但其实仍是妖怪，而且不是用通常的火力就能击退的对象。如果这是怪兽，若照怪兽电影的发展，自卫队通常会输。但由于真正的怪兽从未出现过，实际输赢还很难说。"

"所以说，如果没有 YAT 这支劲旅的话，果然还是难以处理吧？"

"是的。这些妖怪都很大，部分妖怪还悬浮在空中。若要喷洒药剂，范围势必得扩大。如同都知事刚才的说明，这种药剂会对人体造成影响，因此不只局限于这个地带，周边的居民都得去避难。问题是都知事本人现在重伤，YAT 又是仙石原都知事的直属单位，没有他的权限无法派遣。因此……"

"关于这部分应该不用担心。听说等都知事做完紧急治疗后，会立刻回到现场坐镇指挥。"

"真的吗？他的伤势有那么轻吗？"

连军事评论家也感到惊讶。

"刚刚受到那种攻击还平安无事的话，肯定不是人吧？"村上说，"照刚才那个刺击方式来看，连丧尸都不可能没事。头都差点被捅穿了呢。"

像刚才那样被刺入，就算是丧尸也会死。

不对，丧尸本来就是死的。

"但似乎还活着。"

"都知事真的不是人吗？"

"就因为他不是人……"京极说，"木原才要讨伐他，这完全不值得惊讶。"

"所以你也认同木原先生的说法吗，京极先生？"绫辻感到意外地问，"即使如此，也仍然没什么不可思议的吗？"

"既然都知事还活着，我们只能接受他还活着的事实。这当中必定有某种理由存在，只是我们不清楚而已。都知事不是人的可能性确实是有，木原会做出这种行动，想必也是坚信如此，才会付诸行动。"

雷欧想，没有相当的信念绝对无法做出那种事。

雷欧无法相信自己，他平时连走直线都会犹豫不决。在餐饮店点菜时他也会踌躇，难以决断，往往在点菜后又更改，结果就被抱怨。一旦被抱怨，他又会在对方开始发飙前先道歉。不只不敢赌命，连赌十日元都没胆。只要能回避风险，他什么都肯做，下跪或倒立都行。因为过度爱惜生命，他甚至成了求饶达人。

"也许木原先生掌握了足以确信的证据。"

"重点就是这里。"京极竖起食指说，"毫无疑问，他一定掌握着某种证据。但他明明能预测行动后会变成现在的状况，所以我才说他的行动过于轻率。既然知道那个都知事并非人类，只靠长枪刺杀很显然无法将他杀死。若要以自我牺牲为前提，不把刺杀的成功率提高到百分之百就不行啊。"

京极的表情极度苦涩。似乎比起朋友的自我牺牲，他对于计划失败更难以忍受。总觉得……有点冷血。

雷欧光是在心中这么想，就被京极瞪了一眼。

"木原浩胜这个人不是会因一时的激情而断送生命的人，若因玩弄诡计却聪明反被聪明误而自灭的话，倒是挺有可能。不管如何，坏心眼的家伙不可能逞英雄。换成是郡司兄也不会逞英雄，因为他是个坏人。我很明白木原不是英雄的料，所以才更觉得不甘心。"

这算是在夸奖吗？

"也许是什么特殊的长枪吧。"似田贝说，"仔细一想就会觉得这个事件很奇怪。既然要实施恐怖行动，那么用长枪就很诡异。没有恐怖分子会用这种武器。也许那根长枪对化身成都知事的怪物有特效。也许是圣枪之类的。"

"朗……"

"别说朗基努斯。"及川阻止他。唉，雷欧变胆了了，连想炫耀也被抢先阻止。不过现在也的确不合时宜。

"信息太少，无法判断他所认定的魔物究竟是什么。无论如何，魔法道具并不存在。诅咒是文化性的事物，任何咒法都是人类编造出来的。"

"京极兄果然还是不改本色啊。"绫辻苦笑着说，"可是如果魔物真的存在，有魔法道具也不奇怪吧？"

"如果有的话，对现在画面中的百鬼夜行、手洗鬼或许能发挥功效。因为它们是概念的视觉化，具有某些文化属性。假如设定上是会受到咒语或符咒影响的话，咒术就能对它们发挥效果。但是那个都知事并非如此……"

"嗯，看起来并不一样。"

"不管他是什么，他确实存在着。"

"就算不是人类……但怎么看都是人啊，都能当上都知事了，至少不是虚幻的，而是具有肉体的事物。"

"所以一般的物理攻击就能对其造成杀伤力。"

"也许木原先生就是这么想的，才用长枪当作武器。"

"慢着慢着。"京极打断众人的推论，"如果说他不是人，那么应该有以下几种可能性。首先，最有可能的是，这只是个比喻。和骂人是衣冠禽兽或魔鬼一样。这层意义上，都知事只是个内心冷酷无情、缺乏人道思想的人物，所以能被轻易杀死。"

如果只是个普通人，当然能被轻易杀死吧。

"但我难以相信木原会如此判断。因为真相若是如此，杀死都知事肯定不是有效手段。不管木原在杀害时表现得多慷慨激昂，也无法改变日本当前的乱象。"

"我不是很清楚，但日本社会应该不会变吧。"

"自己当上杀人犯，在无可推卸责任的罪恶中断送性命，虽然能引起轩然大波，却无法持续撼动人心。即使日后有人提起这件事，也顶多会被当成日本史上最凶暴的恐怖分子。这么做可以说完全划不来。"

"有正常判断力的话，应该不会出此下策。"

的确如此。

"第二，有某种非人类事物假冒成都知事。从民间故事中的狸猫或狐狸变化成人，到科幻故事中地球外生命体变成人类面貌等，这种例子不胜枚举，但大半都荒诞不经，也很不切实际。着实无法想象某种个体能变化成其他个体的形象。但如果不是形体直接变化，而是在别人眼里看似如此，或许不是不可能。例如荒俣先生被看成学天则巨神就是个很好的例子。"

"和现在出现的妖怪一样？"

"道理上是相同的，不过这种情况恰好相反。这个例子是表面上看来像人类，内部却另有其人。当然那不是人。换句话说，在幻觉背后的事物如果是生物的话，或许他就能被杀死。"

"如果是生物的话……"

"刺杀、劈砍、下毒、放毒气、拳打、脚踢、绞杀……不管用什么手段，总是有将其杀死的方法。在这种情况下，虽然不确定那个背后的事物是什么，但通过杀死他从而改变目前异常的社会——要说有可能，倒也是有那个可能性存在。"

"京极兄的语气仿佛在暗示其实不可能呢。"绫辻说。

"正常说来，可能性极低吧。"京极不假思索地回答，"退一百步，假设都知事是地球外生命体等超越人类理解的事物所假冒的好了。但我无法相信只靠杀害一个个体就能让社会情势改变，而且木原还……"

失手了。

"但是，如果是这种情况，用长枪就能杀死都知事。"

"前提是得刺中。"

"明明刺进去了。"

"那只是看起来像刺进去了。"贯井说。

不愧是推理作家，领悟力很好。及川和似田贝还在发呆。

"所以说，实际的肉体并不在那里？"

"是的，就像瞄准学天则巨神的驾驶舱开枪，却打不中荒俣先生一样。"

"所以应该朝腹部刺吗？"及川做出刺枪术的动作说，"头部在这一带？"

"我不是这个意思。他的本体体积说不定更小哩，实际如何我们根本不清楚。也许是长枪刺不到的超微小生物，也可能是流体型生物，也说不定是比刀刃更硬的物体。"

"但木原应该知道吧，所以才特地选择了长枪。"

"但还不是失败了？"郡司毫不留情地说，直截了当。

"租用直升机的手续繁复，因此使用直升机奇袭应该是从一开始就预谋好的。那么，木原自然不可能选择近距离杀伤的凶器。短剑类的东西也不行，因为无法悄悄接近后再进行暗杀。这种情况下，最合理的是用步枪进行狙击，但木原不可能雇狙击手，所以他只好跳伞下来自己动手。只不过他又弄不到手枪，正常而言办不到。就算弄到了，他也没开枪经验。即使握有手枪，未经训练的外行人也难以打中目标。就算目标不动也打不中，更不用说四处窜逃的对象。"

这么说来，的确是如此。射击训练中的人形标靶不会动。通常是在板子上标示靶心，以一副"快来射我"的模样静止不动。或者顶多会慢速横向移动。但就算如此，外行人依然打不中。别说命中靶心，恐怕连命中板子都有困难。假如人形板还会不规则移动的话，几乎无法打中吧。

因此，目标换成是人的话，肯定打不中。绝无命中的可能性。不仅如此，要在跳伞途中出手更是办不到，还很可能会被击落。如果是雷欧，绝对会误射到自己。

不对，雷欧连跳伞都不敢。他会怕得连跳也不敢跳。

"而弓箭或十字弓之类的东西也办不到。如此看来，近距离武器不行，远距离武器也不行。能用的攻击方式很少。毒药更不行，毒气当然也不行。而比手枪更强力的武器也不可能弄到手。"

"从天而降逼都知事服毒太困难了。"

"不过毒气呢？如果边降落边喷射的话……"

"毒气不必对准目标发射，甚至也没必要跳下。但这不是暗杀，而是大量屠戮。不可能只杀一个人。"

风向一旦不对，无疑会牵连甚广。

"同样的理由，爆炸物也不行。虽然这种情况下人体炸弹是最直接的方法，而且只要有材料，就连外行人也能制作，但木原一定不愿意牵连无辜吧。"

"他唯一的目标就是仙石原。"

"因此，这样推论下来，能用的武器非常局限。隔着一段距离也能杀伤对方的武器，只剩下长枪。枪的攻击距离比日本刀更长。就算是不锋利的道具长枪，只要把枪尖磨利，就算无法劈砍，也能刺杀。"

"所以才选长枪？"

"是的。应该是用排除法来选择的。"

"不是长枪更好，而是只有长枪能选？"

"我认为是如此。"

"但还不是失败了？"郡司再度不客气地说。

"与其说失败，不如说都知事是某种魔物变化而成的可能性很低。那个都知事拥有实体，因此应该是被附身或被窃占身体吧。"

"恶……恶灵？"雷欧说。

"没那种东西。"京极皱眉否定。

"毫不客气地否定了呢。"绫辻笑着说，"京极兄自有一套什么可能存在，什么不可能存在的标准，但我们这些外行很难懂啊。一般人会觉得既然妖怪都能存在，恶灵自然也存在。"

"不，我的标准很简单。现在被称为妖怪的是一种可视化的概念。当中的原理为何先暂且不论，总之，这种现象实际发生了。假如恶灵这个概念能被看见的话，那就存在，但恶灵附身又是另一回事。由此推论灵魂也存在。"

"灵魂不存在吗？"

"目前没有证据能证明灵魂存在。相反，能导向不存在的证据却非常多——多如牛毛，多如繁星，堆积如山，俯拾即是。只不过，要证明其不存在一样不容易。即使能找出灵魂存在的证据也不能终结这个争论，办不到。即使现在天天上演各种颠覆常识的现象，依然无法证明鬼魂存在啊。现在发生的各种迹象无一能成为灵魂存在的佐证，反而更像是在否定。"

"可是我听说鬼魂消失了。"

"那种现象只能当成灵魂是心灵的表征，亦是一种义化性装置的佐证，却不能证明灵魂的存在。"

"所以是什么附身在都知事身上了呢？"

"我也不明白。"京极说，"木原声称'那种事物'把日本搅得一团乱。假如相信他这番话，'那种事物'就应该是具有那种功能的事物，如此一来，就不会是自然界存在的一般事物。换句话说，那是一种超自然的事物或超科学的存在。附带一提，一般被称为超自然的事物往往只是被加上反自然的解释，并非真正的超自然。"

"你这个人真的不改本色呢。"

"虚构作品里常见某某星人、某某改造人或魔法师夺取他人肉体的剧情。虽然改造人为何竟然也能做到这种事着实令人费解，但修卡怪人或多鲁奇魔人不是都有能夺取他人肉体并加以控制的能力吗？被外星人夺取肉体的话，会出现黑眼圈，打光也会变绿色。也许都知事身上有类似的特征吧。"

"所以说，肉体本身属于仙石原吗？既然如此，应该就杀得死啊。"郡司说。

"嗯，这样的话的确能杀。"村上附和道，接着又问，"但本体是什么？"

"如果是特摄片，这种情况下会显现真身。一旦其所占有的肉体灭亡的话，本体就会一跃而出。"

"然后被英雄们解决。"

"也许木原就是希望能有这种情况吧。"京极说，"他的行动是以电视转播为前提。只要用长枪刺入，逼占据都知事肉体的某种事物原形毕露，并被全国转播的话，就算无法直接打倒，他的目的也达成一半了。所以毒气或炸弹是不行的。然而……"

"什么也没有出现。"

"是的。"

"这……这不就等于木原先生白白送命了吗？"

似田贝显得更泄气了。

"不，不见得完全没用。被那样刺穿还没事，肯定有问题，相信很多人会开始怀疑。就连那位军事评论家也被吓了一跳不是吗？换句话说，都知事不是人类，也不是某种事物变化的，而是某种物体窃占了他的身体。"

"可是方才被刺伤后却没有露出原形，应该不是吧？"

"现实不是虚构，不见得事事都能照理想发展。唉，木原也很喜欢特摄啊……"京极搔了搔下巴，接着说，"对了，他在死前说过都知事已经死了。"

"嗯。那是在模仿《北斗之拳》吧？"

"不，那种状态下如果还能像雷欧一样炫耀反而会让人肃然起敬，但应该不是吧？都知事实际上的确死了。"

"慢着，不是说他平安无事吗？"

"尸体的话，当然杀不死。"

"啊？"

"假设……那是一具被某物控制的尸体，因此，不管是被捅穿心脏还是被折断脊椎，都没问题。因为原本就是死的。不同于尸体本身获得行动能力的不死系怪物，以都知事的情况说来，尸体更像是交通工具，就算有点受损也没有问题。"

"这……的确有可能。"绫辻将双手在胸前交叉，说，"'首先把一切不可能的结论都排除，剩下的不管多么难以置信，也必然是事实——推理将从这里展开。'这是福尔摩斯的台词。"

"对神秘主义信奉者的柯南·道尔而言，这句台词实在很理性。"京极回答。

"这代表福尔摩斯就是很伟大啊。"

"问题是，到底是什么窃占了都知事的身体？"

"我也不清楚。"

京极的说明往往长篇大论，但遇到他也不懂的事时，他总会异常干脆地承认。

"总之，至少能肯定的是，我们当前的敌人就是那个不明所以的事物。"

"嗯。"

"虽然没打算战斗，但或许算是吧。"

"总之，先救人出来要紧。"冈田说。

这时突然传来奇妙的呼喊声。

似乎很慌张。

"喂，记录下来了吗？记录——"

是多田克己。他身后跟着两三名多田妖怪讲座的学生。

"刚刚记录了吗？"

"记录什么？"村上说，"拜托，把话讲清楚嘛。"

"其实啊，刚刚的电视转播出现了百鬼夜行、手洗鬼和大首。"

"早就看到了。"

"所以说……"

"啊，录像吗？"村上问，"你在问是否录了像？"

"不然是什么意思？那个百鬼夜行，没有缺的呢。"

"你在讲什么我根本听不懂。"村上皱眉道，"什么没有缺的？我看能缺的只有你的脑子吧。"

"村上，你在说什么，我也不懂。绘卷种类很多，不过每一幅都不同。但是……"

"好了好了，我懂了。"村上说。

"讲成这样居然听得懂，不愧是多田先生的老友。"及川不由得佩服地说，"我完全听不懂。"

"他想说失落的环节是否被补上了。刚才没看仔细，现在回忆起来似乎有些妖怪没见过。"

"真是不得了。"多田显得有些兴奋地说，"因为……"

"慢着，现在没空管这个吧？木原先生死了。香川先生和汤本老师还留在那栋公寓里，荒俣老师则是化身成学天则不断迈进啊。"

"是，没错，但这两者不能混为一谈吧？你说对吧？"多田向雷欧征求同意。

"咦？啊，是……是的，这两者不能混为一谈……"

不……

不行。

这个回应一点儿意思都没有。

没意思就算了，是既不无聊也不愚蠢，也非毫无意义，而且还不冷场。雷欧是个笨蛋，认为被人嫌很冷也是一种炫耀方式，被人用鄙夷的眼神看待则是一种光荣。就算不能使人发笑，至少要让自己能当笑柄。多么愚蠢又拙劣的矜持啊。但现在的雷欧连这份愚蠢又拙劣的矜持也失去了。

"呃……"

"看，连这个笨蛋雷欧都明白。宝贵的事物就是宝贵，不该轻易被情感左右，对吧？"

"不不。"

村上转过头面向多田。

对雷欧的发言连理都不理。

"是，没错，但凡事都有所谓的先后顺序，身为人好歹该顾虑一下吧，你没听过'适时适所'吗？"

"但现在不是拘泥小节的时候吧？百鬼夜行说不定再也没机会看到了，对吧，雷欧？"

又被要求背书。

"啊，是的。或许不会再出现……吧？"

啊啊啊，不行，好普通的回答啊。

"看吧。"多田得意起来,"连这么蠢的雷欧都同意。"

"我说你啊,难道你没想过因为雷欧是蠢蛋所以才唯唯诺诺地同意你吗?"

"太过分了吧。"多田说,"你想说我也是笨蛋吗?是吗?就算我本来就是笨蛋,难道我和雷欧老弟同水平?这种水平?太惨了吧?你这句话很伤人啊!"

多田这种说辞,怎么想,更受伤的都是雷欧。虽然让场面变冷和被鄙视对雷欧而言是一种光荣,但讲冷笑话没反应,只被当成普通笨蛋的话实在有点悲哀。而且,不知为何还被多田称呼为老弟。

"那么宝贵的影像。"

"那你怎么不自己录?既然很重要。"

"真的很重要。"

"没录就没录。我不会要你看场合,这对你来说太困难,但至少顾虑一下状况吧,烦死了。"

"咦?"

"咦什么咦啊。"

"喂,很吵啊。"

郡司低沉地抗议。冈田立刻打圆场:

"多田先生放心吧。一定有人录下的。而且这段影像之后一定会反复播放,不只这家电视台,其他台应该也拍下来了。而外国人也会上传到网络的。"

冈田这个人果然是无懈可击啊,似田贝佩服地想。多田说:"哦,那就好。既然如此,我们应该就看得到了。"

"你想看什么?"京极问。

"当然是那个失什么的。"

"失落的环节。"村上帮忙补充。结果对多田还是很亲切嘛。

"对，就是那个。搞不好有没见过的妖怪。不，肯定有。"

"想必是有吧。"京极语气平淡地说，"但就算有不认识的妖怪，你应该也看不到。"

"咦？"

"啊，原来如此。"村上拍着掌说，"那是摄影者的……"

"是的。因为是实时转播，主体是谁并不清楚，总之那是某人的脑内画面。如果遇到不认识的妖怪，他也看不见。"

"这么说来，似乎有许多妖怪很模糊。"及川说，"原来那个不是没拍清楚啊？"

"恐怕是不认识吧。不过像手洗鬼之类的著名妖怪也很多，而且我们现在看的这个台的工作人员功课做得很足，连绘卷里的涂壁也认识——其他电视台就不敢说了。"

"早知道就该转其他台确认看看。"郡司有点懊悔地说，"学天则出来时我的心情还很轻松，木原先生进行奇袭后心情变得很沉重，就没心思这么做了。"

"正常人都如此。"

"咦？所以看不到？"多田问。

"嗯，我是这么推测的。如果电视台的人比多田你更熟悉妖怪的话就另当别论了。"

"那不可能。"多田断然否定。他对妖怪很有自信。

"那就没办法了。除非那个人看过连我们也不知道的绘卷，而且还记得很清楚的话或许有机会，但这种事……"

"不可能的，不可能的。"多田说，"慢着……绝对不可能吗？"

"应该不可能。"

"那么，该怎么才能看到，有什么提示的话，会不会看得清楚一点？"

"应该也办不到。"

"有提示也不行？"

"什么提示嘛……京极兄，真的没方法吗？"

"要看见不认识的妖怪，只有一个方法。"

"有吗？"

"有。就是……去认识那个妖怪。"

京极冷漠地说。

"听不懂。"

"就是取得收录那种陌生妖怪的绘卷，仔细观察那种不认识的妖怪的模样并记在脑海，下次它出现时你应该就能看见了。"

多田愣住一秒左右，接着说："那样的话，哪是什么不认识的妖怪啊，明明已经认识了！"

"就说不认识就看不见啊。"

"这样不就没意义了？如果能看到绘卷，我又何必看影像！这太奇怪了，这样根本是本末倒置！"

"本末倒置的人是你。"村上说。

"发布避难指示了。"贯井突然插嘴道，"杉并区全区与中野区部分地区发布了避难指示，中野区与新宿区是避难劝告，邻近地区则是避难准备。"

电视画面显示出避难分区图。

接着显示文字信息，主播宣读内容。

"范围很广啊。"

"没办法，有那些妖怪出现的嘛。"

"说是避难指示，实质上等同于避难命令了。"

"就是戒严令吧。"

"这下子更难救人了，根本进不去！"郡司气愤地说，"干脆喝酒睡大觉算了。小冈，你帮我联络他们，说我们爱莫能助。"

"不……这倒不见得。"

京极把眉毛挑得老高地说。

"京极，你刚才也这么说，但现在这样真的没辙了吧。"

"不……现在不是要求区域内居民完全撤离吗？为了喷洒那种化学武器。"

"一定会喷好、喷满。"及川说。

"换句话说，活人会全部不见。"

"就算有人还留在里头，喷完也死了。"

"那栋公寓附近更是会重点喷洒。"

"肯定会喷得到处湿淋淋的。"及川说。

"所以说，会变得空无一人。"

"就是说，哪怕有的话也死定了。"

"自然也不会有电视转播。"

"不可能还去转播吧。"

"然后……"京极指着电视说，"下达避难指示的是杉并区全区与中野区部分区域，范围相当广。这个区域大多是住宅区，人口稠密。"

"是这样，没错。"

"所以一两个小时就完成避难作业是办不到的。还得先准备收容所。就算现在社会弥漫着异常气氛，也不可能在居民还没撤离的状况下喷毒气。"

"嗯，不可能。"绫辻回答，"会先确认所有人撤离了再进行。"

"确认作业短时间内能结束吗？避难指示地区可是相当广大。"

"应该不可能吧。"

"因此，除污作业再怎么快，也得明天下午才开始进行。"

"目前预定于明天下午四点开始喷洒。"冈田说。他在平板电脑上确认了一下。

"得在那之前进行避难。"

"所以说……"

"电视转播很快就会结束，警察、暴徒和围观群众也会离开。之后……"

"我明白了。趁现在一团混乱进入区域内，之后伺机行动，将各文物搬运上车，在下午四点前完成即可。"

"从现在开始作业的话，时间很充分啊。太轻松了，不用担心。"似田贝说。

"那是不可能的，似田贝先生。"冈田说，"我们现在人在富士山麓，和对方得到明天上午十一点才能联络。换句话说，最快也得等到上午十一点，防灾墙才会升起，不可能从现在就开始搬运。"

"不管如何，都不可能现在就开始。一来发生过那种事件，二来彻底撤离少说也要四五个小时。因此，公寓前大概得等到明天早上才会空无一人。"

这时，郡司不知为何竖起拇指。

"怎么了？"

"其实我早就在杉并区租了搬家用卡车，现在就停在避难指示区内，离那栋公寓不到十分钟的车程。但没有司机和搬运工。"

"也就是说，只要有司机和搬运工，就有办法救援喽？"

"应该有机会。"

只要东西都搬上车就能马上离开，说不定还会被催促快点走呢。

"这样看来，应该来得及吧。"冈田说，"只要我们在明天十点五十分前准备好，十一点就能立刻展开搬运作业。"

先不论是否能顺利进入区域内，时间上应该很充分。

"现在立刻坐车，在天亮前移动到杉并区附近，趁着天色未亮潜入区内，并移动到卡车所在地的话，应该来得及。"

郡司说完，接着表示：

"只是，开车进入区内应该有困难。现场到时候必定禁止进入。所以我们要先把车子停在某处，彻底以居民的身份……反正我本来就住在杉并区，不算说谎。以要先回家一趟再避难为理由，或许能潜入吧。如此一来……也许真的没问题吧？"

"嗯，应该没问题的。"冈田又说。

"嗯……"村上思忖半晌说，"如此一来，作业时间最短就是……五个小时吧。从上午十一点到下午四点为止，得将文物搬上车并堆好。五个小时真的能完成吗？"

"没问题吧？"郡司说，"不以货物为优先，只要时间快到了，我们二话不说就直接出发。反正我也不想长时间体力劳动。"

"慢着慢着慢着。"京极摇着手说，"别以为我们有整整五个小时。要实施喷洒作业，想必会从作为源头的公寓附近开始执行，所以明天下午就会开始准备。此外，就算没电视转播，也无法保证现场没有全副武装的YAT待命。公寓前真的有完全空出来的时候吗？就算有，在上午十一点时真的没人吗？以上这几点都很难说。因此再怎么多估，搬运文物的时间……我想想，实质上只有一个小时吧。不，必须在一个小时内结束。当成只有三十分钟比较合理。"

"又在往最坏的方向打算了。"郡司瞪着京极说，"我好不容易提起干劲呢。"

"但现实就是如此严苛啊。"

"是，没错啦……"

"只好采用人海战术。一群人出动，一口气搬上车，然后迅速逃亡。"

"可是……目前不知道文物总量是多少，所以也不确定能否搬完。而且那么多人去的话，回程时坐得下吗？"

"到时各自徒步避难吧。"

"嗯，在撤离区游荡一下应该会被逮捕并强制驱赶，这招应该有效。"

"但如果没被人发现就死定了。"村上说。

"也是。总之，单论可能性的话，救援行动当然有机会成功。但如果错失撤退时机的话，就会全军覆没。就算顺利把货物搬上卡车，倘若恰好遇上YAT赶来，来不及上车的人就死定了。"

"会被杀吗？"

"当然。被看见从妖怪制造工厂搬妖怪文物出来的话，肯定会被杀吧。尤其现场又没其他人，肯定会毫不犹豫直接动手。"

"喂喂，京极，你到底是站在哪边的？"郡司没好气地问，"你想鼓励，还是想阻止救援行动？怎么一路唱衰啊。你自己刚刚不是说有机会吗？"

"然而现实并不是我不唱衰就会改变的。"

"是，没错。"

"我当然很想拯救他们，也想保护妖怪遗产。但我个人怀抱的愿望对事实没有影响。以为许愿就能成真根本是大错特错。若是全世界的人对同样的事情各有不同方向的期望，究竟谁的愿望才能成真呢？愿望强烈者就能获胜吗？那个强度又该怎么测量？愿望强度是什么？难道有愿望强度测量仪吗？梦想无法成真，心愿无法得偿，期望无法实现。这世界只会往该前往的方向发展，没有不可思议的事存在！"

京极用戴着露指手套的手握拳。

"京极兄真的是完全不改其色呢。"绫辻笑着说，"真让人佩服。"

"既然如此……京极，你说该怎么办？"

"我没有决定权，我只是主张，要做的话就尽可能把成功率拉到最高而已。把安全管理和风险管理搞混的话，就会全灭。因为一定会发生意料之外的事。"

"嗯……"

"日本人时常以为保持安全就是风险管理，所以老爱用'意料之外'这个词。然而意料之外的事也可能发生，随时做好应灾的准备才是风险管理的第一步。”

“没错。”

“一开始是更绝望的状况。但靠着荒俣先生的扰乱战术，以及接下来大量出现的妖怪，终于打开了一个突破口。接着是木原的疯狂举动与更进一步的巨大妖怪登场，总算见到了一线曙光。此外，东京都下达避难指示也让成功的可能性大大提高了。”

“我就说吧。”

“不，听好，原本的可能性是零，现在虽然提升到百分之几，但也只是百分之几。找出可能性很重要，愚者看见一线生机就以为百分之百能得救，那是很危险的。”

“难道不能抱着不入虎穴，焉得虎子的心态闯闯看吗？”

“要去可以，但请务必看清退场时机。如果进不去就立刻回来；进去了，如果无法靠近就放弃；带不了文物就只救人，放弃那些文化财产；就算已经搬了一半，苗头不对也要快点逃走。总之，行动要迅速。兵法的要义就是确保退路。逃走也是战术之一。感到卑劣或不舍的感情论或精神论什么用也没有。那种心态毫无意义。”

雷欧想，啊，这段话好像《金肉人》的台词。

“虽然壮烈牺牲很帅气，但那不是聪明人的做法。冷静一想就知道，那单纯放弃就好了。横竖都要放弃的话，还不如干脆逃跑比较有意义。”

“我也赞成这个观点。”郡司说，“不管怎样，不希望再因这种事出现更多的牺牲者了。”

“这套做法不限于紧急事态，最重要的是持续收集信息，基于正确的状况分析并迅速做出判断。没注意到、漏看或判断错误当然不行，但拖拖拉拉、犹豫不决更糟糕。慎重和优柔寡断是完全不同的意思。迷惘绝对不行。与其迷惘，还不如快点选一边。就算错了，只要迅速发现，还能迅速补救。而迷惘只会浪费时间，糟糕透顶。懂了吗，雷欧？"

雷欧很想回答"我就是雷欧，有何贵干"，但不敢多嘴。

"总之，要和时间竞赛。"京极以这句话作为总结。

"所以，大家一起去吧。一旦发生问题，立刻拔腿就跑，这样如何？"

"嗯，就这么办吧。"

"我不去。"京极立刻说。

雷欧想，鼓舞众人后唱衰，最后居然不去吗？这太厉害了吧。当然，这句话他不敢说出口。

"肉体年龄七十五岁的我在体力劳动中帮不上忙，而且我的外形又格外醒目，只会给大家拖后腿。我跑不动，也没驾照。而且我对生命毫无执着，一碰上状况会立刻放弃。不管在任何场景中，我都只会成为负面因素。因此和大家一起行动只会增加风险。"

"嗯……"

"因此，理性思考起来，我不该参加这项任务。"

"京极先生的说辞真像史波克。"及川傻眼地说。

"没办法，我孩提时期就很憧憬瓦肯人。诉诸以情的话，往往听起来冠冕堂皇，也容易感动人心，但现在这个状况若不能诉诸理性的话，会给大家带来危机。基于相同的理由，多田仔也别去比较好。"

"我要去我要去。"多田迅速说了两次。

"你别去啦。"村上打断他的话，"你的模样早被认出来了，去现场游荡会被逮捕的。"

"你不也一样？"

"我会易容，但你办不到吧？光体形和动作就被看穿了。"

"不然穿布偶装好了。"

说完，多田嘻嘻地简短笑了两声。

"那样反而更醒目，也容易摔倒。你就留在这里等吧。反正你也不会开车。我会找这附近的年轻人一起去。要在哪里集合？"

"我也去吧。"郡司起身说，"荒俣先生正在战斗，安排车子的人是我，就由我来开吧。如同京极所言，时间非常紧迫，要临机应变，要有随时中止任务的心理准备。"

接着，他转过头看向其他人，说：

"冈田，及川，似田贝，你们一起来吧。既然决定要这么做，那我现在就去联络，请车主把钥匙留在卡车上，放置在原地。否则连车主也去避难的话，一切努力就白费了。"

郡司走向隔壁房间去联络。

"那我去征集车辆和人手。"

村上走向门口。

"我不去真的好吗？"多田问。

"事实上你根本不该去。"京极回答。

"哦，好吧。"

说完，多田在电视机前坐下，突然吃惊地喊：

"京……"

"怎么了？"

"京极！"

"咦？这……这该怎么解释才好？"

绫辻不知为何露出悲伤的表情。

不知不觉间无法融入讨论，雷欧只好呆站在房间的角落。从他所站的位置难以看见电视画面，所以并不清楚现在众人看到了什么。

但现在不管发生什么事，应该也没什么好惊奇的吧？

"啊……这真是不得了。"

居然连京极都这么说。

准备离开的似田贝回头看到，也说了声"哎呀"。

"那……那个人不是黑先生吗，京极先生？这次换黑先生了吗？慢着，咦？那应该是东总编与平山先生吧？唔哈！"

"平山先生是指平山梦明先生？"贯井也望向电视画面说，"啊啊，那身影确实很像东先生。"

被挑起好奇心的雷欧走向前，看到电视的滚动字幕显示"神奈川亦出现巨大怪兽踪影"。

"那个……不算怪兽吧？那是……"

"看起来像是克苏鲁风格。"

"克苏鲁？"

那不是创作的神话吗？

呃……

记得是像章鱼的那种怪物。

不过，在一般人眼里应该是怪兽吧？至少不是妖怪。

"多么惊人的游行啊！与其说游行，不如说更近乎示威抗议。一只巨大的……相当巨大的怪兽被大量——初步估计有五百人以上——民众包围，正在缓慢地前进中！"

可以听见记者的报道。

"请问包围怪物的究竟是什么样的人呢，奥道后记者？"

"这里是奥道后发回的报道。游行队伍中似乎有相当多的外国人……应该超过半数是外国人。他们高举告示牌与布条，上头似乎写着信息，但看不懂是什么意思。呃……'是纯脆创作物的馅石化，而非妖怪'？虽然是用日语写的，但语焉不详，汉字似乎也写错了……"

"先别管这些细节，奥道后记者，请问游行的诉求是什么？"

"示威队伍希望保护这个怪物。他们主张这种怪物不是妖怪，不应被视为攻击对象。到处可见这类信息。"

"不是妖怪？有根据吗？"

"克苏鲁本来就不是妖怪。"

"是邪神，是旧日支配者，而且是纯粹的创作产物。"

"但……确实存在。"绫辻指着画面说，"对京极兄而言，这也不算不可思议吗？"

"嗯，其实克苏鲁和其他涌现的妖怪差异并不大。因为妖怪原本也是纯粹的创作物。只不过妖怪大半是基于文化或习俗被创造出来的，并非个人创作。在这层意义上，或许有所区别吧。"

"原来如此。"绫辻连点了好几次头说，"克苏鲁神话也不是洛夫克拉夫特独力创造出来的。因此，说两者的差异不大，倒的确可以认同。"

雷欧想，既然绫辻老师认同了，那就应该错不了。但画面中接连出现了难以置信的事物。

"也有日本人参加吗？"

"是的，围绕在怪物身旁的应该是日本人，不过人潮汹涌，没办法靠近采访。此外，在怪物背后……有工程用的重型车辆。那是挖土机吗？抱歉，我对这方面不熟，不敢断定。总之，有这类车辆存在。"

"是松村先生。"

似田贝愣住了。

"绝……绝对是他。而且福泽先生和黑木先生也在。唉，这到底是什么情况啊？"

松村看起来很像在笑。但他天生就是这种表情，其实心里很慌张吧。似田贝像是吓得腿软地半蹲着，不知如何是好地说：

"木原先生之后，是这些人接替上了吗？这一切看起来像是假的。太不现实了。"

"最近不管发生什么都很不现实，所以反而是事实吧。"

恐怕无法进行攻击吧——电视台的军事评论家正在大放厥词。

"事实上，究竟谁才有资格判断何为妖怪，这的确是个大问题。"

"但那只怪物怎么看都和妖怪一样吧？"

"即便如此，神奈川并没有类似YAT的组织。就算有，他们沿着街道移动也难以攻击。而且，那也不是警察或自卫队能处理的对象。"

"可是这好歹违反了交通法啊。"

"不，问题不在那里，如此怪诞又巨大的事物无法被物理手段打倒。如果那真的是妖怪，也不该贸然接近。"

"您对示威队伍有何看法？"

"示威民众看似没有武装，但很难说。就算机动队出动，也会尽量避免与他们冲突吧，首先会试着说服或沿路警护。"

"难道只能静观其变吗？"

"是的。不过根据目前获取的情报，示威队伍中有一派主张即使是妖怪也不该加以攻击。这难道没踩到底线吗？主张妖怪也有人权或妖怪也应该受到保护，这种思想太荒谬了。"

"这又是另一个问题。跟那只怪物该被归类于哪一边是不同领域的问题。就算是动物保护问题，我也主张不该无限上纲上线。更何况妖怪本来就没有人权。它们根本不是人。那种东西比传染病的病毒更低等。日本因为妖怪问题而丧失国际信用，我们绝不能继续坐视不管。没有比说要保护那种东西更可笑的主张，这一点没有讨论的余地。妖怪基本上只能被扑灭或歼灭。主张要保护妖怪的人究竟在说什么梦话？妖怪甚至不是生物，为何需要保护？哼，保护妖怪？只要主张这个就是卖国贼，没有当国民的资格。完全疯了。"

"支持妖怪者没有人权，政府的态度也是如此。"

"是的，就是这样。应该早日揪出那些反动分子，加以逮捕或处刑。这不是思想或信念的问题，而是这些人的大脑被污染了。必须尽快修法，将这些人处以极刑。"

"真是的。这世间变得很可怕啊。"绫辻表情阴沉地说，"如果是正常的社会，这种说法是不可能被接受的，这个名嘴才真的疯了。但是……舆论是支持这一方的吧。"

说完，绫辻眯细了眼。

"虽然妖怪不是人，没有人权，但妖怪迷好歹是人，应该保障他们最低限度的人权吧。然而，现在举国似乎都支持将妖怪迷就地处刑也无妨。"

京极说这番话时，维持着一如既往的声调，表情也毫凡变化。

"话又说回来……"贯井说，"这支游行队伍的目的地是哪里？他们的主张我明白了，但目的是什么？"

"不明白呢。"

"今后会怎样？"

"这也不明白啊。"

"日本到底是怎么了？"

主播凄厉呐喊。

"这个国家难道就这样遭妖怪蹂躏而灭亡吗？真的无法扑灭妖怪吗？"

"就说那不是妖怪啊。"

"算了，如果连机器人也是妖怪的话，怪兽更接近妖怪吧。至于邪神，就更不用说了。"

"说得也是。"

这时，门口传来村上的呼喊。

"雷欧，在发什么呆啊，还不快来！"

咦？

"在在在……在叫我吗？"

"除了你以外，还有谁叫雷欧？走了啦，准备赴死吧。若有万一，你就是牺牲品。身先士卒去死吧。"

"牺牲品……村上大哥，牺牲品是什么意思？"

"就是字面的意思啊。一旦遭到攻击，我一定会先推你下去。趁你被攻击的空当，大家赶快逃走。这是全妖怪推进委员会一致通过的见解。"

"不要啦，我我我我啊……身子很弱。我家中还有两个病弱的老婆、五个刚出生的婴儿、久卧病床的老妈、成天酗酒的老爸、失智徘徊的祖父，以及得了脚气病无法工作的红毛猩猩……"

"来啦。"

"不行啦，我……"

"喂，要牺牲当然是先从社会损失较少的那方开始吧？失去汤本先生和香川先生是重大损失。所以我们必须去拯救他们，而你则是活着本身就是种损失。"

"现在看是这样，但是我还很年轻啊，还有希望和将来。"

"明明已经不年轻了。连比你年轻的人也要一起去。真正很有将来的年轻人，我会挺身保护的。"

"我没有将来吗？"

"只有祸害吧。"

"啊……可是如果我死了，月刊不会很困扰吗？而且，如果有下个危机来临的话……"

"下一个牺牲者就是及川。"

"原来我是第二号候补啊。"村上的背后传来声音。

"好了啦，别再浪费时间胡扯了，我们该走了。"

"雷欧，走吧走吧，村上先生只是在开玩笑啦。"似田贝拉起雷欧的手。

"不，我想他是认真的。"京极冰冷地说。

"总之，你给我准备慷慨就义就对了。"村上说。

雷欧想，拜托，只是开玩笑就好，别认真啊。

正当雷欧不知为何蹑手蹑脚地朝门口迈出步伐时，突然发现不大对劲。村上迅速让开，惊呼一声："啊！"

京极站起来，说："老……老师！"

"老师？"

人墙分开，村上更退一步。不知为何，绫让和贯井也跟着起身。

郡司也从隔壁房间探出头来。所有人都注视着门口。

从门口处——

水木茂老师现身了。

老师的表情显得有些凝重。

"你们在干吗？"

"呃，我们……"

"荒俣说要来这里。"

"咦？"

学天则巨神吗？

虽然他算是成功单独逃离……

"战争不好，因为会饿肚子。但鬼的话，就该打倒。因为这个鬼啊，根本不好玩。所以你们啊，一起来打倒鬼吧！"

老师傲然宣言。

宛如祭坛的巨石台座上，两名男人仰躺着。

此处是树海之中朝天开口的巨大洞穴的底部。

底部平坦宽广，而且幽暗。由于并无比较对象，因此不知有多宽广。就算知道也没有意义。

石造祭坛规模颇大。躺在上头的人体犹如微小粗糙的人偶，可见祭坛绝不算小，不过在这个广袤的洞穴之中却只像个渺小的物体。

构成洞穴底部的并非泥土，也非岩石，而是由各种动植物残骸历经悠久岁月堆积而成的地层。在这里，尸体即使腐烂也不会回归尘土，而是维持尸骸模样逐渐干枯碎裂，化为地层的一部分。

平坦的底部延伸到远处时逐渐隆起，这些分不清是植物还是矿物的物体交织缠绕构成的地层逐渐朝上方发展，形成墙壁，伸向天际。

然而，抬头却不见苍天。

洞穴被地面生长的苍郁树林覆盖。

从枝叶藤蔓的缝隙间泄漏的些微阳光也无法触及底部。微弱的光芒在广大的空间里前进不到一半距离便已烟消云散。

唯有日月来到头顶上方的短暂片刻……一道朦胧而如不定形聚光灯般的光亮才能照亮洞穴的中央一带。

祭坛就设在这个位置上。

躺在祭坛上的两名男人皆已不年轻。

其中一名甚至看似已然死亡。

他的皮肤失去弹力，干枯僵直，面如死灰。嘴巴半开，却不像在呼吸。衣服污秽。手脚扭曲。

涣散睁大的右眼早已看不见任何事物。

他的左眼溃烂。不，只余一个边缘沾附着黑色血迹的窟窿。

是仙石原贤三郎。

躺在他身旁的男人，较仙石原年轻一些。

这名男子双手在胸前交叉，静静沉眠。

无声无息。

仿佛一幅静态图画。

听不见鸟语或风鸣，四野阒然。

这时——

突然出现清脆的喀嚓声响。那原本不会被注意到的微小声音却蕴含着足以翻转无声世界的能量。

一名身材高大的男子不知不觉间出现在祭坛旁。

这名不知从何而来的男子在无数动植物尸骸积累的地层上昂然而立。

军帽与披风，军刀和长靴。

男人笔直稳定地迈着步伐，走向祭坛。

再次，又响起喀嚓一声。

"维持不下去了吗？"

"算维持得很久了。"

回答的是尸体。

"四天前心脏停止跳动，如今已无法掩饰尸臭味……"

尸体下巴颤动，如此回答。

"眼睛被贯穿是最大的失策。若是眼睛以外的部位，顶多会让尸骸受损。"

"因为眼睛和你的本体相连。"

"是的。小的过于习惯不必挥剑的太平盛世，一时松懈了。这一切都是我的过错。"

"伤终有一日会复原。"

男人更靠近祭坛一步，眼神轻蔑地望着尸骸。

"哼，多么污秽的模样。"

"生物本是污秽。人类更是如此。这副皮囊死后的模样才真正暴露出本性。"

"这男人就算不死，本性也暴露无疑，与你再相配不过。"

尸体发出轮胎漏气般的声音。

似乎在笑。

祭坛周遭充满酸腐尸臭。

"唯一遗憾的是无法粉碎那颗灵石。若能再延一天，或许就能扫除那些令人顾忌的事物了……"

"无妨。"

长身男子不屑一顾地说：

"这个国家的民众早已无神无佛，无灵无魂。一群被人轻侮排挤的杂碎涌现出来引起骚动。那样的杂碎不管如何吵闹，也无法掀起一片尘埃。"

"您说得是。"

"距离你'吸尽一切'的日子不远了，届时……"

"将会毁灭。"

"这个国家与文化都将毁灭。如此一来，那帮杂碎也无法存在。它们将被连根拔起，再也没人能记得。"

军帽底下的细眼妖异扭曲。

"真的会这么顺利吗？"

"它们没被祭祀，没被崇敬，甚至也没被畏惧，不过是被嫌忌、被嗤笑的杂碎们。没被体系化，没被语言化，顶多被赋予了野蛮的外形，被赋予了名字，不过是位于最底层的可憎概念罢了。不管涌现多少只都无法构成力量。

事实上连人类都想挺身驱除它们呢，多么愚蠢。"

披风男嘴角微扬，继续说：

"连自己'最后的余裕'都想歼灭的话，早已病入膏肓了。愚民们什么也看不清，只会自我毁灭，彼此憎恨厮杀，这个国家终将在自己手中灭亡。百姓死光，文化断绝，最后……成为无人之岛。"

男人掀动披风，伸出右手，竖起食指，手背朝前，举至与视线齐平。

手上戴着绘有五芒星的白色手套。

"即使震撼大地，分裂国土，降下天火，烧尽城市，也没能毁灭这个国家。就算派出汇聚激烈深邃的怨恨而成的祟神，也无法摧毁这个国家。到最后，甚至连祟神也视吾为敌人。"

"您是指将门公[一]？"

"是的……在这个国家，崇敬与畏惧作祟并无差别，祝与咒价值相等，虔敬的祈祷和卑俗的讪笑亦无差别。不论吾怎样伤害，怎样践踏，怎样破坏，他们最终都会——重新站起。"

"因为民众不论碰上什么都能一笑置之。"

"没错，是故吾需要你的力量……'戴蒙'啊，唯有能从人心之中夺取喜悦、夺取乐趣、夺取余裕、夺取欢笑，甚至连悲伤痛苦也一并吸取的你——才能真正毁灭这个国家。"

"小的已吸得十分饱满。"

尸体略微挪动头部回答。

"嗯……你看似蓄积了不少力量。"

"托您之福……"

[一] 平将门，日本平安时代皇族，曾对抗朝廷自立为王。传说其被讨伐斩首后成为怨灵，而后成为江户地区守护灵，被尊为武神。

尸体脸颊抽搐，也许在笑吧。

"帝都目前可以说尽落吾之手中。为趁势毁灭日本，吾将你的分灵移到这男人身上。这男人乃是此国的政治中枢之一员。"

"小的参照尸体的记忆，明白他是执政党的干事长。"

"名唤大馆伊一郎。本性虽与这具尸体同样低劣，但肉体健壮许多。"

"感谢您为小的觅来这副身躯。"

尸体的下巴不停地咬动。

"这男人比仙石原更为狡猾，现任内阁总理大臣不过是他的傀儡。大馆的人脉遍及各界，支持者亦广，必能轻易地将失去思考能力的民众们玩弄于股掌之中。"

"那么，仙石原的尸身又该如何处置？"

"他已无药可救，就这样放置吧。令其尸骸腐坏，成为洞穴地层之一部分。若洞穴抗拒，就将他抛出。"

"这样真的好吗？"

"就算这名丑陋男子消失不见，也不会有人起疑。法律与秩序如今已不复存在。现在，这个国家陷入极度混乱，没有任何人会在乎他的生死。那么，戴蒙啊……尽管放手做吧。"

男人傲然命令。

"遵命。"说完，尸体伸出舌头。

男子高举右手，伸长高大的身躯。

"堕落的异国邪灵啊……"

男人睁开异相之眼。

"成为吾之式神，继承吾之意旨，贯彻吾之志向吧。"

男人挥下右手。

平静无风的洞穴底层突然刮起宛如刀刃的锐利旋风。

祭坛上的尸体抽动两三次后，化为一团肉块。

接着，另一名男人——大馆干事长缓缓起身。

"啊，筋络和肌肉依然健壮。这副身躯好使唤多了，也更容易模仿人的模样。"

"因为他还活着。就用这副身躯进行最后的画龙点睛吧。待吾之夙愿达成时，吾亦会助你实现欲望。"

"太感激您了。"

大馆从祭坛上下来，跪拜在男人脚边。

男人倨傲俯视，高声宣言：

"崇敬吾吧！"

"遵命，加藤保宪大人……"

大馆在尸骸织成的大地上五体投地。

廿壹

妖怪探访家秘密行动

夜间的街道杳无人踪。

没有车辆在路上行驶，甚至连一只野猫也见不着。

这里不是废墟，却毫无生活的气息。街灯虽亮着，店家广告牌的灯光却全部熄灭了，路上也看不到一点垃圾。

所谓的鬼城，就是像这样吧。

倒不如说……

更像摄影结束后的布景呢，榎木津平太郎想。这些房子看似有模有样，却缺乏真实感，仿佛是用三合板搭建而成的，内部再用木材框架增强。仔细找，说不定还能找到忘记收起的铁锤或锯子吧。

再不然就是 CG 技术的产物。最近的 CG 影像和现实几乎没有两样，却非真实存在。那只是用数据制作的建筑，内部空空如也。

然而，这里是货真价实的市区，房子里有房间，也有住户。

应该有吧。

"你发什么呆？"村上健司低声催促平太郎，"距离巡逻车再次经过只剩不到三分钟了。"

"啊，抱歉。"

"盯紧一点啊。"

"真……真的要做吗？"

"不做没办法吧？我也不想做。怎么，事到如今你后悔了吗？"

"不是啦……也不是说后悔……"

平太郎只是缺乏胆量。他是个胆小鬼。前来执行任务的路上，他的心脏跳得很快，同时眼冒金星。

"失败的话怎么办""肯定会失败吧""失败的话也许会死""不，一定会死""死定了""必死无疑""永别了，我的人生"等负面思考，宛如大拍卖般充塞在平太郎的脑中。

但下车之后，心情竟莫名沉静下来。

不过也可能只是在逃避现实。

"请问……"

"还有什么问题？就算成功率不算高，但我可没打算白白送死。"

"所以……真的会死吗？"

"你失败的话，就死定了。"村上说，"当然，我失败的话也是一样。"

"真的会死吗？"

"别死啊死的讲个不停，很触霉头，那么想死就去死啊。"村上又重复了一次，"去死啊！"

村上有个坏毛病，一旦在心中决定不要骂别人去死的瞬间，反而会忍不住连讲好几次。

"你真是个胆小鬼。早知道你这么没用，我就找雷欧来了。他搞不好比你更有胆识一点。"

村上一脸厌恶地盯着平太郎说。

在平太郎的眼里，自由作家雷欧☆若叶也是个令人伤脑筋的男人。

他无疑是个笨蛋。当然，平太郎同样也是笨蛋。应该说，他们这群人几乎都是笨蛋，但雷欧算是他们之中特别出众的笨蛋，而且还是个懦夫。要比怯弱的话，平太郎相当有自信，但看到雷欧，他觉得自己的怯弱程度仍只是业余级的，雷欧☆若叶这个人可以说是怯弱的专家，是胆小鬼世锦赛冠军头衔的永久保持者。

他比平太郎年长一些，因此不想说得太冒犯。

但这是事实，所以也没办法。

然而——

在那天……

在逃离公寓的搏命大作战的那一天。

连雷欧也作为救援队的一员前来杉并了。

虽然根据平太郎的观察，他根本没有发挥任何作用……不，他并非完全愣着，他时而搬运小箱子，时而不小心掉落，时而东摇西晃，时而被责骂，时而怕得啜泣。呃……这样看来，还真的没半点用处啊。

在生死存亡关头勉强搭上的货柜车内，雷欧对平太郎说了这番疑似借口的话语：

——虽然我看起来很碍手碍脚，但没问题的。

——因为我啊，是为了当成肉盾才被带来的。

——碍着其他人根本是理所当然，我就是人类版的滑步啊。

虽然实在听不懂他在讲什么，但总结说来，似乎是一旦遭到攻击时，他就会被迫自我牺牲，以争取他人逃脱的时间。

"请……请问，我也是肉盾吗？"

听到这句话，村上表情凶恶地反问：

"你这是什么意思？"

"不是啦，就是那个……雷欧先生说他被选拔为救援队的理由是……他不被需要……"

"那又怎样？意思是我也很没用吗？"

"我不是这个意思。我们现在没有村上先生就活不下去，您是大家的生命线。但我的话，就是那个……肉盾……"

"啊？"

村上扭动粗大的眉毛，鼻翼张开。

"所谓的肉盾，不是躲在某处的人们为防止外头袭击，所以用人质挡在前面的行为吗？难道不是吗？"

"呃……"

平太郎会这么说，基本上只是延续雷欧的说法而已。

"我的意思是……村上先生在情况紧急的时候会拿我当代罪羔羊……"

"白痴啊你，去死啦。"村上破口大骂，"你这是什么意思？你当我是恶魔吗？况且任务还没开始就在想这个，根本是失败主义。"

"难……难道不会失败吗？"

"如果一定会失败，我就会带雷欧来。"

"为……为什么？"

"因为他死了也无妨。"村上说，"倒不如说，他死了反而有益于世界。"

"那……那我呢？"

"你还不懂啊？我就是判断你比雷欧有用才带你来的。假如我被逮捕或死了，你就是完成任务的重要角色。"

"原……原来如此。"

"你都没在听吗？该不会连待会儿的步骤也没搞懂吧？"

"呃，基本明白。"

"基本是什么情况？你不会忘了是谁拯救的你吧？你以为你现在还能呼吸是托谁的福？可别说你忘了这份恩情。不，我看你是忘了。既然如此……"

"别……别再说去死了。继续被人骂去死，我觉得自己都快成雷欧先生了。"

"你这是想宣称自己也是个没用的家伙？"

"不是的。我明白了，我绝对不会失败，也请村上先生别死。"

"放心吧，我没死的话就轮不到你出场。"

突然，村上短促地喊了声"喂"，然后迅速压低身子。

回头一看，在一个街区外巡逻的似田贝大介正在发信号。

接着，他用对他而言十分敏捷的动作转身，一瞬间从视野中消失了。

"快躲进来！"

平太郎被扯住衣袖，连忙压低身体，小跑着钻向建筑物之间的狭窄缝隙。

村上抓住他，一口气拉进缝隙里。

不久，传来一阵不知是马达声还是引擎声、宛如地鸣般的轰然巨响。强烈的低频直接震撼腹部。震动声音逐渐变大。

"这……这是什么声音？"

"是坦克。"

"咦？"

不久，一辆黑色钢铁巨物从似田贝方才所在的十字路口拐弯而来，展现着它的威容。

"好厉害，是 10 式坦克啊，好帅。"

村上喃喃地说。当然是压低声音。他们正躲着。

就算完全不懂坦克型号的平太郎也看得出来，有大炮，也有履带，明显是一辆坦克。

"这是战后第四世代国产主力坦克。体积虽小，但动力十足。"

"您很熟悉呢。"

"不行吗？大叔我啊，好歹也算半个军事迷哩。只不过坦克本身虽帅，但看到像这样大剌剌地行驶在街道上，也会疑惑这个国家到底是怎么了。"

"原来您也这么认为啊。"

这也是平太郎的心声。

就算不懂型号，一想到拥有大炮的履带车威风凛凛在甲州街道上巡逻的时代竟然会降临这个国家……以及，自己竟然能亲眼目睹这种情况，平太郎真的做梦也没想到会有这种事发生。虽然实际发生时，还是很令人沮丧。

"实际动起来真是灵活，而且迅速。攻击力、防御力也比90式坦克更高，实在不怎么想与它为敌啊。"

"一旦被发现，我们立刻会粉身碎骨，不是不怎么想，而是绝对不想与它为敌才对吧？我们手无寸铁。就连电影《野性的证明》中的高仓健对抗军队，手上还拿着武器呢。"

"可是他不也背着药师丸博子的尸体吗？"

"没错。高仓健往往会在结局时壮烈死亡，即使手上有武器。"

个人对抗军队，本来就不可能打赢。

军用车辆发出"跨拉跨拉"的履带声，从两人眼前通过。

"好，距离下次经过还有三十分钟。"

村上说完，走出人行道。

"真的没问题吗？不会突然又折返吧？"

"放心啦，我们已经掌握路线，而且依照预定计划，我们的人再过五分钟就会来了。话说回来，这街景真寂寥。真的有人住吗？"

"也许大家都睡了。"

"谁知道呢？这种类似戒严的状况，通常会让人联想到有反抗势力潜伏地下，或忍耐暴政的一般市民之类的。但当前的情况并不一样，恰恰相反。"

没错。

这一可怕景况并非来自独裁政权的暴政，也非军方政变所造成，更不是宗教斗争或思想偏激分子所带来的结果。

而是民意。

出动坦克巡逻东京都内……据说也是市民的请求。

"居民间彼此相互监视，争相告发，所以没人敢随意外出。一旦遭人举报，警察赶到现场的话，听说视情况还可能被处刑咧。"

"我国的司法制度彻底崩盘了呀。"

"不，整个国家都崩盘了。"

曾经震撼全日本的妖怪们，在杉并那场疯狂骚动后也销声匿迹了。

新宿、中野、杉并三区的居民被强制撤离——与其说强制，不如说大部分的人是主动避难——该地区被以 YAT 和自卫队为中心组成的妖怪驱除部队花了整整一周进行彻底的除污杀菌。

平太郎他们固守的公寓在杀菌后立刻被拆除。新闻还报道说，由于 NASA 开发的特殊合金制成的防灾墙过于坚固，部队在穿着完全防护服的状态下进行拆解作业极为困难。

什么完全防护服嘛。

妖怪又不会感染。真正危险的是为了消毒而大量喷洒的药剂吧。

肯定是如此。

既然是能将一只虫子、一根草、一片霉菌——平太郎不确定霉菌该用什么量词来计算——总之，将一切活生生的事物都完完全全、彻彻底底地杀死的药剂，对人体肯定相当有害。

为了保护自己而喷洒毒剂，事后又嫌处理困难，这是什么逻辑嘛，平太郎气愤地想。

另外，听说拆除后的废弃物也难以处理。毕竟用 NASA 技术制作的防灾墙异常坚固，不怕煮也不怕烧，想必连穿越大气层与平流层时的高温也破坏不了吧。

但要将之搬出区域外的提议也受到激烈抗议。对世人而言，那是妖怪制造工厂的残骸，必然有大量妖怪精华沁入骨髓。虽然平太郎从没听过特殊合金有骨髓，总之事态如此。拆解后的瓦砾只能被弃置原地，用特殊材质做的大型除菌幕遮蔽起来。

也因此，这三个区目前仍是禁入区域，维持严密的警备态势。

与这三个区相邻区域的居民也减少许多。

"首都完全失能了嘛。"平太郎说。

都厅也位于禁入区域内。没听到转移的消息，不知现在变得如何了。听说永田町[一]某个部门暂代执行东京都事务，但具体谁做了什么则完全不明白。照理说这样一定会产生问题，实际上也的确产生相当严重的情况，却没有人在讨论。

也许居民们都在忙着监视邻居，无暇关心政府或行政。

明明最为困扰的是在东京都生活的都民自己。

譬如一到晚上，整座城市变得静悄悄的。餐厅与咖啡店关门，电影院与游乐中心也歇业，娱乐设施一律关闭。风月场所更不在话下。七彩霓虹灯与居酒屋的红灯笼已消失许久，烦人的酒店揽客员也灭绝了。

在这个世道，喝酒起哄被视为狂人行径。这并非玩笑，他们不是被送进牢房，就是被收容到人格矫正机构里。青少年们无人敢夜游。一到晚上，就算有事要办也没人想外出。整个地区实行全面巡逻，只要发现有人做出疑似违反道德的行为，直接当场逮捕，然后送进各地区设置的道德伦理管理中心进行研习。

听说这种研习很辛苦。

不问年龄，二十四小时置于监视之下，从早到晚接受教育指导。在取得回归社会许可证前不得返家，甚至无缘见到天日。

这简直像漫画剧情，而且是二十世纪七十年代或八十年代的漫画。虽说如此，平太郎也只联想到《被狙击的学园》中的英光塾或《飞女刑事》中的青狼会。

[一]　日本国家政治中枢所在地。

听说以前很流行斯巴达教育。平太郎完全不明白那是怎样的情况，不过之前也发生过在游艇上进行人格矫正的事件。总之，有一批人喜欢进行这种严格教育，而这种管教风格往往会酿成问题……

但现在大家似乎都忘记了。

与此相对，学校反而宛如熄火般失去了活力。

上课时和同学聊天或东张西望的孩子、不到中午就吃便当的男同学或涂润唇膏的女同学，似乎都从现在的日本消失了。假如有人敢在校内玩手机的话，二话不说，立刻会被勒令退学吧。

或许有人以为如此一来，教师上课应该会轻松许多，实际上恰好相反。只要教师在课堂上稍有失言或讲错内容，就会受到严惩，害得某些老师甚至紧张得昏倒呢。

学生们无心听讲，而是张开布满血丝的双眼，竖起耳朵，拼命寻找老师的缺失。这种学校究竟出了什么差错？

光说些笑话、面带笑容，就被抗议教学不正经。更不用说对学生体罚或道德骚扰的那种失格教师了。虽然不管什么时代都有行为偏差的糟糕老师，但在这个年头，被视为问题的是笑容。光是说个冷笑话就会受到免职处罚。

假如雷欧☆若叶是教师，肯定马上就会被判死刑吧。

因此不管哪个地区，只要一过傍晚，街上就见不到行人。

没人知道自己会在哪里被谁看到。

走路方式怪怪的，可能是妖怪；脸看起来像是在笑，也许是妖怪——连这种鸡毛蒜皮的小事都会被通报，而警察也会立刻赶到。

附带一提，警察人数增加到过去的一倍之多。

不知是原本就有大批潜在想维护社会正义的人突然觉醒，还是因为社会变化导致失去工作的大量服务业人员找到新的职场，或者人们觉得与其被管制，还不如自己来管制人。

既然是如此重视道德伦理与正义廉洁的社会，公众住起来想必很安全吧？然而并非如此。

吵架纠纷迅速增加，暴力事件也频发。

暴力事件、杀人事件如今变得宛如家常便饭，民事诉讼件数亦为历年最高，审理速度根本提不上去。结果导致开始有人主张应该凭力量来解决，于是将民事案件发展成暴力事件。被告者即使败诉也不肯罢休，有人继续上诉，也有人不服判决，对法官施暴。整个社会发展至此，已经不知该说什么才好了。

人人深信自己才是正义的。

没人想听别人的主张。

平太郎想，这恐怕是妖怪不再出现所造成的弊端吧。

作为全民公敌与邪恶化身的妖怪如今已经不在，失去了愤怒与不满的发泄对象，大众只好把矛头对准邻人，将累积到临界点的压力发泄在彼此身上。

多么无意义的人际关系啊。

而政府也不断施行助长这一风潮的政策。

特别是老早就宣告妖怪问题已经解决这一点最为糟糕。

只宣称问题已经终结，却毫不加以解释。只宣告制造工厂已经被摧毁，妖怪已被消灭。

虽说在那之后，妖怪也真的不再涌现了。

但这种处理态度未免过于草率。

不仅如此——

不知道在想什么，内阁总理大臣芦屋道三竟高喊，比起复兴经济，更应着重复兴道德，必须恢复正确的日本。即使贫苦，也要维持高尚的德行。只要为人清廉、正直优雅，便能克服贫富差距。这已不是政策，而是莫名其妙的疯言疯语了吧。然后……

若是正常的社会，这种空话肯定会受到质疑，现在却没人反对。明明民众对隔壁邻居老爹充满猜疑，却对这个莫名其妙的国策或政治方针丝毫不抱怀疑。令人难以置信的是，据说芦屋内阁的支持率接近百分之百。

完全疯了。

任何事物都有正确和不正确的一面，任何言论也不可能完全正确。因此有人朝右，有人朝左，有人朝下，这都是很正常的情形，也会有人朝上或朝后，不可能所有人意见一致，总会有人妥协或放弃，不管多么美好的行为，也都有人会感到不平或不满。

这才是正常的状况。

所以会有讨厌这种混乱的人试图煽动或洗脑，使众人朝向相同的方向，形成所谓的流行。但是，现在的状况远比这个严重多了。

实在太奇怪了。

明明没人带头倡导某种思想。

娱乐节目从电视上消失后，首相在电视演讲的机会增多了。

也顶多说些空话。

只说要靠爱与正义来重建国家。但日本又没倒，哪来的重建？就算真的倒了，也是被民众打倒的。

至于外交……

如今全世界都对日本不屑一顾。

妖怪骚动发生后，不论国内外，游客趋近于零，进出口贸易也造成严重影响。对日本经济的打击之大，恐为战后首见。连外行人也看得出来这个问题，首相却只字未提。

日本如今已不构成威胁，连被讨厌都嫌麻烦，就只是个又穷又蠢的国家。当然，作为伙伴也不够格。现在的日本没有国家想援助，不值得保护，也没必要攻打。

过去曾有所谓的"弃民"一词，现在的日本恐怕是"弃国"吧。

再过不久，说不定连"怜日"或"悯日"的主张也会产生呢。不，八成会被无视。

究竟民众们在这样的国家里该怎么生活？

虽然如此——

平太郎觉得，或许人类并不需要所谓的国家吧。

人们没有国家也不会死。没有厕所的生活或许难以忍受，但那是因为人们过于习惯有厕所的生活，实际上即使没有厕所，人们还是能大便。随地大小便也不会造成死亡，只要想到往昔的人类都是这样过活就觉得还好。

日本作为国家的系统已彻底崩盘。

不论是社会福利、保障还是教育制度，都不复存在。但是，只要有东西吃就饿不死人。纵使未来并不光明，至少能度过今日。

真正有问题的反而是仿佛刺猬般武装自己的国民。只要和其他人接近或接触就会吵架甚至厮杀。人人嘴上挂着爱与正义，却绝不认同彼此。但那只是包裹在猜疑与好斗壳中的私法正义，所以不会引起群体暴动。即使产生了，也会立刻被镇压——被周遭的其他人，被警察，被坦克。

轰隆——一炮解决。

人际关系彻底破裂。

没人抨击这个问题。

最近有个不知为何戴着类似刚出道的森田一义或《葫芦岛漂流记》[一]的虎须海盗或《哥斯拉》的平田昭彦或柳生十兵卫般的单眼眼罩、不知从哪儿冒出来的干事长，居然说要在国会研讨是否要修订只要有正当理由就认可私刑的法律。

[一] NHK于20世纪60年代上映的人偶剧。

还说问题在于不慎杀死的话比较难以界定，这将会是修法时的讨论重点之类的梦话。

世界上有哪个国家会通过这种法律？古代或许行得通。不仅如此，他还说国内粮食逐渐迈向自给自足，所以考虑实行锁国。

什么锁国？

能源问题该怎么解决？办不到吧？理所当然有人提出这个质疑，干事长却回答别用能源就好。

而提出问题的记者竟也认同了。

这到底是要怎样？小学生治国吗？

然而，不知为何，这种内阁的支持率近乎百分之百。

说什么日本拥有足以歼灭妖怪的科技力和技术力，就算锁国也能活下去，根本是妄语，是梦话。

不仅如此——

平太郎很清楚，妖怪不再出现并非因为那栋公寓被拆除，也不是因为灭菌杀人气体。住过那栋公寓的平太郎比任何人都清楚，那里根本不是什么妖怪制造工厂。而在协助研究的过程中，他也明白了任何气体都对妖怪没有效果。毒气是不可能发挥效用的。

杀人毒气如同其字面意义只能杀人，对妖怪毫无效果。妖怪不具实体，不会因为这种东西消失。它们本来就不是生物，所以没有死亡。鬼怪是不会死的。它们不会生病，不用工作，也不用考试。

因此——

它们还存在着。

妖怪根本没被毁灭。

妖怪只是集中到一个地方而已。

政府的宣言是谎言。与其说是谎言，不如说是误判吧。

其实妖怪依然有很多。由南到北，全日本的妖怪都集中到某处了。

它们去了富士山麓，水木茂老师所在的那片土地……

平太郎和香川、汤本、山田老先生等人被营救后直接被带往那里。那些珍贵的妖怪资料和收藏品也被运出了八成左右。

没对照过清单，所以不敢打包票，但汤本的妖怪收藏品和香川的博物馆收藏品应该近乎全部运出来了，而山田老人所拥有的妖怪相关文献或绘卷等也运出了九成左右。

至于荒俣的收藏，杂志、绘画等纸类藏品没有问题，但麻烦的是自动人偶或福助人偶等美术工艺品，以及不同国家的收藏家寄放的各项不可思议且超贵重——是否真的贵重，其实平太郎也不清楚——的珍宝。由于形状和尺寸不一，非常占空间，还得慎重搬运。毕竟连失落的安拉柜和疑似真品的佛祖舍利子，以及怎么看都不像仿造品的埃及王族木乃伊都有。

虽然真赝不明。

搬运时间不够，只好忍痛把部分收藏弃置于现场。

十分遗憾。

当中最让人遗憾的是——学天则的本体。

不仅过于沉重无法搬动，就算搬得出来，车上也没空间堆置。很占空间啊，学天则。

这对平太郎而言也是一大憾事。

那尊学天则肯定不是仿制品，而是真货吧。

不管作为历史文物还是古董或美术品，其价值都弥足珍贵吧。

平太郎当然相信它具有这等严肃的价值，但对他而言，更像是基于站在圆谷制作公司的怪兽仓库前，看见人火熊熊燃烧，仓库里各种怪兽的布偶装都被烧焦了却无力挽回，只能眼睁睁地看着它们被烧毁……的御宅族心态而产生的懊悔。

但人的生命只有一条，若不快点逃出来，说不定连其他妖怪遗产也会失去。

沉浸在懊悔的情绪里，平太郎离开了杉并。而那尊学天则……

……之后的命运会变得如何呢？

抵达避难地富士山麓别墅地带，以水木老师为首的前《怪》杂志相关人士们栖身于此。

靠学天则付丧神变化的学天则巨神演出障眼法的荒俣宏已早一步抵达这里。他见到平太郎等四人平安无事时欣喜若狂，看到各式各样的收藏品从货柜中搬出时更是开心。能看出他是真心地感到喜悦。

然而——

没能运出学天则的事实还是让他深受打击。

毕竟这次他能得救，有一半是托了学天则之福。

然后——

"啊，村上先生。"

"干吗？对方怎么还没来，没问题吧？"

"呃，我想问关于荒俣老师的事……"

"现在提这个做什么？闭嘴啦。"

荒俣嘴上说不得已，内心依旧牵挂。虽然不管是毒气还是放火，只要还在 NASA 级防灾墙的守护下就不会有事。学天则不是生物，不会被毒气杀死。

但是——

当见到新闻中政府宣称决定拆除公寓大楼时，荒俣深感动摇。

他竟说要去拯救学天则。

当然，所有人都阻止他。

但荒俣的决心非常坚定。

他说要开运出收藏品的那辆货车回到现场。

如此壮烈的决心，难以相信出自平时冷静沉着的博学之士荒俣宏之口。

然而，荒俣并不会开车。

而被选为司机的竟是胆小程度仅次于雷欧☆若叶，足以名留青史的及川史朗。

平太郎当时不在现场，听说及川激烈反抗，苦苦哀求自己绝对办不到，会没命的，接着又说起自己腰痛、腹痛等借口。也许是他拒绝的态度不太理想吧。及川这个人长得一脸横肉，容易引起误会。明明什么恶意也没有，却会给人语气不佳的印象。

平太郎想，荒俣或许被他的语气激到，才变得那么倔。平太郎在公寓里和荒俣共住过一段时间，那位博物学者是位温和仁厚的长者，碰上危机也不胆怯，更是很少粗声粗气。

但这样的荒俣竟然生气了。

平太郎无法想象那个场面。只听说及川被痛骂一顿后，只好全身爬满冷汗、心不甘情不愿地跟随。如果换成是平太郎，要他把及川的生命和学天则放到天秤上衡量的话，他恐怕也会选择学天则。

就这样，荒俣带着及川与担任过荒俣责编的冈田，只留下一张纸条，在朝雾未散之际离开了。看来冈田也拒绝不了荒俣强势的决心。

纸条上写着：

——学习天之法则。祈祝妖怪人士武运昌隆。

发现卡车和三人身影消失的郡司和京极等人大为惊慌。

不断拨打电话或发送邮件，试图联络冈田和及川，但他们的手机电源似乎被关闭了。

从那之后——

二人再也没回来。

已经过了一个月。

"他们真的没事吗？"

"没死。京极兄也说过，像荒俣宏这种大人物被逮到的话，电视新闻肯定会大肆报道。极端一些，说不定还会举行公开处刑仪式。对世人而言，在那栋公寓里制造妖怪的罪魁祸首就是荒俣先生。"

的确如此。

荒俣之前出入那栋公寓时没有特别躲藏，所以附近的居民都知道他住在那里。况且他也是个名人。

"他是妖怪相关人士中唯一遭到通缉的。香川先生和汤本先生被认为死于那场杀菌除污行动中，但荒俣则被通缉了。"

有人看穿学天则巨神其实是荒俣宏伪装的。

虽然电视显示的是巨大机器人，但实际情形是荒俣悠然步行，所以也有人看出真相。附带一提，山田老先生和平太郎没有被注意到，他们只是普通人，是小人物。

"敌人的企图是什么我们不清楚，但一定在打某种坏主意。像我和京极兄或多田仔，即使被通缉也不奇怪，但目前还没有。明明对世人而言，我们这群《怪》的残党全部被处以极刑也没问题。"

"可是荒俣先生呢？"

"他原本就很有名，又开着一辆大型卡车移动，不可能躲藏起来的。如果他冲入现场，一定会上新闻，结果却没有。换句话说，他的行动被阻挠了吧。就算有冈田跟着他，恐怕也形不成战斗力。及川或许死了，但荒俣先生恐怕是被逮捕了吧。"

"真的被逮捕了？"

"怎么想都是如此啊。但政府不公开这个事实，我想是为了套出我们秘密基地的位置吧，不过这只是我猜的。"

"拷……拷问！"

同伙在哪儿？给我招出来！平太郎凭着贫乏的想象力只能想到时代剧

场景——被分叉的竹条抽打、被泼水、被迫捧巨石、被系铁项圈、被用针刺指甲缝……

"你在胡思乱想什么？"被村上责骂，平太郎挥去脑中的无聊想象。

"政府想问出的说不定是其他事。"

"其他事？"

不管如何，藏身处一旦被得知，他们就完了。

该处如今已成为被全民敌视、蔑视、忌恨的妖怪相关人士的集体避难所。

凡是妖怪漫画家、妖怪画家、妖怪插画家、妖怪雕塑家、妖怪编剧、妖怪演员、妖怪声优、妖怪电影导演、妖怪动画师、妖怪表演者、妖怪书编辑、妖怪评论家、妖怪小说家、妖怪作家、妖怪学者、妖怪研究家、妖怪收藏家，以及其他形形色色的妖怪痴，这些失去栖身之处的鬼怪爱好者皆隐居在此，形成鬼怪的桃花源。

虽然平太郎觉得并不是全部冠上"妖怪"两字就好，但所谓的妖怪相关人士真的是五花八门，形形色色。

像多田和京极这种不管正着瞧、反着瞧还是翻过来瞧，不管要煎、要煮还是要怎么做，都是妖怪分子的家伙，真的彻头彻尾跟妖怪脱不了关系，也丝毫没有辩解的余地。但是，若只是因以前做过和妖怪沾边的工作，与其说喜欢妖怪，不如说更重视的是那份工作，只因该工作而有了代表作，就被世人贴上"妖怪分子"标签的人，被混为一谈地遭到白眼的话，实在也挺可怜的。

这种社会评价对其本人而言很不合理，他们往往在妖怪界以外也留下许多伟大功绩，但一旦被认定为妖怪相关人士，便毫无疑问再也无法正常度日。

像有些人只是曾经接过妖怪动画的工作就被称呼为妖怪动画师，这也说不过去。只是不知该算幸运还是不幸，这些职业与妖怪相关的人们大部分后来都成了妖怪迷——或许不算冤枉吧。

在平太郎他们抵达时，这个避难所已经聚集了两百人以上。

之后陆陆续续增加，如今已超过三百人。

明明有一大批人在此生活，地点却尚未曝光。

一方面是因为这里是远离市区的山地，另一方面则多亏妖怪骚动初期此地就因有妖怪涌现的不良传闻而变成鬼镇状态。在政府发布妖怪歼灭宣言后，普通市民更是没人想靠近这里。

这一带原本是别墅区，有许多房子散布在山中。现在几乎所有房子都有妖怪相关人士入住。水木老师原本就在此置产，其他人则多为不法占据。也有人事先向屋主购买或租赁，但经过正式手续才入住的人恐怕不足一成。

如此一来，其余九成的非法住户，用电、瓦斯、自来水该如何处理，便成了问题。然而奇怪的是，事实上住户还能继续使用。使用水、电、瓦斯会产生费用，这笔钱自然是由原屋主支付。没人居住的别墅却有电费和自来水费的缴费单，照理说原屋主会感到疑惑才对，或许原屋主以为是妖怪作祟吧，所以至今尚未产生纠纷。

未免太幸运了。

人数众多，也许接近动画电影《福星小子2：绮丽梦中人》的设定吧，平太郎想。设想是能使用电力、瓦斯、自来水的野外求生生活就对了。

不过，就算掌握了维生管线，其他物资依然匮乏。

首先是粮食短缺问题。

因为人每天都会消耗能量，在山上也不易取得食物。

接下来是卫生纸或纸巾等消耗品逐渐匮乏的问题。医疗用品也有必要。

生活必需品就是生活必需品。

为了补充这些物资，妖怪相关人士通常会悄悄下山，在山脚下的超市或卖场购买。但不久前，这些超市或卖场都关门了。毕竟其老板本来就是专做别墅居民或观光旅客的生意，在这世道撑不下去而关门大吉也不意外。

"观光"这个词如今早已没有人使用。

为了观光而前往山上是不被容许的行为。

如此一来，采买就变成艰难的工作。

一群人下山到市区购物是很危险的行为。避难者大多是名人或公众人物，长相容易被认出，被人看见他们出入山间的话肯定会被怀疑。

此外，他们也试过询问众人需求，交给少数人下山一口气买齐的方式。但那样的话，一方面，以一两个人的购买量而言东西太多，会被怀疑；另一方面，大部分的人也没钱了。

没人在工作。不，是无工作可做。

因此……

"今天运来的是米吗？"平太郎问。

"米，还有药品。"村上答道。

"真是感谢啊。"

"嗯，光是能像现在这样活着就令人感激了。"

平太郎今天来帮忙运送物资。

似田贝再度现身，用双手比出圆圈。

没必要连双脚也变O形腿吧？

"来了。"

黑色面包车和轿车各一辆缓缓开过似田贝站着的十字路口。

似田贝跟在车子后面跑。跑步姿势很奇怪，仿佛萩本钦一[一]当年的招牌小跳步。

两辆车在村上面前停下。

———————
[一] 日本谐星、主持人。

面包车的侧门被打开，一名理着平头的男人下车。

"晚安。"

是前东京广播电台（TOKYO FM）的小西，他是以前平山梦明的广播节目的负责人。京极当初也是这个节目的固定嘉宾。

"没问题吧？"

"没被巡逻车发现。宫部小姐好心送米给各位……不确定总共几公斤，总之，尽可能装得满满的。然后这是伯云轩的葡萄面包。药物则有赖讲谈社和角川的工作人员帮忙准备。不过现在公司已经改名了。"

讲谈社改回旧名"大日本雄辩会讲谈社"。而角川集团控股公司则已解体，听说分成角川优良书籍出版社和角川诚实信息发布社。讲谈社是公司旧名就算了，角川怎么会改这种怪名呢？

"京极先生还好吗？"小西问。

"他还是老样子，没什么精神。"村上回答。

"这是车钥匙。那么，我坐宏岛的车回去了……"

同样曾是该广播节目负责人之一的宏岛从后方轿车的车窗中探出头致意。表情有些僵硬。原本就不大的眼睛缩得更小了。那副表情很像在强忍尿意。

"怎么啦，宏岛？不用怕啦，坦克十五分钟后才会来，下车聊几句也来得及。"

"小……小西，快……快上车！"

"到底怎么了？"

小西一脸诧异。

"别问了，总之，快上车吧！"

宏岛大喊。

"干吗那么大声？夜深人静，太大声会被发现。"

似田贝站在宏岛的车旁，询问怎么回事。坐在驾驶座的宏岛抬头看着他一脸呆滞的圆脸，答道："你别管了，快去那边吧。"这算是协助通缉犯的行为，所以有罪恶感吧。一旦被发现就会被视为共犯，会感到退缩并不意外。他一定很害怕吧。

小西歪着头，说了声"下个月再见"后，走向宏岛的车。

"替我们向大家问好。"

"别问好了，你们快走吧。"小西和宏岛异口同声地说。

这时，村上把面包车钥匙抛给似田贝。

"喂，快上车。"

"唔哈！"

似田贝半弯腰地接下钥匙后，同样以阿钦式小跳步跑向面包车。与此同时，宏岛紧急发动了车。

"抱歉。"

隐约听见宏岛说了这句话。

为什么要说抱歉？

"好，快出发吧，大介！"

村上大喊。

"咦？"

村上和平太郎还没上车，似田贝就径自发动了。

咦？说好是这样吗？那留在现场的我们又该怎么办？

在似田贝的面包车发动的同一时间，疑似装甲车的全副武装车辆绕过街角冲了过来。或许这些车早就躲在十字路口死角窥探状况。想必在宏岛紧急发动的同时，这些车也跟着发动了。

装甲车拐了个大弯后，"叽"地急刹车停了下来。

"啊呀！"

"啊个屁啊，平太郎。接下来才是正事。别尿失禁啊，很脏的。"

几名武装男子从装甲车走出来，对着离去的面包车开了几枪。

接着，他们把枪口对准平太郎他们。

"要追吗？"

"不，只要拉起封锁线就好。喂，我们是 YAT，你们两个是妖怪推进派的残党吧？乖乖投降的话就不当场击杀你们。"

"当场？"

"没错，当场。你们的嗅觉挺敏锐的嘛。我们的行动已经很谨慎了，没想到还是被你们发现了。"

"是听觉敏锐。"村上说。

"早知道就该先发动。本打算一网打尽，断绝你们的补给物资……算了，反正那辆面包车也逃不出去的。"

"我才想说你们的嗅觉很敏锐。我们明明每次都没被巡逻车发现，还不断更换交易地点。"

"有人通风报信。"

"咦？难道……"

"看来宏岛兄背叛我们了。算了，也罢。"

"一点儿也不好！"

"反正他们也说不会当场射杀我们。"

"意思不就是换个地方杀嘛！"

"夜间外出罪。现在有这条法律，乖乖束手就擒吧。"YAT 说。

"烦死了。"

村上说完，揪住 YAT 看似领队的男子，顺手揍了他一拳。慢着，这位大哥在干吗？平太郎吓得不敢多动一下。这么做会被射杀啊，大哥。

"我才不会毫不抵抗就被抓。"

"你傻了吗？"

全体枪口对准村上。

"还不快逃，平太郎！"

"啊？"

原来这位大哥是在掩护平太郎。

但平太郎已经吓得腿软，一步也走不动。

而且搞不好会吓得尿失禁。不，恐怕已经漏了一些出来。

这么惊险的场面，连电影里也不多见呢。

"叫你逃也不逃吗？算了。"

村上如此说，但应该是在演戏。

刚才讨论该如何行动时，似乎……没这段吧？平太郎很紧张，内容几乎忘光了。好像也没提到协助者会背叛。

村上举起双手。

"放弃了吗？你是……"

"我是沙汰无五郎，只是个底层小弟。"

"喂，你在撒谎吧。"看似队长的男子说，"我对这家伙的脸有印象，对照一下。"

一名 YAT 队员拿起类似手机的东西对准村上，说：

"看我这里。"

村上挤眉弄眼，扭曲嘴巴说："这样？"

"这家伙真是很皮啊。嗯……没错，他是最需要注意的妖怪相关分子，'Ａ＋'级别的村上健司。"

呃……

那是最近的外国电影中常出现的脸部辨识软件吗？

"原来是村上。"

"假如我是村上，你们打算怎样？白痴，你们抓错人了。"

别再挑衅了啦，这位大哥。

"抓错人？那这家伙呢？"

"那家伙叫榎木津平太郎，是比我更底层的跑腿仔。"

"真的假的？"

队员用手机对准平太郎。

呃，平太郎真的是最底层人员。

"这家伙不在名单上。"

平太郎很想说"既然不在名单上，就放我走吧"，但这么做就无法完成任务了。

嗯……逐渐忆起步骤了。

姑且不论偶发的背叛事件，平太郎记得他们讨论过被逮捕时该怎么做。呃……记得是……平太郎一点儿也不想被逮捕，讨论到被逮捕时的行动时几乎是左耳进右耳出。

"没关系，一并带走。"

两名队员走到平太郎两侧，抓起他的双手，铐上手铐。这是平太郎人生中的手铐初体验。

虽然感想只有"不像戏剧那样会喀嚓一声"，反而比较像"啾"或"叽哩"的感觉。

接着，他被人从背后推了一把，但因有点腿软，或者说膝盖发颤，总之就是这样的状态，使得他没踏稳脚步，再加上手被铐在背后，无法支撑，于是脸部重重地接触地面，大概流鼻血了。明明平太郎没有动粗，也没被施暴，却已满身疮痍。

另一方面，村上什么事也没有。

两人被带往装甲车。

"要回本部吗？"

"嗯……喂，逃走的车辆找到了没有？"

"找到了。可是……状况有点奇怪。"

"什么意思？"

"刚刚接到消息，车辆在三个街区外被发现，但车内没人，也没货物。"

"怎么可能？他们不会拦错车了吧？"

"同车种，同颜色，但刚才没能确认车牌号码，所以……"

"既然如此，肯定是别的车。你们在拖拖拉拉什么？万一被他们逃走了，我们可是会受到惩罚的。从这里到那里又没多远，哪里有可能逃得了？"

"陆上自卫队每三十分钟会巡逻一次，路上有任何停驻车辆会立刻通报给辖区警察，接受通报的辖区警察会在十五分钟内派拖车将车带走，所以直到刚才为止，肯定没出现那辆车。"

"这不是借口。"

"但……这表示同车种的无人车辆会凭空冒出啊。"

"难道……你们有共犯？"

疑似队长的男子问村上。

"你们先派一辆同种类的车在附近待命，配合时机停在适当位置，然后再改坐其他车离开，对吧？"

"我哪儿知道啊。"村上回答。

"哼，算我被你摆了一道，村上。"

"就说跟我无关。我只是个叫沙汰无五郎的小角色。上级要做什么都不会告知我。我的职责主要是乱改歌词逗上头的人一笑，抚慰人心而已。我是编列在逗趣人叔组的人员。不管什么歌曲我都能清唱，还能顺便哼前奏。要我现在高歌一曲吗？"

"别唱，不然我当场毙了你。"

"不唱就不唱。"

"我记得你是全日本妖怪推进委员会的干事。换句话说，你好歹是个干部吧？"

"就说我不是他。别只因脸长得有些像就把我当成村上先生，好吗？更何况我的鼻毛才没那么长哩。"

平太郎想，其实真的有点长，但他不敢多嘴。

"刚才开车的人是谁？"

"应该就是村上吧。"

队长把枪口对准村上。

"你闹够了没有？如果你真的是小人物，我当场将你射杀也不会被问罪。"

原来如此。

敌人并不会做出只是小人物的话就放走之类酌情量刑的判断。明明地位愈低，责任也愈轻啊。

"假如我不是底层人员的话，你们想怎样？"

"那就不杀，而是把你们带回去问事情。"

"既然如此，就杀了我吧。我什么都不知道。"村上胡闹地嚷了起来，"求求你杀了我吧！"

"我真的会毙了你！"

"主任，请等一下。"一名队员制止道。

是刚才使用脸部辨识软件的人。

"这家伙真的是村上。不会搞错的。他的发言完全在胡扯。请相信最新科技吧。假如一怒之下真的对他开枪的话，我们反而会遭到处罚。"

"说得也是。"

"我们何不先把他们带回霞关的本部审讯？不先确定级数，就无法决定接下来的处置。C级以下要被送进国立人格矫正中心，B级以上就要被送进特务机关附设的收容所。"

"那就把我送进矫正中心吧。我们只是小人物。你说对吧，平太郎？"村上再度胡闹，"求求你矫正我的人格吧！"

"这家伙绝对是村上。不管怎么挤眉弄眼，也无法瞒过辨识软件。"

"我才不是。那个软件出错了。不然怎么没查出这家伙的身份？他可是前《怪》编辑顾问的郡司先生。"

才不是呢。

"不可能。"队长立即否定道，"年龄相差太大了。郡司没那么年轻。而且我听说前编辑顾问长得很像六角精儿，这家伙根本不像。"

YAT 居然知道这么零碎的小知识。

"总之，我们只是小人物。"

"送他们去收容所吧。"

队长冷峻地说。

"哼！"村上不开心地说。

演技有点假。

"由我护送吧，三个队员留下来帮我，其他人去追踪逃逸车辆。"

队长分派人力，几名队员走下装甲车，然后发动了车。

"那个收容所很远吗？抱歉，我似乎有点尿意。"

"在静冈。"

"这么远啊？"村上摇了摇头说，"可是我快尿出来了。"

"谁管你。想尿就直接尿吧。收容所里头的状况如何我们也不清楚。那里是内阁官房的特务机关直辖区。一旦进去，恐怕再也见不到天日。"

"听起来很可怕。"

"当然可怕。哼，和你一起来的另一个家伙真可怜。只有他的话，就会直接被送进人格矫正中心了。"

"人……人格矫正中心不可怕吗？"平太郎问。

"当然。接受训练后，你就再也不会产生可怕或讨厌的心情。因为那儿会彻底矫正人格。"

"呃……"

那样的话根本不是人格矫正嘛。

"听说会用电击。"队长说，"只是感觉稍微麻了点，矫正后你的人生一片海阔天空。每天只要做简单的工作，就能获得温饱。只要被认定对社会无害，便能回归社会。比收容所好太多了。"

各地区设置的道德伦理管理中心由各地方机构运营，教育课程参差不齐，类似漫画《20世纪少年》中登场的"朋友乐园"那种感觉，但国立人格矫正中心更不妙。政府到底是什么时候建立这种东西的？

至于比这个更可怕的收容所又是……

平太郎想，自己真的不会有事吧？

接着，他望了村上一眼。

"算你倒霉。"队长说。

"那里进去就出不来吗？"村上问。

"也没几个人进去过。就算还活着，大概也吸不到外头世界的新鲜空气了。"

"现在这种空气不吸也罢。"村上不屑地说，然后又问，"以前有人被送进去过吗？"

"嗯，一个月前刚进去三个。"

"这样啊。"

村上露出贼兮兮的笑容。

廿贰

妖怪痴难得深谋远虑

及川史朗两眼呆滞。

某种意义上，他现在所接受的可以说是最严酷的折磨。

无事可做。无人可聊。身边空无一物。无窗。亦无桌椅。连床铺也没有。真的什么都没有。在纯白的房间里，只有墙壁、地板和天花板。

唯一存在的是无窗的门板与一个按钮。

分不清现在是早上、中午还是晚上。

食物会被定期送进来。多半是在上午和晚上。但菜色都一样，无法确定哪顿是早餐，哪顿是晚餐。只要算错一次就再也分不清楚。顶多从晚餐到早餐的这段时间似乎略长一点，感觉不太一样而已。

说是早餐，其实更像早午餐。

上午十一点前吃一顿。晚上八点过后吃一顿。大致是这种感觉。送来的餐点永远是面包和没配料的清汤。完毕。连筷子或刀叉也没有。

量也很少。

本来想说能顺便减肥也好，但肚子完全消不下去。或许餐食很有营养吧。

用餐时，看守人员会静静旁观。可能觉得这个活像大猩猩的中年大叔吃饭很无聊，但对看守人员来说这更像是折磨。及川倒是丝毫不见厌恶的表情。

看守人员一句话也不说。

想上厕所的话，就按下墙上的按钮，看守人员会立刻赶到，带他去厕所。不论大便还是小便，看守人员都会在一旁监视。

肯定很臭吧。

在人的监视下如厕，着实静不下心来。虽然羞耻感早已消失了，但看着大叔上厕所对看守人员而言才是折磨吧。

看守人员依然是一副毫无厌恶的表情，而且一句话也不说。如果跟他攀谈，立刻会被痛打一顿。出个声也会被打。就算自己在房间里自言自语，看守人员也会马上进房内打人。该不会一直竖耳偷听呢吧？

恐怕是吧。

不由得佩服起看守人员了。

既然如此，只要不说话就好。及川试着默不作声地热舞，但看守人员还是迅速冲入房内，比平常更用力地痛打他。难道他一直在监视及川吗？看着及川跳起激烈的舞步吗？

恐怕是吧。

真心佩服起看守人员了。

换成是及川，绝对干不下去这项工作吧？想到这里，及川抬头确认，发现天花板四个角落有疑似摄像机的镜头。他被全程监控中。

这是什么实验吗？

不能洗澡。每三天会被带出房间一次，被剥个精光后直接用水管在身上浇温水。又不是牛马。彻底冲过一遍后，就这样结束。不允许擦拭身体，只能留在原地等自然干燥。等干了，就被套上白色贯头衣。

换句话说，没穿内裤。

有点凉爽，心里有些不踏实。

没有棉被。没有毛毯。直接躺在地上睡。温度维持恒定，所以不冷，但好歹想要个枕头。没枕头实在太难睡了。

被如此对待，未免太不人道了。

连监狱都比这里更舒适。

若是单人牢房，还有电视和厕所，有棉被和床铺，也能看漫画。应该也有窗户，虽然有铁栏杆挡着。能洗澡，也能做点向上伸展的体操。不过以上知识都是他从花轮和一的漫画里看来的。

要跳舞应该也可以。

监狱的话，偶尔会有落语家来慰问罪犯们。即使犯了罪，只要好好服刑，好歹也能看到逗人发笑的落语表演。多么亲切啊，监狱。好像也会让服刑之人看电影呢。

比起现在及川的境遇，监狱简直像天堂，甚至仿佛娱乐场所。

最重要的是能够跟人对话。如果是多人牢房，那完全就像宿舍生活吧。但如果要工作，监狱内也有规则要遵守。换句话说，是一种生活。

模范囚徒会被称赞，能早点假释出狱。

但及川这里什么也没有。虽然有规则，但那只是禁止开口说话，禁止一切行动的规则。打破规则就会被揍，遵守规则也不会被夸奖。

完全是地狱。

以前，当整个社会开始变得很奇怪时，也就是《怪》被迫休刊，及川被调去可有可无的小职位时，他有过类似的幻灭感受。

无法做自己想做的工作。

即使做没兴趣的工作，毕竟是工作，还是得做。就算不情愿，也会好好地做。但若完全没办法做自己想做的工作的话，这种生活无疑是地狱。及川好几次都想辞职。但现在，及川觉得当时的自己好傻、好天真。

当时再怎么难受，比起这个收容所真是宛若天堂。是极乐世界。是天国。是香格里拉。是彩虹国雅戈泰。

地上世界是乐园啊。

蹦蹦蹦。

这个梗恐怕只有少数人才懂。

总之，距离及川被送进这里已过了很长一段时间。他觉得自己仿佛待在这里有十年之久了，实际上应该只有一个月左右吧。真亏自己还没发疯，不禁想称赞自己一下。

之所以还能维持精神正常，是因为有冈田在。

冈田也被逮捕了。被逮捕后，及川一次也没和他碰过面，但他一定也受到和及川相同的对待吧？肯定是。

想到这一点，及川就轻松许多了。

及川皮肤黝黑，冈田皮肤白皙。

及川身材矮壮，冈田身材修长。

及川把头发留长的话，自然卷的头发会像佛像一般变成螺发，留得愈长就愈膨胀。冈田则有着天使光环般的滑顺飘逸的头发。及川长出来的只能叫头毛，冈田的才是头发。

两人完全属于不同的人种。不，连属都不同。

属的话，应该都是人属吧。但及川连智人都称不上吗？必须上溯到四万年、五万年前才能和冈田同属吗？也许得回溯到更久以前。不对，属不同的话，字首连人属的英文单词"Homo"也不是。所以及川不是佛洛勒斯人或尼安德特人。那么得回到五十万年前才和冈田是一家吗？何时开始分歧的？

总之，这两人的差距就是如此之大。

不过再怎么说，如此无视人权的严苛状况还是及川比较适合。只有及川能承受如此无视人权的对待。

虽然一点儿也开心不起来。

冈田光是被浇温水代替洗澡，就让人觉得可怜。一想到他受到这种屈辱的情形，就让人心痛。而换成是及川，就只是还好而已。

因为很适合他。

他早习惯被侮辱、被嘲笑、被瞧不起了。

——该死。

觉得有这种想法的自己很该死。话说回来，冈田的意志力其实很坚强，应该不至于死了或发疯。遭受这种对待，表面上看起来还是及川更适合。睡在地板上的冈田看起来很可怜，但睡在地板上的及川看起来就很正常。就算排便受到监视，及川也无所谓。

想到这里……

突然觉得很泄气。有如此空虚的自我启发吗？

望向墙壁。

白色。

望向地板。

白色。

望向天花板。

还不是一样都是白色？混蛋。

忍不住想放声大叫，所以不看了。

要是放了个响屁，看守人员也会来吧？连放屁也要被殴打吗？

但是，比起什么事都不做，被殴打说不定更愉快些。虽然很痛，但痛归痛，好歹也是一种交流，一种互动。

比起这个……

及川最担心的果然还是荒俣吧。

荒俣宏是个大人物，是及川所无法比拟的伟人。及川与其说是个小人物，不如说是微人物。

如果说及川是小虾米，荒俣就是大鲸鱼。及川若是尘埃，荒俣就是太阳。换算成质量的话，荒俣是及川的几亿兆倍大。当然，数字是乱掰的。

换句话说——

两人所受到的折磨，恐怕也有如此剧烈的差距吧？

比及川所受的这种地狱之苦更惨烈几亿兆倍啊……那不就像真本《往生要集》[一] 上头记录的那些情形吗?

这是个问题。

已无法想象荒俣会受到何种残酷的对待。及川也不愿去想象。总觉得擅自想象的话会受到天惩。

说不定……

荒俣早已丧命。

"唉……"

在叹气的瞬间——

门突然打开,及川吓得"噫"地叫出声来。

及川以为会被殴打,于是缩着脖子等待,但不知为何没有。已变成熟面孔的看守人员表情木讷地站着。

"吃饭?"

但应该还不到用餐时间。那么是要浇温水吗?

"出去。"

"啊?"

这应该是及川第一次听到他的声音。当初向及川说明不可出声、要上厕所时就按按钮等信息的是另一名男子。

及川呆然而立,心想:原来他也会讲话。

毕竟说了"出去",当然是会吧。

"咦?"

发出声后又怕被打,及川再次缩起脖子——还是没被殴打。

"快点出去。"

[一] 基于净土宗思想,从诸多佛教经典中收集关于极乐往生的重要文章汇编而成的日本佛教典籍。

"好好好，要我出去我就出去。"说完，及川离开房间。

这件仿佛古代希腊人或绳文时代的服饰，或手术服般的简单衣物在房间里穿时倒还好——其实不好，只是习惯了——一旦踏上走廊，立刻让人觉得很不踏实。毕竟衣物下面连内裤都没有。

解放感有点太强烈了。在这种地方获得解放没有意义。不管衣服多么宽松，人还是会缩成一团，一点儿意义也没有。

地上铺的是油毡，很像医院的走廊。赤脚走在上头，地板不断发出啪哒啪哒声，听起来很蠢。而且脚底也很凉。

穿过平常被浇温水的地方。

现在要去哪里？

来到没看过的房间前，看守人员停下脚步，以轻蔑的目光上下打量及川后，要他进去。

房间正中间有张桌子，上面有一叠衣服似曾相识。没错，是及川被收监时身上穿的那套衣服。

此外还有全新的内裤。虽然是便宜货，但有内裤已经很令人感激了。

"穿上。"看守说。

已经说了三句话。

多么划时代啊。

暌违一个月重新穿上内裤。该收好的玩意儿被收好的感觉真是太棒了。

衣服虽然叠好了，但没清洗。算了，内裤是新的就好。

及川想，内裤太重要了。

穿衣服时，看守人员照例默默地在一旁监视。

及川完全习惯了他的视线，没有的话甚至会觉得寂寞。

"穿好了。"

虽然看守人员一直在旁边看，不必特别告知他也知道。

"过来。"

不知为何没给袜子，走起路来还是啪哒啪哒响。听起来真蠢。尤其现在穿着衣服，相形之下更蠢。

被带往的下个地方是盥洗室。

及川在这里穿上拖鞋。啊，拖鞋真美好。不，裤子、衬衫都很美好。身上穿着衣物乃是智人的象征。

心中想着这些，及川望了一眼镜子，顿时吓了一大跳。

镜子里映照出一只四万五千年前未能发展成人属的野蛮动物——年代是随便说的。

虽是灵长目人科动物，但无法归类于人属的及川……看起来就像《妖怪人间贝姆》一样。

首先，头发是螺髻发，貌似佛陀的伙伴。

但胡须肮脏。与其说胡须，不如说更像一片片脏东西黏在脸上，宛如裙带菜般垂挂着。每一条都十分粗大，但不密集，所以看起来倒也不怎么浓密。

这副模样走在街上的话，就算被问住在哪个纸箱屋里也不奇怪。那个看守原来每天得一直盯着如此邋遢的家伙啊？

——真佩服。

及川想。现场备有牙刷，于是决定先刷牙漱口。相隔一个月刷牙，口腔变得仿佛高原上的小白花一般令人感到清爽舒适。接着，问题来了，该怎样处理这满脸的胡须才好？

应该不会准备剃刀吧？嗯，照理说不会有。

及川用眼神暗示看守人员帮忙刮胡须。

被无视了。

"请问……"

在当下，及川完全没考虑过为何突然被允许穿衣服。

他只以为是自己看起来太邋遢，看守受不了而已。

但若是如此，就用不着提供内裤了。

看守默默指着盥洗室水龙头旁。

一头雾水的及川仔细一瞧，发现有个类似便宜旅馆内提供的盥洗用具包。拿起来看，是一把超廉价的 T 型刮胡刀。

原来有啊。

撕破袋子，拿掉保护盖，贴在下巴上。刮胡刀发出嘎嘎的怪声，一点儿也刮不下来胡须。不对，盥洗室的地上已经有一撮肮脏的毛发，照理说是刮得下来的。但脸上仍有厚厚的硬毛，这不是廉价的刮胡刀能处理的。顶多能减少一点量，但无法根除。

刮到勉强及格的程度他就放弃了。没什么成就感。

只是从邋遢变成不洁的程度。

这两者哪边比较干净，及川也不知道。

反正就算把胡须刮得很干净，脸还是一样丑，仿佛佛陀般的头发也无法改变，像这样就够了。看守男子问及川是否整理好了。

"啊？"

"你的仪容是否整理好了？"

"这个嘛……"

看守人员没让他说完，又命令他跟着走。及川第三次发出啪哒啪哒声在走廊上移动。

早知道就把浴室用的拖鞋穿出来。不对，踩在这种地板上，拖鞋的啪哒声恐怕更大。

他被继续带往未知之处，被命令进入房间。打开门，见到冈田在房里。

"啊。"

"及川大哥，你没事啊？"

"冈田，原来你也还活着。"

咦咦咦咦咦？

及川心中有大量问号飞舞。

冈田看起来很干净。

看守要及川在此稍候，及川呆站在门口，又被问为何不坐下。原来有椅子。

——是椅子啊，椅子。

整整一个月，除了蹲马桶外只能席地而坐。

于是及川坐下了。

啊啊，这才是智人。

"什么？"

"没事。椅子真不错。"

"什么意思？"

冈田一脸不解地问。

"啊，没有啦。放心啦，我没发疯。倒是冈田你，没事吧？你应该受到了很凄惨的对待吧？"

"是的。"冈田回答，"明明我们没犯罪。"

"不，我不是指那个。那算违反人权了吧。一般而言好歹会给条毛毯吧？"

"及川大哥没有吗？"

"当然没有。"

"可是我有。"

"咦？"

"我的房间里有一张仿佛卧铺列车的硬床和一条毛毯。"

"慢……慢着！"

及川惊讶得从椅子上滑落，蹲在冈田面前。

"你说什么？"

"就是……"

"那窗子呢？"

"窗户外有铁栏杆。类似拘留所或牢房的那种。"

"咦咦咦？"

这是怎么一回事？

"那……那厕所呢？"

"厕所没有另外隔间，直接设在房里，实在很尴尬。毕竟用餐也在房里啊。"

"慢着慢着。搞什么啊，你的牢房里居然有厕所？该不会也有电视吧？"

"电视当然没有。只有洗手台、厕所、小桌子和床铺。难道及川大哥的牢房里没有吗？"

"你被人浇过温水吗？"

"什么意思？"

"直接用水管冲洗。就和《人猿星球》里的人类一样。听说最近的重制版电影里换成人猿了。总之，就像刚买新车的老爹在星期日兴冲冲地洗车那样，拿水管直接咻咻地喷。"

"及川大哥，你没事吧？"冈田一脸担心地问，又接着说，"洗澡是三天一次。"

"洗……洗澡！"

"及川大哥，你该不会都没洗澡吧？很脏啊。"

冈田皱起眉头，退后两三步。

"不脏不脏。我被人用温水冲洗过身体啦，像牛或马那样。咻咻地，哗啦哗啦地。算是温水喷射式洗澡。无须沐浴露，还附带按摩功能。"

冈田的视线愈来愈鄙夷。

及川想，连这种事也拿来炫耀，自己根本和排泄物没两样嘛。不，应该是肛门吧。

"所……所以说你用过沐浴露吗？"

"沐浴露？有洗发露和护发素，也有沐浴露啊。"

"所……所以说也有浴缸吗？喷头也有？"

冈田一句话也不说，只露出微笑。

"咦……这是怎么回事？待遇怎么差这么多？难道……"

因为是及川吗？阶级社会在收容所里也存在吗？这是实力的差别？还是说，早已不是人种的问题，野兽没这资格？不应该如此吧，好歹保护一下动物嘛。

"啊，对了。"冈田拍了一下膝盖说。

"什么？什么对了？"

"是等级啊，等级。"

"作为人的等级吗？"

因为及川不算人吗？

他不能算是人属的话，该归类在哪边？南方古猿属？不会是黑猩猩属吧？

如果是黑猩猩还挺讨厌的，听起来就很野蛮。

"不是啦。"冈田说。但他不是在否定及川归类在黑猩猩属，而是指他并非作为人的等级吧。冈田把及川当成人类了吗？

"谢谢，即使等级很低，我好歹也算人类啊。虽然是最底层的人类。"

"我不是这个意思。不是那个等级。我好歹也算是《怪》最后一任的总编，虽然那是因为吉良先生去世，出版社为了收拾残局才派我担任的。另一方面，及川大哥则……"

"我只是个普通员工。从小到大，从来没担任过有'长'字的职务。什么长也不是，我不过是个人微言轻的小职员。"

"别这么说。及川大哥不只在《怪》工作，也编辑过《Comic怪》。初期的话因为只有一个人，相当于总编吧。此外还上过'怪'广播节目。名古屋的妖怪活动也是你策划的，某段时期相当活跃啊。"

"但后来我搞砸了。"

"所以说，你的妖怪等级比我高啊。恐怕是 C 级吧。我应该是 D 级。"

"为什么等级高的人待遇更差？"

"因为是危险人物等级。等级愈低者愈不会危害社会，因此……"

"呃……"

真的是这样吗？

所以说……

及川躺在地板上的时候，冈田躺在床上盖着毛毯睡觉？及川被浇温水的时候，冈田可以舒舒服服地泡澡？及川只能盯着白色墙壁发呆的时候，冈田可以欣赏窗外时时刻刻变化的风景？

上厕所也不必被人监视吗？

"那……那你都吃些什么？"

"一点儿也不美味啊。"

"什么不美味？"

"味噌汤。汤里几乎没有料呢。"

"有料、有味噌而且还是汤，已经足够了吧。除了味噌汤以外，还有什么？"

"米饭……"

及川顿时说不出话来。

"你没事吧？"

"我……我……我只有这么丁点大的面包，以及寡淡如水的汤。只有这么丁点大的面包，以及寡淡如水的汤。只有这么丁点大的……"

"及川大哥，你没事吧？"

"喂，你该不会也有配菜吧？"

"永远都是那几种配菜来回换呢。星期三还只有没搅开的咖喱。"

"咖……"

及川早已忘了咖喱是什么味道。

"好，我再问最后一个问题。"

"最后是什么意思？"

"你被揍过几次？"

"没被揍过呢。"

"你……你这家伙……"

及川心中萌生出小小的杀意。

虽然一下子就萎缩了。

"唉，人类真好啊。"

"及川大哥，你真的没事吧？你真的受到那么凄惨的对待了？"

"够了，我不想讲。"

及川站起来，重新坐回椅子上。

啊啊，椅子真好。

"冈田，若等级愈高，所受对待就愈差的话，荒俣先生不就惨了？"

"荒俣老师是 A 级中的特级。"

"特级！不是松，也不是梅，而是比 A 级更高级？"

"似乎如此。我从看守口中听来的。"

"慢着，你居然能和他聊天。"

"咦？难道你不行吗？"

"想都别想。但如果是这样，荒俣先生不就受到超乎想象的特别折磨了？"

应该不会有事吧？说不定连命都没了。

"应该不至于。"冈田说。

"为什么？"

"荒俣先生不是被关禁闭，而是被软禁。因为他是特级。"

"咦？不是正因为是特级，所以会受到严厉对待吗？"

"听说他被软禁在一间颇为雅致的房间，受到还算不错的对待。虽然一整天都要接受审讯。"

"……只有审讯？"

"对方应该很想问出某些事吧，例如那颗石头的事。"

"原来是这样……"

所以说——

不就只有及川一人承受了全部的惩罚？受到生不如死对待的只有及川？

这实在……

"太不公平了。这是歧视。是大问题。"

"说得也是。"冈田苦笑着说。

"你笑了。什么意思？这样下去我一辈子都笑不出来了。"

"大概不用介意吧。"冈田脸上仍挂着苦笑。

及川觉得自己白同情别人了。还回来啊，付出的同情。还回来吧，付出的同情。

呃……

算了，不必还了。

被人怜悯的话，真的会羞愧得无地自容的。

"愈想愈觉得自己无地自容。"及川哭丧着脸说，"唉，郁闷、悲哀且窝囊啊。"

"听起来真像歌谣的曲名。"

冈田的回答充满想象空间。

这时，传来敲门声。

"有人敲门，冈田。果然和人类在一起就能受到人类等级的待遇。"

"请进。"

门被打开，有人员指示两人离开房间。苦乐与共的那位看守已不在了。

及川想，这是斯德哥尔摩综合征在作祟，便立刻抹消了这种想法。

否则他不就变成一个被虐狂同性恋者了吗？

呃，及川不讨厌被虐狂或同性恋，倒不如说他觉得这些都没问题。但实际上并不是。他很怕痛，也最喜欢异性了。尤其对后者，他绝不妥协。他在男女混浴的露天澡堂还当过两小时以上的鳄鱼。所谓鳄鱼，是指躲在浴池里等候猎物的意思。当时他泡得全身皮肤皱巴巴的，被雾气蒸得晕头转向。更惨的是，来救他的是个老肥婆，结果害得他头更晕。由这个例子便能明白，及川如此喜欢异性。换句话说……他能容许的只有被虐狂吧。

他或许真的挺喜欢受虐的吧。

穿过两道较大的门扉后，气氛为之一变。这里与其说医院，不如说更像旅馆。

即使来到这里，及川仍然赤着脚。

幸好现在地上不是油毡而是地毯，不再有啪哒啪哒的声音。地毯对脚底好友善啊。

眼前有一扇超级气派的门。是左右对开的木门。他总觉得好像在哪里见过，然后立刻想起来，这是国会或官邸常见的那种门。

"打扰了。"

该名看守人员——也许不是——敲门后，把门推开。

"我把人带来了。"

两人在该名男子的示意下进入房内。里头是个相当上流，很像高级官员专属的那种房间。

房间的角落悬挂着日本国旗和另一面不知是什么的旗帜，放置着一看就知道很高级的华美橱柜，以及一看就知道很高级的华美摆饰。

此外，还有一张巨大而气派的桌子与巨大而气派的皮椅，上头坐着一个男人。

他背后站着一整排穿着军服的男子——YATSS。当初逮捕及川他们的就是这些人。所谓的"SS"，是秘密分队（Secret Section）的简称。附带一提，初期的 YAT 是隶属于东京都底下的编制，是地方组织，现在已升级为国家级机关。

在 YATSS 背后是一整面的窗户。

啊，有窗户真好，能看到外头的景色。

看得到富士山。

可想而知，坐在椅子上的这名男子地位一定很高。总觉得他有些面熟。逆光看不清楚，似乎戴着眼罩。

"我是大馆。"

男人说。

啊，好像听过这个名字。及川拼命调动不怎么灵光的脑袋。

"我是执政党干事长。"

"啊。"

没错，就是他。地位果然很高。但为什么？

"两位是及川先生和冈田先生吧？"大馆看着资料说，"我想把你们移送到国立人格矫正中心。"

"矫正？"

"是的。这个机构并不适合你们。这里是只收容对国家有高度危险，必须密切注意的人物的机构，但你们不是。为了方便起见，我们对你们这些妖怪分子进行了分级，这里是 B 级以上的人物才会被送进来的地方。"

"那……那里……"

有窗户吗？及川差点脱口问出来，好在忍住了。

"这是荒俣老师主动提出的要求。"

"荒俣先生吗？"

"是的。他说你们两个是被他连累的，危险度也低，所以希望把你们移送到适当的机构。这位……及川是吧？你原本是 C 级，但这里没有收容 C 级人物的地方，所以用 B 级的方式对待你了。"

"啊？"

原来被升级了。

"至于冈田则是 D 级，但也没有适当的机构，所以把你视为等级审议中人物，送进了暂时收容的拘留机构。"

冈田则是被降级了。

太不甘心了。

"荒俣老师认为这样的对待很不恰当。他说得没错。人格矫正中心只要心态恢复正常就能离开，但这里是不可能的。"

不可能离开吗？

但话说回来，荒俣先生真的是非常体贴。

"请问荒俣先生他……"冈田问。

"荒俣老师是'Ａ＋'级，所以我也爱莫能助。不过他说假如政府肯调整两位的处置方式，他就愿意和我们合作。"

"合作？"

"他说愿意回答我们想了解的事项。虽然是有条件的，但也算是合作者，不再是有损国家利益的危险人物。因此纵使无法轻易放他离开这里，我们至少不会亏待他，还请两位不必担心。"

及川望向冈田。

不知道他对这名叫大馆的男人有何看法。

同时，及川也觉得假如自己和冈田成了拖油瓶，害荒俣不得已而变节的话，会让他感到很抱歉，觉得责任在己。

"我们能和荒俣先生见个面吗？"冈田问。

"这个要求太得寸进尺喽，冈田。我们对你们已做出极大妥协。你们要知道，一旦这件事泄漏出去，可是会害我饭碗不保的呐。毕竟你们是试图颠覆国家的集团。"

"颠覆？"

"你们不是妖怪团体吗？"大馆说，"是大罪人啊。你们知道民众普遍认为无须分级，将你们一律处以极刑即可吗？就算当场射杀你们也无所谓，那样做民众也会开心。但我们不只违背民众的期望，留你们活命，还宽赦你们，所以多少表示点感谢吧？"

"呃，我们当然心怀感激。但如果您说的是事实，我们更该感谢的是荒俣先生。所以想在离开前当面向他表示心意。"

冈田不愧是个办事滴水不漏的男人。

哪像及川，听了老半天也只能挤出一句："颠覆？"

又不是颠覆三人组[一]。现在还有多少人听过这个团体呢？

"嗯……你这么说倒也有点道理。荒俣老师也会想确认你们是否真的被移送到矫正中心吧。他相当不信任我们。明明我们这么诚恳。"

大馆笑着说。

"出发前我们会请他过来。到时候你们想答谢就尽管答谢吧。就这样。虽然我很想早点把你们移送过去……毕竟中心位于栃木县，离这里有一段距离。"

"请问这里是……"

这里是哪里？

[一] 日本活跃于20世纪60年代至70年代的搞笑团体。

"这里是静冈县。"大馆说，"在移送你们离开前，有件事想请你们帮忙确认一下。如何，能帮这个忙吗？"

"确认？"

"事实上，我们昨天在东京都内逮捕了两名危险人物。因为现场判断为'Ａ＋'级，所以送到这里来，但若根据他本人的申告，是等级外……"

谁？又有谁被逮捕了？

"荒俣老师说假如那两人都是等级外的话，希望我们能一并将其送去中心。欺负小人物也没有意义。但如果是Ｂ级以上的话，照规定只能留在这里。"

"为什么无法确定？"

"因为脸部辨识软件判断他是某个'Ａ＋'级人物。机器不会说谎。但是……"

究竟是谁啊？

"带他们过来吧。"大馆说，"他是个很胡闹的男人。"

应该是似田贝吧。会不小心在街上乱走结果被逮捕的笨蛋只有他。再不然就是雷欧。雷欧应该也轻易就会被抓吧。不过，若是雷欧的话，他在被抓之前恐怕会先被射杀。

不久之后，两名头上罩着纸袋、被人挟持着腋下两侧的男子被带进房。

及川在被送进这个中心时，头上也被罩着纸袋。

其中一名的纸袋被取下。

"啊，平太郎。"

是榎木津平太郎。

"冈……冈……冈……冈田先生！"

平太郎说。居然先叫冈田。明明先喊他名字的是及川。

"这位是榎木津平太郎。"冈田回答。

"原来如此，的确和他自述的一样，是等级外的榎木津平太郎。问题是另一位……"

及川确认另一名被押来的人的服装。他是……

"是这个人。他是谁？"

罩着的纸袋被掀开。

"哦……"

呃，是什么情况？

冈田侧眼看了下及川。

呃，这个人不论谁来看都是村上吧。

村上拼命装鬼脸，把人中拉得长长的。

这是什么暗号吗？

记得是……

"五……五郎……"

"这家伙是沙汰无五郎。"冈田说。

"不加敬称？他比你们的位阶还低吗？"

其实妖怪相关人士并无位阶之别。除了水木老师别具一格外，其他人员一律平等。因为每个都是笨蛋。是政府方擅自制定了位阶，替他们分出高低。只是……

"是的。虽然他老大不小了，但仍然只是个底层分子。他刚加入我们不久，地位不高，只是个垃圾。不够格当人类。"

及川趁机拼命扯谎。

得在这里挽回失态。不能让冈田专美于前。而且及川最擅长胡扯了。及川史朗这号人物的成分是由胡扯、搞错与自以为是所组成，这正是他发挥本领的时候。

"看他那张蠢脸，想也知道不可能伟大到哪里去。这家伙是会在露天浴池里偷偷尿尿的蠢蛋。"

"我才没有咧！"村上反瞪及川一眼，接着说，"但我真的只是个小人物，现在算是试用期，还不是正式员工。我是靠替补才进去的，原本在卖纳豆。"

这是什么设定嘛。

"听起来很可疑啊。"大馆说，"你们该不会在串供吧？"

"他本人也自称是沙汰无……"一旁的人员说。

太好了。

妖怪相关人士不只笨，还很随便。基本上只要觉得有趣就无所谓，所以名字都乱取。村上有几个名字。不是代号那么帅气的事物，但也不像昵称表示亲密，连绰号都称不上，只是一些连能否代表本人都很难说的蠢名字。

沙汰无五郎是他很久以前的称呼之一。既然他如此自称，那就表示及川和冈山的赌注对了。

"干事长，我看他们八成早就串通好了，一旦被抓就如此自称。这家伙就一个小人物而言，态度实在太嚣张了。"

村上扬起双眉，嘴巴扭曲微张，极力把面容装得扭曲狰狞。

也许很酸吧，脸颊微颤着。这个人到底在想什么嘛。

"他们两人是有点像，但是不同的人。"冈田说。

"没错。如果是正牌的村上先生，早就放了好几个响屁。村上先生呀，约五分钟就会放一发。"

听到及川这么说，但 YAT 立刻回应："这家伙也很会放。"

"啊。"

及川好像不管说什么都只会愈描愈黑。

"恕我造次，干事长，还是请您信赖软件的可靠性吧。卑职认为没有可怀疑的空间。"

"这样啊。"

"不然您看这样如何？别理这群混蛋，直接让'Ａ＋'级与他见面对质吧。别告诉'Ａ＋'级被绑的人是谁，冷不防碰面的话，即使他们说谎也能看得出反应……"

慢着慢着。

——这下就糟了。

及川和冈田并非一开始就串通好的。这只是偶然。

妖怪相关人士向来不会准备得如此周到。他们办不到的。一直都是靠临场反应，见招拆招。

当然，荒俣恐怕没听过沙汰无五郎这个蠢名字，见到村上肯定会直接叫村上吧。

"唔哈！"村上显得很兴奋，"真的假的？能和荒俣先生本人见面吗？我只在电视上见过他，这太令人高兴啦。能和他见面我当然开心，简直像只小鸡一样开心呢。"

好白痴啊。

这段话简直莫名其妙。

这份自信是从哪儿来的？

"不过，是'Ａ＋'级本人要求将低等被逮捕者移送到中心的。他也许会为了袒护而说谎。"

"毕竟这也是合作条件，由他本人来确认或许也好。虽然那位老师不是简单人物，但一定会有某种反应。对他说，如果作伪证就不把这三人移送去中心，而是直接处刑。这样一来，他肯定会说出真话。就这么办吧，带他过来。"说完，大馆转头对村上说，"就让你如愿以偿，和荒俣老师打声招呼吧。"

"太好了，太好了！"村上蹦蹦跳跳表示欣喜。又不是小孩子。

平太郎傻眼地看着这一幕。

目前的状况有点紧迫。在如此紧张的气氛中，稍有不慎就会尿失禁，及川很担心会弄脏新换的三角裤。

唉，妖怪相关人士真是很脏啊。

"那个叫平太郎的家伙确定是等级外。在荒俣老师抵达前先解开他的手铐和腰绳吧。否则被荒俣老师看到，耍起别扭不肯合作的话就麻烦了。"

"那我呢？那我呢？"村上问。

"你当然不行。"

"欸，真是伤脑筋！"村上边说边乱扭身体。

究竟要胡闹到何时啊，村上健司？

及川再次担忧起来，视线移往窗外。

现在的位置看似在二楼。他们被移送进来时罩着头套，不清楚这栋房子长什么模样，而且馆内走廊有斜坡，实际构造不怎么明朗，至少不是高层建筑。

窗外看不到建筑物。

只见到一望无际的森林，以及远方壮阔的富士山。天气晴朗，窗外风景如画般美丽。

这种景色并没有变化。

不管及川是否愚笨，富士山依旧美丽。

经过约十分钟的尴尬沉默后——

那扇气派的门终于被打开，在几名人物的陪伴下，荒俣现身了。

他丝毫未变。既无消瘦，也不邋遢。

大馆站起来说：

"荒俣老师，如您所见，和您一起被逮捕的那两人，与昨日逮捕的这个人将会被移送至人格矫正中心。"

"哦，这样啊。"

说完，荒俣转过头对着平太郎说：

"平太郎，原来被捕的是你。难为你了。"

依然是一派气定神闲的悠然语气。

妖怪相关人士怎么都这么没有紧张感啊？

"然后，关于这名男子……老师。"

"嗯。"

荒俣转头朝向村上。

"哎呀。"

"老师，请问这人是谁？"

大馆由办公桌走到前头。

"若是B级以上的人物，不能移送，必须关进这里……"

啊，完了，不好了。

及川不敢继续看下去。村上死定了。B级的人会被送进那间白色房间。三餐只能吃这么丁点大的面包，以及寡淡如水的汤。洗澡只能被浇温水，连上厕所都会被监视。

不忍直视的及川转头望向窗外。

就在这时。某种"惊人的物体"从底下缓缓升起，挡住窗外的风景。那个怪奇之物遮蔽了一整面的落地窗……

"咦？"

原本面向妖怪相关人士的YAT全部回过头去。

荒俣大声叫喊：

"啊！克·里特鲁·里特鲁[一]！"

什么？

[一]　依据美国科幻小说家唐纳德·万德雷（Donald Wandrei）的记录，"克苏鲁"的发音为"K-Lütl-Lütl"，日语译为"ク·リトル·リトル"，此处为中文音译。

是咒语吗？

玻璃窗瞬间粉碎破裂。几名 YAT 摔倒，大馆也失去平衡。

"怎……怎么回事？"

"那是什么？怪……怪兽？"

"在……在鹤见涌现的那只吗？"

轰隆——地面感受到一阵冲击。

荒俣仿佛要迎接般地张开双手。

"邪神，降临！"

再一击。

窗边的地板产生裂痕，气派的办公桌被毁坏，日之丸旗倒下，几名
YAT 掉落窗外。地板啪哩啪哩地被"挖井"。

YAT 们失去立足之地，站也站不稳，陷入混乱之中。

这时，平太郎冲向替他解开手铐的 YAT 队员，从他的口袋中掏出手铐
钥匙，接着跑到村上身边，替他解开手铐。

"我我我办到了。我是敢做就能办到的孩子！"

"慢死了，笨蛋。加快脚步，把荒俣先生……"

一阵嘎哩嘎哩的声音。

怪兽正在……不，不对。

在捣碎玻璃、毁坏地板的不是怪兽，而是类似挖土机的重型工程机械。
怪兽只是站在挖土机背后。

"松村兄！时机恰到好处啊！"

村上大声地说。

松村？是松村进吉吗？

是那个据说能巧妙地操作怪手，用装在挖土铲前端的笔写出"郁"字来
的怪谈作家？

"你⋯⋯你果然是！"趴在倾斜地板边缘的一名YAT喊叫，"村上！你果然是村上！"

"对啦，我就是村上，有意见吗？笨蛋！哼，迟迟找不到收容荒俣先生的机构地点，多亏了你，总算让我们找到了。"

"什⋯⋯什么？"

"看看你屁股的口袋吧。"

"咦？"

那名YAT人员摸索着与其说是屁股，不如说更接近腰部位置的口袋，取出似为手机之物。

"你⋯⋯你什么时候放的？"

"反正一定会被没收，所以先塞到你的口袋里了，笨蛋。"

"啊！"男人惊叫道，"是⋯⋯是那时吗？原来你们早就有预谋！"

"废话，笨蛋。我们这些妖怪痴再怎么笨，也不可能被你们这些蠢蛋轻易逮到。其实连通报也都是串通好的。想也知道吧？然后，虽然这只是区区一部手机，但也能发挥定位功能。所以说，虽然跟我无关，但你们实在应该多相信最新技术啊。"村上痛快淋漓地数落对方。

的确，假如那个脸部辨识软件只因扮个鬼脸就失灵的话，也太差劲了。

"及川，你也快来吧。"荒俣呼唤道。

荒俣和冈田、平太郎登上挖土机的机械臂上。

"咦？要爬上机械臂前端吗？真的假的？"

"不想上的话就去死啊。"

村上说完拔腿就跑。及川也跟着跑。

"大馆先生，多谢您这段时间的照顾。"

荒俣临走前说。

及川纵身一跳，不知该叫挖土机还是什么的巨型粉碎用重机械的前端接头部分开始下降。

外表强悍却缺乏臂力，耐力差，腰杆子也很虚弱的及川，当然无法应付这种像好莱坞电影般的情景。如同料想的一般，及川手没抓好，整个人滑落了。幸好当时接头已降到离地两米左右，伸长手的及川差不多就这么高，就算掉下来也顶多只会摔十几厘米而已。

即使如此，及川还是扭到腰，在地上滚了几圈。

村上和冈田对荒俣伸出援手。

倒地的及川看着他们伸长的手，心想，果然智人就是不一样。及川用两脚步行的历史太短了，难怪腰部和脚部都比这些人属动物的更脆弱。毕竟双方差了四万五千年啊。再强调一次，这个数字是乱编的。

总之，在这个瞬间，及川脑中尽想着这些无聊事。

"发什么呆，还不快点坐上来。"

听到声音，及川回过神来，发现大家正准备坐进停在一旁的面包车。从重型机械的驾驶座上，探出一张剃了小平头的古铜色圆脸，他快步跳下车。

"别看我这样，我很胆小的。像这样破坏公共设施，我快怕死了。饶了我吧。"

哭丧着脸，语带哭音诉说着的这名男子——松村进吉逃也似的离开重型机械，奔向了面包车。

"就这么放着？"

"还用问吗？开怪手哪儿逃得了啊，那是工程用的重型机械。别说了，快上车吧。"

"啊啊。"

腰好痛。

"及川兄，你怎么还发呆啊？我都快怕死啦。"松村说。

"好，松村上车了，我们走吧。"这句话则出自村上，他接着说，"及川似乎很喜欢这个地方，我们就别管他了，先走一步吧。"

"咦？"

呃，不是这样吧？

及川对只有这么丁点大的面包、温水浇浴以及附带监视的厕所没有任何留恋。不过倒是有点想和看守人员说声"再见"。

"我……我的腰……"

冈田跳下面包车，迅速跑到他身旁，伸手搀扶他起身。

冈田真是个好人，虽然发生了很多事，但还是都忘了吧。

"你没事吧，及川大哥？"

"我的腰……我的腰……"

"嗯？及川大哥，你身上怎么臭臭的？"

没办法，被监禁的这个月只用温水浇浴啊，没有香皂，也没有沐浴露，皮脂都多到足以堵塞毛孔了。

虽然冈田前来搀扶令人感激，但看到他一脸嫌弃的表情，就让及川觉得一切内心的不平衡还是先暂缓吧。

及川一坐上车，面包车立刻飞也似的冲出。

开车者似乎是黑木主。

"黑兄，把那个缩小一些啦！"

黑木主大喊。但是……

"已经缩小了。"

回答得很平淡。是黑史郎的声音。

黑坐在车厢的最后方，他的头上趴着一只章鱼。有点像漫画的情景。

坐在黑身旁的村上戳戳那只章鱼，问：

"这就是刚才的怪兽？能伸缩自如吗？最大能膨胀到什么程度？你让它胀大的时候要用力吗？类似那种泡水就会膨胀的章鱼玩具吗？"

"用不着用力啦。而且我容易拉肚子，用力很危险。"

"只要靠想象力就行，对吧？"黑木主说。

"完全是邪神使者。"坐在正中间泰然自若的荒俣说，"真是厉害。"

荒俣似乎感到很满意。记得他刚才念了咒语，而且还问黑："这是召唤来的吗？"

"不，不是召唤的。"

"这样啊。"

"它……一直存在。"

黑缩起肩膀，略显紧张地说：

"只是能缩小而已。"

"靠意志力就能使那个怪物变大？"村上问，"你去做过什么特训吗？例如去印度深山之类？"

"没去印度啦，也没做过任何修行，这段期间我只是四处逃亡，颠沛流离。顶着这个东西就算什么都不做也很醒目，有非常多的人聚集在我身边，我们整团人一起行动。平山先生只会在旁边起哄，我又这么引人注目，继续巨大化下去恐怕会有朝一日会遭到集中攻击，当我觉得'不行了！要拉肚子了'的瞬间，没想到它就缩小了。虽然在这之前我也拉过好几次肚子，这完全是拉肚子的泡沫经济啊。"黑说。

完全不懂他想表达什么。

"先不说这些了，现在是什么情况？"

及川仍搞不懂状况。

"什么怎么样？你是问小克吗？"

"小克？"

"另一个绰号是小洛。"

"啊？"

黑指着自己头上的章鱼，说：

"因为是克苏鲁，所以它叫小克。作者是洛夫克拉夫特，所以它也叫小洛。"

"不，我不是想问这个。"

"一切都在计划之中。"荒俣说。

"咦？"

"荒俣先生，您是故意被逮捕的吗？"

"当然是故意的。"

"冈……"

难道冈田事先知道这件事？及川射出怨恨与嫉妒的眼神。敏感察觉到的冈田打了个冷战，拼命摇头。

"我不知情啊！"

"我也不知道！"平太郎慌忙跟进，"因此，及川先生，请不要用宇宙猿人[一]的手下般的眼神看我，会害我吓得尿出来的。"

宇宙猿人……

脑袋不灵光，但力量强大。这么说来的确是猿人。

村上说：

"知道荒俣先生计划的人只有我、郡司兄和京极兄而已。"

"咦？可是他们两位听到荒俣先生不告而别，不是深受打击吗？他们看到荒俣先生留下的纸条，还担心得到处打电话呢。我也拼命拜托京极先生，无论如何'唯有'荒俣先生一定要拯救出来。"平太郎说。

"唯有"吗？

村上眼神轻蔑地看着正在表示不满的平太郎，说：

"那是演的。"

[一] 自1971年起播放的日本特摄剧《宇宙猿人哥利》，后改名为《电子分光人》。

"是演的吗？呃，可是……"

"京极兄没打电话。打电话给被捕的人，不就会把我们的位置也曝光了？现在和以前不同，甚至不需要进行反追踪就能查到位置。郡司兄和京极兄不可能做这么不经大脑的行动，都是假装的，是演技。"

"真的假的？纯真的我被骗了！"平太郎说完，转过头看及川。

不管是被骗还是被威胁，都无所谓了，及川唯一在意的是"唯有"两字。

"我们不确定是否有内贼，毕竟连萨摩太郎的老板娘都背叛了。而且宏岛先生也是真心想背叛。只是我们事先知道他准备背叛，所以私下和小西先生交涉过。"

"简直是《24 小时》的剧情嘛。"黑木说。

"总之，就是这么一回事。冈田和及川，辛苦你们了。"

荒俣面带微笑，如此总结。

真希望别这么轻松总结啊。虽然及川也同样被骗了。

"呃，该怎么说，算是欲擦屁股先掰臀部吧？"

"您在说什么嘛。而且屁股和臀部是同一个部位吧？"

"大概是把'不入虎穴，焉得虎子'和'欲欺敌先骗己'混在一起的自创成语吧？"

松村精准地吐槽。

"没错，是从这两句改的。"荒俣说，"照这样下去敌我双方会陷入胶着状态。拖得愈久对我们愈不利，继续袖手旁观也无济于事。因此我主张必须主动出击，打探到敌人的底细才能有胜算。"

"但荒俣先生为什么要亲自出马呢？"

"如果派出底下的人，恐怕会被杀。"村上说，"虽然我们妖怪相关人士并没有高低之别，但对方似乎什么都想分个高低。因为他们都是一群抓着头衔不放的蠢货。从敌方的观点来看，荒俣先生可以说是妖怪界的第二把交椅，他被捕反而不会被当场解决。但假如我们派及川单独潜入，他一旦被逮捕的话，恐怕就永远不见天日了。"

"啊……"

永远被关在那里？

"不仅如此，在被发现的瞬间就被射杀也大有可能呢。"

射杀……

及川当然不想死，但爱耍帅的他想，与其受到地狱般的对待，选择壮烈牺牲更帅气。万一殉职，也许还能获得特别晋升两级的荣誉吧。

如此一来，应该就能升级成人类了吧？虽然只升两级的话还是有困难。

"所以说，冈田和及川是因为和荒俣先生在一起才得救的。"

"我很感谢您。"冈田说。

冈田这家伙果然滴水不漏。但追根究底，他们两个人会陷入危险之中也是被荒俣强拖出去害的。

"没告诉你们真相就带你们出去，我感到过意不去。幸好你们没受到太过分的对待，应该没事吧？"

没受到过分对待的人只有你啊，荒俣先生。及川本想这么说，还是作罢了。

如果是受到冈田那种程度的对待，应该还在容许范围吧。好歹能洗澡，也有窗户，还能吃到味噌汤和咖喱饭。

哪儿像及川，都忘了咖喱吃起来是什么味道。

"而且我们当初的计划是，不管是否有成果，他们都会在一个月后把我们营救出来。所以我才能忍耐啊。"荒俣说。

"营救？有什么计划吗？"

怎么看都很像临机应变的行动。不，甚至很草率。妖怪相关分子制定不出周密的计谋吧？

因为他们只是一群笨蛋啊。

"怎么可能毫无计划？"村上瞪着及川说，"毫无计划地营救荒俣先生？实际的行动可是得搏命哩。因为我们当时已经联络上小黑他们，知道他们能自由放出怪兽，也能调动大型重机械，所以才能实行这项作战计划。"

可疑。怎么听都很可疑。

派出巨大怪兽扰乱，用重型机械破坏，到这里为止是没问题。

但剩下的部分怎么看都只是见招拆招吧？

"临场……"

"才不是临场发挥哩。"村上仿佛看穿及川的想法，解释道，"及川和冈田，你们两个的手机都被拿走了，对吧？无法确定你们的位置就无法去拯救你们，所以我们才主动当诱饵。我可能会被杀，保险起见又带了平太郎来。我揍了看似现场负责人的家伙一拳，偷偷把手机塞进去。我可是用生命在拼啊，假如他换裤子的话就完了，我自己也很怕啊。"

"呃，可是那样不就是……"

"是什么？我连 YAT 的制服设计和功能都调查过了。他们平常不会出来巡逻，所以我会放出假情报引他们现身，再偷偷观察，确认屁股……不，腰部附近有个能装东西的口袋，大小恰到好处。也反复练习了如何把手机偷塞进去。"

"然后呢？"

"什么然后？"

"呃，就算查出收容我们的机构，也不代表他们一定会把你带去那里吧？就算带去了，荒俣先生也不见得会和我们关在同一处吧？"

"实际上不就在一起吗？"村上说。

"没错，但你们在实行计划前确认过吗？"

"没有。"

果然没有。

"事先讲好的指令只是对手机定位地点进行突击，太简单了。"坐在副驾驶座的松村说，"我快怕死了。还好没昏过去。"

"幸好事态比原定计划更顺利地发展，没想到所有人都集中在那么容易遭到袭击的地方。"

"原来你没想过会那样发展……"

果然只是凑巧而已。

"别计较，反正所有人都得救了，那不就好了？"

"没错。就结果而言，损失的只有内裤和袜子。现在内裤也拿回来了，而且是新品。"

至于身为人的自尊……算了，及川从一开始就没那种东西。

因为不是人属。

"话说，对方没追上来。"驾驶者黑木主说，"要直接回基地吗？克苏鲁营队应该也来到附近了。"

"先舍弃这辆车，各自徒步前往比较好。"荒俣提议道，"也许我们被偷偷跟踪了。"

"好是好，但没问题吗？我们这些小人物姑且不论，没人陪同的话，荒俣先生也许会被袭击吧？"

"那就派小黑陪荒俣先生一起走吧。若有万一，就派出邪神……"

"叫出邪神也没用啊，它什么也办不到。"黑一脸窝囊地说，"顶多能巨大化。"

"那样就够了。它不是怪兽，而是太古邪神，不需要口吐火焰或发出怪异的光线。"荒俣说，并以底下这句作为结语：

"总之，这次行动的收获真是超乎想象啊。"

廿叁

阴阳师作家告知秘密

"阴阳师军团是什么意思？"郡司高声问道，"你说的应该不是以前有段时间常上电视的那些冒牌阴阳师吧？"

"不是。"回答者是位和尚。在他自称是僧侣前，雷欧☆若叶还以为他是光头音乐家。

因为他联想到摇滚乐队"BAKUFU-SLUMP"的 Sunplaza 中野。

有剃度，但穿的是潇洒的名牌西装，脸上戴的是窄框太阳眼镜。

脸有点长。

其实脸长不长无所谓，但对雷欧而言很重要。因为在没头发的情况下，脑袋的轮廓会很明显。

这真的是无关紧要的事。

简单讲，就是橘子跟茄子或草莓的差别。

真要说的话，这个和尚应该是冬瓜吧。

"雷欧，你又在想什么无聊的事了吧？"郡司以低沉慑人的嗓音说。雷欧觉得很恐怖，不敢直视他。

听说这位和尚的地位很高，德高望重。他和已休刊的《怪》前编辑顾问郡司是旧识，也是游乐同伴。他是四国赫赫有名的寺院——夜叉院的住持，名叫早崎信海。

"是很正统的阴阳师。"回答这句话的是作家梦枕貘，他接着说，"虽说什么叫正统其实有待商榷。"

"正统阴阳师有那么多吗？多到能组成军团的程度？"郡司问。

"说军团是过于夸张了点，早崎兄，实际人数是多少来着？"梦枕说。

"有十五位。"信海回答。

"大概就这么多，算集团吧。"

"有这么多啊？"

"嗯……其实历史上存在过的各门派都延续至今，现在则有一种把他们统统召集起来的感觉。"

"所以说……这个阴阳师军团会做什么？实行魔法攻击吗？但政府不是宣称妖怪骚动已经告终了吗？"

"表面上是如此。"信海回答。

"你的意思是，政府私底下不这么认为？"

"不，不是这个意思。"梦枕回答道，"偶尔不是有反抗势力出现吗？类似恐怖攻击……不对，更像以前的学生运动。不，说人数不多的平民起义或许更准确吧。记得不久之前也有人突袭官邸。"

"嗯。"

发动突袭的是……刺穿都知事一只眼睛而被射杀的木原浩胜的伙伴，同时也是《怪谈新耳袋》的共著者——怪谈搜集家中山市朗，以及以他为中心的关西地方的前怪谈相关人士。雷欧算是妖怪界的人，和这群怪谈界作家不怎么熟，不过听说主要是以怪谈社的成员或《幽》的实话怪谈大奖的得奖者为中心，集结了约十几名人士。

中山在电视上看到伙伴木原的壮烈死状，被猛烈地触动，痛下决心要实行这个计划。

"虽然你我之间发生了一些事，但你的遗志，就由我来继承吧！"

他如此呼喊后，做出这一决定。

中山和木原身边的朋友——虽然大半不是已被逮捕就是被处刑——接

触，得知木原所取得的机密情报，便立刻展开行动。

穿着一袭白色寿衣的中山与其支持者高举用竹竿绑着草席而做成的简易旗帜，上面写着大大的"诉"字，一行人赶赴首相官邸。

听梦枕的形容，他们一行人的模样极为古风，仿佛从古代穿越到现代来的上京请愿的农民一般。

这不是恐怖行为，仅是请愿。

虽然模样显示的时代有些错误。

中山的目的只是想对首相发出警告，都知事才是一切邪恶的根源。

然而，很可惜的是……中山这群人最终未能完成对首相的请愿。阻止他们去路的人不是警察，也不是自卫队，当然也不是 YAT。

而是普通市民。

抵达官邸前，民兵队或脾气暴躁的市民一个接一个袭击他们，逐渐演变成斗殴场面。如此一来他们根本顾不得请愿了。

中山无论如何都想贯彻初衷，于是拨开乱斗中的人群，朝着官邸大门跑去。他拼命地跑着，同时大喊："请……请愿……我要请愿……"然后就——

被射杀了。

因为他手上的竹竿被看成竹枪。就算不管竹竿，一脸络腮胡、长发、壮硕的大叔穿着白色寿衣跑来，那情景想必也挺可怕的。

中山的内心肯定无比遗憾吧。

其他人与袭击他们的民众也被当场处刑。罪名是骚乱罪。有些人说不定什么也没做，只是纯粹路过，却被连累了。这年头，袭击者和被袭击者都直接以同罪论处。

"唉，那个事件对政府而言根本不足以构成威胁，反而是桩可悲的事件，应被视为一种悲剧。只是，此一事件也提醒了政府这类反抗分子依然存在的事实。"

雷欧想，梦枕貘想必是位个性平稳、温和的人吧。他态度认真，却不失柔和的特质。雷欧身边都是些爱开玩笑、个性带刺的家伙，梦枕柔和的语气带给他满满的疗愈感。

若是梦枕先生，肯定能温柔地包容自己的玩笑吧？

正当雷欧如此想的时候——

"请问这位是'笨蛋'吗？"

梦枕貘指着雷欧问道。

"抱歉，他是个笨蛋，没错。"郡司回答。

"我看他从刚才开始一句话也不说，却一直散发着某种干扰对话的气息。"

"您说得没错。"郡司低头致歉，"请忽视他吧。"

"为什么带他来啊？"

"这个笨蛋是若有万一时充当替罪羊用的。"

"类似持衰[一]那样？"

"不是的，就算一切平安也不会给他赏赐，所以二者不同。他单纯是一旦发生不测事态，率先被拿来当牺牲品而已。"

"啊哈哈。"作家与和尚一起笑了。

"原来是这样啊。虽然也有人主张倭人实际上并没有带持衰去。"

"嗯嗯。啊，抱歉，有他在真的很干扰对话啊。雷欧，你把脸蒙住。"

"咦……"雷欧抗议道。

"蒙脸的话，反而更会让人分心呢。"梦枕笑着说。

实际上被笑的只有雷欧一个。

"总之，现在的情况是官方重新认识到叛乱分子依然存在，只不过'尚

[一]　典出《魏志倭人传》，倭人前去魏国朝贡时会选一名人员作为持衰，若旅程不顺即予以处死，若平安则给予丰赏。

未'浮现出来而已。"

"是的，仍然存在啊。"

雷欧他们就是。

"就在这里啊。"梦枕指着郡司，接着说道，"水木先生地位崇高，所以先不讨论，你们妖怪相关分子的人数明明相当多，却没人被逮捕，也没人被杀。真正做出激烈行动的反而是……"

"怪谈创作者那方。"郡司回答。

"虽然要将怪谈、恐怖故事和妖怪之间划分界限并不容易。算了，由我来说这句话有些奇怪。"

"我想……这三者的区别应该在于笨蛋程度吧。"

"妖怪算是笨蛋吗？"

"是的。妖怪的笨蛋程度非常高。"

"可是小松先生靠着妖怪研究获得了文化勋章，水木先生也是。"

"小松先生是因为研究妖怪这一日本特有'文化'成果丰硕才受勋，水木老师则是作为形成妖怪这一日本特有'文化'的推手而获得勋章。换句话说，他们两位受褒扬的理由在于妖怪背后的'文化'二字啊。"

"嗯，虽然我还不是很懂，但差别原来在这里。"

"若不将其视为一种文化，妖怪便只是一些胡言乱语，没有以文化作为底蕴的妖怪只是笨蛋。"

"那怪谈呢？"

"怪谈嘛……怪谈耍帅的成分较高，所以并不笨。"

"耍帅？"

"简单说，内容其实很蠢，但隐瞒愚蠢的部分，并煞有介事、绘声绘色地述说的就是怪谈，而将这种愚蠢部分毫不隐瞒地暴露出来的就是妖怪。"

"哦。那么贫僧算是妖怪那方吗？"信海问道。

"嗯，早崎兄应该被归类为妖怪。不对，你们两位不都是官方体制的吗？话说回来，貘先生您崇尚的是暴力与恐怖，怎么会和官方站在一起呢？"

郡司问。梦枕满面笑容地回答：

"因为我有这个、这个和这个啊。"

他比手画脚地说。

似乎是指爬山、钓鱼和格斗。

"况且，阴阳师算是击退鬼怪的那方吧。"

"原来如此。"

"我也因此被举荐为道德国家保安局不健全思想管理委员会特别顾问。虽然我完全不明白那到底是怎样的职位，只听说是研究和拟定击退鬼怪的方法的组织，我没多想便接受了。当时没想到事态竟会恶化到这种地步。话说，京极兄不也是因为你们那个妖怪什么来着……"

"全日本妖怪推进委员会。"

"对，就是那个。在参加那个组织的秘密集会而遭到检举前，他不也和我一样没受到不当对待吗？"

"京极兄他啊……"

京极喜欢的不是钓鱼或格斗技，而是搞笑、时代剧、古典游戏或特摄之类。雷欧对这些兴趣一窍不通，无论如何，可以确定的是，京极不是一个活力很强的人。

"京极兄喜欢的净是一些蠢蠢的事物。"郡司一脸遗憾地说，"这一点很致命。"

"荒俣先生也是吗？"

"在世人的观点中，荒俣先生算是世界妖怪协会的第二把交椅。即使是现在，他依然被视为建造妖怪制造工厂并大量生产出妖怪的元凶。"

"真不幸。"爱好钓鱼的作家仿佛事不关己地说。

实际上也真的不关他的事。

"总之，这个阴阳师军团就这样被政府相中了。其实这么说也不对，他们原本就……"

"在宫内厅任职了。"信海插嘴道，"在妖怪骚动刚开始变得显著时，为了保护国家，宫内厅的斡旋人暗自将这群人召集而来。虽然没有特别的头衔，但说起来，他们就像现代版的阴阳寮吧。"

"原来如此。所以说……这群人会对我们……"

"是的。"

什么？

"所……所……所以说，式神会来袭击我们吗？护法童子会进攻过来吗？会一边喊着'不管躲得多么隐秘，你那条脏兮兮的内裤都被看得一清二楚喽'，一边把我们揪出来吗？真伤脑筋。真希望派送过来的不是式神，而是卫生纸啊。"雷欧兴奋地说。

"刚刚是说……他是个'笨蛋'，对吧？"信海说。

"对不起，他就是个笨蛋。"郡司低头致歉，"我们妖怪界这种人很多。"

"没关系。虽然挺困扰的，但只要不会造成什么危害就好。"

作家与和尚一同轻松地笑了。

"明明没有造成危害，只因是笨蛋就得被杀，实在不合理啊。"

"嗯……雷欧的话，我是觉得就算被杀也无可奈何。总之，请两位先忽视他的发言吧。言归正传，那个阴阳师军团会做什么？"

"当下，虽然警察人数一天天地增加，却明显失去了维护秩序的能力。"

"是这样吗？"

"接下来这件事请别张扬……不对，这次秘密会面本来就不能张扬。总之，日本警察以一个组织而言，目前其实已经濒临瓦解。内部失去了上下联络，人人疑心生暗鬼，斗争不休。"

"啊。"

互相信赖或互助合作这类词语如今已过时。"自己的生命由自己守护""切莫轻信他人""世态炎凉，冷暖人间""敌人的敌人也是敌人"……现在社会上流行的是这些标语。

"基层警察不听上级的命令，彼此憎恨，都只依循自己的判断行动。换句话说，现在的警察就像一群能合法逮捕人、能杀人的流氓。更恶劣的是，这批'合法'流氓的身上有枪。总之，警方无法进行搜索或搜查，完全失去了这种能力。"

"这样啊……"

"所以要他们去搜查根本办不到。警察根本不懂检举或举报，一切都直接在现场解决——也就是杀人。至于自卫队，他们本来就不是防范犯罪的组织。这和去灾害现场搜寻失踪者是不同的。自卫队的内部情况也和警察一样，变成一群能合法攻击他人的流氓。但他们拥有坦克和导弹，所以性质更恶劣。唉，这世界一切都变得乱七八糟的。"

梦枕貘露出窝囊的表情，吟唱般地说。

"但是，日本现在不是变成充满猜疑的相互监视社会了吗？难道没有民众去检举不法行为吗？不过恐怕是真的没有，所以我们才能逍遥法外。"郡司说。

"嗯，没人检举。"信海答道，"市民们只相信自己，认为自己才是正义的，从不信任他人。这个社会已失去了悲天悯人的慈悲精神。民众们恐怕连警察也不信任吧。毕竟随便举报的话，搞不好连自己也会被当成共犯而遭到肃清。"

"可是内阁的支持率不是很高吗？"

"所以才觉得不可思议啊。"信海说。

"真的令人不可思议。"梦枕也附和。

雷欧不由得松了一口气。由于身旁有个熟人总是主张"这世上没有任何不可思议的事"，害雷欧变得不敢说出这句话，生怕一不小心脱口而出就会被骂。不可思议就好像一团薄雾，令人舒适。若是可以，雷欧凡事都想宣称不可思议就好，不要去深究。

"但是……"信海表情凝重地说，"从另一方面说来，现如今的政治只强调个人主体。对于身为宗教界人士的我而言反而是个头痛的问题啊。"

"慢着，早崎你不也是官方体制派的人吗？"

"不，贫僧和貘先生一样，是无力改变现状才加入的。郡司兄你想想看，要是贫僧现在才爆料说自己其实是反体制派的话，还能活命吗？就算心不甘情不愿，为了生存，也只能委屈自己了。"

早崎信海双手合十说。

雷欧在心中默念南无阿弥陀佛。

实际上，这部分的界限划分的确很微妙。

虽然现在弥漫着光沾染到妖怪或怪谈就理所当然该被射杀的风气，但在之前就先被吸收进官方体制的人们仍然平安无事。

在面临抉择时，学术界各自选边站了。

例如前东亚怪异学会老早就察觉到社会异常，便改名为东亚怪异解放联盟，揭竿而起——但也因为他们太早就表现出反体制的态度，现在全体成了国贼。以大江笃为首，榎村宽之、久礼旦雄等中心人物皆被发布了全国通缉令。雷欧想，恐怕现在大街小巷或桥两端的警告牌上，都张贴着他们的大头照；或在聚集不法之徒的赏金猎人酒馆里，张贴着悬赏海报了吧。

所以，前怪异学会这帮人现在也和雷欧他们一样躲在妖怪迷聚集的秘密村，隐姓埋名度日。成员之一的木场贵俊曾因为太想看动画，前往市区的地下 DVD 贩卖店时不小心多嘴，无法自圆其说，在支吾其词时惨遭围殴，勉强拖着一条老命逃出后，又怕秘密基地的位置被得知，只能四处露宿，辗转流浪了一周后才回来……如此凄惨的遭遇，令雷欧油然心生亲切感。

可是——

东亚怪异学会创始者西山克教授却因在他们起义前早已辞去代表一职，并未直接参加反抗运动，仅因这般理由就逃过肃清，现在仍被视为怪异研究的权威人物。

西山老师如今和早崎站在相同的立场，过着宁静的生活。睡眠时想必高枕无忧吧。虽然枕头太高脖子会酸痛，但没有枕头一样很伤脖子。

另一方面，以小松和彦所长为首的国际日本文化研究中心的众研究员一样平安无事。这里原本就是国家机构。据说对这一状况感到不满的只有大冢英志一个。只是，大冢先生也没和其他妖怪迷会合，而是孤傲地——也许吧——在某处独自奋战。至于迈克尔·福斯特（Michael Foster）和马西亚斯·海克（Matthias Hayek）等海外妖怪研究者们则担心自身安危，早早回归母国了。福斯特回国后被当成了日本毁灭者——妖怪研究专家，被美国各大媒体竞相邀请，一跃成为时代宠儿。这个结局也很和平，高枕无忧。至于年轻一辈的研究员，以袈裟罗·婆裟罗研究闻名的饭仓义之为首，许多研究者都被官方吸收，曾投稿至小松所长监修的共同出版物的经历为他们带来了好运。

比较可怜的是今井秀和。今井在学生时代参加过《怪》上小的"怪人奖"。后来又以关于偷油怪图画的论文获得"京极奖"。这个人生污点给他带来了不幸，今井因而受到严厉抨击。待不下去的今井只好孤寂隐居，现在应该也在富士山麓饿着肚子吧。只是，如果要说在《怪》投过稿，小松所长自己甚至还在《怪》连载过呢。只不过今井投稿是在他成为研究者前，而且是主动投稿，也许是因此才出了问题吧。他想必对当时身为评选委员的京极怀恨在心。

同样尝到苦果的是京都精华大学的堤邦彦教授。堤教授的研究主题是江户怪谈。不是妖怪，而是幽灵。而且研究类型是文学。和实话怪谈那群人有明确的区分，老实说并没有受到抨击的道理。然而，堤讲座的学生们都是些会定期举办怪谈会的活跃怪谈迷。他们见到忧国忧民的关西怪谈迷们的决死抗议行动而深受触动，于是和教授讨论，也希望发起抗议活动。如果他们和东亚怪异学会一样，在社会风气尚未如此严峻前就起义的话就算了，但在这种状况下发起抗议活动根本形同自杀。别说潜逃，光是举起手来就会被肃清。结果当然是"砰"的一声，这个"砰"是枪声。

经过一番深思熟虑后，堤教授做出决定。学生们的主张很有道理，假如这世间真的有正义的话，他们肯定是站在正义的那方。但在这个世道下，并不是起身宣扬正义理念就能被大众接受的。于是，为了达成目的，他们行事不能过于张扬；为了继续活动，他们只能潜伏地下。

因此，为了守护学生们的性命，堤教授挺身担任领头者，率领学生们转向地下活动。听目击者说，他们朝富士山前进时，堤站在前头引领学生前进的模样恰似领导修卡怪人的死神博士。

同样定期召开怪异怪谈研究会的横滨国立大学的一柳广孝教授却做出相反的决定。一柳长年研究心灵主义及灵学传播至日本的历史，为了见证这异常社会的最终结局，他故意选择靠拢官方，也因此很安宁，得以高枕无忧。

然后，作为除妖咒术专家而受到瞩目的常光彻，以及想复兴明治初年被视为妖怪克星的井上圆了的妖怪学的菊地章太等人，也赶在局面变得无法挽回前加入了体制派，并不清楚这是否为他们的本意。

若照信海所言，其实都是不情不愿的吧。雷欧能理解他们这么做也是迫不得已。虽能理解，但真要选的话还是枕头高一点比较舒服吧，雷欧想。上述这些人大多都在《怪》或《幽》执笔过，一想到这一点，雷欧不免觉得他们有点奸诈。

饭仓与常光以前还曾经在多田克己的妖怪讲座上担任特别来宾呢，后者如今已被世人视为邪恶的化身。登上多田讲座讲台的学者及策展人当中，除了京极以外，现在被通缉中的只有汤本豪一一个。多么不幸啊。

命运的分歧点究竟在哪里？

决定他们往后命运的，恐怕不是志向、思想或信条，也不是人格或立场，而是某些微不足道的小事吧。

只因登上小艇的顺序先后错开，一方日后成为伟大的漫画家，另一方却惨遭鳄鱼吞噬。若想深入了解这个故事，去读水木老师的漫画吧。雷欧他们无疑是被鳄鱼吞食的那一方，尤其雷欧本人，更是鳄鱼的特选之物吧。

被鳄鱼一口吞下已经算比较简单了事的。

这些严肃的问题在笨蛋代言人雷欧脑中翻腾，令他疲倦。雷欧一向约隔十秒就会开个玩笑，现在他这个特质却毫无发挥空间。

"总觉得有些愧疚。"信海说，"贫僧照理说应该站在你们这边，然而贫僧的信众甚多，这么做的话可能会连累他们。贫僧的心一向都是反体制的啊。"

郡司露出不知在笑还是生气的表情说：

"用不着感到愧疚嘛。荒俣先生和京极兄都说过，妖怪的处境本来就很边缘化，受到这种对待反而合理。我们这些妖怪迷受到迫害只是家常便饭。明白自己不应该太醒目才是有常识的妖怪迷该采取的态度。虽说无论如何也没道理被人逮捕或杀死。"

"大量妖怪迷被逮捕了呢。"信海说。

"也有不少人被杀了。"梦枕貘也说。

"因此，我们绝对不想被发现啊。信海兄刚才说警察现在失去了能力，对我们反而有利。即便如此，我还是不懂你提的阴阳师军团是怎么回事。这年头还有人相信占卜吗？难道那些阴阳师真的像这个笨蛋雷欧所说的一样，能派出式神？"

梦枕貘微微一笑。

"当然不会像漫画或小说那样发射出去。"

"不会发射吗？"雷欧问。

"当然不会发射呀。"梦枕貘答。

果然是个好人。

"不会有那种仿佛电影般的展开。那在现实中是不可能的。阴阳师是科学家，是技术人员，但不是魔法师。况且所谓的魔法根本也不是什么超自然的力量。"

"京极兄也常这么说。"郡司说，"他说式和数学的算式是同样的。简单说，是一种理解事物的结构和用以影响结果的技术——换句话说，是一种'做法'。"

"对对，这个说明颇能切中核心，正是如此。阴阳师做的事并不神秘。他们不是魔法师，也不是妖术师。或许有人会觉得既然如此，他们不就毫无价值吗？倒也不是。实际上他们在初期就能看破妖怪骚动的本质。"

"本质？是什么？"

"能看见妖怪与世间的骚乱，两者的因果关系是颠倒的。"

"换句话说，把这一切乱象归罪为妖怪是错误的。"一旁的信海补充道。

"我们也是这么认为……"郡司说。

印象中在受到 NJM 袭击前也讨论过这个问题。不过雷欧早就忘了。

"就是这样啊。就算能够击退妖怪也毫无意义。阴阳师早就明白这个道理了。"

"呃，可是……"

"我再重复一次，阴阳师并不是政府雇用的妖怪扑灭团队。我们从一开始就是为了担任政府成立之团队的顾问，从民间被征召而来的，但阴阳师和我们完全不同。他们和政权无关。至少宫内厅是这么认为的。"

"只不过……"

"嗯，后来事态的发展急转直下。"信海插嘴道。

"民意的风向全变了。"梦枕说。

"民意才是大问题啊。"郡司说。

"总之，阴阳师虽是独立于政府机关的团体，但无关乎他们的想法，社会风潮全面翻盘了。于是，政府这次直接要求他们提供协助。于是，我和信海兄代表国家去和他们交涉。毕竟我写过那个嘛。"

梦枕是"阴阳师"系列小说的作者。

"若没发生过那件事，派荒俣先生去恐怕更合适吧。话虽这么说……老实讲，我们这些担任政府顾问的知识分了，几乎所有人都反对政府。"

果然如此。枕头太高的话，脖子反而会酸疼。

"现在的政府太扭曲了。"郡司说。

"不知扭了几圈呢。"梦枕愉快地笑了。

"身为顾问团领袖的小松老师也相当痛苦。我相信他一定很厌恶这样的现状吧。此外，干事长也是个讨厌的男人。和他碰面的话，心情至少会抑郁好几天。"

"大馆吗？"

"嗯。那个男人乍看很亲切，却给人一种很不愉快的感觉。"

"会觉得好像身上的气都被吸走了。"信海说道。

"那个先姑且不论。总之，虽不知是怎么办到的，阴阳师使用某种正常方式——不是诡异术法的意思——找到了各位的所在位置。"

"唔……"郡司闷哼一声说，"原来是这么回事。饭仓兄找上门来时，我完全不懂是怎么回事。"

"嗯嗯，饭仓啊。因为你们电话也不接，邮件也不收——这是理所当然的，所以要和你们这群逃亡者接触，只好直接派人去了。指派他的人是小松先生。他还年轻，一直很希望也能够亡命至此。"

"亡命！"

雷欧不知为何对这句话有所反应。

"亡命到俄罗斯国[一]吗？"

"啊？"

"呃，英吉利、美利坚、法兰西……谢[二]！"

在伟大的作家面前，这是多么愚蠢的反应啊。雷欧反而觉得自己……蠢得有点可爱。认真模式持续过久，他再也无法忍耐了。当然，在讲到"谢"的时候，他顺便摆出矢井见的招牌动作。

……没有反应。

所以动作无法解除。

梦枕貘持续了整整三十秒左右的僵硬微笑，不久，视线朝向郡司问道：

"郡司兄，你刚才好像说……这个人是'笨蛋'？"

这是第几次这么问？

"嗯，是世界遗产级的笨蛋。要隔离他也可以。"

"这样啊，那可得好好维护才行呢。哈哈哈。"

"何……何时登录的？ UNESCO……UNESCO……"

雷欧维持"谢"的动作说。

"你闭嘴！"郡司瞪了他一眼，接着说，"我们这个亡命之处有很多像他这种人。"

"不是很好吗？像他这种笨蛋最近都见不到了。政府官员们永远一脸严肃。一旦谁露出笑容就会被撤换，开个玩笑就会被解雇。那些官员净是些毫

[一]　出自井上靖的小说《俄罗斯国醉梦谭》。

[二]　"谢"是赤冢不二夫的漫画《阿松》中的配角井矢见吃惊时的口头禅，他同时会摆出一手垂直高举，腕部直角朝头部方向弯曲，另一手手肘朝内弯曲，平举至胸前，同时膝盖弯曲朝上的招牌动作。

无趣味的家伙。不单不知变通或脑袋顽固，完全就像心灵空虚的感觉。不知为何，只有大馆干事长还会笑。但他的笑容也……”

“那是恶鬼罗刹的狞笑啊。”信海说。

“他的笑容根本是在嘲讽吧。”听到梦枕的这句话，雷欧重新摆出“谢”的动作[一]，但很快就放弃了。

“有些人啊，明明没做什么，看了却会生起一股无名火，对吧？那个叫大馆的男人的态度啊，就好像这种性格。或许这就是所谓的笑里藏刀吧，总之，他很擅长触动人的愤怒开关。而大馆以外的人则是暴躁易怒，只知大吼大叫。”

“官僚和议员根本不听别人的话，若被人反驳就暴跳如雷。就算提出建议，他们也完全听不进去。会以温和态度对人的只有大馆。”

“可是大馆啊……”

“没错，见到他就满腹怨气。我虽算不上是高僧，好歹也修行过。可是在和那个人见面时，总觉得就算有上百年的修行也会瞬间消失，变得和饿肚子的不良少年一样暴躁。似乎连揪住对方的力气也被吸光，只能缩起来生闷气。”

信海像个忍者一样结起手印。

也许是想要集中精神。

“我现在想起来还是很不愉快。真的很想说把贫僧的修行还来啊。那个人究竟是什么？记得水木老师也画过类似的角色。我年纪还小的时候在动画中见过，是一种能吸走人的愉悦心情的妖怪……”

“是异爷味[二]。”郡司回答。

[一]　“井矢见”与“嘲讽”发音类似。
[二]　发音与“井矢见”相似。

听到这句，雷欧又忍不住——

"谢！"

再次摆出矢井见的招牌动作。

没人做出任何反应。

这种情况下，要判断何时收起动作很困难。

但完全没人有所反应也是挺伤人的。

谁来制止一下啊？

"饭仓也对他很在意，他说与其和这些家伙一起工作，不如潜入地下，四处逃亡反而轻松。虽然他说这话时，应该没想到这里竟然有像这位……他叫雷欧是吧？他应该没想到这里竟然有人笨到这种程度，但即使如此愚蠢，如此白痴，依然比政府那群人好多了。当然，只是相较之下。于是，小松老师派饭仓担任密使。"

"但是饭仓兄把信件递给偶然下山采买的梅泽兄手里后，立刻掉头就走了啊。"

"当然啊，郡司兄，总得避人耳目吧。他算是政府的智库，倘若被人发现前往地下组织基地的话，下场会很惨。"

"就算要脱离组织，也得要事先疏通和准备周全。"梦枕以很有说服力的语气说，"听说他在入山处偶遇梅泽先生，真是太好了。否则，他就得一路爬上森林深处的别墅地带了。如果他被跟踪，肯定会引来轩然大波吧。虽然是偶然，但幸好出来采买的是饭仓的熟人。"

"虽然普通民众不认识他，但梅泽先生还是很显眼啊。"

梅泽的身躯真的很庞大。

与其说他是去采买，不如说更像是去用餐的。

根据梅泽所言，饭仓一脸畏怯。梅泽发现他后想打招呼，对方立刻转过头，佯装不认识地接近梅泽，将信件迅速递交给他后，立刻头也不回地离开了。

梅泽说，简直和纯情初中生要将告白信交给心仪对象的情形没两样。

饭仓的信中写着，想和全日本妖怪推进委员会残党进行秘密接触。信末署名为"道德伦理咨询委员会、非合理现象对策协议会主任委员一同"。

一般而言，会怀疑这是陷阱。

但是妖怪分子并不如此认为，主要有几个理由：

首先，身为世界妖怪协会的顾问兼妖怪推进委员会的头脑，且是妖怪相关人士中最高智者的荒俣宏这时并不在。这一点很重要，因为其他人不怎么思考。

其次，如同前述，被征召为非合理现象对策协议会成员的几乎都是熟人，议长就是小松和彦。

听说小松在妖怪骚动浮上台面、政府成立妖怪扑灭委员会时，坚决拒绝征召。后来情势改变，国际日本文化研究中心改组为国粹日本文化养成中心，他抱着难以言喻的虚无感不再坚持，就任议长。

他心中的酸甜苦辣，外人恐怕难以明白。

见到小松就任议长，过去和小松一样激烈拒绝政府的知识分子也纷纷改变初衷。只不过，众人并非起而效尤，而是基于各自判断所作的决定。换句话说，他们见到连小松所长都表态后，觉得也该决定自己今后的去向。西军或东军，尊王或佐幕，必须在两者之间择一。不过这和关原之战或明治维新的情况不同，胜败从一开始就很明显。小松的动向成了决定枕头高低的契机。

只是，也不能否定妖怪相关人士心中抱持着"高枕方的诸位贤德全是熟面孔，都是一些老朋友。复杂的问题姑且晾在一旁，既然是过去的好伙伴，见个面又何妨"之类的大真想法。

然后——

最后成为决定性因素的，是京极的意见。

他提出"我们是群笨蛋，但官方现在也愚蠢到不输我们的程度"的理论。

这算理论吗？

这先姑且不论，总之，他主张现在官方已失去设置陷阱的深谋远虑。

的确，现在的内阁、行政人员和国民不仅不够深谋远虑，完全是轻虑浅谋。每个人都依循"被揍前先揍人"或"讨厌的家伙就要干掉"这种仿佛幼儿园儿童的行动原理在行事。虽然简洁易懂，却极度低能。不肯协商，也不肯相互了解。可容许范围犹如针尖般狭隘，仿佛一盘散沙，只懂得自我主张与争吵。

这样的政府不可能做出设置陷阱如此麻烦的事。

京极说，假如政府得知富士山麓的妖怪村所在的位置，必然会仿佛脊髓反射般直捣黄龙。看是要发射飞弹还是喷洒毒气，无论如何，一定会想办法快速解决的。

他的说法确实有道理。

妖怪相关人士现在就和厕所里的蟑螂一样，一旦被发现就会被立刻杀害，绝不宽赦。

京极接着说，官方目前唯一理性的，恐怕只剩下从民间征召来的非合理对策协议会成员了。

很合理的推测。

就算人在体制之内身不由己，小松和彦和常光彻这些高风亮节的学者还是没道理接受那种幼稚的思想，也很难相信现在的政府会进行洗脑或思想控制，也没这么做的意义。

若不满意，直接杀了就好。

不对，就算他们和政府唱反调或起身反抗，事到如今也构成不了威胁。大众的意志，民意是站在政府这边的。

唉，只能叹气。

某个时期，人文学科曾被社会大众瞧不起。

被认为很多余，没有用，也没意义。

甚至被视为根本没存在的必要。

但从现在这种状况看来，似乎并非如此。

的确，理科并不多余，很有用，也有意义，很有帮助，有存在的必要性。那文科呢？

深入思考的话，究竟去除多余的东西要干吗？有什么意义？有什么帮助？雷欧想，这些事对他们而言，其实不太重要。

因为他们不是使用者，而是创作者。

这些事是觉得多余、感觉不方便、感觉不到意义，或希望能得到帮助的人才应该思考的。

也许只有笨蛋才会认为不方便比方便好，然而，这世间并非任何事都毫无累赘之处就是好。否则，像雷欧这种从头顶到脚趾无一处不多余的人恐怕零点一秒内就该被肃清，会被吸血鬼精英在脸颊上注射溶解液溶解全身。但雷欧不是鬼太郎，死了再也无法复活。

是溶解液啊。

这样不好。

人文科系快回来啊。

但是，如果雷欧高声主张这些事，会让人误会读文科的都是一群笨蛋，这样反而更被讨厌。

总而言之，说得更明白点就是，既然敌方也是笨蛋，想来合作的则是熟人，而且是一群聪明的朋友，于是很少深入思考的妖怪推进委员会就这样不做多想地前来赴约了。

但荒俣去向不明，村上也不在，多田不适合，京极和梅泽怎么看都太醒目。于是，只好由前《怪》编辑顾问郡司加雷欧这对组合前来赴约。

对雷欧而言这无异于飞来横祸，但很遗憾的是他无力抗拒。能干的冈田和没用的及川都跟荒俣一样失踪了。在雷欧心中被定位成小弟的平太郎也被村上带去办事，被雷欧偷偷认定为同类的似田贝也才刚调度物资回来……其他成员不管立场如何，都比雷欧更抽不开身。

……就这样，雷欧来到久违的东京。

虽然不是二十三区内，而是二十三区外的市町。

"其实是这样的………"梦枕貘身体往前倾，说道，"有件事想请各位帮忙。"

"啊？"

"郡司兄，信任我一下嘛。其实在政府的委托下，各位的藏身处早就被阴阳师军团通过阴阳术找出来了。"

"真的是靠占卜得知的吗？"

"就说不是靠魔法嘛。"梦枕貘苦笑着说，"我们和你们联系不也是通过正常手段吗？更何况，郡司兄，这个消息我们还没让警察或政府知道，完全没有走漏风声。所以希望你们能看到我们的诚意，与我们合作。"

"呃，我们从一开始就很信任貘先生您啊。如果不信任，也不会傻傻地来赴约……"

"说不定是明知山有虎，还上山来探探状况的啊。我偶尔也会写这种剧情，明知是陷阱，仍一脚踩入，钻入敌人的怀中再将其一举歼灭。谁知道你们是不是怀着这个企图来的？"

"如果明知是陷阱，我才不肯来哩。难道这真的是陷阱？"

"就说不是了。"梦枕露出亦哭亦笑的表情，"算了，你我是追逐与被追逐的关系，要相互理解或进行接触并不容易。而我们得知你们的位置这一点也很奇怪。"

"貘先生，我们能体谅。但是我们真的什么事也帮不上忙啊。我们在做点什么前就会被逮捕了。就算是被普通民众认出来，也会遭到一顿毒打。还是说，你是来劝告我们乖乖与官方合作的话就能得到特赦？"

"不，这个请求并非来自官方。"信海压低声音说。

"啊？"

郡司表情扭曲，感到不解。

"所以是背……背叛？"

"嘘……"信海把食指竖在嘴巴前，"虽没和政府明着作对，但实际上担忧现状的人并不少。首先是我们这些和尚。"

"和尚？"

"我们这些信佛的人在妖怪骚动席卷全国时被派去击退妖怪，到各地驱邪或祈祷。照理说，佛家修行并非为了对抗鬼怪。不过，当时我们认为抚平人心不安也是僧侣之责，便唯唯诺诺地答应了。"

"原本说来，佛教连幽灵也不承认呢。"

"那只是心灵的迷惘啊。"

"遑论妖怪。"

"会去击退那种的只有里高野的退魔师吧。虽然高野山无表里之分。不只高野山，也没有所谓的里比叡。佛道无里道，现世无孔雀王，僧侣也非魔鬼克星或鬼怪猎人。即使如此，我们依旧努力祈祷，不过主要是镇国护持的祈祷。正常的和尚根本不会去收妖，因此理所当然，完全无效。"

"当然不会有效。"梦枕笑了。

"之后，就这样，直到现在，日本政府俨然成为我们和尚的顶头上司。真言、天台、曹洞、临济、净土、日莲、真宗……不分宗派，所有有良知的日本佛教人士都否定这一现况。而且不只佛教……"

"神道教也是？"

"对，包括基督教、伊斯兰教或新兴宗教，全部都是。不论哪种宗教、哪个门派，只要是信仰坚定的教派，都不可能认同现如今的状况。第二次世界大战期间，日本的宗教人士没能在真正的意义上坚持信仰，向国家低头了。别说是国家神道，寺院或教会也不敢高举反战旗帜。不，根本没人起身反抗过。他们不得不把一切行为归为个人判断，但这是信仰的败北。而现在，这个国家的状况恐怕比当时更糟糕。"

没有外敌。

也没有战争。

却充满了国之将亡的气氛。

在世界地图上的日本，这块土地已被插上死旗。

"国政不该由一群蠢蛋来掌控。然而，现在不只船夫，连乘客也已变成了蠢蛋。虽然我们也称不上聪明，但至少没这么蠢。蠢蛋们对自己搭上泥船也毫无察觉，就算底部已经溶化甚至破洞也还是继续划船，这样最终只会落得全体溺死的凄惨下场。"

"日本人全部溺死吗？我是溺死者[一]。"雷欧开玩笑说。

"你说得没错，虽然很蠢。"信海说。

连信海也吐槽雷欧。

"听好，保护国家真正需要的不是军事力，也不是经济力。你说对吧？"

"或许是吧。"郡司心不在焉地回答，"至少在这个时代，武力无法发挥作用。"

"没错，无法发挥作用。国家如果好，国民也会喜欢。既然喜欢，自然会想要好好守护它。所以一旦国家有难，国民也会绞尽脑汁来解决。不只政治人物，只要国民深思熟虑并化为行动的话，不管何种国难都能渡过。保护国家真正需要的是智慧，以及让人肯拿出智慧去维护的生活与环境吧？"

[一]　"溺死者"在日语中与"哆啦A梦"谐音。

"嗯，是这样，没错。"

"这年头很难发生战争。只要考虑到国家利益，就算猴子也明白打仗只会劳民伤财。若真的开战，要不为政者是无可救药的愚人，要不就是背后有什么利益勾结。而且真的打起来的话，国民的下场只有悲惨。国家不会因此灭亡，顶多国土遭到破坏，部分国民死亡。不管胜还是败，这一点都变化不大。"

"的确是如此。"郡司回答。

"对吧？原本说来根本不需要军备。这个国家现在除了购买武器以外，并没有把预算用在这里……但问题其实更严重啊，郡司兄。"

"呃……"

"战争不应发生。战争只会荒废国土，屠戮百姓，胜负则由双方的共识来决定。但照这种状况下去，就算没有战争，这个国家也会真的毁灭。所谓的内部崩解是无法从外头阻止的啊，郡司兄。"

"呃，我懂你所说的。我能理解。但对我雄辩滔滔也没用啊，早崎兄。瞧你整张脸都靠过来了。"

"抱歉。"整个人差点儿快扑上去的信海退后一步说，"不小心太激动了。总之，各宗教宗派的上层秘密协商，成立了日本宗教联络会。"

"呃……应该算是好事吧？"

"不只如此！"

信海拍桌，心情依然很激动。

"事实上，学者或文化界人士也对此现状感到很愤怒。虽然他们敢怒不敢言，但也没袖手旁观。"

"可是所谓的学者或文化界人士，不是像各位这样选择加入道德伦理咨询委员会，就是像我们这样潜入地下过着流亡生活吗？"

"并不是。"梦枕插嘴道，"他指的是地位更高的人士。"

"啊？"

"是那些就算持续拒绝国家征召也不会被责问的人物。那些人士不会遭到通缉，他们不躲也不藏，但也不露脸。然而，即便他们的日子过得安稳，依然忧心这个世态。"

"所以到底是……谁啊？"

"若从《怪》相关的人物说起，就是高田卫先生和梅原猛先生这个等级的人物吧。"

"哦！"郡司惊讶地喊出声来。

"他们之间其实会秘密联络，也会和我们联络。对小松先生而言或对你们而言，都算是老师级的人物，可说是地下枢密院。"

"听起来好像邪恶组织啊。"

"单就反体制这一点来说，或许是恶吧。"信海说，"但真诚可是在我们这边的啊。"

"怎么讲得好像是新撰组的口号？"

信海扭曲着他那张宛如冬瓜般的脸。

"呃，郡司兄，你没干劲吗？"

"不是这样的。我们的确不擅长战斗，但并不是没有干劲。只是我听到现在也还是没搞懂。过去和地方自治团体打交道时，对方往往在会议上声嘶力竭地极力主张，但讲半天还是不懂他们究竟主张些什么……所以我也习惯了这种讨论，可是……"

"说得也是。我们的来意是不好懂。"

"貘先生，该从哪里说起比较好呢？"信海问。

"嗯……我想想。郡司兄，以及旁边那位笨蛋家伙。"

"笨……"

笨蛋家伙啊……真直接。

而且好像从刚才起，每次说到笨蛋时都会特地强调呢，貘先生。

"这种事态过去几乎没发生过。佛教、神道、基督教、伊斯兰教，以及人文学科界大佬私底下相互联络，真的难以想象。毕竟就算同样是佛教，各宗派的主张也不尽相同。这种事在海外恐怕也难以想象吧。"

"嗯。不同的信仰就如油与水一样互不兼容。这也没办法，信仰就是这么一回事。"

"的确，站在信仰的层面上本来就不可能包容对方。但要说是否就无法合作了？倒也不见得。实际上啊，我们有个新发现。"

"呃。"

"郡司兄，你听过《未来记》吗？"

"记得那是……假托圣德太子的预言书吧？神秘学信奉者很爱讨论这本书……但后来已经亡佚了吧？"

"《太平记》引用过，因此镰仓时代应该流通过这本书吧。当然，多半是伪书。室町时代发现这是伪书时还引起了一番骚动呢。实际上就算厩户[一]王子写了些什么也已佚失了。只不过，郡司兄，其实《未来记》的作者除了圣德太子外，另有其他候补人选。"

"我们的开山祖师爷也是候补之一。"信海插话道。

"开山祖师爷？所以是空……空……空……"雷欧结结巴巴地说。

"就是空海[二]啊，笨蛋家伙。"连信海也跟着这么称呼了。

"空海……所以是弘……弘……弘……"

"就是弘法大师啊，笨蛋家伙。"梦枕貘也说。

"闭嘴啦，笨蛋。"郡司跟着骂。

"当然，由于目前《未来记》一本都没保留下来，连断篇残章也不剩，

[一] 圣德太子的本名。
[二] 日本平安时代的僧人，被派遣至唐学习佛法，回日本后开创真言宗。

所以也没证据能证明这本书存在过。虽然在其他书中有引用内容，但《未来记》本身没留下来。至于作者，连传教大师[一]和达摩大师也被视为候补之一。"

"换句话说，根本没这本书吧？"郡司说。

"并非如此。"两人异口同声地反驳。

"简单说，镰仓时代流行把预言书的书名取为《未来记》。当时的人写了许多预言书，名字大多为《未来记》。"

"但应该是伪书吧？"

"应该说，他们只是随便找个名人充当作者，想沾光增加可信度而已。"

"这不就叫伪书吗？"

"不，作假的只有作者和成立年代的部分。"

"但一般所谓的伪书就是这样啊。"

"被视为最澄撰写的《末法灯明记》这本预言书在镰仓时代也被认为是真的，知名僧人纷纷引用，后来才发现作者另有其人。若就这层意义说来，的确算是伪书，但不会使引用该书的法然或亲鸾的作品失去意义吧？"

"是这样……抱歉，你们愈说我愈糊涂了。仿佛看着漆黑无光的空间一样。"

"变得更难懂了吗？好吧，单就伪书的定义而言，那的确是伪书。然而，在这些伪书之中的知识是否就毫无意义呢？我要说的是这个问题。"

"意思是……书中内容也有部分真实吗？可是……那不是预言书吗？"郡司蹙眉反问道，"换句话说，内容记载的应该是预言吧？预言。"

如果京极听到这段对话，肯定会嗤之以鼻并捧腹大笑吧。不，连肚皮都会笑破，当场开膛破肚，血流成河吧。对于这名即使妖怪在眼前跳起捞泥鳅舞或贴面舞也毫不动摇、持续主张这世上任何不可思议都不存在、没有就是

[一]　日本平安时代的僧人，法号最澄，日本天台宗的开创者。

没有的男人，预知或预言毫无意义。

"是预言吧？"

"并非如此。"两人又齐声反驳。

"可别和诺查丹玛斯混淆了啊，郡司兄。其实，这对他而言只是平添麻烦而已吧。他写《百诗集》的时候应该没想到会被人这样曲解。只不过，被误译为《诸世纪》很扯，毕竟这本书的外号是'大预言'啊。"

"不……不是大预言吗？诺查丹玛斯做出大预言了。一九九九年七月，会有连安哥尔大王也会吓一跳的酷霸王降临！"雷欧抢着说。

"所以说真的是……"梦枕笑道，"算了，你是个……"

"我是笨蛋。"

"不，不只你而已。当时人家都认为是大预言啊。但是……"

"难道《未来记》不是预言书吗？"

"是预言书，但并不是能预知未来的那种……呃，信海兄。"

"不是能预测几年后会发生地震或战争的预言，而是一种对今后局势的预测，以及若发生什么就会如何的分析。"信海帮忙解说。

"唉，要说明真不容易。"两人互视一眼，同声说道。

"在镰仓时代流行时，当时的人们也将它们当成现代所谓的预言。这就和诺查丹玛斯所写的四行诗的一部分被当成'诺查丹玛斯大预言'一样不恰当，但或许也是不得已的吧。因为这些诗的内容究竟写了什么，其实没人能看懂，结果就被人自由解读了。不只如此，作者自己也是个占星术师，也说过这些是我的预言，于是顺理成章地就被视为预知未来了吧。人们总是比较喜欢简单明快的事物，也喜欢奇特的事物。只不过，问题在于……"梦枕滔滔不绝地说。

"可以别再讨论诺查丹玛斯的话题了吗？"郡司插嘴道，"我不是很有兴趣。"

"这样啊？"

"我们是逃亡者，其实没太多心思管这些事。"

"哦，说得也是。"梦枕貘微微一笑，接着说，"简言之，将镰仓时代流行的各种《未来记》视为与昭和时代流行的'诺查丹玛斯大预言'有异曲同工之妙就对了。如此一来便很好懂。如果说昭和时期流行的各种'大预言'解说书是因为原本的诗太难懂，才应运而生的作品群……"

"大量的《未来记》也是解释某个原典而生的作品群？"

"是的。"

"原典在哪儿？"

"散落于各处。"《阴阳师》的作者说。

"啊？"

"事实上，疑似《未来记》原典的断编残简分散在各大名寺古刹里。以这些残篇组成的典籍作为基础，加以诠释或补足的作品，就是各种名为《未来记》的预言书。以上就是这次所得知的新事实。"

"咦？"郡司目瞪口呆，"这次所得知的新事实？"

"是的。吓着了吗？"

"我都快吓傻了呢。"

"嗯嗯。那部原典一小片一小片地分散在各处保存至今，一千多年来从未被拼凑在一起。但在这次的秘密协商中，首度被拼凑起来了。跨越宗派的藩篱……那叫什么集会来着？"

"日本宗教联络会议。"信海答道。

"真的是多亏了这个会议啊。很厉害吧。"

梦枕眼神泛出笑意说。

"呃，是很厉害，可是……"

"不，这可不是圣德太子写的。原典的作者不明。"

"既然如此……"

"成立年代相当久远。只是各寺内部的传承不尽相同，有些地方保存的则是抄本，所以关于起源恐怕一时之间难以确定。但从这些断编残简中仍可看出彼此间有某种程度的联系。然后，串联起来后，我们发现上头写着相当有意思的内容。"

"但是预言——即便与我们所谓的预言不同——真的存在吗？"

"要说预测……其实更像天气预报，是一种一旦发生这种状况会变得如何如何之类的分析。整体说来，所描述的乃是佛法消亡的情景，或佛法消亡后的世界将落入何种惨况，是一部分析末法时期的典籍。由此观点看来，其实与刚才提及的《末法灯明记》很像……不过，这可不是只有佛教才如此。"

"等等，义卅始愈听愈糊涂了。所谓的末法，小是指释迦的教诲开始失去效果的时期吗？"

"是的。分为正法、像法、末法三个时期，简称三时。"信海回答。

"午后三时，下午茶时间吗？"雷欧插嘴道。

"哈哈，这次的炫耀手段是正攻法，小笨蛋。拿大家都能想到的点子当哏，算是笨蛋的基本功吧。"

小笨蛋！

"关于三时有诸多说法，主流说法是正法千年，像法千年，末法万年。若根据刚才提到的《末法灯明记》，世界在永承七年就进入了末法时期。"

"请……请问永承七年是什么时候？"雷欧问。

"公元一〇五二年。"

"所以是……"

雷欧掰着指头计算，当然不够算。

"大约是九百七十多年前吧。"

"这么久以前吗？几乎快一千年前！在鹤的千年寿命即将结束的岁月以

前，就一直是末法了吗？"

"末法时期长达一万年呢。"

"今后也一直是末法！生生世世没有头发！"

"别再闹了。"郡司制止道。

无法发挥搞笑本领。不过雷欧刚才也没想到下一句该玩什么哏。

"可可可……可是，那本书不是假的吗？如果是假的，写的内容也是假的吧。"

"就算是笨蛋，也还是懂得分析别人的话呢。"

被佩服了。

"他只是蒙的而已。"郡司说。

信海接着说："不过他没有说错，的确如此。虽然关于末法何时开始或持续多久未有定论，但末法思想在初期佛教经典中便已存在。"

"但末法思想应该是佛教特有思想吧？"

"若单论末法的话，没错。"

"言下之意是……"

"例如世纪末或千年王国，不管哪种宗教都有末世论。基督教就是个好例子。虽然名称不同，先知书中也有不少看似预言未来的部分。《圣经·新约》中的《圣经·新约·启示录》具有预言性质，有人把它视为一种末日预言。"

"《圣经·新约·启示录》也是一本引发种种议论的经典吧。"

"的确是呢。虽没被当成伪典，但被视为作者的约翰生平不也是不明不白吗？自古代起，《圣经》学者们就对这件事感到很头痛。"梦枕插嘴道。

"是一本令人烦恼的圣典啊。"信海说，"《圣经》并非基督教所独有，犹太教也有《圣经》，伊斯兰教有《古兰经》。对这几个宗教的经典进行比较研究者甚众，往往从历史文化思想的角度切入，却没人想要将之与收藏于佛教寺院的古籍连接起来。"

"真是的……可以快点进入正题吗？"郡司有点不耐烦了。

"好啦好啦，别生气嘛。你的眼神很吓人啊。"

关于这一点，雷欧完全同意。

"总而言之，郡司兄，这个国家目前确实陷入了一种非常诡异的状况。然后，关于末日的预言或神谕——不是大预言那种预言，各宗教将各式各样的古文献与作为《未来记》原典的古老残篇交叉比对，加以验证，结果我们发现了某个共通的关键句。"梦枕代替信海回答。

"关键句？"

郡司以满脸狐疑的神情先看了雷欧　眼。但这件事真的和雷欧无关，虽然他平常是很可疑。

"不管是古语、汉语、梵语、希伯来语、阿拉伯语还是波斯语的经典，其中都有类似的语句存在，直接说原文的话很难懂，将之译为现代日语的话就是……"信海缓缓念出，"如果'过去袭击而来'，那将成为最大的危机。"

郡司默不吭声，又看了雷欧一眼。

雷欧心想：呃，跟我没关系啊，小的不是专卖可疑的大盘商啊。不过他的事业也算挺大了。

"呃……早崎兄，我和你是老交情了，作为朋友我很信赖你，作为佛教界人士我也尊敬你，而你对佛典的钻研成果我也相当钦佩。我知道你在家乡是受众多信徒景仰、德高望重的僧侣。可是……"

"慢着，这不是贫僧得出的结论，是地位更高的师父、神父和学者们的共同结论。"

"呃……但这太难接受了啊。难道会有来自过去的人穿越时空，对现在的我们进行攻击吗？是谁会这么做？信长？希特勒？"

"当然不是！"两人齐声驳斥。

"那位笨蛋家伙也就罢了，没想到连郡司兄也说出如此异想天开的话。"

"欸——"雷欧抗议。

"可是，听你们所言，我只能这样解释啊。怎么听都是这个意思。"

"呃……其实不是这样的。"

梦枕貘难得眉心深锁地说。

"不然呢？是一种哲学上的譬喻？"

"不，不是哲学，郡司兄。所谓的过去已经不存在了，对吧？"

"嗯，的确是不存在。佛教不是说诸行无常吗？过去的事物不复存在。是无啊，无。"

都快搞不懂谁才是和尚了。

不过，郡司被誉为业界第一饕客，热爱印度，也喜欢咖喱，是个有名的咖喱爱好者佛教徒。因为他常穿着在印度购买的便宜衬衫，也被称为印度三百日元男。不过这么称呼他的只有京极。

不管如何，虽然郡司没出家，但基本上是个佛教徒。

"嗯。过去并不存在。"梦枕貘重复一次。

"嗯，不存在。"

"真的不存在啊。"

"只存在于这里。"

传奇作家用食指指着自己的太阳穴说。

"或者，以这种形式存在。"

作家接着指向桌上的资料说。雷欧并不清楚是什么资料。

"换句话说，就是记忆和记录吧。您想说过去只存在于记忆和记录里？所以反过来说，若是在这两者之中，过去就能存在？"郡司问。

"没错，正确解答。"梦枕貘笑道，"除此之外，过去并不存在。记忆与其说是积存在脑中的信息，不如说被视为物体的时间经过本身更贴切。一旦记忆经过信息化处理，就成了记录。即使只经过脑内的处理也一样。"

"换言之，一个是物理的变化，另一个则是信息化后的结果。这样说对吗？"

"是的。我们人类必须通过把事物信息化才能在意识之中浮现它的样子，所以要说明这个很困难。此外，我们也必须通过比喻或模拟的方式才能理解时间，所以只能将时间的经过摹写到二次元里才能理解。就像是类比和数码的关系。"

"在讲电子和纸张吗？"雷欧说。

"哎呀，这个笨蛋家伙似乎没听懂呐。"

"我……我是笨蛋没错，我在听，但没懂。"

"书籍是物品，作为物品是一种类比，但记录在里头的信息作为一种概念，则是数码的。"

"因为是用电脑制作的关系吗？"

"大错特错啦，笨蛋。"

郡司怒瞪雷欧。

"所谓的类比，是指具有连续性。类比时钟的指针会不断旋转，虽然有刻度，但刻度和刻度之间依然是相连的。而所谓的数码则是不连续的，和电子化或机械化其实并无关系。数码时钟在数字和数字之间没有间隙，所以是不连续的。言语在符号化的阶段已变成不连续的形式，所以是数码。若是脑中的记忆也被信号化的话，一样是数码。貘先生是这个意思吧？"郡司说。

"对对。"梦枕点头说，"类比是不可逆的，时间无法回溯。数码则具有可逆性，能够复制。但是，不管哪边都不存在。"

"不存在。"

"过去并不存在。至于未来，更是真正不存在。"

"没错。"

"未来是无。但过去并非无。它曾经存在，保留在记忆和记录里。我和郡司兄都比昨天更老了一些，我们对于这段又老一天的时间经过无可奈何，记录上也会如此记载。然后……"

"呃。"郡司张开手掌阻止梦枕继续讲，"请等一下，所以您的意思是，这样的过去会袭击而来？"

"是的。"

"唉，我真的不懂。"郡司歪着头说道，"我虽不像这个笨蛋雷欧那么笨，但还是听不懂你的意思。被信息化的过去——记录和记忆——会袭击而来是什么意思？袭击而来是一种比喻吗？到底在说什么啊？您自己不觉得论点支离破碎吗？"

"会吗？不是有些事物'虽然不存在，但是存在'吗？"

"虽不存在但存在？"

脑筋急转弯吗？

机智问答吗？

如果要像《笑点》[一]那样比机智的话，雷欧就跟得上了。

就在雷欧为了搏君一笑，拼命转动空空的脑袋思考冷笑话时，郡司小声地说：

"是……鬼吗？"

"你答对了。"梦枕喜形于色地说。似乎对自己的意图能被理解感到高兴。

"会联想到鬼很正常。鬼的原意是不存在之物[二]，对吧？死者已不存在。不在这个世间。明明不存在，却又存在。若不将它视为存在，就无法认识到

[一]　日本长寿综艺节目，以传统说唱艺术为主轴。

[二]　鬼的训读"おに"由"おぬ"（隐）演变而来，意思是隐而不见的事物，与中文中的"鬼"比较接近。后来引申为超越人智的神秘事物，又与佛教的罗刹等形象结合，变成一种头上长角、口生獠牙如威猛野人般的妖怪。

它。但即使能认识到，却依然不存在。百鬼夜行原本并非妖怪的游行，而是一群看不见的事物。安倍晴明据说能见鬼，意思是他能看见原本无法看见的事物。"

"嗯嗯。"

"之所以无法看见，是因为不存在。倘若存在，自然能看见。虽不存在却存在，这就是鬼……这样懂了吗？鬼是幽灵，是祖先，或者说……是过去本身。同时，也是神啊。"梦枕貘说。

"对……对了，记得水木老师也说过一样的话呢。他老人家说：'你啊，看不见的事物是存在的呐，但我们看不见，为了能够看见，你啊，得像个笨蛋般付出极大的努力才行呐。'"雷欧说。

为什么说起水木老师名言录时，每个人都不自觉想模仿？

"像个笨蛋一般吗？"梦枕貘说。信海也望向雷欧。

呃，这是……

"嗯，的确是这样吧。我想两者在架构上应该是相同的……只是我有个疑问，水木先生说要努力看见的事物应该不是鬼吧？"

"他老人家似乎很讨厌鬼。"

"讨厌？"

"他在妖怪会议上说过。鬼穷极无聊，很无趣。对一般人而言，鬼和妖怪是同类，但对水木老师而言还是不一样吧。如果是作为一种妖怪的鬼还能接受，除此之外的情况他就不喜欢了。"

"原始意义的鬼也不行吗？"

"水木老师对幽灵也没什么兴趣呢。他曾经说过幽灵原本是人，没什么意思。"

"灵也不行吗？"

"与其说不行，不如说水木老师口中的灵更像是神。"

"哦。"

梦枕貘沉思了。

郡司也同样陷入思索,不久后抬起脸来。

"对了。"

"怎么了?"

"鬼会杀死妖怪……"

郡司突然喃喃说出这句话。

"什么?"

梦枕露出诧异的表情。

"没事,我只是突然想到某件事。虽然时间有点久了,但水木老师曾把这句话写在一张纸上,并贴在了墙上。"

"鬼……杀死妖怪?"

"是的。"郡司略显阴沉地回答,"现在想来,水木老师这句话也许正说中了日本悲惨的现况。虽然我刚才说预知不可能存在,但现在这么看来,仿佛是在打脸。"

"那不是预知。"信海说,"人们不也说鲶鱼能预知地震吗?但准确说来那并不是预知。对鲶鱼而言,地震在大地震动的时候已经发生了。它们感觉到人体无法感应的振动,所以不是在振动前先知道,而是感觉到振动才有所反应。水木老师或许也感觉到什么了吧?"

"嗯,他自称在这方面的感受度非常好。不过,他那时也说鬼怪消失了,实际上却正好相反。所以我后来就忘了这个小插曲。"

"等等……"梦枕将手贴在额头上,说道,"水木老师说得并没有错。妖怪虽变得能被看见,却从人心中……或者说从脑中消失了。实际上,如果妖怪变得可视,就不再是它们原本的存在方式了吧。"

"啊。"郡司也将手贴上额头说,"对了,那些可视化的妖怪能以篡改数码信号的方式被记录下来。数字化不完全的储存媒介只能映出模糊的影像，但在卡式录像带或胶卷上则完全无法留下形影。即使人眼能看见，实际并不存在，所以它们的模样也会随着所见者不同而变化。不知道这件事是否有关？"

"肯定有关啊！"两人异口同声地回答。

"妖怪原本就不存在吧？和鬼不同，完全不存在。空无一物，从一开始就只是信息。因为不存在，所以不会受到时间经过的影响。由此看来，妖怪完全是一种以数码形式存在的事物啊。这样的事物……能实际被肉眼看见，本质上就是错误的。"梦枕说。

"我听说灵异现象反而消失了，关于这一点又该如何解释呢？"信海问。

"听说是如此，没错。"郡司回答，"有阴阳眼的人不需要像水木先生所说像个笨蛋般努力也能看见，对吧？看见曾经是人，且不怎么有趣的幽灵。我们这些喜欢妖怪的家伙大多是笨蛋，几乎没人具有阴阳眼，和灵异界人士也大多保持着距离。"

"但外界经常把你们混为一谈。"

"是啊。只能说会这样并不奇怪。因为我们这些妖怪界人士都很喜欢神秘学。但我们是把神秘学当成一种哏来喜欢。喜欢归喜欢，对我们而言毕竟只是个哏。"

"会保持距离。"

"是的。靠得太近的话就无法观察清楚，不能观察的话就不能当哏。我们现在躲藏的秘密村里也有许多灵异怪谈界的人士，他们有许多人醉心于神秘学。由于沉浸得太深，往往无法看清自己周边的状况。取而代之的是能见到幽灵。"

"幽灵啊……"

信海和梦枕苦笑道。

"嗯，幽灵。据他们所言，在妖怪变得可视的前夕，突然再也看不到了。"

"幽灵吗？"

"是的，幽灵。虽然我们推测这是因为当前社会现况影响人心，使得人们不再以幽灵来解释所碰上的现象。"

"某种意义上，那样解释并没有错。"信海说，"说到底，幽灵只是一种碰上百思不解的现象时解释问题的方式。"

"就是这样。只不过，后来妖怪开始涌现，轮到我们也混乱了。"

"所谓的幽灵，其实就是原本意义上的鬼啊。"梦枕貘说。

"总觉得妖怪与幽灵的差异似乎能成为解开奥秘的关键。明明两边都同样是不存在的事物，却有某种说不上来的差异。究竟妖怪和幽灵哪里不同呢？"

"是否为人、是否带有怨恨、是否会固定出现在某处、是否会附身……在分析这个问题时，这些老套的分类完全无效啊。"

"真的呢。"

"因为是不存在的事物啊。"三人异口同声说。

只有雷欧没开口。说实话，他听不太懂这段讨论在讲什么。

"在限定的文化模式的文脉下或许有效，但那不是本质上的差异。说到底只是一种解释的问题，但在这些文脉背后……总觉得有某种明确的差别。虽然现在连妖怪也跟着销声匿迹了。"梦枕说。

虽然只是表面上消失了。

"一旦鬼怪们消失了，人类也活不下去。这样下去，日本会出问题的——这是当时水木老师的话。"

"这正是一种预言啊。"信海佩服地说，"果然和妖怪相关人士们接触是对的，貘先生。各项线索看来能拼凑起来了。"

"的确。"

"慢着慢着，虽然我差点被你们说服，但还没有完全信服。"郡司表情凶恶地说，"貘先生，信海兄，你们来和我们接触不可能只为了讲这些无聊的事吧？你们所说的状况我明白了，但你们刚才说要我们帮忙，是要帮什么？难道讨论这些定义就算帮到你们的忙吗？"

"郡司兄，你的个性怎么愈来愈急躁啊？"信海眯细眼说，"因为老了吗？"

"没这回事。我从以前就是急性子。"

"是吗？但你某一时期变得稳重许多。果然是潜入地下，长期过着逃亡生活所造成的吗？"

"喂喂喂，信海兄，你别乱讲啊。长期待在出版业界，我早就习惯看不清未来与讲道理没用的烦躁情况。如果是年轻时候的我，根本不会跟你啰唆那么多，早就打道回府了。"

"好啦好啦。"梦枕貘摊开双手，做出收拢的动作，说，"至此，话题总算又回到最初之处了。"

"最初之处？"

"就是阴阳师军团啊。"

"啊……"

雷欧完全忘记了。

仿佛在梦中依稀听过般的遥远记忆，明明四五十分钟前才刚听过。

类似影子军团、大门军团或北野武军团的……

算了。

"说军团或许太夸张。阴阳师们不是军人，用这种字眼来比喻的确不怎么贴切，但我们在形容集团时往往会用这个字眼，也许是受到职业摔跤的影响吧。说到这个，职业摔跤也消失了呐。电视上的格斗技节目现在改为教人护身和攻击的实战技巧……不对不对，现在不是聊这个的时候。呃，这个现代版阴阳寮啊……和日本宗教联络会一样，过去并不存在。以前土御门是土御门，贺茂是贺茂，并不是互不干涉或在乎彼此的问题，是根本不知道彼此的存在。"

"我很讶异居然有那么多阴阳师流派保存到现代。"

"我也很惊讶啊。"

在雷欧的印象中，阴阳师是一群打扮宛如平安时期贵族的俊美男子，排成两列坐在和室里，而且还是坐在圆形编织坐垫上，前方挂着竹卷帘。虽然这个印象和现实的阴阳师军团绝对不一样。

"因为受到禁止的历史较长，除了少部分人外，阴阳师们承受着打压与歧视，将知识保存下来。虽说天文和历法一直受到重用，但直到全面改用太阳历为止，编纂历法的人们一直都留在舞台上。总之，睽违约一千年后，这些零碎的阴阳道知识或技术重新汇聚一堂。然后，这边也有许多新发现……"

"新发现？"

"怎么又露出那种冷漠的眼神？有新发现也不奇怪吧？而且这边发现的是能应对即将袭来的威胁的方法。"

"威胁……啊。"

"据阴阳师们所言，现在这个国家陷入了可怕的反克状态。"

"汉考克吗？汉考克的话推荐《上帝的指纹》。'ACECOOK'牌的泡面则推'超级杯'系列。'Z'GOK'是吉翁公国的水陆两用机动战士高达。'Peacock'既能指孔雀，也能指超市，曼谷（Bangkok）是泰国首都，正式名称是恭贴玛哈纳空－阿蒙拉达纳戈信－玛欣他拉……呃，接下来忘了。"雷欧抓准时机搞笑。

"你闭嘴啦。"郡司斜眼瞪着雷欧。

比揍人更尖锐的吐槽。

"至少你听过《上帝的指纹》，这一点我给予赞许。虽不懂你背曼谷的正式名称干吗，而且也只背了一半。"郡司没好气地说。

只是有个印象而已。

"是反克啦。"梦枕强调，"阴阳五行说将世界抽象化为金木水火土。木能燃烧，故生火。火烧成灰，故生土。土能凝结，故生金。金能结露，故生水。而水又能培养出树木来。此为相生。相反，木能从土壤吸取养分，土能使水混浊，水能消除火，火能融化金属，金属制成的刀斧能伐木。此为相克。"

"类……类似猜拳那样？"雷欧问。

"嗯，是有点像。"梦枕苦笑着说，"相生相克是正常形式，反克则是颠倒过来。"

"剪刀胜过石头吗？"

"是的。严格说来不一样，但大致类似。阴阳师们认为现在的世界变成类似石头能在水上漂，树叶会沉入水底的那种异常状态。可以理解他们的感觉。"

"印象中或许是如此。"郡司说，"但现在这个世界也无法违逆物理法则而行吧？"

"这可难说。例如你刚才提到数码信息被窜改，照理说应该相反吧？正常而言，脑内的信号复制物质信号的情况是不可能发生的。"

"没错。"

"因此我想，所谓的过去袭击而来，恐怕也是一种反克现象。"

"等等，貘先生，这太硬拗了。根本是穿凿附会，扩大解释。"

"嗯……虽然我也写科幻小说，但我这句话请别用科幻的文脉来解释啊，郡司兄。已逝的事物不再归来，但万一回来了，不就是一种反克吗？"

"我们现在是在谈文学？"

"不是的。这和阴阳五行相同，请用抽象的概念去思考吧，郡司兄。我自己其实也不是很懂，所以才会来找你们讨论，希望你们能帮忙。"

"所以到底要我们帮什么忙？问题一直在这里啊。我们并不认为这样的潜伏生活能一直持续，实际上也快撑不下去了。我们努力摸索能否有突破之道，可依旧看不见未来。如果能够有个突破口的话，我什么都肯做。但你刚才谈的事，除了让我觉得挺有意思的以外，别无其他感想。说要帮忙，我也……"

"关键在于石头。"

梦枕貘冷不防地冒出这句话。

"石头？"

"是的，石头。名为反克石。据说就是《先代旧事本纪》中记载的十种神宝之一的死返玉。死返玉是天照大神赐予饶速日命的宝物之一。"

"慢着，《先代旧事本纪》不也是伪书吗？"

"郡司兄，先别打断我啦。宣称那是伪书的是江户时代的国学家吧？但对物部氏而言，这本书可是先祖们的伟大记录呢。虽然成立年代比《古事记》或《日本书纪》晚了许多，却是长年被伊势外宫神道和吉田神道重视的典籍，不能贸然轻视吧。"

"我没有轻视。但死返玉不是一种类似返魂香、能召回死人的宝玉吗？"

"是的。那是能把'逝去的事物'呼唤回来的宝玉。"

"逝去的事物啊……"

"正是如此啊，郡司兄。阴阳寮的——虽然正式称呼不是这样，干脆叫阴阳寮比较省事——阴阳师们说这颗反克石被封印在信州某处，详细地点早已失传。不过……"

"不过什么？"

"据说封印已经解开了。"

"为什么？"

"个中道理尚未明白，据他们的说法，《未来图》已经发动了。"

"嗯？《未来图》是什么？"

"据他们所言，那是一幅记录未来的卷轴……但没有被言语化，所以应该是绘卷吧。听说妖怪会涌现也是因为那个。"

"啊？"

"那……那个就是那个吧！"雷欧大喊。

"那个是哪个？"

"我我我！笨蛋家伙想要发言！"雷欧举手说，"就……就是之前从妖怪制造工厂公寓生还的山田老爷爷收藏的那幅……很像旧式书信或卷筒卫生纸的那个啊。"

"你是说那幅一片空白、很古老的纸卷？"

"是的，《未来图》就是那个吧。虽然这只是我的直觉。"

"说是卷轴，但什么也没画，而且外盒上还写着'怪'。"

"如果我这个笨蛋没记错的话，山田老爷爷说那是他的曾祖父写的。此外，那幅卷轴据说原先有图画。"

"啊，我想起来了。印象中香川先生和平太郎也这么说……还说那个可能是各种妖怪绘卷或《百鬼夜行绘卷》的原版……慢着慢着，所以说，那些可视化的妖怪是从那幅卷轴……"

"跑——出——来——的！"雷欧用吓人的语气说。

"你们手上有那幅卷轴吗？"梦枕貘将他和善的眯眯眼睁得又圆又大，然后高喊，"那可是类比版的《未来记》啊！"

"不不不，那只是很平凡的一卷纸。雷欧你别乱讲，这种蠢事哪有可能发生。"

"可是现在这个世界不管什么事都很蠢吧？况且，小的也很蠢。"

"等等，呃……貘先生，所以是怎么回事呢？那个反克石的封印被解除就是一切问题的起因？"

"不，并非如此。"

"啊？"

原来不是。

"并非如此。根据阴阳师的说法，整个国家现状乱哄哄是另有原因的。反克石反而是为了对抗那个原因才自己解除封印的。"

"为什么？"

"当世界因反克之相而纷乱时，反克石的封印就会解除。换句话说，反克石并非引起反克之相的石头，而是为了对抗反克之相，使世界恢复原状而解除封印的石头。在五行说里，这种反克之相又被称为相侮。一旦反克之相过强，这个国家将会瓦解。为了阻止这一悲剧发生，唯有赶紧找到反克石来对抗，刻不容缓。"

"所以说，妖怪们是为了补足这个扭曲的世相才涌现的？"

"没错。由此看来，政府将扑灭妖怪当作国策，并将其视为最重要的项目来实行，其背后的用意也昭然若揭吧。"

"你认为政府就是元凶？"

"不，应该有某种想毁灭这个国家的事物在操纵着政府……这是我们非合理现象对策协议会和日本宗教联络会，以及地下枢密院共同得出的结论。换句话说，要保护日本，就得……"

"等等，你该不会想说得打倒政府吧？"

"这可是灵魂层面的国安问题啊。"

听到这里，雷欧想起某件事。

"等等，请等一下。"

他站起身，接着以更大的声音叫喊：

"那……那个万……万国博览石！"

"啊？"

"不是啦，呃……汉考克石。您刚才说那颗石头被藏在长野，这件事千真万确吗？"

"确定无误。"梦枕貘说，"虽然古代的信浓国和现代的长野县在行政区划上有些出入，但大致说来，信州就是长野啊。"

"我！我！请让我发言！"

雷欧举手道。

"干吗啊，笨蛋？现在在讨论重要问题，别吵啦。"

"是，郡司大人。但是，您是否忘了一件重要的事呢？"

"什么啊？我勒死你。"

"就是那个啊，是我，是我。就是在下和村上前辈去采访时，把那个带回来了。某个神秘且不可思议的超重要道具。"

"啊？哦，你是说呼子石吧？"

"啧啧啧。"雷欧摇动着食指否定，"那个名称只是个自然产生的名字——虽然命名者是荒俣老师，但毕竟只是个暂定称呼，没想到就这么定了下来，其实那可不是正式名称。"

"你们在说什么？呼子是那个会发出回声的妖怪？"

"你是说木灵，还是幽谷响？"

"是的，就是会发出'呀呵——呀呵——唷雷咿咿'声音的那个。"雷欧一般有问必答。这是基本礼仪。他接着说："但呼子是那个小孩形鬼怪的名称，因为呼子会随石头现身，所以我们将之暂称为呼子石。但其本体还是石头啊，石头。"

"石头？"

"是的，不折不扣的石头。而且我们去采访的地点，也就是我们找到石头的地方就是长野县。记得是在鹦鹉石背后的小祠堂里，那块石头就被供奉在祠堂之中。而且不论是死人还是鬼怪，那块石头都能将它们呼唤回来，是超级神奇、惊天动地的道具呢。"

"啊，原来如此！"郡司也惊讶得站起来，大喊，"原来那块石头就是那块石头啊！"

"石头……什么？欸？别跟我们说你们连反克石都有啊？"

"很抱歉，那就是我们的答案。"

郡司果断地回答。

廿肆

异神信徒骚闹动摇

　　"活着回来啦？"平山梦明笑逐颜开地说，"我还以为你们这次死定了。我还特地供奉了阴膳^[一]哩，虽然后来我把供奉的食物吃掉了。现在米饭很宝贵啊。然后我说勃吉啊，你犯下重大罪行了。我听说你用怪手破坏了政府设施，假如现在还是正常社会，你顶多被判毁损建筑那种小罪，但现在你已经是能独当一面的恐怖分子啦。我看你啊，今后干脆就改名为'恐攻村怪手吉'吧。"

　　平山特色全力发挥。

　　黑想，单论绝不动摇这一点，平山乃是足以与京极并列双雄的男人。虽然现在的状况让人笑不出来，但看到平山处变不惊的态度，多少令人安心。

　　在非日常的状况下，充满了日常感。

　　平山肆无忌惮地嘲弄松村后，转头看向黑。

　　"对了，你那只章鱼能吃吗？"

　　"想吃也可以，但吃了之后会如何我不知道。味道我也不敢保证。"

　　真是乱七八糟。

　　不是指平山。虽然平山也是个很乱的人，但黑指的是自己头上的章鱼。

　　从卡波・曼达拉特变成精蝼蛄，经由克苏鲁化为阿撒托斯，现在则成了章鱼。彼此之间什么关联也没有。密克罗尼西亚的象皮病女神，而且是水木

[一]　祈愿长期旅行或出征的亲人能保平安、没有饥饿之虞而供奉的餐膳。

版的，和庚申信仰之间毫无关联。鸟山石燕也没替洛夫克拉夫特画过插图。虚构作品中的太古神祇亦非软体动物，既不能做成生鱼片，也不能水煮。

黑背对哈哈大笑的平山等人，走出帐篷。

克苏鲁信徒们缓缓移动，目的地是富士山麓平原。黑不明白他们为何以那里为目标。不过，富士山麓有一群人在此隐居。以全日本妖怪推进委员会残党为首，还包含前东亚怪异学会的成员，以及其他从事过和妖怪相关的工作而受到社会迫害的人们。

只不过，克苏鲁信徒似乎也没有要和他们会合。

或许有什么理由吧，黑没被告知。

黑也不清楚现在营队总共有多少人，只知有一大批人架起帐篷在此扎营。这个营队生活持续了好长一段时间。

幸亏现在是夏季。

来到外头，福泽彻三站在大树旁抽烟。

"辛苦你了。"

福泽说。

"唉。"

"呃，平山兄他啊，看似很爱胡闹，其实相当担心你们。你们去执行有生命危险的任务，全体平安归来，所以他开心得胡说八道。毕竟你们FKB全体出动了啊。"

"唉。"

"小黑，你是考虑到将来的事，心情才这么沉重吧？这只章鱼……"

"唉。"

"你现在也是一天让它变人一次？"

"嗯，不过会限制在一定范围内可以看见的程度。"

为了让信徒膜拜。

"能伸缩自如后多少轻松了点儿。"黑说。

假如像当初一路巨大下去就无所适从了。虽不是完全没有重量，但幸好外形和重量完全脱钩，再怎么大也不会被压死。不过看起来比例真的很怪。

比如一只哥斯拉蹲在人类的头上，怎么看都很奇怪吧。

虽然拯救荒俣行动时差不多就那种感觉。

"最终能大到什么程度啊？"福泽问。

"我也不确定。之前我在脑中默念能变得多大就变多大，结果大概长了有百米之高吧。"

"百米！好大啊。只要心中默念就好？需要用力吗？"

"用力的话，屎会拉出来。我只是在心中默默地想。"

"所以不能控制动作？"

"动作吗？我也不知道。不管变得多大，它依然不肯离开我。所以命令它'冲啊'或'前进'之类的是办不到的。"

"只能自己走。"

"是的，只能用我的步伐前进。虽然触手会自动扭来扭去。"

"真不方便。"福泽吐出一口烟雾说，"但既然能变大，应该也能缩小吧？你只要想着缩小，应该就能让它缩得只剩一丁点儿吧？也许能使之消失不见？"

"最小似乎只能缩成这样。"

"顶多章鱼大小吗？"

头上攀着一只章鱼的男人，果然还是不会有好的将来吧。福泽又说一次"辛苦你了"。

"总之，你能平安回来真是太好了。"

"我只是跟着去而已。破坏房子的是松村先生，开车的是黑木先生。对了，荒俣先生怎么样了？"

"不清楚。刚才看他在和作家老朋友谈笑，似乎明天会回妖怪村。"

听起来给人印象挺不错的啊，妖怪村。

可能黑的感性和一般人不同吧，黑听到妖怪村时率先想到的是极为悠闲的、宛如牧歌般的《漫画日本昔话》的风景，小溪中有小豆洗在洗红豆，厕所里有加牟波理入道发出鸟鸣，河川里有河童或川猿游泳，山上有子泣爷爷哭泣，座敷童子和小孩子玩笼中鸟[一]，在家睡着的话，还会有狸猫不依节奏乱敲打一通，宛如乐园一般。

当然，福泽口中的妖怪村并不是安详和乐之处，但还是有许多和妖怪没两样的笨蛋朋友。这些人不管面对多么急迫的状况，依然不改笨蛋性格，现在肯定也过着傻里傻气的生活吧。

黑有点想加入他们那边。

但这个营队是因为黑而成立的团体。他头上这只章鱼乃是向心力的根源。一旦黑不在了，营队究竟会变得如何？

黑边想着边朝森林深处走去。

队员们有的在地上铺着野餐垫，有的在架设简易帐篷，到处都有一群一群的信徒。

也有人一看到黑就膜拜一番。

当然，他们膜拜的对象是黑头上的章鱼，但黑不免陷入自己成了活佛的错觉，屁股微微痒了起来。

这些信徒是怎么生活的？大家都那么有钱吗？似乎没人担心粮食问题。也许他们是一路顺便采集食物而来的。

黑不确定营地离树海是否很近。或者说，这里就是树海？

只知道森林宽广深邃。

[一]　日本儿童游戏。一个孩童当鬼，其他人围着他唱同名的童谣，童谣结束时，鬼若猜中背后是谁就换对方当鬼。

避开帐篷密集区，来到仿佛广场般的草丛地带。

正中间有一株倒木，东雅夫坐在那里。

他在发呆。东以前不管去哪里都会带着笔记本电脑，不管在哪里都会工作。讲课、演讲、公开对谈、司仪、怪谈会、朗读，甚至在舞台上唱歌、演戏，宛如三头六臂般活跃。某一时期，他纵贯日本列岛，从北到南奔波不停，即便如此，仍然没有落下文艺评论家和杂文集的工作，真令人钦佩。火车上、飞机上或旅馆的房间里，他总在忙碌地写原稿。

太了不起了。

与东相比，京极虽然也常参加演讲、朗读或妖怪活动这类需要出门的工作，但并不会歌唱、跳舞。然而东几乎已臻能歌善舞的怪谈表演家的程度。

而且，京极一旦离开那个仿佛驾驶舱的书房后，就彻底不碰稿子。反过来说，如果他待在书房里就会整天工作，有人说他不光是不眠不休，连厕所也不上，过着仿佛千日回峰行[一]、强制收容所或佐渡金山挖金矿的日子。而只要出门就彻底不动笔。京极出门时主要和妖怪伙伴们一起犯蠢。在同为妖怪伙伴的黑眼里，怎么看京极都是个笨蛋。但东出门时还是在工作。

东雅夫发呆的模样，黑从未见过。

"啊，是小黑啊。"东说，"你怎么了？"

"我才想问这句话呢，东先生，您怎么了？"

"唉。"有气无力地叹口气后，东的视线朝上。

只看到树。

即使虚弱无力，东的声音听起来还是充满魅力啊，黑心想。

"小生啊，在这个业界也算待得挺久的。"

[一]　天台宗在比叡山上进行的修行方式。每日六小时绕巡山上二百六十多处圣迹礼拜，长达千日，不得中断。

"这我知道。所谓业界，是指奇幻文学界吗？"

"该说是奇幻文学还是怪谈呢？《幻想文学》的前身是小生在学生时代编辑的同人志《金羊毛》。那个时候就和这方面的作家有所交流，后来也有许多人自成一家。小生和奇幻文学爱好者们的交流算是够多也够久了。"

没错，东曾与涩泽龙彦、中井英夫、种村季弘等人相知相识。在身为后生晚辈的黑眼中，东就如同……神明的拜把子兄弟一般崇高。

"不只奇幻文学界而已。"

东这时望着黑的头上。

"有独特观点的人们聚集一定数量以上的话，自然会发生点状况。"

"呃，是指形成派系吗？"

"不是派系。彼此的看法都不一样，自然也会有些不肯相让的点，不可能永远都维持友好共处的状态。这才是正常的。比起一味赞美自己人或同派互捧好多了……"

"嗯，我能理解。"

一般人往往习惯赞美自己人，这种心态虽不是不能理解，但听久了不免恶心。即便那些赞美很正当，还是难以令人相信。那些"好厉害""好棒""好完美"之类的赞美，听在黑耳朵里，反而像是"我很厉害""我好棒""我好完美"的自夸。

妖怪相关人士们一向以彼此挖苦嘲讽为乐，或许是因为黑习惯了妖怪界这边的风气吧，觉得特别自然。但不可思议的是，一碰面就互相数落、嘲弄对方的妖怪相关人士反而很少吵架，就算偶尔吵架也会马上和好。与其说感情很好，不如说大家都很习惯被数落，所以觉得对方也好不到哪里去。也可能因为都是笨蛋，吵过就忘记了。不管经过多少年，彼此的关系都不变，也维持着同样的往来方式。或许是因为这群妖怪伙伴没什么成长吧。

另一方面，习惯互相赞美的人们若因某种小契机开始互相批评的话，之后的友情往往会出现决定性的破裂，再也无法修复。虽然不想说，但这种情形在灵异界时有耳闻，其他领域恐怕也相差无几吧。

"就是说啊。"东说，"这个营队也是这样。这里有不少是小生的熟人或老朋友。虽然说来更像是吴越同舟之感，但毕竟大家都是成年人，平常不会发生什么争吵……"

"但还是发生了吗？"黑问。

东指向右边。帐篷密集。

接着指向左边。这边也不少。

最后指着背后。

"三方互相牵制。"

"哎呀呀。"

"这几天的气氛真是非常险恶呢。小生与三方人马都有往来，但当小生站在维持中立的立场后，不知不觉间反而被三方都孤立了。唉，不过不重要了。"

东空虚地笑了。

"妖怪迷之间的关系真令人羡慕。"

"妖怪迷不是不会吵架，但真的不多见。科幻或奇幻文学领域的作家头脑通常很好，反而不肯相让。"

黑说完才发现——

果然笨蛋才是关键因素。

东又朝上方看。

"一片绿油油的，真好。"

"快别丧气了，您这样会害我也跟着丧气呢。倒不如说，丧气快变成心情的常态了。"

头上的章鱼微动。

"那个东西一直在头上很麻烦吧？"

被头上物体造成困扰的不只黑，某种意义上，它给整个营队都添了很多麻烦，是麻烦大迁移。

一思及此，黑心情更沉重了。头上的章鱼不沉重，但心情很沉重。

"东先生，请打起精神吧。"黑难得说出鼓励人的话语后，继续往森林深处走去。

走了一段路后，他发现在一团团草丛旁奇妙地铺了一张蓝色垫子，冈田、及川和村上正在那里休息。

"啊，是小黑。哈啰章鱼！"

什么招呼嘛。

就说这些妖怪伙伴实在是……

"你们没事吧？"

村上刚决定决死潜入作战。

"我没事，但及川似乎不太行了。肯定再过不久就会死吧。"

及川趴着，直喊着"我的腰"。此外也听到唔唔咿咿口齿不清的言辞，似乎是从捂住脸的及川口中发出的。

"你在鬼嚷什么？临终了吗？"

村上又瞪着，及川抬起头来。

"我是在说并不是这样。我现在啊，正在用全身去感受大地的恩惠。我感谢这泥土和草地的柔软、蓝色垫子上的唰唰声，以及伟大的内裤。真好啊，真好啊，能当人类真好啊。"

他发生什么事了？

"我现在还想对世上万物感谢呢。"

"及川大哥似乎变成一个情操高尚的人了啊。"冈田说。

及川不知为何眼眶泛红，说："我……我也是人类，对吧？"

他究竟碰上什么事了？

"村上先生，你们接下来要怎么办？"

黑无视及川，直接问村上。

"我们想先讨论荒俣先生获得的新情报，接着恐怕免不了和敌人一战吧。不过，并非采用暴力方式……反正我们也没有武器。"村上说。

"战斗！"黑大声喊叫，"而且是手无寸铁！"

"什么也没有啊。"

没钱，没粮，也没工作。

"天天睡到自然醒啊。"村上说，"但也开心不起来。"

"那么，你们要和什么交战呢？"

"被你一说我才发现我不知道。喂，我们要跟什么打啊？"村上转过头问冈田。

"我也不知道。"

"冈田不是和荒俣先生一起潜入敌方巢穴收集情报了吗？难道一无所获？"

"我被监禁在类似拘留所的地方，什么事也做不了。而且位阶很低，只是个囚徒。"

"冈田是位阶较高的囚徒。"及川说，"能洗澡就算上流阶层。有毛毯就是士绅名流。而且他还能吃到咖喱，完全是总裁级的。至于有窗户，就是……王公贵族。光是有内裤穿就算是人类了。"

不知为何，及川说出仿佛把冈本太郎加上栗本慎一郎除以北海狮的话来。

他究竟碰到了什么遭遇？

"内裤，excellent（太棒了）。"

"你到底在说什么啊？"村上戳了一下及川的腰，及川立刻像《北斗之拳》的拳四郎般"啊哒哒哒哒哒哒哒哒"地惨叫。

"及川真没用。亏我还拼命救你出来，居然一无所获，真是白救了。滚回去吃牢饭吧。当然，你自己回去就好。"

"咦——"

"不，我们两个不知道这是个卧底任务啊。"

冈田连忙打圆场。不愧是个做人做事滴水不漏的人。

"不管最终头目是谁，眼下的敌人应该是自卫队和警察、YAT之类的吧。"

"没胜算啊。"

黑不假思索地回答。

"是吗？真的没胜……"

"对，完全没胜算。"

在对方还没讲完前，黑斩钉截铁地又说了　次。

"我们妖怪迷真的弱爆了。就算集结一百个，顶多只有一两个狠角色。而且是柔道……"

妖怪伙伴中也有肉体派或武斗派。虽然少，但还是有，而且相当强。强归强，但强悍并没有用。因为除了比赛以外，并不会拿出真本事来。而且，终究只是徒手格斗技，没啥大用。

"强是很强，但对手至少拿着警棍，而且人多势众，我们一定无力抗衡的啦。他们手上都有武器啊。他们拥有枪械大炮，而且还是全副武装呢。"

"的确，只要来一辆那种坦克，就够让我们全军覆没了。"

"输定了。"

"应该会死吧。"村上说，"不过，小黑你应该不用担心吧？你有营队的人充当肉盾保护你啊。"

但这件事……反而很伤脑筋。

这个事实仿佛像一块大石压在黑的心上。

如同村上之言，这支包含外国人的人队伍肯定是抱着万一有状况，要舍身保护黑的心情来的。平山梦明或许不会保护他，照刚才的情况看来，东雅夫或许也不会保护他，此外，乍看之下虽然像个武斗派，其实个性却很稳健的福泽彻三肯定也不会保护他吧，但其他人会用生命来保护。虽然松村进吉多半会躲起来，而黑木主则恐怕老早就会开溜，即便如此……其他一般无辜信众一定会挺身抵抗的。

黑觉得熟人们应该都不会有事。

营队之中的熟人们应该还是很关心黑，但也仅止于关心。毕竟会真的行动的只有水沫流人。但水沫在战斗上毫无建树，说不定还需要黑来保护他呢。

即使如此，那群不熟的人会舍命护卫他吧。

无论如何。

会守护的。

不是守护黑，而是守护他头上的那只……章鱼。

他们的眼神充满疯狂，已超出粉丝或狂热爱好者的程度。也许已经成为信仰。

但他们的对象是一只章鱼。

克苏鲁神话只是一种创作，用更直接一点、毫不含蓄的话来说，是虚构的内容。呃，虽然真要说的话，其他神话其实也……总之，如果要吹毛求疵的话，恐怕有很多事情都无法维持严格的形象。不管如何，邪神并不那么值得崇拜。虽然假如宙斯、天帝或天照大神显灵的话，黑可能也会跟着崇拜吧。但这另当别论。

毕竟在他头上的真的只是一只章鱼啊。

就算克苏鲁诸神真的降临，也不可能是他头上这只章鱼。因为他头上这只原本是妖怪，不，是莫名其妙的某物。就算能化为相同的模样，这只章鱼也不可能是邪神，而是一只假章鱼。

然而，现在却有一批人为了这只章鱼发起暴动。

面对枪械与大炮，他们勇敢，果敢，凄惨，悲惨。

赤手空拳。

啊，也许会捡拾树枝当武器吧。

但就算有棒子……

如果是外国电影，面对这种情形，主角们一定会拿出手枪或手榴弹来对抗。就算没有重火器，也有十字弓或野外求生刀；主角群之中说不定还有手持日本刀、宛如忍者一般的高手。前来帮助黑的人之中虽有不少外国人，可看起来个个都很善良，手上也没有如此危险的物品吧。

而且看似都是文科组。不，说不定掺了几个理科组。但就是没体育科的。一团和气，没有上下关系，虽然有协调性，却缺乏指令中枢。虽然彼此的主张或看法迥然不同，但顶多会进行无止境的争辩。争执归争执，倒也不至于脸红脖子粗地动起手来。由此看来，他们不愧是文科组。东的朋友们应该也只是如此。

况且有这么多人过着严苛的营队生活，却没发生过斗殴事件。这代表的不是大家感情很好，不会起争执，而是单纯对动手动脚没有自信吧。

大家都很弱啊。

但是，就算很弱，他们依然会挺身而战。他们是殉教者。虽然黑并不对他们进行教诲，给予他们启示的是以创始者洛夫克拉夫特为首的伟大先贤们，即使如此，他们仍然会为了黑殉教吧。

唉，这是黑最不想看到的状况。

他们的眼神很可怕。

表情也有点变化。

过去曾约在家庭餐厅碰面，现在连名字也不太记得的那位朋友——是的，就是害黑被章鱼纠缠的始作俑者——记得她叫鸭下。现在黑的追随者表情也变得和鸭下小姐很相似。若他们继续往深处沉沦，眼中将会栖宿疯狂的神采。

这是介于正常与疯狂之间的面容。

黑开始觉得他们和某些拼命保护海豚和鲸鱼的人们——尤其是当中特别激进的人们——变得很像。这世间有形形色色的立场，有各式各样的意见，对这类活动人们自然会有各种见解，无法一概武断地说好或坏，但黑认为人们想持任何主张或信念都没问题。

因此，想要保护什么都可以，想为了什么而战也可以。当然，必须在合法范围内，或顾虑到文化的差异性才行。但反过来说，只要是在此制约下，主张任何事情都应该被尊重。只是……性格好战的人，假如想强烈主张，拜托……至少将守护对象限定在现实存在的事物上吧。

比如说，黑很喜欢丧尸，也喜欢玩打倒丧尸的游戏，他是在虚拟游戏空间内令数万名丧尸化为亡者的人。

有人认为先化为亡者才会成为丧尸，也有人说丧尸早已死了，所以用"亡者"这个字眼怪怪的。不过，就算已经死了，丧尸仍有"活动力"，说要让他们化为"亡者"其实也还算合理。

这种情形下，既然丧尸原本是人，或许也具有某种程度的人性尊严，他们并非自愿成为丧尸，袭击人类也只是受到丧尸的本能驱使。因此，对用枪械射爆头颅、用刀剑砍断头颅、把头颅扯下、用锐利物贯穿头颅、用铁锤敲烂头颅之类的事，也有人表示反对吧……但是，这样的主张对黑而言很困扰。要说残酷当然是超级残酷，这种行为无疑血腥至极，但假如有人主张丧尸也有生命的话，黑就不得不反驳了——就是死了才变成丧尸的啊。

如果这样算犯罪，顶多是尸体毁损罪。

而且是在游戏之中，并非现实。

最近有人讨论作品有残酷描写是否恰当，幸好还没有人发起保护丧尸的运动。但是，和这个不是相差无几吗？

邪神保护运动。

有不少人认为怪兽算是珍稀动物，应该受到保护。也有人从伦理面上认为不应滥杀无辜。因此，过去有不少作品表达了这种观点。当然，反对暴力这一正义凛然的主张应当成立，黑举双手双脚赞成，但他还是觉得怪兽应该另当别论才对。

怪兽原本是为了被打倒而诞生的事物，后来在不知不觉间却被别的概念取代。

恐怕是因为怪兽设定变得更真实，特摄手法更细腻，让人产生太多现实感，结果和伦理观念相抵触了吧。

然后——

这只章鱼不是图画，不是漫画，也不是动画或特摄。虽不清楚是什么，但确实存在。不，不只存在，完全好端端地出现在眼前。

能看得见，也能触摸。

问题就在于这里。

照理说，邪神根本不应存在。

现在聚集在这片森林里的人明明每一个都是怪奇小说爱好者，难道不是吗？不管从小说、漫画还是电影中的哪个入门的都好，你们该敬奉的不是这只章鱼，而是那些虚构事物才对吧？你们该守护的是过去被撰写出来的文本，以及这些文本所产生的丰富剧情。借由文本所编织出来的想象力或创造力应该是这些非现实的事物才对吧？你们该对抗的是限制、践踏、焚烧、掩埋这些内容的行为，与武力或暴力并无关系。既然你们是文科组，怎么不通过对话来解决呢？

黑史郎对营队的人们声嘶力竭地如此主张过无数次。

但是，存在于眼前的现实之力太过强大。

不管黑主张的理论多么正确，多么能言善道地陈述，甚至比手画脚地热切说服，一旦章鱼巨大化，所有人又会平伏在地。

变得仿佛金刚现身时的骷髅岛居民。

794

然后，开始念起"Iä！ Iä！"^{［一］}的祷文。

到此为止还好，一旦真的发生什么事，这群信徒们恐怕……也许……大概……一定……不，绝对会——

壮烈牺牲吧。

一想到这一点，黑的心情就变得沉重，胃部紧缩，肠子开始不停地蠕动，括约肌紧张起来，用力收缩。

一听到"Iä！ Iä！"便觉得忧郁。

去厕所的次数也增加了。

不是真的厕所，而是露天的。

也就是所谓的野外大便。

"你的表情很阴沉啊。"村上说，"不过想到你当前的状况，不阴沉也难。"

"我看会沉沦到底吧。"

"痢疾泡沫经济吗？"

"呃。"

印象中这是黑的自创词，其实他自己也只是随口乱说的。这世上只有四五个人使用这个词。而黑本人一年恐怕用不到一次，因为那是什么意思连他自己也说不清楚。

就在他思考该回答哪句话的时候，突然有两尊地藏菩萨从草丛背后显灵。黑差点不由自主地朝他们顶礼膜拜，随即发现那不是双胞胎地藏，而是作家牧野修和田中启文。

"你在这里啊。"

牧野说完，恭敬地行礼。

"呃……"

────────
［一］ 克苏鲁语中赞美神之语。

"听说这里好像很有趣，大约三天前我们也来参加了。"

"参加吗？"

"是的，参加了。"

"这……这样啊。"

"我孙子武丸先生阻止我，要我别做傻事，但反正这个年头又无法写自己喜欢的小说，都没工作啊。"

连推理类小说都没有人邀稿了，遑论恐怖类。

"从早到晚一整天窝在家里发呆也没用，想说既然如此，干脆……"

"干脆？"

"虽然比我想象的更无聊。"

出中说完，脸上露出笑容。

"我是特地来的，还没见过克苏鲁神。"

黑这几天参加营救荒俣的行动，所以不在。

"想说来参拜一下。"

两人都是态度和蔼，有亲和力，说话也很得体的人。黑和他们的交流不多，但读过他们的作品。

包括黑的著作，这类作品现在已成为焚书对象。

"然后——"

"然后？"

"然而——"

"然而？"

"我们现在在吵架。"

"啊？"

可是看起来交情很好。还满面笑容呢。

"其实争执不休！"

"啊?"

可是看起来很和平啊,因为是地藏菩萨。

"但其实交情还算好。"

"可是你们看起来超级要好啊。"

"是的,平常的话交情很好的。"

"但现在不是平时,所以关系相当险恶。"

"已经到想狠狠揍对方的程度。"

"不,完全是要刺杀的程度。"

"漫……"

本来想问这是漫才吗,但还是作罢了。假如这是新形态的两人落语的话,会很失礼。唉,没有比揣测他人内心更令人腹部绞痛的事了。

"自从进入树海之后,总觉得好像变得很奇怪。"

"变得很奇怪?怎么说?"

"不是指脑子。"田中说。

"虽然脑子也有点奇怪。"牧野说。

"你那是什么意思?你想说我的脑子有问题吗?"

"不是,我是在说不论你、我还是其他人,都如此。"

"要这么讲是无妨。但你这样还是把我也算进去了,不是吗?"

"是,没错,但我主要想表达的是,不论你、我还是其他人,都如此。"

又来了。

又来一对讲话"鬼打墙"的人了。

"不是的。"

田中表示否定。

难道他看穿黑在想什么了?

"这不是我们的常态。如您所见,现在是与平常截然不同的敌对模式。"

"抱歉，我不清楚两位平时相处的情形，在我看来你们现在也不像在敌对。"

如果这算异于平常的争论不休，那妖怪迷的相处模式根本就是杀红眼了吧。就算没动手，整天彼此陷害、讥讽、怒骂，关系会僵到底啊。

"真的吗？"两人同声说。

"不过，我们其实也是成熟的大人了。"牧野说。

"表面上或许看不出来，但内心可是怒气翻腾呢。"田中说，"只是，很奇怪啊，这种好像失去余裕的感觉。明明对方又没说什么令人不愉快的话，却莫名地在意。"

"真的很在意。"

"平时的话，这些小事根本不会放在心上。"

"但就是兀法放过。"

"真不爽啊。"两人齐声说道。

看来感情真的很好。

"其实大家都跟我们一样。"

"大家？"

"营队的人们。"

"真……真的吗？"

"是的。"

牧野笑了。毫无危机感。

"我来参加的时候，每个人感情都很好。类似御宅族社团，一点小事就能让大家嗨翻天。"

"但随着接近树海，争论就增加了，互看不顺眼、鸡蛋里挑骨头的事情变多了。这也很有御宅族社团感。"

到底是什么意思？

"现在啊，营队也分成两派，各自喊着'Iä！Iä！'呢。"

"Iä！Iä！。"

两派？

"妖怪容忍派和妖怪排除派。"田中说。

"容忍和排除？"

"是的。"牧野合掌说，"认为克苏鲁和妖怪无关的人对于袭击政府设施来救援妖怪推进委员会成员一事感到相当愤怒。尤其是本尊亲自出马，更令他们极度愤慨。而且逃亡者们还前来会合，如此一来，克苏鲁营队一定会被政府盯上，并遭到歼灭。"

"另一方面，认为妖怪也该保护的人则声称应该要和妖怪联盟会合，揭竿起义，推翻芦屋政权。这是革命啊，革命。"

"真……"

真的要战斗吗？

而且由他们主动发动吗？

"多么扭曲啊！"牧野说。

"什么扭曲？我的肠子吗？"

"黑先生，你得了肠扭转吗？"

"我没有肠扭转，只是肠子会蠕动而已。"

虽然肠子现在正相当激烈地蠕动。

期待今后括约肌的活跃程度。

"妖怪容忍派的人从某种意义上说是博爱主义者。他们宣称妖怪也有人权，虽然这是个很愚蠢的标语，但根本的意思是消除歧视，提倡宽恕。结果现在却变得好战了。"

"另一方面，排除派算是基本教义派。原本是非常激进的，现在却彻底朝稳健、躲避的方向进行。"

躲避比较好。

"不过，"牧野接着说，"两边都不是铁板一块。"

"所……所以是两块吗？"

"我也不知道。铁板用块来计算吗？"

"我……我也没数过铁板。"

"有几块铁板我不知道。总之，即使在克苏鲁基本教义派当中，也有各种声音存在。当初阅读《克·里特鲁·里特鲁神话大系》才一头栽进这个世界的人，认为理所当然要救援荒俣老师啊，Iä！Iä！"

"连这句话也要赞颂'Iä！Iä！'吗？"

"是的。"

"为什么？"

"这些人当中，也有人主张唯有荒俣大人必须救援，其他人是死是活并不重要。"

"啊，我也是这么讲的。"村上插嘴道，"这几个就是所谓的'其他人'。"

村上拍了一下及川的腰说。

及川发出"唷喔"的怪叫。

"哦，他们就是顺便被救援的'其他人'啊？先不讨论这个，总之，那些人认为把和克苏鲁大人无关的家伙绑起来，找个地方将他们抛弃或交给警察比较好。"

"那就绑走这家伙吧。"

村上更用力地刺激及川的腰。

及川丢脸地呼天抢地、语带哭音地说："那是平太郎的任务吧！他是遇到紧急状况时的弃子啊。"

"但他身体状况没问题，这种时候应该献上动弹不得的及川当祭品才对吧，冈田？"

"的确是呢。真的派不上用场啊。"

这些妖怪迷的关系果然很冰冷啊。

"你们感情不好吗？"牧野问。

"很差啊。"村上和及川齐声回答。

"倒也不见得。"冈田回答。

"这样啊，不过，爱的形式也有很多种。"

"的确是啊。"田中附和道。

"不管如何，有人主张主动把逃犯交给警察能减轻不良印象，也有人认为这是通敌行为。有人坚持连荒俣先生也该放逐，也有人认定唯有荒俣老师必须保护。"

"连他们也说'唯有'啊。"及川不知为何，对那个字眼很在意。

"果然是'唯有'吗……"

他突出下唇，反复念着"唯有……唯有……"。

及川史朗不会在那个设施里被动过脑白质切除术了吧？

"有人说，不如干脆把妖怪爱好者们统统杀掉，弃尸于此，早早离开这里。"

"有人说，这里是应许之地。"

那是另一个宗教的主张吧？

"有人说，极乐净土明明在西方。"

这好像也怪怪的。

"有人说，应该把克苏鲁带去英国。"

"有人说，在离岛另建新国家吧。"

"有人说，在被攻击前先自裁吧。"

"有人说，横竖要死，还不如和政府同归于尽。"

"有人说，这世界的一切都很讨厌。"

"总之，说了这些事。"两人同时说。这次就没那么统一了。

"多么可怕的主张啊。"

"而且营队也变得更不合了。"

"然后就吵架了。"

"没错，就吵架了。"

"吵架了？"

"于是，我们来报告这件事，并顺便来膜拜本尊，就一同来见你了。"

"相亲相爱地。"

"感情险恶地。"

田中踏一步向前，蹲下，戳戳黑头上的章鱼。

"这个真的不是章鱼？"

"不需要待在水里，也不吃饲料，所以不是章鱼吧？虽然我也不确定。"

"会变大？"

"能变得很大。"

"不重吗？"

"只会非常让人觉得烦而已。"

"真的非常像章鱼哩。"

"是的，非常像章鱼……哩。"

黑受到影响也跟着说了。

"但是，为何其他邪神不会冒出来？"

"这我也不知道。而且这家伙原本是卡波·曼达拉特呢。"

"有这种邪神吗？"

"没听说过呢。"

"那不是洛夫克拉夫特的创作，而是大洋洲司掌象皮病的神明。形象是寄居蟹。"

"不是章鱼啊？"

"不是。话说，这家伙一度也曾是精蝼蛄。"

"精蝼蛄？"

"是妖怪啊，妖怪。"

"不怎么熟悉，但听说过。"牧野说。

"所以会变身吗？"

"那算变身吗？"

或许是吧。

"至少外形改变了。"

"是的，改变了。"

所以说变身也不算错。

"所以那个叫什么？卡波？小穗[一]？"

"和植田正志先生无关，是卡波。"

"卡波和精蝼蛄之间有什么关联吗？"

"应该没有吧。"村上说，"我想完全没有。"

"您是京极先生的那位妖怪专家朋友吗？"

"两位好，我是多田克己。"村上撒了个谎。

"你在骗我们。我记忆中的多田克己不长这样。不过，既然作为妖怪专家的你这么说，姑且相信这两者没有关联吧。但是，难道没有所谓的共通性或兼容性之类的吗？"

"多少或些许相似吧。但只限于水木老师所画的图之中。"

"在水木先生的图中大概多像？"

"大概是约翰万次郎年轻时期的肖像画和槙原敬之的相似程度。"

[一] 日本漫画家植田正志的四格漫画《人小鬼大》中的主角"小穗"（kobo）发音与"卡波"（kabo）类似。

"这太微妙了吧？"

"就是说啊。而且……"

黑回想起来。

和鸭下的见面犹如远昔。

记得鸭下一开始是说"会走路的百里爷爷"。

她最初确实提到这个。

这只章鱼一开始应该是那种会跟在人背后的妖怪。而且目击者不是鸭下，而是第三者。最初只是一团走路时跟在背后的灰蒙蒙黑影，和啪哒啪哒或哗嚓哗嚓等妖怪比较类似。

那种怪异之物并没有实体。

至少在水木老师将之绘成图画前，并不具有角色特性。啪哒啪哒的插图很有名，还被制作成了角色玩偶。但哗嚓哗嚓的话，依然没有明确的形状。

只有声音和气息。

所以是影子。

而这样的怪异之物……

记得鸭下说过，车子在高速公路上飞驰时它依然能够跟踪而来。

时速恐怕超过一百公里。能跟上这个速度的怪异之物恐怕只有百里婆婆。江户时代或明治时代的人类不可能以时速一百公里移动。因此，并没有能办得到这种事的鬼怪，应该是现代都市传说的角色。

但为何不是老婆婆？

恐怕是因为鸭下是女性吧。

同时，也因为她一开始单纯以为对方是跟踪狂的缘故。

虽然同性恋跟踪狂也不是不可能，只是像鸭下这种类型的人，应该不会碰上这样的情形。相对地，如果是老婆婆跟踪狂也太可怕了，还能以时速一百公里极速移动。鸭下因为自己是女性，下意识地认为跟踪狂是男性，所以使得老婆婆变成了老爷爷了吧。

然而——

能做到这种事的不可能是人类。

既然如此，是老婆婆还是老爷爷其实都不重要，但在这个阶段它的形象仍很模糊。不管如何，速度超过一百公里的话，肯定不会是人。

在这个阶段，跟踪她的怪异是一道在偷窥的黑影。

但是，鸭下对妖怪并不熟悉。兴趣主要在于密克罗尼西亚神话的她，看过带插图的妖怪书恐怕只有黑推荐的水木老师的《东西妖怪图绘》。

所以她才认为是卡波·曼达拉特。

然而，黑把那个……

"断定"为精蝼蛄了。

如此断定的不是别人，正是黑自己。

但那只是从会偷窥的属性所导出的结论。

接着……他目击到了。之后更确定了，就是精蝼蛄。

难道不是吗？

之所以断定为精蝼蛄，是因为外形跟它很像。外形类似卡波，具有窥视的属性，根据这两点，他在脑中想象出具体的模样，并以此断定为精蝼蛄。换句话说，直到这一阶段……

那个怪异之物才首度获得形体。

结果将那个怪异之物"变成"精蝼蛄的人，就是黑自己啊。

"啊……"

大肠开始痉挛。

换句话说，这只章鱼是基于观看者的判断来决定外形的吗？

平山和福泽等对妖怪不怎么熟悉的人通过粗略地观察，凭感觉描述的形象凑巧和克苏鲁相近，因为很相近，所以……

又是黑自己。

写过洛夫克拉夫特相关作品的不是平山，也不是福泽，而是黑。

于是这个怪物又成了克苏鲁。

然后，在模样变得更明确的时候，又被平山观测到，让黑更相信这是邪神。平山把它邪恶狰狞的模样拍了下来，接着被同样喜欢洛夫克拉夫特的松村与黑木观测到……

"所……所以这只章鱼是……"

"看来就是这样吧。"牧野说，"应该就是能回应观测者期待的妖怪吧？"

"很有可能。"村上也赞同道，"之前在日本各地出没的妖怪基本上都是如此。会以目击者所知的模样出现，随观测者的理解变化外形。"

"原来是这样！但不是有影像吗？"

"那是摄影者或制作人等摄影主体的脑中信息复制了数字资料的结果。"冈田说明。

"啊，好像科幻小说的情节。"

"没有那么愚蠢的科幻啦。这样讲会被科幻作家围殴、被科幻迷痛打的。"

"所以在影像确定前，就能看到各种模样喽？"

"似乎是如此。"冈田回答。

"但是不固定的话，所看到的妖怪是什么不就没个标准了？"

"属性是固定的。"村上说。

"属性？"

"先有会变大、会舔人、会撒砂等各类属性，再由体验到这些性质的人进行解释……"

"会撒砂的不是老太婆吗？"

"狸猫也会撒砂。名字也是属性之一，假如有人先说是撒砂婆，其他人看起来就会变成那个模样。"

"哦，因为那个角色太有名了吗？"

"应该是吧。"村上说。

"换句话说，这个是……"

"是……是我。"黑说，"是我做出解释的，基本上都是我的问题。"

"哦？所以说，如果某个妖怪被人做出不同解释的话，也会马上变身吗？"

"不会。"村上回答，"虽然属性偶尔会重复，但大部分的妖怪一经认定后，就维持那样了。虽然有时会出现类似衍生型的情况。总之，妖怪通常不会长时间现身。等它消失后下次再出现时，若被做出不同的解释，它就会变成另一种妖怪。"

"但这个家伙一直存在啊。"

黑指着头上说。

"因为一直存在，所以才会变化吧。照这个理论，任何出现的妖怪根源都是相同的，只因观测者赋予了外形和名字……不对，不可能是这样。因为都有所谓的百鬼夜行了……所以是先有属性，然后……"

"这个，应该是某种妖怪'变化'的吧？"田中戳戳章鱼说，"假如它的属性就是能变化成各种模样的话……"

"啊。"

"有很多鬼怪具有变化能力，但川獭和鼬所变化的主要是人类。具有能变化成各种事物的属性的……恐怕是狐狸和狸猫吧。不，狐狸应该没办法变成那么多种类的事物。它们大多会变化成女人。而狸猫则具有能从无机物到其他鬼怪都能变化的特性。从大入道到一目小僧再到辘轳首，其实都是狸猫变化而成的。狐狸就很少变成那么没品位的事物，虽然有狐狸被打倒后变成了石头。另外，狸猫也能变化成器物。"

"文福茶釜，对吧？"

"记得在某些故事中，狸猫还变成过火车呢。"

"是的。明治时代有幽灵火车，是关于狸猫变成火车和真正的火车比速度，结果被辗毙的故事。此外，狸猫还能变成月亮或佛像之类的巨型物体哩。"

"所以……应该也能变化成邪神吧？"

"啊。"

黑从刚才起只会说"啊"。

"有时也会跟在背后恶作剧。"

"的确。"

"如果在古代，百里婆婆一定会被当成是狸猫干的好事。"

"肯定会吧。"

"记得也会附在人身上，难道不是吗？"

"记得有所谓的……狸猫附身啊。"

"换句话说，这个应该就是狸猫了吧？"

就在田中启文这么说的瞬间——

"啊，你们看。"

及川伸出手指指向某处。

他指着黑的后脑勺。黑自己看不见。

全体望向该处。

黑觉得难以静下心来。

肚子开始翻腾。

厕……厕所。

"这真的是章鱼脚吗？看起来一点儿也不像触手。"

"真的，还有毛呢。"

"反正这也不是那种叫'章鱼'的软体动物，有毛并不奇怪吧？"

"可是，这怎么看都像尾巴哩。"

"这么说来……这是角，还是……"

"应该是耳朵。"

"果然是狸猫啊！"

慢着慢着。

狸猫？会敲腹鼓的那个？

虽然对黑来说，头上那只东西是什么都无所谓，但营队的信徒们知道这件事后……

又会如何呢？

廿伍

妖怪推进委员会掌握真相片鳞

"结果小黑怎么了？"

京极问村上。

"这个嘛……"

村上含糊其词，站起身来，故意抬起屁股，朝趴在沙发上的及川的鼻孔放了一发响屁。

"村上先生，请别这样好吗！"及川抗议道。

村上却胡诌："及川，你随便放屁啊？这样不行。"

"我？我没感觉到自己放屁啊。"

"你的腰部以下该不会没感觉了吧？"

"是吗？可是我觉得臭味好像离我很近。"

"抱歉，及川牌瓦斯我也敬谢不敏。"京极说。

要作弄人时，这两个人总是狼狈为奸。

"小黑现在很头大吧。"村上很快就对放屁问题失去兴趣，"事到如今，总不能告诉大家，他们崇拜的对象是狸猫吧？狸猫最爱的就是欺骗大众啊。"

"毕竟是狸猫啊。"京极感到佩服。

那尊邪神原来是狸猫啊。及川见到它的时候，它还是阿撒托斯的模样。

"那时超大的。"及川说。

"狸猫有时甚至能变化成天体。"京极说，"变成中秋明月，变成茶室，变成火车。狸猫最爱变化了。某则故事中的狸猫在露馅被杀后，经过数日仍未恢复原形，看来附在小黑身上的是修炼多年的老狸猫吧。"

"我能问个问题吗？"真藤顺丈举起手问。

陪荒俣离开营队过来时，及川等人和一些作家在妖怪村会合。

"关于京极先生刚才所说的事，虽然内容上没问题，但这段话是以狸猫能变化作为前提，而且您还煞有介事地讨论起来，这样您仍要坚称这世上没有不可思议的事吗？"

"当然。"

"真的假的？"

"**我说的是过去流行过的文化与传说。**"

"但如今明明在现实中发生了。黑先生现在就在这附近，正因一只不知是章鱼还是狸猫的怪东西攀在他头上而大感苦恼，小是吗？"

"小黑他肯定很伤脑筋吧。知道内情的朋友全来我们这里了。以平山兄为首，包括东先生，都过来了啊。还留在营队的只剩水沫兄吗？小黑的肚子现在想必又在……"

"一定又开始痢疾泡沫经济了。"村上说。

"就是说，那种形容根本莫名其妙。"

吐槽的是前店长河上。

"怎么样，有意见吗？"村上回嘴。

"没有啊。"河上露出似哭亦笑的表情回答，嘴里依然碎碎念，"根本莫名其妙……"

他的抗压性变得比以前更高了。

然后——

及川的腰仍在痛。

从树海走到别墅地带的过程十分艰辛。

其他人虽然嘴上冷漠，可仍然出手搀扶他，但那不是傲娇，他们从头到尾呛着"怎么不快点死啊""唉，真想抛在这里""把他推下去吧""干脆烧掉"等狠话。

而且……他们是真心这么想的。只不过如果及川真的死在半路的话，对所有人都是个麻烦，所以他们才勉为其难帮忙的。搀扶总比挖坟轻松多了。不对，万一真的死了，他们肯定会直接弃尸吧。

对及川而言，能活着抵达这里就算万幸了。

"真的不懂。"真藤说，"我听不懂痢疾泡沫经济想表达什么，而且狸猫的变化也难以理解。"

"痢疾泡沫经济姑且不论，狸猫变化主要是根据文化中的约定俗成来规定其存在，再根据解释者脑中的意象来规定其形体与性质。这是一种文化上的规矩。"

京极说：

"至于现在为何会变得如此，理由我并不清楚，但既然已经发生了，就没什么好不可思议的。不懂个中道理的事情有很多，难道要将之全面定义为不可思议吗？那样的话，和原始人又有何差别？难道不是相信其中必有因的心态才催生了科学，带来了文明吗？还是说，你想让人类前进的伟大步伐复归于无呢？"

"当当当……当然不是！"

真藤搔搔发亮的光头。

至于及川，刚才听到"原始人"这个词的瞬间略略产生反应，觉得这样很丢脸。现在他穿着内裤，已经非常接近智人了。

"嘿嘿嘿。"

京极不怀好意地笑了。

有时总觉得这个大叔似乎跨越了不该跨越的一线。

"及川，你脑中在想着什么，对吧？"

"我什么都没想。我是没能成为人类的业界猿人。只求早日成为人类。"

"放弃吧，你是办不到的。话说回来，黑史郎作为数百人大营队的头目，现在也仍扮演着邪神使者吗？"

"还在演哩。"村上说，"虽然他想加入我们这里。不过，他也没打算一直持续下去，反正也不可能。万一害营队受到攻击，肯定会死伤惨重，如果在这紧要关头信徒们发现他们赌命保护的不是崇高的邪神，而是爱恶作剧的狸猫的话……"

"大概就像费尽千辛万苦总算抵达亚历山大城，等候自己的却是坂田利夫[一]这般落差吧。"木场贵俊打趣地说。

"这是什么烂比喻嘛。"久礼旦雄吐槽道，"虽然不是不能理解。"

"能埋解就够啦。"

"什么啊？"

"你们不要打断话题啦。"

松野仓制止两人。

"呃，总之……他打算伺机而动，慢慢地……"

"不行不行，想软着陆有困难吧。还不如直接宣告'这家伙其实是狸猫哟呵'更快。"京极说。

"等等，京极先生，'哟呵'是什么鬼？"黑木吐槽道。

"顺势讲的。"

"顺势讲的？'哟呵'？"

"干吗？有意见吗，黑木？"京极瞪着他。

"不……不敢。"黑木满脸苦涩地说。

虽然少有往来，但及川对黑木受到的对待产生了亲近感。

[一]　隶属吉本兴业的老牌搞笑艺人，通称"蠢蛋坂田"。

"可是考虑到数百位信徒的心情的话，真的很难说出口啊。他们每个都是认真的，真心诚意地信仰着邪神啊。"

"所以才说你不行啊，黑木。"京极说。

黑木垂下头，说出意义不明的话："怎么连京极先生都这么说……"

"既然是真心诚意，那就更应该说啊。把真相说出口。"

"不，可是……"

"我说啊，这种事拖得愈久只会愈难开口。既然是终有一天会曝光的谎言，早日公开真相才是明智之道。"

"没错，可是……"黑木欲言又止。

及川忍不住替他打圆场："那种情况……真的很难说出口啊。"

"就是说吧。"黑木附和道。

"所以说你不行。"京极再度批判道，"居然还被及川这家伙赞同……"

干吗说到一半就不讲了？

及川很想知道接下来京极要说什么。"居然"是什么意思嘛，"居然"。

"黑先生不是存心骗人的。他不是说谎，他本人之前也不知情啊。"

"但他现在已经知情了，还不公开的话就是骗人。愈延后公开真相，就骗得人愈久。这样与诈骗又有何差别？早点说也能早点止血。况且邪神崇拜团体是各自决定参与，各自决定要保护邪神的，又不是小黑拜托他们的。"

"没错。"

"大体说来都是如此。有一颗爱护动物之心当然很伟大，但我们永远不知道动物受到人类保护是否心存感激。又不是动物自己来拜托'保护我们一下呗'。"

"动物不会说'呗'啦。"黑木说。

原来如此，这个黑木天生习惯吐些不上不下的槽，及川总算懂了。见不贤而内自省。及川往往也会犯这个毛病。

"慢着，动物根本不会说话吧。"村上吐槽道。的确是这样。

"不过，邪神的信徒姑且不论，动物的话，责任的确在人类身上啊。"

"嗯，但在长远的地球历史中，有很多物种灭绝了。被人类灭绝的，原因当然在人，但那是把人类视为一种特别的存在才会有此说法。若将人类视为生态系统一部分的话，事情又另当别论了。这世间啊，往往只会变成它该变成的模样呐。"京极以老头子般的声音说，"不管要怎么对抗，怎么忤逆，终究逃不出如来佛的手掌心啊。"

"京极先生，似乎偏离讨论的主题了。"

"真的，不知不觉间变了。"

"原本在谈什么？"

"我们在讨论黑史郎今后何去何从的问题啦。总之，他是绝对说不出口的。"黑木重复道，"我知道我这个人不行，但现在真的不是说什么'哟呵'或'呗'的轻松状况啊。你们如果看到信徒们的眼……"

"长了很多颗眼珠子吗？"京极开玩笑说。

"是百目还是目目连[一]？"村上接着说。

前店长河上曾用"目目连"当成自己的代号。听说身为签名书迷的他到处参加在东京一带举办的签名会，让许多伟大的漫画家或厉害的作家们签下"致目目连先生"这行文字。若该名作家是妖怪爱好者也就罢了，一般人根本没听过这种怪名字。因此，作为一名拥有奇妙名字的男人，河上在部分作家之间很有名。

"拜托，别再打断话题了，京极先生。您这样与平山先生几乎没有差别啊。"

"被人这么说，我很遗憾。"京极绷着一张脸说。

这群人完全像是为了打断话题才参与对话的。

[一]　均为有许多眼睛的妖怪。

及川的腰是真的快断了。

"村上先生也看过了吧？那些信徒的眼神。"

"嗯，看过了。很像疯狂信徒啊。"村上说。

"真的那么恐怖？"久礼问。

"不，一开始还好。但在靠近树海后，大家都仿佛变了个人似的。"

"或许是群体心理的问题。"木场说。

"木场的分析总是这么粗略。"京极傻眼地说，"唉，小黑的个性太老实了。他应该说得委婉一点。"

"既然如此，何不干脆开溜呢？"及川如此认为，完全欠缺思虑，"这样那些信徒顶多找个几天，如果找不到的话，应该会自然解散吧？"

"呃……虽然不太好，但也许是个不错的策略。"

"嗯，似乎不错。"京极也赞同，"及川，你现在回营队给他建议吧。"

"咦——"

"当然是你亲自去，走过去，快去。"

"可是……"

"别找借口。"

"没错，别抱怨。"几乎在场所有人同时说。

及川的扭曲个性让他感觉到某种阶级差距。

"黑木先生，要不要也一起来啊？"及川试着问，但立刻被拒绝了。

连底层也有阶级差距吗？阶级差距内的阶级差距。

"对了，荒俣先生呢？"京极问。

村上看了一眼窗外后，答道："他现在和郡司兄一起去向大师报告，等结束后似乎有事要向大家宣布。"

唉。

既然都说唯有荒俣先生必须救援，想必他掌握了某种信息吧。就在及川被浇温水的时候，荒俣先生肯定在大浴场进行谍报活动吧；就在及川喝着清淡如水的汤的时候，荒俣先生肯定在边大快朵颐豪华餐点边打探消息吧；就在及川被人监视上厕所的时候，荒俣先生在监视敌人吧。就算当初唯有荒俣先生被救援回来，只要有他就够了。

唉，及川的个性果然很扭曲吧。器量狭小，屁眼窄小，心胸狭窄，度量有限，人格卑劣。

不，连人格都称不上。

因为他还不是人类啊。

不久，人群聚集过来了。

是非合法地占据了这个别墅地带——通称秘密村——的妖怪难民代表们。全是名人，大部分是在公开场合露过脸的公众人物。

也有演员。

例如，曾登上世界妖怪会议讲台的佐野史郎先生，以及在电影中饰演过加藤保宪的古怪演员岛田久作。

如果是参与妖怪电影演出的人物，像《鬼太郎》电影中担任过猫女的那名女演员，或演过天狐的那名女演员，以及曾经演过"妖怪人贝拉"的那名女演员，感觉就算出现在这里也不意外，但是没有。不只如此，连饰演鬼太郎的瑛士也不在。没有贝姆，没有贝洛，也见不到演怪物王子的演员。也许是靠着事务所的权势力保他们没事吧。

饰演第二代加藤保宪的丰川悦司先生也不在。

不过扮演撒砂婆的室井滋小姐倒是在场。

看来跟事务所无关，而是个人嗜好的问题吧。

没看到间宽平先生，不过能时常见到初代于泣爷爷亦星升一郎先生。

他的名台词是"会做梦的"。虽然很旧了。

假如由利彻先生和奥村公延先生仍在世的话，肯定会在这里吧？不，仔细想想，绪形拳先生也演过滑瓢，忌野清志郎先生也一样。

唉，真想再见见这些饰演过滑瓢的人啊，默哀。

漫画家的话，除了创作出狗狗是夜叉的小子们的那位大师、又潮又虎的那位大师，或在地狱担任教师且眉毛很神的那位大师以外，从新锐漫画家、中坚漫画家到大师级漫画家，可以说阵容百花缭乱，或者说豪华绚烂。及川没有直接担任过这些人物的责编，所以不敢直呼其名讳。

此外，还有创作出《怪物小王子》的那位老师、创作出《咚隆隆炎魔君》的那位老师、创作出《帕塔利洛》的那位老师，以及创作出《夏目友人帐》的那位老师、创作出《凉宫春日的忧郁》的那位老师、创作出《滑头鬼之孙》的那位老师，等等。当中最醒目的，是身上老是穿着红色横条纹 T 恤、喊着"咕哇西"、妈妈很可怕、很少女范儿的那位大师中的大师。

真不知道他究竟准备了多少件这种横纹 T 恤。

当然，在《怪》执笔过的唐泽直树先生、志水明小姐和今井美保小姐也在这里。

如果现在整个国家很正常的话，这个连载阵容——不，是避难者——恐怕会豪华到让人昏倒吧。

说起以妖怪为题材的作品，比起小说，漫画更是压倒性得多。京极曾说妖怪题材不适合小说。但怎样的内容才该归类于妖怪漫画其实不容易界定。

日野日出志先生和古贺新一先生的作品或许会被归类于神秘学或恐怖类吧，但他们是自己主动前来这里的。至于伊藤润二先生，由于其夫人石黑亚矢子是一名妖怪画家，所以举家前来避难。

诸星大二郎先生在事态恶化前早就移居这里，至于鸟越干雄先生和结城正美先生，总觉得是随兴所至才来的。儿岛都先生就算来这里也不意外，但他似乎跑到美国避难了。

虽说……不管是神秘学还是恐怖、悬疑或怪谈作品，如今都同样遭到人们忌恨，所以是同病相怜。不过，听说怪谈类和奇幻类作品的相关人士，不管是漫画家还是小说家，现在都迁往其他场所——北海道附近。轻小说类作品的作家也大批迁居到那里。

也许是想和妖怪划清界限吧。

可能因为如此，那个领域的作家只有参与克苏鲁营队的人们在这附近。在《怪》连载过的小松爱美尔小姐算是比较接近妖怪这边的人，像圆城塔先生这种受到家人连累，只能跟着来的类型，就很令人同情了。圆城先生的伴侣田边青蛙小姐原本就是及川等人的妖怪伙伴，也写过怪谈，是个妖怪与怪谈混合型的麻烦人物。而恩田陆小姐和畠中惠小姐虽然也曾是《怪》的连载作家，却选择了逃往北方。

另外，及川特别在意的是声优们。

他曾在这个妖怪村见过某一时期让人怀疑是否全日本的少年声音都由她负责的野泽雅子小姐。毕竟初代鬼太郎、炎魔君、第二代怪物小王子这些动漫角色都是她配的，不仅如此，小宏、铁郎、刚八与悟空这些动漫角色也全是这位女士配的。

她身旁有个很像"小双侠"系列动画中的伯亚基的人，其实就是伯亚基本人——配过木绵妖的八奈见乘儿先生。虽然一反木绵不算他的代表作，但他配过两次一反木绵，还唱过两首角色歌曲，会来这里也是无可奈何的。

龙田直树先生也因为配过两次涂壁和一次木绵妖而受到连累。

千叶繁先生对及川而言是《福星小子》动画版中的眼镜，但他配第三代鼠男的冲击性更强烈。这些前辈级的声优就算出现在这个小小避难村也不意外……或者说，他们其实也是不得已的。

不过，三期、四期的鬼人郎声优——户田惠子小姐和松冈洋子小姐的身影倒是没看见。

应该不是因为玛蒂达中尉和珍妮薇舰长的缘故吧？怀疑是因为这两位

都曾在昔日公共频道的晨间连续剧中担任过旁白，所以才没事的，但应该不是那么简单吧？

然后，第五期《鬼太郎》的声优们，以饰演鬼太郎的高山南小姐为首，今野宏美小姐、山本圭子小姐和高木涉先生等，几乎全员集合了。每个人都各自拥有其他类型的代表作，之所以会出现在这里，大概是因为个人喜欢吧。

喜欢鬼怪。

其他还有许多光提起名字就足以让人兴奋得昏倒的人气声优。不，及川是真的快昏倒了。

假如富山敬先生、田之中勇先生、大冢周夫先生和永井一郎先生还活着，恐怕也会在这里吧。一想到这一点，及川就深感遗憾。

及川一直都在当漫画编辑，也喜欢动画，见此情景当然开心得不得了。

就连之前的出版社宴会也没这么豪华啊。光映入腰杆子虚弱的及川眼帘的面孔就已如此豪华，目光所不能及之处肯定还有很厉害的人吧。

然后——

总数上百人的各界精英聚集在前别墅管理事务所——看似登山访客中心的大厅里。

这里算不上宽敞，但有挑高，不至于闷热。

只是难免有挤沙丁鱼之感。

大家都已疲惫，也感到不安。

避难至此已过了一段时间。季节也过了一轮。夏季的避暑胜地到了冬天只剩冰冷的山地。没有工作，没有粮食，不知道何时会被袭击。这样的将来怎么想都令人担心。

——算了。

就算没有希望，人也不会死。

即使是在毫无希望、一丝展望也没有、一点愉悦也没有、连分毫自由都不存在的生活中，人也不会死。即使是在那毫无希望只剩绝望的日子里……

也还是没死啊，及川史朗。

及川还活着。虽然腰痛得不得了。

就算没办法进化，好歹有进步。

他跨越试炼了。即便得到了帮助，借助了他人的力量，他也还是跨越了。

我变强了，史朗。及川给自己打气，并在心中鼓励在场的所有人：大家一定没问题的，别放弃啊。

只要不放弃，总有一天道路会变得更宽广。就算什么事也做不了，但只要当个好孩子的话，说不定也会有不知从何而来的援手。

及川试着沉浸在正向思考中，但一点儿效果也没有，反而愈来愈消沉。未来根本不是什么康庄大道，不能跨越障碍就只有死路一条，根本没有人会伸出援手。及川陷入严重的负面思考，感觉只能向下沉沦。

这次不会有人来救援的。

弥漫着这种气氛。

每个人都保持肃静，不苟言笑。

脸上还保持微笑的只有多田克己。多田和他以前举办的妖怪讲座的学生谈笑。听不清楚他们在聊什么，只听到他那音高八度的嘻嘻笑声。神社作家宫家美树和超人气妖怪图章制作者真柴顺也在多田身边谈笑。也许在聊动画吧。

真想加入那个圈子。

想逃避现实，大聊特聊有趣动画的事。

正当及川深吸一口气，想大喊出"二次元万岁"时——

一阵紧张的浪潮袭来。

在郡司的陪同下，荒俣宏在出口现身了。他们和水木老师的会谈结束了。

两人静静穿过群众，走到楼梯平台上。

"请大家安静。"

呃，前编辑顾问，现场已经很安静了。

"妖怪难民社群的各位，接下来要请世界妖怪协会顾问荒俣宏先生向大家报告现况，并提出今后的建议。报告姑且不论，建议顶多是建议，完全没有强制性。我们没有权力强制各位。虽然为了方便起见，采取组织的体裁，但我们世界妖怪协会并非组织。全日本妖怪推进委员会和东亚怪异学会一样，现在也早就解体了。汇聚在此的各位大多数只是曾与妖怪有过关联，或单纯喜欢妖怪而已。当中也有人和妖怪并无多深的渊源。然而，没有个称呼总是不太方便，姑且暂称为妖怪联盟吧。实际成员形形色色，也有真正的笨蛋。因此，我想在此挺起胸膛，宣称我们乃是一群乌合之众。自由与随便实为妖怪的精髓，请各位自由去做自己想做的事吧。想逃跑或想留下都可以。要背叛也可以。无须相互怨恨，只要是赞同我们理念的有志之士参加即可。完毕。"

这番话意外帅气啊，前编辑顾问。

的确，妖怪这边除了单纯的笨蛋以外，也有相当多的普通人士。除了水木老师地位崇高，其余人物并无上下之别，彼此之间也不见得一直都相亲相爱，而是经常背叛的。这里没有人认为必须为了什么而死或必须舍命保护什么，也没人认为自我牺牲很了不起。与其死去，还不如割舍。必须舍命的话就没有保护的必要。就算想牺牲也没有牺牲的效果。万一死了，虽然可怜，但也只能抛下他不管。

这么说来，有句话京极常挂在嘴上：

"执着要深，放弃也要快，这才是存活的诀窍。"

乍听似乎前后矛盾。假如执着于某事，就免不了变得盲目，然而已经过去的事怎样也无法挽回。此即所谓的覆水难收。既然如此，早点放弃，转换心情比较聪明。只要仍有挽回的余地，就该坚持下去。一旦决定放弃，就该彻底断念。

京极也曾说过："该反省，但不该后悔，这才是成功的秘诀。"

这句话也很有道理。反省很干脆，后悔却很难看。

只是，在知道松冈修造[一]语录中也有相同的话后，他就绝口不提这句标语了。

原来这件事令他有点受到打击吗？

不管如何，妖怪相关人士会背叛人，但被人背叛也不会怀恨。去者不追，来者不拒。背叛即敌人，回归即朋友。毕竟彼此都明白对方是笨蛋，所以不会太信任对方。不过交情还不错。

水木漫画呈现出来的也是这种冷漠风格，所以妖怪迷或多或少都认为理应如此吧。

"各位！"

郡司退后，荒俣往前。

"重新自我介绍……我是荒俣。我有一件重要的事要宣布，只好请各位聚集在此。刚刚我和水木茂老师商讨过，也确认过老师的想法与意志，在此向各位报告。"

荒俣深深鞠躬，接着说：

"过去一个月，我遭到凶禁，被关在内阁官房附属特务机关管辖的收容所里。"

现场一片哗然。

"目前，这个国家正濒临瓦解。相信不用我说，各位也看得出来。这是建国以来——该以何时作为国家成立的起点我不确定，至少，当前状况若说是这个蕞尔小岛上有人居住以来最人的危机，恐怕也不为过吧。过去曾出现

[一]　日本网球选手，以热血与活力闻名，说过许多激励人心的名言。

过多次前所未有的天灾地变，发生多次因为执政者的错误判断而导致的战争等人祸，以及数次对这个岛国而言可谓是国难的灾厄，我们均跨越过，并成功复兴了，这是为何？因为我们是笨蛋！"

荒俣斩钉截铁地说。

咦？是……这样吗？

"是的，假如不是笨蛋，我们无法撑过！沉痛的心情无法带领我们跨越那场可憎的战争或痛心的灾害。不，说不定我们还没跨越吧，但因为是笨蛋，自以为已经跨越了，直到如今。难道不是吗？"

荒俣慷慨激昂地反问。

"但那也无妨。完美的世界并不存在。人类天性愚蠢，会犯错，会失败。害怕失败的话，什么事也办不成。就算能不搞错、不失败地办好事，也不可能有能让成千上万的人都能接受的事物。必定会有人不满。每个人都抱持着不同的想法与态度。不管是思想、宗教、文化还是性取向，都不同。我们无法消弭这些差异，也不应如此。即使是想法相似的人聚集在一起，依然会产生争吵。难道不是吗？"

的确没错。

乐队会因为音乐理念不同而解散。夫妻会因为性格不合而离婚。原作者和作画者会因为争抢著作权而分裂。御宅族伙伴会针对角色而选边站。名门望族会因为遗产而自相残杀。

明明这些人原本彼此之间都有着牢固的连结与不变的羁绊。

仔细一想，所谓不变的羁绊应该在真正不变时才如此称呼，不应在中途就擅自宣称。这是事后才能追加的称呼。那些自称不变的羁绊，往往会因无聊的理由就断裂了。

因此，用一个笼统的名称将某种部分相似的人们统称起来的粗糙分类法，并不能让这群人的彼此关系圆满。争吵的种子潜伏于各处，一有机会便立刻发芽。

毕竟连牧野修和田中启文都吵架了。虽然看起来不像。

荒俣接着说：

"悲剧在任何状况下都会发生，不管多么周全地防范，永远会有意料之外的事态出现。所以，我们只能把意外视为一种必然来应对，只能将其看作一种不可能防范的事故来应对。但是，该怎么做？悲伤或辛酸都难以忘却。人们常说要将它们谨记在心，但如果一直紧抓着伤痛不放的话，我们将难以健康茁壮地成长。憎恨和怨恚难以割舍。但常存心中的话，斗争也永远无法消除。然而，如果是笨蛋的话，就能'迷糊地'忘记了。"

荒俣说：

"难道不是吗？迷糊地忘记。不管发生多么严重的状况，笨蛋们都能耍迷糊啊。这样的迷糊虽会招致重大过失，有时却也能成为原动力！是迷糊八兵卫[一]！"

该不会在开玩笑吧？

"事实上，八兵卫在茶店吃团子的场景和事件毫无关系。八兵卫也不会参加在拿出印笼前的侦查行动。八兵卫是故事上不必要的角色。但是没有八兵卫的水户黄门，实在是太紧绷了。这名派不上用场、对剧情发展毫无建树、好色贪吃、总是犯困的笨蛋角色，其实是这个作品世界中的润滑剂！听好，就是设计出这样的角色才叫游刃有余。"

底下传来一片赞叹声。

"在光忙着写剧情而不顾及主线的三流剧本中，没有八兵卫登场的余地！只会写说明故事的三流编剧不可能摆放八兵卫这样的角色。另外，光是支付黄门的酬劳就化掉全部预算的话，也无法找来高桥元人郎演出。若影片

[一]　日本时代剧"水户黄门"系列中的搞笑配角，TBS版中由高桥元太郎饰演。

时间长度不够，只能剪掉一些场景的时候，率先会被剪掉的就是茶店场景。因此，唯有在结构、预算、时间上都充满余裕，才能让八兵卫耍迷糊。各位，光是演完剧情主线就结束，仿佛摘要版内容的戏剧真的有趣吗？那种剧本真的有演出的空间吗？假如因为没有预算，只让黄门和恶代官登场的话，这样的内容作为戏剧还能成立吗？各位能容许因剧集长度不足，只好砍掉旅途场景的《水户黄门》吗？八兵卫在行经隘口途中，见到茶屋时连吃个团子的余裕也没有，又怎么能给观众们提供娱乐呢？"

荒俣重重地拍了一下楼梯扶手。

"建筑物很坚固，不代表就能对抗地震。唯有具备能让震荡散失的结构，才能真正对抗地震！只要是会运转的机构，必定会留有间隙。精密机械也会设计间隙。留有余裕就是一种娱乐的表现。没有娱乐的人生怎能愉快？"

荒俣振声疾呼：

"所谓的娱乐正是一种多余。滑雪不过是在雪上一路跌落的过程，棒球和足球也对人生毫无帮助。就连绘画和小说……也都是多余和无意义的事。"

说完，荒俣又用力地拍了一下墙壁。

"多余多余多余，人生正是多余的积累。但就是那样才好。只有在工作时才必须提高效率，剩余时间就来享受这些多余的东西，这才是有文化的人类的正确姿态，你们说是吧？"

荒俣指着听众说：

"至于我们，工作本身就是在创造这些多余之物。京极，你是个小说家，对吧？"

"我写通俗小说。"京极回答。

"小说完全就是多余的代名词吧！就算这种事物不存在，人们也不会活不下去。不管是漫画还是电影，都一样。各位觉得如何？你是漫画家，而你是动画作家，至于你，则是演员，你们全都是多余的啊。所谓的艺术，彻头彻尾是多余的。连娱乐也是多余的。而多余又是什么？其实就是……笨蛋。"

荒俣说：

"人啊，没有愚笨的部分是不行的。啊，所谓的笨蛋并不是指头脑不好……不对，或许头脑真的不好吧，但我这里的意思并非如此，简单说，我不是指事物处理能力不强、应用力差、记忆力不好、不懂临机应变这方面，而是是否能与上述的多余之物和平共处的问题。而将这些多余具象而成的……就是妖怪。"

荒俣宏毅然说道：

"就算有什么不可思议的事，别去管它就好了。根本不会造成困扰。外行人不明白的事多如牛毛，如果讨厌无知，就去问专家，或者干脆自己学习，认真研究即可。但人们往往不肯这么做，又想知道其中缘由，所以才会随便编造出似是而非的空想来说服自己。那就是妖怪。"

荒俣说：

"妖怪完全是多余之物。妖怪既不是事实，也不能填饱肚子。另一方面，人们有时得面对悲伤的现实或不合理的后果，例如生老病死或天灾，这些绝对无可避免也无法消弭的事无疑存在着。如果把这些可怕的现实置放在多余的世界里，使之拟人化、卑微化，在那里将之打倒，加以嘲弄，甚至驯养，这将是妖怪存在的一种积极作用。"

荒俣说：

"这种行为无疑是多余的，而且是极大的多余。人类只是求个心安。因为现实什么变化也没有。就算这么做，人该死的时候还是会死。但是，人类活用了这些多余之物。就算不出社会也可以，当个啃老族也可以，没异性缘也可以。用不着当个活跃的人，只要能驯养这样的多余之物，人就能活下去。就是这样！这就是妖怪的真面目啊。"

荒俣说到这里，暂停演说。

现场一片静寂。

"日本人有这种概念。当然，其他国家也有。创造力会创造出多余之物。但是，小心翼翼地呵护这些多余之物，跨越时空，将之重新利用、重新生产的文化并不多。民间故事或迷信在现代已被打倒，神话或传说也被整理过的信仰淘汰，变成过去的遗物保留在博物馆里。多余成为一种角色，在动画、漫画、电影或小说中一代代地繁衍并存活下来。这就是妖怪啊，妖怪！妖怪正是多余的化身啊！"

荒俣说到此，再次暂停演说，环顾现场听众。

不知不觉间，表情变得气宇轩昂。

"那么，咳咳……"

这名伟大的作家微咳几声。

"日本现在变得……很奇怪。相信在场的各位比其他国民更清楚这个事实。我们这批人被迫在此过着隐遁生活，这明显就是一件奇怪的事。但是，到底奇怪在哪里，恐怕没人清楚问题的症结。如何？有人能说明白吗？"

荒俣发问，再次环顾现场。

对于他的问题，恐怕没人能回答吧。明知很奇怪，却因程度太高，范围太广，已经分不清什么是正常，什么是奇怪。就算不考虑妖怪和其他种种问题，人们在如此异常紧张的人际关系之中也无法轻松过活了。

荒俣的视线转回正面，大声宣告：

"我直接说结论吧。因为多余之物……消失了。"

底下议论纷纷。

一般而言，人们都喜欢没有一丝多余。

"请安静。这件事和同时发生的妖怪骚动容易被混为一谈，但并不一样。虽然根源是一样的，但还是请分开来思考吧。世人将混乱的原因锁定在妖怪，以至于使我们受到了迫害，但妖怪不是原因。毋宁说是结果。关于这一点，我会说明。"

荒俣说：

"换个说法吧。全体国民失去了余裕。人们失去了原谅人、放过小错误、敷衍、掩饰的装迷糊能力。虽然某种意义上，这样做并没有错，但笨蛋程度压倒性不足，造成幸福度也直线下滑。人们感觉不到幸福，只好对外寻找理由。以为除了自己以外，每个人都是错的，只要纠正他们的错就能获得幸福，结果就是失去了更多余裕，变成这个疑心生暗鬼、充满暴力与愚蠢的社会！各位，在光芒的照耀下产生影子，才能看见事物。只有光的话，一切事物都看不见！这个世间，除了聪明之外，也需要等量的笨蛋。笨蛋太少的话，聪明也会失去意义。没有多余，对事物并不会更有帮助。没有间隙的话，也无法维持结构。我们需要余裕。至于余裕为何会消失……从这里开始才是正题。"

荒俣态度严肃地说。

没人多说一句话。

现场鸦雀无声。被人说"你们不够笨"仍一脸认真地聆听的听众也很奇怪。

"因为我们的余裕被'吸走'了。"

咦？

呃……

瞬间，听众间掀起一阵骚动。

"我不是在说笑。"荒俣粗暴地说，"是真的被吸走了！国民的！笨蛋部分！"

"请问……"

京极举手了。长期的流亡生活似乎让他的身体状况不佳，手举得不高。他的年龄恐怕是这群人当中最高的吧？

"这是……一种比喻吗？"

及川想，会这么问很正常。

"不，并不是，是真的被吸走了。咻噜咻噜地。"

荒俣�’起嘴巴，做出吸东西之状。

呃……吸走是什么鬼嘛。

是谁吸的？怎么办到的？太蠢了吧。

笨蛋很重要，这一点及川也明白，身为笨蛋的及川应该对这种说法感到高兴，实际上他也很开心，但是吸走……到底是谁？怎么能办得到这种事？

虽然有妖怪出没的现实也很扯，但如同京极所言，会变成这样总是有某种理由的。

妖怪虽能被看见，但没有实体。然而，如果真能吸走余裕的话，总该有个进行吸收的实体吧？难道除了可视化的妖怪以外，还有某种实际存在的物体吗？

类似吸血鬼那样吸走？真的存在着这种东西？

不可能吧？吸笨鬼。要从哪里吸收啊？

这里正是吐槽"白痴啊，这种东西哪里有可能存在"的好时机。这句话若非出自荒俣，而是及川的话，早就被所有日本人吐槽了吧。

京极一脸困惑。当然，他一定无法接受这种说辞。

"我明白余裕很重要。但余裕是一种精神或心理上的概念，而非生物学上的某种特定反应……虽然很难说明，总之是在多种局面下会发生的概念，而您说这个被吸取了……呃，这不就代表这个概念在物理层面上能被切分开来吗？"

等等，居然吐槽那里？

不是该先吐槽是被谁吸走的吗？

"唉，要说是否能在物理层面切分，的确很难回答，但实际就是被咻噜咻噜地吸走了啊。"

荒俣又噘嘴做出吸的动作。

京极歪起头来思考。

"呃，我想说的是，什么被吸走了？这一点我不明白。比如说，是吸取了脑中分泌的物质吗？像肾上腺素，或者能分泌这些的细胞或酵素，或者特定区域的神经元，或者突触被破坏，等等。算了，这种部分怎么想象都行，但老实说，如此荒唐无稽的想象……"

及川想，这些很荒唐？吸笨鬼这种想象岂不更荒唐？因为及川个性扭曲，才会这么认为吗？

"这个嘛，应该不会吸那种东西。"

荒俣如此回答。

所以……应该不是吸笨鬼吧？如果被咬、被吸就能减少愚笨度的话，及川倒是想主动被吸。至于雷欧☆若叶的话，一旦被吸，恐怕什么成分也不留了吧。

"倘若不是物质，那又是什么？"

"应该说，是感受余裕的能力被吸走了才对。"

"机能？"

"是的，虽然不是个好比喻，但姑且用放射能来当例子吧。似乎有很多人误会，其实会放出放射线的是放射性物质，对人体有害的则是放射线。所谓的放射能，就是指放射性物质放出放射线的能力。那么，首先该处理的应该是放射线吧？只要能阻挡放射线，就不会造成影响。但放射线的源头是放射性物质，只要放射性物质还存在，就会一直放出放射线。因此，若能把放射性物质除去，就能免于危险。但是，假如把放射性物质除去放射能的话会如何？"

"那就不再是放射性物质了吧，荒俣先生？"

"是的。那就只是一般物质而已。不会放出放射线。就是如此。"

"所以被吸的是人们产生余裕，或者说能感受余裕的能力？"

"虽然我不明白其中缘由，简单说来就是这样。失去这种能力的话，从结果来说，人的脑内物质分泌会失衡，或许会造成部分神经突触坏死，转变成忧郁症而失去情绪。但这是结果。"

"嗯……听起来真是可怕。"

京极说。

居……居然能接受这种说法？

"好吧，我理解了。"

居然理解了？

"那么，先不讨论原因。假设这种事情真的可能发生，吸取者又是谁？"

"是戴蒙。"

"啊？"

"太古时期毁灭过无数都城，被圣贤亲手施以强固封印，深深埋入巴比伦地底之中的最古老且独一无二的魔物……"

"等等，那个不是那个吗？"

多田提出疑问。

"只用指示代词谁听得懂啊？"村上吐槽道。

"会吗？不就是那个吗？不是吗？"

"虽然我知道你想讲什么。"

"那不就得了。明明就听得懂嘛。"

"我是在说，我们之间听得懂，可别人不见得懂啊。荒俣先生想说的是大映公司过去拍摄的电影《妖怪大战争》中登场的妖怪头目吧？巴比伦的吸血妖怪戴蒙。"

"可是那个是创作吧？没有这种传说存在吧？"

"我也不清楚，但应该有参考什么传说吧？外形的设计暂且不论的话。"

"是的，这是有原典的。"荒俣说。

"所谓的原典，意思是过去的传说中，有近似这种妖怪的魔物吗？而且'daemon'一词在希腊文中是指一种'灵一般的存在'吧？"京极问。

荒俣回答：

"是的。虽然翻译成灵并不妥当。那是一种非人类的超自然存在——也可能是非存在，所以说它是一种存在并不是很恰当。总之'daemon'是所谓的导引灵，但不是类似《背后的百太郎》的那种背后灵。有的灵会导引人向善，有的则会导引人向恶。换句话说，'daemon'是一种不具善恶属性的超自然存在。只是，后来由于基督教的崛起，它的善的部分被取代了。"

"变成恶魔了啊？"多山克凵说。也许是在问吧。

"简单说来或许如此，不过所谓的恶魔是与神——一神教，尤其是基督教——成对的概念。作为神的对立者而产生的就是恶魔。"

"难道不是吗？"

"当然不是。'daemon'反而是被遗忘的存在。"

"被遗忘？"

"是的。它善的面被基督教的天使取代了。然后，作为神的对立面的恶魔，也被分派给堕天使——原本是神之使者的天使。就这样，在连恶的部分也被取代后，daemon失去其用途，成为被遗忘的灵。虽说到了后世，以它的名字作为语源的大体上都是邪恶事物。以'daemon'为语源的事物，其代表就是'demon'。"

"果然是恶魔！"多田两眼发亮地说，"是恶魔，没错吧？"

"就是因为把各种事物都用'恶魔'二字囊括起来才会变得莫名其妙，没想到连多田老弟也犯了这个毛病。好歹改变一下名称吧，像是恶鬼或魔物等。'恶'的意思被搞错了啊。"

"'恶'在佛教中是烦恼的意思。"京极说,"妨碍佛道的事物才是'恶魔'。"

"嗯,被混为一谈了。不过'demon'这个词原意是指基督教以外的宗教信仰对象整体。"

"然而,现在说起恶魔,往往指的是非基督教文化圈的恶灵、恶神或魔人的总称吧?"村上问。

"嗯。而'daemon'就是那个概念的根源。"

"但至少不是头长长的,背后长了绿色翅膀,手持锡杖的吸血鬼[一]吧?"

"并没有那种东西。"荒俣说,"不对,我不该那么武断,但我想应该没有吧。"

"那么,又有什么呢?"

"就是被遗忘的,所有魔物根源的——被变成根源的——那个概念。它被掩埋在中东沙漠,毁灭之都遗迹的地下深处。"

"既然说被掩埋,您的意思该不会想说有实体吧?"

京极开始感到怀疑。

"我认为是有的。"

"所以那个被掩埋的戴蒙……会吸取人类的余裕?而且还将目标对准了远在东方的日本?"

"没错。"荒俣宏点头说,"我知道这难以置信,但这就是真相。"

"慢着,荒俣老师,我有个问题。"久礼举起手说,"现在先别讨论信不信的问题。您说那个戴蒙被掩埋的地点是巴比伦?"

"是叙利亚的沙漠。或许有人记得几年前有个新闻,说是挖掘到美索不达米亚文明的遗迹。"

"啊!"郡司惊叫道,"记得平太郎好像说过这个消息。好像说有人扮成

[一] 大映版《妖怪大战争》中戴蒙的形象。

日本军人的样子……那是何时？"

"虽然只是个小报道，但印象中那个新闻报道后不久，日本就出乱子了。"

"我想起来了！"郡司失声大喊，"是水木老师预言的那天！"

"预言？"

"就是说了'鬼会杀死妖怪'的那天啊。"

"那天！哎呀呀……"久礼仿佛深受震撼地摇摇晃晃后，重新站直，然后问，"叙利亚啊……可是，那位戴蒙先生为什么要从叙利亚千里迢迢来日本？"

"我相信是被某人运过来的。"

"某人是谁？"

"应该就是……将他挖出来的人吧。"

"那个扮成日本军人的男人？可是要挖掘遗迹，不是得花上数个月乃至数年吗？而且还埋在地下深处，难道那个男人是考古队成员？"

"不，应该是个人所为。"

"啊？那才真的是物理上不可能的事。根本办不到。就算办得到，为何又要带进日本？"

"为了毁灭这个国家。"

"为何？"

"这我就不知道了。只能说……也许有什么很深的怨念吧。"

"听起来简直就像……加藤保宪啊。"

说这句话的是化野燐。听到这句话，不用说，几乎所有人都把脸朝向岛田久作。

"不……不是我啊。"

"还想赖，你明明就是加藤。"

在他身旁的佐野史郎眯细眼睛瞪着他。

"你就是现实中的加藤，像你脸这么长的家伙，顶多只有已经往生的伊藤雄之助先生能跟你相比。"

"加藤只是我扮演过的角色啊，而且现在也被丰川先生继承了。"

"我所指的当然不是岛田先生。"荒俣说。

"等等，荒俣先生，你该不会要说《帝都物语》是真实故事吧？加藤保宪在现实中真的存在？"

"当然不是真的，那是我的创作。内容只反映我当时撰写的现实事件，作品中的未来故事全是虚构的。而且，如今现实中的时间也超越作品内的年代了。"

"既然如此，那又是……"

"只不过这样一来，若没有和加藤保宪一样企图毁灭日本的'某人'存在就说不通了。"

"既然如此，不是应该先怀疑这个假设吗？"久礼提出质疑。

"我能明白各位质疑的心。但这些推测并非出自我个人的想象，而是我去刺探来的结果。我现在说的各种消息乃是从执政党干事长大馆伊一郎口中听来的。"

"该不会是骗您的吧？"村上质疑道，"那位大馆干事长会这么不小心对敌方第二把交椅说出这些重要的秘密吗？"

"是被我问出来的。"

"可是他身为政治人物，应该很擅长说谎吧？"

"不，大馆先生并不是政治人物。甚至他也不是人类。"

"啊？"

"他已经死了。肉体上。"

"用幽灵族的血输血了！"

木场大喊。久礼要他闭嘴。

"我摸过他的手腕，没有脉搏，也没有呼吸。如果他活着的话，好歹会有气息吧？”

“所以是丧尸吗？”

“虽然是行尸走肉，但有知性，有感情，也不吃人，应该不算丧尸吧。如果靠近他的话，心神会迅速消耗，变得极度缺乏耐性，忍不住想怒吼，也会想行使暴力，心情也会变得虚无，而且要克制这些冲动很困难。”

“被……被吸取了？”

“余裕吗？”

“貘先生也说过相同的事。”郡司说。

应该是指作家梦枕貘吧。

“所以那位干事长就是戴蒙？”

“我猜不是。干事长的肉体应该只是载体，本体不是他。他只是被操纵而已。就算打倒大馆先生，也不会有任何帮助。接下来这一点是我的想象，我猜在大馆之前，被操纵者是仙石原都知事。”

“啊啊……”

眼珠被刺穿也没事的那个都知事。

“这么说来，最近好像都没看见那个老头了。”

“恐怕早已腐烂，化成白骨了吧。”荒俣毫无感慨地说，“前提是，他们真的是尸体的话。”

“原来仙石原已经死了啊。”村上说，“这么说倒也是，毕竟眼睛被刺穿了，狠狠地。”

“慢着慢着，各位该不会渐进式地相信荒俣老师的话了吧？他说的这些，目前仍没有任何证据啊。”久礼说。

他说得很对。

“不，这件事还有后续。我刚被逮捕时，曾提出最根本的疑问——政府为何把我们这群妖怪相关人士视为眼中钉？我们应该没重要到必须耗费公款，动员全国，非得把我们彻底击溃的程度吧？我们只是一群笨蛋。不足以成为国家的威胁。"

及川环视现场。

的确，在现场的是一群很有成就的人士。个性鲜明。大多是值得尊敬的创作者。

但也相当弱小。他们或许具有社会影响力，然而排挤他们的并非国家权力，而是普通大众。如同荒俣所言，就算放着不管，这群人也难以成事。持续这种状态的话，政府根本不必动手，他们就会自行毁灭了。

而且，构成这个秘密村的妖怪联盟核心的这群妖怪相关人士不只不堪一击，还很笨。

根本是一群大笨蛋。是浓缩笨蛋精华。是笨蛋的结晶。

"对吧？正常都会这么想。但国家竟如此认真！几乎是铆足全力要歼灭我们啊！"

"不然是为了什么呢？表面上是为了驱除全国涌现的妖怪，不论媒体还是普通市民，都对此深信不疑。"

"但妖怪已不再出现了。"

是的，妖怪现在只存在于这个秘密村之中。

"所以是为了防止其再次涌现吗？"

"那只是表面上的理由吧？政府总不会真的认为我们在制造妖怪吧？"

"政府虽然愚蠢，但并没有蠢到这种地步。事实上，敌人从一开始就了解我们与妖怪的可视化现象毫无关系。"

"咦！"群众中涌现不满的嘘声。

"既然如此，为何要打压我们？基于民意吗？就算我们是通缉犯，那连行政和司法都是敌人吗？"

"村上先生说得没错，现在这个国家的行政与司法啊……早就全部瓦解了。"木场说。他在说"全部瓦解"的部分时仿佛像唱歌一般带有旋律。

"就算如此也很难接受。荒俣先生，究竟是为什么？明明我们这些无辜的笨蛋毫无威胁性，国家却铆足全力攻击我们。"

"当然是因为……我们足以构成威胁啊。"

荒俣如此说。

"啊？"

"不懂。我们很弱吧？武器顶多只有放屁。而且我这阵子没吃什么，量虽多，可一点儿也不臭啊！"

"能把放屁当成武器的人只有鼠男和村上你吧。"多田说，"我的话，就没武器啊，对吧？"

"反问我干吗？"

"不然哩？"

"我们这群人根本没威胁性。"京极说，"看看这两个就知道。看看这两个吧。"

"不，请仔细思考一下。我刚才说过，妖怪迷全是一群笨蛋。"荒俣说。

"嗯。"

"我有自知之明。我是妖怪迷，所以很清楚，自己就是个笨蛋。"

"我也是笨蛋。"

接着，现场笨蛋的宣言声此起彼落。不愧都是笨蛋。

荒俣不知为何满足地点了点头。

"这批人是笨蛋，那么其他人呢？"

不知为何，没有任何人反驳。

明明是一群很有成就的人。

或许就是因为很有成就吧。

"所以，换句话说……我们就是余裕本身。是社会的多余之物。是国家的多余之物。"

是这样，没错。

"请等一下。"及川举手说，"这样的话，我们这群人不就恰好是戴蒙的大餐了吗？前提是戴蒙存在的话。"

"对啊。假如戴蒙真的存在，我们的笨蛋成分不就被吸光了吗？"

"你们说对了，会被吸光，咻噜咻噜地。"说完，荒俣又嚓嘴做出吸取动作。

呃，没必要还做出这个动作吧？

"所以说，对方不需要把我们抓起来当粮食才能吸收？"

"不需要。"

"既然如此，我们不就只是敌人的养分吗？"

"不，并非如此。"荒俣故作神秘地说。

"要比喻的话，戴蒙像是抽取食物中的盐分，使味道变得平淡。缺乏咸味的食物很难吃。但我们等于是盐块，就算从我们这边不断吸取、不断吸取……"

"也只有盐分？"

"是的。况且岩盐也不是食物啊。"

没人会空口吃岩盐吧。毕竟是石头。

"假如想让这世间的盐消失，只要将岩盐捣碎，使之分解即可。不断舔能让岩盐消失吗？"

应该有困难，毕竟是石头啊。

"请各位思考一下，社会上充满暴戾之气，但我们这个社群如何？几乎没有变化，不是吗？"

"哦！"出声的是一直保持沉默的东雅夫，"说得也是。就连克苏鲁营队，一开始大家也都是相亲相爱的，最近气氛才逐渐变得险恶……"

"连我们也吵架了。"牧野和田中说。

怎么看交情都很好。

"因为那边聪明的人比较多吗？"及川问。

"应该说笨蛋成分不够多。"荒俣回答，"我们这边也有各界贤达。其实聚集在此的大部分人都很聪明，也有不少学者和创作者。只是我们处理的题材或嗜好是妖怪，所以就算头脑灵光，笨蛋成分还是很丰富的。"

丰富的笨蛋精华。

"妖怪社群很和平是因为笨蛋成分非常高，我能平安回来也是基于相同的理由。不管怎么吸，余裕也不会减少很多。所以才能耐得住吧。"

的确，被逮捕的那段期间，只有荒俣仍一副游刃有余的样子。

如果能吃大餐的话，就算及川也会游刃有余吧。

"我们是他们计划的阻碍。"

"虽然对戴蒙而言，不管怎么吸，余裕不会减少的我们是上好的食粮，但这样下去会没完没了。于是……"

"结果戴蒙背后的那个人认为我们很碍事？"

"是的。"

荒俣点着头说。

"当然，大馆先生没有明说，我只是通过他的语气推测的。我和他面对面谈了一个月，我想应该不会有错。把他送入我国、藏身于他背后的人的目的，是让日本列岛上一切从容与余裕消失，从内部来毁灭这个国家。因此，我们这群妖怪迷就成了最大的阻碍。除此之外，对他们而言，我们会构成威胁还有另一个理由。"

荒俣用眼神对台下示意。

香川雅信和山田老先生登上楼梯。

"大馆先生这一个月来用尽各种手段，想从我这里套出情报。又是威胁，又是利诱，宛如糖与鞭子，什么都试过了。唯一没做的就是拷问。他——戴蒙似乎不怎么喜欢对肉体造成痛苦的手段。"

"咦！"

及川表示抗议。他觉得自己受到过肉体凌虐。

但仔细想想，他其实也没被拷问，只被监视或忽视，简单说就是精神性的攻击，算是一种痛苦游戏。

"因为如果攻击肉体，我们一瞬间就会失去余裕，他想吸也吸不到了。"

"啊……"

原来如此。

幸亏及川撑过了。

应该说，靠着天生笨蛋性格撑过了。真感谢自己的笨蛋性格。

"他想从我这里问出的，首先是妖怪社群的藏身地点。当然，我没说出口。我设定的剧本是——我逃离那栋公寓后，和香川老弟、汤本先生走散，单独在都内潜伏，好不容易和冈田、及川他们联络上后，为了夺回遗留在公寓之中的东西，小分队冲进遗址，结果就被逮捕了。这些话有一半是骗人的，但仍有一半是真实的。因此我才能坚称两名手下毫不知情。"

手下指的是及川。

比起仆人或奴隶好太多了。是手下！

"我的手下也潜伏在市区，所以才能和他们联络上。听起来挺像一回事的，对吧？只要我坚称手下们什么也不知道，他们应该也不会太过刁难吧。"

"您守……守护了我们吗？"

及川感动地说，却被回了一句："若不这样，你一定会全部招出来啊，及川。"

"啊？呃……我不会这样啊。"

"但我不信任你。我只要坚称你们不知情，就算你说漏嘴，我也能一口咬定你在说谎，在胡诌。"

"啊……"

原来如此。

"此外还有另一个理由。通过对话，我得知对方畏惧的是我们获得的某件物品。那就是……"

荒俣使个眼色，香川从口袋中取出石头。

是村上发现的呼子石。香川现在俨然成了石头管理者。比起交给雷欧保管，香川令人放心一万倍。

呼子在楼梯平台上显现了。

群众发出惊呼。不少人是第一次看到这个奇妙现象。

"就是这块石头，以及……"

山田老先生从手上的木箱取出一幅卷轴。解开绑绳，将之摊开一部分。

"这幅绘卷。"

上头什么也没画。

"是那幅里头应该有百鬼夜行图的《怪》绘卷吧？"村上说。

"嗯，应该是。"荒俣回答，"根据郡司老弟的报告，这两样东西的正确名称是反克石和未来图。"

"反克石？"

"未来图？"

"嗯，郡司老弟曾秘密和政府咨询机关接触过，与他们交换情报。"

"间……间谍！"

及川一说出口，立刻被骂笨蛋。

尽管骂吧，反正及川是靠身为笨蛋才活下来的。

"官方也有我们的人。是他们背叛了官方。例如小松先生和貘先生。"

"原来他们是恶魔人吗？"

"啊？"

"继承了背叛者之名……"[一]

及川似乎忘了作者就在现场。

"据说这块石头是维持世界平衡的法宝。所谓的反克，如字面之意，即为相克的反面。这块石头发动的话，能让不应存在的事物变得可见，能和无法沟通的对象沟通，能使死者复生，使绘卷上记录的类比信息变得可视化。它具有这样的效力。"

"呃……"京极难得面露惊讶，"但其中原理也一样不明不白？"

"不是不明不白，而是目前无法以排除咒术的方向来解释。照郡司老弟转述貘先生的说明……似乎是'过去袭击而来'了。"

"抱歉，我听不懂这是什么意思。"

"关于这一点我也不怎么明白。但政府——或者说戴蒙和幕后黑手——确实认为这块石头相当碍事。我完全没提过石头的事，对方却主动问我，可见他们早就知情。这就是最大的证据。"

"当初没机会发表呢。"郡司说。

"所以说，这块石头无疑就是这场妖怪骚动的元凶喽？"

化野问。

"元凶？"

荒俣露出略感困惑的表情。

"我们会落入这种境地，难道不是这石头和卷轴害的吗？"

"不，并非如此。这幅绘卷是把鬼怪以类比信息方式记录下来的载体。而这块石头就是一种播放器，是世间的余裕低于一定量时就会自己发动的机器，以填补不足。正常说来，这世间的余裕值不会低于能让这幅绘卷的图可

[一] 出自动画作品《恶魔人》的主题曲歌词。

视化的程度。人们往往比自己所想的更笨，这也是不管任何状况，人们内心都能保有相当多余裕的证据。不论是大战时还是震灾时，人们的笑容也未曾完全消失。即使绝望暂时来临，心中仍会涌现某种疗愈力量。此即所谓的自然治愈能力。万一真的不够，这块石头就会发动，去补足剩余的那一点。然而，这次明明没发生战争或天灾，我们内心的余裕却转眼就消失了。"

"因……因为被吸光了？"

"世人持续失去余裕，笨蛋成分自然也随之骤减。于是，这块石头呼唤了残存的笨蛋们。"

"是我。"村上说，"不，应该是雷欧。"

"你们两个都是啦。"京极说。

"石头完全发动了。接着，为了补充笨蛋……妖怪涌现了。"

"但为何幽灵会消失呢？"

原本默默听讲的东雅夫问。

"不是幽灵消失了，而是用灵异或怪谈来解释怪异现象的方式消失了。"

回答者是京极。

"什么意思？"

"用不着抬出幽灵也能让人感觉到恐怖。只要说'杀了你'就足以使人战栗了吧？所谓的鬼故事啊，若不带着某种程度的余裕是不会有兴致说的。一旦现实充满恐惧，介于虚实之间的怪谈将不再被需要。"

"既然如此，为了取得平衡，幽灵应该也会涌现才对吧？"

"当然有啊。"

"真……真的吗？"

"如果是不可怕的幽灵，就能呼叫出来。实际上我就和西村真琴老师的幽灵见过面。"

"学……学天则的制作者！"

东以他带有光泽的嗓音表示惊讶。

"如京极所言，恐怖似乎被毫无余裕的现实取代了。世人恐怕不再需要不恐怖的幽灵。"

"这么说来，幽灵似乎在不知不觉间被与恐怖画上等号了。"化野说。

"是的。比如说体贴的、回忆中的，或令人怀念的幽灵也变成那种感觉了。人们失去了余裕，幽灵也随之从人心中消失。于是，将幽灵结合恐惧来呈现的怪谈形式也失效了。"

"嗯……"

东低声喃喃道。

"而且，幽灵这种东西在现代已等同于个人或逝者所遗留的自我意识，所以恐怕不会被记录在这幅绘卷里。"

但绘卷上现在空无一物，所以也无从确认。

"如果是作为角色的幽灵，应该就会被画入吧？"京极说，"最大公约数的幽灵。作为一种符号的幽灵……"

身穿白色寿衣，头戴三角头巾，披头散发，两手半举，腕部下垂的样子。

是过去搞笑团体"漂流者"的综艺节目《八点全员集合》中，出现在志村健背后的那种幽灵。当时，"志村！背后！"还成了流行语。

不知"志村！背后！"这个搞笑段子现在仍能通用吗？

不，那个应该不算志村的搞笑段子。那句话是现场观众喊的。

"就算画中有，恐怕也没现身吧。"荒俣说。

"原来如此。然而现在就算我们听到幽灵，也不会联想到那种模样了……因为现代的幽灵是个人的残留意识。此外，现在也没有人以那种方式下葬，所以那已经不再是幽灵了。"

"现代人就算碰到那种东西，应该也不会联想到幽灵吧。"

"也许会当成贞子。"木场说。

"贞子的话，外形完全跟毛娟妓一模一样嘛。"久礼说。

"嗯，的确是啊。总之，幽灵来到现代之后，大幅度地变质了。而这幅卷轴绘制年代的灵魂观也和我们有极大不同。柳田国男提出祖灵的概念，传统戏剧中也表演出亡魂的概念，但这幅卷轴的年代比这些都更久远。如果有人还有余裕想着'祖先大人快救我'的话，或许还能见到点什么，但现在会这么想的人非常少了。"

"因为幽灵大体上只会作祟啊。"

"原来如此。但荒俣先生，你刚才不是说想呼叫幽灵也办得到吗？"东说，"意思是只要有心的话，也能呼叫出这种老式幽灵角色吗？"

"不是的。"荒俣说，"确实，《未来图》上并未描绘特定的幽灵，因此它们不会在日本各地冒出来，不会发生那种启示录般的情形。但是，只要直接对这块石头说出名字的话，就能自由呼叫出幽灵。这块石头也是一种通信工具。"荒俣说完露出笑容。

"要……要怎样才能……呼叫呢？"

东雅夫多少有些紧张。

在场的所有人都没见过幽灵，若能呼叫出来，多少会有点紧张吧。

"很简单啊。但我先说，这一点儿也不恐怖，完全不恐怖。"

"不恐怖……吗？"及川问。

"照理说不可能恐怖的。"京极说，"现代的幽灵和恐怖绑在一起。我们在看见某种怪异现象后觉得恐怖，便基于事后解释认定是幽灵，这样的解释又会强化恐怖感……就这样，幽灵与恐怖理所当然地画上了等号。但是，人们在解释的阶段其实心中仍是保有余裕的。若非如此，就不会做出幽灵这种愚蠢的解释。因此，幽灵该归属笨蛋那类。但因为相信灵异的人们往往不愿意承认幽灵这种概念其实很蠢，于是灵异被独立成为一种类别，产生了怪谈。难道不是吗？"

"嗯，不管文学、艺术、影视还是戏剧，怪谈都是一种很美好的题材，是应该保护的文化。但现实中被可视化的死者，顶多只会像这样……"

荒俣弯下腰来，对着香川手上的石头大喊：

"柳田国男老师！"

"柳田国男老师。"

呼子复述。

"找我有事？"

在楼梯平台上，出现了一名穿着和服的老人。

他戴着类似俳句大师的帽子，手持银柄拐杖，戴圆眼镜，留胡须，眉毛略粗。

是……

是柳田。

照理说及川应该要像"是柳田国男啊啊啊"这般表现出无比惊讶的表情才对，但由于和服老人平淡无奇地冒了出来，现场看到真的毫无感觉，就像多了个老爷爷。

老爷爷环顾四周。

"这里好窄啊。你个子真高。而你则是个小矮子。"

"是的。集合在此的人，无一不受到老师您的影响。因此我请您现身，让我们瞻仰您的尊容。"

"你们真会给人添麻烦啊。你们都是民俗学的学徒吗？"

"我……我是民俗学者。"香川战战兢兢地举起手回答。

"你该不会在做和我相同的研究吧？老是挖掘过去是不行的，要和现代结合啊。这才是学问之道。话说，我并不喜欢民俗学这个称呼，我一直认为应该叫作乡土学才正确。好吧，所以日本现在变得如何了？人们的生活是否更丰富了？"

"说来惭愧……"

"我就知道。现在是什么年代？"

前《幽》总编东雅夫睁大双眼，愣在现场。认识他的人，恐怕没人见过他这副模样吧。

"老……老师的《远野物语》付梓已经有一百年以上了。"

即使惊讶不已，声音仍然很好听的东回答。

"百年？经过那么久，那本书还有人看啊？"

"因……因为是本名著。"

"哼。"柳田国男冷哼一声，"那只是我自费出版的作品，是年轻时写的不成气候的论文集，我好几次都恨不得重写呐。那样的东西居然被传承了一百年，你们未免也太怠惰了吧。与其死抱着那本老旧论文不放，还不如努力写出能超越拙作的作品。以现在的技术，搜集或整理信息都很容易吧？为何不做？经过百年，没有培育出后继者吗？"

只有作者本人敢这么说。

"所以，你也是民俗学者？"

"小生是……文艺评论家。"

"文艺？"

"以怪谈类为主。"

"怪谈吗？我不讨厌怪谈，也有一番看法。但我的学问和怪谈是不同的。学问是科学，不能是文学，两者难以两立。话说回来，假如你们没事的话，我就要回去了。或者需要我来给各位做一堂演讲？今天应该不是星期四^[一]吧？"

"不是的，真是抱歉。"

荒俣低头致歉时，老人的身影已经消失。

[一]　柳田国男成立木曜会，于每周四举办民俗学演讲。

仿佛从一开始就没有存在过般地消失了。

一瞬间，阒然无声。

"大致就像这种感觉吧，东兄。"

"啊，嗯嗯……小生挑战过唱歌，也登上过舞台，从未像今天这么紧张。"

前《幽》总编东雅夫边说边擦额头，上面爬满大量汗水。

他一定很紧张吧。就算是过去天不怕地不怕的前总编东，面对柳田国男时精神还是非常紧绷。

"总之……"

荒俣将话题拉回来。

"虽然仍有许多不明了的地方，但大体上各位应该能明白了吧。这个国家……不，这个国家的文化存亡，如今已掌握在我们手中。"

"我们这些……妖怪痴的手中？"

多田眉头深锁。

"我们只是……一群笨蛋啊！"村上也说。

"是的。"荒俣说。已经没人否定了。在场所有人都是笨蛋这件事被当成既定事实般陈述。若是真正的妖怪迷就罢了，他们只是接触过妖怪就受到迫害而逃来的作家、漫画家、演员、声优、画家或学者们，心情难免会有点复杂吧。

"现在能维持笨蛋之力的人们，只有现场的我们吗？"

京极问。

笨蛋之力。

听起来简直像原力之类的力量。

"所以只能靠我们？"

"恐怕只剩我们了。如果我们袖手旁观，用不了多久，日本这个国家就会连同其文化一起灭绝。虽然不会像战争或天灾一般立即夺走大量民众的性命，却会失去其他一切。就算这时有他国进攻，恐怕也没人起身抵抗吧；就算没有战争，也无法维持国家体制运转，民众的生存能力也会很快失去。"

这句话确实没错。

当前疑心生暗鬼的监视社会不可能维持太久。

社会大众接受暴力行为，道理与知性无法通用，自灭当然指日可待。

"但……就算如此，我们又该怎么做？和国家一战吗？我们这群手无寸铁的笨蛋们。"

"而且这样做的话，不就正中对方下怀吗？"

"是的，正中对方下怀，而且我们不适合战斗，也办不到。妖怪基本上是小战斗的。所以我们才会固守在这个最后堡垒。况且战争也会违背大师的教诲啊。"

水木老师曾说："战争很不得了呐。"

不得了并非了不起，而是很严重的意思。

"不，我们要战斗。"荒俣说，"我已经获得老师的许可。我们要去击退恶鬼，直捣……戴蒙的本体。"

"直……直捣？"

"袭击被人操纵的十事长没有意义。对方握有重兵，挑战他们只会送命。此外，短时间内要找出潜藏于戴蒙背后的神秘客也很困难，但要葬送身为他的部下兼武器的戴蒙并非不可能。我有这种预感。"

"真的吗？但问题是，戴蒙躲在哪里？"

"那家伙的本体必定藏在日本中心地带……象征国家的富士山山麓树海的某处，正在那里通过地脉，吸取国民的余裕！"

"树……树海吗？离这里很近啊。"

"嗯，我已经派出侦察兵了。"

"侦察兵？"

"没错。接下来，我会说明我的计划。"

荒俣宏说。

廿陆

敢死队潜入魔物巢穴

854

"为什么是我们？"

雷欧☆若叶抱怨道。

人选太微妙了。

"多半是被当成弃子了。"回答的是榎木津平太郎，"选我们来似乎是因为我们都是没人要的孩子。"

"咦？不至于吧。"

似田贝大介倒是挺轻松的。

"就算不是没人要，我们这个团队里只有负责耍笨的角色，没人吐槽很伤脑筋啊。尤其雷欧先生他……"

说到这里，平太郎瞥了一眼雷欧后又闭上嘴。

"我……我又怎么了？平太郎，你的辈分最低，你本来就该来吧。"

"是，没错啦……"

"我觉得应该不是以没人要为基准，否则会派及川先生来。"

"及川先生因为腰痛才没被派来，所以依序由似田贝先生和我替补了。"

"唔哈，原来如此！"似田贝目瞪口呆，做出不知算惊讶还是开心的反应。恐怕就是平太郎所说的那样吧。但若是如此，雷欧不就是万年"吊车尾"吗？原来如此。

"原来我是没人要的孩子啊，但海参晒干后就变干海参^[一]了哦。"

"不不，雷欧先生，我还是觉得派我们这些人不是因为没人要啦。至少那位先生是被需要的啊。"

似田贝努起下巴指向走在前方的男人说。

"你们在聊什么？什么有人要、没人要？"

是平山梦明老师。

他是作家。戴着帽子。虽然戴不戴帽子并不重要。

默默跟在他背后的人一样是作家，是很早就加入妖怪推进委员会的初期成员　东亮太。

"话说回来，为什么找我来？我和妖怪没什么关系吧？妖怪，那个不就是那个……京仔的拿手领域吗？"

"但京极先生不做体力劳动啊。"似田贝说，"他根本没有体力。走十步搞不好就会疲劳性骨折了。"

"又不是一百零二岁的老人。"

"但也差不多了。对了，我们这些人当中，只有平山先生对树海特别熟。您来过树海很多次了，对吧？记得您好像也在这里住过一晚，是吧？"

"住是住过，但我对这里的路不熟。因为根本没有路啊。"平山说。

"然后，东亮太先生——我们都称呼他小亮——对动物灾难片有很深的造诣。"

"这件事和现在无关吧？"东亮太似笑非笑地说。

的确没关系。雷欧也这么觉得。

东亮太在这个团队里负责担任的应该是良心回路吧。

[一]　"干海参"与"有人要"同音。

"是吗？小亮亮，所以说你也看过《爸爸的致命宠儿》[一]喽？"平山听到这个，立刻问道。

"《爸爸的致命宠儿》算动物灾难片吗？"东回答。他俨然看过。

"那部片子很糟糕，对吧？"平山愉快地笑着说，"真没想到你也看过啊，小亮亮。"

"我最近看得比较少……那部片子真的烂透了，完全不需要浪费时间去看。"

"嘻嘻嘻，说得太好了，小亮亮。"平山大笑，"话说回来，小亮亮这个名字念起来真拗口。"

简单说，就是为了保护这两位作家，才派出三颗弃子同行吧——雷欧内心如此揣测。肯定没错。话说回来，雷欧的笨蛋特色在这支敢死队当中实在不怎么醒目。平太郎和似田贝的风格与他有点重叠，但要比冲击性他赢不过平山，难有发挥的余地。正当雷欧思考该如何打破困境的时候……

"应该是那个吧？"平山指向某处说。

顺着平山所指的地方望去，看到某种类似在雨天早高峰的电车中掉落，但直到末班电车的终点站才被发现的被啃了一口的鱿鱼干的物体。明明沾到雨水或泥巴而变得肿胀，却又被厚重的皮鞋、尖头鞋、高跟鞋、运动鞋等超过两三百人的鞋子踩踏而脱水，已分不清楚是干是湿的某物。

"等等……平山先生，你知道我们在找什么吗？"似田贝问。

"这家伙居然敢质疑我。"平山回答，"不就是那个吗？那种很帅气的、很古老的东西。该怎么说……记得好像是叫发情期睾丸的那个。"

"什么跟什么嘛。"东亮太小声吐槽后，面露苦笑地说，"平山大哥应该是要说八尺琼勾玉吧？"

[一]　1972年上映的美国惊悚电影，原名*PIGS*。

"对对，就是那个。"

"就算平山先生说的是八尺琼勾玉，那个也完全不是吧。"似田贝只能苦笑，"那只是垃圾啊，是破烂东西，看起来简直像腐烂的盐渍香蕉。"

盐渍香蕉是什么？雷欧严重怀疑这世上有那种东西。但不知为何，没人吐槽这一点。

"没那么大的盐渍香蕉吧？"

平山居然接受了。

"好大。"东也说。

还真的没人吐槽啊，盐渍香蕉。

"那个应该是野兽的尸体吧？"

"不是野兽吧？那是布？看起来很像包裹在布里啊。"

说完，平山满脸笑容地望向雷欧和平太郎，说：

"去确认一下。"

"啊？"

"去确认啊。这不是你被派来这里的理由吗？那个叫什么太郎的。"

"我不是太郎，我是雷欧。"

"不，平山先生应该是在叫我吧。"平太郎一脸埋怨地盯着雷欧，接着低声说，"我去确认。"

"你真的要去吗？"

"因为我的辈分比雷欧先生低啊。"

"呜……"

雷欧第一次看见地位比自己更低的人。

不知为何，他有点嫉妒平太郎。

这种情况下，去确认的人反而会赚到。

去了就能毫无遗漏地发挥自己的特色和本领。就是要吓得腿软摔倒，一头埋进那个仿佛鱿鱼干的物体里，弄得满身脏污，凄厉尖叫，这样才对啊。

唉，和别人的角色风格重叠真是麻烦。假如这是创作物，就算角色风格重叠也能轮替登场，但现实办不到，真麻烦。或许似田贝也想着同样的事。就在这个空当，平太郎快步走向干鱿鱼。

太普通了。怎么不表现得更惊恐一些？虽然平太郎也是个胆小鬼，但和雷欧有些不同。虽说对其他人而言他们都属于同一类型，但每个人皆为世界上唯一的花。在儿童取向的动物图鉴中，光以一句"熊的同类"就放在同一页里，但马来西亚熊和懒熊可是有不小差距，啊哈哈。

雷欧心想"这果然是我出场的时机"并感到满足。同时，树海里响起非人的终极惨叫。

"啊呀啊啊啊！"

"好难听的惨叫啊。"东亮太冷静地说，"惨叫在恐怖片或灾难片里是用来表现恐惧的重要元素，实际听起来却很滑稽呢。"

"现实中的惨叫本来就差不多这样，小亮亮。"平山说，"欢笑和抽搐其实很接近，和恐惧只有一线之隔。怎么样，有看到什么有趣的东西吗？"

"这……这个这个……这个是……"平太郎说。

"这个是哪个？"

"这……这这这这这……尸……尸……"

平太郎维持瘫坐在地上的姿势，靠着在背后支撑的双手以猛烈的速度向后爬行。看起来很像哈利豪森的定格动画，也像是小型雷吉翁或3D版贞子。

——可恶，被抢先了。

雷欧很懊悔，觉得自己真笨。

东快步向前，不带感情地说：

"啊，这是人的尸体。"

"掉落在地上的自缢者？"

平山也毫无所感地问。

"不，应该不是。尸体好像木乃伊化了。"

东蹲下，仔细地观察尸体。

"尸……尸尸……尸体……"

平太郎还在恐慌。雷欧十分扼腕地想：这么好的表演机会都被他独占了。

"尸体——"

"尸个屁！知道了啦，别再喊了。看，人家小亮亮就很厉害，多么冷静啊。"

"嗯，我明白了。"东站起来表示，"这是仙石原都知事。"

"被小木刺杀的那个？"

平山口中的小木是指怪谈收藏家木原浩胜。

"是的。尸体眼窝被挖了个大窟窿，八成错不了。问题是他为何会死在这里？这看起来不像自杀，他也不是会自杀的人，更找不到自杀的理由……难道是自然死亡吗？不，这痕迹看起来……"东抬头看，"似乎是从上方落下来的。"

"从上方？"

"一般来说，掉落都是从上方来的吧。"似田贝对平山吐槽道，"很少会从下方掉落吧，平山先生。"

"废话，我又不是笨蛋。喂，罗塔，你最近是不是有点得意忘形？很藐视人。我最近听到关于你的评价都是这样呢。"

"我没有藐视人啊。"

"我听到小道消息，说你到处给人乱取外号。是什么来着？"

"别这样啦。"似出贝难得明确反抗，接着敷衍般地说，"嗯嗯，这是从上方掉落的。掉下来的。嗯。"

"你这是什么态度？果然在藐视我吧。不过就算说掉落，上头什么也没有吧？难道原本挂在树上，结果掉了下来吗？"

"又不是伯劳鸟的粮食。"

"但看起来的确很像。尸体有伤痕，但掉落不是死因。我猜是有人把木乃伊化的尸体，像这样……"东比手画脚地说，"随手一抛就抛出去了。"

"又不是尸体飞弹。"平山说，"被这种东西打中很恶心。飞弹如果是木乃伊的话就算了，如果是烂了一半的尸体的话，就太让人受不了了。话说回来，记得京仔好像说过，这个叫什么仙石原的家伙是敌人的头目。"

"荒俣先生说他的肉体被某种事物夺走，但后来这副躯体变得无法继续使用，所以脱离了。"

"因为受损了啊。"平山嘻嘻笑了，"原来是抛弃式的。"

抛弃式作家，那就是雷欧。

"各……各位，怎怎怎怎么这么淡淡淡淡定啊？"

平太郎好不容易站起来。

"这这这这不是尸体吗？"

"就因为是尸体啊。"平山说，"他死了。只是尸体。早就不会动了。假如会动，那就是丧尸，那样我会二话不说拔腿就逃。但现在他只是一具什么也不会做的尸体。"

"可……可是，这不是会……"

"会怎样？你害怕怨恨或作祟吗？"

"也……也不是啦。"

"如果你怕的是这个，已经来不及了。没错，来不及了。就算你没发现尸体，会被作祟的就是会被作祟。何况就算没有尸体，也会有幽灵出现不是吗？"

"是，没错，可是我……我摸过了……"

"摸过又怎样？是死是活有差别吗？顶多腐烂了很恶心而已。重点是这具木乃伊是干的，根本没关系。"

平太郎很想用手捂住嘴巴，但忍住了。

"不，可是……"

"倘若摸过尸体就会发生什么事的话，医生和丧葬业者早就死光了。夏季尸体的确很快就会腐烂，流出汤水，整个黏糊糊的，再不然就是流出血水，内脏烂成一团。那样的话的确很脏，一点儿也不想碰。但就算摸到了，去洗个手不就得了？难道不是吗？"

"呃，但是……"

"而且这个还是干尸，根本没差别吧，连手都不用洗。"

"咦！"

"没必要人死了就讨厌他吧？这样很失礼。他以前好歹活过，只是现在没生命了。不过很臭的话还是会感到很困扰。"

平太郎心情沉重。

平山说得没错。

雷欧也觉得很奇怪，人为何那么害怕尸体呢？

东亮太依然抬着头不知在看什么。

天空面积很小。虽然不至于阴暗，但上头树木枝丫和藤蔓纠缠，只能从绿荫缝隙中窥见零星的天空。气氛虽不阴暗恐怖，但也不觉得清新爽朗。

仿佛格林童话中的森林。

仿佛会有小红帽被狼吞噬，睡美人在荆棘密布的城堡中沉眠的那种气氛。不过雷欧其实不确定这些故事是出自《格林童话》还是《伊索寓言》。

带着这样的心理建设重新检视尸体的话，就没那么可怕了。

但还是不怎么舒服。

"是那边。"

东突然说。

"什么那边？"

"这具尸体是从那边飞来的。"

"真的假的？"

平山也抬起头。

"你怎么知道是那边？"

"树梢上仍留有衣服的一部分，应该是撞到树枝时被钩破的。尸体撞到树木这里，所以不可能是从这边来的。然后，请看，由这个方向看过去，上头树枝断掉的部分恰巧形成一个洞。"

"啊！"

雷欧也凑过去看，觉得东分析得有道理。

"假如仙石原的尸体是被丢弃的废料，恐怕是失去用途才被舍弃的吧。若是如此，将他抛弃的家伙应该在那一头，对吧？"

"原来如此。所以说就是那个吧。"平山说，"这是那个……类似在《异形》里变成化石的外星人。换句话说，位于那一头的应该就是那个……"

"宇宙飞船吗？"似田贝问。

"对，我们被派出来不就是在找那个吗？"

"是，没错……等等，我们是在找宇宙飞船？"

"难道这里是 Zeta 第 2 星团 LV-426 吗？"

平太郎哭丧着脸说。

"那是什么？"雷欧问。

"《异形》电影中，蛋室就是在这颗行星上被发现的啊，雷欧先生没听过吗？"

"没有。"

"没听过《异形》？"

"《异形》我看过好几遍了，从来没注意过这个，也记不起来。若要问为什么，因为我是……"

雷欧期待别人会接着吐槽"因为你是笨蛋，去死啦"，但是完全没人搭腔。

雷欧开始怀念村上健司了。他一定会顺势骂雷欧笨蛋。所有人都耍笨的话反而无趣。

平太郎听雷欧这么说后，视线朝向他。

只叹了口气，什么也没说。

唔唔……

算了，这家伙的心境恐怕和雷欧一样吧。

虽不敢断定，但平太郎应该也和雷欧一样，对特地埋哏却没人搭理感到沮丧吧。

"在树海，你的惨叫声没人听得见。"平太郎低下头，意义深远地说。他这句话或许是在对什么致敬或模仿，但雷欧并不清楚，所以"哈啊唷咿唷咿"地唱起歌谣来。

恐怕连对人生绝望的人也会对这样的情景感到失望吧。

"唉，真不知前方有什么。假如真的出现抱面体的话，我一定会第一个被杀吧。被紧抓住脸，破胸而出。我啊，就是惊悚电影中的这种角色呢。不觉得现在的气氛很像直接把传奇科幻电影直接搬到现实吗？遗迹真的存在吧？外星人也真的存在吧？"平太郎说。

雷欧觉得自己和平太郎的角色性质真的不同。

雷欧顶多只是小红帽。

平太郎垂下头去，低声说："这次是战争了。"这句宣传标语雷欧倒是听说过。

两个没有干劲的笨蛋并肩消沉地走着，不久，从前方传来"啊啊"的惊呼声。

抬起头来，发现平山及其他两人站在分不出是泥土地还是盘根错节的枝干交织成的地面上。

"很危险，会掉下去。"

"不会。除非有人推。你说对吧？"

"别这样，别推我，啊呀！"

"你们在干什么？"

"是坑洞啊，坑洞。"

"陷阱？"

"当然不是，恶作剧小鬼不可能挖那么深吧。是个很大的坑洞。不知道有多大。"

"这种时候当然要用东京巨蛋来当单位。不知道有几个呢。虽然巨蛋是否该用个来计算也有问题。不然就用烟盒当单位。过去拍照时会拿'hi-lite'牌烟盒之类的摆在旁边当比例尺。好，问题来了，这个坑洞是烟盒的几倍大，罗塔同学？"

平山总是这样称呼似田贝。

罗塔原本是似田贝在妖怪推进委员会里的称呼，现在已经没人这么叫他了。在委员会之中，顶多只有河上这么叫。河上是个乖僻的男人，一开始这么叫的话就会一直维持下去。

雷欧是后来才加入的，所以不怎么清楚，一直对天野行雄称呼似田贝为小罗感到很不可思议，看来是从罗塔变化而来的。

似田贝顶着一张仿佛忍着不放屁的冲绳阿古猪般的脸想了很久，等了半晌才回答"不知道"。大概是想不到什么有趣的回答。

"什么嘛。不知道就别停顿半天啊。摔倒就会掉进坑里吧？差点就摔下去了。"

"抱歉，刚才认真想哏了。"

"想个哏居然想得那么认真，你是笨蛋吗？"

平山梦明不管在哪儿都不改其步调。

听说能扰乱平山步调的只有北方谦三和大泽在昌。

以前瞒着平山邀请北方作为神秘嘉宾来上广播节目时，他见到北方出现在录音室的瞬间，少说跳了三米高，而且马上落荒而逃，后来这件事成为传说。另外，也有他宣称和大泽待在同一个密室里超过十分钟的话就会尿血、暴瘦五公斤的传说。即便这些传说听起来都很假，但据京极所言似乎全部属实。

树海之中没那两个人，所以平山天不怕地不怕。

雷欧战战兢兢地往前走了一步。

"这是坑洞吗？"

"当然是，不然是山吗？"

"可是这与其说是坑洞，不如说是凹陷吧？"

"就是凹陷，所以才是坑洞啊。"

"呃——"

好大。但因为周围没有可比较的东西，所以无法确认有多大，也难以形容，但就是很大。坑里十分阴暗。

"这好像中国的天坑啊。"

东亮太说出了雷欧没听过的名词。

"这一带是喀斯特地形吗？应该不是吧？"

雷欧不清楚，不过平山似乎听懂了。

"这……我不知道，我们的头脑不好。"

似田贝肯定也不懂吧。

可以肯定的是，这是个巨大的坑洞。不过，边缘并非断崖绝壁。虽然陡峭，但仍然有一定的斜度，类似磨钵的形状。因此与其叫坑洞，称为洼地或许更恰当。

只不过踩在他们脚底下的到底是地面、石头还是交缠的树木，完全看不出来。

"这个坑洞的直径似乎有两百米左右。"东说，"也许更大。"

"喂喂……"平山的脸扭曲得比卜派更夸张，"你们不觉得不舒服吗？"

"咦？平山先生晕穴了吗？"

"晕穴是什么意思？"

"类似晕船之类的。"

"你胡说八道什么，小心推你下去啊。"平山推了似田贝一把。

"别……别真的推我啊。"

"什么晕穴嘛，你根本在胡说。我现在感觉满腔怒火，思想变得很邪恶。"

"我也有这种感觉。"东说，"平常的话，似田贝先生那张老是傻笑的蠢脸我不会在意，现在却觉得那张笑脸很让人不爽。"

"唔哈！"似田贝夸张地表示惊吓。

原本抿成"ㄟ"状的嘴巴维持原状半开着。

"他那张脸啊，平常只觉得是张怪脸，有时也觉得好笑，但现在怎么看都像在冷笑，看了就令人讨厌。"

"唔哈！"

"对，就是这种反应。肯定在嘲笑我吧。似田贝先生总是这样，心不在焉，一点儿也不诚恳。有一次他听别人叙述悲痛经历，结果他的反应也只是'哦'了一声而已，对方简直气炸了。"

"可……可是，除此之外我说什么也没用啊。难道不是吗？"

"你还狡辩！"平山瞪着似田贝，"我说你啊，你是不是连我也当白痴耍啊？"

"我……我不是这个意思……"

"仔细端详，你这张脸真的一副超级瞧不起人的样子。愈看愈觉得如此。

罗塔同学，我可以把你推下去吧？你可以去死吧？愿不愿意让我杀死你啊？我推你下去了啊，应该没问题吧？"

"咿呀啊，别这样。"

原来如此，这种情况的话……

雷欧难得反应迅速，介入两人之间。

"‘等一下——’本雷欧大爷要像以前的《隧道红鲸团》[一]般介入了。"

——原来如此。

终于明白这个人选的用意了。

只是，这个场面用《隧道红鲸团》的哏实在不怎么合适。

"喜马拉雅老师，小亮老师，偶啊，发现一件事。所以可以请两位暂缓似田贝先生的行刑吗？"

"暂缓？是延期吗？不是中止，而是延期吗？"

"这一点先姑且不论，我们被派来这里前，下命令的荒俣老师不是说过吗？敌人是会咻噜咻噜吸收笨蛋成分的怪物。"

"吸收笨蛋成分？荒俣老师是这样说的吗？"

"细节表现上或许不太一样，大方向应该没错。对吧，平太郎？"

"呃。"

"一旦笨蛋减少，人就会生气，会吵架。所以必须过滤对方的心情。"

"过滤？"平山笑了。

"应该是顾虑吧。"东苦笑着说。

"总之，笨蛋成分被吸走，就没办法过滤了。"

"然后？"

[一]　1987年起由隧道二人组主持的男女配对综艺节目，男女参加者自我介绍后进行交流，最后由男性选择心仪对象进行告白，若自己的心仪对象有人告白，可以喊"等一下"加入竞争。

"这对人来说其实很危险。发展到最后，人们会开始相互憎恨，相互攻击，相互扭打，相互厮杀。所以笨蛋成分不论何时都很重要。笨蛋会拯救世界！"

"这个道理我懂啦。"平山说，"而且我也不是喜马拉雅，又不是梦枕貘先生的小说[一]。这个先不管，但你说的和我看这家伙不顺眼有什么关系？"

"似田贝先生虽然平常就有瞧不起人、说话不诚恳、做事轻率又失礼的坏毛病，但不管他做出多么失礼的行为，也不会被责难、排挤或惩戒免职。因为他是个笨蛋。"

"啊？"

"他靠着笨蛋之力免除了这些责难。大家会想：'算了，这家伙是笨蛋，不跟他计较。'这种放弃计较和轻微侮辱的态度让他变成那种使人讨厌不下去的人。他本人也明白如此，所以往往会得意忘形。他是个就算真的嘲弄人，也因为是大笨蛋而会被原谅的特权阶级。"

"这种说法太过分了吧！"似田贝不满地抗议。

但雷欧不理会他。

"就这样，笨蛋变成了'convenience store'（便利店）的干燥剂。"

"你这句是故意讲错的吧？"东吐槽道，"是'communication'（交流）的润滑剂啦。"

"对，就是那种剂。不管小亮老师还是喜马拉雅老师，因为是作家，自然会带有几分知性，对吧？"

"只有几分啊？"东不满地说。

"都说我不是喜马拉雅了。"平山抗议道。

"两位除了知性以外的多余成分都被抽掉了吧？笨蛋成分被剔除，所以

[一] 梦枕貘写过关于挑战珠穆朗玛峰的小说《垂直极限》。

现在才会变得心情不好吧？"

"嗯……"

平山盘着手，东歪着头，几乎同时说出："也许是这样。"

"感觉余裕好像……"

"嗯，似乎消失了。至少，足以原谅似田贝先生的余裕已经不见了。"

"看吧看吧！"雷欧得意忘形地说，"所以荒俣老师才会挑选我、平太郎和似田贝先生来啊。不管被吸走多少都一样充沛，因为我们全身上下无一处不是笨蛋成分！"

"全身上下……"平太郎露出难过的表情。

"救世主。偶啊，可是救世主。"

雷欧挺起胸膛。

"荒俣先生也是这么说。之前没发生什么异状，也许是这里的吸力变强了吧。"

平太郎说。

"什么意思？"

"拔掉浴缸里的塞子时，排水口附近的吸力不是特别强吗？"

"没错没错。"平山愉快地表示同意，"那个啊，会像这样……"

"慢着，后面的别说出来。"似田贝赶忙阻止道，"平山先生想说什么我大概能猜到。八成是黄色笑话。肯定要说下半身的某器官被吸住的事情吧！"

"别这么武断好不好。不然来讲澡堂里的塑胶矮凳中间的洞的事好了。"

"那个也别讲啦，拜托！"似田贝打断平山的话，"那个我听过好几遍了。话说回来，好像恢复不少了啊，笨蛋成分。"

"幸亏有我在。"雷欧说。

"少臭美了。而且说什么恢复笨蛋成分嘛。我看还是把似田贝推下去好了。"

"别这样啦！"似田贝闪躲。

"但是，既然连大名鼎鼎的平山梦明也会被吸走笨蛋成分的话，这个坑洞应该就是吸取口吧。"

"恐怕是吧。刚才的尸体应该也是从这个坑洞排出的。"

"排出？小亮亮，换句话说，这里是肛门喽？"

"应该是吧……"东亮太窥视着坑洞说，"啊啊，真的，愈看这个洞就愈想杀死似田先生。"

"快停下，用不着一直看啦。"似田贝连忙说。

"由此看来……荒俣先生所谓的敌人本体，应该就在这个坑洞里吧，八九不离十。"

"没错，一定就是这样。"平山心情愉悦地说，"但我们也不能这样就说完成搜索，拍拍屁股走人。无论如何还是得去确认一下才行。我和小亮亮知性太强，会妨碍探索。健康检查报告也是这么说的。既然如此……"

平山梦明先看了一眼似田贝，接着看平太郎，最后视线朝向雷欧。

"你们当中谁最笨？"

雷欧在平山说完前迅速指向平太郎，但平太郎已经指着似田贝，而似田贝的手指则对准了雷欧。

"哦，各位笨蛋，你们真是心有灵犀啊。"

"平……平太郎很年轻。是年轻人！"

"不不不，这个重要任务当然要请很有经验的似田贝前辈出马啊。"

"怎……怎么是我呢？雷欧才是真笨蛋吧？"

雷欧是真的很笨。

尤其他刚才昭告自己的笨蛋程度傲视众人，想反驳也反驳不了，就算说了也来不及。雷欧的人生一直都太迟了。

"不然这样吧。"

平山满面笑容地说。

邪恶。

毫无恶意这一点反而更凸显他的邪恶。

"你们排成一排，快！"

他的笑容中潜藏着凶暴，三人只能乖乖地排成一排。雷欧站在坑洞的边缘。

很不利。

平山维持着满面笑容，走到离坑洞最远的平太郎身边。

"平太郎，你好年轻啊。"

"呃……"

平太郎还在想该回答什么前，平山猛然朝平太郎冲撞过去。

平太郎被撞倒，直接撞上似山贝，接着，似田贝又仿佛撞球般撞上雷欧。至于雷欧……

背后已经没人能承受他的冲击。

三人在坑洞边缘滚成一团。

"拜拜啦——"

平山说完，踹了平太郎一脚。

不对。

准确来说，是踢了交缠在一起的笨蛋们。

不对不对。

总之，三人都被踹下坑洞了。搞不好，平山想踢的其实是雷欧呢。

反正身为三笨蛋之一的雷欧当然也一起滚落下去了。他只觉得自己的身体莫名其妙就浮在了半空中。

与其说浮着，其实是坠落；与其说坠落，其实是在斜坡上滚啊滚的。至于从别人的视角看起来是怎样的情况，雷欧自己也不清楚，唯一确定的是他听到"啊哈哈哈哈哈哈哈"恶魔般的笑声逐渐远离。

"我和小亮亮先回去报告了，你们在底下好好确认过再爬上来吧，如果还活着的话。再不然，等等看会不会有人心血来潮来救你们吧，虽然我不保证会有。"

隐约听见平山这么说。

"真的没问题吗？"东表示担心，但被平山充满愉悦的"全看他们的造化啊，造化"打断了。

哦呵呵呵呵呵呵呵。

远处传来笑声。

听说平山曾经发电子邮件给熟人，内容只写了"哦呵呵呵呵呵呵呵呵"。

事已至此，只能去探探了。

去地狱的底层。

廿柒

妖怪发动疑似大战争之行动

黑史郎心急如焚。

因为有飞机袭来。

他不是军事迷，不清楚飞机型号，但至少明白那不是民航飞机。机体形状与在电视新闻的航空展报道出现的很类似，多半是战斗机吧。

并非只是飞越上空。

数量也不止一两架。

直升机已经出动，亦可见到装甲车和坦克在公路上行驶。这……

怎么看都像是要打仗了啊。

黑最痛恨战争了。

他现在总算明白战时的百姓害怕轰炸机呼啸袭来时的巨响与黑影的心情。打不赢的。绝对打不赢。那是为了杀戮与烧毁城市而制造的事物。如此可怕的事物正在袭来。

除了逃亡，毫无对策。

就算要求对方住手，高声求救，尖叫，怒吼，对方也绝不可能罢手。黑也没有击落对方的方法。更何况这么做的话，机上乘坐的人员会死。那些人不见得都穷凶极恶。

那些人不见得是自己想做才做的。

不，就算他们真的是心甘情愿的。

只要对方没有战斗机，就没办法轰炸了。因此，只要能将敌军飞行员全部杀死或将战斗机全数毁坏，或许就能阻止吧，前提是己方也有战斗机。

没有的话就只是空想；就算有，他也不会驾驶；就算会驾驶，他也不想动手。

人类不该制造武器。

与其说是为了进攻而制造武器，不如说更像是因为拥有武器所以才进攻的。

大体说来，人类总有些异常的部分。

没有哪个人是完全正常的，必然有些变态部分。但大部分的人都很卑鄙狡猾，并且欲望强烈。不愿深究，办事随便，却又爱自我正当化。就算不是如此，往往也脑筋顽固、视野狭隘或懵懵懂懂。因此，人类不争吵才奇怪，意见永远不可能统一。

即便如此，人们还是能合作。

就算无法合作，顶多只是吵架，更严重时发展成拳打脚踢。就算如此，仍然可以阻止争吵。假如动手的是一名壮汉，也许会有生命危险，但毕竟是人，还是能用言语沟通的。即使沟通不了，也不至于逃不了。虽然有些人真的拳头不硬，脚也不快。这种情况下只能请更强壮的人来调停。

但是，一旦动用枪炮、弹药、刀械或炸弹的话就不行了。

是的，那样是不行的。

因此，死旗从一开始就立得高高的。轰炸机速度飞快，具体时速有多快黑并不清楚，但肯定比跑步快得多。

他们输定了。

从一开始就绝无胜算的可能。这场败仗是被硬塞的。是强迫"中奖"的败仗。

黑讨厌武器。

武器只该用来对付虚构世界中的怪兽或丧尸。它们是为了被打倒才创造出来的，所以没问题。

除此之外的事物都不应该被攻击。

因此，出现敌机黑影意味着败北。

黑老早就想举双手投降了。

倘若他现在是孤身只影，或许还有活路，也能干脆放弃。

譬如说，他能试着全力奔跑逃亡，或者全力下跪求饶，或者干脆一直打坐下去，或者边快速唱改编歌词版的《海螺小姐》主题曲边全裸小跳步，选项无限多，不管选哪种都不会给人添麻烦。啊，不过考虑到妻子的话，全裸小跳步还是不太好，其他都无妨，反正最终都是死路一条。黑负起责任做出选择的结果是死亡。无奈归无奈，却很合理。然而……

现在黑的头上有只章鱼狸猫攀附着。

身边围绕着几百位被那只狸猫诓骗的信徒。

其实在知道邪神是狸猫变化而成的时候，他就应该开诚布公，再不然干脆消失不见。这样至少能让这几百名无辜的信徒自行解散。之后会怎样，他无从想象，也无法为他们负责，但至少不该让他们在此被全员歼灭吧。

这是个……很令人头痛的问题。

黑的肠胃又开始发出无声的哀号。

没有嘶吼，但会咕噜咕噜地叫。

想起分隔两地的妻子，他的胸口一阵闷痛。

肚子、胸口和头都很痛，心也在痛。

愈发憎恨头上的狸猫了。

"黑先生，你没事吧？"唯一留在黑身边的心地善良的水沫流人问道。虽然水沫的年纪比黑还大，已是个大叔了，举止动作却莫名有种可爱感。

"我觉得很像全身都在腹泻啊。"

"那阵巨响听起来不太妙啊。感觉连我的肚子也不太舒服了。"

"等听到轰炸声就能解脱了。"

恐怕听不到完整的"轰隆"声吧，听到"轰"就说拜拜了。

"真的会对民众轰炸吗？日本现在已经变成这种国家了吗……"

"民众的心中早就没有国家了。没人把国家当一回事，国家也不把民众当一回事，只剩下暴力。"

"的确是。国民对此毫无批判，也不认为这是不当打压，只知互相憎恨。"

水沫双手合十，头侧向一边说。

动作与反应真是意外得可爱。

虽然如此，两人却只能像个老头子般呼喊"老天保佑"。

"但我们也不能袖手旁观吧？这样会害这个营队全军覆没的。黑先生忧心的不就是这个吗？"

"也没到忧心的程度啦……"

忧心是站在上位者的担忧，黑认为自己的担心没那么高尚。

"也许我在害怕吧，又觉得并非如此，其实我自己也说不上来啊，水沫先生。这种情况下，果敢地挺身战斗才是正途吗？"

"你想……战斗吗？"

"想要自保的话，真的只能一战吗？"

"也有人无法战斗啊。"

"能战斗者为了保护其他人必须奋战到底吗？能战斗却不肯战斗的人是胆小鬼吗？我常被说没胆量，但没胆量真的不行吗？胆小鬼没有活着的资格吗？"

"胆小也没关系啊。"

"真的吗？"

"能逃的话就逃吧。"

"嗯。可是我逃走的话，其他人该怎么办？他们不管是否挺身而战都会丧命啊。"

"黑先生，你觉得这件事的责任在你身上吗？"

"不，先不论责任归属的问题，重点是认识的人死亡还是很让人沮丧啊。就算不认识，听到有人死亡总不会是件开心的事。不，不是死亡，而是被杀。死于无法避免的天灾很讨厌，但我们现在面对的可是屠杀呢。明明有机会阻止却不阻止，真的好吗？"

"不怎么好。"

"但我还是无法涌现战斗的意志。就算心情上愿意一战，可我能做的仅有高举双手冲向敌人。肯定会瞬间死亡吧。"

"的确是会瞬间死亡。"

瞬间死亡，仔细一想真是一句可怕的话。

"假如交战对象是人，朝对方露出屁股、四肢着地倒退爬行的话，不失为一个退敌妙方。我年轻时见过这招，一瞬间就丧失斗志了。"

"居……居然还有这一招！"

水沫张开手掌，手心朝向黑说。

也许这是他表示惊讶的姿势。

"多……多么出人意料的攻击方式啊。"

"完全跳脱常识啊。真的很可怕，如果遇到像这样屁股对着自己狂奔而来的人的话。可怕归可怕，却又很可笑。多么白痴啊。碰上露屁股这招根本没辙。但我们这次的敌人是军队，不管光着屁股还是全裸，他们都不在乎，会把我们直接炸个粉碎，这类笨蛋招数根本派不上用场。"

"因为这个笨蛋招数太小儿科吧？"

"小儿科？"

"一个人使的话当然动力很小，在战斗机上根本看不见。"

虽说战斗机也不是为了攻击个人而出动的。

"不，就算三百人同时露屁股，炸弹照样会被抛下啊。落地之后直接爆裂。"

"咚哐。"

小时候住在国外的水沫没受过田村信搞笑漫画的影响，而高桥留美子的作品水沫主要也是看动画，所以讲到炸弹的效果音时，他不会用"咻咚"来形容。

"瞬间多了三百具露屁股的尸体吗？感觉更悲怆了啊。这样一来，想当反抗军也当不成，怎么看都像集体排便过程中不幸被炸死的。"

顶多能博君一笑。而且会成为后世笑柄。

"不管如何，战争就是讨厌。"

"嗯……人终究免不了一死。"水沫达观地说，"奋战而死真的会比毫无抵抗地死去更伟大吗？"

"不会吧。"

"我想也是。那么，在战斗中杀死敌人和毫不抵抗地被杀，哪一种更伟大？"

"两者都不伟大。"

"都不伟大啊……"

这不是胜负的问题。

把这个问题放进胜负的框架里本来就有问题。现实世界中没有所谓的胜负。

胜负只存在于约定的世界里。

换句话说，必须先有规则。无视规则的恶徒在没有规则的世界里也只是个普通人。要打破规矩，得先要有规矩。

战争也有规则。

虽然这样的规则能容忍大量死亡，从根本上说来并非良好的规则，但还是有绝对禁止的事项。比如说，禁止毒气、禁止生物兵器、不能虐待俘虏等。此外还有所谓的战争罪。这些限制不是礼仪，而是规则，是约法三章。

战争必须要有规则才能成立。类似"矶野来玩棒球吧、来玩黑白棋吧、来猜拳吧"这样，必须先有个"来打仗吧"的邀请，对方回应"好，要打就来啊"后才开始，虽然这个邀请过程可能会很惨痛。

不同于棒球、黑白棋或猜拳的是，决定参加游戏的人并非玩家本身。

不对。

玩家也是决定参加的人，但参加后就成了棋子。

由此可知，并非先有憎恨或厌恶的情感成立才导致战争的。

这和吵架完全不同。

黑完全不看运动赛事，所以不清楚详细情况，他听说某种踢球游戏经常演变成支持者互相叫骂，甚至大乱斗的局面。这种事虽然是讨厌对方才会产生，但只要不比赛，就不会讨厌对方。当然也不是因为讨厌对方才去比赛，而是比赛先存在，结果令人不满意才产生厌恶之情。

战争也一样。不是讨厌对方才发生战斗，是战争先发动才带动痛恨之心。

并非因为讨厌对方才丢炸弹，也不是因为对方很嚣张才射飞弹，而是因为有人参加这场游戏能得到"好处"才会发动。即使棋子大量死亡，城市受创，只要胜利，就能得到超乎这些损害的"好处"。虽然黑很想问比人命更宝贵的利益究竟是什么？战争风险当然很高，这样的道理连蚯蚓也明白，所以不会轻易发动战争。大部分的情况下只要靠沟通就能相互理解，即使不理解也能妥协，不想妥协也不见得会演变成厮杀。因为战争非常劳民伤财。但是……

有时即使明白这个道理，但决策者认为打仗所带来的利益更高时，就会演变成战争。

然后——

因为战争开打了，连带地也讨厌起对方。

不只如此，为了发动战争，上头还会先让民众"厌恶对方"。

决定游戏开始的人们为了能自由操纵棋子，会先煽动本国人民对敌对国产生讨厌或憎恨的情绪。如此一来，在问"我可以打仗吗"的时候，棋子们才会回答"当然可以"。

明明是去送死，却回答"当然可以"，多么愚蠢啊。

不管如何，不管任何情况，不管发生什么事，以性命为代价的规则都不该存在。虽然如此，战争好歹还是有个规则。有人决定开始和结束，不会战到灭家、灭族、灭国。就算有一方豁了出去，另一方也会因为这样太蠢而制止吧。

但是——

现在的日本连规则也失去了。

只要看对方不顺眼，就直接将其杀死。

行为被情绪支配。

实在令人难以置信。

何况就算有规则，一碰到不合己意的状况就改变的话，不就等于没规则吗？

这种状况下还把武力带进来的话更是无药可救了。完全看不出到底有谁能在这个状况中获取利益。高风险，零回报。而且，没有开始也没有结束。只能战到一兵一卒完全被歼灭为止。所谓的败北，只存在于被袭击的那方全军覆没的时候。全都死光的话，决定败北的规则或约定也会失去意义。

"我看还是逃吧。"水沫说。

"真的好吗？"

"应该没问题吧。虽然不愿去想象那种情形，可假如炸弹落在这里的话……"水沫边说边加上手势。只不过他比得很像下雪。"你觉得会怎样？"

"会死吧。"

"我和黑先生都会死。但那个会如何？"

"那个？"

水沫指着黑的头顶。

黑头上的奇妙物体已露出一半的狸猫身体。章鱼和狸猫的混种生物只让人恶心，一点儿也不想崇拜它。话说回来，这玩意儿到底是什么？怎么看都不像邪神。就算是狸猫，又是从哪儿来的？

黑觉得让那群信徒们看到这种状态会很不妙，所以一直躲在帐篷里。

"会被炸弹消灭吗，你头上不知是章鱼还是狸猫的那个？"

"这……"

恐怕不会死吧。鬼怪不会死。

"既然如此，信徒们会怎样？"

"这个社群的人崇敬的不是我，而是这只狸猫，所以……"

"说得也是。既然如此……"

这只章鱼狸猫并非只能依附在黑身上。它原本在其他地方涌现，后来才附身黑的。一开始它和黑保持一段距离，后来逐渐靠了过来，最终攀到他的头上。它是独立的个体。现在虽然是章鱼狸猫的模样，但那是因为黑听了牧野和田中的话，才变得相信如此，而在邪神信徒的眼里，也许它仍是邪神吧。不，一定是这样的。

因为它能变化。

"所以说……信众还是会聚集起来？"

"被轰炸后仍平安无事的话，信徒们一定会更疯狂信仰吧。这么讲虽然很失礼，其实信徒们对黑先生的生死毫不在乎，只要他头上的混种生物没事，能受他们瞻仰膜拜就够了。这样的结果恐怕就是……"

"全体阵亡。"

"嗯。"水沫双手贴在胸前，"就算黑先生留在营队，挺身战斗结果被杀，依然改变不了什么。"

黑认为水沫说得很有道理，但是……

"但我也想不到其他打破僵局的办法啊。"

"所以说，趁还活着，先逃吧。"

死了就没得逃了。

"比起黑先生被杀，邪神继续留在此地会更好。好歹是带着邪神跑。"

"是，没错……所以我真的可以逃吗？可是这个帐篷被围绕着，也没办法逃啊，会露馅的。"

四面八方都有人，近乎监视。

"意思是逃不了吗？"

"不，我一走，大家都会跟着走。"

"不然，大家一起逃如何？"

"一大群人一起逃？少说有三百人呢。"

"各自作鸟兽散就好。三百人各自选方向逃如何？就这么宣布吧。"

"宣布？"

"黑先生感觉责任在己是因为这三百人都想保护你。既然如此，你为了保护自己，做出分头逃跑的指示，应该所有人也会跟随才对。"

"但他们想保护的不是我，而是这家伙……"

但是……

只要黑还一息尚存，结果都一样。因此……

这也许是个妙计。

"好　个妙计！"

传来一声唱戏般的应和。

黑反射性地想站起来，直接进入好想逃、快逃吧、拔腿就跑的思维混乱模式。

掀开蓝色塑料布帐篷，露出脸来的是妖怪绘师东云骑人。不，探头的不止一人。东云底下的是妖怪爱好家式水下流，更下面则是妖怪情报收集家兼妖怪绘师冰厘亭冰泉。

简直像图腾柱。

黑联想到在动画版《恶魔君》中登场的东岳大帝手下的"啊哈哈"三人组。这三个角色比较冷门，恐怕很多人都没听过吧。不管如何，他们登场的方法很动画风。假如他们的脸一模一样，就很像《魔法使莎莉》中登场的三胞胎——豚吉、珍平、贯太了。他们更有名，但年代也更古老。

"吾等来助你一臂之力了。"冰泉说。他的语气仿佛在说书。东云的语气也很像在唱戏，式水则和平常一样，脸上挂着微笑。

"助一臂之力？"

不理会黑的疑问，三人一溜烟儿地走进帐篷里，围绕着黑说："哎呀哎呀，这就是传闻中的狸猫大人啊。"

不，是围绕着狸猫。

"那么，式水大人，敢问这是何方大狸呢？"

"既能幻化成邪神，来头肯定不小，想必是一名相当伟大的狸猫大人吧。"

式水依然挂着笑容，看不出他的视线指向何处。

"这是当然的。想必是阿波的金长大明神、屋岛的秃狸大人，佐渡的团三郎貉大人——不，说不定是统领八百零八只狸的隐神刑部大人——总之，肯定是这一等级的伟大狸猫，您说对吧，东云大人？"

"哎呀呀……居然这么伟大吗？这可真是不得了了。能拜见位阶如此之高的狸猫大人，对我这个妖怪爱好者而言真是何其有幸啊！"

"慢着，既然如此，咱们头抬得这么高很失礼啊。冰泉兄，您说对吧？"

"不妙，您不说我还没发现，还请狸猫大人大人有大量，别怪罪我们呐。"

三人双手合十，频频喊着"多么尊贵啊"，朝黑的头上膜拜。

现在是什么情况？又有新的崇拜者出现了吗？黑开始觉得烦了。

真希望他们快走。和说着"Iä！Iä！"的那群人根本没两样。

"哎呀呀呀，黑先生。"

这时，水沫说出类似母亲对吃点心掉满地饼屑的幼儿所说的话。

水沫的双手手掌张开，掌心向前，举至两侧脸颊附近。

"水沫先生，你在干吗？怎么摆出逗婴儿的手势？"

"不是的，黑先生，你头上……"

"咦？"

黑试着将视线朝上，但不管他怎么努力……

"啊，我忘了你看不见自己头上的……"

水沫说到一半，被三人组的吵闹声打断。

"哎呀呀呀，这是多么气派又多么尊贵啊，我都快吓得腿软了。没想到狸猫大人竟然肯对我们显现真貌！"

"啊，这太委屈您了！不过能瞻仰您的尊荣，令我感激涕零，诚惶诚恐之至。"

"原本说来，吾等没有资格拜谒您这种身份的大狸，能得到您的体恤，卑民感激不尽。嗨呀，不愧是日本第一！"

黑想，这已经不是"啊哈哈"三人组，而是蝙蝠猫[一]了。

不，更重要的是……

"请问现在是什么情况？我毫无头绪……"

"嗯。"

半张着嘴，面容呆滞地望着黑头上的式水弯下腰，把嘴凑近黑的耳旁，

[一]　《恶魔君》中十二使徒之一，擅长奉承。

压低声音说：

"请再忍耐一下。"

视线涣散，直勾勾地对着正前方。

接着他把头抬起，再度开始奉承。

"哎呀，太开心了！看您这身华美的袈裟，想必是位伟大至极的狸猫大人吧。"

"岂止伟大，式水大人，您没闻到它身上还弥漫着一种高贵的芬芳吗？"

"您不说我还差点没注意到呢。哎，来这一趟真是太好了。这是我一生中最宝贵的回忆了，真是大饱眼福啊。"

这些家伙到底想干吗？要黑忍耐又是什么意思？黑觉得自己忍受得够久了。

黑望向水沫。

憧憬。

他的脸上浮现出这般表情。

"汝……"

"啊？"

没听过的声音从黑头上传来。

是腹语术吗？是谁？谁在用这种技艺耍他？

"汝等猜得没错，余乃赫赫有名之灵狸！"

"啊！"妖怪迷三人组毕恭毕敬地鞠躬。

"没想到竟能获得狸猫大人的直接回应，此乃吾等至高无上之喜。"

"得好好地祭祀狸猫大人才行啊。"

"但祭祀前，得先问它是何方大神才行啊。"

"这太失礼了，狸猫大人身旁无人侍奉，直接询问着实有失礼数呐。"

"但问无妨。"黑头上的声音说。

"啊！"

三人几乎是五体投地地跪拜。接着，东云举目仰望。

"嗯……草民深知这一提问鲁莽至极……"冰泉抬起头来，"恕草民斗胆，敢问尊名为何？"

"嗯。"

黑的头上……

到底发生了什么事？

"余乃统帅八百零八只灵狸之山口灵神——隐神刑部是也。"

"哦！"三人夸张地平伏于地。

水沫也跟着合掌低头。

"咦？"

唰——一道黑影一瞬间从黑的眼前由上而下晃过。

不知不觉间，前面出现一只气派的狸猫。

虽是狸猫，长得却不像兽。它以两脚站立，仿佛德高望重的僧侣，但长着一张狸猫脸。不是漫画风格，也不是信乐烧狸猫，而是动物狸猫的模样。鼻梁上有一道类似白鼻心的白色线条。那条白线构成绝妙的平衡，让动物风格的脸产生角色感。

"原来是刑部大人，多么伟大啊。"

"刑部大人降临了，刑部大人降临了！"

"像您这般高贵之人不该待在这穷酸地方。刑部大人，这边请。"

冰泉半弯腰小碎步地走，掀起帐篷入口的帘，请狸猫外出。

"吾等已备妥车子。"

"嗯，辛苦了。"

狸猫趾高气扬地悠然离开帐篷。

黑则是……

感觉自己好像被狐狸耍了一样。明明是狸猫。

“这……这是怎么回事？”

“哎哎，看来作战成功了。真顺利。”

东云睁大骨碌碌转的眼睛说。

“作战？”

“黑先生，何不确认一下你的头顶呢？”水沫语带兴奋地说。

说是这么说，帐篷内没有镜子，只能靠触摸。老实讲，黑不怎么想触碰那种又长毛又像软体动物的物体。

但他看到水沫哀求般的眼神又不忍心。

是头顶。

是头发。

然后，是头皮和毛囊。

“啊。”

不见了。

不在了，不在了。

空无一物。

不论是卡波、精蝼蛄、邪神、章鱼还是狸猫，全部……

“咦？所以说，刚……刚才那只狸猫是……”

“是的。”式水忍住笑意回答，“黑先生头上的那个似乎能回应其他人的期待改变形状，既然现在它快转化成狸猫，就干脆让它完全变成狸猫吧。”

“让它变成狸猫？”

“嗯，那样比较好对付。”

“为什么？”

东云噘着嘴，如连珠炮般地说明：

“举例来说，精蝼蛄这名字分不清是个体名还是物种名，对吧？妖怪大多如此。因为不是生物，这种事并不重要。并不存在见越入道族中的某人，而是一律相同，都是见越入道。虽然也有明明是见越入道，属性却不太相同的个体，也有和见越入道完全相同，却不同名称的其他妖怪……总之，若类比为动物，见越入道属于物种名称，但不是个体名称，对吧？"

"就和猫或狗相同。"

"没错，而不是咪咪或来福这种个体名字。但仔细一想，会发现妖怪的名字与其说是猫或狗这种物种名，不如说更接近咪咪或来福这种个体名。"

"嗯……"

这么说米，似乎是如此。

"京极先生说这就是化物和妖怪的差别，不过我不是很清楚他的意思。他一旦开始说明，就总是啰啰唆唆的，所以我没仔细听。他也说由于特摄的怪兽采用一个种类只有单一个体的形式，故消解了这个问题，这是什么意思我也不怎么明白。听说克苏鲁神话体系的名字又是另当别论。那么，问题回到精蝼蛄，黑先生认为精蝼蛄该算哪种？"

"嗯……的确分不清是猫还是咪咪呢。"

"对吧？"式水说，"然而，妖怪中也有类似猫这种物种名。就是作为种族的河童和天狗。此外，狸猫、狐狸、鼬鼠、貂或川獭等由动物变化而来的妖怪也属于这类。"

"嗯嗯。"

"狐狸和猫狗同样是物种名，但御三狐或芝右卫门狸就完全是个体名称。换句话说，若能将它限定在单一个体的话，不就能实现角色固定了？"

"角色固定？"

"是的。即使同样是狸猫，也分成很多种类。"

东云接着说：

"有的狸猫四方云游劝募只为修复寺院，有的狸猫则把村民骗进粪肥坑里看作无上喜悦，从偷情的借口到老婆婆编的故事，狸猫广泛存在于民间故事和传说中，进而塑造了无数的角色。若能限定为某一狸猫的话，便能缩小范围，也就容易对付了。"

"容易对付……但缩小范围这种事真能办得到吗？"

"实际上不是缩小了吗？"式水开口笑着说，"黑兄头上的物体原本没有自我，只要赋予它角色，便能使它产生自我。反正角色本来就是周遭的人赋予的啊。"

"这些感觉很没人性的啰唆道理应该出自京极先生之口吧？"黑问。

"是的。"两人同时回应。

"一旁的村上先生插嘴说如果具有狸猫属性，那么用奉承来对付最有效，应该派出天生具有狗腿体质的人，不知为何就找上我们了。"

"我可没那种体质。"

东云噘着嘴抱怨。

"原来是这种策略啊……"

"是的，就是如此。"东云说，"我还是要不厌其烦地说，我一点也不狗腿。"

"狗不狗腿都不重要吧？"式水吐槽道。

东云绷起脸来。

"总之，结果成功了。它变成了隐神刑部狸。"

"变成"吗？

"现在你的头上应该变得很清爽了，没有妖怪了。"

嗯。

的确是爽快多了……但又觉得，感觉起来差不多。

因为黑头上的事物本来就没有质量，虽能触摸，但一点儿也不沉重，只觉得很烦。

但如此一来，黑总算能自由……

"不对，请等一下。这样的话，那尊邪神也会消失吧？"

"已经消失了。"式水说。

"可是这样的话……"

"可以去拜托隐神刑部狸看看，如果它心情好的话，也许肯变化。"

"等等，东云先生，心情好是什么意思？"

"总得看狸猫愿不愿意啊。"

"可是邪神信徒们该怎么办？"

唉。

或许也没办法吧。

"就如水沫先生刚才的提议，让这个营队解散吧。只要跟他们说太古邪神突然销声匿迹了，请他们各自解散，到世界各地找寻就好。"

"我说不出口。"

黑史郎不习惯说谎。

"我去帮你宣布吧，交给我处理。"东云说。

"真……真的好吗？可是你不是说自己并不狗腿吗？"

"这跟狗腿无关吧？放心，我和式水不同，我的口才很好。"

"东云先生那张嘴的确很有名。"式水揶揄道。

因为是狗腿体质。

东云有些不爽。

"别生气别生气。"式水安抚他。

同样是皮笑肉不笑。

"算了，没关系。那么，就请黑先生、水沫先生和刑部大人一起前往妖怪联盟的秘密村吧。"

"怎么去？"

"外头有辆面包车。司机是以前在京极先生事务所待过的田岛先生。"

"那……那个很像中国香港明星许冠文的那位？"

"是的，就是也很像中村梅雀的那位。"

这种事一点儿也不重要。

"但，真的没问题吗？"

天上有战斗机，陆地上也有坦克逼近。

"尽管放心吧。"东云自信地微笑道。

"实在很难放心啊。虽然头上的章鱼和狸猫总算离开了，要说感谢的确是很感谢……"

"其实这个作战，卸下你头上的章鱼只是顺便的事。"式水说。

"顺便？"

"嗯。真正的任务是为了不让洛夫克拉夫特信徒受到牵连，要让他们尽早解散。"

"是你们狗腿三兄弟的任务吗？"

"就说别把我归进里面嘛。"东云抗议道。

"狗腿就狗腿，又没关系。冰泉先生也不讨厌被人那样称呼。我自己也不讨厌啊。"式水微笑着说，但眼神在游移。

"算了算了。总之呢，黑先生，根据来自北海道怪谈社群、东京非合理现象对策协议会，以及京都的日本宗教联络会的情报，日本全国的军事部队似乎已经集结，朝富士山麓的平原进军了。"

"日……日本全国的？"

"嗯。"

"为……为了杀死我们？"

"恐怕是吧。"东云回答。

"太可怕了。"水沫手贴着胸口说。

"我……我们完蛋了吗？"

"我可没有在这里完蛋的打算。"

东云若无其事地回答。

真不知他这份自信是从哪里来的。

"但我们毫无胜算吧？要解决我们这群人，甚至不必派一个连。只消丢颗炸弹就能炸死我们所有人。秒杀。就算逃跑，被地毯式炸一轮也会死光光。大爆炸。瞬间蒸发。四分五裂。"

"嗯，应该不会进行地毯式攻击吧。"

"为什么？"

"荒俣老师说敌人的根据地就在这附近，所以对方不可能不经大脑地乱炸一通。"

"根……根据地？"

"因此，对方应该会派出全副武装的自卫队，滴水不漏地进行包围，断绝我们的后路后，再大量派出以 YAT 为首的游骑兵之类的部队，以树海为中心仔细搜索，一发现目标就将其杀害，有人想逃出来也会被全部杀害。"

"啊！"

不直接一击毙命啊？

"所有部队还在部署，富士山包围网尚未完成。妖怪联盟掌握了这份情报，打算今晚就发动声东击西的作战。"

"声东击西？"

"我们打算派出鬼怪。"式水说，"派出大量特别醒目的鬼怪。正在集结的部队自然会被鬼怪吸引注意，趁这个机会让洛夫克拉夫特信徒们逃离。因此，若想让这群人逃亡的话，就要现在做出决定……"

"好，既然如此，我要逃。"

黑站起身，又看了东云的脸一眼。

"等等，你刚刚是说让他们逃？"

"是的。"

"那我坐许冠文驾驶的车是要去哪儿？"

"妖怪联盟的秘密村，在克苏鲁营队东方不远处。"

"抵达那里后……再逃吗？"

"我们不逃。"

"等等，你刚才不是说声东击西吗，东云先生？"

"那是式水说的，不过没错。"

"呃，鬼怪会吸引军队注意，然后帮助信徒逃跑？"

"当然会帮助。我会负起责任帮助他们拔腿就逃的。不是狗腿，是拔腿。"

既然如此……

"我有点儿搞不清楚了。你们不是为了让我们逃才声东击西，吸引敌军注意的吗？可是我现在要去的，却是负责吸引注意的地方。"

"应该是吧。虽然我不会去。"东云骑人说。

"可是，我去那里干吗呢？我不想当老好人送命为人谋福利啊。与其进入虎穴，我宁可放弃虎子。就算只是虎子，老虎还是老虎啊，哪怕只有一厘米也好，能离虎穴多远就想离多远。"

"这样不行啊。"东云表情认真地说，"信徒是普通人，但黑先生是妖怪相关人士，就算逃亡也只会被逮捕。全国都、道、府、县恐怕都贴满我们的通缉海报了。"

"我戴口罩总行了吧！"

"可是你以前不就常常戴口罩出门吗？"

"没错。"

"你戴口罩的照片已经广为流传了。"

"那就不戴。"

"日常照片也早就传开了。就算取下口罩，大家也一眼就能认出是你。搞不好取下手套的京极先生还更难被认出呢。"

怎么这样？

"不然我去那里干吗？去送死吗？与其送死，还不如取下口罩逃呢。"

"似乎不见得。"式水回答。

他的脸上依然微微带着笑容。式水不知为何总是在笑。

"似乎是什么意思？"

"这是村上先生说的。"

"村上先生只是在说笑吧。他是那种就算在生死存亡关头也会说笑的人。"

"但作战参谋是京极先生。"

"京极先生？但他放弃的速度无敌快啊。让他当参谋，不会一看情况不利就直接缴械投降吗？先不讨论京极先生，所谓的声东击西，不是为了某种目的，派出另一支部队引诱敌人吗？"

"没错。"

"换句话说，会受到敌军集中攻击吧？敌人有战斗机、有坦克、有游骑兵啊。强大的武力正从日本四面八方陆续集结而来。"

"应该是吧。"

"换句话说，妖怪联盟当然也不该留在那里。留在该处只会被杀。这样根本不是声东击西，而是自杀行为。他们应该不是要做这种傻事吧？虽然妖怪相关人士都是笨蛋，但也没愚蠢到想主动送死吧？"

"应该不会。"

"既然如此，大家应该都在准备逃了吧？敌人集结过来了啊。嗯，肯定是如此。那么，我为何必须去那里？去了反而会增加逃跑难度吧？"

"没有人要逃。"式水说。

"啊？"

"郡司先生发表了精彩演说，宣称想逃就逃，想背叛就背叛，自由乃是妖怪迷的信条，结果也没人逃。"

"这是怎么回事？什么意思？要战斗吗？壮烈牺牲吗？彻底抗战吗？我们毫无胜算，百分之百会死。妖怪相关人士们什么时候变得那么好战了？"

"呃，可是……那样算战斗吗？"式水转过头问东云。

"应该也算吧。"东云表情微妙地回答，"既然名称就叫妖怪大战争的话。"

"慢着，妖怪迷的头目——水木老师不是告诫我们无论如何都别打仗吗？老师不也在那里吗？"

"在啊。"

"他老人家没阻止大家吗？"

"嗯……总之你去了就懂了。荒俣先生和京极先生，当然也包括水木老师，是绝对不愿发起战争的。但只要能回避战争，他们任何事都肯做。"

无法理解。

为了回避战争而打仗，这不是逻辑谬误吗？

"黑先生，我们走吧。"水沫说，"这里交给他们。前总编东及福泽先生、平山先生也在秘密村，既然他们都认同的话，肯定有一些对策的。"

"呃……"

虽然平山在想什么没人知道。

"让狸猫等太久的话，它会生气的。"

"狸猫！"

的确是个大问题。

黑可不希望它又爬回头上。

虽然依然满腹疑问，黑决定先坐进面包车里再说。

慎重起见，黑没坐在座位（seat）上，而是假装成货物躲在后方。但如果他直接躺着看起来反而可疑，因此又给自己盖了一块塑料布（sheet）。反正日语读起来都一样。

黑躲得很窝囊，狸猫却堂而皇之地坐着。

这些人的神经究竟怎么长的？明明公路上有坦克、装甲车来来往往，还视若无睹地走路？车上还载着一只狸猫。

不久，车子驶进蜿蜒的旁道、侧道、山路甚至无路之路，车身摇晃剧烈。黑身上盖着塑料布，看不见风景，只要车子一转弯，就会撞到屁股和头。黑觉得肚子又开始翻腾。

说不定会碰上临时检查。不，临时检查就算了，更惨的是直接遭到枪击或轰炸。就算强行突破检查，也会被人从背后集中开火吧。唯有在影视剧里才有可能顺利突破。

一想到这里，黑的肛门括约肌又活跃得仿佛急行军。

不过那是对黑而言。对狸猫而言，这也许只是一场兜风之旅吧。

不，不明白状况的狸猫肯定觉得这是一场愉快的旅程。

不久之后，听到许冠文先生轻声说“抵达了”，式水帮忙掀开塑料布。

黑走下车，见到熟悉的面孔。

怎么觉得他们……

好像一派悠闲啊？

雕塑家山下升平弯腰行礼，说“辛苦你了”。迟了一拍，他身旁的人也摆出相同动作。大多是制作妖怪相关商品以及在活动中贩售的人。黑教过的学生也在其中。

这……

……这是在替刚出狱的人接风吗？

“请问现在是什么情况？”

“先跟我到参谋本部吧，在那边进行说明。”

黑木主这么说完，搓着手转而面向狸猫。这男人的态度与其说是狗腿，不如说更像电视节目策划公司的三流制作人。

"狸猫大人……请问这位狸猫大人的名讳是……"

"这位大人乃是山口灵神隐神刑部阁下。"冰泉说。

"原来是那位有名的……原来如此啊。千里迢迢，真是辛苦您了。那么，请隐神刑部大人跟我来，已经为您备妥妖怪专用的休息室——VIP 室了。"

黑木毕恭毕敬地为狸猫领路。

没人来招呼黑吗？

妖怪休息室又是什么？

而且还说是 VIP 室。

"常驻型的各位请来这边集合。"

一旁的小松艾梅尔说。

"常驻？"

"有些妖怪一旦现身就不会消失，特别是在漫画中登过场和视觉形象固定了的妖怪，特别不容易消失。"

"啊？"

到底是什么意思？

问了艾梅尔该怎么走后，黑独自走向所谓的参谋本部。

水沫与其说是妖怪相关者，不如说更像怪谈界的人，所以暂时和黑道告别了。

一路上经过的都是普通森林，但有许多别墅散于林间。不愧是妖怪村。

登上山坡，穿过小径，来到一座老旧别墅。

进去之后见到村上、多田、香川、化野和京极等妖怪推进委员会成员齐聚一堂。感觉好像有很长一段时间没和这些人见面了。

大型桌子正中央有张摊开的地图。

似乎在召开军事会议或作战会议，众人正在研拟战略。

唉。

真不想战争啊。

"小黑，你终于来了。"

京极注视着地图说。

"哦，头上的章鱼走啦？"

村上刚说完，化野立刻接着说："真想亲眼见识一下啊，真实的邪神。"

"刚才变成隐神刑部狸了。"

"刑部狸！"多田失声惊叫，"刑部。刑部刑部。是出自《妖怪兽》的刑部狸吗？呀，那个原本是木像吧？记得那尊像是母的，没记错的话。是尼姑的样子。不过明治时期的小说则说木像是和尚的模样。"

"喂喂，别打岔。算了，别理多田。小黑，还是得先确认一下你的意志，你肯协助这场作战吗？"

"我……我讨厌战争。"黑说，"我不愿意参战。"

"并没有要发动战争啊。"

"咦？"

"若问这是否算战争……姑且也算是吧，毕竟叫作战嘛，但我们什么也不做。"京极说。

"不做？可是我听说要引诱军队来这里。"

"是的。"

"这样的话，我们不会被杀吗？"

"这场作战就是为了防止这个结果。不过，失败的话的确会死。"

看吧，果然会死。

"成功的话就不会死。"

"成功？直到歼灭敌军才算成功吗？"

"歼灭？"

京极抬起头来。

"歼灭什么？自卫队还是政府？"

"当……当然是所有想杀害我们的人啊。若非如此，我们没办法活命吧。所谓的敌人不就是这些人吗？"

"那样的话，恐怕得杀光我们以外的所有日本人。"久礼说，"全体国民现在把我们当成敌人喽。"

"但继续固守在此应战也不是长久之计啊。不，别说应战，只消一颗炸弹就足以把我们都炸飞。"

"就说我们不战斗了。"京极说。

"可是不战斗的话，死亡马上就要找上我们了。轰炸机在天上飞了呢。作战开始后十秒左右，所有人都会命丧黄泉。"

黑感觉肚子又开始咕噜咕噜哀号。

"我无法否定有这种可能性，因此参不参加是个人自由。我只能说，就算现在逃避，未来也恐怕只是一片黑暗。"

"会被逮捕？"

"远超这个范畴。"郡司说，"一旦我们死去，日本恐将从此覆亡。现在是这种层面的问题。"

"日本！"

肚子尖锐地拉起警报。

"是的。当今政府施政毫无规划。若只是腐败就算了，国家派出军队攻击或屠杀民众的话，其他国家不会坐视这种野蛮行为。"

"不会坐视不管？"

"嗯。"郡司歪着头说，"现在世界各国几乎与日本断绝往来。日本经济开始出现纰漏，国内又缺少法治，所以才能像这样为所欲为吧。但是，假如连民众都开始屠杀的话，其他国家绝不可能坐视不管的。说不定会引来全球其他国家联手打击政府军呢。”

“全球！”

“现在日本社会变成这种状况。不知不觉间反对战争的只剩下我们。但是，就算想守护这个国家，我们也无能为力；就算有军备，必须守护的国家变成这副德行，不管增加多少军备，全国乱成一团的话根本派不上用场。”

“想要守护国家，就得回避战争。战争是绝对不可行的选项。不管任何时刻，任何状况，都不该走上战争之途。”

乍听还以为郡司和京极在模仿水木老师，但似乎不是。他们讲起这类话题就自然会变成这种语气。

“为了守护国家而发动战争本来就很可笑。正因为国家守护不了民众，才会走向战争。外交、经济、文化或技术，都是防止国家走向战争的手段。手中握有多少张不战而屈人之兵的牌，能创造多少这种牌，这才是政治该做的事，这才叫真正的国防。”

“但现在的日本手中一张牌也没有。”郡司说，“这就是一种自毁行为。”

“没错。所谓的国防，就是不费一兵一卒也能阻止敌军侵袭，才是最理想的手段。”

“因此，一旦我们死光了，日本这个国家恐怕也来日不多了吧。”

“可是我们只是一群笨蛋啊！”

“正因我们只是一群笨蛋呐！”

黑依然没什么头绪。他大致懂京极和郡司想说什么，但还是很模糊。

“好吧。但就算我想参加，也还是不明白我要做什么啊。”

“你不懂是很正常的。”村上说，“简单讲就是……在荒俣先生的指挥下，我们妖怪联盟将发动起义。不过出征的是妖怪们，我们人类不会和自卫队交战，对吧？”

"谁想跟军队交战啊。"京极说,"那太可怕了。我不只反对暴力,本身就很缺乏运动,连道路上的隆起物都能绊倒我。要我去和军队对峙,就算对方很友善,我也会立刻投降,绝不战斗。我们要战斗的对象是太古魔物戴蒙与躲在背后操控它的某物。"

"戴……戴戴戴蒙?"

"而且,与其说战斗,其实更像说服,只是去请它离开或拉拢它而已。最激烈的手段也顶多是用咒术封印它罢了。"

"戴蒙是……"

当然不会是大门或袋獾,多半是那个戴蒙吧。

"就算没打倒戴蒙背后的操纵者,只要能处理戴蒙,就能回避战斗。如此一来,成功率应该增加许多了吧?"

若比较对象是"手无寸铁和军队对战"或"与全民为敌"的话,的确是高了许多。

问题是,戴蒙又是什么?

"因此,在击退戴蒙前,就请妖怪们充当自卫队或其他武斗派敌军的对手吧。只要能处理戴蒙的问题,肯定能结束这个针锋相对的世界。"郡司接着说。

"真的吗?"

"或许没办法回到过去的理想状态,但至少会比现在好多了。国民将会重新接纳怪谈、恐怖故事、特摄、时代剧、推理、搞笑与玩笑话等娱乐项目。"

"所以又能玩杀丧尸的游戏喽?"

"应该可以。"

"好,那我愿意帮忙。"黑说,"我该怎么做?"

"请看这里。"京极指着地图说,"目前我们在这里。这个区域就是别墅地带。这个框框里就是被称为秘密村或妖怪村的地带。至于小黑你们克苏鲁营队扎营的位置……则是在这里。这一带是树海。戴蒙的本体藏在树海之中。目前我们派出小亮、平山兄、雷欧、平太郎、似田贝五人组成搜索队，正在搜寻戴蒙本体的位置，并告诉他们没发现就别回来，所以我希望能在他们回来时立刻展开作战……"

"但现在情况紧迫，恐怕等不到那时了。"郡司说。

"洛夫克拉夫特信徒们解散了吗？"久礼问。

黑说明东云等人会留在现场帮助逃离。

"既然如此，立刻开始妖怪大作战比较好吧。"

"大大大……大作战？会会会……会变成什么样？"

"没什么，各自召唤出喜欢的妖怪，引发特大级的骚动即可。"

"召唤？"

念诵"Eloim Essaim[一]"吗？

不知为何，黑今天老是想到《恶魔君》。

京极进行说明：

"也许你会觉得难以置信……不过既然连邪神都在你头上爬过，应该会信吧。只要使用香川先生手上的反克石，便能轻易呼唤妖怪或死者。"

"哦……"

的确，如果在不久前，黑根本不可能相信这种梦诘。更不用说这话竟然出自京极之口，不禁令黑有恍若隔世之感。

"小黑，你在怀疑我是否还正常吗？"

"不是不是，我只是在怀疑这个世界是否疯了而已。"

"被召唤出来的妖怪只是可视化的概念，物理上并不存在，所以无法攻

[一]　出自魔法书《黑母鸡之书》（*The Black Pullett*）中实行黑魔法时用的祷文。原句是"Eloim, Essaim, frugativi et appellavi"，意为"众神与恶魔啊，请聆听我的请求"。在《恶魔君》等日本动漫作品中常会引用。

击敌人，但同样地也不会受到攻击。虽然毫无攻击力，但能带给对手基于该妖怪的属性所造成的心理变化，对于武装攻击还是有一定程度的遏止力的。也能充分扰乱敌方的作战行动。"

"哦……"

"然后，好像也有常驻型的妖怪参加，而且还挺多的。"化野说，"这些有专有称谓的妖怪——说专有称谓也不太对，比如像河童中的九千坊，天狗中的太郎坊——一旦现身就会一直存在。照理说明明是观测者会决定所见者是什么，可不知为何，这些常驻型的妖怪就是能独立现身。"

"不会重复！如果这是扭蛋就好了。"

"就是这样啊。屋岛的秃狸或利根川的祢祢子也只有一人。呃，用'一人'来计算或许不正确。总之，芝右卫门狸或芝居者狸原本都是狸猫这种妖怪，却具有独自的个性，在属性上也大相径庭……"

"听起来很像在电影版《假面骑士 BLACK RX》中假面骑士 BLACK 和RX 同台演出的感觉啊。"久礼说。

"像吗？不过另一方面，一般无名的河童也能大量涌现，器物类的妖怪也可以重复，轮入道等妖怪也能同时好几只登场，狐火更是要多少有多少，但宗源火就只有一个。这样看来，这个标准到底是……"

"化野兄，要考察，等日后再说吧。总之，这些常驻型妖怪大多是厉害的大妖怪，请它们作为对抗游骑兵部队的主力正好。"

"主力战士？是'超级战队'系列吗？"

"哈哈。"只有木场笑了。

"不是的。请它们在这片别墅地带巡行，偶尔……"

"妖怪会战斗吗？"

"不会，但绝对不会输。机枪、手榴弹和毒气都无法打倒它们。因为它们根本不存在于现实中。而且，从杉并公寓的事件推测起来，敌人似乎有极力想避免和妖怪接触的倾向。连专门应付妖怪的 YAT 都排斥与它们直接接触。警察或自卫队若碰上百鬼夜行，恐怕会全面溃逃吧。"

"而且鬼怪会蒙骗人。"村上插嘴道，"天狗和狸猫都很擅长欺骗术。敌人碰上天狗伐木或狸猫迷惑的双重攻击，无论如何都无法抵达目的地。而且天狗还会掳人，甚至会高声大笑呢。"

笑不笑应该没影响吧？

"河童则会抽掉人的尻子玉。"

"在陆地上也会吗？"

"嗯……应该只是能让人自以为被抽掉吧。"

"关于这一点先不讨论。总之，妖怪大游行应该能成为相当良好的防火墙吧。"

大战争，大作战，大游行，为何接在"妖怪"之后的词老爱加个"大"字呢？

"接下来，就请秘密村里的众多难民们聚集在这个商业中心。而入口处则是，请……"

"让我来吧。"

香川举起手。

"我会召唤出涂壁，以备不时之需。只要召唤出水木版的就好。那是真正的墙壁，谁也进不来。"

"听到这里，我大致知道你们想怎么做了。"黑说。

派出大量奇形怪状的鬼怪去扰乱敌方坦克或战斗机。这是妖怪大作战。

派出常驻型鬼怪去应付游骑兵部队。这是妖怪大游行。

然后……

"然后，我们妖怪推进委员会的残党们则负责担任妖怪大游行的向导和妖怪大作战的导演。必须站岗的点是在……"

京极指示地图上的位置。

"另外还有一件事。妖怪大战争那边也要派几个人过去支援。"

"咦？不是说不战斗吗？"

"那是因为……"

京极的话还没说完，香川举手发言：

"我有个提议。"

"什么？"

"我想这块反克石能召唤出来的不只有妖怪。"

"还有什么？UMA或灵兽？"汤本豪一反问，"若能召唤龙或凤凰应该很有帮助吧，毕竟会飞。"

"不是那些。"香川说，"它可以召唤幽灵，对吧？上次也召唤出已逝的名人。"

"嗯，没错。"郡司说，"所以你要召唤出名将，请他指挥调度吗？"

"西乡阁下！"多田抢着回答。

"为什么？"村上瞪着多田，"为什么特别指定西乡隆盛？"

"因为他是大人物啊，大人物。"

"可是他打了败仗啊。"久礼说。

多田指的应该是水木老师漫画中的内容吧。

"可是要找名将的话，其他还有很多人吧？"

"拿破仑？织田信长？"

"可是他俩都打了败仗啊。"久礼说。

"的确。"

"所有战争都是败仗。"京极说，"历史上被誉为名将的人大多只是运气很好。不管什么兵法、什么军事理论，或许有其道理，但就结果看来，现实中必然存在着不确定因素或超乎预想的意外。世事难料，不可能永远照理论发展。临机应变很重要，但大部分成功的情况都是出于偶然。"

这段话也来自水木漫画。

"没有名将，全是偶然；即便打胜，也只是偶然获胜。"

说真的，这种话实在不该出自作战参谋的嘴里。

"我不是指名将啦。"香川说，"我在想，这块石头应该不光能召唤描绘在那幅绘卷——《未来图》中的事物吧？虽然尚无法断定，不过那幅绘卷的成立时间恐怕相当古老。后世的鸟山石燕画的鬼怪没道理会在绘卷中出现，水木角色更绝对不可能在里头，对吧？"

"也许是绘卷比较早。"多田说，"会不会是石燕和水木老师感应到绘卷中的内容，将之画出来了？"

"那是不可能的。"香川说。

毫不犹豫地否定了。

"我认为那幅《未来图》应该不是能让上头画着的事物出现，而是能将出现过的事物记录下来，所以才叫'完全收录'。"

"网罗狩野派和土佐派。"

"以及其他画家的作品。我在想，能不能利用这块石头召唤出现实中不存在的事物呢？"香川说。

"不存在的事物？"

"食物或武器吗？"

"就算召唤出那种东西，也只能画饼充饥，没有意义。"

"将红豆面包放在地上，应该能引诱敌人去捡吧？"

"捡了能干吗？谁会捡啊？"

"或许能让他们丧失战意。"

"够了。"京极打断两人的争辩，"我说你们啊，现在雷欧、平太郎、似田贝三大笨蛋被送往险地，及川在隔壁房休息。照理说，现在集合在这里的都是妖怪联盟的精锐分子，结果呢？现在又是怎样？就算他们不在，你们还不是一样鬼扯淡。虽然我也半斤八两。我们难道是为了说题外话而从题外话国来的题外话王子吗？让香川先生好好说完可以吗？"

"抱歉，研讨会参加多了，总习惯从头将事情本末交代得清清楚楚。但现在没时间了，直接下结论吧。不，直接做给你们看吧。"

香川从口袋里取出石头。

单脚并头戴草帽的呼子出现，站在地图上。

黑看见的是水木版呼子，有两只眼睛。这是他第一次亲眼见到呼子。

"我想想。呃……丸毛。"

"丸毛。"

地图上，出现一块类似马粪的物体。

"丸毛？叫出这种东西干吗？这是存钱罐吧？"

木场伸手抓起来。

"真的长着毛呢。我用手指戳戳看。"

"会被咬啦。"久礼说。

"但这不是没有实体吗？"

"但你不也是拿在手上？就算实际不存在，应该也会有感觉。"

"好痛。"木场把丸毛抛出。

"我就说吧，就算你实际没被咬，也会感觉被咬。"

"喂！"

京极表情凶恶地低吼。

"不是啦，我们不是在玩……"

"我不是要责怪你们。香川先生，这个……"

"是的。"

香川的脸皱成一团，开怀地笑了。

"丸毛虽然是妖怪，却是水木老师笔下的角色。换句话说，是源自于漫画的角色。没有乡野传说，也没有前人画作，只在漫画或动画中登过场。"

"等等，那块石头连漫画角色也能召唤出来？"

"我刚刚不是说了吗？现实中不存在的事物……懂了吗？"

"所以说……"

"任何事物都能被召唤出来。"

"啊！"黑惊声大叫，"所……所以说……立体声磁带大王也能被召唤出来，是吗？"

"那是什么？没听过。"村上说。

"《金肉人》里的反派，七名恶魔超人其中之一啊。再不然还可以召唤《银河铁道999》里的车掌、《伏魔小旋风》里的小黑、《龙威》里窃窃私语的播报员之类的角色。"

"这些角色都好微妙。"木场深感佩服地说。

黑想，并不微妙吧？

"虽然你说的这些我都没听过，但应该都能被召唤。那么，接下来才是我想提议的正题。我们打算召唤妖怪来实行声东击西策略。但这是因为我们以为只能召唤妖怪。实际上，反克石什么都能召唤出来，既然如此，我们该召唤的是更有名的事物。"香川强而有力地说，"刚才黑史郎先生脱口而出的角色，除了车掌以外我都不认识，要召唤的话，还是换更主流一点的角色比较好。"

"怕无法被正确可视化吗？"郡司问。

"是的。和我们这些妖怪迷不同，战斗机上的飞行员，恐怕不会认识过路恶魔或辻神吧？连九尾妖狐也很难讲呢！"

"怎么可能没听过九尾？"多田说，"一定知道的吧？那很有名啊。"

"谁知道飞行员是否为藤田和日郎迷呢？有许多人完全不看动画或漫画

啊。就算看漫画，说不定只喜欢安达充啊。"

"那就召唤出小南吧！"木场大喊。

"召唤出来也没用。要召唤是可以，但浅仓南不会飞啊。你想让她触碰吗？触碰谁啊？虽然如果能真的将她召唤出来我也很开心。"村上侧眼瞪着木场说。

"没错啦……但说不定还是能发挥某些效果啊……"

"别傻了。谁知道飞行员喜欢什么作品？假如他是千叶彻弥迷的话，该怎么办？要召唤大个子松太郎吗？若他是美内铃惠迷的话，要召唤月影老师责备他吗？如果是大岛弓子迷的话，要召唤琪比猫吗？难道飞行员看到琪比猫后会喊着'好萌啊'结果坠机吗？倘若他是三桥千禾子迷的话，难道要召唤琪琪吗？它的手脚只有线条而已嘛。虽然上面这些角色不管哪个登场都很让人高兴，但让敌人开心也没用吧。好歹要召唤会飞的角色吧。巨大的，或者很可怕的，总要召唤这种角色出来才行啊。"

"村上说得没错。敌人用的是近代化武器，所以我们就该……召唤近未来武器来对抗。就召唤机器人吧。"

"铁……铁人 28 号吗？还是铁臂阿童木？"

"太古老了吧！"香川说，"飞行员不可能是五六十岁的老头子，要选近期的作品才行啊。其实这个构想是在前几天起义大会时，和多田先生的学生们在讨论中获得灵感的。"

"咦？什么？是宫家先生吗？还是真柴先生？咦？"

"我们那天讨论说应该选择万代南梦宫影像制作公司的作品，不过也有人持反对意见。"

"咦？勇者莱汀或装甲骑兵吗？"

"那些也可以，但我是……高达派的。"

"福音战士（EVA）呢？"

"或许也不错。"香川说，"应该能成为非常强大的遏制力吧？幸亏许多作品的原作者也在这个社群里……记得魔神 Z 或盖塔机器人都能飞吧？"

"金刚飞翼！"久礼喊道。

"虽然这些作品年代有点久远，不过现在有'超级机器人大战'系列，认识这些角色的人应该挺多的。EVA 如果是量产型的话，应该也能飞行吧？召唤出钢加农从地上进行瞄准，能让飞行员保持警戒，派 EVA 二号机发射刺针进行狙击，即使没打中也能产生威吓效果。不觉得这招一定很有效吗？"

嗯嗯……

那种东西也可以啊？

"机器人也能被召唤出来？"

"应该可以。"京极回答。

"既然如此……"

"可是，搞成暑假动画大会真的好吗？"郡司搔了搔络腮胡说，"我觉得机器人冲击力还是不太够。我比较喜欢和奥特曼打斗的那些星人。"

"要召唤那个也可以。"

"真的假的？"

在场所有人都叉起手来，沉思一番后，觉得好像真的没差别。

京极摆出某特务机关司令的动作思忖半晌，最后做出结论：

"不，香川先生，我看还是不妥。"

"为什么？"香川疑惑道。

"因为是机械吗？"郡司问。

"不是的……我相信战斗机械或机器人都能被召唤出来。问题是我们无法改变某些规则。"

"规则？什么意思？"

"现在涌现的所有妖怪都按照原本的规则行动。比如说，对啪哒啪哒说

'请先走'它就会消失，河童头上的碟子干了就会变弱。另一方面，天狗不会吐火，也不会发射光束。如果要呼唤它们，就要有人设定规则，且目击者都完全明白这些规则才行。"

"呃。"

"不管是战斗机械还是机器人，都只是材质或质感不同，想召唤就能召唤。问题是，比如说，魔神Z怎么行动？"

"当然是靠指挥艇组合啊。"木场说。

"要怎么组合？"

"就是搭乘有浮空能力的指挥艇……"

"但没有指挥艇吧？"

"一起召唤出来啊。"

"召唤出来也搭乘不了啊。没办法吧？"

"啊。"

"就算搭乘上去也飞不起来，飞起来也操纵不了。木场，你会操纵吗？你确定你能正确地和魔神Z组合吗？即便组合成功，你能好好驾驶魔神Z吗？动画内的魔神Z，对仪表板的描写可是很随便的。同样地，就算召唤出EVA也没用，必须先搭进插入栓。问题是我们上哪儿找十四岁的人选？就算改用模拟插入栓，脐带电缆又该接在哪里？难道要召唤从一开始就是失控状态的EVA吗？召唤出那种东西，它会跑向哪里完全无法控制吧？"

"难道不能连同搭乘者一起召唤出来吗？"香川不死心。

他真的很喜欢机器人啊。

"召唤时要怎么喊？魔神Z连同兜甲儿？EVA初号机内含碇真嗣？这样真的可以吗？"

"可是……学天则那个时候不是没问题吗？"

"那是因为学天则具有实体，而且召唤出来的是它的付丧神，也就是妖怪，行动原理依照的并非学天则本身。而且操纵者是荒俣先生。他也是实际存在的人。只是看似在驾驶，实际上是荒俣在走路，蒙骗沿路民众而已。因此……"

京极做出结论：

"将召唤出来的事物认定为机器人就是症结所在。虚构的搭乘物虽能召唤，却没人能搭乘。就算一并召唤出的驾驶员也无法搭乘，机体动不了。而且，我们也无法控制驾驶员的行动。无论如何，搭乘型并不恰当。"

"那么远端遥控型呢？"

"另外召唤出遥控器吗？我连铁人 28 号那么简单的遥控器也不知道该如何操纵呐。如果召唤出的是机械巨神，不能装出和草间大作一模一样的声音也无法操纵。机器人的规则太多又太复杂，难以全部克服。假如能自主行动的话或许不错。像机械巨神在结局时就能自主行动。那么……"

京极思忖着。

"不行，我只想到铁甲飞天侠。但那个是金属生命体吧？要和谁融合？不对不对，那个太旧了，现在根本没人认识！太旧了！"

"真的不行吗？完全没有一试的价值？"

"嗯……"

"分析士、哈克或阿强一号呢？"

多田的发言被无视了。就算能召唤出他提的角色，也完全派不上用场。

"不然，召唤怪兽吧？"

村上提议。

"怪兽啊……也好，能自主行动。"

"而且它们的命运就是和自卫队交战。如果能召唤怪兽出来，绝对会主动朝着战斗机或坦克而去的。这就是怪兽的规则。一般火力的自卫队也绝对打不赢怪兽。"

"嗯……"在场所有人再度盘着手沉思。

"而且非常大，怪兽超级庞大。"

"嗯……似乎能行得通啊。"京极说。

真的假的？

结果这群人还是一如既往地胡闹嘛。

黑想着，不由得略为宽心了。

廿捌

豆腐小僧隔山观虎斗

"哎呀！那是什么？"

戴着一顶破烂斗笠、身穿玩具花纹的单衣、头颅硕大的小僧说道。他手上端着圆形托盘，盘中盛放着有枫叶花纹的豆腐。虽然除此之外并无特异之处，但从身体比例看来不可能是人类。

"好像有位很厉害的大人呢。"

"那是漫画（manga）。"

达摩不倒翁的图案从衣服上的花纹里蹦了出来，落在地上。假如这是一般不倒翁，应该会滚几圈，但这尊不倒翁长了手脚。面容虽严肃，动作却有些滑稽。

当然，他也是妖怪。

诚如各位所知，这是豆腐小僧与他的心灵导师滑稽达摩。

虽然说诚如各位所知，但不知者想必完全没听说过吧，这只是一种惯用句法，还请见谅。

"'mangan'[一]？"

"你明明连麻将也没听说过，在乱讲些什么。还是说你在讲满愿成就？万愿寺青辣椒？你的时代根本没这些东西。不是'mangan'，是漫画，这种刊物算是你的子孙吧。"

[一] 小僧把漫画误念成"mangan"，与日本麻将用语中的"满贯""满愿""万愿"同音。

"啊，我只是个小僧，还没孩子呢。难道是父亲大人私生子的孩子吗？"

"若是那样倒也罢了。唉，教导脑容量很小的家伙真麻烦。你啊，不管在什么故事中登场，都变不出新把戏，多少来点变化嘛。真是的，从黄表纸那时起，几百年来都只会同一招。"

"几百年？我还没……"

"要说明太麻烦了。"达摩不客气地直接打断他，接着说，"那是畅销漫画家藤田和日郎创造出来的妖怪，名叫阿虎。"

"是那个阿寅[一]吗？还是阿虎？"

"是阿虎，猥裸的进化形。很强的。"

"那么那位大人又是谁呢？"

"那位是超级畅销漫画家高桥留美子小姐创造出来的犬夜叉。在它身边的则是它的异母兄长杀生丸。"

"啊……好大一把刀呢。它不觉得重吗？换成是我拿那种东西，恐怕会重得一步也走不动呢。"

"你拿那个的话就要改名成铁碎牙小僧了。虽然刀剑拟人化在后世很流行……算了，你没机会的。刀剑男子个个都是美男子呐。你再怎么拼命也只会是把生锈菜刀，想要乱舞是办不到的。"

"老师的话我一句也听不懂。"

"对你不管说什么都是对牛弹琴，若要一一说明，不知道得花多少时间才讲得完。话说回来，这战况也太激烈了吧。"

不过小僧所看的不是地上，而是天空。果敢迎战战斗机的是漫画角色。

达摩翻倒身子看上空，因为没有脖子，只能整个身躯往后翻倒。

"哎呀，不倒翁摔倒了。"

[一]　指日本电影"寅次郎的故事"系列的主角车寅次郎。

"没想到你也会讲这么幽默的笑话。"

"我没有讲笑话啊，我只是把我看到的情况讲出来。啊，是龙。那是龙，对吧？我以前也见过龙。"

"那也是漫画。"

"咦！"

"那是在畅销漫画家今市子的作品中登场的妖怪，名为青岚。很强的，你也会被吃掉。"

"鬼怪会吃鬼怪吗？"小僧吓得缩起脖子说。

"设定中会吃，所以应该会吃吧。"

"啊！好厉害啊，漫画。哪像我，只尝过豆腐的味道。"

"因为你的设定中不会吃鬼怪。你单纯是个笨蛋。不过……"

达摩倒在地上，盘着手，瞪向天空，自言自语地说："原来如脐，我懂了。"

"什么原来如脐啊？老师没有肚脐吧？"

"你还不是连自己有没有肚脐也不知道？算了……总之，应该是从战斗机飞行员可能知道的角色中挑出这些战斗能力很强的吧。这倒不失为一个好方法，飞行员多半对妖怪不熟啊。但话说回来，这样做，版权没问题吗？啊，作者似乎也到妖怪社群避难了，说不定这是作者本人召唤出来的呐。如此看来，地上有鬼灯或猫咪老师也不意外吧。说不定连手表那边的妖怪也都出来了。但只是手表的话，战斗力不太能期待，口袋的那群妖怪反而还比较能打呐，但那算是怪物吧。也许他们所召唤的角色限定为妖怪了吧。他们应该明白这个分际，这是身为妖怪迷的一点矜持。"

"老师对'mangan'好熟啊。"

小僧感到傻眼地说，低头望着达摩。

"被你俯视不禁使我觉得自己很卑微。你那张脸就是一副很藐视人的样子。"

"我的脸是天生的。我对自己的长相感到自豪。"

"凭什么感到自豪？反而该觉得羞耻才对吧。哦，攻击居然奏效了。"

"什么奏效？"

"你没看到那架战斗机刚才大幅度转弯了吗？他想躲避犬夜叉的攻击。漫画角色没有实体，就算攻击命中也不会产生危害，问题是没被攻击过的话就没人敢打包票，战斗机自然会忍不住闪开吧。但另一架战斗机就不怎么在意。也许飞行员没看过《犬夜叉》动画或漫画吧。不是那个年代的人吗？说不定是《相聚一刻》后就不再继续追高桥留美子作品的人。"

"总觉得老师好像有点……那个该怎么说？"

"什么啦？"

"我好像在哪里听过一种称呼，呃……好像是叫阿什么……还是宅什么……"

"讲半天不知道在说什么，愈说愈过分。你该不会想说御宅族吧？"

"对对，就是那个族。"

"没想到你居然懂这些知识。不过你自己也被动画化过几次，知道这些也不算奇怪……但贫僧才不是御宅族！"达摩满面通红，怒气十足。

"贫僧只是拥有知识。不受时空限制，只要有达摩图像的地方的事物，我全部了然于胸！连那架战斗机的型号我都知道。是因为说了你也不懂，贫僧才不说的。"

"可是我听说阿宅都主张自己不是阿宅呢。"

"你这家伙……"

"啊，好厉害。"

"听人说话好吗？"

"那个是兜裆布吧？好厉害的兜裆布啊，好快好快。"

"兜裆布？笨蛋，那才不是兜裆布。你这小僧好失礼啊。那是一反木绵。你看上头不是坐了个小孩子吗？"

"咦？"

小僧左手放开托盘，高举至眉梢遮蔽阳光。

虽然不会因为这样就看得比较远，但看远处总习惯做这种动作。

"啊，是个穿着醒目花色无袖外套的小孩子。啊，坐在一条兜裆布上飞到那么高的地方，难道他不怕吗？"

"哪儿可能害怕。他呀，是你们这些小僧妖怪演化而来的妖怪漫画界霸主，GeGeGe 鬼太郎啊！"

"是吗？我没听过。"

"怎么可能？"

"没有啦，我胡说的，我当然知道啊，这个名字。就是木屐店的源太郎吧？"

"真有这号人物的话，贫僧反而想见识一下呐。不是木屐店，是 GeGeGe 啦。"

"我懂了，是青蛙唱歌。GeGeGe。"

"就说不是。他曾经也跟你战斗过吧？在漫画版里头。记得你那时做出让人吃下豆腐，使人身体长出霉菌来的坏事。"

"把……把这个豆腐……"小僧慌忙把豆腐藏到背后，"吃……吃掉啊？太浪费了！"

"是你自己喂人吃的啊。记忆力太差了吧。而且你在动画里也登过场。在第三期和第五期。虽然在第五期只是个小配角，不，应该说是路人角色。"

"路人？"

"算了，反正你肯定忘了。"

"我没有这件事的记忆。"

"你没一件事记得住的。话说回来，鬼太郎真强，一定年龄层以上几乎无人不知无人不晓呐。打了一场华丽的空中战。"

天空中正在展开媲美动作片的激烈空战，但在此只能请各位由小僧和达摩的对话自行想象。太详细描写情景恐怕会触犯很多禁忌。

"话又说回来。我为何会在这里冒出来啊？"

"谁知道？召唤你这种妖怪对战况没任何帮助吧？虽然你过去当过好几次和事佬，但这次看似不是这种任务。也许是出了什么差错吧。"

"原来是差错啊。毕竟我也不是什么'mangan'。"

"就算是漫画，召唤像你这种不知该说传统还是崭新、保守还是革新的家伙出来也没什么用。我看多半是和其他小僧搞混了吧。但小僧大体上都没有战斗力。"

"完全没有啊？"

"当然。你们只知端茶、提灯替人照明或吐舌头啊。最强的招式也顶多是在海上掀起波澜。但这里又没海。也许把你和猫眼小僧搞混了吧。"

"那个小僧很强吗？"

"挺强的。虽然很孤独。"

"和我一样啊。"小僧说。

"为什么？哪里一样了？"

"我的朋友拉袖小僧也很孤独。小僧基本上都很孤独啊。"

"怎么笼统地归纳起来了？真要说的话，鬼怪都很孤独吧？在那里交战的强者都是妖怪。是鬼怪被冠上妖怪这个名词后才产生的事物，因此和咱们不同。鬼太郎是鬼太郎，阿虎是阿虎，犬夜叉是犬夜叉，不代表其他事物。所以它们有同伴，也会恋爱。"

"鲤……鲤鱼[一]？"

"肯定不是你心里想的那个字。但你也知道的，原本的鬼怪都是一些从事后解释或借口、误会、嫁祸之中诞生的，因此没有所谓的自我。一旦出现就只能消失。甚至也有根本没露过脸的。你应该记得吧？被你擅自当成朋友

[一]　日语中"鲤"与"恋"同音。

的拉袖小僧，不过只是以为袖子被拉扯的某人凭空想象出来的鬼怪。事实上，他根本没被拉袖子。"

"哦。"

"不是一登场就玩哏，是先有哏，鬼怪才存在。明明根本没有这样的鬼怪，却因为误会或错觉而被当成'出现过'，结果只剩记忆存在。因此就这样'被消失'了。多么虚幻啊。不只没开口说话，连个形象也没有，这恐怕不是孤独二字所能形容的。"

"那我也是喽？"

"你根本不一样，你是那种常驻型的妖怪。而且还能像这样和贫僧对话，孤独程度极低。所以说你哪里孤独了？听了就生气。"

达摩灵巧地起身。

虽有手足，却也很短，身躯又圆，怎么看都很难起身。不过不愧是不倒翁，竟然轻松地爬起来了。

达摩心情不佳，快步前进。

小僧自认没说什么错话，但他脑容量小，很快就忘记了。毕竟现场到处上演着稀奇的光景，这也无可厚非。

"啊，那边又有很厉害的东西出现了。唔哈！好大啊！那个也是漫画吗？"

"嗯……"

富士山麓平原上有个巨大物体昂然而立。

"看起来好像是……乌龟。"

"哎呀呀。"

达摩不禁停下脚步。

"真的是乌龟先生呢。俗话说'鹤千年，龟万年'，那个就是活了一万年的乌龟吗？原来能长得那么大啊。"

"笨蛋。那个……虽然很像乌龟，但并不是，而且那个也不是漫画角色。

问题是那群人竟然连那种东西也召唤出来，难道已经舍去身为妖怪迷的矜持了吗？还是状况真的太紧迫了？搞不好只是个人兴趣。嗯……八成是基于兴趣。村上、京极与天野都爱怪兽，郡司又是角川的人，版权应该没问题吧？照这样看来，说不定东雅夫还会把那只翼龙……真的假的？居然也叫出来了。"达摩失望地说。

"那是鸡吗，老师？"

"那只有名的怪兽叫拉顿。也许再过不久，连那只怪兽之王也会登场吧。"

"怪叔叔之王？是那个吗？"

"那是……大巨兽加波。"达摩抱头苦恼，"怎么选了这只只有怪兽迷才认识的家伙啊。算了，没叫出'基拉拉'就不错了。或者说，他们专挑会飞的？就算如此，也没必要公的母的连同孩子也召唤出来啊。召唤孩子没用吧？唉，不管如何，这么乱七八糟的队伍，贫僧才不想参加呐。"

"乱七八糟吗？"

"这种人选完全是自暴自弃。就算要召唤巨大的、有恫吓效果的，何不召唤怨灵、魔缘、祟神或魔神？明明有很多选项。看是要召唤崇德天皇还是白峰，或者菅原道真也行啊。"

"哦……那个是……"

"那是大魔神。"达摩说。

"这样不是就有魔神了吗？"

"那是魔神没错，但不是我刚刚所说的魔神。唉，真是太乱来了。这样一来，根本分不清是妖怪推进委员会、漫画同好会还是特摄爱好会嘛。"

"啊，乌龟先生在喷火了。"小僧说，"好厉害啊，比两国的烟火还漂亮呢。虽然我不清楚那是'mangan'还是特摄，但很厉害啊。"

"妖怪、漫画及特摄……是一样的吗？"达摩嘟囔道。接着，他抬头看着小僧的脸说："算了，或许一样吧……"

"对了，有件事很有趣呢。偶尔会从远处传来类似打雷般的巨响，那是什么声音？是在放庆祝的烟火吗？"

"那是炮击或手榴弹的声音。希望没人受伤。"

"老师在说什么我不知道。但是，明明是和那么厉害的东西战斗，现场却没有邪魅呢。"

简单说来，邪魅是由邪念或杀意等人类的负面情感凝聚成形的鬼怪。

"这么说来好像是。"达摩眼观四方说，"暂且不论妖怪联盟的家伙，至少自卫队或机动队的人有充分的恶意或杀意吧。不对，也许没有。"

"没有吗？"

"与其说没有……有是有，但自然界没有能感应这些恶意的事物了。邪魅是魍感应人的恶念而形成的，但魍的数量根本不足。"

"呃，为什么？"

"魍全部变成现在涌现的鬼怪或怪兽了。但召唤出这些鬼怪或怪兽的人，心中恐怕全无恶意吧……"

达摩表情窝囊地说。

"虽然情况看起来是在大战，其实召唤者毫无交战念头，否则就不会弄成这么胡闹的场面了。那群人只是一群笨蛋，无意争斗。不管召唤出多么强大的鬼怪，也打不赢现实中的武器。所以这只是在打假球，在演戏，是一种拖延战术。"

"演戏！难怪那么有趣。"豆腐小僧愉快地说，"老师，老师，那么现在又是怎样？有个超级大的四角形物体出现了。"

"四角形？什么四角形？"

"好大啊。比消防望楼还高，比吉原大门更大。那是什么啊？好像某种框架，是纸门的木框吗？"

"哪有那么大的纸门啊。那么高，好歹有上百米吧。"

"百母鸡^[一]啊？可是看起来不像鸡啊。"

"贫僧在讲高度单位……等等，那是电视机吗？"

"店饲鸡是什么？也是'mangan'吗？"

"唉，我懒得说明了。只是，为何有那么大的显示屏……"

"下仁田^[二]吗？在上州。"

"你可以闭嘴吗？不，那是……"

无怪乎达摩会感到惊奇。富士山麓平原突然出现了一台和加美拉并肩耸立的巨型电视！

只见偌大的屏幕骤然发起光来，画面中显示出沙沙作响、紊乱、画质不佳的风景。电视巨大，分辨率却不高，难以看清画面内容是什么……

"那个……那个是……"

"是口井。"达摩说，"没想到居然连这个也呼唤出来了。虽然这个与其说是怪兽，不如说更像是我们的同类。"

是的。

相信敏感的人看到这里已经猜到是什么了吧，有人从井里爬出来了。当然，出现的不是大叔或小孩子，而是穿着白色连身洋装，一头相当长的长发的女性。她的长发遮住脸部，动作极其不自然。

女性逐渐靠近摄影镜头处。

"真的要放出那个？不过现在的话，至少比哥斯拉更容易召唤。"

达摩不知为何露出失望的表情。

画面变成女性头顶的特写。

好大一颗头。

[一]　日语中"母鸡"（mendori）与"米"（metoru）发音相近。

[二]　日语中"显示器"（monita）与"下仁田"（shimonita）发音相近。

仔细一看，那颗头居然从屏幕里……

"长出来了！达摩老师，那个女人长出来了啊！"

"嗯，会整个人都跑出来的，安静看。"

出来了。

超大的……3D版贞子。

空中的战斗机似乎完全放弃任务了。会怕也很正常，毕竟是妖怪巨女，而且还是超级会作祟的那位贞子小姐。

"哎呀，我好像看到过这位小姐呢。但她以前好像没那么大。现在怎么长得比大入道叔叔还要高大啊！"

"你以前看到过的是毛倡妓啦。这位是山村贞子小姐，是近年少见的明星怪物。虽然你在古代也和她差不多有名，只是现在……"

"啊，原来是山村小姐。好大啊！"

贞子伸出苍白的手，试图抓住战斗机。

战斗机则……已经吓到忘了要发射武器。

贞子的头发往四面八方无尽延伸。

"啊，自从变成立体形象，又和某人对决后，现在来挑战自卫队了吗？贞子小姐最近似乎完全进入战斗模式了啊。这恐怕是目前为止出现的版本当中最强大的一版了吧。"

敌机彻底溃散了。

加美拉也发出一声特别响亮的咆哮。

陆地上的战况似乎也很不得了。

不知不觉间又多出好几只怪兽，又是吼叫，又是喷火。漫画角色也四处飞翔，政府军的坦克已无法对抗。在这当中，变得如富士山般巨大的贞子用头发不分敌我地对所有人攻击。在这场华丽乱舞中，虽然偶尔可见到大型妖怪，却完全失去了存在感。

"走吧，看不下去了。"

达摩说。

从视野开阔处往前走一段路后，来到森林里的小径。小僧舍不得离开怪兽与怪物们华丽壮阔的战斗场面，但又怕被达摩弃之不顾，只好亦步亦趋地跟在后头。

不久——

"哎呀，老师，是我们的同伴。"

传来一声惨叫。

几名被吓得腿软的士兵瘫坐在道路两侧。这一带有鬼怪队伍在巡逻。

最前头是骑着无头马的独眼鬼——夜行。

后边有戴着乌纱帽的猴子和身穿直垂的青蛙跟随，接着是器物和萝卜、芜菁等蔬菜化成的鬼怪，它们拉成长长的一列。

后方有傲慢的天狗与妖艳的狐狸。

队列的最后是看不出是妖怪还是人类的不明生物，单手拿着地图册跟着鬼怪走，身旁有个背着篮子、满脸络腮胡的男人。拿地图的男人一脸困惑。

地图男个子矮小，长相令人联想到传统的小偷形象。

可能是因为嘴旁的胡须没刮干净，稍微带点青色，也可能是因为他的眼神似乎在畏惧着什么。

"也太凶猛了吧，贞子。"地图男说道。

"那是谁召唤出来的啊？真的好吗？"毛发浓密的男人问。

"没有问题。"地图男回答，"那个是作者自己召唤的。"

"咦？铃木光司先生也在这里？可是他和妖怪不是没有关联吗？"

"他突然冒了出来，宣称哪里有趣自己就会在哪里出现，然后就把贞子放了出来。放完后他就不知跑去哪里了。也许躲在某处监视呢吧。"

"呃，可那是电影版贞子吧，和原作版的模样不同。"

"没关系，反正都源自铃木光司先生的创作啊。"

"哎呀呀。"

这时，男人发现了小僧。

"咦？这不是……豆腐小僧吗？怎么会孤零零地在这里啊，迷路了吗？"地图男问道。

"人人人人人……"

"什么？"

"人人人人类能看见我们啊，老师。"

小僧吓得把托盘左右摇动。

豆腐软绵绵地晃动。

"嗯，看得到。"达摩毫无所感地回答，"在这里他们能见到我们。"

"也也也也也听得到我的声音吗？"

"当然。贫僧虽不知道是什么原理，总之能听得见。我们没有物理作用，不会振动空气，因此一切只是存在于脑内的现象。"

"咦？达摩也在。他们是哪一组的？门贺先生组的吗？还是多田先生组？"

"是谁啊，这个人？"

"他叫青木大辅，以前是个编辑——这个职务类似绘草纸出版社的伙计。他的同伙，那个毛发浓密的男人叫大庭大作。"

"怎么形容我的第一句话就是毛发浓密啊。"大庭显露出失望的神色说。

大庭有个怪毛病，他的肢体动作很大，却和他说出来的内容对应不上。他现在正做出类似打电话时的手势，但这个动作和他说的话完全无关。

"这位青木以前曾编辑过一本叫《妖怪痴》的书，所以对妖怪挺熟悉的。如果没有某种程度上的理解，是没办法引导这支鬼怪队伍的吧。"

"你怎么在说我啊？"青木感到困惑，"好了好了，你们走吧。你们一点儿也不可怕，很难有威慑效果啊。"

"夺得武器了！"大庭说。

大庭似乎专门负责从吓得腿软的士兵手中夺取武器，然后放入背后的篮子里。篮子里放了好几把手枪，还有其他武器。

简直像武藏坊弁庆。

"大庭，你果然能看见妖怪。"

"我可以回答你'我才不想被青木你这么说哩'吗？"

"你明明已经答了。正常而言，这些军人不可能老实交出武器，而是会开枪射击啊。你只是个人类，没理由不会中枪。冒着这样的风险，你居然还敢夺枪啊？"

"不不，他们有些人甚至吓得昏倒了啊，可见真的很怕妖怪。看他们吓成这样，搞不好连豆腐小僧也会怕吧。"

"咦？我也很可怕吗？"

小僧在大庭前方转了个圈。

"豆……豆腐！"

递出豆腐。

"嗯，很可怕……才怪。"大庭说。

"大庭才可怕吧。大庭的可怕类似生剥鬼啊。不说了，天色即将变暗，敢死队们没事吧？完全没有联络呢……"青木担心地说。

"搜索敌方根据地果然伴随着危险。"大庭一边做出吃东西的动作一边说。真的完全无关。他脑中掌控肢体的部分和语言区的连结恐怕断掉了。青木似乎很习惯他这样，丝毫不在乎。

"平山先生会不会逃了？"

"嗯，应该不至于吧？"大庭说，"如果他要背叛，应该会做出更过分的事。"

"说得也是。话说回来，似田贝多半死了吧。"

"下仁田吗？在上州。"小僧插嘴道。

"这个小僧在说什么？"

"请别在意。"达摩说。

"对了，印象中达摩先生能超越时空获取无数知识，见识诸多景象。我在京极先生的小说中看到过这个。"

"是的。虽然我没想到会有人类指出这一点，但只要是达摩不倒翁所在之处，不论现在、过去还是未来，贫僧都存在，因此能通晓一切。关于你的事，贫僧也很清楚。"

"我的事不重要啦。"青木自暴自弃地说，"对了，据说来自巴比伦的魔物就潜伏在这片树海里，你知道它躲在哪里吗？它名为戴蒙。"

"不知道。"

"居然马上回答了。"

"你是笨蛋吗？树海哪来的达摩不倒翁？有人会特地把它带到这里抛弃吗？贫僧作为菩提达摩面壁得道后，近一千五百年来未曾被舍弃在树海。今后也不会有。"

"原来如此。"青木更自我放弃地问，"难道不会有人穿着达摩图案的衣服不小心在树海迷路吗？"

"并不会有这种事。而且哪来那种图案的衣服？就算有，又有谁会穿？"

"我的衣服上就有达摩图案。"小僧说，"我在穿。"

"你很烦啊。反过来，贫僧倒想问你们，那个叫戴蒙的是谁？"

"你连这个也不清楚啊？原来很多事都不知道嘛。"

"贫僧知道的事比你多太多了。"达摩不开心地说，"要不要我说出你的秘密？"

"这个鬼怪有点讨厌啊。算了算了。只是……事情真的能解决吗？"

青木大辅抬起头，看着夜幕逐渐降临的天空问。

廿玖

世界妖怪协会终于与敌对峙

雷欧☆若叶、榎木津平太郎和似田贝大介三人抵达坑洞中心时……

该处谁也不在。

当然，也空无一物。

被平山踢下去的三人，在有机物构成的斜坡滚了相当长的距离。坡倾斜约三十至四十度。这样的角度乍听或许不觉得陡，实际站在坑洞边缘往下看会有近乎直角的感觉。

三人在滚落到坑洞底部前就昏过去了。

虽然全身上下都有擦伤，但伤势并不严重，不久就恢复意识了。

最先醒来的是雷欧。

雷欧一向粗心，容易轻敌且短虑，做事不经大脑又容易得意忘形，他以为只有自己得救，都没去搜寻其他两人就号啕大哭起来。

哇哇地大哭。

真是个笨蛋。

虽然是笨蛋，对及川来说却感同身受。

及川听到这件事时，自出生以来第一次感谢自己任性的椎间盘。假如没有腰痛的话……

他肯定也一起滚落到坑洞底层了。

三个笨蛋随从之一必然有及川的席位。

虽然一向粗心，容易轻敌且短虑，做事不经大脑又容易得意忘形的雷欧是笃定当选，其他两人就难说了。

似田贝或平太郎换成及川……

——大有可能。

大大地有可能啊。及川是尚未发展成智人的物种，雷欧则处于智人界的最底层，勉勉强强算是人类。如同学年成绩优秀班的初中三年级学生依旧比学年成绩最后一名的高中生学力更强一般，及川也能赢过雷欧。

但其他两人就难说了。

平太郎是个御宅族，及川也是。两人的差异在于前者是年轻人，后者则是大叔。虽不知这种情况下年轻是否有利，但单论利用价值的话，恐怕是年纪老大不小的及川价值比较低吧。

似田贝的话，虽然在人品上和及川半斤八两，但别人往往不想跟他计较，因此他有很高的概率会被优待。不知为何，他一脸傻笑、仿佛瞧不起人的个性老是比粗犷、爱耍酷的及川更易博取好感。真不公平。

总之，这两人是在相当低水平的阶段互相竞争。

唯有雷欧是公认的人选。

然后……这个雷欧正在坑洞底部号啕大哭。哭得一把鼻涕一把眼泪的。

哀怨且颇为低能的哭声深深沁入异常宽广的坑洞内部。

似田贝听见了他可怜的哀号。

似田贝这家伙虽然是个胆小鬼，偶尔却会流露出看破人生的态度，碰上危机时反而能以"看轻世间"的胡闹方式渡过难关。这是他容易博取他人好感的理由之一，但他也有绝对赢不过及川之处。虽然及川也经常小看事态，但不同的是，他一定会有凄惨的下场。简单说，及川只是分析问题过于天真又一知半解，导致他有许多误会，所以只能以失败告终。同样是一知半解，似田贝靠着打哈哈却能渡过难关。

及川对此不免感到嫉妒。

总之，即使在此种危急的情况下，似田贝还是不急不缓地带着类似睡昏头的心情，循着哭声找到雷欧，以稀松平常的语气询问他发生什么事了。

听说雷欧吓得飞跳起来。

当时夜幕早已降临，视线极为不佳，不被吓倒也难。因为雷欧☆若叶是和死去的吉良并称"双雄"的孬种王。就这样，雷欧和似田贝在坑洞底部手足无措地呆立着。

他们这时尚未发现平太郎。

另一方面，荒俣宏一接获平山梦明和东亮太的报告，即刻分析状况，做了一个明智的判断：

将分散巡回的妖怪旅游团——妖怪大游行执行队伍——集合起来，让妖怪推进委员会成员全体冲入敌阵。

荒俣也决定一并带着反克石。

完全靠石头保护访客中心，这是个巨大赌注。

荒俣下此决定的理由是：

首先，被召唤出来的漫画角色、怪兽甚至贞子，都出乎意料地骁勇善战。妖怪大作战的效果很好。

角色们被召唤出来后，无须被下达任何指令就会主动在战场上活跃起来。

由于各角色都是足以担纲主角的全明星阵容，会有这个结果并不意外……只是不管外表多么强悍，它们的攻击力依然是零。但现在能防御敌人的攻击才是重点。

及川一开始听京极说出要召唤鬼太郎时，还以为他在开玩笑。但看到鬼太郎被真正召唤出来的时候，他又觉得这个世界有点可笑。京极召唤的鬼太郎不是瑛士，而是很具真实感的原作版鬼太郎。及川原本建议，要召唤的话，动画第三期和第五期的鬼太郎战斗能力较强，但被否决了。后来及川才知道问题不在那里。不去限定哪一期的话，角色的通用性才比较高。

空中决战非常有震撼力。

角色们代表性的必杀技一招比一招帅气，即便完全没有效果，也毫不疲惫、毫不退缩。而敌方战斗机就没那么轻松了，发动的一切攻击都无法对漫画角色们造成伤害。子弹很快就用尽了，燃料也告罄。

及川后来才知道，据说香川一开始建议派出超级机器人来应战。就在及川趴着休息的时候，他不知道为何这个提议被否决，但他个人很想见识真实版超级机器人大战，也想一起呼喊必杀技的名称。

然后——

听说村上提议要召唤怪兽的时候，及川觉得这家伙太得意忘形了吧，根本就是乱来。不过等到加美拉真的登场时，他竟有些感动。现实中的加美拉休形巨大得惊人。

及川以为接下来应该是召唤出哥斯拉，没想到妖怪迷间却产生了争执。

村上建议召唤《金哥》（即《金刚大战哥斯拉》）中登场的哥斯拉，而多田则推荐召唤《摩哥》（即《摩斯拉对哥斯拉》）中登场的哥斯拉，理由是《摩哥》版的哥斯拉面容比较凶恶。于是立刻有人反驳说，如果重视凶恶度的话，《哥斯拉·摩斯拉·王者基多拉：大怪兽总攻击》中的白眼哥斯拉更凶恶。也有人提出，姑且不论作品水平好坏，考虑到哥斯拉背鳍的尖锐感，当然是选择《哥斯拉2000：千禧年》版的哥斯拉才对。还有人认为干脆召唤初代哥斯拉比较好，但马上有人反驳初代哥斯拉身高太矮。总之，意见出现分歧了。老实说，这种争论实在挺无聊的。

结果，最后被选择的是拉顿，只因能飞天。感到开心的人只有喜欢翼龙的东雅夫。

不过怪兽真的很有效。它们太擅长应付自卫队了。相反，自卫队根本不知道怎么对抗怪兽。这很正常。就算在现实中真的有怪兽登场，政府也不敢派出自卫队应战吧。毕竟他们没有微波激射炮啊。

936

　　总之，及川本来对村上竟然还能考虑战局来挑选召唤对象而感到钦佩，不过在看到连大怪兽巴朗、蜘蛛怪兽库蒙加及摩斯拉幼虫等就算被召唤出来也毫无助益的怪兽后，他就改变想法了，觉得村上果然只是在得意忘形地胡闹一场而已。附带一提，不知为何，《奥特曼》中的怪兽一只也没被召唤，是顾虑到圆谷公司制作的缘故吗？不过京极说，这是作为人的最后底线。

　　总之，作战地点是富士山麓平原，对手是自卫队，结果还是变成《怪兽总进击》了。

　　怪兽虽然没有攻击力，却很有压迫感，而且很能吸炮火，在牵制坦克的攻击上极为奏效。

　　问题是贞子。

　　虽不清楚究竟是何时登场和怎样来到这里的，铃木光司突然现身了。他摊开双手，以仿佛新兴宗教教主般的说话方式，用宛如歌剧名伶般的高亢嗓音说：

　　"请交给我吧！"

　　说完，他就将之召唤出来了啊——贞子小姐。

　　超巨大。不，贞子妹妹明明是清纯可怜的超能力美少女，不是那种怪物啊。虽然在场所有人无不面面相觑，既然是原作者亲自召唤的，应该没问题吧。

　　只不过……效果远超推进委员会的想象。贞子实在太可怕了。任何听过或看过《午夜凶铃》的人没有不感到害怕的。这样等于战场上所有人被迫观看诅咒录像带，而贞子也真的出现，所以敌人完全被吓坏了。就算他们能平安完成作战，几天后恐怕也会死吧。虽然实际上多半不会死。在近期的恐怖故事中，诅咒类的特别吓人。

　　黑史郎见到贞子出场的绝佳效果后，也央求召唤出《咒怨》的伽椰子和俊雄，却被拒绝了。因为这两人身材实在太娇小。在森林里见到全身涂白、只穿一条三角内裤的小孩子抱膝蹲坐的话，会觉得很古怪吧。虽然这幅情景倒也挺恐怖的，但攻击力本身实在不怎么值得期待。至于伽椰子，假如没有能让她缓缓爬下的楼梯，只在地上爬行的话，看起来和伤员没有多大差异。若有大量伽椰子同时登场，或许很可怕吧。

不管如何——

坦克与战斗机就交给漫画角色、怪兽与贞子来应付吧。

荒俣做出如此判断。

剩下的就是被派遣到森林里的游骑兵部队。

已经有相当多的人碰上妖怪大游行而被吓瘫，武器也被没收。

但妖怪方会派哪些妖怪参战、会派出多少数量依然不确定。而敌方应该不光是自卫队，警察和 YAT 也参与了作战。无法确定是否也派遣了特种部队或狙击部队，总之十分危险。若将反克石带走，访客中心的妖怪难民们将会陷入毫无防御的境地，一旦有敌军入侵，必将酿成惨剧。

那就把所有敌兵揽在自己所率领的特攻队这边吧——荒俣做出这个决定。

荒俣指示京极执行 B 计划，京极默默点头，走到香川身边。

不久，留在参谋本部的所有成员都收到出动命令。

及川原本对自己因腰痛或许能被免除任务抱着淡淡期待，然而，人生并没有那么轻松。

期待，永远是淡薄的。幸福，也总是虚幻的。

一行人先移动到离参谋本部与访客中心相当远的地方后，香川取出反克石，呼子出现。

然后……召唤出鼬火柱来。

明亮的火柱朝向天际延伸而去。这是动画里常见的情景。

那就是集合的信号。

不久，四面八方的妖怪群聚而来。妖怪大游行的各执行队伍都集结而来了。妖怪推行委员会和妖怪们汇聚一堂，接着……

真正的百鬼夜行开始了。

"尽可能华丽地行动吧！"

荒俣不知为何声音特别高亢地说。并非强颜欢笑，而是真心享受的感觉。同时，前怪异学会的人们手上拿着不知何时准备的太鼓和钲鼓咚咚锵锵地敲了起来。松野仓还唱起意义不明的歌曲。

香川召唤出自己认识的所有发光妖怪。

魂火、锵锵火、姥火、化火、狐火、宗源火、二恨坊火、小右卫门火、鬼火、人魂、油坊……及川认识的只有这些。原本钓瓶火只会垂挂在树梢上，但香川故意召唤：

"《鬼太郎》中登场的钓瓶火！"

该说是准备周到呢，还是不愧为专家呢？也许只是单纯的御宅族吧？

队列周围变得明亮如白昼。

领队的是荒俣宏。

多田和村上跟在他两侧。东亮太负责带路，黑史郎跟在后边。怪异学会的人、不怕死的妖怪痴们、前编辑、学者、作家等有志之士紧随其后。

殿后者是京极。

他只是因为体力太差，走路很慢，自然而然落到队列尾端。

队列周围有妖怪在飞跃、弹跳、滚动、飘浮着。

也有见越入道和滑瓢鬼。有狂骨、魍魉、鸣汪和兵主部。有巨大的，也有矮小的。有油纸伞、木屐或锅釜。有气派的狸猫和高贵的狐狸、威风凛凛的天狗和下流低级的河童。也有小僧、坊主和妖怪爷爷、妖怪婆婆。虽然坊主现在被视为一种歧视用词，爷爷和婆婆这个称法也有失礼节，但作为妖怪的专有名词本来就这样，也没办法。

豆腐小僧则跟在京极身旁慢慢走。

没人知道豆腐小僧是被谁召唤出来的。及川以为是插画家石黑亚矢子召唤的，问她却得到否定回答。据说石黑召唤出的是歌川国芳的锦绘《相马的古内里》中的巨大骸骨——俗称"饿者骷髅"。听说饿者骷髅是一位叫斋藤守宏的人于二十世纪六十年代创作的鬼怪，而将饿者骷髅和歌川锦绘中的骷髅形象作结合的则是水木老师。问石黑是怎么召唤饿者骷髅的，她只说了句"那个很大的骷髅"，它就被召唤出来了。没想到反克石这么机灵啊。

不管如何，的确很有冲击力。

总之，虽然有些阴森，但并不悲壮，反而有种类似昭和中期商店街大拍卖时的气氛。豆腐小僧似乎开心得不得了，偶尔还小跳。及川问小僧本人是怎么冒出来的，他只回答不清楚，而达摩也没好气地回答"谁知道啊"。及川做梦也没想过自己居然会被达摩不倒翁责骂。

豆腐小僧似乎是自行涌现的。

话说回来，不知道京极和自己笔下的角色一起行走时心情如何。京极本人倒是和平常没两样，只露出一张嫌走路麻烦的臭脸。

"好远啊。"

京极只说了这句话。明明刚开始走不久。

"京极先生，现在这样真的好吗？"

"什么意思？"

"我们不是要去战斗吗？妖怪大战争模式，B计划。"

"有何不可？"

"真的吗？可是现在大家仿佛在办庆典一样，情绪很高涨。"

"就是庆典。虽然百鬼夜行这个名字不免给人恐怖的感觉，但原本的百鬼夜行只是无形事物的游行。可视化鬼怪的游行是庆典游行的谐仿，所以现在这种气氛才对，我还嫌大家不够嗨哩。"

"但京极先生你自己也不怎么嗨啊。"及川吐槽道。

"没办法，我身体虚弱无力。"京极回答，"及川才应该更闹腾一点。大声唱歌跳舞吧。扭起你的腰来啊。"

不，腰真的不行啦。

"既然要改成这种计划，应该找个会演奏乐器的人来才对。三味线、太鼓、笛子与钲鼓……明明避难所里有很多音乐家。怪异学会的演奏实在是很差劲。"

虽说是配合着音律错误百出的愚蠢奏乐，但在阴火和鬼火照耀下的电子花车风游行队列无论如何都相当醒目。

一如荒俣所预料的，潜伏于树海和邻近地区的游骑兵们陆续朝妖怪游行队伍集结而来……当然，不包含被妖怪吓得腿软的那些人。

这是临近深夜的事。

与此同时……

坑洞底部的似田贝和雷欧终于找到失去意识的平太郎，勉强唤醒他后，一同走向坑洞中心部分。

虽然他们并不明白自己在坑洞正中心。

四周昏暗无光，看不清坑洞到底有多宽广。

只有某处微微发亮，于是三人朝着那里走去。

坑洞上方有从附近地表延伸而来的枝干或藤蔓交织覆盖成穹顶状，正中央处恰好留下一个洞。

月光由该处射入坑中。

仿佛聚光灯般照射着中央部分。

地上有一块巨石形成的台座。

三人靠在那里休息。

就像在比熊山山顶的岩石上，和朋友讲百物语的稻生平太郎一样豪气^[一]——若相信似田贝的话，当时似乎是这种情况。

是真是假，及川无从得知。

然后，据似田贝说……他觉得事有蹊跷，便提议众人去检查巨石台座。当时，雷欧仍沉浸在自己能得救的喜悦中，而平太郎则觉得能攀上岩石就心满意足了。这两人脑袋空空，什么事也没想。

考虑到这段话毕竟出自似田贝口中，其真实性或许打点折扣比较好。但关于雷欧和平太郎的反应，恐怕没什么错误吧。就算有添油加醋，应该也是似田贝往自己脸上贴金的部分。因此，当时的真实状况应该是似田贝和其他两人一样脑袋空空才对。唯有这一点及川敢断定。因为他敢保证假如自己在现场的话，肯定也什么都没想。

巨岩上什么也没有，四周也空无一物。

似田贝以缅怀往事般的口吻宣称，当时说出要挖地面的人就是他。

及川并不相信，因为似田贝这么说只是想独占功劳。

正常说来，那种情况下怎么会想要挖地？乖乖地等到早上有人来救援才合理吧。

若要挖地，也不会是他认为那里埋着什么，肯定有其他更无聊的理由。笨蛋、傻子和阿呆凑在一起，会有怎样穷极无聊的发展也很容易想象得到。因此，根据及川的推理，那应该是为了上厕所而挖的。似田贝生出一阵便意，但其他两人说要上大号的话就滚远一点，结果被似田贝坚决拒绝，两人便说那好歹挖个洞吧……以上恐怕就是事情的真貌。

及川说出他的推理，似田贝只笑着打哈哈。看来正中核心。

然而开始挖掘后，他们赫然发现地底似乎埋着什么，东西不大，但挖不

[一]　出自江户时代的妖怪物语《稻生物怪录》。描述幼名为平太郎的江户中期武将稻生武太夫年少时期为了试胆，和朋友到比熊山讲百物语，下山后，他与朋友身边发生各种怪异现象，平太郎最后通过妖怪的考验，获得木槌作为对其勇气的嘉奖。

出来。地面不是泥土，不知由何种物质所构成。三人手上没有工具，徒手挖掘当然有困难。

荒俣率领的妖怪联盟大游行队伍刚好在这时来到坑洞边缘附近。

及川记得那时已是深夜两点。

游行队伍成立后，一行人大概行军了两个小时。

"喏，就在那里，没记错的话。"

在队伍相当后面慢吞吞走的平山这么说。福泽彻三皱起眉头。

"平山兄，你根本没在带队啊。其实你根本不记得路了吧？我看你几乎是懒懒地跟来，看队伍停下脚步就马上抢功劳。"

"没这回事。阿彻，你老爱讲这种话来数落别人，但你这回搞错了。我们刚才不是经过了那个都知事的尸体吗？"

"咦？有吗？"

"也不怪你，毕竟脚下一片黑，看不清楚也很正常。阿彻，你刚才不是一脚踩上去了？搞不好踩烂了哩。"

"啊！"

福泽吓得跳起来。他的个性意外纤细。

这时，京极总算追上队伍。

"京仔，你走路怎么这么慢啊。"

"我年轻时还挺快的。"京极回答。

"这是什么？歪歪扭扭又轻飘飘的，很碍事。"

平山抓住飞在空中的仿佛由旗帜和鸡组合而成的鬼怪，向前一把抛出，接着踢了沿着地面走的酒瓶形鬼怪一脚。酒瓶破了。

"啊，破了。原来这个会破啊。"

"太过分了吧。"福泽说。及川完全同意。

"另一只很会飞啊。嗯，飞了。先不管这个吧，喂，京仔。"

"干吗？很烦啊。"

"在这世间变成这样以前，小野的老公他……"

"小野不由美小姐？"

"对，小野小姐，她不是也在写小说吗？"

"她是小说家，当然写小说。明明是小说家却不写小说的人只有你。"

"你别乱讲。"平山敲了敲身旁偷油怪的头。

"干什么？"偷油怪用关西腔抱怨。偷油怪明明是天草市[一]的怪物，会讲起关西腔并变成这种造型，肯定是受到大映电影公司的角色设定影响。

"就是那个啊，《残尿》……"

"是《残秽》。"京极大声纠正。

"对啦，就是那本。我在那本小说里也登场了呢。"

"嗯，没错。原来你读过那本小说了。"

"大致浏览过。"平山说。

"你居然没好好阅读过。"京极瞪着他说。

"我读啦。总之就是那个……内容很认真啊，非常严苛啊，而且很洗练啊。"

"嗯，因为是恐怖小说。那是一本非常优秀的恐怖杰作。巧妙地利用实话怪谈结构上的缺陷，通过让恐怖的点不断转移来补强结构，着实是一本充满巧思、非常优秀的怪谈小说。专写怪谈的写手很多，过去却没人能写出这种形式的作品，实在值得反思。"

"是这样吗？"平山笑了，"不过我不是要讲这个。我想说的是，那个是真实的我啊。"

"什么意思？"

"在小野小姐这种优秀的作家笔下，在剧中登场的平山就是我的写照。"

[一]　位于熊本县。

"那只是虚构的人物吧？"京极说，"那是小说，你才是真实的平山梦明。"

"我的意思是……"

"如果直接让你的真实面貌在小说中登场的话，小说反而无法成立。没人想读那种仿佛一群下巴脱落的囊鳃鳗在元旦对写书法般乱来的小说。小野小姐描写的你虽然是你，却是作为小说中一部分的你。"

及川想，京极说得有道理，但比喻实在太难懂。

这时，京极停下脚步。

"怎么了？你累了吗？你不行了吧？"

"不……我只是感觉我们似乎被包围了。"

"被什么？"

"恐怕是武装军队。"

"这不太妙啊。"

"不，还在料想范围内。及川，你去通知队列前头的荒俣先生吧。要让年龄超过八十五岁的我走到队伍前头太花时间了。虽然恐怕也来不及了。"

"欸。"

及川想，我的腰也很痛啊。

"听到了吗？你快去吧。虽然我忘了你叫什么。"

怎么连平山先生也这么说。

"去吧，你这个软脚虾。还是贫僧陪你去？"

连……连达摩也……

"我也陪你去好了，软脚虾叔叔。"

连……连小僧也……

及川一副"好啦好啦，我知道了，去就去嘛"的态度，一路拨开妖怪、学者、作家和笨蛋们所构成的人墙，来到队列前头时……

及川见到挡在荒俣面前的某张熟面孔。

他是……

"荒俣老师，又见面了呢。"

眼罩。

大馆伊一郎。

荒俣他……

"啊，大馆先生，晚安。"

这是什么招呼。

不知不觉间，在大馆身后——多半是坑洞边缘——当初在那间超豪华高层办公室里见到的那群人站成一排。

身穿军服的武装集团—— YATSS。

"荒俣老师，在这个时间带着这一人批人来到这种地方，真是有劳您了。"

"不客气，也辛苦你派出这个大阵仗来迎接我啊，大馆干事长。"

原来是在互相牵制。

"虽然您难得亲自前来，但不能继续让您前进了，真是遗憾。相信您也知道，我背后的这批人是YATSS，虽然前些日子承蒙各位'好好地'关照过。"

"村——上——"

YAT之中，有一人以极度凶狠的表情瞪着村上。他的眼里暗藏恨意。是当时被村上把手机塞进口袋里的那个队长吧。

"嘻嘻，我就是村上，怎样，打我啊！"村上嘲讽道。

虽然是自己人，但这种态度也实在令人不敢恭维。

"你也只剩现在还能这样嬉闹了，村上。你知道我背上这个储存槽里装的是什么？是你们也很熟悉的抗妖完全灭菌除污毒气！"

"那种东西无法消灭妖怪。"

"能不能消灭不重要。"YAT嗤笑道，"只要能让你们死得一干二净就足够了。我要喷洒到足以使全富士山麓平原的动植物都死绝的程度！大胆地喷洒吧，喷洒！"

"你这样做只会害死自己人。自卫队和警察并没有戴防毒面具。"

"那又如何？只要我们能活下来就够了。"

YAT配备着附属在头盔上的坚固防毒面具。

邪恶。

这不就是邪恶组织的战斗员吗？及川想。

大馆脸上亦无戴任何装备，却毫不在意地笑着。

他轻轻扬起右手。

YAT们举起喷雾器的喷嘴。

不过——

就在同时——

位于坑洞底部的笨蛋三人组——

以笨蛋的方式铆足全力，逐渐挖出某种物体。

虽然挖到一半时发现坑洞上方似乎变亮了，也听到吵闹的说话声……但他们完全没想象过妖怪委员会一行人已经抵达那里，而且正陷入危机之中。

因为他们是笨蛋。

不清楚挖掘出来的物体是什么，只知道是个类似壶的物体。

雷欧☆若叶立刻联想起《鬼太郎》中提袋狸的坛子。平太郎想到的是《夺宝奇兵》的法柜。至于似田贝，他则想到《喷嚏大魔王》中出现的壶。

但三人的可信赖度相差无几，及川只好试着综合三人的说法去想象。不过及川实在无法想象如此奇形怪状的壶会是什么模样，应该至少是个容器吧。

然后——

雷欧似乎陷入某种错乱状态，虽然他平常的思维也很错乱。只见他不经大脑地把手伸入那个壶里。

又不是翻找点心的猴子。

同一时间，大馆正举着右手，所有人以为他会直接将手挥下。

及川为了能多活几秒，拼命屏住气息。站在他身边的多田竖起两只手的食指，很有礼貌地遮住口鼻。及川侧眼看到这个，竟觉得有点可爱，不小心笑了出来。

为什么这群人——不，包括及川自己——如此缺乏紧张感呢？

明明是生死存亡关头。

只要大馆把手挥下，现场所有人，以及树木、花草、昆虫、野兽、霉菌、细菌、自卫队和机动队，都会彻底被驱除。

距离灭绝杀戮只剩零点几秒。能留下来的只有妖怪、佩戴防毒面具的邪恶组织战斗员和大馆。

大家都完蛋了。及川已做好心理准备。

但是——

大馆举起的右手却直接横向朝右边挥出。

站在大馆右边看似队长的男子——就是那个对村上叫骂的男子——恰好被大馆的拳头打中脸部。这一拳相当用力。受到非预期的攻击，男子失去平衡，直接向后仰……

坠落了。

然后——

当然是落进坑洞之中。

由上方坠落的男人，理所当然一路掉到底层。

从底层往上看，就像从上方降临一般。

应该发出了尖叫吧，也有滚落产生的砰咚声吧。

听说坑洞里的笨蛋三人组连有人滚落也没发现。

虽说他们所在之处是坑洞的中心地带，男子滚落之处则位于边缘，距中心有一段距离，但若问他们是否因此才没注意到，倒也不见得。因为他们连此前妖怪游行的热闹喧哗声都没注意到，照理说在深夜幽静的树海中，不管距离多远都应该会听到。

至于三个笨蛋为何没注意到异状，是因为雷欧的手无法从壶里抽出来。他似乎在壶里抓住了什么。就和某个抓住壶中的黄金不肯放手，结果无法把手抽出来的寓言故事相同。

于是三个笨蛋又是拉扯、又是敲打、又是挥动地想把雷欧的手从壶中拉出来……

仿佛在呼应他们的行为，大馆干事长拼命痛苦挣扎，其间又有几名YAT被他乱挥的手脚击中，跌落洞底。接着，干事长当场瘫倒。

仿佛傀儡的丝线同时被剪断般瘫倒。就像全身关节突然断裂一般。其他YAT顾不得是否该喷毒气，为了拯救干事长，他们全冲了过来。

村上像个背负小鬼一般，朝一名蹲下的人背后趴了上去，喊道：

"背我背我[一]！"

村上锁住他的脖子，抓住头部，不肯放手。多田说："你那样好像缠附怪[二]啊。"老实讲，像什么不重要。

村上迅速把手伸向YAT，解开头盔锁扣。

理所当然，防毒面具也跟着脱落了。

"哈啰，你好！"

村上模仿大山羡代的语气说道，把头盔抛进坑洞里。其他YAT立刻将毒气喷嘴对准村上，但被扯下面罩的男子哀叫阻止。

也难怪他要哀号，因为会死。

其他人被伙伴的惨叫吓着，一时之间不知所措。

[一] 传说青森县某处半夜草丛中会传出"背我背我"的声音，居民感觉奇怪，但没人敢去确认。一名年轻人自告奋勇前去探视，他背对草丛，感觉有东西爬上身体，将之带回家后，发现竟是黄金。

[二] 广岛有种妖怪会突然缠在行人背上，要求行人背他。

随即，这几名举起喷嘴的 YAT 从视野中消失。

因为被从背后拨开人群、全力奔驰而来的平山梦明一脚踢下去了。

平山满面笑容。

"哦呵呵呵呵呵呵呵，解决了。你们也这么做吧。"

"老……老师，这样做是杀人吧？"

松村进吉担忧地说。

"死不了的啦。我傍晚也把三个人踢下去了。"

"所以……所以……跟你一起去的那三个已经……"黑木主仿佛能剧面具般面无表情地说。

"小事情而已，不必挂心。"平山回答，"这只是正当防卫啊，嘿咻。"

正当平山一脸愉悦打算再踢一个人下去的时候——

仿佛一千头牛马同时嘶鸣……不，与其说是声音，不如说更像大地震荡、整片树海震动的感觉。虽然没有地震的摇晃，但似乎连空气也在振动。

在现场的所有人类无不吓得腿软或愣住。

从坑洞中喷出腐败混浊的空气，不明细屑漫天飞舞。

多半是枯萎的植物或死亡动物的残骸吧，粉尘壮阔。

接着，某种巨大物体从坑洞之中"隆起"了。

看似长满青苔的暗绿色小山。但那不是山，而是头。之所以知道是头，是因为有疑似脸部的部位露出。那尊庞然巨物有眼睛。睁大的右眼充血，眼白赤红混浊，而左眼则……溃烂了。

"戴蒙……"

荒俣宏只静静地说了这句话。

原来这个物体就是戴蒙？会不会太大了？这比加美拉或贞子更庞大啊。

不久——

看似尖鼻、裂唇、下巴、脖子的部分也逐渐露出，肩膀升起。没见到手，取而代之的是有无数根类似触手的部分。

说是触手，其实更像树根。它们不会像软体动物那样蠕动，晃动时还会噼啪作响。

只见某个树根状部位像扇子一样左右张开。

仿佛背上长了羽毛一般。

这是《新世纪福音战士》的片头动画吗？还是《加美拉3》中伊利斯觉醒的场面？及川只懂得用这种同好才明白的词汇来形容，根本无法正确描述其状态。

平山愉快地喊：

"这……这根本就是小林幸子嘛！"

嗯，这样的场景说是红白歌唱大赛似乎也不是不行。不管如何，的确非常有终极大头目之感。

看来——

在那场抢夺战的最后——

坑洞底部的笨蛋三人组把壶弄坏了。

瞬间，藏在壶里的事物也变得巨大。

雷欧吓得惊慌失措，平太郎吓得六神无主，似田贝则吓得尿失禁。这也不意外，这几年各种不可能发生的事态层出不穷，常识与良知早就崩解，科学知识和经验法则完全无法信任，道德伦理也彻底沦丧。就算石头浮在水上，树叶沉入水底也不令人意外。即使如此……

突然冒出这么大的物体。

YAT或自卫队已不再有意义了。

虽然荒俣勇敢地站在坑洞边缘，其他人后退了，但由于后面的人仍继续前进，结果妖怪联盟特攻队全部挤成一团。

然而——

如实做出反应的却是妖怪们。

妖怪们仿佛被磁铁吸引的铁砂般，一只接一只攀附在巨大怪物身上。唐伞小僧、锅釜怪、天狗、河童，以及各种奇形怪状的鬼怪，甚至鬼火……

这完全是妖怪大战争嘛。

"哎呀……"

只能发呆了。

"喂，这样真的好吗？"村上嘟囔道，"话说回来，为什么鬼怪会奔向那里？"

"也许鬼怪是它的天敌吧。"化野说。

仿佛成群结队爬向红薯的蚂蚁。

牛鬼紧贴。濡女爬行。猿猸竖起爪子。乌鸦和天狗痛啄。巨蟹钳制。宛如老虎一般的化猫以利爪撕裂。老猿啃咬。持枪者突刺。持棒者殴打。持剑者砍杀。锅釜变化而成的鸣釜进行冲撞。磨泥器变化而成的山飒开始把敌人削磨成泥。

"好……好惊人……"郡司惊讶得合不拢嘴，"原来妖怪这么好战。"

虽然说是挺厉害的，但能否给敌方造成伤害其实也很难说。鬼怪们就像缠绕在大象身边的虫子一样。

"原来这就是妖怪大战争啊？"

声音高亢地发问的是额头一带十分闪亮的男子——前角川的上野秀晃。假如这个社会没变成这样，上野应该会代替及川帮忙做《怪》的编辑工作吧。换句话说，社会没变成这样的话，及川就要被降职了。及川每次看到上野，总会联想到儿童时代在电视上看过的第五十六任美国国务卿基辛格。

"我对妖怪不熟，但它们和我印象中的样子不太一样呢。"上野说。

"是的。我也觉得和印象中的样子不同……妖怪们竟然在战斗。"冈田应和道。

"我也无法接受。"发言的是前怪异学会的榎村宽之，"老实讲，如果有胜算的话倒也罢了，这样赢不了啊，顶多陷入胶着状态。虽然如果继续僵持下去直到早上，妖怪被日光照射会像《邪灵》或水木老师的《死人附身》中所描写的变成木乃伊的话，那倒还好，但不可能这样吧？"

"可是鬼怪们相当强啊。"木场说，"很像食人鱼的攻击。"

"真正的食人鱼并不会这样攻击啊。"郡司抗议道，"而且炸过之后也能食用。"

后面那句和主旨完全无关。

"既然如此，召唤出更多妖怪不是更好吗？"

上野忧虑地问。其实他和《怪》并没有关系，只因为预定要来接任编辑就碰上这种遭遇，真是可怜的男人。

"好大，恐怕有三百米高吧？"东亮太说。

"那……那个就是吸走了日本人余裕的本体先生吗？"松野仓问。

"本体先生是什么玩意儿？"郡司吐槽道。

"那是戴蒙吗？长得有点像呢。"多田兴奋地说，"这是偶然吗？"

他的话有些难懂，简单说，他是在讲那个东西和大映电影《妖怪大战争》中登场的吸血戴蒙的造型有点相近。

"那个和其他的妖怪一样吧？"低声说的是一个叫不思议馅的男人。是"馅"而不是"庵"。及川不清楚他从事什么，只知他似乎是多田和村上的老朋友，也是所谓的妖怪伙伴。

"我们看过那个电影，所以才觉得看起来很像吧。毕竟那个也是戴蒙。"

"咦？是吗？可是那个……不一样吧？"

照例，说明得不清不楚。多田想说的应该是戴蒙和其他可视化的妖怪是不一样的。及川想，但既然都可视化了，应该都一样吧？

"在吸收吗？"松野问。

"虽然没有被吸的感觉。"木场回答。

"在吸啊，咻噜咻噜。"多田模仿荒俣。

"嗯，有被吸的感觉。"上野不高兴地说，"觉得内心逐渐升起一股无名火，变得烦躁起来。变得有点想揍多田先生了，真抱歉。"

"别这样啦。"多田生起气来。

"上野的笨蛋程度还太低，所以余裕很快就见底了吧。"

郡司倒是很有余裕。及川则觉得……自己完全没变。

"看来真的是在吸收。"木场说，"是那个像树根或触手的地方在吸吗？"

"呃……那个地方应该很危险吧？"久礼说，"假设它真的是吸取笨蛋成分的真凶，我们不就是送上门的大餐吗？既然我们这群人是吸也吸不完的大笨蛋，现在等于是把整座粮仓都搬来了啊。我们到这里难道仅仅是为了米供给敌人能量？"

"不，不是这样。"京极说，"人活着需要盐分，盐是不可或缺的调味料。但如同荒俣先生所言，我们是岩盐。人类不管多需要盐分也不会去啃岩盐，会因为过咸而吞不下肚。盐分过多也会对健康造成危害，摄取过度是可能……死亡的。也就是说……"

京极抚摸着下巴。

即使在众人议论纷纷期间，妖怪仍持续进行攻击。笨蛋人士们在特等席上观战。

真的一丝一毫的紧张感也没有啊。

"太厉害了。爱宕山太郎坊、相模大山伯耆坊、饭纲三郎的天狗三弹攻击！简直像黑色三连星！这招应该奏效了吧！"

"富士陀罗尼坊也不会输。用锡杖进行三连突刺！"

"九尾狐的啃咬攻击？九千坊使出的是……得意的推掌！"

"大百足登场了。毒液攻击很难缠。那是什么？是猿神吗？还是狒狒？"

"多么狂暴啊。哎呀，是远距离武器。是野铁炮的野枪射击！砰砰！"

"哦，那是……那是什么呢？好大啊。"

逐渐变得愈来愈大的是隐神刑部狸。

它长大到一百米左右时，将戴蒙的身体缠住。

"那只狸猫好帅！"

及川从心底认为如此。隐神刑部的脸变得像狼一般，显示出它的斗志。

"这样不行啊。"京极小声地说。

"真的。"村上也同意。

"这样……不太好吧。"黑表示赞同。

"不行不行。"京极难得大声疾呼，"这样不行，不行啊！不能进行这种攻击！不，连攻击都不应该！"

"你们认真个什么劲儿啊。你们不是妖怪吗？"村上也进行呼吁，"明明是妖怪，耍帅干吗？还早一百年呢。"

"就是这样啊，狸猫叔叔！"一旁的豆腐小僧也附和，"不要吵架啦！"

"没错，喂，变得更笨一点吧！"黑史郎振声疾呼，"笨蛋，笨蛋，你们应该是笨蛋才对吧。都忘了攀在我头上时的事了吗？"

说完后，黑又小声地自言自语："虽然也不怎么重要……"

"没错，就是如此。"荒俣宏说。

荒俣宏高举单手，像个魔导士般高声地说着：

"妖怪很丑陋。妖怪很可耻。妖怪很穷困。妖怪很寒酸。妖怪很愚昧。妖怪很令人怀念。妖怪很老土。妖怪很弱小。妖怪是……笨蛋！"

豆腐小僧走到坑洞边缘。

递上托盘的豆腐，说：

"请用豆腐。"

童发小僧也跟着说：

"请喝茶。"

拉袖小僧现身。

"呃……那个……"

一目小僧跟着说：

"闭嘴。"

柿入道缓步走向前。

朝向戴蒙露出屁股，噗哩噗哩地拉出腐烂柿子。

"请——慢——用——啦！"

"噗哈！"

紧缠住戴蒙的隐神刑部狸突然爆笑起来，身体瞬间如气球般萎缩。

狸猫仿佛被点中笑穴般大笑个不停。

"这是什么跟什么啊？"

柿入道的头一面微笑一面膨胀，仿佛成熟的柿子般落地。

"头大了！"

好无聊的玩笑啊。

天狗们也齐声大笑。

"哈哈哈，没错，这才是妖怪啊！大家也一起来吧。"

荒俣说完，向香川下达指令。

"派出一些帮手去帮狸猫吧。"

香川取出石头，大喊："八百零八只狸猫！"

呼子复诵：

"八百零八只狸猫。"

"而且要以笨蛋模式登场！"京极追加条件。

紧接着——

身穿近年常见的女子偶像团体般整齐划一的服装，但脸维持狸猫模样的团体在坑洞边缘排成一排。狸猫们装可爱似的歪着头，像在打鼓般拍打肚子。

"这是什么啊？"

"欢迎来到狸御殿！我们是TNK（狸猫）808！"

好……

好无聊！

狸猫们配合走调的庆典配乐，开始跳起奇妙的舞蹈。

狐狸们也输人不输阵地进行变化。野狐、气狐及空狐也变成某种奇妙的东西跳起舞来。或许它们是想模仿放浪兄弟或是桃色幸运草吧，但看起来完全不像，有微妙的偏差。舞蹈里头也夹杂了艺妓或歌舞伎，形成被外国人误解的奇妙日本。虽然在胡闹方面狸猫算是技高一筹，可狐狸认真搞笑却很尴尬的样子反而有种滑稽感。天狐不知为何站在逐渐升高的阶梯上，背景樱花纷落，笨蛋程度达到顶峰。"这次真的是小林幸子了。"平山拍手叫好。

受到影响，其他妖怪也跳起舞来。

这真的可以说是非常丢脸的低俗表演。

河童成群结队地集合在坑洞边缘，摆出极端低俗的动作，配合拍子放屁。无与伦比的低俗。天狗飞高高，一脸嚣张地高声大笑。

"来来，大家也加入吧。"

荒俣这么说着，率先加入了狸猫和河童的队伍中，跳起类似雷鬼的舞蹈。

打扮成舞妓的猫妖弹奏三味线。川獭变化成花柳巷中的艺妓，跳起日本舞蹈。鼬鼠叠成梯状，进行现在已被禁止的叠罗汉。小豆洗跳起捞泥鳅舞。浮在天空的大首挤眉弄眼扮起鬼脸。撒砂婆撒着砂。雪爷爷制作雪人。婴儿们开始以哭声来和声。鬼火仿佛荧光棒般五颜六色。小鬼们在底下随着拍子吆喝。多么壮观的景象啊。

这到底是怎么回事？

"来吧，大家一起来！"

　　有人敲响锣鼓，有人唱着奇怪的歌，也有人跳起笨拙的舞。酒瓶滚倒，锤子滚动，头颅滚落，马头低垂，茶壶垂挂，袋子吊挂，琵琶鸣响，茶釜鸣响。见越入道舒展身体，辘轳首伸长脖子，一本蹋鞴到处飞跳，倩兮女、高女与山女捧腹大笑，姑获鸟、几女与雪女抱着孩子，组成妈妈合唱团唱起激烈合声。

　　"好……好愉快啊！"

　　有人呼喊。

　　欢笑是会传染的。听到身旁的人欢笑，自然会受影响。综艺节目中加入背景笑声也是如此。虽然及川还没进入状态，但也觉得自己的情绪正逐渐高昂起来。

　　不是智人又何妨？

　　连动物或器具都如此享受，灵长类不加入的话实在太浪费了。连无机化合物都在笑呢。就算及川只是个类人猿，怎么不能更开心一点呢？

　　啊哈哈哈哈哈！

　　觉得愈来愈愉快了。

　　不，不只及川，黑、郡司、村上以及多田，每个人的兴致都非常高昂。荒俣已经变得分不清是人还是妖怪，疯狂跳着舞。

　　——咦？

　　留在坑洞边缘的 YAT 也开始轻轻打起拍子。全副武装地跳舞？因为按捺不住了吗？及川确认四周，发现也有不少自卫队加入。甚至警察也正在用伸缩警棍打拍子呢。

　　是的，不管笨蛋、学者、作家、研究者、自卫队还是警察，都加入了。不知道为什么，就是觉得很愉快。这里充满了笨蛋属性。

　　其实，人类就是这样的生物啊。

　　至于正中央的戴蒙……

在及川的眼里，它的表情就像个跟不上乡下宴会欢乐气氛的外国人一样。

不久，戴蒙的皮肤颜色开始产生变化。

长长的头部逐渐膨胀，深绿色也逐渐变淡。

仿佛吹胀的气球。

然后——

及川发现平太郎、雷欧及似田贝三人正拼命地攀在戴蒙的肩膀上。三人煞是羡慕地望着宴会，但放开手会摔死，他们正为此伤脑筋。

"唔哈！及川大哥，现在在办什么庆典吗？"

似田贝语带兴奋地问。

"也……也让我加入嘛！这种场合是我雷欧☆若叶最能发挥本领的时刻啊！"

雷欧边说边打算做个滑稽的动作，结果……

滑落了。

妖怪们看到这一幕大为开心。鬼怪们早已不在乎戴蒙，自行嬉闹起来了。辘轳首的脖子仿佛新体操的缎带一般甩动，不知为何，在一旁的梅泽做出类似相扑力士要登上土俵时的仪式。是云龙形。肉人"呀呵"大叫一声后跳入坑洞。兵主部和百百爷也跟着跳下，唐伞小僧也一起。伞在中途被打开，与其说跳崖，不如说更像在跳伞。小僧在风的吹拂下飘飘飞起。

其他鬼怪看着这一幕，情绪更加激昂，这场疯狂骚动迈入最高潮。

平太郎紧抓着飘浮在半空的唐伞小僧的独脚。

为什么能抓住油纸伞妖？不知为何，受到上升气流的影响，紧抓纸伞的平太郎高高地飞起。这把伞居然具有物理作用。平太郎竟然飞起来了。在空中的平太郎仿佛火灾现场的灰尘般在气流中摇摆，缓慢上升。

然后，来到戴蒙仅存的那只眼睛前方。

及川史朗的记忆只到这里。

卅

魔人回归黄泉路

只记得……好像一切都被包裹在白色闪光之中。

印象中如此，照理说那之后并没有失去意识，却什么也记不得。

若问为何——不，不必假设，平太郎更想直接问："为什么会这样？"因为他现在正浸泡在温泉里。

温度恰到好处的温泉。

恰到好处地冒汗，脑子一片空白，什么也无法思考。

平太郎打了个大大的哈欠，伸展手脚。

不管伸展得多长也没碰到东西。

温泉极为宽敞。见不到天花板和墙壁。

是露天澡堂。不，应该说是露天温泉吧。

水温和水质都很完美。深吸一口清新空气，肺部感到一阵清爽。气温也恰到好处，不冷不热。温度亦不高，所以能一直泡下去。平太郎从未泡过如此舒服的温泉。

天空……湛蓝，清亮通透的蓝天。

明亮。阳光和煦。应该是上午吧。

看到空中有朵轻飘飘的白云，平太郎感觉自己也在飘浮。

远处可见茂密绿景。深绿，浅绿，似乎是森林，环绕着四周。

屁股底下的岩石平坦无凹凸，表面不粗糙，但也不光滑。

坐起来的触感恰到好处。平太郎倚靠在岩石上，感到无法言说的好。

该怎么说，这就是所谓的极乐世界吗？

瞥了一眼身旁，有条毛巾。

真贴心。

平太郎拿起毛巾擦汗后，将之放在头上。

温泉水清澈。虽然混浊、有气味的温泉也别有雅趣，但这种清澈通透的温泉果然是一级品。而且如此宽敞，使人彻底充满解放感。

"啊，好棒的温泉啊！"

平太郎忍不住出声。

话说回来，现在是怎么回事？

这里是哪里？

这里是……

照理说，不是应该在树海之中吗？

"咦？"

平太郎稍稍恢复自我意识，但只有一瞬间。

昨晚的遭遇非常凄惨，他还从高处滚落了下去。

但是这温泉应该能治疗跌打损伤吧？这就是所谓的温泉疗法啊。

然后——

是的，他滚落了。是被平山梦明一脚踹下去的。从某处，到某处。呃，记得是树海中心……呃……

"坑洞？"

坑洞啊，是坑洞。

那个坑洞……不见了。

——这里是坑洞吗？不对。

消失的毋宁说是坑洞边缘吧。覆盖地表的一切有机物的表层被炸得一干二净。原本遮蔽上方的树荫也消失了。举头尽是蓝天。

炸得一干二净？

发生过什么事吗？呃……

啊，这温泉太舒服了吧。

对了，因为全被炸光，所以才有温泉喷涌出来吧。

"噗哈！"

用温泉洗脸。

是大型露天澡堂。

好棒啊！一切麻烦都结束了。

等等。

发生过什么事？

——飞了。

飞了。记得自己是抓住油纸伞的脚了吧。不对，油纸伞为何有脚？是柄才对吧？

不对不对，它下面不是还穿着木屐吗？单齿木屐。与伞的连接处缠着一条红色兜裆布。另外，虽然从底下看不到，朝上的那一面还长了一只巨大的独眼，吐着舌头。

——那是鬼怪吧？《妖怪百物语》里登场的那种。

"妖怪！"

平太郎又喊出声来。"你在絮絮叨叨什么啊？"一旁突然有人开口。

原来及川就在旁边。他显得比平太郎还放松。

"哦……哦哦哦！及川先生，妖妖妖怪！"

"你从刚才就一直说个不停，是在说什么啊？详细情形我听罗塔说明过了。"

"似……似田贝先生在哪里？"

"不就在那里睡觉吗？"及川说，"啊，这处温泉对腰痛好有效啊。我感觉自己现在连草裙舞或黏巴达都能跳哩。"

“及……及川先生在说什么嘛。呃，就是那个……我只记得油纸伞……”

“对，你抓住纸伞，然后飞了。然后……后面怎么了？”

“怎么了？什么怎么了？”

“不知道为什么，我失去这段记忆了。”

“及川先生也是？”

“嗯。但我平常就常忘东忘西。印象中你不是刺了戴蒙剩下的那只眼睛吗？”

——戴蒙。

“那……那个巨人就是戴蒙？怎么可能？”

及川露出大猩猩啃块茎类食物的表情看着平太郎。

“平太郎，那个戴蒙不就是你打倒的吗？”

“咦？”

“我是觉得，戴蒙恐怕是笨蛋成分吸太多了。当时现场仿佛全世界的笨蛋都聚集过来一般，真的充满了笨蛋气氛，你自己不也看到了？”

平太郎感觉自己拼命抓住了某物，然后隐约听到庆典般的嬉闹声，但没有多余心思去注意。

结果手一滑，差点跌落，情急之中伸手一抓。

抓到了唐伞小僧的脚，然后就飞呀飞，接着……

“吸入过多笨蛋成分的戴蒙膨胀起来。真的膨胀了，就像气球那样。然后《鬼太郎》里面不是也有类似的妖怪吗？像土滚或提袋狸之类的。它们吸收了鬼太郎的超能力会不断膨胀，超过能承受的容量后就咚哐一声爆炸了。”

“嗯嗯，就像《哥斯拉 2000：千禧年》中的欧鲁卡一样。”

“咦？那个也算吗？”及川噘起下唇说，“算了，总之就是那样。你刺了戴蒙最脆弱的眼睛部分，所以它就咚的一声爆开了。应该没错吧？”

是这样啊。

那道白色闪光原来就是爆炸——没有燃烧，所以是迸裂才对——啊。

——原来如此。

"托此之福，我们才能一大早就泡温泉啊。"及川说完，让整个肩膀浸到温泉里。

不只及川，冈田也在温泉里。

较远处能看到黑木、松村和水沫等人泡在温泉里谈笑。平山在游泳。福泽把毛巾围在腰上，坐在岩石上抽烟。

真悠闲。

远方传来山鸟的啼声。

啊，真的什么也不想去思考了。肚子有点饿，但觉得无所谓。噗哈！若能就这样死去也觉得不枉此生了。

——不行不行。

妖……

"妖怪们都消失了吗？"

"你在说什么鬼话。"及川指向某处。

偷油怪漂浮在温泉上。

"啊？"

"我们现在也会冒出来。"偷油怪说。

然后，被及川挡住看不清楚，他背后有身材矮小的小僧也在泡温泉。

"这是算盘坊主。他计算速度很快。我和他建立起交情了。"

"啊？"

"这边比较少，另一头有很多鬼怪在泡温泉，和自卫队们挺合得来的。"

"咦？"

平太郎爬起身，看了岩石的另一边。

"别乱看啊，平太郎，那边是女汤，禁止偷窥的。混浴总是不太好，所以就分成两边。可是很多妖怪性别不详。也有些鬼怪想要混浴，你看。"

平太郎瞥向及川所指的方向。

岩石上高高地堆着各种武器和卸下的装备，随随便便地放置着。

另一边有半裸或全裸的士兵们正在和化猫游女小酌，和狸猫勾肩搭背地唱歌。

非常愉快。

"那边的鬼怪比较开放，害我眼睛不知道该看哪里才好。"

"……毕竟是猫。"

"姑获鸟小姐在女汤，她说不想被河童偷窥。"

"河童……也会泡温泉吗？"

"应该会吧？反正也不重要。"

也看到原本在访客中心避难的妖怪迷难民们。

不知从哪里采买来的，现场也准备了酒和食物。

妖怪、自卫队、学者、笨蛋、作家，以及警察和 YAT，不分男女老幼——全部浸泡在温泉里。

欢快地。

什么也不思考地。

"这……这到底是什么情况呢……"

及川脑袋空空地问。

平太郎在温泉中移动，走到冈田身旁。

冈田也赤裸泡在温泉里。皮肤好白啊。不，只是因为及川太黑。

不是去打"哎呀，好棒的温泉啊"这类招呼。

"呃，冈田先生。"

突然间，哗啦——温泉水面扬起，飞溅到平太郎脸上。

原以为"有大象……有大象从温泉里冒出来了"，但仔细一瞧，原来是梅泽。

"嗨。虽然还搞不清楚现在状况怎样，不过事情应该算是解决了吧？"梅泽说。

"呃，我自己也想问这个问题啊。冈田先生……"

平太郎隔着梅泽问冈田。总觉得像隔了座山似的，很难交谈。

"您觉得结果怎样呢？"

"这个嘛……"冈田说。

"应该算结束了吧？"梅泽插嘴道。

呃，就说不是在问梅泽。

"冈田先生，那个……"

"我也不清楚呢。我一开始……以为自己死了，看来并非如此。我只记得戴蒙似乎破裂了……"

"囤积在里头的笨蛋成分全部回到全国民众身上了吧？"梅泽插嘴。

"所以说……恢复正常了吗？"

"谁知道啊？啊，好棒的温泉啊。"梅泽又抢话了。

"那么，真的没问题了吗？"

听到交谈，似田贝靠了过来。他看起来像只白猪，也许是因为梅泽像头大象吧。

"没想到你活下来了，平太郎。"

"呃。"

"我以为你是唯一的牺牲者。嗯，真是太好了。"

感觉只是客套话啊。

"真的吗？"平太郎追问。

"嗯，应该很好啊。"似田贝回答，"实在很愉快呢。仿佛置身天国啊，唔咻！"

"什么唔咻嘛。"

朝声音方向望去，是京极。

他的表情依旧凶恶，身上也理所当然穿着衣服。他的和服已变得破破烂烂，模样恰似蛤蟆仙人或晚年的果心居士，眉间有着深刻的皱纹，嘴巴抿成"乁"字，变得像出了交通事故的巷弄内的顽固老爹一般。

"完全没解决。反而恶化了。"

京极说完，表情更为凝重。

"是吗？"全体随口应和。

"别再泡了，快点从温泉里出来吧。"

"京极先生怎么不泡呢？您不是很喜欢温泉吗？您不是说不工作的时候就喜欢泡澡吗？这不是您唯一的乐趣吗？"

"很啰唆啊。那我问，你们为何都在泡温泉？"

"那是因为……"

似田贝和冈田互看一眼，梅泽歪着头。

"对啊，为什么？"

"那京极先生怎么都没变化？"

"因为我并没有参加那场笨蛋骚动。"

"啊！"及川也带着算盘坊主靠了过来，"您不是鼓励我们当个笨蛋吗？"

"没错，我大大地鼓励了。"

"既然如此，又为什么……"

"我是个笨蛋，也喜欢笨蛋。我怂恿别人做笨事，让笨蛋们变得更笨，并旁观他们的行为。我喜欢去记住并回忆那些蠢事。我是这类型的笨蛋。"

"嗯嗯，算是笨蛋培育家吧。"及川说。

"所以在笨蛋值达到顶点的时候，我离得远远的，这样才能综观整体。虽然我内心一直想去参加那场笨蛋热舞大会。"

"那怎么不一起来跳嘛。"似田贝说，"跳吧跳吧。这种时候一起下来跳才有趣啊。"

"总要有人确认作战是否成功吧？计划有可能会失败啊。虽然后来戴蒙开始膨胀，但情况俨然不太妙，我在平太郎飞起来的瞬间躲进树洞里了。"

"树洞！原来有树洞吗？"

"我在来的路上发现的。因为我走得很慢。然后……"

"咚锵！"有人插嘴。是村上。他刚才在哪里？

"迸裂了……是吧？"

"这我不确定。"京极说。

"为什么？"

"我躲进洞里，没确认情况，也没听到声音。只知道有一瞬间周围似乎笼罩在白光之中。"

京极没看到重点场面。

"究竟发生了什么事呢？"平太郎问。

"也许有类似破裂的情况吧。"京极说，"要粉碎戴蒙只有那招可用，因此策略本身并没有错。我觉得结局变成这样也是没有办法的……毕竟敌人魔高一丈啊。"

接着，郡司从京极背后登场。他穿着在印度花三百日元买的夏威夷衫。郡司看了京极一眼，接着环顾平太郎等人，一脸失望。

"事情不妙了。"郡司表情凝重地说。

"什么不妙？"及川问。

"快点上来啦。"郡司骂道，"上野和小黑很快就会从访客中心回到这里，在那之前，你们好歹先从温泉里出来吧。"

"为什么？很舒服啊。"梅泽说。

"我当然知道。"郡司、村上与京极异口同声说。

"一定很舒服吧。泡温泉本来就很舒服。"

京极露出年老临终的恶魔人般的表情，因此温泉里的众人虽有微词，但还是不情愿地从温泉里爬出来。衣服不知为何被整整齐齐地叠好放在一旁。没有浴巾，他只好用手巾擦拭身体。

即便如此，也很舒服。

一阵凉风吹来，感觉通体舒畅。

若还能喝杯啤酒，就这样放松的话……

"别瞎想了啦。"

村上说。香川也在一旁瞪人。他是何时出现的？

"村上兄，你没泡温泉吗？"

梅泽甩动没拧干的手巾问。水滴溅得到处都是。

"我一开始也泡了，真的超舒服，舒服到再也不想出来。但是……"

"既然那么舒服，干吗要出来？继续待着不是很好吗？"

"一点儿也不好啊。"香川说。

"不好？泡这个要付费吗？应该不用吧？"

这时——

"各位——"

远方传来高亢的呼唤。

"啊，是上野先生。唔哈！他的表情好色情啊。"

"闭嘴啦，似田贝。上野在你泡在这里发呆的时候，走了单程要两个小时的路回去又再过来。你才真的泡到脑子进水了哩。"

"咦？我们在温泉里泡了超过四个小时？"

"难道不是吗？"

——有那么久吗？

"戴蒙被消灭是在凌晨四点前，现在已经九点了。"

"五个小时！我们居然泡了这么久。"

梅泽确认双手。

"啊，皮肤都泡皱了。"

"废话。这段时间，原本留在其他地方的游骑兵部队以及留在访客中心的其他人前来确认状况，却全部进去泡汤了，仿佛偏僻地区的养生会馆一般。"

"我只泡了一个小时就被叫出来了。"村上不满地说，"照理说泡那么久早就晕了，你们怎么都没事？"

"谁知道。"

"我一离开树洞，就发现大家突然都泡在温泉里。"京极说，"当时天都还没亮，黎明前就开始泡汤，所有人像'漂流者乐队'一样唱着'好棒的温泉啊'。"

"这实在很奇怪。"香川问，"京极先生，你躲进树洞里多久了？"

"平太郎抓住伞的瞬间我就马上躲进去了，大约躲了十五分钟。"

听说京极的体感时间非常精确，误差只有三十秒左右。

"所以我们在十五分钟内脱好衣服，叠整齐放好，并浸泡温泉？而且毫无意识。"

"恐怕是如此。"郡司说，"被京极兄用棒子戳醒前，我完全没有意识，也没有记忆。"

"郡司兄总是忘东忘西吧？"京极吐槽道。

"也是，大概和喝醉酒后的程度差不多。"

"总之我找到了郡司兄，接着又找到村上。"

"我也失去了记忆，被唤醒时我正在和河童比谁放屁更厉害，醒来发现自己泡在温泉里。被唤醒后一片茫然，完全搞不清楚状况，发呆了十分钟才总算爬出来。没办法，京极兄的眼神太吓人了。然后我们一起找人，毕竟这里太大，正中间又去不了，也不知道多田仔在哪儿，到处爬上爬下，最后勉强找到香川先生和小黑。"村上说。

这时，上野和黑抵达了。

"真的就和郡司先生的推理一样。"

上野气喘吁吁地说。宽广的额头上因汗水浮现出油光。

"果然没错。"

"什么推理？"平太郎问。

"不是只有这里。"黑回答。

"什么意思？"

"我在说这个悠闲和平的气氛。"

"听不懂啊。"

京极恶狠狠地瞪人，说：

"我说啊，过去经年累月吸收的全日本的余裕或笨蛋成分，在今天早上一口气放出了。就像水坝溃堤一样，现在日本列岛的余裕与笨蛋的洪水大肆泛滥。"

那道闪光……是被放出的余裕？

"现在全日本国民都变得笨笨的。"黑说。

上野一脸困扰，但语气依然冷静地接着叙述：

"四海之内皆兄弟，吵架与争执完全消失，充满微笑与慈爱。街道上满是勾肩搭背、摇头晃脑地唱着童谣的人们。每个人皆面带笑容地观看电视节目。"

"听起来很不赖嘛。"梅泽说，"很和平啊。"

"是的，非常和平。"

"不久前充斥日本的紧绷气氛全都消失了吧？"

"是的，仿佛从未发生过一般。"

"既然如此，有什么不好的？"梅泽说。他说得没错。

"现在这样，应该算任务完成了吧？"似田贝说，"不再有人想杀我们。

我们也用不着躲躲藏藏地度日。刚才有个 YAT 队员给我一杯水果气泡烧酒。大家都是好人。"

"嗯，已经不会有人想取别人性命了。"郡司说，"应该没错吧？"

"是的，真的是这样。"黑说，"没人想攻击别人了。"

"既然如此，这不是很好吗？"及川说，"对吧，没错吧？难道不是吗，上野先生？"

"这个嘛……政府于今早六点宣布，警察和自卫队要解散了。"

"啊？"

"要裁撤整个组织，民众表示再也不需要这么可怕的组织了。全体国民额手称庆。新闻里报道这个消息了。许多人在公园里边跳舞边唱歌，而且歌声异常柔和。"

"请等一下。"冈田打断他，"上野先生，您刚才说解散？"

"是的，解散。防卫省、警察厅和警视厅，都要被裁掉了。"

"咦？真的假的？解散？"

"我就知道。"郡司说，"那政府呢？"

"嗯，在上一则消息发布后一个半小时，政府又表示所有部会都将废止。政府也要解散了。"

"要办总选举？"

"不是的。"黑否定道，"政府要直接解散了，日本也将不复存在。身穿睡衣的芦屋首相满面笑容地说：'我不想干了，想要辞职，应该可以吧？'原本还要请天皇出面致辞，但电视播到这里突然就停了。"

"停了是什么意思？节目结束了？"

"不，是停止放送，播放结束。现在打开电视什么都看不到。连写着'请稍待片刻'的公共广告、商业广告或彩色条纹信号也没有。因为连电波本身都被停了。"

"雪花画面又恢复了？"梅泽说。

"不，连那个也消失了。据说电力和自来水很快就会停止供应，说不定已经停了。电话当然打不通，电车也停驶，一切公共服务都暂停。有些就算还在运作，也顶多到今天结束。县厅、市公所、区公所、村公所、学校、医院，统统关门了。"

"休假？"

"不，就是关门大吉了，废止了。现在全日本没有一个人在工作呢。"

"都是懒惰鬼！"似田贝叫喊。

"整个瘫痪了，这个国家完了。虽然所有人相亲相爱，却也失去了工作意愿。没人想做事。一切都宣告终止了。"

"可是这样……难道民众不会感到困扰吗？"

"一点儿也不，大家都很乐观。"黑说。

"乐观？"

"留在访客中心的其他人也吃着身旁的食物，欢笑地躺卧着。每个人嘴里都喊着'好幸福啊'。"

"可是病人和伤员总是需要治疗的吧？"

"病患、伤员们自以为病都好了，充满幸福感。大家都乐观地觉得明天会更好，反正彼此交情很好，人人都很亲切，一定会有人帮助他的，人与人之间有羁绊，所以一定能好好地过活。能拖到明天的事就明天再做，每个人都很傻，虽然心情很好。"黑做出结论，"但这样会死吧？死定了吧？"

"怎样？"村上问，"还想泡温泉吗？想泡在温泉中死吗？虽然能在幸福感中死去也不错。"

"啊！"似田贝发出毫无紧张感的惨叫，"这样下去真的很不妙啊。可是，大家真的宁可饿死也不工作吗？肚子会饿吧？厕所也很快就不通了吧？这样会很困扰的。两三天还能忍，等事情严重起来，应该会有人想办法解决吧？"

"你自己还不是泡了五个小时的温泉，还真敢说呢。"京极说，"没人叫你们的话，我看你们八成还继续泡着。不，会一直泡到死。"

……真的是这样。

"也许是一种反弹现象吧。"郡司说，"过去极端紧张的生活一下子松弛下来。"

"不，请……请等一等。"平太郎跳出来说，"这么一来该怎么办？之前整个社会变成那样是因为有戴蒙捣乱吧？那个恐怖紧张、充满暴力的社会。"

"嗯。"

"但现在这种情形……我们该怎么应对？怎么想都无计可施呀。难道要让戴蒙复活过来吗？"

"那也办不到。"

"既然如此……"

在场的众人抬头望向天空。

"总之，我们先离开温泉吧？"及川说。

"出温泉干吗？"

"先离开温泉就能……"

"及川，现在问题不在于温泉啊。痴呆光线早已射遍全日本各村镇乡里，全体国民都变成笨蛋了。就连我们也脑袋空空。这样的呆子一进温泉就再也出不来了。"

"我才没有脑袋空空哩。"及川绷着脸说，"虽然刚才是很空，但现在已经治好了。只要离开温泉就好。我现在很正常了。"

"我们本来就是脑袋空空的笨蛋，这就是我们的日常。"郡司说。

"啊！"

"啊个屁啊。因为我们本来就是这样，所以没有太大变化。反而原本笨蛋度比较低的冈田和上野受到影响稍微变笨了。"

听郡司这么说，他转头望向冈田和上野，他俩的确变得比较松懈了。

"我也觉得自己稍微变笨了。"冈田说，"总觉得自己……很乐观，缺乏紧张感。"

"回溯到几十万年前了。"及川做出莫名其妙的发言。

"这也不是我自愿的。"上野低声抗议。

"但表情看起来很色情啊。"似田贝说。

"你这句话是什么意思？"上野激烈抗议。

平太郎想，似田贝　直坚持这　点也很奇怪。

"总之，现在日本充满笨蛋成分。再过不久，整个日本会变得更愚蠢，就连上野也会。但不习惯当笨蛋的人突然变笨的话，就会变成这样。"郡司指着温泉说。

全裸的游骑兵部队和河童互露屁股爆笑。也有人搂着风骚的化猫，被迷得神魂颠倒。如果对象是人，他早就被告性骚扰了吧？但因为是化猫，是否违法其实很难讲。也有人和器物变化的鬼怪玩捉迷藏。柜子鬼怪躲进水里会浮起来，看起来很有趣。

虽然，已恢复清醒的这几个家伙平常就这么蠢。

"我们经历长年的辛苦和努力，修炼得能够在一般社会与自己的笨蛋性之间做出协调。但是笨蛋初学者不懂得极限和节制，所以会一直那样子下去。"

"原来如此。"及川恍然大悟地以拳击掌说，"这不就和之前一样吗？直到昨天为止，日本全国极度缺乏笨蛋成分，所以原本就是笨蛋的我们仍能维持平常的模式，但现在全体国民反过来过度吸收笨蛋成分，导致个性大反弹，所有人都变成超级笨蛋。但我们因为平常就是笨蛋，所以依然故我。"

"依及川而言，这说明倒是很简洁好懂。"梅泽佩服地说，"这样我就完全明白了。"

"因此，把正在泡汤的家伙们统统赶出温泉也没意义。原本就是笨蛋的人离开温泉仍是笨蛋。临时才变成笨蛋的人更是笨蛋。不过，如果想要有些作为的话，只能先挑出原本就是笨蛋的家伙们……"

"再多笨蛋也没用。"郡司说，"干脆让他们继续泡在温泉里吧。反正泡个两三天死不了的。"

"要不要至少先找出怪异学会的人？"

"找出他们也没什么帮助吧。"郡司说，"就算我们现在回市区，情况也不会变好，店家全都关门大吉，没一辆车在路上，停水后冲不了马桶，和留在这里根本没有差别。而且怪异学会那些学者平常比我们精明干练，受到的影响也会更大。"

木场和久礼姑且不论，其他来避难的人笨蛋度的确不高。

温泉里，某知名创作者开始和喝醉酒的天狗玩起游戏。女汤那边恐怕也没太多差别，隐约传来娇声与唱歌声。

"每……每个人都变得像雷欧一样了。"

"难怪说国家会灭亡。"所有人都认同这句话。

说到这个——

"雷欧先生去哪儿了？"平太郎问。

"雷欧？这个状况对他来说完全没有影响吧。他是笨蛋中的笨蛋。应该跑到某处享受欢乐气氛了，和过去一样。"

无计可施。

"要怎么办？"京极问，"我本来就没打算活很久，能泡在温泉中死去倒也不错……只是过几天以后，温泉里开始会有尸体漂浮，会腐烂，那样的话很讨厌的。"

"的确。"村上也说，"笨蛋初学者的话，就算变成那种状况恐怕也还是毫无反应吧。就算有，他们也无能为力。最终还是会一个接一个死去。但我们的话，某种意义上可以说完全是正常状态。"

"不然我们去森林吧。"香川说，"这里令人感伤，回到别墅地带的话，那边应该还有空房子。"

"虽不认为昨晚是一场战斗，但败北感还是很强烈啊。"

听着郡司这句话，所有人垂头丧气地离开温泉。

天色逐渐变亮，森林依然阴暗。幸亏除了人类以外，笨蛋成分大放送对动植物没有任何影响，比灭绝毒气好太多了。一行人走了约一个小时。

尚未到达别墅地带。众人走在几乎不成道路的偏僻小径上，发现前方有某物一闪即逝。

"啊！"

村上喊叫。

"怎么了？"

"那个形状，是克……克己！多田克己！"

"咦？不是蚂蚁吗？"似田贝又发出莫名其妙的话语。他的笨蛋成分真的没倍增吗？话说回来，村上的视力也太厉害了。那不是蚂蚁，是多田克己本人。不思议馆和东亮太也跟他在一起。

"多田仔，你没事啊？"

梅泽说出类似感动重逢的言语后，多田毫无感动地回答："没事。"

"你们在这里干吗？不是在泡温泉？"梅泽问。

"没泡。"

"明明泡过。"村上说，"我看到了。"

"并没有。"

"你别想否认，我明明真的看到了。"

"回去探状况时，你不是稍微泡了一下吗，多田大哥？"东说。

"稍微啦。微泡。只是稍微而已。"

"探状况的结果怎么样？"及川问。

"我们一群人被炸飞了。"东说。

"啊？"

"我们被炸飞了！"一道熟悉的声音出现。

从不思议馅的背后，雷欧☆若叶登场了。

"这家伙真的很烦呢。"不思议馅脸颊微微颤动地笑着。不过眼神之中全然没有笑意。

"村上大哥你们来啦？我雷欧依然健在呢。是采用耐火耐震结构呢。哎，我的时代总算来临了呢。由笨蛋所建构，为了笨蛋而设的笨蛋时代！"

"喏，很烦对吧。"

"你去死啦。"村上没好气地说。

"等大哥这句话很久了！"雷欧说，"多田老师、不思议先生和小亮先生都不肯这样骂我！"

"不过我骂过他'爆炸吧'。"东亮太说。

"刚刚说被炸飞是什么意思？"

"呃，你们可能没发现，只要是在那个坑洞底部的人，都有可能会被排放出去，咻咻地。"

"底部？你们昨晚在底部吗？"

"我是被突然冒出来的古山茶花灵推落的。"东说。

"我是受到肉人冲撞才坠落的。"不思议馅说。

"偶啊……"

"我看到你掉落的模样啦。"村上打断雷欧发言，接着问，"多田仔也是？"

"对啊。"多田不知为何回答得很拽。

"坠落了？"

多田没回答，只是气呼呼的。

"你是自己跳下去的吧？"郡司推测。多田一样没回答。

"你们被弹飞多远？"

"相当远呢，朝四面八方被抛出。我猜仙石原木乃伊也是这样被抛出去的。"

"你们这样居然没死啊？"黑说，"照理说这样被抛出去的话应该没命了才对，身体会被砸个稀巴烂啊。"

"但就是没死。被抛出去的时候我快吓死了，差点没吓得昏倒。"东心有余悸地说。

"不过我觉得超开心！树木枝丫堆成好几层，发挥缓冲作用了。"雷欧说。

"够了够了。"村上阻止雷欧继续讲，"只有你最该死啦，雷欧。现在立刻去死也不迟啦，雷欧。虽然再过不久恐怕人家都得死了……"

"各位！"

从森林方向又传来声音。

是荒俣宏。山田老先生与其他人跟在他背后。

"各位神智还清楚吗？"

"荒俣先生！"郡司和冈田边喊边冲过去迎接。

"荒俣先生，您没事啊！"

"我没事。"

"您不是在最前排跳舞吗？应该会被喷得满身都是吧？被那个什么笨蛋精华露之类的。"

"我没被喷到啊。我当时太过兴奋，直接跳进坑洞里了。"

"您也掉下去了吗？"

"其实我也是，嘻嘻嘻。"多田窃笑，果然被猜中了。

果然得意忘形跳下去了，刚才干吗不承认？

"他们是在坑洞底部的 YAT 们。"荒俣介绍他背后的人士。

"是被平山先生踢下去的那些人！"似田贝说。

"被大馆用拳头打落的队长！"及川也说。

经这么一说，平太郎想起自己见过这张脸。

"我不是队长，是主任。"男人往前踏出一步，"村上，你这家伙真行。"

男人笑着说，伸出手想和他握手。是电影或动画常见的套路。这个人今后会成为强大的伙伴，然后会为了保护村上而殒命……平太郎心怀期待地看着，但村上并没有接受握手，而是朝他放了一发屁。

"好啦，多多指教啦。"

"臭死了。"男人正后方的不思议馅抗议道。

荒俣接下来介绍了肉人和兵主部，这两个妖怪用不着介绍大家都很熟，他们当时也跟着一起跳坑了。但似乎没见到百百爷。

"荒俣先生，其实……"

"大致的事我都明白了。"荒俣说，"也知道政府的动向。我一醒来，立刻回去确认水木老师的安危，所以看到了报道。"

"水木老师！"

并不是忘记他老人家，只是没人敢说出口，因为很担心。假如他老人家有个三长两短的话……

"放心，老师没事。"山田老先生说，"荒俣老师说在下也一把岁数了，实在不适合跟着行军。因此秘密把水木老师从防御变弱的访客中心带至其他地方，并请在下保护他。就算声东击西作战成功，敌人总数依旧不明，若有万一也可能受到袭击。"

"那么，老师他人呢？"

"就在前面那座亭子里，很隐秘的地方。"

不知为何，一旦大家明白水木老师就在身边，瞬间某种特别的安心感油然而生。明明事态没有任何进展。

"各位辛苦了。"山田老先生慰劳众人说。

"唉……就结果而言吃了败仗。"郡司说道，"没想到结果竟会发展成这样。日本完了。"

荒俣对郡司送出不满的视线。

那是极为愤慨的眼神。和荒俣是老交情的郡司立刻察觉，闭上嘴巴。及川和冈田也跟着立正站好，上野也进行仿效。

"什么完了？郡司老弟，你在说什么鬼话？振作一点啊。尚未分出胜负，这一切都还没有结束！"

"呃……真的吗？"

"请看这个。"山田老先生将手上的卷轴摊开，"……上头什么也没有，依然足　张白纸。"

这并不意外，因为该被画进图里的肉人与兵主部也站在他身边一起窥看。京极一脸诧异地看着这一幕，接着将视线朝向平太郎。

平太郎想，好可怕，我搞砸了什么吗？

"换句话说，这个世界依然处于反克之相。虽然巴比伦的魔物被毁灭了，但在背后操纵它的某物仍躲起来冷笑着。香川老师，石头还在你身上吗？"

"还在。"香川拍拍胸前的口袋说。

京极依然瞪着平太郎。

到底怎么了？

"石头仍在发动，呼子应该也还会现身。"

京极盘起手来，不久，露出类似年老的土佐犬因肠闭塞而痛苦不已的表情。他似乎有不同看法。

平太郎感到不安。

郡司、香川、村上和黑等人从容不迫地讨论着。

"反克石和《未来图》仍在我们手上，应该还是有点胜算吧？"

"可是这个只能放出，不能吸收吧？"

"吸收？什么意思？"

"把鬼怪吸回去啊，像喇叭那样。"

"喇叭是用来吹的啊。不过你说得没错，呼叫出来的鬼怪是否有办法消除还完全不明。"

"一旦叫出来就再也回不去。之前虽然也有消失的鬼怪，但那也是他们主动走的。"

"不然，干脆再把戴蒙叫出来如何？"

"啊？"

"可是我们才打倒它。"

"所以才能呼叫出来啊。这块石头可以召唤不存在的事物吧？"

嗯……

"然后呢？让戴蒙吸收散布全国的笨蛋成分，像喇叭那样？"

"就说喇叭是用吹的。虽不知能否有效，但也许会有点帮助呢？"

"但它是敌人啊。这样不会害世间又回到先前那样吗？"

"由我们召唤出来的话，它应该就变成自己人了吧？"

"可是，如果不能让它在适当时机就停止摄取的话，之前的努力不就白费了？"

"它会因为我们喊停就乖乖停止吗？那是戴蒙啊。"

"让它消失不就得了？"

"问题就是不明白让它消失的方法啊！"

唔唔……

"我们果然不适合战斗。"

"毕竟只是一群笨蛋。"

"要呼唤出过去的贤达之士来征询意见吗？"

"召唤出来也没用吧？"

"可是……"

"这只是一种假象！"

原本闷不吭声的京极突然大声呼喊。

"京极兄，你怎么了？"荒俣问。

郡司想了一下，说道：

"活在没有余裕的世界里，人们会彼此憎恨，相互厮杀直至灭亡……这是一种假象吧？结果，满满余裕的笨蛋世界反而灭亡得更快。实际上在变成这样后，短短几小时内，这个国家就将迈向灭亡了。已经开始倒计时，而且毫无恢复的可能性。我们中了敌人的诡计，还帮他顺水推舟……"

"不，你说的那个也是一种假象。"京极说。

"什么意思？"

"我早就觉得可疑。我是只要合乎道理就会相信一种说法的笨蛋。有个会吸收余裕的魔物存在，造成世界严重混乱——这种说法的确合乎道理。即使我们不明白原理，但逻辑上能够成立，所以我被骗了。"

"啊？"

"事实上，那种事物并不存在。"京极说。

"明明存在，你不是也看到了？"

"我看到了，但不存在。这个世上没有不可思议的事！"

"事到如今你还坚持这个啊？"众人傻眼。

京极无视他们，继续说：

"鬼会杀死妖怪……"

这是水木茂的预言。

"过去袭击而来……"

这是梦枕貘所告知的《未来记》之一节。

"鬼是什么？是幽灵？还是日本传统有角的那种怪物？还是用来形容夸张情形的词？以上皆非。那些全部是现世的相。所谓的鬼，就是虚物，是非存在。那么妖怪又是什么？这也是虚物。明明不存在，却存在。换句话说，妖怪是将虚物假定为存在而显现的现世之相。幽灵或有角的鬼也是一样。因此，若用这个观念代换的话，就是非存在本身会消除非存在的现世之相……"

京极继续说道：

"至于过去，亦是一种虚物。对于生活在现代世界里的我们而言，无法以量的概念来理解时间。不将时间转换为'经过'这个形式进行量化的话，我们就无法理解。我们所能做的，只有将作为概念的过去和作为概念的未来黏接在'现在'的前后，才勉强能自以为了解。但这样的概念和妖怪相同，只是一种假定的相。对三次元而言，只能存在于刹那间的'现在'。换句话说……"

"喂喂，怎么突然说起这么艰深的话题？"郡司说。

"不，这很简单的。对吧，平太郎？"

"咦？"

京极指着平太郎。

"我我我……我怎么了吗？"

全体一起望向平太郎。

"没注意到你是我的疏忽。你正是反克之相所带来的扭曲本身。"

怎么回事？这个戴着露指手套的大叔到底在说些什么？

"听说你不是东京人，你在哪里出生的？"

"咦？"

这个嘛……

"你父母叫什么？父亲的职业是什么？小学班主任的名字是什么？血型是什么？"

"呃，这些是个人隐私，所以……"

"其实你自己也不知道吧？"

"咦？"

不，我的父母……

父亲的职业是……不对，我父母的长相又是……

血型……以及小学的班主任……我上过小学吧？都上过大学了，一定有小学学历。也多亏此，才能在角川书店找到一个打工的工作……但替我引荐的教授的名字是……

"这些小事恐怕都没设定吧。"京极说。

他到底在说什么？莫名其妙。

"因为这些细枝末节儿不重要。另一方面，听说你的叔公在神保町拥有一栋大楼。那位叔公的职业是什么？"

"咦？呃，这件事和现在无关吧？而且我也没见过他。"

"我在问那位叔公是做什么的。"

"记……记得是私家侦探……"

"咦！"及川惊讶出声。

这件事值得那么讶异吗？

"他的名字是礼二郎，对吧？"

"好像是这样……"

"不会吧！"众人同时惊讶大喊。

"等……等等，大家怎么了？我完全搞不懂状况啊。"

"因为这就是触及核心的问题啊，平太郎。"

京极将戴太久变得有些松垮的露指皮革手套重新戴好拉紧。

"榎木津礼二郎是在我的小说中登场的侦探。换句话说，是个虚构人物，并不存在。"

"咦？"

"听说你也喜欢推理小说，却唯独我的作品中的那个系列没读过。"

"因……因为太厚了。"

"不，那是因为在设定上你不能读那个系列。"

"设定？抱歉，设定是什么意思？"

"当然是你的设定。"京极指着平太郎，斩钉截铁地说，"虚构人物在现实中不可能有亲戚。换言之，你并不存在。"

"您……您怎么这么说……不，请等一下，这……这只是偶然吧？"

"当然不是，这种偶然不可能发生的。"

"可是……对了，京极先生，您不是说过这个世界大多是由偶然所构成的吗？"

"但这不是偶然。你是非存在，和这个肉人是一样的。"京极拍拍身旁的那团肉块说。

"怎么可能……"

"假如这是你喜欢的创作故事中常见的模式，这里会有个清纯美少女对你抱着若有似无的爱情，在你虚幻地消失后，心中充满丧失感——多半会变成这般令人揪心的悲恋故事吧。然而很遗憾，这里只有肮脏老头和怪物，不会有这种发展。而且，由于刚才的温泉区分成男汤和女汤，所以现在这里一个女的也没有。虽然你对自己的真相毫无自觉是有点可怜，但你本身确实是……一种虚构啊。"

我？

"荒俣先生，这次的事件，包括戴蒙，也只是假象。愈是当真就愈中了敌人的计谋。我们驶上敌人铺设的轨道，无论往右还是往左，都在对方的掌控中。事实上现在就是如此。不管朝往何处，终点站都是灭亡。因此，我们只能跳下铁轨了。"

"跳下铁轨的话能见到什么吗？"黑问。

"见得到的，能看得很清楚。不管是过去还是鬼，都是虚物。实际并不存在，并非现实，只存在于脑中。换句话说……是一种虚构。"

非存在本身将要消除非存在的现世之相。

非存在袭击而来的话，那将成为最大的危机。

"这个……换句话说，这是个'虚构入侵现实'的剧本啊。"

京极这么说后，对我投以怜悯的视线。

"平太郎，你是为了让这种现实变成故事才凭空冒出的虚构角色。因此，你只具有使现实故事化必要的信息，并被赋予能确实证明你是虚构人物的信息。你就是为了使这个反克之相——相侮——能够稳定，于最初出现在现实中的叙述者。"

不对，这不可能的。

若是如此，我……

我……我究竟是谁？

"反克石和《未来图》并非察知戴蒙的吸收余裕攻击才发动，而是对你产生反应了。所以，害怕自己的目的会被看穿的敌人才会执着地搜寻这两项宝物。可惜我们比自以为的更笨，完全没发现症结。"

"原来如此。这样我就完全明白了。"荒俣说，"这样的话，答案只剩一个了吧，京极兄。"

"恐怕就是如此。"京极回答。

"香川，麻烦你拿出石头。"

荒俣从香川手中接过反克石，离开两三步，不是对着石头，而是对着天空，大声叫喊：

"我已经明白了，敌人果然是你啊。出来吧！加藤保宪！"

加藤保宪……

加藤保宪……

荒俣的声音在富士山麓平原回荡。

霎时，出现很适合用"晴天霹雳"来表现的老套场景。

黑云涌现，几束闪电划破天空。

随后爆裂声打在特别高的树上。

树冒出火焰，裂成两半，朝左右两边倒下。

在黑烟之中，朦胧浮现出一道长身瘦躯的人影。

身穿旧日本军军服，背后罩着披风的……异相男子。

仿佛由太古怨念与深邃憎恶凝聚成人形的事物。

魔人——加藤保宪。

"加藤……"

和魔人对峙的是荒俣宏。

"我没想过竟然会有这么一天能和你面对面。"

"汝竟能识破吾之阴谋，特此表达吾之赞赏。"

"你是我创作的角色，我当然明白。"

"是吗？"

加藤桀骜不驯地笑了。

"荒俣，汝已赋予吾不死与万能之力。古往今来，东西方的咒术与魔术，由人之邪念、妄念所生的永恒无明之历史幽暗皆在吾之手中。吾乃天下无敌。崇敬吾吧……"

加藤高高举起戴着绘有五芒星的白色手套的手。

又一道闪电落下。

"汝无胜算的，荒俣。"

"是吗？但过去你的一切企图全部失败。你的悲愿一次也没实现。你知道为何吗？因为身为作者的我不会让你的愿望实现。我没写过你获胜的小说。"

"然也……"

加藤的眼中燃起了怨怼的邪恶火焰。

"吾之死敌正是汝啊……荒俣。一次又一次阻止吾摧毁帝都与毁灭日本之悲愿的，正是创造吾的汝。吾最大的仇敌，正是吾之创造者——荒俣！"

"因为我是作者啊。"

"住口！"加藤怒吼道，"然而，此次汝将无法如愿。汝不再是作者。"加藤接着说，"此处为现实，荒俣。现实无法尽如汝所愿！"

"这……或许没错吧。"

"吾乃为鬼（虚构），鬼（虚构）将吞噬现实。如何，无可奈何了吧？日本如今早已被虚构缓缓侵蚀，处处蛀洞。汝等却无从改变这一现实。事已太迟，荒俣，吾已胜矣。此国将灭，帝都与日本终将灭亡！"

荒俣瞪着加藤。

在荒俣的背后，有京极、村上、郡司、多田、黑、香川、东和不思议馆。

其他还有似田贝、及川、冈田、上野、梅泽、山田老先生、前 YAT 成员等，这些人……

都实际存在吗？可是……

一脸傻相的兵主部，以及面无表情的肉人。

这时，有人伸手抓住平太郎的肩膀。他回头一看，发现是雷欧。

"雷……雷欧先生。"

"嘿，平太郎……嘿，平太郎，你真的是虚构的吗？虚构？"

"我……"

真的不懂。作为人的记忆……

……应该存在吧？

脑中存在着层层堆砌的信息，觉得自己只靠这些信息也能成立。

但是——

京极说过去只是一种虚物。那只是作为记忆或记录保存下来的事物。

既然如此，虚构与现实之间，又有多少差异？

生者与死者，虚与实，究竟有多少差异？

平太郎觉得困惑，内心涌现感慨。

"汝等败矣。"加藤嗤笑道，"荒俣啊，汝虽博学，可有方法能解这一难局？汝背后的那群妖怪痴们又有何能为？和其他蠢物一同嬉闹才合乎汝等本性。"

"真的。"黑同意。

"那样才合我们的意啊。"村上也赞同。

"是故，吾为体恤汝等，选择最轻松的缓慢死法。令毁灭缓慢地、徐徐地来临。在脑袋几近融化、心情舒畅之际，迎向日本灭亡，消逝在记录和记忆的彼方。汝等将和此国一同登录鬼籍。成为鬼（虚构）。如何？想必能令汝感到愉快吧？尽管感谢吾吧。"

荒俣宏无话反驳。

换句话说，这些人……甚至住在这个国家的所有国民……

都会变得跟平太郎一样吗？

这样的话……

"你们在干什么？"

突然，传来一道柔和但充满威严的声音。

"你们啊，是笨蛋吗？怎么还在这里发呆啊？只会待在这边玩耍，不去工作的话，你们啊，会饿死的啊，饿死！"

一道蹒跚的人影在森林里现身。

"真是的，想说你们怎么会搞出战争这种蠢事来，现在居然还偷懒。水木先生虽然要你们学着当个懒惰鬼，但那是要你们努力工作后再来适度地偷个懒。虽然努力工作却仍会饿死的世界不好，但如果是正常的世界，你啊，只要工作就能得到金块，等拿到金块再懒惰就好。但你们现在又是在干什么？"

是……水木茂……老师……

水木老师来了。

"老……老师。"

"荒俣！居然连你也在玩，世界末日要来了吗？水木先生即使这把岁数了，也还是得硬着头皮工作，这是很不得了的。虽然水木先生年轻的时候啊，认为人生并没有幸福存在。"

水木老师边说边步履蹒跚地走到众人附近，拍拍多田克己的肚子。

"你几岁了？"

"还没。"多田做了个莫名其妙的回答。

"还没！哦。"水木老师似乎听得懂，"还没就算了。但是啊……"

水木老师接着把脸凑近村上的脸庞，摆出怪表情。

"你又在采访了？"

"不……如果是就好了。"

"嗯。把稀松平常的事写得平凡无奇的话就没人想请你写稿了。得绞尽脑汁思考才行呐。不过，思考太多的话，离幸福就远了。"

"远……远了。"

"没错。思考得太多，只闻得到幸福的甜美芬芳却无法攫取。要全心全意拼命地工作到没空思考才行呐。要硬着头皮工作。如此一来，你啊，蓦然回首时，幸福就在身旁。"

老师温柔地笑了。

接着，水木老师站到梅泽的前面，抬头看着他，冷哼一声。

"你啊，一天吃几餐？"

"五……五餐。"

"五餐！这样的话不做别人一倍的工作就无法安眠吧？你没在工作吗？这样不行吗？"

"工作吗……那个……"

"京极！你啊，不睡觉会死的。没工作的时候就去睡觉吧。你还在这里干吗？"

"呃，我们现在碰上一点困境。"

"困境！那是因为你啊，这样不行啊。果然是睡眠不足害的吧？睡眠很重要的呐。睡眠是幸福的关键呐。所以为了能安睡，得好好工作才行。"

水木老师接着拍拍上野的额头，窥探及川的脸，露出可怕的表情。然后在郡司前摆出惊讶的姿势，问：

"出版还是这样吗？"

用手比出向下的手势。

"不畅销吧？不行吧？角川不行了吗？"

"可能不太行了。"

"哈哈哈！"水木老师愉快地笑了。

接着走到加藤保宪面前。

"我说你啊，战争不行呐。"

加藤……显得很狼狈。

"打仗会让人饿肚子，会害人被揍，而且会死人。会死人的。水木先生的同袍仿佛去尿个尿般地一个接一个送死了。轻轻松松地就死了。这太奇怪了！"

水木老师做出仿佛在殴打某物的动作。

"这种事根本不对啊。战争是一种过错，是巨大的过错。所以你啊，不能把战争变成回忆啊。那不是虚构，而是现实啊，现实。不是创作物啊！"

"老……老师！"

荒俣像是要保护水木老师般挡在加藤面前。

水木老师看到被荒俣握紧的反克石。

接着默默向他伸出手。荒俣乖乖地将石头交给他。水木老师用食指和拇指拈起石头，其他手指竖直，将石头拿到右眼前方。

左眼眯起。

"老师，那个是……"

"你啊，这不是灵界电视吗？"

"啊？"

水木茂一把推开荒俣，往前踏出一步。

"里头能见到一个圈呢！"

"圈？圈吗？"

"圆圈圈啊！"

圆圈圈。

听见呼子的声音。

然后——

榎木津平太郎……

消失了。

"这应该不算所谓的梦结局[一]吧？"黑史郎说。

"如果是梦结局就太扯了。"香川雅信答道。

"但也不是休息室结局[二]啊。"似田贝大介说。

"站在创作面来看的话，或许如此吧。"郡司聪回应。

"不觉得真的很像吗？"及川史朗说。

"即使相似，但还是有所不同。"京极说，"这是现实。对个人而言的现

[一]　以"这一切都是一场梦"来作为结尾的收尾方式。

[二]　落语界的用语。原指"表演者休息室里的其他同行一听就懂，观众却一头雾水"的哏，后来转指只有熟知内情的业界人士才懂个中趣味的结局。

实不过是个人体验罢了。未经深思熟虑地将这些体验放进虚构里，并在虚构中解决，这才是休息室结局。不清楚那段体验的人就看不懂。然而现在刚好相反。是虚构渗透过来了。这里本来就是现实，没有所谓的结局。这是今后仍会毫不利落地拖沓持续下去的无聊现实。"

"嗯，并不是梦。"

村上看着山田老先生的绘卷。

多田也兴奋地望得出神，完全入迷了。

绘卷上面现在确确实实地绘有图画。

"图画回归了。"

"但吉良恐怕依然是死了吧。"郡司缅怀地说。

"木原先生和中山先生也不会复活吧？"似田贝语气平静地问。

"死了的话，恐怕就是死了吧。"京极说，"因为这不是梦结局。"

"啊，回来了。"冈田说。

"什么回来了？死者吗？"

"死者不会复活的。是信号啊，信号。"

"咦？那么……"

"通信似乎恢复了。啊，也收到了网络新闻。代替突然集体辞职的芦屋内阁，将由有识之士组成的临时行政机关来掌控国政。政府也会和各自治单位一如既往地执行公务了。"

"一如既往，是回到哪个过往？"

"这次应该是真正地回到原本的状态了。"荒俣说，"回到世界变得古怪前的那个……不怎么有趣的平凡世界。"

"原本就相当奇怪了吧。"郡司说，"泡温泉的其他人似乎也已经出来了。"

"八成都泡到头昏脑涨了。"梅泽说。

大批身上冒着热气的人们走在森林里。每个人都脚步虚浮。也许要回访客中心吧。其中有平山，但没有妖怪。

全消失了。不，是回到《未来图》了。

"太厉害了，这个总共画了多少只啊？"

"没算过。虽然的确很厉害，但这个……不太妙吧？"

整幅绘卷上画着满满的妖怪。排在第一顺位的是呼子，但分裂成好几种模样。接着是见越入道、辘轳首等百鬼夜行惯例的顺序。但绘卷拉开到一半左右时——

"啊！"黑发出惊呼。

形似裸鼹鼠的精蟋蛄、石燕笔下的精蟋蛄、水木作画的卡波·曼达拉特，接着……

兑苏鲁和阿撒托斯。

"居然连这些都被收录了。"

接下来是……

学天则巨神。

西村真琴博士。

柳田国男。

"连这些也收进绘卷了啊……"

"不知道对柳田先生而言，被放在妖怪行列里能不能接受。"

接着是……

人气漫画角色群。

怪兽群。

贞子。

"呃，这个在著作权上很麻烦吧？"

"会吗？反正这幅绘卷又不会公开。毕竟……"

"等等，这是平太郎吧？"

"对啊，是平太郎啊！"

"他也消失了。"

"他是个好孩子。很宅，也很胆小。"

"他现在就在这里……这就是他。"京极指着图说，"不对，与其说就在这里，应该说，从一开始就不存在。"

是的。平太郎并不存在。现在描述状况的这段话并非出自某人之口，而是单纯的旁白。

"问题是他后面那个吧……"村上表情复杂地说。图画中的平太郎身旁，有个摆出奇妙动作的……

"咦？这个难道是……雷欧吗？"

"我看看……底下的名字写着'雷欧☆若叶'。真的是他。"

"可是雷欧他……不是实际存在的人物吗？"

"也许是因为笨蛋度太高了。"京极说。

"雷欧老弟完全是妖怪。"多田说。

"平太郎不在了会让人感到惋惜，但雷欧的话……"

"感觉在不在都没差别啊。"众人异口同声地回答。

在没人关心的雷欧身边，绘有加藤保宪。

"这……应该算是被封印了吧？"

"与其说被封印，其实从一开始就不存在。"

荒俣表情多少有些落寞地说。

接着——

绘卷的最后，仿佛著者近影般描绘着一名老翁。

老翁的模样与水木茂老师极为相似。

他在圆圈圈之中和蔼地微笑。

手上拿着一块圆圆的小石头。

"——老师。"

"哈哈哈哈！"仿佛能听见老师爽朗的笑声。

现场的妖怪痴们一起仰望天空。

但天空中什么也不存在。

这个世界什么也不存在。

图书在版编目（CIP）数据

虚实妖怪百物语 / (日) 京极夏彦著; 林哲逸译. — 北京: 北京时代华文书局, 2021.1
ISBN 978-7-5699-4082-4

Ⅰ.①虚… Ⅱ.①京…②林… Ⅲ.①长篇小说－日本－现代 Ⅳ.① I313.45

中国版本图书馆 CIP 数据核字 (2021) 第 028422 号
北京市版权局著作权合同登记号 图字: 01-2020-6736

USO MAKOTO YOKAI HYAKU MONOGATARI JO, HA, KYU by KYOGOKU Natsuhiko

Copyright © 2016, 2018 KYOGOKU Natsuhiko
All rights reserved.

Originally published in Japan by KADOKAWA CORPORATION, Tokyo.
Chinese (in simplifed character only) translation rights arranged with RACCOON AGENCY INC., Japan
through THE SAKAI AGENCY and BARDON-CHINESE MEDIA AGENCY.

京極夏彦
虚実妖怪百物語 序／破／急

拼音书名 | XUSHI YAOGUAI BAIWUYU

出 版 人 | 陈 涛
策划编辑 | 康 扬
责任编辑 | 康 扬
执行编辑 | 韩 笑
责任校对 | 薛 治
营销编辑 | 莲 溪 俞嘉慧
封面设计 | 陈威伸
内文排版 | 迟 稳
责任印制 | 訾 敬

出版发行 | 北京时代华文书局 http://www.bjsdsj.com.cn
         北京市东城区安定门外大街 138 号皇城国际大厦 A 座 8 层
         邮编: 100011 电话: 010-64263661 64261528
印   刷 | 北京盛通印刷股份有限公司 010-52249888
         (如发现印装质量问题，请与印刷厂联系调换)
开   本 | 787 mm×1092 mm 1/16   印 张 | 64   字 数 | 882 千字
版   次 | 2023 年 11 月第 1 版   印 次 | 2023 年 11 月第 1 次印刷
成品尺寸 | 165mm×230 mm
定   价 | 228.00 元